Rachel E. Carter

MAGIC ACADEMY • Der letzte Kampf

Foto: © Luminis Studio 2017

DIE AUTORIN

Rachel E. Carter ist die USA-Today-Bestsellerautorin der Fantasy-Jugendbuchserie Magic Academy über Magie, Machtkämpfe und eine große Liebe. Kaffee zu horten, gehört ebenso zu ihren Leidenschaften wie böse Jungs und Helden vom Typ Mr Darcy.

Mehr über die Autorin unter
rachelecarter.com

Von Rachel E. Carter sind außerdem bei cbt erschienen:

Magic Academy – Das erste Jahr
(Band 1, 31170)
Magic Academy – Die Prüfung
(Band 2, 31171)
Magic Academy – Die Kandidatin
(Band 3, 31245)
Magic Academy – Der dunkle Prinz
(22572)

Mehr zu cbj/cbt auf Instagram unter
@hey_reader

Rachel E. Carter

MAGIC ACADEMY

Der letzte Kampf

Aus dem Englischen
von Eva Hierteis

cbt

Dieses Buch ist auch als E-Book erhältlich.

MIX
Papier aus verantwortungsvollen Quellen
FSC® C014496
FSC
www.fsc.org

Verlagsgruppe Random House FSC® N001967

1. Auflage
Deutsche Erstausgabe Mai 2019

Die amerikanische Originalausgabe erschien 2016 unter dem Titel »Last Stand. The Black Mage Book Four«.

Aus dem Englischen von Eva Hierteis
Lektorat: Catherine Beck
Umschlaggestaltung: Nele Schütz Design unter Verwendung mehrerer Motive von © Shutterstock
he · Herstellung: eR
Satz: Buch-Werkstatt GmbH, Bad Aibling
Druck und Bindung: GGP Media GmbH, Pößneck
ISBN 978-3-570-31265-0
Printed in Germany

www.cbj-verlag.de

Für Craig,

weil du so viel mehr bist als nur eine Erinnerung.

Du hattest eine innere Wärme, die den meisten von uns abhandenkommt, wenn sie älter werden. Du warst das Licht, das uns eigentlich gar nicht zustand, die Sorte Held, die es sonst nur in Büchern gibt. Du hast in allem nur das Schöne gesehen und immer an das Gute in uns geglaubt.

Die Welt hat dich nicht verdient, aber du die Welt.

Du hast mir einmal erzählt, wie schrecklich du die Vorstellung findest, verbrannt zu werden. Weil man doch einen Ort braucht, an dem man das Andenken an die geliebte Person hegen und pflegen kann, damit sie mit der Zeit nicht in Vergessenheit gerät. Deine Eltern haben dir einen wunderschönen Grabstein anfertigen lassen und dieses Buch hier ist meine ganz spezielle Gedenktafel für dich. Mit dieser Widmung möchte ich dir ein Stück Ewigkeit schenken und der Welt sagen, was für einen wundervollen Menschen sie verloren hat.

Neun Jahre habe ich darauf gewartet, deinen Namen zu schreiben. Craig LeAron Cagley Short, dieses Buch ist für dich, denn wenn jemand ein Happy End verdient hat, dann du.

In memoriam, Craig LeAron Cagley Short (1987–2007)

EINS

Eigentlich hätte es der schönste Tag meines Lebens sein sollen.

Der Lärm war ohrenbetäubend. Laute Hochrufe, donnernder Applaus, ja sogar hysterisches Schluchzen brandete auf, als Jerars bedeutendste Adelshäuser uns zujubelten – nicht zuletzt, weil sie glaubten, dass unsere Vermählung sie vor der Tyrannei der Caltothen bewahren würde.

Hätten sie doch nur geahnt, dass das alles eine einzige große Lüge war!

Ich rang mir ein zittriges Lächeln ab, während mein Herz in meiner Brust flatterte wie ein verängstigter kleiner Vogel. Über das schmale Podium hinweg, auf dem wir standen, trafen sich Darrens und meine Blicke, und dieser kurze Moment gab mir neue Kraft, um diese Farce hier irgendwie durchzustehen. Als er meinen Gesichtsausdruck bemerkte, erschienen winzige Lachfältchen um seine Augen. Bestimmt dachte er, es läge an der Krone aus Hämatit, die der Priester mir gerade aufs Haupt gesetzt hatte.

Der Prinz hatte keinen Grund, mehr hinter meiner Anspannung zu vermuten. Er streckte die Hand aus und zog mich langsam am Ellbogen zu sich, bis wir dicht an dicht standen. Dann sah er mir tief in die Augen und hob mit der anderen Hand mein zitterndes Kinn an.

Unter seinen schwieligen Fingerspitzen brannte meine Haut. Ob ich nun wollte oder nicht – ich fing jedes Mal Feuer, wenn er mich berührte.

Sein warmer Atem streifte mein Ohr, als er sich zu mir herunterbeugte und mir zuflüsterte: »Und jetzt werde ich meine wunderschöne Braut küssen.«

Schon lag sein Mund auf meinem. Er schmeckte nach heißem Zimt und Gewürznelken, und für einen Moment, nur einen kurzen Moment, vergaß ich es. Und das Mädchen schmiegte sich in die Arme des Prinzen, erwiderte seinen Kuss, ließ sich von der allgemeinen Euphorie anstecken und errötete heftig, während er sie so ausführlich küsste, dass die Menge ein zweites Mal Beifall klatschte.

Sie war glücklich. In diesem wundervollen, perfekten Augenblick war sie einfach nur glücklich. Es war wie im Märchen. Sie hatte den Jungen, den sie liebte, und mehr brauchte sie nicht.

Hunderte Blütenblätter regneten auf sie herab.

»Lang lebe die Krone!«

Doch als die Rufe ertönten, war das Mädchen schlagartig verschwunden. Der schöne Traum löste sich in Luft auf und das Hochgefühl wich Scham, Schuldgefühlen, Selbsthass, Selbstgeißelung.

Glasscherben zerschnitten mich von innen und ich taumelte zurück und verlor das Gleichgewicht.

Ich konnte nicht so tun, als wäre alles in bester Ordnung. Nicht vor dem Hintergrund, dass unsere Zukunft nichts als ein Netz aus Lügen wäre und dass er mich nie wieder so ansehen würde, wenn er erst einmal die Wahrheit erfuhr.

»Vorsicht, liebe Schwägerin …« Eisige Finger packten mich in letzter Sekunde am Handgelenk und bewahrten mich davor, vom Podium zu fallen.

Es kostete mich unglaubliche Anstrengung, ruhig zu bleiben und nicht meinen Arm wegzureißen, wo doch alles in mir schrie. *Er.* Ausgerechnet *er.*

Der König von Jerar. Der kleine Junge, dessen schreckliche Kindheit ihn zu einem Monster gemacht hatte.

Meine Hände bebten. Rasender Zorn brodelte in mir hoch und drohte, jede Sekunde aus mir herauszubrechen.

»Ryiah?« Darrens Stimme fing mich gerade noch rechtzeitig ein.

Der König von Jerar stieß ein Lachen aus und schob mich zurück aufs Podest, während ich noch immer zitterte und mir das Blut in den Ohren rauschte. »Steht wahrscheinlich ein wenig unter Schock. Immerhin ist sie gerade Prinzessin von Jerar geworden, Bruderherz. Was soll man da auch anderes erwarten?«

Ich bekam kaum mit, wie Darren mir die Hand um die Taille legte und mir die Stufen hinunterhalf.

»Ich weiß, das ist alles ein bisschen viel«, flüsterte er mir zu, und seine Worte holten mich zurück und bahnten sich einen Weg durch die eisernen Ketten, die sich kalt um meine Brust gelegt hatten und mir die Luft abschnürten. »Tut mir leid.«

Ich wollte ihm sagen, dass es mir auch leidtat, doch mein Mund war staubtrocken.

Ich sah nur den leblosen Körper meines kleinen Bruders vor mir, wie er auf dem kalten Marmorboden lag, und Alex' Gesicht, als ich ihm erzählte, dass Derrick tot war.

Die lautstarke Verkündigung des Priesters riss mich aus meinen Gedanken: »Hier kommen der Kronprinz und die Prinzessin von Jerar, in der Ehe verbunden als Mann und Frau.«

Ich zwang mich zu atmen. Zu schlucken. Und einen Fuß vor den anderen zu setzen, als Darren und ich den Zeremoniensaal durchquerten.

Eigentlich sollte es wie im Märchen sein.

Doch wir würden nicht glücklich bis ans Ende unserer Tage miteinander leben.

Als die königliche Kutsche unter lautem Jubel durch die Straßen von Devon fuhr, gab ich mir Mühe, wie Darren und Blayne huldvoll zu lächeln und allen zuzunicken. Es war Dank und Versprechen zugleich. Das las ich in den vielen Hundert erwartungsvollen Gesichtern, die sich auf den Gassen und in den Läden drängten. So viele Menschen überall, die winkten und Reis warfen und uns Glück wünschten. Ihre Hoffnung war ansteckend. Sogar in den Mienen derer, die sich hinter ihren dreckigen Fenstern verschanzten, konnte ich sie leuchten sehen, trotz der Sorgenfalten, die sich tief in ihre Gesichter eingegraben hatten. Für sie waren wir das Licht am Ende des Tunnels. Der Silberstreif am Horizont.

In dem Glauben, die Krone würde sie retten, legten sie ihr Schicksal vertrauensvoll in deren Hände.

Man konnte sie nicht einfach als Narren abtun. Noch vor wenigen Stunden hatte ich wie sie alle meine Hoffnungen auf die Königsfamilie gesetzt.

Und jetzt ist nichts mehr wie zuvor.

Darren bemerkte meinen finsteren Blick und drückte meine Hand, wobei er den Grund für mein Unbehagen falsch deutete. »Deine Eltern wären bestimmt gekommen, wenn sie es irgendwie hätten einrichten können.«

Ich sah auf unsere verschränkten Finger hinunter und schluckte. Ich musste etwas sagen, irgendetwas, sonst würde er sich noch mehr Sorgen machen.

Hastig fuhr ich mir mit der Zunge über die Lippen und räusperte mich. »Es … es hätte ihnen zu sehr zugesetzt.« Es zählte nicht, dass es die Hochzeit ihrer einzigen Tochter war, die noch dazu den Kronprinzen von Jerar heiratete. Nach Derricks Tod weigerten sie sich, jemals wieder einen Fuß auf den Boden der Stadt zu setzen, wo ihr Jüngster an den Dachsparren des Palasts aufgeknüpft und vor aller Augen als Verräter gebrandmarkt worden war.

Meine Eltern hatten mir zwar keine Vorwürfe gemacht, doch ich hatte es in ihren Augen gesehen. Ihr Jüngster war tot und ich hätte ihn retten müssen. Egal, wie.

Womit sie nicht unrecht hatten.

Aber wie hätte ich das wissen sollen? Nicht einmal Derrick hatte geahnt, *wie* niederträchtig die Krone war.

Und ich war so sehr damit beschäftigt gewesen, den Jungen zu verteidigen, den ich liebte, dass ich irgendwie vergessen hatte, seinen Bruder im Auge zu behalten.

Warum auch? Blayne hatte seine Rolle hervorragend gespielt. So gut, dass es ihm nach all den Jahren, in denen er seine Grausamkeit nicht zuletzt mir gegenüber mehrmals eindrucksvoll unter Beweis gestellt hatte, dennoch gelungen war, mir vorzumachen, dass noch etwas von dem traurigen kleinen Jungen von einst in ihm steckte. Ich hatte ihm tatsächlich abgenommen, dass er nicht gänzlich verderbt war. Dass seine tragische Kindheit ihn zwar hart gemacht hatte, doch dass tief in ihm drin immer noch ein wenig Menschlichkeit schlummerte. Güte. Reue. Dass er besser wäre als sein tyrannischer Vater.

Das war ein schwerer Fehler gewesen. Die Kinder waren zwar beide in Finsternis aufgewachsen, doch nur einer hatte unter der rauen Schale einen weichen Kern.

Während ich meine Sitzposition ein wenig änderte, verrutschten die gelben Seidenrüschen meines Kleids, und ich betete, dass Darren die kleinen roten Flecken dazwischen nicht bemerkte – mein Blut, das vor nicht einmal einer Stunde daraufgetropft war.

»Wenn du möchtest, dann können wir sie auf dem Weg besuchen.«

Ich schluckte, weil mein Mund noch immer wie ausgedörrt war. »Das wäre schön.«

Blayne hatte uns damit beauftragt, Jagd auf die Rebellen zu machen, sobald die einwöchigen Feierlichkeiten vorüber waren. Darrens Entscheidung, die Suche im Norden zu starten, kam nicht überraschend. Er dachte schon seit Wochen darüber nach.

Der ehemalige Schwarze Magier Marius hatte in den letzten zehn Jahren seiner Amtszeit bereits intensiv den

Süden durchkämmt, was damals auch sinnvoll gewesen war, da alle Attacken und Sabotageakte tief im Süden von Jerar stattgefunden hatten – vor allem in der Roten Wüste, Port Cyri und bei den Salzminen von Mahj. Immer dort, wo gerade größere Warentransporte anstanden. Deshalb erschien es nur logisch, dass die Rebellen auch dort in der Nähe ihren Unterschlupf hatten.

Dummerweise hatte der neue Schwarze Magier seine ganz eigene Theorie darüber entwickelt, warum die Rebellen nie ausfindig gemacht worden waren – eine Theorie, die ihn schließlich nach Ferren's Keep und zu meinem Zwillingsbruder und seinen Freunden führen würde.

Zu den Rebellen.

Panik schnürte mir die Kehle zu, ich rang nach Atem.

Meine Aufgabe bestand nun darin, Darren in die Irre zu führen. Auch wenn mir vollkommen klar war, dass dieses Täuschungsmanöver mich am Ende seine Liebe kosten würde, war es die einzige Möglichkeit. Ich hatte gesehen, wie nahe er und Blayne sich standen. Sogar jetzt, während unserer Prozession durch die Stadt, rissen die beiden hübschen Kerle Witze und merkten dabei gar nicht, dass dem Mädchen neben ihnen das Herz blutete.

Außerdem war ich vor gerade einmal zwei Monaten selbst vor die Wahl gestellt worden, mich zwischen Derrick und dem, was ich für richtig hielt, zu entscheiden … und hatte mich auf die Seite meines Bruders geschlagen, auch wenn es am Ende keinen Unterschied gemacht hatte. Ich hatte zu lange gezögert und zwar, ehe ich den schändlichen Machenschaften des Königs auf die Schliche gekommen war.

Damals hatte ich noch geglaubt, mein kleiner Bruder wäre ein Lügner und Verräter. Mir war klar gewesen, dass sein Spionageakt Hunderte Menschen – oder womöglich noch mehr – das Leben kosten könnte, wenn er entkam, und dennoch war ich in letzter Konsequenz bereit gewesen, sie zu opfern, um meinen Bruder vor dem Galgen zu bewahren. Und ich wusste, Darren würde es nicht anders machen.

Man konnte ihm keinen Vorwurf daraus machen, wenn er für Blayne denselben Fehler begehen würde. Durch jahrelange Misshandlung hatte Darrens Vater seinen Zweitgeborenen zum Beschützer seines Bruder erzogen, und wenn man jemanden so viele Jahre in der Opferrolle erlebt hatte, wurde es einem unmöglich, denjenigen mit anderen Augen zu betrachten, geschweige denn als Täter. Trotz allem, was Blayne sich zuschulden hatte kommen lassen – nachdem er beinahe meine beste Freundin vergewaltigt und mich während der gesamten Ausbildung schikaniert hatte, als er noch dachte, ich wäre nur ein armseliges kleines Bauernmädchen, mit dem sein Bruder zum Zeitvertreib spielte –, hatte sogar *ich* noch Mitleid mit dem Thronfolger gehabt!

Außerdem gab es Dinge, bei denen man nicht vor die Wahl gestellt werden sollte, und das hatte ich auch nicht vor. Ich wollte nicht das Risiko eingehen, dass Darren sich falsch entschied, auch wenn das vielleicht egoistisch erschien. Denn falls er zuerst zu seinem Bruder ging, um ihm die Chance zu geben, sich zu erklären, würde Blayne, noch ehe Darren sichs versah, die Welt in Flammen aufgehen lassen – und gegen die Armee eines Königs konnten auch die zwei mächtigsten Magier der Welt nichts ausrichten. Im Handumdrehen würde alles in Schutt und Asche liegen und die Rebellen würden im Morgengrauen hingerichtet.

Ich natürlich nicht. Dazu war Blayne zu raffiniert, zu berechnend. Obwohl er mich von Anfang an gehasst hatte, hatte er mich in seine Pläne einbezogen. So krank im Kopf er auch war, sein Bruder lag ihm sehr am Herzen, und er wollte sich nicht mit ihm überwerfen. Also würde der König mich in einer Zelle verrotten lassen, bis es ihm endlich gelungen wäre, Darren gegen mich aufzuhetzen. Bis Darren sich von mir abwandte. *Dann* erst würde er mich töten lassen.

Und danach würde der König in den Krieg ziehen – ein sinnloser und verlustreicher Krieg, auf den sein Vater schon unzählige Jahre hingearbeitet hatte und der Teil eines ausgeklügelten Plans war, der Jerar als das Opfer caltoth'scher Aggression darstellte. Die anderen beiden Länder, die mit Jerar und Caltoth im sogenannten Großen Kompromiss einen Nichtangriffspakt geschlossen hatten, würden mit König Horrace brechen und Jerar unterstützen, das schließlich als das Land mit der größten Armee *und* als die reichste Nation aus den Kriegswirren hervorgehen würde.

Nein, solange ich keine eindeutigen Beweise sowie die Unterstützung der anderen Staaten hatte, konnte ich nicht mit Darren reden, denn momentan waren das nichts als wilde Unterstellungen einer Wahnsinnigen.

Darren hatte das kleine Mädchen auf der Tribüne bei der Kandidatur nicht einmal gesehen. Er wäre nicht in der Lage, ihr Gesicht mit der Edelfrau und ihrer Tochter in Verbindung zu bringen, die wir vor Jahren auf einer Mission in Caltoth entführt hatten. Die Erpressung von Lord Tyrus und die Morde bei der Siegeszeremonie waren ebenso Teil der Intrige wie auch die Verleumdung von König Horrace. Und das alles nur, um sich die Unterstützung zweier skeptischer Nationen zu sichern.

So wie die Dinge jetzt standen, würde Darren nur ein Mädchen niederer Herkunft sehen, das Lucius und Blayne noch nie hatten leiden können, ein Mädchen, das seinen jüngeren Bruder verloren hatte und nun mit allen Mitteln versuchte, dessen Namen reinzuwaschen.

Und selbst wenn er tiefer blicken würde, durfte ich nicht riskieren, dass er sich trotzdem auf die falsche Seite schlug.

Ich selbst hatte vor zwei Monaten eine Fehlentscheidung getroffen. Wieso sollte Darren das nicht auch passieren? Es standen zu viele Menschenleben auf dem Spiel. Das hier war größer als wir beide, hier ging es um die ganze Welt.

Und falls er mir meinen Vertrauensbruch nicht vergeben könnte, dann … tja, dann war das eben der Preis, den ich dafür zahlen musste.

Eine unsichtbare Hand drückte mir die Kehle zu. Ich wusste, dass ich das Richtige tat, doch es fühlte sich so unglaublich falsch an. Wir waren noch keine zwei Stunden vermählt, und ich plante schon, meinen Ehemann zu hintergehen.

»Wenn ihr sowieso in Demsh'aa seid, solltet ihr die Zeit nutzen, die Dorfbewohner zu vernehmen.« Mit einem trägen Lächeln lehnte sich Blayne, der unser Gespräch offenbar belauscht hatte, auf seiner Kutschbank zurück.

Als sich unsere Blicke trafen, zuckte ich zusammen.

»Verzeiht, Ryiah, aber ich bezweifle, dass Ihr bei Eurem letzten Besuch daran gedacht habt, diesbezügliche Nachforschungen anzustellen … damals gab es ja auch dringlichere Angelegenheiten.«

Wie zum Beispiel, meinen Eltern das Herz zu brechen? Ihnen mitzuteilen, dass Ihr Jüngster tot war? Dabei zuzusehen, wie Alex schrie, dass er nie wieder zurückkäme? Und dann auch noch mit ansehen zu müssen, wie meine beste Freundin meinem Bruder hinterherritt, in dem Wissen, dass die beiden es vielleicht mit dem Leben bezahlen mussten, wenn sie sich den Rebellen anschlossen?

Meine Nägel gruben sich in meine Handflächen, und es kostete mich unglaubliche Kraft, die Fäuste wieder zu lösen.

Eine Sekunde zu spät merkte ich, dass Darren noch immer meine Hand hielt. Er sah mich an, doch seine Augen waren eher traurig.

Mitfühlend drückte er meine Hand und warf seinem Bruder einen finsteren Blick zu.

»Das reicht, Blayne.«

»Deine Frau ist nicht dumm. Ihr Bruder war ein Verräter, der unser ganzes Königreich in Gefahr gebracht hat. Bestimmt nimmt sie es mir nicht übel, wenn ich mich berechtigterweise frage, ob ihr Dorf den Rebellen möglicherweise als Basis für ihre Anschläge dient, oder, Ryiah? Schließlich haben wir in der Mitte und im Norden nie Ermittlungen angestellt.«

Spiel mit. Das ist jetzt die einzige Möglichkeit, die dir noch bleibt, Derricks Opfer zu honorieren. Wenn du die

Karten zu früh auf den Tisch legst, ist das Spiel vorüber, noch ehe es begonnen hat. »Nein.« Ich zwang mich, dem König ins Gesicht zu blicken und ruhig zu atmen. »Natürlich nicht.«

Blayne grinste. »Siehst du? Sogar sie versteht das.«

»Das heißt aber nicht, dass wir darauf herumreiten müssen«, sagte Darren mit leiser, beschwörender Stimme. »Bitte nicht heute Abend.«

Der Blick des jungen Königs huschte von Darren zu mir und er stieß ein ungeduldiges Seufzen aus. »Eines Tages musst du mir erklären, was so besonders an ihr ist.«

Das wirst du in dem Moment wissen, in dem ich dir meine Klinge an die Kehle halte. Nach außen hin schnaubte ich spöttisch, wie Blayne es vermutlich erwartete, war ich doch dafür bekannt, keiner Konfrontation aus dem Weg zu gehen. Wenn ich jetzt keine Reaktion zeigte, machte ich mich nur verdächtig. »Keine Sorge, Ihr werdet es mit Sicherheit noch vor Jahresablauf herausfinden.«

»Ah.« Der König stieg auf mein Spiel ein, an dem er Gefallen zu finden schien. »Habt Ihr wohl was Größeres in Vorbereitung?«

Zumindest musste ich nicht lügen. »Ach, nur ein Königreich vor dem Verderben bewahren.«

»Vor den Rebellen.« Blaynes Augenbrauen gingen hoch. »Und ich dachte schon, Ihr hättet es auf den niederträchtigen König selbst abgesehen.«

Mein Herz setzte einen Schlag lang aus und alle Farbe wich aus meinem Gesicht.

»König Horrace gehört mir«, unterbrach Darren uns mit harter Stimme. »Wenn es so weit ist, dann werde ich ihn mir nach allem, was er angerichtet hat, vorknöpfen.«

Ich stieß keuchend die Luft aus. *Natürlich.* Der *caltoth'sche* König. Der Mann, den Blayne und sein Vater so überzeugend zum Erzfeind aufgebaut hatten.

Einen Moment lang hatte ich schon gedacht, Blayne wüsste Bescheid.

»Nicht, wenn *ich* ihn als Erste in die Finger bekomme«, preschte ich vor. *Gut gemacht, Ryiah. Immer schön antäuschen. Und das Lächeln nicht vergessen.*

»Horrace kann sich warm anziehen.« Als die Kutsche anhielt, klopfte sich der junge König ein wenig Staub von den Kleidern und erhob sich. Unsere Fahrt durch Devon war beendet und es war Zeit für den großen Ball im Palast. »Ich habe die zwei blutdurstigsten Magier des Landes an meiner Seite.« Sein Stolz war unüberhörbar. »Der Krieg wird vorbei sein, ehe er richtig begonnen hat.«

Wird er. Aber aus anderen Gründen, als du denkst.

Ich verfolgte ihn mit meinem Blick, als er mir den Rücken zuwandte und beim Aussteigen etwas zu einem Wachmann sagte. Einen Sekundenbruchteil gab ich mich der Vorstellung hin, wie es wohl wäre, es hier und jetzt zu beenden, den König von Jerar kaltblütig hinterrücks abzustechen und alles Weitere einfach auf mich zukommen zu lassen.

Es lag nicht in meiner Verantwortung, dafür Sorge zu tragen, dass am Ende alles gut wurde. Blayne war ein Tyrann. Zählte es angesichts all derer, die seinetwegen unschuldig ihr Leben gelassen hatten, überhaupt, ob er am Leben blieb oder starb? Wenn ich ihn beseitigte, täte ich der Welt einen Gefallen. Sollte sich doch jemand anders darüber den Kopf zerbrechen, wie sich alles wieder gerade rücken ließ.

Aber irgendetwas hielt mich davon ab. *Schuldgefühle.* Und zwar gar nicht unbedingt dem Jungen gegenüber, dem ich das Herz brechen würde.

Von jeher hatte ich davon geträumt, eine Heldin zu sein. Deshalb war ich überhaupt Kriegerin geworden. Ich hatte den Zweig der Kampfmagier gewählt, weil er der berühmteste und berüchtigtste war. Wieder und wieder hatte ich mich für den beschwerlichsten Weg entschieden, denn der genoss nun mal das höchste Ansehen.

Nachdem ich im Zuge der Kandidatur vergangenes Jahr so schrecklich neidisch auf Darren gewesen war, hatte ich inzwischen erkannt, woher mein Antrieb rührte: Ehrgeiz. Natürlich war es mir wichtig, Menschen zu retten, aber ich hatte auch stets von dem gesellschaftlichen Ansehen und dem Status geträumt, den das mit sich brachte – ich wollte mich von den anderen abheben, mir einen Namen machen. Die glorreiche Ryiah auf dem Schlachtfeld, die die Bösewichter nur so niederstreckte und dafür die Anerkennung des Königs und seiner Untertanen erhielt, weil sie ihre Sache so gut machte.

Kampfmagier waren ein ehrgeiziges, eitles Völkchen, und wenn nicht, dann brachten sie es nicht weit. Also hatte ich naives Ding beschlossen, mein Leben lang Ruhm und Ehre hinterherzujagen, und erst die Zeit hatte mir die Augen für die Wahrheit hinter dieser Entscheidung geöffnet.

All diese Soldaten im Wald von Caltoth … die hatte nicht Blayne auf dem Gewissen, sondern ich.

Mir wurde heiß und kalt zugleich und noch dazu schwindelig und ich hielt mich schnell am Haltegriff der Kutsche fest.

Das ging auf mein Konto.

Es tat nichts zur Sache, dass ich auf der Mission unter Magierin Miras Kommando gestanden hatte. Ich hatte Männer getötet, die für eine gerechte Sache gekämpft hatten, und alles nur, weil ich einer Lüge aufgesessen war. Diese Menschen hatte *ich* auf dem Kerbholz. Es war *meine* Magie gewesen, die ihrem Leben ein Ende gesetzt hatte.

Und wie viele meiner Landsleute würden wie ich darunter leiden, nur weil sie sich für eine Laufbahn als Soldat, Ritter oder Magier entschieden hatten?

Ich konnte nicht einfach so die Augen davor verschließen. An meinen Händen klebte Blut. Ihnen und all den anderen, die keine Ahnung hatten, wozu ihr gnadenloser Herrscher fähig war, schuldete ich es, diesem ganzen Grauen irgendwie einen Riegel vorzuschieben, ehe auch sie so viel Schuld auf sich luden wie ich.

Bei meiner Magierweihe hatte ich einen Eid geschworen, diejenigen zu verteidigen, die in Not waren. Jetzt durfte ich nicht den leichtesten Weg gehen, nein, ich musste eine wahre Heldin werden.

Es reichte nicht aus, Blayne einfach nur zu töten, sondern es galt, den Krieg zu verhindern. Zwar gab es keine Garantie, dass Pythus seine Truppen wieder abziehen würde, wenn Blayne tot war, keine Garantie, dass die Wahrheit ohne stichhaltige Beweise ans Licht käme, aber ich musste andere davor bewahren, falsch zu entscheiden, denn das war die einzige Möglichkeit, meine eigenen Fehler wiedergutzumachen.

Die Götter lachten sich bestimmt über mich tot: Du willst dich reinwaschen? Dich selbst erlösen? Eine echte Heldin sein, nicht nur so eine, wie du es dir in deiner grenzenlosen Naivität ausgemalt hast? Ja, du sollst deine Chance bekommen, aber die Sache hat einen Haken: Dafür musst du den Jungen hintergehen, den du liebst, und den Bruder verschonen, der deinen eigenen auf dem Gewissen hat.

Das Schicksal trieb ein grausames Spiel mit mir und brachte mich fast um den Verstand.

»Ryiah?«

Erschrocken blickte ich auf und sah, dass Darren an der Tür auf mich wartete. Sein Blick war weich, ganz ohne die übliche Arroganz und Provokation. Er sah aus wie jemand, der einfach glücklich war.

Wie sehr wünschte ich, das hätte ich auch sein können.

»Bereit, Liebes?«

Ich folgte ihm in den Palast.

Schon immer hatte ich mir erträumt, eine Heldin zu sein. Ich hatte nur nicht geahnt, wie hoch der Preis war, den ich dafür zahlen musste.

Ein ums andere Mal wurde auf dem Ball auf unsere Vermählung angestoßen und auf das Wohl unseres Landes getrunken. Zusammen mit meinem frisch Angetrauten und seinem Bruder, der sich auf dem pompösen Stuhl seines Vaters niedergelassen hatte, saß ich an der Spitze der Tafel, zu unserer Linken folgten die Berater. Die nächsten drei Stunden verbrachte ich damit, ein paar klitzekleine Happen Wildbret hinunterzuwürgen, denn der Appetit war mir schon lange vergangen.

Immer wieder warf mir Darren Blicke zu. Unter dem Tisch wanderte seine Hand zu meinem Knie und er beugte sich nah zu mir. »Bitte iss doch was, Ryiah. Ich kann das gar nicht sehen.«

Damit er sich nicht noch mehr Sorgen machte, zwang ich mich, ein wenig Kohl auf meine Gabel zu spießen und zu kauen. Schließlich musste ich den Anschein erwecken, dass alles in bester Ordnung war. »Mir geht's gut.«

Darren machte ein finsteres Gesicht. »Ryiah, du kannst mir nichts –«

Seine Worte wurden von einer lauten Stimme übertönt, die sich über die anderen Unterhaltungen erhob.

»Sechs Wochen!« Es war einer der Berater, ein massiger Mann in kostbarer, jedoch zerschlissener boreanischer Seide. Mit jedem Glas Bier war er ungestümer geworden. »Dann stechen vierzig pythische Kriegsschiffe Richtung Jerar in See. Ach, wäre ich doch nur ein Ritter, dann könnte ich diesen caltoth'schen Verrätern höchstpersönlich den Bauch aufschlitzen!«

Sechs Wochen. Ich schluckte schwer.

Darren schien dasselbe zu denken. »Was glaubt Ihr, wie lange sie für die Überfahrt brauchen?«

Unter dem intensiven Blick des Kronprinzen schien der Mann noch zu wachsen und erklärte mit schwerem Zungenschlag: »Einen Monat, Euer Hoheit. Keinen Tag weniger.«

Eine andere Beraterin, eine Frau mit markantem Kinn

und schmalen Lippen, stellte ihr Glas mit einem demonstrativen Schnauben ab. »Zwei Wochen, Cletus. Das solltet Ihr doch am allerbesten wissen. Schließlich seid Ihr für den Handel der Krone zuständig.« Ihr Mund verzog sich zu einem hämischen Grinsen. »Oder habt Ihr Eure Zeit nur mit Würfelspielen zugebracht?«

Das Gesicht des Mannes bekam vor Scham rote Flecken. »Wie k-könnt Ihr es w-wagen!«, stammelte er.

»Stimmt das, Cletus?« Die Frage kam mit trügerisch ruhiger Stimme von meinem Tischende. Der Mann hatte die Aufmerksamkeit seines Königs auf sich gezogen, und zwar nicht im positiven Sinne.

Cletus schien zu schrumpfen und zuckte so abrupt auf seinem Stuhl zurück, dass die Holzbeine über die Marmorfliesen schabten. »Möglicherweise, Euer Majestät. Dazu müsste ich erst meine Seekarten und Tabellen zu Rate ziehen …«

»Und dabei entlohne ich Euch so fürstlich, dass Ihr sie eigentlich im Kopf haben solltet.« Die Stimme des jungen Königs war ausdruckslos, jegliche Jovialität wie weggeblasen, stattdessen trat Verachtung an deren Stelle. »Hestia hat recht. Nichtsnutze kann ich an meinem Hof nicht gebrauchen. Wachen, bringt diesen Mann augenblicklich weg.«

»Blayne.« Darrens Stimme war so leise, dass nur ich sie hören konnte. »Ist das wirklich nötig? Er hat zu viel getrunken. Du könntest noch einmal mit ihm reden, wenn er nüchtern ist.«

Der wütende Blick des Königs wanderte zu seinem Bruder und dann zurück zu dem Berater. Seine Stimme wurde eiskalt. »In zwei Monaten ziehen wir in den Krieg. Eure ungenauen Kalkulationen könnten meine Soldaten das Leben kosten. Wenn Ihr Euch noch ein einziges Mal an meinem Hofe blicken lasst, werde ich nicht mehr so viel Gnade walten lassen.«

»Ja, Euer Majestät.« Hastig rappelte der Mann sich mit angestrengtem Keuchen aus seinem Stuhl hoch und drängte sich wankend mit hochroten Wangen an Dienern, Spielleuten und Grüppchen ahnungsloser Höflinge vorbei.

»Tut mir leid, Darren«, sagte Blayne, als die Gespräche am Tisch wieder aufgenommen wurden, »aber das musste sein, zum Wohle Jerars.«

Dagegen konnte und wollte Darren nichts einwenden.

Und genau deshalb habe ich keinen Verdacht geschöpft. Denn wer würde es einem König zur Last legen, dass er zum Wohle seiner Untertanen handelte? Wenn er mit harter Hand regierte, dann nur, weil die Alternative einen noch viel höheren Verlust bedeuten würde.

Nur mit handfesten Beweisen wäre ich in der Lage, seinen Schwindel aufzudecken: dass all das eben *nicht* notwendig war. Dass die Caltothen ein friedliches Volk waren und nur aufgrund von König Lucius' Gier und Intrigen unser Volk und die Nachbarstaaten etwas anderes unterstellten.

Ich schob meinen Teller weg.

Hatte ich zuvor schon keinen Appetit gehabt, so wurde mir nun vollends übel angesichts der Lobhudelei, mit der die restlichen Berater das Engagement ihres neuen Königs priesen, dem das Wohl Jerars über alles ging. Es war nicht ihre Schuld. Sie hatten ja keine Ahnung … oder vielleicht doch? Ich fragte mich, ob Lucius abgesehen von seinem Erstgeborenen noch weitere Leute in seine Pläne eingeweiht hatte. Ob Blayne außer Mira, der obersten Magieranführerin seines Regiments, noch jemand anderen ins Vertrauen gezogen hatte. Dass Mira Bescheid wusste, hielt ich jedenfalls für sehr wahrscheinlich, wenn man bedachte, wie schnell sie nach König Lucius' Ermordung aufgestiegen war – aber gab es noch mehr Mitwisser?

Und dann kam mir ein ganz neuer Gedanke: *Wie viele von den Beratern des Königs wussten Bescheid?*

Plötzlich begann sich das Zimmer um mich zu drehen und ich sackte gegen die Lehne meines Stuhls. *Was, wenn sie alle eingeweiht waren?*

»Ryiah?«

Ich hatte die Hochzeitszeremonie durchgestanden, eine zweistündige Prozession durch die Straßen von Devon und die ersten drei Stunden des Balls und mich die ganze Zeit in der Gegenwart dieses Mörders zusammengerissen, was eine fast schon übermenschliche Leistung war. Aber jetzt konnte ich nicht mehr. Ich musste hier weg, wenigstens für ein paar Minuten.

Ich wandte mich an Darren und verschränkte meine Finger mit seinen. »Irgendwie wächst mir das gerade alles ein bisschen über den Kopf.« Das war zumindest nicht gelogen. »Meinst du, es macht deinem Bruder was aus, wenn ich mich mal kurz davonstehle?«

Darren sah mich fest an. »Ich werde dich entschuldigen, und wenn er ein Problem damit hat, soll er es mit mir bereden.«

Es schnürte mir die Kehle zu, und ich musste schnell wegschauen, damit ich nicht vor lauter Scham auf die Knie fiel und ihm mein Herz ausschüttete. In solchen Augenblicken wurde mir schmerzhaft bewusst, dass ich Darren gar nicht verdient hatte. Ich brachte gerade noch ein hastig gemurmeltes »Danke« zustande, ehe ich möglichst unauffällig den Tisch verließ, während sich der König angeregt mit einem hochrangigen Gast unterhielt.

Ohne einen Blick für die farbenfrohen Wandteppiche und vergoldeten Säulen des Palasts irrte ich ziellos durch die Hallen und Gänge. Ich hatte den Prunk so über. Wohin ich auch sah, erhellten Wandleuchter die Räume, dabei sehnte ich mich nach Dunkelheit. Sogar mein Kleid mit seinem cremegelben Rock und dem Mieder, das mit goldenen und orangefarbenen Perlen bestickt war, schimmerte hell. Es war das Schönste, was ich je getragen und auch zu Gesicht bekommen hatte, doch es erinnerte mich ständig daran, was nur wenige Stunden zuvor geschehen war. Wie die Erkenntnis mich wie ein Blitz getroffen hatte, an den Moment, als ich auf einmal Blaynes Intrigenspiel durchschaut hatte.

Zehn Minuten später fand ich mich im Türrahmen meiner Kammer wieder, die im Laufe des Tages von den Dienern zu einem Wohnzimmer umgewandelt worden war.

Meine Eichentruhen und das wunderschöne Kirschbaumbett an der Wand waren verschwunden und hatten einem kleinen Tisch und gepolsterten Bänken Platz gemacht, wo ich mit meinem Mann sitzen konnte. Das Einzige, was geblieben war, war die kleine Nebenkammer mit dem Badezuber und dem Nachttopf.

Ich weiß nicht, wie lange ich dort stand und einfach nur schaute. Wieder etwas, das unwiederbringlich vorbei war.

Mit ein klein wenig Magie ließ ich das flackernde Kerzenlicht verlöschen, sodass mich Dunkelheit umfing. Ohne mich umzudrehen, griff ich hinter mich und schloss die Tür. Noch mit der Hand an der Klinke begann meine Brust, sich heftig zu heben und zu senken, und ich ließ die Maske fallen.

Die Minuten verrannen und ich klammerte mich noch immer an der Tür fest. Zehn Minuten? Zwanzig? Eine Stunde? Ich weinte und weinte und verlor jegliches Zeitgefühl. Es war auch egal. Ich befand mich irgendwie außerhalb der Zeit. Hier und da ein paar Minuten für mich allein konnten nicht auffangen, was ich wusste. Sie konnten mir nicht das Gewicht der Welt nehmen, das schwer auf meinen Schultern lastete, und auch nicht die Schuldgefühle, die mich schon jetzt plagten, noch ehe ich Dinge tat, die zwar dem Wohle vieler dienten, aber natürlich auch auf Kosten einiger weniger gingen.

Ich wusste nicht, wie ich den Beweis auftreiben sollte, den mein Bruder nicht gefunden hatte. Ich wusste nicht, ob ich die Rebellen davon überzeugen konnte, dass ich auf ihrer Seite stand, obwohl ich der Krone angehörte. Nicht einmal mein Zwillingsbruder vertraute mir. Und Pythus und die Boreanischen Inseln? Wie in aller Welt sollte ich sie dazu bringen, der Neuen Allianz, dem Vertrag, der mit meiner Vermählung mit Darren nun vollständig in Kraft getreten war, zuwider zu handeln? Wie sollte eine junge Frau einen König und einen Kaiser zweier benachbarter Reiche dazu bewegen, ein Abkommen zu brechen, das sie mit ihrem eigenen Land – dem der jungen Frau – geschlossen hatten? Und selbst wenn ich Beweise in der Hand hatte … würden sie mir Gehör schenken?

Ich hätte meinen Wein trinken sollen, dachte ich. Auch wenn er mir nicht schmeckte, so hätte er doch wenigstens meine Gefühle, allem voran meine Angst, betäubt, und ich hätte das alles für eine Weile verdrängen können. Ich hatte gehofft, ich würde mich im Schutz der Finsternis besser fühlen, ein wenig befreit, doch in gewisser Weise machte das Loslassen es nur noch schlimmer.

Vielleicht würde es sich mit der Zeit nicht mehr ganz so schrecklich anfühlen. Aber genau das hatte ich nicht: Zeit. Die Stunden zerrannen mir zwischen den Fingern, und wenn es stimmte, was die Berater gesagt hatten, dann blieben uns sechs Wochen, bis die Pythier die Segel setzten, und acht Wochen, bis ihre Schiffe an unserer Küste eintrafen. Und nicht lange darauf würden unsere Armeen gemeinsam auf Caltoth vorrücken.

Mein altes Ich sehnte sich zurück in das schattenhafte Zwischenreich, in dem ich nach Derricks Tod wie ein Geist gewandelt war, wollte alles hinwerfen, verzweifeln und die Welt am liebsten nur noch wie durch einen Schleier wahrnehmen.

Aufgeben war so viel leichter, als stark sein.

ZWEI

Später am Abend fand Darren mich mit angezogenen Knien an die Wand meiner alten Kammer gekauert.

Mithilfe seiner Magie entfachte er hastig einige Kerzen in den Wandleuchtern und im nächsten Moment kniete er vor mir und sein Mund öffnete und schloss sich in einer Abfolge von Worten. Er packte mich an den Schultern und schüttelte mich, doch ich brachte ich keinen Ton heraus.

Anscheinend hatte ich geweint, denn er fuhr mir sacht mit dem Daumen über die Wange, und als er ihn zurückzog, stand ihm die Verwirrung ins Gesicht geschrieben.

Ich schämte mich, weil ich gleich am allerersten Tag versagt hatte. Darren hätte meine Tränen niemals sehen sollen.

»Ich hätte deine Tränen nicht sehen sollen?«, fragte er nur wenige Zentimeter von meinem Gesicht entfernt, und mir wurde bewusst, dass er das wiederholte, was ich offenbar laut ausgesprochen hatte.

»Es tut mir leid«, flüsterte ich.

»Warum entschuldigst du dich, Ryiah?«

»Weil …« Meine Stimme brach. Es wäre so einfach gewesen, ihm die Wahrheit zu sagen.

»Weil du noch immer um Derrick trauerst?« Darren schluckte und sein Adamsapfel hüpfte auf und ab. »Weißt du, Derrick war vielleicht ein Verräter, aber er war auch dein Bruder. Bei den Göttern, wenn es Blayne gewesen wäre …«

Er versuchte, mir zu helfen, aber er machte es nur noch schlimmer. Ich wollte mir die Tränen wegwischen, doch er hielt meine Hand fest und nahm sie in seine.

»Bitte«, flüsterte er, »zieh dich nicht vor mir zurück. Nicht so. Ich weiß, dass das kein leichter Tag für dich war, ohne deine Familie und nach allem, was … was passiert ist. Aber du musst da nicht allein durch.«

Er war so gut zu mir. Sein einziger Makel war die Liebe zu seinem Bruder – ein Vergehen, dessen auch ich mich schuldig gemacht hatte.

Ich zwang mich zu nicken und Darren half mir auf.

»Blayne möchte, dass wir zum Ball zurückkommen.« Er sah mich mit seinen granatroten Augen an, während wir auf den Gang traten. »Aber ich schätze, er kann auch mal bei einem feierlichen Anlass ohne den Kronprinzen und die Prinzessin auskommen, was meinst du?«

Eine warme Woge der Erleichterung schlug über mir zusammen, bis ich seine Hand sah, die noch immer auf der Klinke der angrenzenden Kammer ruhte.

Vor ein paar Monaten hätte ich alles darum gegeben, dass es endlich so weit war: nur wir beide – nachdem wir all die Jahre unsere Gefühle so sehr hatten im Zaum halten müssen und sich so viel zwischen uns aufgestaut hatte.

Doch jetzt? Jetzt, da er die Tür öffnete und mich nach drinnen zog und ich die Hitze seiner Finger spürte, die meine eigenen wärmte … jetzt hatte ich nur einen Gedanken, nämlich dass auch das ein Betrug war, der sich nicht mehr rückgängig machen ließ. Eine wunderschöne Erinnerung, die Darren im Nachhinein verfluchen würde. Und so sehr ich ihn auch wollte, so wollte ich doch das hier nicht. Nicht so.

Ich hasste mich selbst für das, was ich gleich tun würde, aber sonst könnte ich mir nie wieder ins Gesicht sehen.

»Darren, ich …« Wie erstarrt blieb ich stehen. »Ich kann das nicht. Mir ist klar, was man von m-mir erwartet …« Meine Stimme war rau, und ich hielt den Blick auf den Boden gesenkt, weil ich mich so entsetzlich schämte. »A-aber es geht nicht.«

»Heute Nacht möchte ich meine Frau einfach festhalten.« Darrens Stimme war ruhig. »Mehr nicht.«

Es brach mir das Herz. Ich wollte etwas sagen, irgendetwas, um es ihm zu erklären. »Es tut –«

»Wenn du noch *einmal* sagst, dass es dir leidtut, könnte es passieren, dass ich doch noch sauer werde, Liebes.« Darren nahm meine Hand und zog mich vor den perlenbesetzten Spiegel – denselben, der vor der Zeremonie in meiner Kammer gestanden hatte. Mit einer raschen Handbewegung dämpfte er das Licht, dann stellte er sich hinter mich und nahm mich um die Taille, während der Spiegel das Granatrot seiner glühenden Augen reflektierte. »Hier bin ich, ein Mann und ein Prinz. Der Schwarze Magier liegt dir zu Füßen.«

Bei seinen Worten rebellierte mein Magen.

Er hob meine Hand an seine Lippen und drückte einen Kuss darauf, wobei er mich im Spiegel betrachtete. »Als dein Gemahl.«

Seine Hände wanderten zu der Schnürung, die mein Kleid zusammenhielt. Langsam fielen die Bänder zu Boden. Dann folgte das Mieder. Und während mir das Herz bis zum Hals schlug, glitt die gelbe Seide an mir herab und enthüllte kaum mehr als ein hauchdünnes Unterkleid.

Ich spürte, wie er seine Lippen in meinen Nacken presste und die Klammern aus meinen Haaren zog. »Ich werde dich erst dann anrühren«, sagte er, »wenn du es mit jeder Faser willst. Wenn du mich so sehr begehrst, dass du an nichts anderes mehr denken kannst.«

Mir stockte der Atem und tief unten in meinem Bauch wurde es warm.

»Ich gehöre ganz dir.« Vor dem Hintergrund aus Schatten und Licht hielt Darren meinen Blick fest. »Und das wird auch immer so bleiben.«

Seine Finger lösten meine Haare, sodass scharlachrote Locken um mein Gesicht fielen und das Mädchen im Spiegel mit den hellen blaugrauen Augen und dem dünnen weißen Leinenhemdchen aufleuchten ließen. Weich und ein wenig verloren und unschuldig sah ich aus mit meinen leicht rosa angehauchten Wangen.

Alles Lüge. Schon wieder stiegen mir Tränen in die Augen.

»Solange werde ich warten.« Darren ging um mich herum und stellte sich vor den Spiegel, um mir ins Gesicht zu schauen. Was ich sah, raubte mir den Atem. Ich ließ mich von ihm zu dem Himmelbett führen, auf das Blütenblätter gestreut waren. Er nahm mich in die Arme und ich legte den Kopf an seine Schulter.

Es fühlte sich so gut an – das sanfte Heben und Senken seiner Brust, der Duft nach Nelken und Kiefern, den seine Haut verströmte, der warme Zimt in seinem Atem.

Natürlich war es falsch, es zu genießen, in den Armen des Jungen zu liegen, den ich so schwer enttäuschen würde, aber ich war selbstsüchtig. Er war schön und ich schwach.

Ich hatte mir schon so viel versagt und durfte mich nicht noch mehr zurückziehen, wenn ich keinen Verdacht erregen wollte.

Also nahm ich mir begierig das bisschen von Darren, das ich mir zugestehen konnte.

Und so kam es, dass der Prinz mich in unserer ersten Nacht als Mann und Frau eng umschlungen hielt, und ich schmiegte mich an ihn und sagte mir, dass das nicht falsch, sondern notwendig war.

Das Mädchen klammerte sich an den Jungen, um die Dunkelheit in ihrem Herzen zu verjagen. Er war das Licht, wo sie verlosch und von einem Schattenreich verschlungen wurde, und während sie in den Schlaf hinüberglitt, lauschte sie seinem Herzschlag.

Irgendwie, so sagte sie sich, würde sie einen Weg finden, dass alles gut werden würde.

Am nächsten Tag hätte ich laut Protokoll eigentlich von früh bis spät an den Feierlichkeiten der Krone teilnehmen sollen, doch als ich erwachte, hatte Darren seinen Bruder bereits überredet, mir eine weitere kleine Auszeit zu gewähren. Mir war bewusst, dass ich das Verständnis des Königs nicht überstrapazieren durfte und dem Hof nicht ewig aus dem Weg gehen konnte, also schob ich meine Selbstvorwürfe beiseite, sperrte mich in meiner ehemaligen Kammer ein und fertigte Listen an, nur um sie anschließend gleich wieder im Kamin zu verbrennen.

Ich brachte allerhand Pläne zu Papier. Pläne, den Palast von der untersten Bodenfliese bis hin zur obersten Zinne des höchsten Turms auf den Kopf zu stellen, jeden noch so abgelegenen Winkel zu durchstöbern, den mein Bruder möglicherweise übersehen hatte. Pläne, wie ich meine Unterredungen mit den Rebellen geheim halten konnte, wenn ich erst einmal zusammen mit dem Schwarzen Magier, der die Nachforschungen leitete, in Ferren's Keep war. Und Pläne, wie ich heimlich mit den Pythiern Kontakt aufnehmen konnte.

Doch hinterher war ich so klug wie zuvor.

Am liebsten hätte ich die ganzen Überlegungen in den Wind geschlagen. Das Pläneschmieden raubte mir kostbare Zeit, die ich nicht hatte. Doch ohne eine klare Strategie befürchtete ich, den Schwung und die Tatkraft schnell wieder einzubüßen, die mich gerade eben beflügelten, und wie am Vortag in einer Abwärtsspirale aus Verzweiflung und Mutlosigkeit zu enden, oder schlimmer noch, wie mein Bruder erwischt und in den Kerker geworfen zu werden, ehe ich die Möglichkeit hatte, alles zu erklären.

Ich musste mit Verstand und Bedacht vorgehen, was umso schwerer war, da mir der Kopf nur so schwirrte und alles in mir danach schrie, loszulegen. Die Dinge in Angriff zu nehmen.

Jetzt hieß es stark sein. Auf meinen Schultern lag so viel Verantwortung, dass ich mir keine Fehler erlauben durfte, vor allem nicht jetzt, da ich doch gerade erst ein Mitglied des Königshauses geworden war.

Als Prinzessin von Jerar hatte ich auf einmal Zugang zu Dingen, von denen selbst die einflussreichsten Vertreter meiner Profession nur träumen konnten. Nicht einmal als Magierin ersten Rangs im Dienste des königlichen Regiments und als zweitbeste Kriegsmagierin des Landes hatte ich an den Besprechungen der Krone teilnehmen dürfen, doch als Prinzessin schon. Nur Mitglieder der Krone, der Kommandant der königlichen Armee und der Magische Rat waren dazu befugt.

Bislang war ich bei diesen Sitzungen nie dabei gewesen, und da Darren auch dafür zuständig war, den bevorstehenden Kampfeinsatz der Kriegsmagier vorzubereiten, hatte ich ziemlich viel nicht mitbekommen. Bei diesen Treffen wurde die Kriegsstrategie besprochen und es wurden Schlachtpläne festgelegt bis hinunter zur Ebene der einzelnen Stadtregimenter.

Nun, da ich der Krone angehörte, hatte ich die Möglichkeit, direkt Einfluss darauf zu nehmen, und käme zudem an Informationen, auf die die Rebellen sonst keinerlei Zugriff hätten. Darren Löcher in den Bauch zu fragen, war auf Dauer zu auffällig, selbst als seine Frau und Mitstreiterin, aber bei Ratsversammlungen die Ohren aufzusperren und begierig jede Kleinigkeit aufzusaugen, nicht.

Ich muss sie irgendwie dazu bringen, noch eine Sitzung anzuberaumen, und zwar bevor Darren und ich nächste Woche nach Ferren's Keep aufbrechen.

Das war vielleicht meine einzige Chance, wertvolle Informationen für die Rebellen zu beschaffen, und ich musste jede sich bietende Gelegenheit nutzen.

So gern ich sofort losgelegt hätte, meine Durchsuchungsaktion musste warten. Ich sprang auf und warf mir so schwungvoll meinen Umhang über, dass ein paar lose Blätter vom Tisch segelten. Im Vergleich zum Vortag waren die Temperaturen rapide gesunken, doch die Hofetikette schrieb nun einmal vor, dass ich bei allen feierlichen Anlässen ein Kleid tragen musste, auch wenn es im Palast eiskalt war und der Winter mit Riesenschritten herankam.

Wenn Ella jetzt da wäre, würde sie fluchen wie ein Waschweib. Sie hasste die Kälte.

Unwillkürlich biss ich die Zähne zusammen. Ich vermisste meine beste Freundin, die mit meinem Bruder im Hauptquartier der Rebellen war, genau dort, wo Darren Ermittlungen anstellen sollte.

Mist, Mist, Mist! Ich schlug die Tür meiner Kammer hinter mir zu. Ich durfte nicht an Ella, Alex, Ian oder sonst einen von ihnen denken, sondern musste mich auf das Hier und Jetzt konzentrieren. Auf das, was ich beeinflussen konnte, und das war das Ratstreffen.

»Auf keinen Fall.«

»Mira.« Darrens warnendes Knurren brachte die oberste Magierin des königlichen Regiments augenblicklich zum Verstummen, änderte jedoch nichts an den wütenden Blicken, mit denen sie mich bedachte.

Ich war an sich kein aggressiver Mensch, und umso

mehr musste ich meine Feindseligkeit so manchen hier gegenüber gut verbergen, aber Mira und ich waren uns von Anfang an nicht grün gewesen. Insofern war sie der einzige Mensch, bei dem ich meine Abneigung ganz offen zeigen durfte.

Wir kannten uns von früher und das wusste die Krone auch. Als ich an ihr vorüberging, rempelte ich sie mit der Schulter an und würzte das Ganze noch mit einer Prise Magie, sodass sie mit dem Rücken gegen die Wand knallte. Das Knirschen ihres Kettenhemds auf dem Stein gab mir irgendwie was.

Das war für Derrick, du blutrünstige Hexe.

Ich tat so, als hätte ich ihr Fauchen nicht gehört, und betrat die Kronkammer. Blayne, Kommandant Audric und die anderen beiden Ratsmitglieder waren bereits da.

Hinter mir schnappte Mira wütend nach Luft und ich schlug ihr schnell die Tür vor der Nase zu.

Insgeheim gefiel es mir sogar ein bisschen, dass sie recht hatte – ich war ja tatsächlich eine Verräterin. Aber nicht einmal Blayne schenkte ihr Glauben, weil sie ihr Misstrauen mir gegenüber zu früh herausposaunt hatte.

Genau genommen hatte sie mich vom ersten Moment an nicht leiden können, und zwar seit ich mich auf dieser Mission in Caltoth während meiner Ausbildung ihrem Befehl widersetzt hatte, und diese Abneigung hatte sich noch verstärkt, seit sie am Hofe residierte und meinen Bruder verhört hatte.

Ich konnte es kaum erwarten, bis ich die üblen Machenschaften Blaynes und seiner getreuen rechten Hand endlich vor aller Welt enthüllen konnte.

»War das wirklich nötig?«, fragte Darren mit leiser Stimme.

Gespielt gleichgültig zuckte ich die Achseln, doch innerlich schäumte ich vor Wut, und das zu unterdrücken, war, als würde ich mir die Hand abhacken.

Ich nahm meinen Platz auf der linken Seite des langen rechteckigen Tisches ein. Karina und Yves, die oberste Heilerin und der oberste Alchemist, hatten sich bereits mir gegenüber niedergelassen, während ich beim König und dem Oberbefehlshaber der Kronarmee, Eves Vater, saß. Kommandant Audric hatte das größte Regiment von Jerar unter sich, das aus über zehntausend Männern und Frauen bestand, wobei sich allerdings ein paar Hundert ständig auf Patrouille befanden. Der Rest hielt sich in einem Heerlager nur wenige Meilen außerhalb der Hauptstadt jederzeit einsatzbereit. Im Gegensatz zu den Regimentern der einzelnen Städte war die Kronarmee für ganz Jerar zuständig.

»Also«, ergriff Blayne das Wort und lehnte sich genauso auf seinem Stuhl zurück wie einst sein Vater, »weshalb so ein dringliches Treffen mitten in den Feierlichkeiten? *So* schlecht kann deine Frau doch gar nicht im Bett sein, dass du dich stattdessen danach sehnst, möglichst schnell in den Krieg zu ziehen, Darren, oder?«

Mein Gesicht brannte. Wie konnte er es wagen, mich vor allen anderen dermaßen zu demütigen? Und dann auch noch den Finger direkt in die Wunde zu legen, denn schließlich hatte ich Darren ja wirklich weggestoßen …

»Lass meine Frau aus dem Spiel.«

Erstaunt sah Blayne von seinem Bruder zu mir, und ein

kleines gemeines Lächeln zuckte um seine Mundwinkel, als er meinen Gesichtsausdruck bemerkte. Ihm entging nichts. »Interessant.«

»Es reicht.« Darrens barscher Befehl gab nichts von seinen Gefühlen preis. »Wir haben wirklich Wichtigeres zu besprechen.«

Der junge König wedelte ungeduldig mit der Hand. »Ich höre. Du hast mir noch immer nicht verraten, warum das Treffen anberaumt wurde.«

»*Ich* habe ihn darum gebeten«, sagte ich in die unbehagliche Stille hinein. Am besten münzte ich meine Wut in Tatendrang um. »Es kann nicht angehen, dass ich hier das verliebte Prinzesschen geben soll und wir zum jetzigen Zeitpunkt eine ganze Woche mit Feierlichkeiten vertun.«

Wieder merkte ich, wie einige leise die Luft einsogen. Sie empfanden es wohl als Beleidigung Darren gegenüber, doch so war es nicht gemeint. »Nicht in dieser Situation, wo die Rebellen uns bedrohen und wir kurz vor einem Krieg mit den Caltothen stehen, die jeden Tag zuschlagen können. Blayne, ich habe keine Ahnung, wie es um dieses Land bestellt ist, und als Mitglied der Krone habe ich ein Recht darauf, es zu erfahren. Es lässt mir keine Ruhe, dass wir Jerar in Gefahr bringen, nur damit der Kronprinz und ich eine Woche lang ausgiebig Hochzeit halten können. Dieses Geschenk ist einfach zu groß.«

Ich bemerkte ein leichtes Kopfnicken des Königs, das erkennen ließ, dass er das guthieß. Kein Wort davon war gelogen, nicht einmal die Leidenschaft, mit der ich mein Anliegen vorgebracht hatte. Blayne hatte also keinen Anlass, irgendetwas zu argwöhnen.

Der pythische Gesandte hatte mir gesagt, dass ich eine grauenhafte Lügnerin sei. Im Gegensatz zu den Adligen am Hofe war ich nicht in einem Netz von Intrigen aufgewachsen und hatte von klein an selbst welche gesponnen. Also musste ich es anders angehen und die Wahrheit verdrehen, musste meine Worte so geschickt wählen, dass man sie auch ganz anders auslegen konnte. Wie der König es dann interpretierte, war sein Problem.

»Ich weiß Euer Engagement zu schätzen, Ryiah.« Blayne verschränkte die Arme. »Aber Eure Sorge ist unbegründet. Kommandant Audric und der Rat haben höchstpersönlich unsere Strategie ausgearbeitet. Es ist also alles geklärt.« Seine Miene wurde hart. »Ich fürchte, diese Besprechung wurde irrtümlich einberufen. Darren, vielleicht solltest du das nächste Mal die Gründe dafür angeben, ehe du wieder einen Termin zu so später Stunde ansetzt.«

»Bitte.« Meine Stimme klang gepresst. »Ihr könnt mich doch nicht einfach im Dunkeln darüber lassen. Ich möchte etwas tun, einen Beitrag leisten –«

»Ryiah«, erwiderte Blayne schroff, »Ihr seid weder Kommandantin meiner Armee noch der Schwarze Magier. In Anerkennung Eurer neuen Stellung am Hofe ist es Euch gestattet, an unseren künftigen Treffen teilzunehmen – und da geht es in erster Linie ums *Zuhören* –, aber *mehr* nicht.«

Ich machte ein langes Gesicht. Nein, ich brauchte Informationen, die ich an die Rebellen weitergeben konnte. Bedeutete das hier schon das Ende, ehe es überhaupt richtig angefangen hatte?

Ich versuchte es mit der einen Sache, die Blayne nicht

unter Kontrolle hatte, der einzigen Unwägbarkeit in seinem Ränkespiel. »Aber die Rebellen warten nur darauf ...«

»Ganz ruhig, Prinzessin«, schaltete sich der Kommandant zu meiner Linken ein. »Niemand macht Euch für die Taten Eures Bruders verantwortlich. Meine Eve war die Erste, die ein Loblied auf Euch gesungen hat.« Ein schmerzhafter Ausdruck huschte über sein Gesicht, und es trat unvermittelt Stille ein, während Darren die Hand über den Tisch streckte und dem älteren Mann auf den Arm legte. Fast hatte ich vergessen, dass Audric Darren früher zusammen mit seiner Tochter trainiert hatte.

Die Blicke, die die beiden wechselten, machten deutlich, dass sie sich sehr nahe standen, und ich sah hastig weg, jedoch nicht ohne zuvor noch das kurze Aufflackern von Eifersucht in den Augen des Königs zu bemerken. Allerdings verschwand es genauso schnell, wie es gekommen war.

Eine Sekunde später räusperte sich Darren. »Blayne, Ryiah hat recht. Wir sollten über die Rebellen reden.«

»Das können wir ja auch. *Nächste* Woche.« Die Stimme des Königs klang scharf. »Die Festivitäten sind nicht nur für Euch, sondern vor allem für unsere Untertanen. Die Leute brauchen etwas, das ihnen Mut und Hoffnung gibt, ehe wir in den Krieg ziehen.«

Wieder einmal gab Blayne den gütigen, edelmütigen Herrscher, und ich erwischte Karina und Yves dabei, wie sie zu seinen Worten nickten, weil sie es einfach nicht besser wussten.

»Dann schickt Euren Bruder los, um gleich mit den

Nachforschungen zu beginnen.« Der Kommandant hatte sich auf die Seite des Prinzen geschlagen. »Darren wurde von klein an zu einem Krieger erzogen, Euer Majestät. Das Herumsitzen und Warten bekommt uns Kämpfern nicht.«

»Ich habe bereits fünf Einheiten in den Norden verlegt, die dort in der Provinz patrouillieren, Audric.« Blayne klang gereizt. »Als Rumsitzen und Warten würde ich das nicht bezeichnen.«

Darren stieß ein Lachen aus. »Aber das ist doch etwas völlig anderes, Bruder. Du kannst kaum dieselbe Kompetenz von ihnen erwarten wie von mir.«

Das war mein Stichwort. »Und ist deren Berichten auch wirklich zu trauen?« Ein König, dessen Vermächtnis aus einem einzigen Lügennetz bestand, hatte mit Sicherheit Schwierigkeiten, überhaupt jemandem zu vertrauen, vor allem, wenn überall Rebellen ihr Unwesen trieben. »Was sind ihre Vorgaben? Wie sollen sie die Dörfer auskundschaften? Wie stellen sie die Leute auf die Probe?«

Rück endlich mit Details raus, fügte ich im Stillen hinzu, *damit ich sie aufhalten kann.*

»Also ich möchte mich nicht blind auf Berichte aus zweiter Hand verlassen«, legte Darren nach. »Da hat doch jemand seine Aufgabe nicht anständig erledigt, Bruder. Ich zumindest finde es höchst suspekt, dass wir in all den Jahren nicht das kleinste bisschen über die Rebellen herausbekommen haben. Wo auch immer sie sich versteckt halten, müssen sie die Unterstützung der Bevölkerung haben, die sie deckt. Und bis ich die Leute auf der Festung nicht persönlich vernommen habe, können wir nicht ausschließen, dass sie irgendwo dort oben ihren Unterschlupf haben. Ihre Kämpfer kommen jedenfalls alle aus dem Norden. Und irgendjemand muss doch etwas wissen. Du solltest Ryiah und mich jetzt gleich losschicken, Feierlichkeiten hin oder her.«

Was? Nein! Ich klammerte mich an der Tischkante fest. Dieses Gespräch lief in die gänzlich falsche Richtung. Ich wollte mehr Informationen, nicht früher aufbrechen.

»Du kannst die Festivitäten ja auch weiterlaufen lassen, wenn es dir beliebt«, meinte Darren. »Und Audric kann weiterhin Kundschafter aussenden, aber diese Gelegenheit dürfen wir uns nicht durch die Lappen gehen lassen.«

Karina räusperte sich. »Das sehe ich genauso.«

»Ich auch.« Yves nickte. »Der Rat schließt sich dem Vorschlag des Schwarzen Magiers an. Wir können uns keine weitere Verzögerung leisten.«

Kommandant Audric sprach sich ebenfalls dafür aus.

»Nun gut, wenn sich alle einig sind«, erklärte Blayne mit finsterer Miene, »dann machen wir das so. Ryiah, wie es aussieht, bekommt Ihr Euren Willen.«

Ich schenkte ihm ein schwaches Lächeln und verfluchte mein Pech. Das Treffen hatte die schlimmstmögliche Wendung genommen.

»Mira wird sich darum kümmern, dass Eure Wachen bei Sonnenaufgang bereitstehen.« Blayne erhob sich als Erster aus seinem Stuhl und die anderen standen ebenfalls auf. Im Vorübergehen legte der König Darren die Hand auf die Schulter. »Aber spiel nicht den Helden, Brüderchen. Ich will, dass du in einem Stück zurückkehrst.«

Auch Darren legte Blayne die Hand auf die Schulter,

weil es ihnen widerstrebte, sich zu umarmen. Seine Miene war ernst. »Du weißt, dass ich dich nie im Stich lassen werde.«

Als wir auf den Gang hinaustraten, senkte Blayne die Stimme. »Es ist mir egal, wenn du das Leben anderer aufs Spiel setzt. Aber *nicht* dein eigenes. Das hier ist nicht mehr diese verdammte Ausbildung –«

»Bei den Göttern, du klingst schon wie unser Vater.« Darren biss die Zähne zusammen. »Ich weiß, was ich tue.«

Der König brummte genervt und sah eindringlich zu mir herunter. »Ihr seid mir für seine Sicherheit verantwortlich, Ryiah. Ihr zwei seid die Einzigen, denen ich vertraue.«

Abgesehen von denjenigen, die deine mörderischen Geheimnisse kennen, wie Mira.

»Was immer er Euch auch befiehlt: Weicht *nicht* von seiner Seite.« Blayne packte mich am Arm. »Diese Rebellen werden keine Gelegenheit ungenutzt lassen, dem Königreich zu schaden, und sie würden eher einem Prinzen den Hals aufschlitzen, als auf die Stimme der Vernunft zu hören. Jemand muss ständig auf der Hut sein, wenn mein Bruder möglicherweise kurz unaufmerksam ist –«

»Blayne«, unterbrach Darren ihn. »Ich kann sehr gut –«

»Versprecht es mir!« Blaynes Fingernägel gruben sich in mein Handgelenk. Einen Moment lang sah ich den Jungen in ihm, der er einst gewesen war, den Jungen, dem einzig und allein sein Bruder am Herzen lag, und sonst keiner.

Das war das Einzige, was ihn davor bewahrte, dass ich ihm ein Schwert an die Kehle hielt: diese merkwürdige, fehlgeleitete Geschwisterliebe, gegen die ich machtlos war.

Zumindest was Darren anging, waren wir uns jedoch einig. Ich hatte nicht vor, den Prinzen bei den Rebellen auch nur eine Sekunde aus den Augen zu lassen, und ganz besonders jetzt nicht, wo ich so wenig vorzuweisen hatte.

Wie hatte Darren damals im ersten Jahr an der Akademie so schön gesagt? *»Du bist vielleicht das einzig Gute hier.«* Bei den Göttern, wie sehr sich das Blatt doch gewendet hatte. Der dunkle Prinz war jetzt der Unschuldige, Naive und ich die Schattengestalt mit dem dunklen Geheimnis. Aber ich würde auf ihn aufpassen und das versicherte ich dem König voller Inbrunst mit funkelnden Augen im flackernden Kerzenschein des Gangs.

»Was für ein bewegender Moment.« Darren zog eine Augenbraue hoch. »Wirklich rührend, wie ihr euch um mich, den mächtigsten Magier des ganzen Königreichs, sorgt.«

»Bilde dir ja nichts darauf ein.« Der König warf seinem Bruder einen Blick zu. »Ich habe einfach nur keine Lust darauf, dich zu ersetzen. So was macht viel Arbeit und den Ärger will ich mir nicht antun.«

»Würde mir umgekehrt genauso gehen.«

Blayne schüttelte nur den Kopf und ging.

Etwas zog mir bis ins Herz. Ich konnte noch immer das schiefe Grinsen auf Darrens Lippen sehen, das dem von Blayne so verdammt ähnlich war.

»Das hat nichts mit Logik zu tun. Sie streiten sich und schreien sich an, aber letztendlich sind und bleiben sie Brüder.« Es war sonnenklar, wie entsetzlich enttäuscht er am Ende von Blayne wäre. Genauso wie von mir.

Sobald der König mit Mira an seiner Seite gegangen

war, zog mich der Kronprinz in eine düstere Nische und hob mein Kinn an. »Tu dir keinen Zwang an. Versuch ruhig, mich zu beschützen, wenn du meinst«, zog er mich auf. »Aber *ich* werde dich bis an mein Lebensende beschützen.«

Ich wusste, dass es richtig war, was ich tat, aber in diesem Moment kam ich mir vor wie der letzte Dreck. Um die Hysterie zurückzudrängen, atmete ich ein paarmal tief durch und brachte halbwegs ein Lächeln zustande, ehe ich floh.

Ich sagte mir, dass ich eine Heldin war. Auch wenn er es niemals verstehen würde.

DREI

Im Morgengrauen brachen wir auf.

Mira teilte jedem von uns zehn Leute aus dem königlichen Regiment zu, zwanzig insgesamt. Jeder hatte fünf Kampfmagier an seiner Seite, und ansonsten waren noch zwei Heiler, zwei Alchemisten und insgesamt sechs Ritter mit von der Partie – unsere Leibwächter Henry und Paige schon mit eingerechnet.

Wir kamen zügig voran. In den Ebenen im Landesinneren hatte der Winter noch nicht Einzug gehalten, doch es war bereits so kalt, dass die meisten Leute sich lieber nicht auf Reisen begaben, wenn es sich vermeiden ließ. Um unerkannt zu bleiben, war unsere Truppe gekleidet wie eine ganz gewöhnliche Patrouille der Kronarmee, sodass die wenigen Leute, die doch auf der King's Road unterwegs waren, nicht ahnten, dass sie einen Kronprinzen und eine Prinzessin vor sich hatten.

Die ersten drei Tage ritten wir durch rostrotes Laub und braune Felder. Die Ernte war bereits eingebracht, und viele junge Leute waren ausgezogen, um ihr Glück an einer der Kriegsschulen des Königreichs zu versuchen, während andere beschlossen hatten, zu Hause zu bleiben und bei den Eltern mit anzupacken.

Um kein unnötiges Aufsehen zu erregen, mieden wir außerdem die Gasthäuser entlang des Wegs und schlugen stets im Freien unser Lager auf. Unsere Tage waren lang, doch wie gern hätte ich mich rund um die Uhr auf dem Pferdrücken durchschütteln lassen, wenn ich dadurch den Nächten und den derben Scherzen einiger dreister Kameraden hätte entgehen können. Darren und ich waren zwar Mann und Frau, und die Sprüche, die sie klopften, waren an sich harmlos, die Stille, die einsetzte, sobald Darren und ich uns in unser Zelt zurückgezogen hatten, dagegen nicht.

Das Schweigen tat mir in den Ohren weh und brach mir das Herz. Darren gab sich alle Mühe, sich nichts anmerken zu lassen, und ich wiederum gab mir alle Mühe, so zu tun, als wäre ich blind. Selbst wenn er mich im Arm hielt, wie in jeder Nacht seit unserer Vermählung, spürte ich, wie sich eine Kluft zwischen uns auftat. Es war weniger aus Enttäuschung – die würde sicherlich irgendwann vergehen –, sondern wegen meiner Schuldgefühle, die immer größer wurden.

Nacht für Nacht warf ich mich unruhig hin und her. *Wenn es jetzt schon so zwischen uns ist …* Ich konnte es nicht ertragen, darüber nachzudenken, wie es dann wohl erst in Zukunft werden würde. Ich betete einfach zu den Göttern, dass ich das alles nicht umsonst machte.

Am fünften Tag unserer Reise gen Westen erreichten wir Demsh'aa am Fuße der Iron Mountains.

Darren und die anderen machten sich sofort daran, die

Dorfbewohner zu befragen, während ich mich zur Apotheke meiner Eltern begab. Paige war zwar bei mir, hielt jedoch ein wenig abseits Wache, damit wir ungestört miteinander reden konnten. Um Darrens Sicherheit machte ich mir keine Sorgen. Entgegen Blaynes Annahme gab es hier keine Rebellen oder dergleichen. Derrick hatte mir erzählt, dass sie ausschließlich von Ferren's Keep aus agierten. Die Rebellen, die sich weiter unten im Süden versteckt hielten, lebten nomadisch und blieben nie lange am selben Ort.

Eine Weile stand ich einfach da und beobachtete eine ältere Frau im vorderen Teil des Ladens, die einem jungen Mädchen etwas erklärte. Sie hatte die weizenblonden Haare und die wachen, auffallend blauen Augen meiner Brüder – *Brüder* –, doch ihre Lippen waren zu einem schmalen Strich zusammengepresst.

Neben ihr stand ein Mann mit ungebändigten Locken und einer markanten Nase, der einem weiteren Lehrling dabei half, einen Heiltrank für einen der wartenden Kunden anzurühren. Das ganze Geschäft war voll, die Leute standen regelrecht Schlange.

Die abgeplatzten, verwitterten Bretter der Fassade hatten einen frischen Anstrich bekommen und an den Fenstern hingen neue, schwere Brokatvorhänge. Man sah auf den ersten Blick, dass es das am besten hergerichtete Gebäude und das einträglichste Geschäft am ganzen Platz war. Das Geld, das Alex und ich in unserer Ausbildung nach Hause geschickt hatten, war gut angelegt worden.

Wie ich so meine Eltern betrachtete, überkam mich das

Gefühl, als würde sich eine kalte Hand auf meine Brust legen und mir die Luft abdrücken. Sie hatten sich sehr verändert, seit wir uns zuletzt gesehen hatten. Unter ihren Augen lagen tiefe Schatten und ihnen kam kaum ein Lächeln über die Lippen.

Daran bist du schuld.

Ich zwang mich, einen Fuß vor den anderen zu setzen, und noch einen und noch einen, bis ich direkt vor dem Laden stand. Dann wartete ich, dass sie mich bemerkten.

Meine Mutter entdeckte mich als Erste. Zum ersten Mal sah ich ein Leuchten in ihren Augen, das jedoch viel zu schnell wieder erstarb. Sie tippte meinen Vater an, der sich umdrehte und mich ebenfalls anstarrte.

Sie überließen den Laden den Mädchen und gingen mit mir hinüber zu ihrem Haus auf der anderen Straßenseite, wo sich ebenfalls einiges getan hatte.

Schweigend traten wir ein, und einen Augenblick lang war die Atmosphäre steif, ja geradezu angespannt, bis meine Mutter einen leisen, erstickten Laut ausstieß und mich an sich zog. Sie legte die Arme um meine Schultern und presste ihr Gesicht in meine Haare. Es folgten schlurfende Schritte, dann wurde ich noch fester gedrückt und hörte das abgehackte Atmen der beiden – ein stummer, dafür umso emotionalerer Moment, als der vertraute Duft nach Wald und Heilkräutern mich einhüllte.

»Ich wünschte, ihr wärt da gewesen«, krächzte ich schließlich.

»Du warst bestimmt eine wunderschöne Braut.« Die Stimme meines Vaters war brüchig, während er mir über den Hinterkopf strich.

Meine Mutter schluchzte leise auf. »Weißt du, die Stadt, in der Derrick …«

Bei der Erwähnung seines Namens kniff ich die Augen zusammen und versuchte, die Tränen zurückzuhalten. Mir war klar, warum sie nicht gekommen waren, doch das machte mich nicht minder traurig.

Keine Ahnung, wie lange wir drei so dastanden. Die erste Stunde verbrachten wir schweigend mit feuchten Augen und hielten uns so fest an den Händen, dass unsere Fingerknöchel weiß hervortraten.

Die beiden hatten mich großgezogen. Hier, bei ihnen, war die Vergangenheit allgegenwärtig, und ich fühlte mich wieder zurückversetzt in die Zeit, als ich noch ein kleines Mädchen war, das sich bei seinen Eltern ausheulte, statt eine junge Frau, die so viel falsch machte. Als ich einfach nur Ryiah war, keine Magierin und ganz bestimmt nicht mit der Krone verbunden und in den Bruder eines tyrannischen Königs verliebt. Wie sehr wünschte ich mir, sie könnten mir sagen, das alles wäre nur ein böser Traum, und ich müsste einfach nur aufwachen. Dass wir uns nur umdrehen müssten und da stünde mein kleiner Bruder mit einem lausbübischen Grinsen im Gesicht.

Aber das ging nicht.

Dennoch fühlte ich mich zum ersten Mal seit geraumer Zeit nicht so schrecklich einsam, auch wenn ich meinen Eltern wieder neuen Kummer bereiten würde, denn ich musste ihnen erzählen, was ich vorhatte. Für den Fall, dass es schiefging, wären sie zweifellos die Ersten, bei denen Blaynes Leute vor der Tür stünden.

Also schilderte ich ihnen ausführlich, wie ich die Dinge

inzwischen sah, und als ich geendet hatte, waren die Kerzen schon weit heruntergebrannt. Ihre Reaktion fiel ganz anders aus als bei meinem letzten Besuch. Der Verlust hatte sie härter gemacht – ihr Jüngster war tot und ihr anderer Sohn hatte sich bereits den Rebellen angeschlossen. Dass ihre einzige Tochter nun vorhatte, die Krone zu hintergehen, die Neue Allianz zu zerschlagen und die Rebellen zu unterstützen, und zwar direkt unter den Augen des Schwarzen Magiers, nahmen sie erstaunlich gefasst auf. Vielleicht hatten sie auch nichts anderes erwartet, denn die Götter schienen es nicht gut zu meinen mit unserer Familie.

»O Ryiah.« Meine Mutter nahm meine Hand. »Aber das musst doch nicht unbedingt *du* machen.«

»Nein?«, fragte ich tonlos.

Sie sah weg und biss sich auf die Unterlippe. Mein Vater sagte gar nichts.

Auch wenn sie es nicht zugeben wollten, wussten sie, dass ich die Einzige war, die dazu in der Lage war. Und mit diesem Schicksal zu hadern, würde nichts ändern.

»Wir machen es genau so, wie du vorgeschlagen hast«, meinte mein Vater schließlich. »Wir werden einen unserer Lehrlinge damit beauftragen, ein Auge auf die Straßen zu haben, und halten immer eine Tasche mit dem Nötigsten bereit. Und sobald uns irgendwelche ungewöhnlichen Vorgänge zu Ohren kommen, machen wir uns aus dem Staub.«

»Wo wollt ihr hin?«

Meine Mutter räusperte sich. »Richtung Süden. Ich habe eine Base, die ganz in der Nähe von Port Cyri wohnt.

Wir erzählen ihr, dass wir eine zweite Apotheke näher am Meer eröffnen wollen, und legen uns andere Namen zu. Du und Alex habt uns so viel Geld gegeben, das reicht auf jeden Fall für einen neuen Laden, und die Mädchen können dann den in Demsh'aa weiterführen. Keiner wird uns finden.«

Mich durchströmte Erleichterung. Ihr Plan klang realistisch.

Mein Vater strich mir eine Strähne aus dem Gesicht. »Du musst vorsichtig sein, Ryiah, dieser Blayne ...« Seine Augen verfinsterten sich und er ballte die Faust im Schoß. » ... dem scheint nichts zu entgehen. Wenn dir auch nur der kleinste Schnitzer unterläuft –«

»Dazu wird es nicht kommen.« Ich straffte die Schultern. »Du und Mama, ihr werdet nicht noch ein Kind verlieren.«

»Und dein Mann?« Meine Mutter sah mich an. Sie wusste, wie viel Darren mir bedeutete, und machte sich Sorgen darüber, was für *mich* auf dem Spiel stand.

Ich musste wieder daran denken, was der pythische Gesandte an jenem Abend gesagt hatte, als wir uns zum ersten Mal begegnet waren: *»In einer Zeit, die wenig märchenhaft ist, habt Ihr Euer Glück gefunden.«* Hätte ich die Wahrheit doch nur schon früher erkannt! »Die Gerechtigkeit hat nun mal ihren Preis«, sagte ich leise und sah meiner Mutter in die Augen. »Und Darren ist der Preis, den ich zahlen muss.«

Eine Woche später erreichten wir Ferren. Das von Raureif überzogene Gras knirschte unter den Hufen der

Pferde, als unser Trupp sich der gewaltigen Festung näherte, die ebenso düster wie wuchtig aufragte, ein unheilvoller Gigant aus Stein wie der Berg selbst. Das war auch kein Wunder, schließlich war sie direkt in eine Bergflanke der Iron Mountains hineingebaut. Dahinter verbarg sich eine kleine, nur durch die Burg zugängliche Stadt, in der die besten Schmiede des Landes, darunter auch Ians Eltern, lebten und die Kronarmee mit Waffen versorgten.

Ich fragte mich, wie viele Waffen sie unbemerkt für ihre eigenen Zwecke zur Seite geschafft hatten, während sie die Aufträge der Krone erledigten. Und wie lange ihr Sohn schon von der politischen Einstellung seiner Eltern wusste. Letzteres ließ mich auch meine Ausbildungszeit in ganz neuem Licht sehen.

Wie oft hatte Ian versucht, sich mit dem abweisenden Darren anzufreunden. Vielleicht war das nicht so unschuldig und harmlos gewesen, wie ich gedachte hatte. Und hätte er sich auch so brennend für mich interessiert, wenn der Prinz nicht ein Auge auf mich geworfen hätte? Schließlich hatten alle mitbekommen, wie Darren sich mit dem Mädchen niederer Geburt abgab, während er die meisten anderen unseres Jahrgangs mied.

Mir wurde flau. Bei den Göttern, tat denn niemand hier etwas ohne Hintergedanken? Spielte jeder ein falsches Spiel? Wie es aussah, waren alle ein wenig berechnend und hatten ihre dunklen Geheimnisse. Keiner war so unschuldig und harmlos, wie er tat. Alles Lüge.

Am Torhaus hielt unser zweiundzwanzigköpfiger Trupp an, und die Wachen inspizierten eingehend unsere

Dokumente und Siegel, ehe ihnen klar wurde, wen sie da vor sich hatten. Dann wurden wir durchgewinkt und das erste der beiden Gittertore hob sich. Als wir auch das zweite passiert hatten, stand schon ein Stallknecht bereit, um uns unsere Pferde abzunehmen, während wir absaßen und uns die Arme durch mehrere Wollschichten hindurch rubbelten. Im Eingangsbereich der Festung mit ihren in den Berg hineingetriebenen Tunneln war es noch kälter als im Freien.

Man bat uns, kurz zu warten.

Zehn Minuten später erschien Kommandantin Nyx mit einem überraschten Lächeln auf den Lippen, doch in ihren stahlgrauen Augen erkannte ich den Argwohn. Ihr Blick fiel auf mich, und ich fragte mich, wie viel Alex, der nun schon seit mehreren Wochen hier war, ihr wohl erzählt hatte. Fürchtete sie, dass ich gekommen war, um die Rebellen meinem Mann auszuliefern?

Ich hielt den Blick gesenkt und hoffte inständig, dass die Kommandantin Stillschweigen bewahrte, bis sich eine Gelegenheit ergab, ihr alles zu erklären. Mit Sicherheit war ihr klar, dass ihre Leute unseren Trupp problemlos überwältigen konnten, falls wir hier waren, um Festnahmen durchzuführen. Darren und ich waren zwar die zwei mächtigsten Magier des Landes, doch die Festung beherbergte ein zweitausendköpfiges Regiment, und noch dazu hatten sie die Unterstützung diverser Städte des Nordens, die sich ebenfalls den Rebellen angeschlossen hatten.

»Was verschafft uns die Ehre dieses unerwarteten Besuchs, Euer Hoheit?« Nyx' Stimme gab nichts davon preis, was in ihr vorging. Wenn überhaupt, lag mehr Wärme darin, als ich es von ihr kannte, und ich war immerhin ein Jahr lang in Ferren's Keep stationiert gewesen.

Angesichts der Direktheit ihrer Frage runzelte Darren die Stirn. Er war nicht so dumm, den Grund unseres Kommens mitten auf dem Gang zu besprechen, denn wer wusste schon, wer sich sonst noch alles in Hörweite befand. Einige der Fässer und Kisten in den Vorratskammern, die direkt an den Tunnel angrenzten, waren groß genug, dass sich ein Mensch darin verstecken konnte. Darren ließ den Blick über die Nischen und Felsspalten am Zugang der Festung schweifen.

»Können wir in Ruhe irgendwo reden?«

Nyx' Augen verengten sich, und ich konnte ihr ansehen, dass ihr die Vorstellung, allein mit dem Schwarzen Magier zu sprechen, nicht gefiel. Vor allem, weil sie im Dunkeln tappte, auf wessen Seite ich in dieser Angelegenheit stand und ob ich ihm die Wahrheit gesagt hatte. Wenn er Bescheid wusste, bedeutete das den sicheren Tod.

Falls Nyx sich ihren Widerwillen jedoch anmerken ließe, würde ihr das einen Platz ganz oben auf der Liste der Verdächtigen einbringen.

»Gewiss. Am besten in meinen privaten Gemächern.«

Wir folgten der Kommandantin durch den Tunnel und die Lagerräume. Das unterste Stockwerk des Hauptgebäudes war zugleich auch das eisigste. Ohne jegliche dämmende Wandteppiche oder Vertäfelung drang die Kälte ungehindert durch die Steinwände.

Nachdem wir einige verschlossene eisenbeschlagene Türen und eine weitere Wachmannschaft passiert hatten, standen wir vor den Privatgemächern der Kommandantin. Sie zog einen Schlüsselring heraus und hielt dann, die Hand auf dem Türschloss, inne.

»Gehe ich recht in der Annahme, dass Eure Wachen nicht mit hineinkommen?«

Sie versuchte, die Zahl der potenziellen Zeugen möglichst klein zu halten.

Darren war sofort einverstanden, aber mir war das ein Dorn im Auge. Der Kronprinz ganz allein mit der Anführerin der Rebellen ... Ich war nicht mit den geheimen Gepflogenheiten auf der Festung vertraut – wer wusste also, ob Nyx nicht ein paar Magier und Ritter in Alarmbereitschaft versetzt hatte, die schon auf der anderen Seite der Wand warteten ... entweder als eine Art Drohkulisse oder noch mehr?

»Ich komme mit.«

Darren sah mich mit hochgezogenen Augenbrauen an. Zweifellos musste er an die Order seines Bruders denken, und andererseits war er bestimmt genervt, weil er seiner Meinung nach die Unterredung mit der Kommandantin sehr gut allein führen konnte. Doch wie es aussah, wollte er meine Entscheidung nicht vor Nyx mit mir ausdiskutieren.

Die Kommandantin wirkte ebenfalls alles andere als erfreut.

»Gut, gut. Wenn Ihr mir bitte folgen wollt?«

Paige stieß ein wütendes Schnauben aus, als ich an ihr vorbeiging. Es passte ihr nicht, dass wir sie zurückließen. Wenigstens traute mir Henry zu, dass ich in der Lage wäre, auf den Prinzen aufzupassen. Paige dagegen vertraute niemandem außer sich selbst.

Sie war eben klug.

Der Rest unserer Gruppe fügte sich ebenfalls in sein Schicksal.

Die Kommandantin drehte den Schlüssel und führte uns in einen großen, kahlen Raum, der bis auf einen dicken Läufer und einen langen rechteckigen Tisch mit zwanzig Stühlen spärlich möbliert war. Vermutlich gab es genau einen Stuhl für jeden Befehlshaber ihrer Einheiten, damit sie sich hier ganz in Ruhe zusammensetzen und das weitere Vorgehen besprechen konnten, ehe Nyx sich auf dem Versammlungsplatz im Freien an das ganze Regiment wandte.

Unwillkürlich ließ ich meinen Blick auf der Suche nach irgendeinem kompromittierenden Hinweis auf die Rebellen durch die Kammer wandern, doch sie war viel zu spartanisch eingerichtet, um auf den ersten Blick irgendwelches belastende Material preiszugeben.

Ob Nyx einen ihrer Leute damit beauftragt hatte, schnell alles wegzuräumen, während wir unten am Eingang gewartet hatten? Wie viele Dokumente waren wohl verbrannt worden, während der Kronprinz und die Prinzessin beschäftigt gewesen waren? Bis Darren mit seinen Untersuchungen begann, wäre nicht mehr das kleinste Papierfitzelchen übrig, das einen Hinweis auf illegale Aktivitäten gäbe.

Darren kam ohne Umschweife zur Sache. »König Blayne schickt mich, um an unserem nördlichen Posten Nachforschungen anzustellen, weil die Krone kürzlich einen Rebellen enttarnt hat, der zuvor als Soldat in Eurem Regiment gedient hat. Bei diesen Ermittlungen benötige ich Eure volle Unterstützung. Und ich muss mich darauf verlassen können, dass Ihr Eure Leute auf Linie haltet.« Ähnliches hatte er bei unserem Aufenthalt in meinem Heimatdorf auch schon dem Lord gesagt, in dessen Zuständigkeitsbereich Demsh'aa fiel. Der einzige Unterschied bestand darin, dass der Mann ein Narr war und sich vor lauter Dankbarkeit dafür, dass der Prinz seine Stadt nach diesem »Rebellenpack« absuchte, fast überschlagen hatte – anscheinend hatte er ganz vergessen, dass der Prinz zugleich der Schwarze Magier war.

»Selbstverständlich.« Die Kommandantin presste ihre Lippen zu einem schmalen Lächeln zusammen. »Ich werde Euch unterstützen, wo ich nur kann. Darf ich fragen, um wen es sich dabei gehandelt hat?«

Sie wollte, dass er es aussprach.

Mühsam schluckte ich die Galle hinunter, die mir in der Kehle hochstieg, und antwortete an seiner Stelle. »Derrick.«

Darren wusste nichts über Jacob und die anderen Rebellen, die an der Befreiungsaktion für meinen Bruder beteiligt gewesen waren. Sie waren nicht identifiziert worden, nicht einmal jene, die bei dem Fluchtversuch ihr Leben gelassen hatten, da keiner irgendwelche Dokumente oder Ähnliches bei sich getragen hatte, was einen Hinweis hätte geben können.

Die Kommandantin sog scharf den Atem ein.

Heuchlerin!

»Euer Bruder, Prinzessin?«, fragte sie.

»Mein kleiner Bruder.« *Den du rekrutiert und einer Gehirnwäsche unterzogen hast, um ihn für deine Zwe-*

cke einzuspannen. Ich sah ihr in die Augen. Sollte sie sich doch fragen, wie viel ich wusste. Sollte sie ruhig ein bisschen ins Schwitzen geraten. Ja, ich hatte mich ihrer Sache angeschlossen, aber das wusch sie noch lange nicht von ihrer Schuld rein. Nyx hatte Derrick benutzt, um wiederum mich auszunutzen, und das brachte mich wieder zu dem Gedanken zurück, dass selbst an den Händen der sogenannten Helden Blut klebte.

Jeder Held hatte zugleich auch Schuld auf sich geladen. Der Krieg machte uns alle zu Mördern.

»Wir haben bereits in seinem Heimatdorf Nachforschungen angestellt«, hallte Darrens Stimme in dem kahlen Raum wider und mein Blick richtete sich wieder auf meinen Mann.

»Ferren's Keep war der nächste logische Schritt. Auch wenn die Rebellen woanders ihren Unterschlupf haben sollten, so bestehen doch gute Chancen, dass jemand hier weiß, wie sie ihn rekrutieren konnten. Ryiahs Bruder war nie im Süden stationiert, also ist die Wahrscheinlichkeit groß, dass sich zumindest einige Rebellen oder ihre Kontaktleute im Norden aufhalten.«

»Das klingt logisch.« Nyx nickte zu seinen Worten und weder ihre Mimik noch ihre Körpersprache verrieten ihre Anspannung. Kein Wunder, dass es ihr gelungen war, so lange allen etwas vorzuspielen, ohne Verdacht zu erregen.

Andererseits entstammte sie eben dem Adel, genau wie ihr Bruder, der junge Berater, der damals von König Lucius' Plänen Wind bekommen hatte, und wenn mich der pythische Gesandte eines gelehrt hatte, dann dass die Adligen lügen konnten wie gedruckt.

Es entbehrte nicht einer gewissen Ironie, dass die Rebellenanführerin von blauem Geblüt war, jedoch nur Leute aus dem einfachen Volk rekrutierte.

Kurzes Schweigen folgte.

»Ich benötige eine Aufstellung aller Männer und Frauen jeder Einheit«, sagte Darren, »mit ihren Dienstjahren und gegebenenfalls ihren vorigen Einsatzorten sowie sämtliche persönliche Aufzeichnungen über irgendwelche Besonderheiten oder merkwürdige Dinge, die Euch oder Euren leitenden Offizieren aufgefallen sind. Meine Leute und ich werden morgen früh mit der Befragung der ersten Hundertschaft beginnen. Als Erstes schickt uns bitte die Einheit, in der Derrick gedient hat.«

»Er hat eine Beförderung in Sir Maxons Einheit erhalten, ehe er hier seinen Dienst quittiert hat. Maxon befindet sich allerdings mit seinen Leuten gerade auf dem Rückweg von einem Außeneinsatz an der Grenze und wird erst in eineinhalb Wochen hier eintreffen.«

Der Prinz verlagerte sein Gewicht von einem Bein aufs andere. »Dann fangen wir mit der Einheit an, der Derrick zuerst zugeteilt war, vielleicht hat ja jemand vor seinem Wechsel eine Veränderung bemerkt.«

»Natürlich. Der Kerker befindet sich im hinteren Teil der Festung. Werdet Ihr denn auch solche Verhörmethoden anwenden?«

Darrens Miene verdüsterte sich, was mir einen Stich ins Herz versetzte. »Ich würde die Leute lieber erst ganz normal befragen, ehe ich zu anderen … Mitteln greife.«

Im Klartext: Wenn nötig, würde er foltern, wie er mir auf dem Herweg gestanden hatte. Zum Wohle Jerars würde er alles tun, auch wenn das bedeutete, dass er jemandem Schmerzen zufügen musste.

Seitdem wälzte ich mich Nacht für Nacht schlaflos hin und her. Ich musste das irgendwie verhindern. Und wenn es doch so weit kam, dann ... Nein, deshalb war ich schließlich hier. Um den Schwarzen Magier in die Irre zu führen und dadurch die Rebellen zu schützen.

Und um Darren davor zu bewahren, dass ihr Blut an seinen Händen klebte.

»Dann werde ich veranlassen, dass sie bei Sonnenaufgang vor dem Verlies antreten. Es werden keine anderen Einheiten anwesend sein. Gibt es sonst noch was?« Der Blick der Kommandantin ruhte auf dem Prinzen, doch ich wusste, dass die Frage für mich bestimmt war.

»Privatgemächer. Und eine Reihe von Feldbetten für den Rest unseres Trupps direkt davor. Wir werden unsere eigenen Wachen aufstellen.« Mein Ton war barsch. Das Ganze erinnerte mich an Paige, und zum ersten Mal wurde mir bewusst, wie schwer meine Freundin es hier gehabt hatte, als sie ein Mädchen beschützen sollte, das dachte, es könnte sich hervorragend selbst verteidigen. Es gab Menschen, bei denen man es unweigerlich mit der Vorsicht nicht so genau nahm, und genau die waren der Grund dafür, dass man einen Leibwächter brauchte.

Ich nahm mir vor, mich bei der ersten sich bietenden Gelegenheit bei ihr zu entschuldigen.

Darren war hier nicht sicher. Nicht bis ich mit Nyx geredet hatte, und zwar unter vier Augen. Noch nie im Leben war ich so angespannt, so in Alarmbereitschaft gewesen.

Die Tugend der Bescheidenheit, die ich für mich als Mädchen niederer Geburt immer in Anspruch genommen hatte, interessierte mich plötzlich nicht mehr. Sollten mich die Leute hier ruhig für verwöhnt halten, alles war besser, als Darren zu erlauben, in einer Baracke mit lauter bewaffneten Männern zu nächtigen. Sollten sie doch weiterhin denken, ich wäre ein hochnäsiges Prinzesschen. Blaynes Order verlieh mir alle nötigen Befugnisse. Was Darren anging, zogen der König und ich ausnahmsweise an einem Strang, und ich würde wenn nötig in jede noch so undankbare Rolle schlüpfen, um Darrens Sicherheit zu gewährleisten.

»Befehl des Königs.« Mein Lächeln war erzwungen. »Ihr versteht.«

Darren warf mir einen befremdeten Blick zu. Das klang alles gar nicht nach mir, und mir war klar, dass er mich später zur Rede stellen würde, aber ich hielt den Blick stur auf die Kommandantin gerichtet.

»Ich lasse Euch die Kammer gleich hier gegenüber herrichten.«

Nyx stand auf, um in einer Schublade herumzuwühlen, und brachte einen Messingschlüssel zum Vorschein. »Die ist für derartige Anlässe bestens geeignet. Ich würde doch einen Prinzen von Jerar niemals bei all den anderen nächtigen lassen.«

Fast hätte ich geschnaubt, als ich daran denken musste, wie sie ein Jahr zuvor so ziemlich das genaue Gegenteil gesagt hatte. Damals hatte sie sich überaus erfreut gezeigt, dass ich mich – sehr zu Paiges Missfallen, das diese auch lautstark kundgetan hatte – dafür entschieden hatte, zusammen mit den anderen Frauen des Regiments in den Baracken zu nächtigen.

Ohne Zwischenfälle geleitete die Kommandantin uns wieder auf den Gang hinaus. »Meine Leute bringen gleich die Pritschen für Euren Trupp.«

Das war meine Gelegenheit. »Danke, Kommandantin.« Ich nahm sie am Handgelenk, als sie sich umdrehte, und schob ihr eine dünne Pergamentrolle in den Ärmel. Die Bewegung hatte ich an dem Abend, an dem wir in Demsh'aa angekommen waren, wieder und wieder vor dem Spiegel geübt. Es hatte mich ganze drei Stunden gekostet, um die kurze Drehung des Handgelenks perfekt hinzubekommen und dass mein Umhang genau im richtigen Moment darüberfiel.

Einen Moment lang war Nyx vor Schreck wie erstarrt, doch sie erholte sich viel zu schnell wieder, als dass sie sich durch einen Laut des Erstaunens verraten hätte.

Ich hatte den Brief noch in derselben Nacht verfasst und meine Mutter hatte ihn in meinen Umhang eingenäht. Seitdem hatte ich das muffige Ding stets am Leib getragen und mich geweigert, es auch nur eine Sekunde abzulegen, denn das hätte mir gerade noch gefehlt, dass Darren oder einer von den anderen einen mysteriösen Brief im Innenfutter meines Ärmels fand.

»Darren und ich wissen Eure Kooperation in dieser Angelegenheit zu schätzen«, sagte ich hastig und trat einen Schritt zurück, sodass ich neben dem Prinzen stand. »Wir hoffen, nicht allzu viel von der Zeit Eurer Leute beanspruchen zu müssen.«

Die Frau lächelte. Diesmal mit einer Zuversicht, die sie

ein paar Sekunden zuvor noch nicht ausgestrahlt hatte. Nyx war klug. Sie wusste genau, dass in dem Briefchen etwas stand, das ich nicht laut aussprechen konnte.

»Ich freue mich doch, wenn ich helfen kann. Schließlich will auch ich nur das Beste für dieses Land.«

Fünf Minuten später verabschiedete ich mich unter dem Vorwand, trotz der extrem späten Stunde dringend ein Bad zu brauchen, von Darren und den anderen. Inzwischen stank mein Umhang übel genug, um jeden ernsthaften Protest vonseiten unserer Wachen im Keim zu ersticken, und Darren war ohnehin in seine Schriftrollen vertieft und ging zur Vorbereitung der Befragungen am nächsten Morgen noch einmal alles durch, was die Krone über die Rebellen wusste.

Paige begleitete mich natürlich. Zum Glück hatten wir jedoch ein Jahr zusammen auf der Festung verbracht, und mit der Zeit war sogar sie zu der Überzeugung gelangt, dass ein Bad keine ernst zu nehmende Bedrohung darstellte.

Ich tat so, als würde ich mich kurz im Badehaus umsehen.

»Keiner da. Ich beeile mich.«

Meine Leibwächterin nickte gedankenverloren, den Blick auf den dunklen Flur dahinter geheftet. Es war sehr viel wahrscheinlicher, dass die Rebellen einer Prinzessin auf finsteren Gängen auflauerten, als eine Stunde nach Mitternacht im kalten Wasser eines unbesetzten Badehauses herumzulungern. Außerdem verließ sie sich blind darauf, dass ich gut nachgesehen hatte.

Als ich die Hütte betrat, wartete Nyx bereits in den Schatten auf dem gegenüberliegenden Podest. Ich hatte gewusst, dass sie kommen würde, denn es stand viel zu viel für sie auf dem Spiel.

Zunächst beschwor ich einen Schutzwall gegen unerwünschte Zuhörer herauf. Einen hundertprozentigen Schutz bot die Mauer aus verdichteter, zäher Luft zwar nicht, aber ich hatte auch nicht vor, laut zu werden.

Auf Kerzen verzichtete ich. Falls Paige sich später doch bemüßigt fühlen sollte, einen kurzen Kontrollblick zu riskieren, durfte man hier kaum die Hand vor Augen sehen.

»Euer Hoheit –«

Mit einer Handbewegung schnitt ich ihr das Wort ab. »Derrick hat mir alles erzählt.«

»Alles?«

»Bevor er gefasst wurde, hat er mir reinen Wein eingeschenkt – über Euch, den alten König und Caltoth. Alles. Damals habe ich ihm nicht geglaubt …« Ich hielt inne und sah ihr in die Augen. Es war schwer, im Dunkeln etwas zu erkennen, aber ich hatte das Gefühl, dass sie erschrocken war, und fragte mich, was sie wohl von mir dachte. »Jedes Wort aus seinem Mund klang für mich, als hättet Ihr Euch eine wilde Geschichte zusammengeschustert, um naive junge Leute für Eure Sache zu gewinnen.«

»Ich schwöre, dass jedes Wort der Wahrheit entspricht!«

»Das weiß ich jetzt. Im Gegensatz zu damals«, fügte ich bitter hinzu. »Und alles nur, weil Ihr mir keine Chance gegeben habt. Ihr habt meine Stellung ausgenutzt, um Eure Aktivitäten zu finanzieren. Ihr habt einen meiner besten Freunde herzitiert, um meine Loyalität zur Krone auf die

Probe zu stellen, und mich dazu gebracht, *meinen eigenen Mann* anzulügen –« Meine Lippen begannen zu zittern, aber ich zwang mich, weiterzusprechen. »Aber nicht ein einziges Mal habt Ihr mit mir *geredet.*«

»Ryiah«, flüsterte Nyx, und ihre Stimme klang entschuldigend.

»Ihr werdet verstehen können, weshalb ich an Eurer Sache gezweifelt habe.« Wieder einmal kochte unbändige Wut in mir hoch, und auch wenn Nyx die falsche Adresse dafür war, konnte ich mich nicht beherrschen. »Ich habe ihn verloren, Kommandantin, ich habe meinen Bruder verloren, weil Ihr mir keine Chance gegeben habt. Weil Ihr Euch geweigert habt, mich ins Vertrauen zu ziehen. Ich habe ihn verloren, weil ich überfordert und blind war und die Wahrheit erst erkannt habe, als es zu spät war.«

»König Lucius war ein Tyrann.« Nyx straffte die Schultern und verschränkte die Arme vor der Brust. »Ich konnte nicht riskieren, dass Ihr geradewegs zur Krone rennt und alles zunichtemacht, was wir uns in mühevoller, jahrelanger Arbeit aufgebaut haben. Es stand zu viel auf dem Spiel. Derrick hätte es Euch auch niemals erzählen dürfen. Das war nicht so geplant –«

»Hat er aber.« In dem Versuch, mich zusammenzureißen, ballte ich abwechselnd die Fäuste und ließ sie dann wieder locker. Nicht dass ich im Eifer des Gefechts vergaß, warum ich eigentlich hier war, und doch noch laut wurde. »Ich habe ihm nur nicht geglaubt.«

»Euer Verlust wiegt schwer. Es tut mir aufrichtig leid.« Die Kommandantin hielt kurz inne. Es schien ihr nicht leichtzufallen, es auszusprechen. »Er war ein großartiger Soldat, einer der besten, die mir je untergekommen sind.«

»Ja.«

»Derrick hat mich an Raphael erinnert.« Einer der toten Edelmänner, die versucht hatten, Lucius zu vergiften. »Entgegen der Meinung der anderen hat er mich immer wieder gebeten, Euch einzuweihen, und mir gesagt, dass ich einen Fehler mache.« Sie schwieg kurz. »Wie es aussieht, hatte er recht.«

Einen Moment lang sagte keine von uns ein Wort.

Dann fragte sie: »Wie kommt es, dass Ihr Eure Meinung geändert habt, wenn Ihr ihm nicht geglaubt habt, als er …?« Sie wandte den Blick ab.

»Noch am Leben war?« Ich holte tief Luft und stützte mich an der Wand ab. Jetzt war es so weit. Was ich gleich sagen würde, ließ sich nicht wieder rückgängig machen. Doch wenn ich schwieg, wäre der Krieg unausweichlich. Also erzählte ich es ihr. Angefangen bei der Mission während meiner Ausbildung über das Mädchen auf der Tribüne bei der Kandidatur bis hin zu Blaynes Rolle bei alledem. Ich ließ nichts aus.

Als ich geendet hatte, schwieg die Kommandantin. Mehrmals machte sie den Mund auf und schluckte dann, weil sie nicht in der Lage oder willens war, etwas zu sagen. Als sie sich schließlich räusperte, klang ihre Stimme belegt. »Und ich dachte, wir hätten das Schlimmste überstanden … Natürlich habe ich mich gefragt, ob Lucius seine Söhne in seine geheimen Machenschaften eingeweiht hat, aber ich dachte, Pythus würde dahinterstecken.«

Offenbar hatten die Rebellen geglaubt, die Anschläge bei der Kandidatenweihe in Montfort gingen auf König Jorens Konto.

»Darren hat damit jedenfalls nichts zu tun.« Es war mir wichtig, dass sie das verstand. »Das ist einzig und allein Blaynes Werk.«

»Und dennoch ist es der Schwarze Magier, der auf unserer Burg Verhöre führt.«

»Weil sein Bruder ihn damit beauftragt hat!«, gab ich lauter als geplant zurück und zwang mich, die Stimme zu senken. »Denkt doch nur mal daran, wie Darren damals in der Ausbildung sein Leben riskiert hat, um Eure Leute zu retten. Das hätte er doch nicht getan, wenn er gewusst hätte, wer hinter dieser Attacke steckt – oder wenn er selbst mit seinem Vater unter einer Decke gesteckt hätte.«

»Vielleicht wollte er als Held dastehen.« Sie klang nicht überzeugt.

Ich grub die Nägel in die Handflächen. »Er hat an diesem Tag seine beste Freundin verloren, Eve, die Tochter von Kommandant Audric. Nie und nimmer hätte er sie geopfert.«

»Vielleicht –«

»Nichts *vielleicht.*« Drohend machte ich einen Schritt auf sie zu. »Ich habe den Prinzen weinen sehen über die toten Lehrlinge bei den Angriffen in Mahj, den Angriffen, die übrigens *Ihr* veranlasst habt.«

»Salz ist ein kostbares Gut. Wenn es uns gelungen wäre, die Krone von dieser wichtigen Ressource abzuschneiden, wäre Lucius gezwungen gewesen, seine Armee zu verkleinern –«

»Ein ums andere Mal habe ich mit angesehen, wie Darren zum Wohl Jerars Opfer gebracht hat. Er ist anders als sein Bruder. *Ganz anders.*«

Nyx runzelte die Stirn, widersprach jedoch nicht. Seit gut zwanzig Jahren misstraute sie der Krone nun schon und sie kannte Darren nicht so gut wie ich. Sie war zwar nicht selbst in Mahj dabei gewesen, als die Rebellen versucht hatten, den Prinzen zu töten, doch sie hätte, ohne mit der Wimper zu zucken, den Jungen, den ich liebte, für ihre Sache geopfert.

Ich musste ihr klarmachen, dass das nicht passieren durfte.

»Ich werde Euch helfen«, sagte ich sanft. »Ich werde zu Ende bringen, wozu mein Bruder nicht mehr in der Lage war, und den Beweis finden, den wir brauchen, um die Pythier davon abzubringen, ihren Verpflichtungen aus der Neuen Allianz nachzukommen. Aber im Gegenzug verlange ich die Garantie, dass Darren nichts zu befürchten hat. Wie auch immer es ausgeht, er darf nicht für die Verbrechen seines Vaters und seines Bruders bestraft werden.«

»Er ist der Kronprinz. Wenn die Machenschaften der Krone erst einmal aufgedeckt werden, wird ihn niemand auf dem Thron dulden. Selbst wenn ich Euch glauben würde, dass Darren komplett unschuldig ist, muss Euch klar sein, dass die allermeisten das anders sehen. Niemand wird wollen, dass jemand aus diesem durch und durch korrupten Königshaus die Geschicke unseres Landes lenkt.«

»Er verzichtet auf die Krone.« Ich hatte bereits eine

Entscheidung getroffen. »Wenn das hier vorbei ist, könnt Ihr jemand anderen inthronisieren, aber Darren soll frei sein.«

»Alles, was er auf das Geheiß seines Bruders hin tut –«

»Er wird nicht dafür zur Rechenschaft gezogen.« Meine Stimme war ein Knurren. »Darren ist nicht verantwortlich dafür, was der König seinem Schwarzen Magier befiehlt.«

»Er jagt die Rebellen.« Ihre Stimme klang hart. »Erwartet Ihr, dass meine Leute seelenruhig zusehen –«

»Ich erwarte, dass Ihr sie im Zaum haltet. *Wie* Ihr das anstellt, ist mir egal. Wenn ihm jemand auch nur ein Haar krümmt, werde ich das komplette Regiment auffliegen lassen.«

»Ihr würdet Tausende zum Tode verurteilen?«

»*Ihr* würdet Tausende zum Tode verurteilen. Wenn Ihr Eure Leute nicht im Griff habt, klebt ihr Blut an Euren Händen, nicht an meinen.« Ich bluffte, doch in der Finsternis konnte sie mein Gesicht nicht erkennen. »Ohne mich habt Ihr keine Chance, diesen Krieg zu verhindern. Ihr braucht mich.«

»Der ganze Aufwand nur für *ihn*?«

»Für Jerar.« Ich verschränkte die Arme. »Aber ich werde nicht zulassen, dass Darren den Kopf dafür hinhalten muss.«

Nyx schwieg. Ich wusste, dass sie einwilligen würde, denn sie hatte keine Wahl. Sie konnte es sich nicht leisten, mich einfach stehen zu lassen.

»Einverstanden.« Sie seufzte resigniert. »Ich werde alles, was Ihr mir berichtet habt, an meine Leute weitergeben und dem caltoth'schen König eine Nachricht zukommen lassen. Horrace muss von dieser neuen Entwicklung erfahren. Wie können wir Euch unterstützen?«

»Darren glaubt, dass die Rebellen ihr Quartier im Norden haben und nur deshalb immer im Süden zuschlagen, um die Krone in die Irre zu führen.« Meine Stimme war ausdruckslos. »Ihr müsst ihm irgendwie Grund zu der Annahme geben, dass er mit dieser Theorie auf dem Holzweg ist. Je länger wir in Ferren festsitzen, desto weniger Zeit bleibt mir, um den Palast zu durchsuchen, und desto größer die Gefahr, dass die Festung auffliegt.«

»Soll ich für vermehrte Aktivitäten im Süden sorgen?«

Ich schüttelte den Kopf. »Nein, das wäre zu gefährlich, weil Blayne gleichzeitig von Marius und diversen Patrouillen die Rote Wüste durchkämmen lässt. Ich möchte, dass einer Eurer Leute hier eine gute Darbietung hinlegt, damit Darren glaubt, er hätte einen der Rebellen geschnappt. Der Mann soll behaupten, er würde gegen Bezahlung für einen Rebellenanführer im Süden Leute rekrutieren und dass sich unter den Angestellten des Palastes Rebellen befinden, die nur auf den richtigen Moment warten, um zuzuschlagen und den König zu ermorden.«

»Das käme einem Todesurteil für denjenigen gleich.«

Ich holte zittrig Luft. »Darren wird den Rebellen nicht töten, zumindest nicht sofort. Nicht, wenn er glaubt, dass er noch mehr aus ihm herausbekommen kann. Dass der Mann ihm dabei helfen kann, die schwarzen Schafe im Palast zu identifizieren. Er soll sein Leben in die Waagschale werfen und behaupten, ohne ihn wäre es zu spät für Blayne.«

»Und dann?«

»Werde ich ihm irgendwie zur Flucht verhelfen.« Auch das hatte ich bereits bedacht.

»Ein Rebell, der aus der Obhut des Schwarzen Magiers und zwanzig seiner besten Wachleute entkommt? Das ist ein Ding der Unmöglichkeit.«

»Bereitet denjenigen gut vor.« Ich verschränkte entschlossen die Arme. »Sorgt dafür, dass er die Verstecke Eurer Leute in den Iron Mountains kennt. Und was immer Ihr auch mit ihm vereinbart, schickt ihn auf keinen Fall in Richtung Süden, denn dort wird Darren nach ihm suchen.«

»Wie viel Zeit habe ich?«

»Mindestens eine Woche. Darren würde misstrauisch werden, wenn sich die Suche zu einfach gestalten würde.«

»Und *nach* Eurer Rückkehr in den Palast?«

»Haltet Ihr Eure Leute in Alarmbereitschaft und wartet.«

»Ich habe eine Kontaktperson in Devon stationiert.« Die Stimme der Kommandantin war düster. »Sie hat uns auch umgehend über die Festnahme Eures Bruders informiert. Für eine groß angelegte Befreiungsaktion blieb uns nicht genug Zeit, uns stand nur eine Handvoll Leute zur Verfügung …« Sie räusperte sich. »Saba wird den Palast im Auge behalten. Solltet Ihr mit uns Kontakt aufnehmen wollen, dann stattet dem Waffenschmied in der Unterstadt einen Besuch ab, denn die Boten des Palasts werden überwacht. Ich werde Saba wissen lassen, dass Ihr mit uns zusammenarbeitet.«

Danach besprachen wir unser weiteres Vorgehen noch genauer.

»Alles hängt von Pythus ab.« Die Miene der Kommandantin war finster. »Ich könnte König Horrace eine Botschaft zukommen lassen und ihn bitten, sich persönlich mit König Joren in Verbindung zu setzen, aber die Beziehung der beiden Länder hat unter der Neuen Allianz merklich gelitten. Habt Ihr einen Plan?«

Ich biss mir von innen auf die Wange. »Nein, und die Pythier sollen in sechs Wochen kommen.«

Nyx nickte nachdenklich. »Ich würde nicht auf einen Brief vertrauen, und auf einen Boten auch nicht. Am besten wendet Ihr Euch direkt an ihren Gesandten. Wird Herzog Cassius die Überfahrt der Kriegsflotte selbst überwachen?«

Da war ich mir sicher.

»Gut«, meinte sie knapp. »Und egal, ob Ihr nun Beweise findet oder nicht, Ihr müsst ihn unbedingt umstimmen. Das ist Eure einzige Chance, den Krieg aufzuhalten. Danach ist es zu spät.«

Damit sagte sie mir nichts Neues, und trotzdem hatte ich plötzlich ein flaues Gefühl im Magen. Die Angst lastete mir wie ein Felsbrocken auf der Brust.

»Vielleicht ist es den Pythiern gar nicht so wichtig, wer im Recht ist«, fügte sie noch in einem Nachsatz hinzu. »Versprecht Ihnen alles, was sie wollen. Gebt ihnen einen triftigen Grund, sich auf unsere Seite zu schlagen. Sie sind zwar auch von Gier und Machthunger getrieben, doch Angriffe auf ihr eigenes Volk zu inszenieren oder einen Krieg heraufzubeschwören, das würde ihnen nie in den Sinn kommen. Jeder Herrscher ist besser als Blayne.«

Ich nickte.

»Aber vielleicht ist die Unterstützung der Pythier gar nicht genug.« Nyx legte mir ihre Hand auf die Schulter. Sie hatte einen festen Griff. »Die Kronarmee ist immerhin doppelt so groß wie ihre. Selbst wenn die Rebellen und Caltoth gemeinsame Sache machen, ist uns der Sieg nicht sicher.«

Ich schwieg. Dass wir verloren, wollte ich mir gar nicht vorstellen – und vor allem nicht, wie die Welt dann aussähe.

»Vor ein paar Monaten sind Euer Zwillingsbruder und seine Frau hier eingetroffen«, wechselte die Kommandantin abrupt das Thema. Sie klang, als wollte sie sich entschuldigen. »Sie haben gesagt, dass sie sich unserer Sache anschließen wollen. Ich habe sie Sir Maxons Einheit zugeteilt. Soll ich sie verständigen, ehe sie hier eintreffen?«

»Ja.« Meine Stimme brach, und ich schüttelte den Kopf, um die Gefühle, die die Erwähnung von Alex und Ella in mir auslöste, schnell zurückzudrängen – kein Wunder, wenn man bedachte, was geschehen war, als sich unsere Wege zuletzt gekreuzt hatten. »Erzählt ihnen alles«, krächzte ich. »Ich kann mich nicht ständig davonschleichen, sonst mache ich mich verdächtig. Heute Nacht, das musste ich riskieren, weil … weil ich Angst hatte, was –«

»Auf was für Gedanken uns das bringen könnte, dass ein Prinz auf unserer Festung weilt.« Nyx scheute sich nicht, die Wahrheit auszusprechen. »Verstehe. Und Ihr habt nicht ganz unrecht.«

»Dadurch haben sie ein bisschen Zeit, um sich darauf einzustellen. Und Alex, um … um zu verstehen …«

»Das wird für alle nicht leicht.«

»Ist es jetzt schon nicht.«

Ich legte meine Kleider ab und trat aus den Schatten. Meine Zähne schlugen vor Kälte aufeinander, aber ich musste mich waschen, schließlich wartete Paige direkt vor der Tür.

Die Kommandantin sah mich an. »Es wird noch schlimmer werden, Ryiah. Und egal, wie schwer es Euch fällt, Ihr dürft den Prinzen auf keinen Fall ins Vertrauen ziehen.«

Ich begann, meine Arme einzuseifen, und versuchte, mich auf das Naheliegende zu konzentrieren. Ich wollte jetzt nicht an Darren denken. Nichts würde sich ändern. Ich würde mein dunkles Geheimnis weiterhin für mich behalten und mich jede Sekunde dafür hassen.

Alles andere würde die anderen in Gefahr bringen. An sich vertraute ich Darren blind, aber er liebte eben auch seinen Bruder, und ich konnte mich nicht darauf verlassen, dass er Blayne nicht doch eine Chance geben würde, sich zu rechtfertigen. Und genau davor hatte ich Angst. Denn ein König hatte die Macht, diese Chance auszunutzen.

Vielleicht machte ich einen Fehler, doch das Risiko war einfach zu hoch, falls ich mit meiner Befürchtung recht hatte.

»Ich weiß, dass Ihr eine schlechte Meinung von mir habt«, meinte Nyx leise, »weil ich bereit war – *bin* –, die zu opfern, die Euch am Herzen liegen, aber es liegt nun mal in der Natur der Sache, dass wir nicht *alle* retten können. Bei so etwas kommt keiner ungeschoren davon.« Sie senkte die Stimme. »Und am allerwenigsten wir zwei.«

Die Kommandantin hatte ihr ganzes Leben lang schwere und oftmals einsame Entscheidungen getroffen.

Über die Jahre hatte sie eine Rebellenarmee aufgebaut und gleichzeitig zugesehen, wie ein Tyrann grausame Scheinüberfälle und Attacken inszenierte. Ich fragte mich, wie viele Leute sie bis hierhin schon verloren hatte. Wie war sie früher gewesen – vor alledem? Nach dem Tod ihres Bruders … konnte sie da überhaupt noch etwas fühlen? Zu wissen, dass ihr Land unter einer schrecklichen Plage litt, und doch zum Abwarten verdammt zu sein und nicht zurückschlagen zu können.

Zum ersten Mal hatte ich Mitleid mit ihr. Ich musste das hier nur zu Ende bringen – sie dagegen hatte schon ihr halbes Leben damit verbracht.

Die nächsten zehn Minuten sagte keine von uns ein Wort. Als ich fertig war und aus dem kalten Wasser stieg, strich ich mir die Haare aus dem Gesicht.

»Kommandantin?«

»Ja?«

»Es tut mir leid, dass Ihr Euren Bruder verloren habt.«

Ich hörte sie leise atmen. »Und mir, dass Ihr Euren verloren habt.«

VIER

Als ich einige Stunden später aufwachte, saß Darren auf der Bettkante, die Hände über dem Kopf gefaltet, und starrte vor sich hin. Er war bereits vollständig angezogen und trug ein Lederwams, einen dicken Wollumhang und schwere Stiefel.

»Darren?« Meine Stimme überschlug sich, als ich mich im Bett aufsetzte und mir mein dünnes Hemdchen gegen die Brust drückte. Mein Atem hinterließ eine kleine weiße Wolke in der eisigen Luft – mir war ganz entfallen, *wie* kalt es im Winter auf der Burg war.

Unser Zimmer schien weit und breit das Einzige zu sein, was auf die Außenseite hinausging, doch noch spitzte kein Sonnenstrahl durch die vergitterten Fenster herein, und die Dunkelheit lag wie eine düstere Decke über weiten Teilen der kargen Landschaft, während lodernde Fackeln die dicken Wände der Festung erleuchteten.

»Ich kann nicht schlafen.« Er hob immer noch nicht den Kopf. »Ich hab's wirklich versucht, aber ich muss die ganze Zeit an Caine denken. Was passiert, wenn ich heute einem Rebellen auf die Schliche komme? Bei den Göttern,

Ryiah, warum machen die das? Ein Land, das schon genug andere Probleme hat, noch gar in den Untergang treiben, nur damit die Caltothen leichtes Spiel haben? Wie kann das jemand ernsthaft wollen?«

Es gab mir einen Stich ins Herz und ich presste schnell die Lippen zusammen. Ich durfte es ihm nicht sagen. Das wäre nur für eines gut, nämlich, um mein Gewissen zu erleichtern.

In diesem Fall zählte es aber nicht, was für uns und unsere Beziehung gut war. Das Land zählte. Die Menschen.

Nicht ich.

Als ich schließlich doch etwas sagte, kam es mir vor, als hätte ich den Mund voll Sand. »Manche Dinge lassen sich einfach nicht logisch erklären.«

Darren seufzte und hob den Kopf. »Ich gehe trainieren. Dieses Rumsitzen und Warten macht mich wahnsinnig.«

Kurz entschlossen stand ich auf und zog einen Waffenrock über. »Ich komme mit.«

»Ryiah.« Er sah mich an, und ich merkte, wie unglaublich erschöpft er war. Anscheinend hatte er kein Auge zugetan. »Das musst du nicht. Nur weil mein Bruder gesagt hat –«

»Hier geht es nicht um einen Befehl des Königs.« Schon schlüpfte ich in eine wollene Reithose und eine gesteppte Jacke. Ich hinterging Darren in vielerlei Hinsicht, aber keine zehn Pferde würden mich dazu bringen, von seiner Seite zu weichen, wenn er mich am nötigsten brauchte. »Weißt du, ich will den Schwarzen Magier im Auge behalten, um sicherzugehen, dass er nicht verweichlicht ist.«

»*Verweichlicht?*« Ein kleines Lächeln zuckte um Darrens Mundwinkel. »Hast du vor, mich zur Revanche zu fordern, oder was?«

Ich erinnerte mich noch sehr gut daran, wie sehr mir meine Niederlage gegen ihn bei der Kandidatur zu schaffen gemacht hatte, damals, als mein größtes Problem noch mein Neid gewesen war. Inzwischen fragte ich mich jedoch, wie alles wohl gekommen wäre, wenn *ich* die Robe gewonnen hätte.

Vielleicht wäre ich dann blind für die Indizien gewesen. Vielleicht hätte ich dann einen Krieg gegen meinen Bruder und meine Freunde geführt statt gegen meinen Mann.

»Wenn der Krieg vorbei ist«, sagte ich und verdrängte die Tatsache, dass ich wahrscheinlich nie die Gelegenheit dazu bekommen würde, »dann duellieren wir uns.«

»In den zwanzig Jahren ihrer Amtszeit hat niemals jemand eines der Ratsmitglieder herausgefordert.« Um Darrens Mundwinkel zuckte es. »Manche würden sagen, das widerspricht den Statuten des Rats. Schließlich wird die Kandidatur nicht ohne Grund ausgetragen.«

In zwanzig Jahren … wirst du mir da meinen Verrat vergeben haben? Ich rang mir ein Lächeln ab und gab mich lässig. »Ein Kronprinz ist Magier. Ist das nicht eigentlich auch gegen die Regeln?«

Darrens Grinsen wurde breiter. »Manche Regeln sind dazu da, gebrochen zu werden.«

»Wenn das *so* ist …« Ich zog eine Augenbraue hoch.

Der Prinz lachte unerwartet. »Na schön, wenn dieser Krieg vorüber ist, bekommst du deine Revanche, Liebes.

Und wenn du gewinnst, überreiche ich dir persönlich die Robe.«

Wenn dieser Krieg vorüber ist, wirst du da überhaupt noch ein Wort mit mir sprechen?

Unsere Wachen trotteten mit schweren Schritten hinter uns her, als wir zwei Stunden später den Übungsplatz verließen. Ich war nicht sicher, wer härter trainiert hatte, der Schwarze Magier oder ich. Unsere Gesichter waren gerötet, und wir waren völlig verschwitzt von einem Kampf gegen Kontrahenten, die außer uns niemand sehen konnte. Schmerzen waren besser als unsere düsteren Gedanken.

In dieser Hinsicht tickten wir beide gleich.

Nach schier endlosen Gängen und Wendeltreppen erreichten wir den engen Tunnel, der zum Verlies der Festung führte. Wie die Kommandantin versprochen hatte, standen hundert Männer und Frauen nervös vor dem Kerker und warteten auf den Schwarzen Magier und seine Truppe. Der Gang war so schmal, dass kaum drei Leute nebeneinanderstehen konnten, sodass wir uns einer nach dem anderen durchzwängen und immer wieder warten mussten, bis die Soldaten ein Stück rutschten, damit wir vorbeikamen. Paige bedachte dabei jeden mit einem finsteren Blick.

Der Durchgang verfügte über keinerlei natürliches Licht. Nur knapp über unseren Köpfen wölbte sich die Decke, und mit jedem Schritt rückten die Wände bedrohlich näher, als befänden wir uns in einem unterirdischen Höhlensystem und nicht in einem Nebengebäude der Festung. Die Luft hier roch zwar ein bisschen modrig, aber es war kein Vergleich zu dem Fäulnis- und Verwesungsgestank des Palastkerkers. Die Gefängniszellen lagen direkt hinter einer massiven eisenbeschlagenen Tür.

Früher hatte ich mich immer darüber gewundert, dass die Kommandantin Verbrecher ins Gefängnis nach Gilys überstellte, statt sie in ihrer eigenen Festung in den Kerker zu werfen, doch da hatte ich auch noch nicht gewusst, dass sie die Leute als Rebellen rekrutierte. Niemand war je wirklich ins Gefängnis gekommen.

Ich geriet ins Straucheln, als ich im Vorübergehen in zwei vertraute braungrüne Augen blickte, und dann noch in so viele andere Gesichter, die ich kannte.

Ganz vorne stand Sir Gavin, der Anführer von Derricks ehemaliger Einheit, in der mein kleiner Bruder vor seiner Beförderung zusammen mit mir gedient hatte. Wie hätte ich das vergessen können? Ian, Lief, Ruth, Sir Gavin, die Soldaten, die mich nicht akzeptiert hatten – genauso wie ein paar missmutige Ritter …

Ich zwang mich, meine aufkeimende Panik hinunterzuschlucken, und konzentrierte mich auf die Fackeln, die über ihren Köpfen flackerten. *Ich schaffe das. Ich kriege es schon irgendwie hin, Gleichgültigkeit vorzutäuschen.* Das hier war mein erster Härtetest.

»Wahrscheinlich fragt ihr euch, warum wir hier sind.« Darren räusperte sich lautstark, als er sich an die Einheit vor uns wandte. »Weshalb euch die Kommandantin den Befehl gegeben hat, sich hier einzufinden. Ich will nicht lange drum herumreden. Die Krone hat Hinweise darauf, dass die Rebellen ihr Quartier im Norden haben könnten statt im Süden, wie wir immer gedacht haben. Deshalb hat der König eine Truppe zusammengestellt, um unter meiner Führung potenzielle Verräter in der Festung ausfindig zu machen beziehungsweise Informationen zu sammeln, die zu deren Ergreifung führen könnten. In den nächsten Tagen werde ich Befragungen durchführen, und ich werde erst abreisen, wenn meine Leute und ich jeden vernommen haben.«

Es folgte ein kollektives Aufkeuchen. Ich riskierte einen Blick. Niemand reagierte irgendwie verdächtig. Sogar Ian heuchelte mit weit aufgerissenen Augen so überzeugend Erstaunen, dass ich es ihm sofort abgenommen hätte, wenn ich es nicht besser gewusst hätte.

Andererseits wussten die meisten vermutlich wirklich nicht Bescheid, da Sir Gavins Einheit dazu diente, die Loyalität potenzieller Rekruten zur Krone auf die Probe zu stellen. Es gab also nur ein paar Auserwählte, die in der »Einsteigereinheit« die Wahrheit kannten. Die anderen wurden in eine der höheren Einheiten befördert, so wie Alex und Ella.

Während wir anderen den Blick prüfend über die Menge schweifen ließen, sprach Darren weiter.

Es brachte nichts, Sinn und Zweck dieser Veranstaltung hier zu verhehlen, und Darren war natürlich klar, dass die Ermittlungen sich wie ein Lauffeuer herumsprechen würden.

Seine Ansprache war sehr überzeugend. Er traf genau den richtigen Ton und appellierte an die Gefühle der Leute, als er kurz den bevorstehenden Krieg streifte, und all jene, die bei Angriffen der Rebellen ihr Leben verloren hatten. In seinen Worten lag der Hauch einer Bitte, als er sie um Kooperation ersuchte und aufforderte, jeden noch so kleinen Hinweis in dieser Richtung an uns weiterzugeben, und zugleich jedem Straffreiheit zusicherte, der so mutig war, Angaben zu machen. Zu guter Letzt kam die Drohung: Sollte jemand Informationen zurückhalten, würde der Schwarze Magier weniger angenehme Verhörmethoden anwenden.

Nach Darrens Ansprache teilten sich unsere Wachen in zwei Gruppen auf. Bis auf den Prinzen und mich blieben alle draußen auf dem Gang, um die Menge im Auge zu behalten, während ich Darren ins Verlies folgte. Die Unterlagen mit den Aufzeichnungen stapelten sich wie versprochen fein säuberlich auf einer grob behauenen Steinplatte, die nur entfernt an einen Schreibtisch erinnerte.

»Du hast fast ein Jahr hier verbracht.« Die Stimme des Prinzen war viel sanfter, nun, da wir nur zu zweit waren. »Falls dir irgendetwas auffällt –«

»Sage ich Bescheid.« Mir krampfte sich der Magen zusammen, und ich zwang mich, das Offenkundige laut auszusprechen. Es war besser, den Stier bei den Hörnern zu packen. »Ich war übrigens auch in Sir Gavins Einheit. Also kenne ich einige seiner Leute ganz gut.«

Darren fuhr sich mit der Hand durch die Haare und ließ den Blick dann langsam zur Tür wandern. »Das bedeutet, dass Ian da draußen steht, oder?«

Ich biss mir auf die Unterlippe und fragte mich, wie er reagieren würde.

»Tut nichts zur Sache.« Darren schüttelte nachdrücklich den Kopf. »Ich bin nicht hier, um alte Rechnungen zu begleichen … Vielleicht ist es zur Abwechslung ja sogar mal gut, dass er einen Narren an dir gefressen hat.« Sein Blick fiel auf die Schriftrollen auf dem Tisch, und er begann, sie durchzusehen, und nahm sich als Erstes die Namensliste vor. »Bestimmt würde Ian sogar seine Kameraden ausspionieren, wenn er denkt, er tut dir damit einen Gefallen.«

»Ich kann es versuchen, aber …« Ich verzog das Gesicht. »Was Andy bei der Siegeszeremonie in Montfort gesagt hat … da muss sie sich geirrt haben. Ian ist ganz bestimmt nicht hierhergekommen, weil er noch Gefühle für mich hat.« Die besten Lügen waren die, die einen wahren Kern hatten. »Er ist sehr loyal zur Krone, und ich bin mir sicher, dass er uns gern unterstützt.« *Und dich auf eine falsche Fährte führt.*

Darren presste den Mund zu einem schmalen Strich zusammen, äußerte seine Zweifel jedoch nicht laut, sondern öffnete die Tür und gab unseren Wachen ein Zeichen, den Ersten hereinzuführen.

Sir Gavin trat ein.

Und damit begannen die Verhöre.

Die zwei ersten Stunden kamen mir vor wie eine halbe Ewigkeit. Als Anführer der Einheit war Gavin natürlich derjenige, der seine Leute am besten kennen sollte, und Darren quetschte ihn richtig aus. Zum Glück war an der Art seiner Fragestellung – wie auch am Vorabend durch sein vertrauliches Gespräch mit der Kommandantin – klar ersichtlich, dass der Prinz keinerlei Misstrauen ihm gegenüber hegte. Bei den meisten Fragen, die Darren ihm stellte, ging es um die Einheit selbst.

Sir Gavin beantwortete alles ruhig und gelassen. Wieso auch nicht? Als Nyx' wichtigster Anwerber hatte er viele Jahre damit verbracht, großen Teilen seiner Truppe ins Gesicht zu lügen. Natürlich hatte er »keinerlei verdächtige Aktivitäten« bemerkt und war »überaus beunruhigt« von der Vorstellung, dass sich möglicherweise Rebellen in der Festung aufhielten. Er war sogar so dreist, auf mich zu verweisen, und meinte mit ernster Miene: »Eure Gemahlin hat selbst in meiner Einheit gedient. Befänden sich Rebellen unter meinen Leuten, hätten sie die Gunst der Stunde doch bestimmt genutzt, oder?«

Darren runzelte die Stirn. »Falls die Rebellen Anwerber auf der Burg haben – ich gehe von ein, zwei Mann aus, die allein arbeiten –, hätten sie einen Anschlag vermutlich zu verdächtig gefunden.«

Sir Gavin blinzelte überrascht, weil sich der Prinz nicht so leicht in die Irre führen ließ.

Auch wenn ich nicht wollte, dass Darren die Wahrheit herausfand, platzte ich doch fast vor Stolz auf ihn. Er war alles andere als auf den Kopf gefallen.

»Hm. Möglich.« Sir Gavin verstummte. »Was meint Ihr, Ryiah? Habt Ihr irgendetwas in der Richtung bemerkt?«

»Ich frage Euch, nicht meine Frau.« Darren klang ein wenig gereizt. »Hätte Ryiah Bedenken, hätte sie mir das längst mitgeteilt.«

»Stimmt auch wieder.« Sir Gavin verlegte sich wieder aufs Nicken. Die restliche Zeit ließ Darren sich in aller Ausführlichkeit von den Patrouillenritten der letzten fünf Jahre berichten und stellte Fragen über das Verhalten und die Hintergründe derjenigen, die er aus dem Stapel herausgepickt hatte. Am Ende der Befragung waren Gavin und Darren per Du.

Der Ritter schüttelte ihm zum Abschied die Hand und versprach, es sofort zu melden, wenn ihm in den nächsten Tagen irgendetwas Ungewöhnliches auffiele.

Sobald er den Kerker verlassen hatte, wandte sich Darren an mich. »Was denkst du?«

»Über Sir Gavin?«

»Über seine Leute. Meinst du, ihm könnte etwas Wichtiges entgangen sein, weil er seiner Truppe zu nahe steht?«

So wie du mir? »Er ist ein guter Anführer. Ich war zwar Lief unterstellt, aber Gavin wusste immer Bescheid, was in unserer Einheit so los war, sogar bei den Magiern. Ich glaube schon, dass er es gemerkt hätte, wenn etwas nicht stimmt.«

Darren nickte gedankenverloren. »Das war auch mein Eindruck. Eine Schande, dass wir trotzdem alle seine Leute verhören müssen. Zwanzig Einheiten ... das ist eine ganze Menge.«

»Wenn du es nicht machst, würdest du dich immer fragen, ob du was übersehen hast.« Ich ging zur Tür, während Darren sich wieder seinem Papierstapel widmete und die Namen durchging. »Wen soll ich als Nächsten hereinrufen?«

Der Prinz sah mit gerunzelter Stirn auf seine Schriftrollen und seufzte dann. »Eigentlich ist das ziemlich egal, oder? Schließlich werde ich sie mir alle vorknöpfen. Schick Ian rein. Dann muss ich nicht mehr ständig daran denken, dass er da draußen vor der Tür steht.«

Bringen wir's hinter uns. Ich öffnete die Tür, rief Ians Namen und sah ihm entgegen, wie er von Paige und Henry eskortiert wurde, wich jedoch seinem Blick aus, als er an mir vorbeiging, um vor seinem ehemaligen Kontrahenten stehen zu bleiben.

Einen Moment lang war es so still, dass man eine Stecknadel hätte fallen hören können. Ich machte die Tür der Kammer zu, und der Knall, mit dem das schwere Holz ins Schloss fiel, hallte durch die Kammer.

»Euer Hoheit.«

Darren hob eine Augenbraue. »Nach all den Jahren sprichst du mich mit Titel an?«

Ian brachte ein kleines Grinsen zustande. »Dann eben Darren.«

Um die Mundwinkel des Prinzen zuckte es leicht. »Ich würde ja sagen, dass es mich freut, dich zu sehen … aber wir wüssten beide, dass es gelogen wäre.«

»Und lügen soll man doch nicht.« Mit verschränkten Armen lehnte sich Ian an die Wand und sein Grinsen wurde breiter. »Lass mich raten, du denkst, ich bin ein Rebell?«

»Wohl kaum.« Der Prinz lächelte ihn schief an. »Ian der Schurke? Das wäre zu einfach.«

Ich hüstelte unbehaglich. »Darren und ich wollen nur von dir wissen, ob dir vielleicht irgendetwas Verdächtiges aufgefallen ist.«

Ian warf mir einen kurzen Blick zu, und seine Augen stellten mir eine Frage, die er nicht laut aussprechen konnte. »Nein, und ihr wisst ja, dass ich hier aufgewachsen bin. Die Leute, die hier arbeiten, sind wohl kaum die Sorte Mensch, die die Krone hintergehen würden. Außerdem sind dafür doch die im Süden zuständig, dachte ich.«

»Wir gehen inzwischen davon aus, dass die Rebellen ihren Unterschlupf im Norden haben.« Ich zwang mich, ihm ins Gesicht zu schauen, in der Hoffnung, dass er meine stumme Botschaft verstand. *Klappe halten.* »Es wäre durchaus möglich, dass die Attacken im Süden nur ein Täuschungsmanöver waren und sich das Hauptquartier der Rebellen irgendwo in der Grenzregion befindet und sie sogar Leute von der Festung rekrutieren.«

»Kann ich mir echt schwer vorstellen.« Im Gegenzug sah er mich fragend an. *Wie viel weiß Darren? Ist dir klar, wie riskant es ist, ihn hierherzubringen? Dass du uns dadurch alle in Gefahr bringst?* Und vielleicht die schwierigste von allen: *Verzeihst du mir meine Lügen und das mit deinem Bruder?*

»Und *ich* kann mir echt schwer vorstellen, dass sie es nicht versuchen sollten.« Darrens Stimme klang skeptisch, und ich sah, wie Ian sich innerlich wand. Darren war *so* nah dran. Wie auch die anderen Berater des Königs ging er davon aus, dass es sich bei den Rebellen höchstens um zweihundert Mann handelte. Niemals dachte er an eine Größenordnung von der eines Regiments wie Ferren's Keep, plus noch etwa hundert Kämpfer mehr, die sich ständig im Süden aufhielten.

»Wenn es so wäre, hätten wie sie schon längst identifiziert.« Ian lächelte den Prinzen lässig an und kehrte nun, da er mich nicht mehr anstarrte, zu dem lockeren Tonfall vom Anfang zurück. »Wir haben hier die allerbesten Männer und Frauen. Unsere Leute würden einen Verräter auf eine Meile gegen den Wind riechen.«

»Könntest du dir vorstellen, uns zu unterstützen?«

Ian straffte die Schultern. »Klar.«

»Dann behalte deine Einheit im Blick und die anderen wenn möglich auch.« Mein Räuspern klang etwas zu laut, während sich das Schweigen in die Länge zog. »Wir möchten, dass du uns, während wir hier sind, alles meldest, was dir irgendwie merkwürdig vorkommt. Zum Beispiel, ob sich jemand seltsam benimmt, während die Befragungen laufen.«

»Wir können jemanden, der zusätzlich Augen und Ohren offen hält, gut gebrauchen. Einen von ihnen. Jemanden, der treu zur Krone steht und keine Führungsposition innehat. Und auch wenn es mich nervt, dass du immer noch hinter meiner Frau her bist, so weiß ich doch, dass ich mich darauf verlassen kann, dass du ihr diese kleine Bitte nicht abschlagen wirst.«

»*Wie bitte?*« Ian riss die Augen auf.

Ich warf Darren einen wütenden Blick zu und sah dann Ian an. »Er hat es nicht so gemeint.«

»Ich weiß genau, warum du von Port Langli nach Ferren's Keep gewechselt bist.« Darren verengte die Augen. »Und wage es ja nicht, mich anzulügen, Ian. Ich bin nicht naiv und du bist kein Dummkopf.«

»*Darren!*«

»Ich bin nicht –«

»Ich habe ja eigentlich immer gedacht, du wärst der Nettere von uns beiden, aber wie es aussieht, war das nur schöner Schein.« Der Prinz wirkte nicht aufgebracht, sondern eher amüsiert. »Nicht dass ich dir daraus einen Vorwurf machen könnte. Ich hätte dasselbe getan.« Sein Lachen war trocken. »Habe ich ja auch. Na egal, ich baue darauf, dass deine Liebe zu meiner Frau stärker ist als dein Hass auf mich, zumindest wenn es um diesen Auftrag geht.«

In jeder anderen Situation hätte ich Ians ungläubigen – und verwirrten – Gesichtsausdruck zum Totlachen gefunden. Als er erst Darren und dann mich anstarrte, bemühte er sich, einen möglichst zerknirschten Eindruck zu machen, und meinte pathetisch: »Jedenfalls könnt ihr auf meine Unterstützung zählen.«

»Gut. Dann sind wir fertig. Ich würde vorschlagen, wir ziehen das hier nicht *mehr* in die Länge als unbedingt nötig.« Der Prinz wies unmissverständlich auf die Tür.

Ian kreiste mit den Schultern und warf mir einen Blick zu, der besagte: *Wir müssen reden,* doch ich schüttelte unmerklich den Kopf. Wenn mein Plan aufgehen sollte, dann musste er sich an Nyx halten. Ich konnte es mir nicht erlauben, mit zu vielen Leuten zu sprechen. Ian musste darauf vertrauen, dass ich wusste, was ich tat. Darren würde sofort argwöhnisch werden, wenn ich zu viel mit meinem alten … Freund zusammenhing – und dann auch noch allein.

Den Rest des Tages ging es Schlag auf Schlag. Darren ließ sich diejenigen vorführen, bei deren Namen er hellhörig geworden war, und wenn jemand nicht verdächtig wirkte, zog er die Befragung nicht unnötig in die Länge. Gelegentlich fixierte ich mich auf irgendein unwichtiges Detail, um Darrens Aufmerksamkeit vom sonderbaren Verhalten anderer abzulenken. Es klappte nicht immer, doch Darren schöpfte keinen Verdacht. Er glaubte, ich wäre wie er: lieber übervorsichtig, als etwas zu übersehen.

Allein am ersten Tag arbeiteten wir uns durch Sir Gavins halbe Truppe. Als wir uns schließlich zum Abendbrot in den Speisesaal begaben, schleppten wir uns mit schweren Schritten dahin und rieben uns ständig die Augen, um uns irgendwie wach zu halten. Solche Befragungen schlauchten, wenn auch auf ganz andere Art als unser Training oder die Patrouillen.

Ich nahm die anderen im Saal kaum wahr, allerdings blieb mir nicht verborgen, dass die fünf Einheiten, die im Laufe der Woche vernommen werden sollten, möglichst weit vom Schwarzen Magier entfernte Plätze wählten und sogar Ian unseren Tisch mied, was aber nicht anders zu erwarten gewesen war.

Ich hielt den Kopf gesenkt, um neugierigen Blicken zu entgehen.

Darren legte seine Hand auf meine. »Ist es schwer für dich, wieder hier zu sein, Ryiah? Als dein Bruder …« Er verstummte kurz. »Als dein Bruder damals geschrieben und mich um eine Versetzung in den Palast gebeten hat, war in seinem Brief die Rede davon, dass du dich vor deiner Abreise mit deiner Einheit überworfen hattest. Er fühlte sich schuldig.«

Ich hatte Angst, dass mein Gesichtsausdruck mich verraten würde. Es fiel mir schwerer zu lügen, wenn so viele unausgesprochene Fragen im Raum standen und ich das Gefühl hatte, sie würden alle auf mich einprasseln, ja, mich regelrecht erdrücken. Die ständige Lügerei machte mich fertig und immerzu musste ich mir wieder neue Halbwahrheiten einfallen lassen.

»Es war nicht seine Schuld. Und auch nicht die der anderen.« Ich schenkte dem Prinzen ein schwaches Lächeln. »Ich habe mich damals ziemlich distanziert verhalten und das hat vielen nicht gefallen.«

»Die meisten waren aber auch ziemliche Herumtreiber«, schaltete sich Paige von links ein, während sie wie eine Rachegöttin an ihrem Fleisch herumsäbelte. »Ihr wart besser als die alle zusammengenommen, Mylady, und trotzdem hat Ray die Beförderung bekommen.«

Darren legte denKopf schief. »Du hast nie etwas gesagt.«

»Es gab ja auch nichts zu sagen.« Im Stillen verfluchte ich Paige für ihre Einmischung, wobei ich es andererseits wirklich süß von ihr fand, dass sie sich deswegen immer noch aufregte – auch wenn sie Darrens Aufmerksamkeit damit auf Dinge lenkte, die man lieber ruhen lassen sollte. »Sie wussten, dass ich am Ende des Jahres die Festung verlassen würde, während Ray vorhatte zu bleiben. Insofern war es durchaus sinnvoll, dass sie die Stelle jemandem gegeben haben, der sie langfristig bekleidet.«

Paige schnaubte skeptisch. »Das hat sich aber letztes Jahr noch ganz anders angehört.«

Weil ich wusste, dass Ian vor Ray mit einer Beförderung dran gewesen wäre, wenn das der wahre Grund gewesen wäre. Ich schüttelte nur den Kopf und brachte ein erzwungenes Lachen zustande. »Inzwischen hatte ich etwas Zeit zum Nachdenken.«

»Ich halte sie immer noch für Idioten.« Meine Leibwächterin spießte eine Rosmarinkartoffel auf und fuchtelte wild damit herum, während sie erklärte: »Und bei der Kandidatur habt Ihr auch Euer Können bewiesen. Lasst Euch eines gesagt sein: Inzwischen bedauern sie es bestimmt.«

Darren sah sie erstaunt an. »Ich wusste gar nicht, dass du so emotional bist, Paige.«

»Bin ich nicht. Ich mag nur keine Dummköpfe.«

Seine Mundwinkel gingen nach oben. »Verständlich.«

Glücklicherweise nahm die Unterhaltung danach eine andere Wendung, als einige der Wachen begannen, Geschichten über meine Leibwächterin aus ihrer Zeit als Knappe zum Besten zu geben. Ich war dankbar für den Themenwechsel. Paige war eine aufmerksame Beobachterin, besser, als gut für sie war. Es war nicht gerade hilfreich, dass sie in dieses Wespennest stach und Darrens Misstrauen anfachte, wo wir doch bereits zur Hälfte mit Gavins Leuten durch waren. Ich durfte nicht zulassen, dass er auf den letzten Metern noch argwöhnisch wurde.

Nicht zum ersten Mal fragte ich mich, wem Paiges Loyalität letztlich gelten würde. Aber ebenso wenig wie Darrens durfte ich auch ihre Zuneigung nicht auf die Probe stellen, sondern war dazu verdammt, die beiden Menschen anzulügen, denen ich momentan am nächsten stand, und das brachte mich fast um den Verstand.

Blieb nur zu hoffen, dass Nyx einen guten Plan für die »Entlarvung ihres Rebellen« hatte. Es wäre gar nicht so einfach, die klügsten Krieger, die ich kannte, hinters Licht zu führen.

Am nächsten Tag nahmen wir uns den Rest von Sir Gavins Trupp vor. Ich hatte nicht damit gerechnet, dass sich die Befragungen so lange hinziehen würden, schließlich waren die meisten Männer und Frauen unschuldig.

Bei der zweiten Einheit sah die Welt dagegen schon ganz anders aus. Nach den ersten drei Männern und ihrer Anführerin, einer Ritterin namens Jinna, wurde nur allzu deutlich, dass in ihrer Truppe eine gänzlich andere Atmosphäre herrschte als in der ersten. Nyx mochte ihre Leute gewarnt haben, aber nach so vielen Jahren in ihren Diensten waren es die meisten nicht gewohnt, mit ihrer Meinung hinter dem Berg zu halten. Ihre Aufgabe bestand schließlich nicht darin, andere mit Lügen und einem Lächeln im Gesicht zu rekrutieren, und das machte mir Angst.

Glücklicherweise hielten Darren und unsere Wachen die zunehmenden Spannungen für ganz normal. »Nichts Ungewöhnliches«, bemerkte einer unserer Ritter, »wenn man glaubt, dass es einen Verräter in der Truppe gibt.«

Es war ihnen noch nicht in den Sinn gekommen, dass so ziemlich die komplette Festung aus Verrätern bestand.

Wann immer wir auf den Gängen an Leuten vorbeikamen, beobachteten sie uns mit dem Argwohn Gejagter. Sie waren wie ein Schwarm aufgescheuchter Vögel. Und manche wie drohend aufgerichtete Schlangen – jederzeit bereit zuzubeißen.

Am sechsten Morgen trat das ein, wovor ich mich gefürchtet hatte.

»Und ihr habt beide nicht gemerkt, wie sich eine Diebesbande in euer Lager eingeschlichen und diverse medizinische Vorräte gestohlen hat?« Darrens Stimme hallte laut von den nasskalten Wänden des Verlieses wider. »Am anderen Ende der Kammer standen zwei Soldaten mit eingezogenen Köpfen. Dem Mann rann Schweiß über die Stirn, und die Hände der Frau zitterten so sehr, dass sie sie schnell unter ihre Achseln steckte.

Ich kannte natürlich die Erklärung für derlei Vorgänge: Die Rebellen hoben eine Armee aus, und raffiniert, wie Nyx war, hatte sie eine Methode entwickelt, bei der die Krone auch noch indirekt dafür bezahlte. All die Jahre waren immer wieder Vorräte und Waffen verschwunden – und ich hatte so eine Ahnung, dass genau diese Dinge in irgendwelchen Geheimkammern der Festung lagerten.

Ich stand an der Wand und sah meinem Mann zu, wie er vor den beiden auf und ab schritt und sich mit der Hand übers Kinn fuhr, während er sie wütend anstarrte. Ich wusste, dass er am liebsten gar nicht fündig geworden wäre und sich gewünscht hätte, dass er mit seiner Vermutung falsch lag.

»Es war dunkel, Euer Hoheit.«

»Wir d-dachten, dass nur die Pferde unruhig wären«, stotterte die Frau.

»Eurer Einheit ist im letzten Jahr mehr abhandengekommen als allen anderen zusammen. *Und während ihr zum Wachdienst eingeteilt wart, gab es gleich drei Diebstähle!* Jedes Mal werden in euren Berichten irgendwelche unglücklichen Umstände vorgeschoben, aber wisst ihr, was ich glaube?« Mit blitzenden Augen, die im Dämmerlicht der Zelle purpurn glühten, machte der Prinz drohend einen Schritt auf sie zu.

Wen von beiden hatte Nyx ausgewählt? Ich sah zu, wie die junge Frau ängstlich schluckte, während der Prinz sie forschend musterte. Die zwei machten ihre Sache jedenfalls grauenhaft schlecht. Ich an Darrens Stelle hätte sie beide verdächtigt.

»Ich glaube, dass ihr entweder die schlechtesten Soldaten weit und breit seid, oder …« Es kam völlig unerwartet. Ein leichtes Zucken von Darrens linkem Handgelenk und die Soldaten wurden gegen die Wand geschleudert. Eine unsichtbare Hand legte sich um ihre Kehle und hob sie hoch, sodass sie mit den Beinen in der Luft zappelten und panisch röchelnd versuchten, sich aus Darrens Griff zu befreien. »Oder aber ihr seid Feiglinge und Lügner und macht gemeinsame Sache mit den Rebellen.«

Beim Anblick der zwei schnürte sich mir die Kehle zusammen und mein Herz raste wie verrückt. Ich wusste, dass Nyx ihre Rebellen instruiert hatte, nicht zu schnell zu gestehen, dennoch war es schier unerträglich, das hier mit anzusehen.

Das ist der Preis für deine Lüge, schalt ich mich. *Hättest du dich dafür entschieden, dem Prinzen die Wahrheit zu sagen, müsste das alles nicht sein.* Ich grub mir die Nägel in die Arme und versuchte, mich zu beruhigen, indem ich mir sagte, dass die Rebellen schon wussten, was sie taten. Sie würden Darrens Attacke überstehen – der Schwarze Magier würde niemals jemanden ohne ein Geständnis töten.

Aber warum musste es denn noch einen zweiten Rebellen geben? Darauf war ich nicht vorbereitet gewesen.

Der Prinz war zu sehr damit beschäftigt, den beiden Angst einzujagen, um mitzubekommen, wie ich hinter ihm nach Luft schnappte.

Nein, ich konnte nicht dabei zusehen, wie Darren sich in seinen Bruder verwandelte. Ich musste etwas tun.

Glaubst du, dass es irgendetwas bringt, wenn du ihm jetzt in die Parade fährst? Bleib gefälligst, wo du bist, und lass sie machen.

Aber dadurch war auf einmal Darren der Böse. Der, der anderen unrecht tat.

Ich drängte mich nach vorne, packte Darren am Handgelenk und überspielte meine Panik mit Wut. »Lass mich mal.« Meine Stimme zitterte kein bisschen, worüber ich heilfroh war.

Der unsichtbare Griff des Schwarzen Magiers lockerte sich ein wenig, als sein Blick zu mir huschte und dann wieder zurück zu den Soldaten, die nach Atem rangen. »Bist du sicher?« Seine Frage war barsch, doch ich hatte das Flackern in seinen Augen gesehen. »Ich dachte, nach der Sache mit deinem Bruder willst du lieber nicht –«

»Du beobachtest ihre Reaktionen, während ich das Verhör führe.« Obwohl ich mir bei dem erstickten Keuchen des alten Mannes am liebsten die Ohren zugehalten und mich klein zusammengerollt hätte, zwang ich mich, mit entschlossener Stimme zu sprechen und auch hinzusehen. »Ich bringe sie schon zum Gestehen.«

»Also gut.« Der Prinz brach seinen Zauber ab und die beiden sackten auf dem Boden zusammen.

Ich trat drohend auf sie zu. »Der Schwarze Magier wird nicht zögern, euch zu töten.« Ich konnte Darrens Blicke im Rücken spüren und betete, dass er nicht näher kam. »Und ich genauso wenig.«

»Ihr …« Der alte Mann krümmte sich auf Knien, » … irrt Euch! Das w-war eine ehrliche –«

»Lügt der Krone nicht ins Gesicht!« Ich packte ihn am Kragen seines Waffenrocks und zerrte ihn ganz nah zu mir. *»Wen von euch beiden hat Nyx geschickt?«* Meinen geflüsterten Worten ließ ich einen dermaßen harten Schlag in sein Gesicht folgen, dass meine Faust brannte.

Der Mann schrie, als ihm Blut aus der Nase schoss. Es war der Knochen, der am allerleichtesten brach. Und außerdem der, den man am besten wieder heilen konnte – hatte zumindest Alex immer behauptet. Ich betete, dass es stimmte.

»Lasst ihn in Ruhe!«, schluchzte die Frau.

»Wir sind's nicht!«, stieß der Alte hervor.

Hat Nyx den beiden wirklich gesagt, dass sie so ein Theater abziehen sollen? Ich hatte gehofft, der Mann würde seine Kameradin »verraten« oder selbst gestehen. Wie lange sollten wir das hier durchziehen, bis Nyx' »Verräter« sich schuldig bekannte? Wie weit musste ich denn noch gehen?

»Nein!« Ich hob die Hand, um Darren davon abzuhalten, seinen Beobachtungsposten zu verlassen. Das hier musste *ich* tun. Ich durfte nicht zulassen, dass ihr Blut an seinen Händen klebte.

»Ihr könnt jetzt gestehen«, warnte ich mein Publikum. »Dann habt ihr eine Chance, lebend aus dieser Sache herauszukommen. Aber wenn ihr nichts sagt, wird es nicht so glimpflich ausgehen.«

»Wir gestehen gar nichts!«, kreischte die Frau. »Weil wir keine Rebellen *sind*!«

Nyx musste es so geplant haben, dass erst noch eine längere Vernehmung stattfand. Ich schluckte einen Schwall Galle hinunter. Es war *eine* Sache, auf dem Schlachtfeld den vermeintlichen Feind zu attackieren, jedoch eine ganz andere, jemanden anzugehen, der auf derselben Seite stand.

Magie schoss aus meiner Handfläche und erschuf eine rote Flammenpeitsche, die der Frau über die Schulter zischte. Die Soldatin jaulte auf, und ihre Haut schlug Blasen, als mein Feuer sich in ihr Fleisch fraß und die Kleidung versengte. Der Gestank verbrannten Fleisches erfüllte die Zelle.

Mit zitternden Fingern erhielt ich den Zauber weitere fünf Sekunden lang aufrecht, ehe ich von ihr abließ. »Bleibst du bei deinen Lügen?«, schrie ich, um meine Scham zu überspielen. »Und *du*!« Ich deutete mit dem Finger auf den Mann. »Willst du tatenlos zusehen, wie deine Kameradin stirbt? Oder willst du dich ihr vielleicht gleich anschließen? Ich habe noch einige hübsche Tricks auf Lager und brenne schon darauf, sie an einem von eurer Sorte auszuprobieren!«

Die Frau umklammerte ihren Arm und schrie ihre Unschuld heraus, während der Mann ebenfalls beteuerte, nichts getan zu haben. Narren. Ich biss die Zähne zusammen und beschwor den nächsten Zauber herauf: Eispfeile, die sich ins bloße Fleisch bohrten, um gleich darauf zu schmelzen und triefende Wunden zu hinterlassen.

Noch immer nichts.

Angstschreie hallten von den Wänden wider, als ich einen Dolch zog und zornig auf sie zutrat. Inzwischen war meine Wut nicht mehr gespielt, denn es war einfach nur schrecklich, was ich ihnen da antun musste.

Ich drückte dem Mann die Klinge an den Hals, sodass ihre scharfe Schneide seine Haut ritzte. »Wen hat Nyx ausgewählt?«, flüsterte ich.

Der Soldat sah mich so hasserfüllt an, dass mir die Luft wegblieb. »Ihr sollt im hintersten Winkel des Totenreichs verrotten und an Eurem eigenen Dreck ersticken!«

Steh hier nicht nur rum, sonst merkt Darren noch was.

»Gesteh!«, brüllte ich.

Er stierte mich an, die Augen rot und voller Zorn. »Ihr verdächtigt die Falschen. Wir haben nichts getan. *Wir doch nicht!*«

Ich taumelte zurück.

Wir doch nicht. Seine Worte ... Es war nicht gespielt.

Die beiden Soldaten waren nicht die Rebellen, die Nyx geschickt hatte. Darren musste etwas in den Aufzeichnungen über sie entdeckt haben, das Nyx' Leuten offenbar entgangen war, ehe sie ihre Berichte an unserem ersten Tag abgegeben hatten. Natürlich waren die zwei Rebellen, aber eben nicht die richtigen. *Wir doch nicht.* Keiner von beiden war derjenige, den Nyx ausgewählt hatte, der mit der vorbereiteten Geschichte, der, der wusste, was genau er sagen und wann er einknicken sollte. Der, der lügen konnte – und zwar gut.

Diese beiden schwebten mit jedem Moment, den sie länger hier waren, in Lebensgefahr. Wenn ich sie nicht auf dem schnellsten Wege hier rausbekam, sagten sie vielleicht etwas Falsches. Gestehen konnten sie nicht, sonst wären alle unsere Pläne zunichtegemacht und ihr hilfloses Gestammel würde Darren möglicherweise in eine andere Richtung führen als vorgesehen – im schlimmsten Fall direkt auf die Spur der Festung, statt davon weg.

»Ryiah, soll ich wieder übernehmen?« Während ich nur untätig mit hängenden Armen dastand, war Darren zu mir getreten. Panik stieg in mir auf.

Was habe ich getan?

»Ich glaube, du irrst dich«, murmelte ich leise.

Der Prinz drehte mich zu sich und zog mich von den blutüberströmten Soldaten weg. Den Blick fest auf sie gerichtet, dirigierte er mich ans andere Ende des Zimmers.

»Liebes«, sagte er, »wir haben noch gar nicht richtig angefangen. Ich habe nicht erwartet, dass sie so schnell gestehen.«

»Nein.« Mir hob sich der Magen, als mir klar wurde, was wir da angezettelt hatten. Ich hatte zuglassen, dass Darren … und ich auch … Ein eiskalter Schauer lief mir über den Rücken. Ich musste das beenden. Jetzt. Ich packte Darren am Arm. »Darren, wir haben uns da in was verrannt.«

»Woher willst du das wissen?« Seine Miene war mitfühlend und hart zugleich und seine Muskeln spannten sich unter meinen Fingern.

»Ich … ich …« Wie sollte ich es erklären? Weder hatte ich in ihrer Hundertschaft gedient, noch konnte ich Nyx' »offiziellem« Rebellen die Schuld in die Schuhe schieben, weil ich nicht einmal wusste, wen sie präpariert hatte und ob derjenige überhaupt in derselben Einheit war.

»Ryiah, das hier ist nichts für dich. Nach Derricks Tod ist es doch verständlich, dass es dir schwerfällt, so etwas zu machen oder mit anzusehen. Wir bitten einfach jemand anders von unseren Leuten, für dich einzuspringen, und du legst eine Pause ein, wenn es dir so an die Nieren geht.«

Wo ist Nyx? Wie würde *sie* das hier wieder in Ordnung bringen? Wusste sie überhaupt Bescheid? Darren hatte heute Morgen mit der Befragung losgelegt, ohne ein Wort darüber zu verlieren, was er vorhatte. Niemand hatte die leiseste Ahnung gehabt, nicht einmal ich, bis er diese beiden hereingerufen und sie mit den Berichten in seiner Hand konfrontiert hatte.

»Es geht gleich wieder. Gib mir einfach einen Moment Zeit –«

»Ryiah.« Darrens Stimme klang scharf. »Du bist noch nicht so weit. Geh raus und schicke mir einen der anderen Kampfmagier.«

»Ich bleibe.« Mir blieb keine andere Wahl. Ich verschränkte die Arme vor der Brust. »Vielleicht sollten wir versuchen, sie getrennt voneinander zu vernehmen.« Alles, was das Verhör in die Länge zog, war gut.

»Die zwei sind Soldaten. Sie sind daran gewöhnt, einiges auszuhalten. Aber irgendwann knickt jeder ein.«

»Wie wäre es mit Halluzinogenen?«, bettelte ich. Das könnte mir wertvolle Zeit verschaffen.

Darren schüttelte den Kopf. »Ich brauche sie bei vollem Bewusstsein. Am Ende gehört der Alchemist auch den Rebellen an … Momentan vertraue ich nur unseren eigenen Leuten.«

Der Prinz löste meine Hand von seinem Arm und ging

wieder zu den beiden auf dem Boden kauernden Soldaten. Noch waren sie weit davon entfernt einzuknicken, doch sie waren davon ausgegangen, dass ihre Befragung reine Formsache war.

Ich konnte nur den Göttern danken, dass sie nicht zum Gegenangriff ausgeholt hatten.

Darren zog einen Dolch aus seinem Waffengürtel. Ich musste mir etwas einfallen lassen. Schnell.

»*Die Unterlagen!* Warte!«

Er hielt inne, ohne sich umzudrehen. »Was ist damit, Ryiah?«

»Der Bericht! Wir sollten ihren Anführer und Nyx zu Rate ziehen. Vielleicht können sie uns noch wichtige Informationen dazu liefern und Licht ins Dunkel bringen … und wenn sie die Sache auch verdächtig finden, machen wir weiter –«

»*Ich* finde es verdächtig.« Noch immer sah Darren mich nicht an, aber seine Stimme klang verärgert. »Glaub mir, Ryiah, ich habe Stunden damit zugebracht, diese Berichte durchzugehen, während du geschlafen hast.«

Auch wenn ich wusste, dass das nicht seine Absicht war, war es wie ein Schlag in die Magengrube. Der Prinz sollte nicht Nacht für Nacht so rastlos sein, dass er Schriftrollen studierte, um einschlafen zu können.

Noch eine Sache, bei der ich ihn im Stich gelassen hatte.

Aber jetzt und hier musste ich ihm beistehen. Ich durfte nicht zulassen, dass er später auf diesen Tag zurückblickte und sich selbst dafür hasste. Sollte er lieber mich hassen, wenn die Wahrheit erst einmal ans Licht kam.

»Bitte.« Ich sprach absichtlich mit brüchiger Stimme.

Die Tränen traten mir ganz von selbst in die Augen, als ich jedes bisschen Verzweiflung und Willenskraft mobilisierte. »Bitte, Darren, können wir es nur noch einmal überprüfen? Ich würde es mir niemals vergeben, wenn –«

»Wie du meinst!«, schnitt er mir das Wort ab. Wütend wirbelte er auf dem Absatz herum, stürmte zur Tür hinaus und rief zwei unserer Wachen, damit sie die Gefangenen während unserer Abwesenheit nicht aus den Augen ließen.

»Kommst du, Ryiah?«, blaffte er mich an.

Paige sah mich erstaunt an, als wir auf dem Gang erschienen und Darren sofort begann, Befehle zu brüllen, doch ich wich ihrem Blick aus. Die Anspannung, die von ihm ausging, war richtiggehend mit Händen zu greifen, und das versetzte mir einen Stich ins Herz.

Meine Gedanken rasten, während ich ihm über verwinkelte Gänge und mehrere Wendeltreppen hinterherhastete und versuchte, zu ihm aufzuschließen. Ich hatte gerade eben seine Autorität untergraben. Er war der Kronprinz und der Schwarze Magier, und ich hatte ihn vor potenziellen Feinden der Krone so dastehen lassen, als wäre er nicht selbst in der Lage, Entscheidungen zu treffen.

Sobald wir allein waren, sagte Darren, ohne sich zu mir umzudrehen: »Mach das nie wieder.«

Er konnte es nicht verstehen. Wie auch?

Innerhalb weniger Minuten trafen wir bei Sir Bolton und der Kommandantin ein. Beide wirkten erschüttert, obwohl sie ihr Bestes gaben, um einen gefassten Eindruck zu vermitteln. Ein plötzlich anberaumtes Treffen in einer

Situation wie dieser verhieß nichts Gutes. Nyx' linkes Auge zuckte nervös, als sie sich an den Prinzen wandte.

»Was ist geschehen, Euer Hoheit? Man sagte mir, es wäre dringend.«

»Ich glaube, ich habe unter Boltons Leuten zwei potenzielle Rebellen ausfindig gemacht. Sie sind noch nicht geständig, aber wir hielten es für das Beste, kurz mit Euch Rücksprache zu halten, bevor wir zu härteren Mitteln greifen.« Es gelang Darren, es so zu formulieren, als wäre es nur logisch und nicht ein Affront gegen ihn und seine Fähigkeiten.

»Bei den Göttern, wer sind sie?«, unterbrach Bolton ihn. »Wer von meinen Leuten und wie lange –«

Der Stiefel der Kommandantin traf ihn am Schienbein, ehe er noch mehr sagen konnte. Zum Glück war Darren damit beschäftigt, die Schriftstücke in seiner Hand auseinanderzurollen.

Nyx setzte eine neutrale Miene auf. »Was ist mit dem Bericht?«

»*Drei* Diebstähle von Vorräten allein im letzten Jahr.« Darrens Stimme war ernst. »Immer wenn dieselben Wachdienst hatten. Keiner kann mir weismachen, dass das ein Zufall ist.«

»Es steht mir nicht zu, Eure Theorie anzuzweifeln, Euer Hoheit.« Die Kommandantin räusperte sich, während sie weiter die Unterlagen betrachtete. »Allerdings glaube ich, dass hier ein Missverständnis vorliegt … Sir Bolton, werft einen Blick darauf und sagt mir, ob Ihr seht, was auch ich sehe.«

»Ja, Kommandantin.« Der Anführer der Einheit nahm

die Schriftrolle und tat so, als wüsste er, wovon die Rede war. »Ja, ja, ich denke, Ihr habt recht.«

»Könnte mich mal freundlicherweise jemand aufklären?« Darren klang gereizt.

»Die Vorräte wurden gestohlen, wie es auch hier im Bericht steht, aber die beiden betreffenden Soldaten können nichts dafür.« Nyx senkte den Kopf. »Ich ... äh ... ich habe Mendel nämlich gebeten, in seinem Bericht ein paar Details unerwähnt zu lassen, um Boltons Truppe Schwierigkeiten zu ersparen – und mir die Schmach, um ganz ehrlich zu sein, weil ich befürchtet habe, der König könnte meine Befähigung als Oberbefehlshaberin infrage stellen, wenn er die ganze Wahrheit erfährt.«

Darrens Augen verengten sich zu Schlitzen. »Und was genau sollte das Missfallen der Krone erregen?«

»Wenn man weiß, was es bedeutet, das Oberkommando zu haben, Euer Hoheit, betrachtet man alles, was schiefgeht, als eigenes Versagen und denkt, es würde auf einen selbst zurückfallen. Vermutlich eine irrationale Angst, aber eine, die ich einfach nicht loswerde. Ich fürchtete, die Krone würde die Umstände – ein Schlaftrunk – als ein Zeichen von Nachlässigkeit oder einen gewissen Kompetenzmangel meinerseits betrachten. Wenn das *einmal* vorkommt, wäre es ja noch verzeihlich, aber gleich dreimal ...«

Darren runzelte die Stirn. »Ein Schlaftrunk?«

»Räuber – vielleicht waren es auch Rebellen – haben unseren Vorräten Schlafmittel beigemischt. Als Mendel den Bericht verfasst hat, schlug Bolton vor, es lieber so aussehen zu lassen, als hätten die Wachen ihre Pflicht nicht so hundertprozentig gewissenhaft erfüllt, und ich … ich habe zugestimmt.«

Der Ritter stieg auf Nyx' Lüge ein. »Anfangs haben wir nicht kapiert, was da los war. Wie Ihr habe ich meinen Leuten die Schuld daran gegeben und ihnen das abendliche Bier verboten … Als es trotzdem wieder passiert ist, habe ich mich natürlich gefragt, ob da mehr dahintersteckt. Sie hatten schon ewig keinen Tropfen Bier mehr angerührt und dennoch einen Diebstahl verschlafen, als sie Wache halten sollten. Allerdings konnte ich mir einfach keinen Reim darauf machen.« Der Ritter rückte seinen Gürtel zurecht. »Einen Monat lang habe ich ihnen den Sold gestrichen. Beim dritten Mal hat sich einer der anderen Wachleute unwohl gefühlt und auf sein Abendessen verzichtet. Auf dem Weg zur Latrine fand er die *komplette* Einheit einschließlich der beiden im Tiefschlaf vor, obwohl es noch kaum dunkel war. Es war zwar zu spät, um den letzten Diebstahl zu verhindern, aber ein Heiler konnte seinen Verdacht bestätigen. Seitdem haben wir immer einen Vorkoster und es ist nichts mehr weggekommen. Ich versichere Euch, Euer Hoheit, so etwas wird nie wieder vorkommen.«

»Eure Leute haben das in der Befragung mit keinem Wort erwähnt, sondern es so dargestellt, als wäre es ihr eigenes Versagen gewesen.«

»Boltons Einheit hat die strenge Anweisung, Stillschweigen darüber zu bewahren.«

Darren biss die Zähne zusammen. »Eure Order hat fast zwei Soldaten das Leben gekostet. Und alles nur, um Eurem Regiment *eine Peinlichkeit zu ersparen*. Und es ist

Euch nicht in den Sinn gekommen, dieses kleine Detail zu erwähnen, ehe Ihr Eure Berichte bei mir eingereicht habt? Gibt es sonst noch irgendetwas, das Ihr unter den Tisch gekehrt habt, ehe ich wieder Unschuldige verdächtige?«

»Nein, Euer Hoheit.« Nyx stieß den Atem aus. »Nichts, wovon ich wüsste.«

»Gut«, fuhr der Prinz sie an, »denn das wirft wirklich kein gutes Licht auf Euch. Sollte so etwas noch einmal vorkommen, sehe ich mich gezwungen, Euren Posten neu zu besetzen.«

Die Kommandantin ließ den Kopf hängen, und Sir Bolton trat schuldbewusst von einem Bein aufs andere, während ich betete, dass Nyx in ihren Berichten nicht noch etwas übersehen hatte. Wenn die Krone jemand anderen auf ihren Platz setzte, wäre die ganze Operation in Gefahr.

»Ich verstehe, Euer Hoheit.«

Darren machte auf dem Absatz kehrt und stürmte davon.

Ich starrte ihm nach.

»Ryiah.« Eine derbe Hand packte mich am Handgelenk.

Ich sah die Kommandantin an.

»Danke.«

Ich versuchte, meine Wut zu bändigen. »Das kann ich nicht noch einmal machen.«

»Ich weiß.« Nyx presste die Lippen zu einem dünnen Strich zusammen. »Noch zwei Tage. Der Verräter kommt aus Sir Maxons Einheit. Wir haben ihm ein bisschen Zeit gegeben, um sich auf das Verhör vorzubereiten. Ich hielt es für das Beste, wenn derjenige aus Derricks letzter Einheit stammt, das wäre am naheliegendsten.«

»Wer ist es?«

»Ein junger Ritter namens Tallus. Er wurde vorletztes Jahr rekrutiert.«

Ich nickte langsam. »Wie soll ich Darren überzeugen? Welche Beweise gibt es für seine Schuld?«

»Wir werden einen belastenden Brief in seiner Pritsche verstecken. Am besten führt *Ihr* die Befragung durch.«

Ich war schon im Gehen, drehte mich aber noch einmal um. »Die beiden Soldaten im Kerker brauchen einen Heiler.«

Nyx atmete tief durch. »Ja, ich werde mich gleich darum kümmern … Es tut mir so leid.«

»Nicht so leid wie den beiden«, sagte ich und ging. *Nicht so leid wie mir.*

FÜNF

Der Rest des Tages hing wie ein Unwetter über uns. Sir Boltons Einheit war rasend vor Zorn. Nachdem zwei Heiler die beiden Soldaten aus der Zelle getragen hatten, kündeten zusammengekniffene Augen und zusammengebissene Zähne von einem Hass, der uns noch lange nach unserer Abreise verfolgen würde.

Unsere Fragen wurden mit wenig mehr als eisigem Schweigen beantwortet und am Ende der ersten Woche stand allen die Erschöpfung deutlich ins Gesicht geschrieben.

Ich fragte mich, ob die anderen Rebellen Nyx' Vertrauen zu meinem Wort teilten. Wie auch immer, die Hoffnung auf Frieden war allenfalls ein zartes Pflänzchen. Keiner konnte so recht daran glauben, dass alles gut ausgehen würde.

Am nächsten Morgen berief Darren ein Treffen unserer kleinen Truppe ein. »Die Stimmung ist umgeschlagen. Man misstraut mir. Deshalb seid besonders wachsam, seid immer zu zweit unterwegs und haltet stets Euer Schwert griffbereit.« Er stieß ein hartes Lachen aus. »Bis wir die

Rebellen nicht entdeckt haben, werden uns die Leute hier die Sache mit den beiden Soldaten zum Vorwurf machen. Am liebsten würde ich ihren Zorn auf Nyx mit ihrem falschen Ehrgeiz umlenken … stattdessen machen sie lieber mich zum Sündenbock.«

Ich streckte die Hand nach Darren aus, aber er entzog sich meiner Berührung, und auch wenn er vor den anderen nichts sagte, versteifte sich sein ganzer Körper. Er gab zwar Nyx die Schuld an der Misere, doch er war noch immer böse auf mich.

Ich hätte ihn nicht in seiner Funktion als Schwarzer Magier hinterfragen sollen. *Du hattest keine andere Wahl.* Ich biss mir auf die Lippe, bis ich Blut schmeckte. Dieses Lügengeflecht wurde immer schlimmer, und mit jeder Stunde wuchs die Versuchung, alles zu gestehen. Das Einzige, was mich durchhalten ließ, war die Aussicht darauf, dass der »echte« Rebell am nächsten Morgen käme und wir diesen Mummenschanz beenden könnten, sobald er überführt war.

»Habe ich dir eigentlich erzählt, dass Alex und Ella inzwischen hier stationiert sind?« Als wir an diesem Abend zu Bett gingen, war ich fest entschlossen, das fürchterliche Schweigen zwischen uns zu beenden. Die letzte Nacht hatte Darren damit verbracht, hin und her zu laufen wie ein gefangener Löwe, und mich kaum eines Blickes gewürdigt bis auf ein paar ganz wenige, die zwischen Erschöpfung, Dankbarkeit und Frustration schwankten. Ich vermutete, dass er in seinem tiefsten Inneren auch erleichtert darüber war, dass ich ihn zurückgepfiffen hatte, doch sein Stolz und seine Sturheit verboten ihm, das zuzugeben, und standen ihm erneut im Weg.

»Aha.« Das war alles, was er dazu sagte.

»Sie sind hergekommen, nachdem Derrick überführt wurde, und Alex denjenigen ausfindig machen wollte, der ihn rekrutiert hat. Wie du hatte auch er den Norden im Verdacht. Sie sind in Maxons Einheit.« Die Lüge war die perfekte Erklärung für ihre Anwesenheit auf der Burg. »Ich wünschte, er wäre nicht hier«, setzte ich noch hinzu. »Es gefällt mir nicht, dass er sich in Gefahr bringt, nur wegen irgendwelcher Rachegelüste.«

»Tja«, befand Darren, »anscheinend hat dein Bruder mehr Ehre im Leib, als ich dachte.«

»Es tut mir leid, dass ich deine Befehle hinterfragt habe.« Ich senkte die Stimme zu einem Flüstern. »Ich wollte nur –«

»Ich möchte nicht darüber reden, Ryiah.«

»Wieso nicht?« Ich konnte nicht anders. »Das kannst du nicht machen, mich so auf Abstand halten. Wenn du wütend bist, dann brüll mich an, aber wage es ja nicht, dich so abzuschotten.« Ich war so eine Heuchlerin. Es grenzte an ein Wunder, dass die Götter noch keinen Blitz geschickt hatten, um mich niederzustrecken, doch ich konnte es nicht ertragen zuzusehen, wie Darren alles in sich hineinfraß.

Mit blitzenden Augen kam er auf mich zu. »Der Schwarze Magier ist nicht unfehlbar. *Ist es das, was du hören willst?*«

»Darren –«

»Stell dir den schlimmsten Fehler vor, den jemand begehen kann«, zischte er. »Zwei Menschenleben, Ryiah. Zwei Soldaten, weil ich mir so sicher war. Hast du auch nur den Hauch einer Ahnung, wie es ist, diese Art von

Verantwortung zu tragen?« Sein bitteres Lachen tat mir in der Seele weh. »*Ist dir klar, was ich fast getan hätte?*«

Und ob! Ich kannte dieses Gefühl nur zu gut, doch er durfte die Wahrheit über Dastan Cove nicht erfahren. Die Last dieser drei caltoth'schen Krieger schleppte ich ganz allein mit mir herum, und ich spürte die Schuld, die ich auf mich geladen hatte, bei jedem Atemzug. Wie gern hätte ich Darren erzählt, dass es besser wurde, wenn man seine Verzweiflung in die Stille hinausschrie, doch jede Nacht sah ich im Traum noch immer ihre aschfahlen Gesichter neben dem meines Bruders und konnte keinen Frieden finden. »Es war nicht dein Fehler.« *Du hattest ganz recht damit, den beiden nicht über den Weg zu trauen. Wir haben dich reingelegt.* Das schlechte Gewissen nagte mit scharfen Zähnen an meinem Herzen. »Nyx hat getan, was sie für das Beste für ihre Leute hielt – ja, es war eine Fehlentscheidung, aber sie fand einen Wechsel an der Spitze des Regiments so kurz vor Kriegsausbruch eben problematisch.«

»Hätten wir Zeit, würde ich sie höchstpersönlich hinauswerfen.« Er schlug mit der Faust gegen die Wand, und als er sie zurückzog, lief Blut über sein Handgelenk. »Aber so, wie die Dinge stehen, fürchte ich, ihre Leute würden auf die Barrikaden gehen, wenn ich es versuche.«

Damit liegst du nicht falsch.

»Ihre Loyalität ist erstaunlich.« Er starrte auf die Tür der Kammer. »Wenn ich es nicht besser wüsste, könnte ich fast den Eindruck bekommen, dass in dieser Festung seltsame Dinge vor sich gehen.«

Ich brachte ein erzwungenes Lachen zustande. »Du meinst außer ihrem kollektiven Hass auf die Caltothen, die ständig Überfälle auf ihre Grenzregion verüben?«

Er legte die Stirn in Falten. »Ich denke mal –«

»Ich habe fast ein Jahr auf dieser Burg meinen Dienst versehen und in der Ausbildung waren wir auch eine Weile da.« Ich schnappte mir ein Hemd aus einer Truhe, die in meiner Reichweite stand, und schlang es um die blutige Hand des Prinzen. Diesmal zog er sie nicht weg. »Die Leute aus dem Norden sehen auf den Süden herab, weil sie so viel mehr erdulden mussten. Sie können deine Rolle nicht verstehen und haben keine Vorstellung davon, was es bedeutet, für ein Land Verantwortung zu tragen.«

»Und du schon?« Er sagte es ganz leise.

»Ich weiß zumindest, wie es ist, jemanden zu lieben, der das tut.« Ich zog Darren zum Bett und nahm mir fest vor, einen Rückzieher zu machen, sobald der Gedanke wieder aus seinem Kopf getilgt war und in den Tiefen seiner granatroten Augen nicht mehr der Argwohn brandete wie eine karmesinrote Flutwelle in einem Meer aus Finsternis.

Obwohl ich noch gar nicht mit Darrens Bandage fertig war, packten mich zwei Hände so fest um die Taille, dass es wehtat, und vermutlich kam Blut auf die Laken, doch das war mir egal.

»Ich habe dich gar nicht verdient, Ryiah.«

»Du bist nicht der Einzige, der Kämpfe mit sich austrägt.« Ich drückte meine Hände auf seine Brust. »Ich schlage mich auch mit so einigem herum.« *Mit mehr, als du ahnst.*

Verständnis und Scham blitzten in seinen Augen auf. Er dachte an Derrick.

»Es wäre mir lieber, wenn du schimpfst und wütest, als dich in dein Schneckenhaus zurückzuziehen.« Ich berührte sein Gesicht und prägte mir die markanten Züge des Mannes ein, den ich liebte. »Egal, was du tust, ich bin immer für dich da.«

Darrens raue, schwielige Finger legten sich um meine. Wir waren zwei Krieger, die für das kämpften, woran sie glaubten, und ihre Probleme mit sich selbst ausmachten. »Versprich mir dasselbe.«

Zu spät. Weil ich fürchtete, dass meine Stimme mir den Dienst versagen würde, wenn ich die Lüge laut aussprach, nickte ich nur und ließ mich von dem dunklen Prinzen in seine Armbeuge ziehen, und als er – zum ersten Mal seit Tagen – einschlief, verbrachte ich die Stunden damit, die Risse in den Wänden zu zählen und die Lügen, die mich innerlich zerrissen.

Mein Blick war auf den Waldrand gerichtet. Undeutlich konnte ich am rot-orange glühenden Horizont eine immer größer werdende silberne Wolke erkennen – Kettenhemden, die im Licht der Morgensonne vor dem makellosen Weiß des Schnees glitzerten. Der Winter war dieses Jahr früh hereingebrochen.

Als die Truppe näher kam, wurde mir flau im Magen. Wie stand Alex inzwischen zu mir? Würde ich wieder den Hass in seinen Augen sehen, der mir das Herz in Stücke gerissen hatte?

Wie sich jedoch herausstellte, waren meine Sorgen unbegründet.

»Ryiah!« Mein Zwillingsbruder saß ab, drängte sich

an den anderen aus seiner Einheit vorbei und rannte die letzten zwanzig Meter, dass das Eis nur so unter seinen schweren Stiefeln knirschte.

Wie betäubt stand ich da, als er mich in seine Arme zog und mich fast zerquetschte. Anders als früher roch er nach Eisen und Schweiß. Als er mich losließ, war sein Blick ernst, doch ich konnte keine Spur von dem rasenden Zorn von zuvor darin entdecken.

Mir war klar, dass er das alles tat, weil der Prinz zusah, denn Nyx hatte Boten ausgesandt, um Maxons Einheit zu warnen, aber als er mich anlächelte, wurde mir trotzdem warm ums Herz.

»Ry!« Umpf! Zwei weitere Arme schlangen sich um uns. Diese beruhigende Stimme war in der Ausbildung meine große Stütze gewesen. Es war die Stimme der Vernunft, eine, die versprach, sich selbst nicht allzu ernst zu nehmen, solange ich es nicht tat, und ihren Klang zu hören, war mit das Schönste auf der Welt.

Ella war in schwere Felle gehüllt. Sie hatte die Kälte schon immer gehasst wie die Pest. Ihre schwarzen Locken kitzelten mich im Gesicht, als sie sich an mich schmiegte und Alex und mich drückte. »Ich hab dich vermisst – *wir* haben dich vermisst. Unheimlich.«

Ich sagte nichts darauf, sondern stand nur da und versuchte, diesen Moment festzuhalten. Ich wollte nicht loslassen, denn das bedeutete, dass er vorüber wäre, und ich war noch nicht bereit, das vertraute, tröstliche Gefühl aufzugeben und mich wieder dem Rest der Welt zu stellen.

»Ella. Alex.« Darren stand direkt hinter uns, als wir uns schließlich doch voneinander lösten. Hastig blinzelte ich die Tränen weg, und eine Sekunde lang hätte ich schwören können, dass es meinem Zwillingsbruder genauso ging. »Wir haben euch auf unserer Hochzeit vermisst.«

Alex rieb sich die schmutzigen Hände an seinem Hemd ab. »Nach allem, was passiert ist, konnte ich einfach nicht dorthin zurück.«

»Ryiah hat mir gesagt, warum du hier bist.«

Alex warf mir einen Blick zu.

»Ja, dass du den Rebellen ausfindig machen willst, der Derrick rekrutiert hat«, schaltete ich mich schnell ein.

»Ich hätte genau dasselbe getan, wenn es *mein* Bruder gewesen wäre«, meinte Darren.

»Euer Hoheit.« Sir Maxon, der Anführer von Derricks alter Einheit, trat vor, um sich vorzustellen. »Ich habe gehört, Ihr sucht in unserer Festung nach Rebellen. Die Kommandantin hat uns eine Nachricht zukommen lassen. Meine Truppe steht Euch jederzeit zur Verfügung.«

»Genau darum wollte ich Euch gerade ersuchen.«

Der Mann klopfte Darren auf die Schulter. »Ich denke, meine Leute können vorher noch kurz einen Happen essen, oder? Wir sind fast die ganze Nacht durchgeritten.«

»Ich komme mit.« Der Prinz schloss sich dem Ritter an und wir anderen trotteten hinterher.

Und das war der Anfang vom Ende unserer Zeit auf der Festung.

Mach deine Sache gut. Sei glaubwürdig, damit du Darren überzeugen kannst. Versuch, nicht an das Blut zu denken. Tallus kennt seine Rolle. Denk nicht über die Schmerzen nach, die du ihm zufügen musst, sondern lieber daran, wie viele Leute er mit seinem Geständnis rettet.

Ich verpasste dem Ritter einen Schlag mit dem Handrücken, ehe ich ihn mit der anderen Hand am Kragen seines Hemds hochzog und ihn gegen die Gitterstäbe stieß, dass es schepperte. »Gib's zu. Deine Kameraden behaupten, dass sie gesehen haben, wie du dich mit Derrick von der Truppe entfernt hast, aber der Wirt der Schenke sagt, dass er dein Gesicht nicht wiedererkennt. Ihr wart also gar nicht Karten spielen. Du hast meinen Bruder so lange bequatscht, bis er sich rekrutieren ließ, und außerdem hast du Vorräte geklaut.«

Erneut erhob ich die Hand, weil das immer noch besser war als eine Klinge.

»Ryiah!« In letzter Sekunde packte Darren meine Hand und zerrte mich von Tallus fort. »Was machst du da?«

»Er ist ein Rebell!«, kreischte ich so laut, dass es draußen vor dem Kerker alle hören konnten. »Sieh ihn dir doch nur an! Das ist der Kerl, der meinen Bruder zu einem der *ihren* gemacht hat, ihn mit seinen Lügen hereingelegt und mit seinem Status als Ritter geblendet hat!«

Es war nicht schwer gewesen, die Befragung in die gewünschte Richtung zu lenken und dann zu übernehmen, als Tallus anfing zu stammeln und sich in Widersprüche verstrickte. Genau genommen war es sogar erstaunlich einfach. Die Worte kamen mir von den Lippen, als hätte ich sie zuvor einstudiert. Nun gut, vieles davon hätte ich am Tag meiner Ankunft am liebsten auch schon Nyx an den Kopf geworfen.

Sei so emotional wie möglich, damit er nicht merkt, dass das alles ein abgekartetes Spiel ist.

»Er ist ein Rebell!« Ich keuchte schwer. »Ich weiß es, Darren. *Hör* ihm doch nur zu. *Sieh* ihn dir an!«

»Mach nicht denselben Fehler wie ich.« Darren hielt mich noch immer fest. »Ab hier übernehme ich, Liebes.«

»Wehe, du setzt ihn auf freien Fuß!« Ich klammerte mich an Darrens Arm.

»Ich verspreche dir, dieser Mann wird den Kerker nicht verlassen, wenn ich nicht voll und ganz von seiner Unschuld überzeugt bin –«

»Wir könnten seine Kleidung überprüfen lassen. Seine Habseligkeiten, sein Feldbett, seine Satteltaschen, alles! Irgendwo muss sich doch ein Beweis finden. Irgendetwas Handfestes.«

Darrens Griff um mein Handgelenk verstärkte sich. »Ich gebe dir mein Wort, Ryiah, aber nicht so voreilig. Hab bitte Geduld. Glaubst du, das kriegst du hin?«

Meine Antwort war eher ein Knurren. »Wenn er es war, dann will ich diejenige sein, die das Schwert führt. Für Derrick.« Ich wollte, dass er mir das hier und jetzt versprach. Ehe die Wahrheit ans Licht kam. Damit Darren keine Schuld auf sich lud.

»Bist du dir wirklich sicher?«

»Das ist das Einzige, worum ich dich bitte.«

Mit einem Nicken klopfte er an die Kerkertür und rief einen unserer Männer herbei. »Überprüft Tallus' persönliche Dinge. Dreht jeden Stiefel um.«

»Sehr wohl, Euer Hoheit.«

Darren schloss die Tür und wandte sich wieder Ferren's

Keeps »einzigem« Rebellen zu. »Ich kann nur für dich hoffen, dass meine Frau falschliegt.«

Der Ritter hob das blutige Kinn. An seinem rechten Auge prangte ein großer Bluterguss, der bereits anschwoll. »Ihr werdet nichts finden.« Die Worte waren aufmüpfig und voller Gehässigkeit. »Ihr macht einen Fehler.«

Dreißig Minuten später klopfte es an der Tür.

»Euer Hoheit, in sein Kissen war eine Liste mit Namen eingenäht. Der Bruder Eurer Frau steht auch darauf.«

Der Prinz sah mich an. »Ryiah, ich glaube, jetzt bist du an der Reihe.«

In meiner Hand erschien ein Messer.

Tallus gestand nach einer langen Nacht im Verlies. Einer, die ich am liebsten ungeschehen gemacht hätte.

»In der Hauptstadt gibt es keine Rebellen!« Darren ging im Kerker auf und ab. »Bei dem Überfall wurden alle geschnappt.«

»Das ist das, was Ihr glauben sollt.« In eine Ecke der Zelle gekauert, lachte der Mann, wobei ihm Blut und Speichel wie einem Wahnsinnigen übers Gesicht liefen und er am ganzen Leib bebte.

»Dann sag mir, wo sie sich versteckt halten. Sag mir, warum sie so lange stillgehalten haben.«

»Sie haben darauf gewartet, dass der Schwarze Magier den Palast verlässt«, spie Tallus ihm entgegen. »Damit der König schutzlos ist.«

Darren stürmte auf ihn zu, und ich hielt ihn gerade noch am Arm fest, ehe er den Ritter mit bloßen Händen erwürgen konnte. »Du lügst! Wir haben überall Wachen. Hunderte –«

»Weiß doch jeder, dass der Prinz sich in den Norden aufgemacht hat, um die Rebellen zu jagen. Sogar mein Anführer im Süden.« Tallus grinste hinterhältig mit seinem blutverschmierten Mund. »Und jetzt ist der König verwundbar. Man braucht nur einen –«

Der Ritter brüllte auf, als er von einer Druckwelle gegen die Kerkerwand geschleudert wurde.

»Darren!« Ich riss den Prinzen herum, sodass er gezwungen war, mich anzusehen.

»Er spricht über *Blayne*.« Darrens Augen waren weit aufgerissen und seine Fingernägel bohrten sich in meine Arme. An seinen Schläfen traten pulsierende Adern hervor. »Ryiah, ich –«

»Wir dürfen ihn nicht töten. Er kann uns dabei helfen, die Rebellen in Devon zu enttarnen.« Ich nahm das Heft in die Hand und versuchte, nicht an den Mann zu denken, der sich dieser Tortur unterzog, um mich bei meinem Plan zu unterstützen. »Wir schicken jetzt als Allererstes Boten los. Deinem Bruder wird nichts geschehen. Mira soll das Palastregiment verdoppeln. Und wir rufen Marius aus dem Süden zurück.«

Ich wartete, bis sich sein Griff lockerte, dann wandte ich mich an den Gefangenen. »Wenn du uns hilfst, diese Verräter aufzuspüren, lassen wir dich dafür am Leben.«

Der Mann blieb stumm, nur seine Brust hob und senkte sich heftig. Darrens letzte Attacke hatte ihm schwer zugesetzt.

»Wir sichern dir eine Begnadigung zu.«

»Niemals!« Darren riss sich von mir los, aber ich blieb hart.

»Sonst wird er seine Leute nie und nimmer verraten.« Ich sah ihn eindringlich an. »Mir ist schon klar, dass dir das widerstrebt, aber für das Wohlergehen des Königs ist es das doch allemal wert – und tausendmal wichtiger als Vergeltung.«

»Gut.« Der Prinz spie das Wort regelrecht aus und funkelte Tallus über meine Schulter hinweg an. »Wir garantieren es dir, du Verräter, aber wenn du dich nicht an deinen Teil der Abmachung hältst, werde ich dich eigenhändig an den Dachsparren des Palasts aufknüpfen wie deine Kameraden.«

Ich musste mich sehr am Riemen reißen, um bei Darrens Drohung nicht hochzugehen, weil ich sofort wieder Derrick vor Augen hatte.

»Ja.« Der Ritter holte rasselnd Luft und stieß hervor: »Aber ohne vertragliche Zusicherung sage ich kein Wort.«

Ohne etwas darauf zu erwidern, marschierte Darren zum Schreibtisch und begann, mit fahrigen Bewegungen Berichte in eine Mappe zu stopfen. Ich fürchtete, dass er heute Nacht kein Auge zutun, sondern Stunde um Stunde Unterlagen studieren würde, um sicherzugehen, dass er auch wirklich nichts übersehen hatte.

In gewisser Weise ging es uns ähnlich. Was ich heute Nacht getan hatte, würde mir noch jahrelang den Schlaf rauben.

Als schließlich mein Zwillingsbruder zusammen mit weiteren Heilern kam, um sich um die schlimmsten

Verletzungen des Gefangenen zu kümmern, konnten wir endlich gehen. Darren wollte keine Zeit verlieren und drängte zum Aufbruch.

Ich machte mich auf wütende Blicke gefasst, als Alex erfasste, was sich hier abgespielt haben musste – ein übel zugerichteter Ritter und die Schwester mit dessen Blut an den Händen.

Sogar Paige zuckte zusammen und sah schnell weg.

Doch in Alex' Augen stand nichts als Trauer, als er mir einen kurzen Blick zuwarf. Und Mitleid. Da Paige direkt bei uns stand und die Heilung beaufsichtigte, sagte er nichts. Der Rebell sollte reisetauglich sein, mehr aber auch nicht.

Der Gesichtsausdruck meines Zwillingsbruders war weitaus freundlicher, als ich es verdient hatte. Ich fragte mich, was wohl in ihm vorging, nun, da er erkannte, was es bedeutete, dass ich mich auf die Seite der Rebellen geschlagen hatte … dass wir *alle* uns auf ihre Seite geschlagen hatten.

Ich wartete, bis Nyx an die Tür klopfte, um die Ergebnisse unseres Verhörs zu besprechen, und Paige einen Augenblick lang abgelenkt war. »Es tut …« Mehr bekam ich nicht heraus.

Der Ritter krümmte sich unter der Behandlung meines Bruders und seine Finger berührten mein Handgelenk. Ich zuckte zurück und mein Blick huschte zu seinem Gesicht.

»Es m-muss Euch n-nicht leidtun«, stieß er mit heiserer Stimme hervor. »R-rettet uns einfach.«

Mein Bruder legte seine Hand auf die von Tallus und meine. *Du bist nicht allein.* Sein Blick sagte alles, was er nicht laut auszusprechen wagte.

Ich schluckte und mein Hals fühlte sich wund an. Meine Augen brannten von all den unterdrückten Tränen. Wann war ich der Bösewicht in meiner eigenen Geschichte geworden? Warum sollte jemand so viel Vertrauen zu einem dermaßen schlechten Menschen wie mir haben?

»Ich verspreche es.« Aber konnte ich dieses Versprechen auch halten? Oder würde es – und damit all unsere Hoffnungen – in Rauch aufgehen, sobald meine Lügen aufflogen?

SECHS

Warum ausgerechnet du?« Ellas schönes Gesicht war ziemlich schmutzig. »*Warum du, Ry?*«

Darren und unsere Wachen warteten bei den Pferden, während ich mich verabschiedete. Alex stand mit geballten Fäusten neben seiner Frau und weigerte sich, überhaupt etwas zu sagen. Dafür nahm er mich fest in den Arm und ich spürte seinen heftigen Herzschlag. Nun, da es dem Rebellen gut genug ging, um den zweiwöchigen Ritt zum Palast zu überstehen, machte sich der Tross des Schwarzen Magiers unverzüglich auf den Weg.

Ich wusste, dass Alex es bedauerte, wie schnell sich unsere Wege schon wieder trennten, und dass er gern mehr gesagt, mehr *getan* hätte – *sich für seine harten Worte damals entschuldigt hätte*. Doch seit der Rückkehr von Sir Maxons Regiment hatten wir gerade einmal zwei gemeinsame Mahlzeiten gehabt – ein wenig Wildeintopf am Abend und am nächsten Morgen kalten Haferbrei –, und es hatte sich keine Gelegenheit ergeben, unter vier Augen zu reden. Nicht nach Tallus' Gefangennahme. Und jetzt reiste ich schon wieder ab. Wenn Blicke wirklich sprechen konnten, dann entspann sich zwischen meinem Bruder und mir gerade eine komplette Geschichte.

Als ich vor Wochen im Palast von Darrens Plänen mit der Festung gehört hatte, hatte ich in meiner Blauäugigkeit gehofft, jede Menge Zeit mit Alex und Ella verbringen zu können, aber das Schicksal hatte mir erneut einen Strich durch die Rechnung gemacht.

Es war alles ein derart komplexes Zusammenspiel so vieler Dinge, dass es egoistisch gewesen wäre, den Aufenthalt auch nur um eine Stunde in die Länge zu ziehen, wo doch die Landung der pythischen Schiffe an unserer Küste mit jedem Tag näher rückte.

Nein, ich musste mich jetzt darauf konzentrieren, Tallus zur Flucht zu verhelfen.

Eisiger Regen verwandelte die Berghänge in eine einzige Rutschpartie. Der schmelzende Schnee hinterließ dunkle Pfützen sowie kleinere vereiste Stellen, und unter den Hufen unserer Pferde spritzte lautstark der Matsch, als unser Tross sich auf einem schier endlosen Trampelpfad zwischen kniehohen Krüppelkiefern in steilen Serpentinen die Hänge hinauf- und wieder hinunterquälte.

Ideale Bedingungen also für mein Vorhaben.

Schwarze Gewitterwolken jagten über die Winterlandschaft und ließen es am helllichten Tag stockdunkel werden und im Hintergrund grollte Donner wie das zornige Grollen der Götter.

Ein paar Stunden später waren wir gezwungen, abzusitzen und zu Fuß weiterzugehen. Gegen Blitz und Donner waren nicht einmal Kriegsrösser gefeit, ganz zu schweigen von prasselndem Hagel und dem glitschigen Untergrund, der mit jedem Schritt noch schwieriger wurde.

Schließlich blieb uns nichts anderes übrig, als deutlich früher als geplant unser Lager aufzuschlagen, um das Ende des Unwetters abzuwarten. Direkt neben der King's Road floss ein kleiner Bach, der sich im Laufe des Tages in einen reißenden Strom verwandelt hatte. Im Sommer war das praktisch, um sich darin zu waschen, doch jetzt war die Strömung stark genug, um einen mitzureißen.

Unser Grüppchen drängte sich um ein zischendes Lagerfeuer, das bei dem Wetter überhaupt nur deshalb brannte, weil ein alchemistisches Elixier dafür sorgte, dass das Holz trocken blieb.

»Hier.« Paige drückte mir eine leere Tasse in die Hand und schenkte mir aus einem Kessel heißen Apfelmost ein.

»Lieb von dir.« Ich warf ihr ein dankbares Lächeln zu, umklammerte den Becher und pustete. Die anderen unterhielten sich, doch Paige war grundsätzlich nicht gerade gesprächig. Und ich im Moment auch nicht. Stattdessen zählte ich die Minuten herunter und wartete darauf, meinen Plan in die Tat umzusetzen.

»Meint Ihr, ich sollte *ihm* auch etwas anbieten?« Paiges Lippen verzogen sich, als sie mit dem Kopf auf Tallus wies, der gefesselt und geknebelt am Rande unseres Lagers hockte. »Diesem Stück Dreck, das sich Ritter nennt.«

Damit sie nicht merkte, wie ich zusammenzuckte, sah ich schnell weg und konzentrierte mich auf Hadley, die aus zwei erlegten Hasen und getrockneten Kräutern einen Eintopf zubereitete.

»Ihm ist genauso kalt wie uns.«

»Hmpf.«

»Es könnte sich als nützlich erweisen, wenn unser Gefangener nicht erfriert. Wir brauchen ihn lebend.«

Murrend goss meine Leibwächterin eine weitere Tasse ein und fluchte, als heißer Wein ihr aufs Handgelenk tropfte, dann ging sie mit unverhohlenem Abscheu zu Tallus hinüber.

Das Einzige, was den Ritter davor bewahrte, von unseren Leuten Prügel zu beziehen, waren die Informationen, die wir uns von ihm erhofften.

Noch zwei Stunden, höchstens drei. Ich rappelte mich hoch und gesellte mich zu Hadley ans Feuer.

»Ich übernehme. In der Ausbildung habe ich oft im Lager das Abendessen zubereitet und Ihr habt Euch eine Pause redlich verdient.«

Die Kampfmagierin lächelte mich knapp an. »Das macht mir nichts aus. So bin ich wenigstens beschäftigt und hier am Feuer wird mir nicht kalt.«

»Paige hat da drüben einen Kessel mit heißem Apfelwein.« Ich deutete auf die zweite Feuerstelle. »Und unter uns«, ich senkte die Stimme, um meiner Bitte mehr Nachdruck zu verleihen, »ich könnte ein bisschen Ablenkung gut gebrauchen. Nach der Sache mit meinem Bruder macht es mich ganz wahnsinnig, wenn ich nur an den Kerl da drüben denke …«

»Verstehe.« Die Frau legte mir ihre raue Hand auf die Schulter und drückte sie. »Bin schon weg. Sagt einfach Bescheid, wenn Ihr Hilfe braucht.«

»Mach ich.« Ich nickte ihr dankbar zu, als sie mir das Feld überließ.

Keiner merkte etwas, als ich nur wenige Minuten später den Inhalt zweier hellgrüner Fläschchen in den Eintopf kippte, die aus Nyx' Vorräten von der Burg stammten. Natürlich kümmerte es keinen, dass der Gefangene sich weigerte, etwas zu essen.

»Hast du irgendetwas anders gemacht als sonst?« Darren stocherte in seiner Schüssel herum und rümpfte die Nase.

Ich zuckte mit den Schultern. »Ich habe mich an Hadleys Rezept gehalten. Warum?«

»Es schmeckt …« Mit gerunzelter Stirn stach Paige in ihr Schälchen, nahm einen großen Bissen und schnitt eine Grimasse. » … anders.«

»Anders kann aber auch gut sein.«

»Nicht beim Essen.« Darren probierte noch einen Löffel und verzog beim Schlucken angewidert das Gesicht. »Da muss irgendetwas nicht mehr ganz in Ordnung gewesen sein. Faul vielleicht. Oder an den Vorräten waren Mäuse dran.«

»Also, wenn mir übel wird«, meinte Paige und warf mir einen scharfen Blick zu, »dann wird meine Rache schrecklich sein.«

»Ich habe es auch gegessen.«

»Wo ist deine Schüssel?« Darren starrte auf meine leeren Hände, die in meinem Schoß lagen. »Ryiah, auch wenn es dir nicht schmeckt, musst du was essen, damit du bei Kräften bleibst.«

»Ich habe wirklich schon gegessen.« Lüge. »Und ich fand es halb so wild.«

»Ryiah, dieser Eintopf ist grauenhaft!« Einer der Magier brach in Gelächter aus. »Was habt Ihr damit angestellt?«

Ein weiterer blies ins selbe Horn. »Das würde ich nicht mal den Palasthunden zum Fraß vorwerfen.«

»Lasst sie in Ruhe.« Hadley war die Einzige, die mich verteidigte.

»Bei den Göttern, lieber würde ich die Essensreste auffuttern, die die Köter kriegen, als das hier.«

»Siehst du?« Um Darrens Lippen zuckte ein Grinsen. »Wir sind mit unserer Meinung nicht allein.«

Voller Empörung sprang ich auf. »Ich wollte nur nett sein. Aber gut, in Zukunft werde ich eben niemandem mehr meine Hilfe anbieten!«

»Nicht böse sein.« Paige verdrehte die Augen. »Wir machen doch nur Spaß.«

»Ryiah«, setzte Darren an, »wir wollten dich nicht –«, aber ich ließ ihn nicht zu Wort kommen, sondern erhob die Stimme zu einem hysterischen Kreischen.

»Ich wollte einfach mal auf andere Gedanken kommen!« Ich hasste diese Masche, aber ich musste das jetzt durchziehen. »Seit drei Tagen bin ich jetzt schon gezwungen, auf engstem Raum mit diesem Schwein zu sein, das meinen Bruder rekrutiert hat, und dann bekommt der Kerl ganz im Gegensatz zu meinem Bruder auch noch die Chance auf eine Begnadigung, während Derrick …« Ich verstummte.

Ehe Darren oder Paige etwas sagen konnten, stürmte ich davon, dass der Matsch nur so spritzte, und verschwand im königlichen Zelt, wo ich darauf wartete, dass Darren mir hinterkäme.

Wenig später tauchte er auf und Wasser tropfte aus seinen Haaren und von seinen Wimpern.

»Entschuldige.« Sein Blick suchte meinen, und ich sah ihm an, dass er sich schämte. »Ich habe gar nicht darüber nachgedacht, wie das alles für dich sein muss. Du warst so ...« Er machte einen Schritt auf mich zu und fluchte, als er mit dem Fuß unten an einer Zeltplane hängen blieb. »... ssstark trotzzz allem.« Darren verzog das Gesicht, als er noch einen Anlauf nahm, der jedoch noch schlechter ausfiel. »Ichhh hab vvvergessssen –«

Er sackte zusammen. Ich fing ihn auf, legte ihn behutsam auf dem Boden ab und hüllte ihn in dicke Pelze.

Tu's nicht. Denk nicht darüber nach, was du gerade dem Jungen angetan hast, den du angeblich liebst.

Die Wirkung des Schlaftrunks hatte genau zur rechten Zeit eingesetzt. Der Schwarze Magier schlummerte tief und fest, und wenn er wieder erwachte, wäre das Letzte, woran er sich erinnerte, mein hysterischer Anfall, weil der Rebell nicht gehängt wurde. Das ganze Lager würde sich an diesen Wutausbruch erinnern. Nie und nimmer würde der Verdacht auf mich fallen, wenn man feststellte, dass Tallus entkommen war.

Ich strich Darren ein paar lockige Strähnen aus dem Gesicht und drückte ihm einen Kuss auf die Stirn. »Es tut mir leid.« Diese Worte hatte ich nie zuvor zu ihm sagen können, und es fühlte sich gut an, sie endlich laut auszusprechen. »Es tut mir alles so unendlich leid.«

Ich wartete, bis das Gemurmel erstarb und nur noch das Prasseln des Regens zu hören war. Dann schlich ich auf

Zehenspitzen zurück in die Mitte unseres Lagers. Für den Fall, dass doch noch jemand wach sein sollte, huschte ich von Baum zu Baum und ging hinter Büschen in Deckung.

Doch alle schliefen.

Zwanzig Ritter und Magier lagen über das ganze Lager verstreut schlummernd auf dem Boden. Zwanzig der besten Leute der Krone, die nicht im Entferntesten ahnten, dass sich unter ihnen ein Verräter befand.

Bei Hadley hielt ich kurz an, um sie anders hinzulegen, damit sie gut Luft bekam. Natürlich quälte mich das schlechte Gewissen meinen Kameraden – meinen Freunden – gegenüber, die im strömenden Regen lagen und vermutlich halb erfrieren würden, doch ich konnte es mir nicht leisten, Verdacht zu erregen, indem ich sie alle ins Trockene schleifte. Paige und Henry waren mit gezogenen Schwertern halb übereinander zusammengesackt.

Sie haben es schneller kapiert als die übrigen.

Ein letztes Mal sah ich mich um, ehe ich zu Tallus hinübereilte.

»Den G-Göttern sei Dank.« Sein Atem hinterließ weiße Wölkchen in der Luft und er schlotterte vor Kälte. Nachdem ich gegangen war, hatte ihm jemand die Decke weggenommen – vermutlich wegen meines Auftritts. Ich unterdrückte ein Stöhnen. *Der Preis meiner kleinen Vorstellung.*

»Also gut.« Mit einem Kochmesser durchtrennte ich seine Fesseln und ließ es fallen. Niemand durfte denken, bei seiner Befreiung wäre Magie im Spiel gewesen.

»Da muss ein bisschen Blut auf die Stricke«, krächzte

der Ritter. »Es wirkt verdächtig, wenn ich gar so leicht entkommen konnte.«

»Ich werde nicht zulassen, dass Ihr noch mehr Verwundungen auf Euch nehmt.« Ich griff nach dem Messer, doch Tallus schnappte es mir weg. Seine Reflexe waren erstaunlich schnell.

Seufzend sah er mich an. »Das muss ich machen. Ihr dürft nicht mit einer frischen Verletzung erwachen, sonst schöpfen sie sofort Verdacht.«

Ich biss die Zähne zusammen und sah weg, während der Ritter sich mit einem unterdrückten Schmerzenslaut eine Schnittwunde in der Handfläche zufügte, die er dann gegen das Ende des Stricks drückte. *Du weißt, dass er recht hat. Konzentriere dich lieber darauf, wie es jetzt weitergeht.*

»Ihr habt zwei Stunden, wenn wir Glück haben, drei.«

»Nur drei …«

»Der Eintopf hat die Wirkung des Schlaftrunks abgeschwächt, aber es war einfach zu riskant, das Bier damit zu versetzen. Die meisten haben nur ein, zwei Bissen davon genommen, weil es einen unangenehmen Nachgeschmack hatte.« Ich errötete im Dunkeln.

Der Ritter sah sich um. »Nyx hat einen Unterschlupf einen Tagesritt von hier entfernt mit Vorräten bestücken lassen. Die reichen für einen Monat.«

»Wir müssen zusehen, dass wir hier wegkommen. Kümmert Euch nicht darum, Eure Spuren zu verbergen, das erledige ich auf dem Rückweg.« Ich warf dem Ritter ein paar Bandagen aus meiner Satteltasche zu. »Verbindet Eure Hand.«

Tallus öffnete den Mund, doch ich hatte bereits eine Antwort auf seine unausgesprochene Frage. Ich schnitt Paiges Stute los und sah zu, wie sie Richtung Süden davongaloppierte und damit eine falsche Fährte legte. Meine Leibwächterin würde mich umbringen, wenn sie das jemals herausfand.

»Wir gehen zu Fuß. Wenn die anderen diese Hufabdrücke entdecken, werden sie denken, Ihr seid nach Süden zur Rebellenbasis geflohen.«

Der Prinz würde keine Zeit damit verlieren wollen, den Wald zu durchkämmen, wenn das Leben seines Bruders in Gefahr war. Er würde später einen Suchtrupp zurückschicken, sobald er wieder an der Seite des Königs war, doch dann wäre Tallus längst über alle Berge.

Der Ritter schluckte schwer. »Danke, Prinzessin.«

»Ich bin in erster Linie eine von euch.« *Wenn er das gewusst hätte, hätte Darren mich nie zur Frau genommen.*

Dann liefen wir los. Mit einer Hand stützte ich den Ritter, mit der anderen beschwor ich Licht herauf. Ein Tag im Verlies und drei auf dem Pferderücken mit nicht ausgeheilten Verletzungen hatten Tallus schwer zugesetzt, auch wenn er auf das alles vorbereitet gewesen war.

»Tallus …« Ich räusperte mich und blinzelte durch den strömenden Regen zu dem Mann hinauf, der so tapfer für seine Überzeugung eingestanden war. Eine Stunde lang hatte ich ihn begleitet, doch so leid es mir tat, ich musste jetzt umkehren. Wenn ich es noch länger hinauszögerte, würde ich unsere Mission in Gefahr bringen.

Trotz allem, was ich ihm abverlangt hatte, betrachtete

mich der Ritter nicht mit Verachtung, dabei war ich es gewesen, der er diese Nacht im Kerker verdankte.

Ich räusperte mich. »Euer Opfer wird nicht umsonst sein, versprochen.«

»Derrick war …« Tallus' Stimme brach, »… ein guter Freund von mir. Ich habe mich freiwillig gemeldet.«

Das habe ich nicht gewusst. Ich öffnete und schloss den Mund, fand jedoch keine Worte.

»Es ist mir eine Ehre, seiner Schwester zu helfen, die er so sehr bewundert hat.«

Atmen. Meine Hand ging wie von selbst zu dem Lederbändel, das direkt unter meinem Umhang um meinen Hals hing.

Tallus ließ mir keine Zeit, um etwas zu erwidern. Er hatte sich bereits umgedreht und war nur mehr ein hinkender Schatten vor einem Meer aus Schwärze.

Ich schloss die Augen und holte tief Luft, um mich zu beruhigen, doch es wollte mir nicht gelingen. Alles, was ich sehen konnte, war Derrick. Mein kleiner Bruder, der tapferste von allen. Und ich hatte ihn allein gelassen in seiner Not.

Ich sah sein wütendes Gesicht vor mir, als er mich im Palastkerker anschrie. Und dann stand mir wieder die letzte Nacht vor Augen. Wie Jacob Derrick vor mich hinstieß, der nur noch ein Schatten seiner selbst war. Wie mein kleiner Bruder nur darauf wartete, dass seine Schwester ihm das Leben nahm. Darauf wartete, dass ich ihn verriet.

Ich fiel auf die Knie.

Tallus' Worte hatten mich ins Herz getroffen. *Die Schwester, die er so sehr bewundert hat.*

Salzige Tränen vermischten sich mit eisigem Schneeregen, während der heulende Wind an meinen Haaren riss und mir die scharlachroten Locken ums Gesicht peitschte. Ich griff nach dem Ring meines Bruders unter dem Umhang und umklammerte das Kupferstück so fest, als wäre es stattdessen Derricks Hand.

Ich werde dich nicht noch einmal verraten.

Eine Stunde später traf ich völlig außer Atem und nass bis auf die Haut wieder im Lager ein. Meine Magie wirbelte überall umher und verteilte das letzte bisschen Laub auf dem Boden. Ich betete, dass mein Zauber ausreichte, um Tallus' Spuren zu verwischen.

Nicht zuletzt deshalb hatte ich mich für die Nacht entschieden – da war es schwerer, die Fährten zu lesen.

Nach wenigen Minuten schlüpfte ich ins Zelt, legte meinen Umhang ab, trocknete meine Haare und stellte mich schlafend.

Zehn Minuten später wachte der Erste auf.

»Darren! Ryiah!«

Der Prinz regte sich kurz, dann rollte sein Kopf wieder zurück zur Seite.

»*Euer Hoheit!*«

Gleichzeitig mit mir schreckte Darren hoch. Sein Kopf knallte gegen mein Kinn, und ich taumelte nach hinten und schmeckte Blut, während er sich fluchend den Kopf hielt. »Paige? Was ist los?«

»Der Rebell ist weg –«

»*Was?*«

»Er –«

Darren stolperte aus dem Zelt, schlüpfte hastig in die Stiefel und schrie dabei schon nach unseren Leuten. »Henry! Markus! Landon!«

»Paige?« Benommen blinzelte ich und versuchte aufzustehen, ließ mich jedoch wieder nach hinten sacken, als wäre ich noch schwächer als die anderen. »H-hast du gesagt, der Rebell ist entkommen?«

»Muss irgendwie ein Elixier in unser Essen geschmuggelt haben.«

»In m-meinen Eintopf?« Ich stöhnte und hielt mich an ihrer Schulter fest. »Das Unwetter! Hadley hatte die V-vorräte.«

Paige nickte. »Und außerdem den Rebellen mit auf dem Pferd.«

»Durch das Gewitter muss es l-leichter für ihn gewesen sein, das Z-zeug ins Essen zu schütten.«

»Ich habe keine Ahnung, wie er das angestellt hat. Bevor wir aufgebrochen sind, haben wir ihn gründlich durchsucht.« Sie half mir hoch. »Das ganze Lager war stundenlang im Tiefschlaf, nachdem Ihr gegangen seid.«

Mir blieb das Herz stehen. »G-gegangen?«

Paige zog die Augenbrauen hoch. »Na, als Ihr in Euer Zelt gestürmt seid. Der Prinz ging Euch hinterher und dann sind alle gleichzeitig zusammengeklappt. Erinnert Ihr Euch nicht mehr?«

Ich schüttelte den Kopf und mimte Ahnungslosigkeit. »Ich erinnere mich dunkel an Darren u-und dann ist er umgekippt und ich … hm, ich wahrscheinlich auch.«

Wir liefen zur Mitte des Lagers, wobei Paige mich halb

trug, während ich langsam wieder die »Kontrolle« über meine Gliedmaßen zurückerlangte.

»Ich m-muss zu viel davon erwischt haben.«

Paige schnaubte. »Zumindest wissen wir jetzt, dass es nicht an Euren Kochkünsten lag.«

»Hmmm.«

»Entschuldigt, Mylady.« Sie wurde wieder ernst. »Das war unangebracht. Ich weiß, wie nahe Euch das gehen muss, dass der Rebell uns entwischt ist.«

»Schon gut.« Ich machte eine wegwerfende Handbewegung und ging schneller. Darren hatte bereits alle bei den Pferden zusammengetrommelt. Ihre Stimmen wurden lauter, als wir näher kamen.

Zehn Minuten später brüteten wir über einer Landkarte. Wie erhofft, hatten sie sofort bemerkt, dass eine Stute fehlte, und ihre Schlussfolgerungen daraus gezogen.

»Wir haben keine Zeit, lang und breit über die Umstände seiner Flucht zu diskutieren!«, überschrie Darren das Gewitter, und die anderen schwiegen überrascht. »Nur die Götter wissen, wie viele Stunden wir schon verloren haben!«

»Ihr glaubt, er will einen Anschlag auf den König verüben?« Einer der Magier verschränkte die Arme. »In dieser Verfassung stellt er kaum eine Bedrohung dar und wir haben bereits einen Boten ausgesandt –«

»Er hat *mein* Pferd und ist Richtung Süden unterwegs«, fuhr Paige den Mann an. »Wenn der Kerl nur einen Funken Verstand hat, dann warnt er seine Kameraden im Palast und macht sich anschließend zum Rest dieser Verräterschweine in die Wüste auf.«

»Jahrelang haben die Rebellen es geschafft, sich uns zu entziehen. Tallus war unsere *einzige* Chance.« Darren schlug mit der Faust auf die Karte, und im Licht, das die anderen heraufbeschworen hatten, konnte man sehen, wie seine Fingerknöchel weiß hervortraten. »Wir werden unsere Zeit nicht damit vergeuden, mitten in der Nacht in den Bergen umherzustreifen. Der Verräter ist nach Süden unterwegs.«

Während die anderen nickten, atmete ich auf. Ich konnte unser Glück kaum fassen. Wenn Darren beschloss, niemanden hierzulassen, hatte Tallus bessere Chancen als gedacht.

»Ryiah und ich werden unverzüglich mit unseren Leibwächtern zum Palast zurückkehren.«

»Aber der Befehl des Königs lautet –«

»Die zwei besten Magier des Landes sind durchaus in der Lage, auf sich selbst aufzupassen, auch wenn mein Bruder da anderer Meinung ist.« Darren funkelte den Ritter an, der den Einwand gebracht hatte. »Ihr Übrigen reitet in den Süden und dreht dort jeden Stein um. Sobald wir in Devon eintreffen, werde ich weitere Einheiten der königlichen Armee entsenden, um Euch bei der Suche nach dem Verräter zu unterstützen, während ich im Palast Ermittlungen anstelle. Diese Mission ist wichtiger als mein ›Schutz‹.« Die Augen des Kronprinzen loderten wie glühende Kohlen. »Wenn Blayne ein Problem damit hat, dann kann er das mit mir ausmachen. Ihr habt zehn Minuten, um Eure Sachen zu packen und Euch in drei Grüppchen aufzuteilen.«

»Der Kerl hat doch wirklich mein Pferd gestohlen!« Zehn Minuten später kam Paige angestampft und feuerte ihre Satteltaschen auf den Boden. »Dieses miese, verlogene Stück Dreck!«

Unter normalen Umständen hätte ich gelacht. »Du kannst mit mir zusammen reiten.«

»Wenn es sein muss.« Sie schimpfte weiter vor sich hin, während wir meinen Rotschimmel mit Vorräten beluden. »Aber kein Palaver. Wir jagen einen Rebellen, Mylady, und machen keinen sonntäglichen Ponyausritt.«

»Daran würde ich nicht im Traum denken.« Ich gähnte – diesmal vor echter Erschöpfung –, saß auf und hielt Paige die Hand hin.

Doch meine Leibwächterin merkte es gar nicht, weil sie auf einen dunklen Fleck auf meinem Stiefel starrte.

Das Blut des Rebellen. Ich hatte zu nah bei ihm gestanden, als er sich in die Hand geschnitten hatte.

Mein Herz begann wie wild zu hämmern.

»Wann habt Ihr Euch verletzt, Mylady?«

»Oh, das?« Ich lachte unbehaglich. »Da muss ich mich geschnitten haben beim …« Ja, wobei nur? Paige war doch immer in meiner Nähe. »Weißt du was? Wahrscheinlich kommt das von den Hasen, die wir fürs Abendessen gefangen haben.«

»Dann also nichts Altes?«

Bildete ich mir das nur ein oder klang sie argwöhnisch? »Na ja, von gestern Abend eben.«

Paige starrte noch immer auf meinen Stiefel.

»Mylady. Paige.« Henrys Ruf übertönte das allgemeine Durcheinander. »Wir sind bereit zum Aufbruch.«

Dankbar für die Unterbrechung schenkte ich Paige ein nervöses Lächeln. *Wage es ja nicht, hinter meine Fassade zu blicken.* »Zeit, zum Palast zurückzukehren.«

Ohne ein weiteres Wort schwang sie sich hinter mir in den Sattel.

SIEBEN

Wir brauchten nur acht Tage, um die Hauptstadt zu erreichen.

Wie von der Tarantel gestochen raste Darren durch den Thronsaal zu seinem Bruder, während ich plötzlich das Gefühl hatte, als läge mir ein Felsbrocken auf der Brust. Ich konnte nur stumm neben Paige stehen und so tun, als wäre auch ich heilfroh, dass der König sich bester Gesundheit erfreute, dabei wollte ich Blayne doch gar nicht entspannt und rotwangig und mit einem heuchlerischen Lächeln auf seinem Thron lümmeln sehen. Und es gefiel mir nicht, wie Darrens Augen bei diesem Anblick strahlten.

Sieben Nächte waren wir durchgeritten, hatten an jedem Gasthaus, an dem wir vorbeigekommen waren, die Pferde gewechselt und waren immer nur kurz geblieben, um etwas hinunterzuschlingen oder ein, zwei Stunden zu schlafen.

Und das alles, weil der Schwarze Magier sich um seinen Bruder gesorgt hatte.

Ich schmeckte Galle und schluckte mühsam. Eigentlich hätte ich hochzufrieden sein sollen: Tallus war in Sicherheit, die Rebellen auf der Festung waren nicht aufgeflogen, und durch unser rasches Vorankommen hatte ich eine zusätzliche Woche gewonnen, um den Palast auf den Kopf zu stellen, während Darren und die anderen sich die Leibgarde des Königs und das restliche Palastpersonal vorknöpften. Schließlich zählte jede Sekunde, nun, da die Pythier offiziell die Segel gehisst hatten, und mir blieben nur wenige Wochen, ehe sie an unserer Küste landen würden.

»Ryiah …«

Ich blickte auf und sah, dass Blayne mir ein Zeichen machte, näher zu treten.

Er lächelte mich träge an und lehnte sich lässig auf seinem Thron zurück. »Ihr seht wieder viel mehr wie Ihr selbst aus, liebe Schwägerin. Ich muss sagen, in den langen Kleidern habt Ihr immer ein bisschen verkleidet gewirkt.«

Niemals werde ich deine liebe Schwägerin sein! Meine Nägel bohrten sich in meine Handflächen und einen Moment lang stand ich bis auf das Heben und Senken meiner Brust wie versteinert da.

»Ryiah ist keine Dame des Hofs, Bruder, sie ist Kriegsmagierin.«

Darrens Stimme holte mich in die Gegenwart zurück.

Atmen.

Über einen Monat hatte ich meinen ärgsten Feind nun nicht gesehen und ganz vergessen, wie es war, ihm von Angesicht zu Angesicht gegenüberzustehen. Wenn ich meine Empfindungen nicht in den Griff bekam, würde es jemand merken – irgendeine der Wachen oder Mira, die mich mit finsterem Blick anstarrte. *Ich freue mich auch, dich zu sehen.* Durch meine klatschnassen Locken blickte ich auf und brachte ein erzwungenes Lächeln zustande, während es stetig um mich herum tropfte und sich Schmelzwasser auf den Fliesen unter meinen Stiefeln sammelte.

Atmen.

Und jetzt sag was. »Komisch.« Sogar ich merkte, dass meine Stimme seltsam klang. Heiser und zu hoch zugleich. »Ich wollte gerade etwas ganz Ähnliches zu Euch sagen. Wie Ihr da auf Eurem Thron sitzt, während Euer Bruder und ich uns um das Wohl des Königreichs kümmern. Noch eine Spur mehr Nonchalance und es wäre daneben.«

Hätte ich so etwas zu seinem Vater gesagt, hätte der mich einen Kopf kürzer gemacht, doch Blayne war ja der Wolf im Schafspelz. Mit einer kleinen Verbalattacke kam er klar.

»Wie ich Euren Humor vermisst habe.« Der neue König verengte die Augen und trommelte mit den Fingern auf die Armlehne. »Jedoch hat mein Bruder mich darüber informiert, dass der Rebell entkommen ist. Direkt unter Euren Augen.«

»Er hat uns einen Schlaftrunk untergejubelt –«

»Rein zufällig bei dem Mahl, das Ihr zubereitet habt«, fiel Mira mir mit schneidender Stimme ins Wort.

»Nur weiter, sprecht es ruhig aus!« Ich wollte schon auf sie losgehen, aber Paige packte mich am Handgelenk und zerrte mich zurück.

Ich versuchte, mich aus ihrem Griff zu befreien, doch sie hielt mich fest wie im Schraubstock. »Sie will Euch nur provozieren«, zischte sie.

Sie hatten ja keine Ahnung, dass das alles nur Theater war.

Also tat ich weiter so, als wollte ich mich losreißen, und ging ganz in meiner Rolle auf, während Darren gereizt meine Verteidigung übernahm.

»Ryiah ist so ziemlich der letzte Mensch, der einem Rebellen zur Flucht verhelfen würde, Mira. Beim Verhör musste ich mehrmals dazwischengehen, sonst hätte sie dem Kerl, der ihren Bruder für die Rebellen rekrutiert hat, am Ende noch die Kehle aufgeschlitzt.«

»Woher sollen wir denn wissen, ob er nicht die ganze Familie rekrutiert hat? Schließlich hat sie ein Jahr lang zusammen mit den beiden gedient …«

»Ich kannte den Kerl zuvor überhaupt nicht!«, fauchte ich sie an. »Er war nicht mal in meiner Einheit!«

»Das trifft sich ja hervorragend!«, zischte sie. »Ihr habt immer eine Ausrede parat, aber ich für meinen Teil kann es nicht mehr hören –«

»*Genug!*«

Es wurde mucksmäuschenstill im Raum, als Blayne von seinem Thron aufsprang und sein schwerer Umhang gegen die Stuhlbeine schlug. In Sekundenbruchteilen war seine Stimmung von Amüsiertheit in Gereiztheit umgeschlagen. Seine Lippen waren jetzt dünn und seine Ton barsch.

»Ich habe dieses ständige Gezänk satt. Mira, Ryiah hat ihre Loyalität der Krone gegenüber mehr als einmal unter Beweis gestellt.«

»Aber –«

»Kein Wort mehr zu diesem Thema, außer Ihr wollt, dass ich Eure Position neu besetze.«

Miras Gesicht verfinsterte sich und ihre Augen sprühten vor Zorn. Wenn Blicke hätten töten können, wäre ich auf der Stelle tot umgefallen.

Warum musst du sie immer wieder gegen dich aufbringen? Ich biss die Zähne zusammen. Mira war der Riss in meiner Rüstung, meine Achillesferse, und ich musste aufpassen, dass mir nichts Falsches herausrutschte. Blaynes Tadel würde ihre Besessenheit jedenfalls nur noch mehr anstacheln.

»Und, Ryiah –«

Ich sah den König an.

»Ich bin es auch leid, dass Ihr ständig im Zusammenhang mit diesen Ermittlungen auftaucht. Tut uns beiden den Gefallen und achtet darauf, dass das nicht noch einmal vorkommt.« Blayne stieß ein genervtes Seufzen aus. »Darren, was wird wegen dieses entflohenen Verbrechers unternommen? Ich gehe davon aus, dass du zurückgekommen bist, um hier persönlich alles im Auge zu behalten?«

»Der Rest unseres Trupps durchkämmt die Provinz und ich würde gern einige von Audrics Leuten abkommandieren und auch einen Boten zu Marius schicken. Glaub mir …« Darrens Stimme klang drohend, »… dieser Kerl wird nicht lange frei herumlaufen.«

»Was auch immer zu seiner Ergreifung nötig ist«, meinte Blayne schleppend, und es war nicht zu überhören, dass er der Sache überdrüssig war. »Nachdem so viel Aufwand getrieben wurde, wäre es äußerst ärgerlich, sich mit diesem Rebellenpack herumzuschlagen, wenn wir uns bereits mitten im Krieg befinden.«

»Der Mann war verletzt, kaum den Strapazen einer Reise gewachsen, und er ist mitten im Winter geflohen.« Ich gab ein spöttisches Schnauben von mir. »Wahrscheinlich ist er längst erfroren.«

»Die wahre Bedrohung ist hier im Palast.« Mit gerunzelter Stirn betrachtete Darren die Leibgarde seines Bruders. »Welche Maßnahmen wurden denn bisher ergriffen, um die Verräter dingfest zu machen?«

Mit einem Kopfschütteln gebot Mira ihm Einhalt. »Nachdem Euer Bote eingetroffen ist, haben wir die komplette Dienerschaft gründlich befragt, und ich habe mir jeden persönlich vorgenommen. Allerdings ergebnislos. Euer Rebell muss gelogen haben.«

»Oder Ihr kommt Eurer Aufgabe nicht mit der nötigen Sorgfalt nach, *Magierin*«, erwiderte Darren scharf. »Das Leben Eures Königs ist in Gefahr. Und Ihr habt bereits bewiesen, dass Eure Loyalität der Krone gegenüber nicht übermäßig groß ist, oder habt Ihr schon vergessen, wie bereitwillig Ihr in Dastan's Cove das Leben eines Prinzen von Jerar geopfert hättet?«

»Ich …« Mira wurde blass, und ich sah, wie ihr Blick zu Blayne hinüberhuschte, ehe sie auf den Boden starrte.

Wusste ich es doch!

»D-das war nicht *meine* Entscheidung, Euer Hoheit«, brachte sie hervor.

Der König räusperte sich, und seine Miene wirkte ein wenig *zu* verwirrt, ja fast schon aufgesetzt, als er der Anschuldigung nachging. »Was soll das heißen?«

»In meiner Ausbildung hatte das Regiment von Port Langli einen Einsatz. Mira war nur allzu bereit, Ryiah und mich unter dem Vorwand, dass ihre Mission vorging, auf caltoth'schem Boden zurückzulassen.« Darren runzelte die Stirn. »Dabei konnte Vater sich hinterher nicht mal daran erinnern, wen wir da in seinem Auftrag gefangen genommen hatten, als ich ihn ein Jahr später darauf angesprochen habe.«

Mein Blick ruhte auf dem König. Drei von uns kannten die Wahrheit, und ich fragte mich, ob Blayne seine treu ergebene rechte Hand über die Klinge springen lassen würde, um den Verdacht seines Bruders von sich abzulenken.

Immer hektischer tippte er sich gegen das Handgelenk.

Na, böser König, wie ziehst du jetzt den Kopf wieder aus der Schlinge?

»Ich war damals dabei, als Lucius den Befehl gab. Mira kann nichts dafür.«

»Was?«

Blayne verschränkte die Arme und richtete sich zu voller Größe auf. »Vater wollte dieses caltoth'sche Frauenzimmer um jeden Preis, Darren. Sogar deinen Tod hätte er dafür in Kauf genommen.«

»D-du hast das mitbekommen?« Darren war aschfahl geworden. Ich streckte die Hand nach ihm aus, doch er zuckte zurück und wirkte plötzlich schrecklich allein unter all den Leuten.

»Vater wollte, dass du mitfährst. Was meinst du denn, wer diesen kleinen Wettkampf der Kriegsmagier um einen Platz bei der Mission überhaupt vorgeschlagen hat?«, meinte Blayne kaltherzig. »Du warst immer der Beste. Er wollte nicht, dass etwas passiert, aber wenn doch …«

»… ist die Ermordung eines Prinzen ein Kriegsgrund.« Die Worte kamen dem Schwarzen Magier emotionslos über die Lippen, doch seine Stimme war heiser.

»Sie hatten die Order, dich zurückzulassen.«

»Aber warum?« Darrens Stimme brach. »Warum sollte er –«

»Caltoth kennt keine Gnade, das weißt du. Vater war bereit, alles zu opfern, wenn nötig sogar dich.« Wie einen Dolch stieß der König ihm die Lüge ins Herz und drehte die Klinge hin und her, bis von Darren nur noch ein Scherbenhaufen übrig war. »Du warst zwar immer sein Liebling, Darren, aber ein Zweitgeborener zählt nicht viel. Als Mittel zum Zweck hattest du mehr Nutzen für ihn.«

Darren schloss die Augen und seine Atmung setzte kurz aus. Wieder sah ich den verzweifelten Prinzen an der Felskante vor mir. Sah den Jungen, der sich nicht gegen den Absturz wehrte, um endlich den Geistern seiner Vergangenheit zu entgehen, gegen die ich machtlos war. Ich konnte nur dastehen und Blayne anstarren und ihn noch mehr hassen als sowieso schon, und ich fragte mich zugleich, womit Darren auch noch eine Verräterin wie mich verdient hatte, die tatenlos zusah, wie sein eigener Bruder ihm seinen Giftstachel ins Herz stieß.

Auch wenn Blayne in Bezug auf die Befehle des alten Königs log, klang seine Erklärung glaubwürdig. Vermutlich war alles, was er gesagt hatte, seine eigene Rechtfertigung dafür, dass er sich selbst den Thron vor der Zeit unter den Nagel gerissen hatte. Blayne liebte seinen Bruder zwar auf seine kranke Art, doch er würde ihn jederzeit für seine Zwecke opfern.

Und doch war auch ich in gewisser Hinsicht bereit, genau dasselbe zu tun.

Ich fragte mich, ob es wirklich ein Zufall gewesen war, dass der Angriff auf die Festung genau zu der Zeit stattgefunden hatte, als auch wir uns dort aufgehalten hatten. Was für ein Mensch musste man sein, wenn man nicht einmal davor zurückschreckte, den einzigen Menschen zu opfern, der einem am Herzen lag?

Ich bin nicht wie Blayne. Meine Hände ballten sich zu Fäusten. Blayne glich eher seinem Vater, der seine eigenen Söhne misshandelt hatte. Sein Antrieb war Krieg, Gier und absolute Macht. Meine Motive waren völlig anders geartet.

Ich durfte jetzt nicht einknicken. Hier ging es nicht um mein schlechtes Gewissen oder den Schurken oder den Jungen, der am Boden zerstört wäre, wenn alles ans Licht käme.

Um zur Heldin zu werden, musste auch ich in gewisser Weise über Leichen gehen … und ich fragte mich, ob der Tyrann vor mir sich irgendwann einmal auch so gesehen hatte.

Ich wollte eine Antwort.

Ich wollte, dass die Götter mir einen Fingerzeig gaben. Mir den Weg wiesen. Ich wollte eine Erklärung von ihnen, weshalb es ausgerechnet ich, er und sein Bruder sein mussten. Ich wollte wissen, warum das *unsere* Geschichte war und nicht die von irgendjemand anderem.

An diesem Abend betete ich zu den Göttern.

Doch sie hüllten sich in Schweigen.

Am nächsten Morgen erhielt Darren beim Frühstück die Erlaubnis, die Dienerschaft des gesamten Hofs zu vernehmen. Blayne ließ zwar durchblicken, dass er das für Zeitverschwendung hielt, lenkte jedoch ein.

Der Haken an der Sache war natürlich, dass Mira ebenfalls mit von der Partie wäre und die Verhöre leiten würde. »Da sie das komplette Personal bereits befragt hat, wird sie dir bei deinen Nachforschungen eine große Stütze sein.«

Ich vermutete, dass die Geste in erster Linie dem Zweck diente, irgendwelche Geheimnisse zu wahren, die nach dem Willen des Königs nicht ans Licht kommen sollten. Beispielsweise wenn Diener befragt wurden, die in seine üblen Machenschaften verstrickt waren und winzige Informationsschnipsel verbargen, die auf Ungereimtheiten in seinen Lügengeschichten hindeuten und dazu führen konnten, dass der Schwarze Magier anfing, so einiges zu hinterfragen. Und genau diese Versatzstücke musste ich sammeln.

In der Zwischenzeit hatte ich eine vorübergehende Beförderung im Palastregiment erhalten und vertrat Mira, bis sie und der Prinz mit ihrer verlogenen Verbrecherjagd fertig waren.

Das Schicksal schien mir hold zu sein, denn Mira war damit beschäftigt, Darren durch den Palast hinterherzudackeln, was mir die Gelegenheit gab, mich andernorts relativ unbeobachtet umzusehen. Wenn mich jemand ansprach, war ich dabei, den Wachleuten auf die Finger zu schauen, genauso wie Mira es bekanntermaßen auch immer machte. Am dritten Abend nickte Blayne mir sogar anerkennend zu, als er mich fragte, was ich von den Palastpatrouillen hielt.

Ich lobte ausdrücklich die Neuerungen und erklärte, dass nun kein Rebell mehr eine Chance hätte, in den Palast vorzudringen, was auch stimmte. Seit der Sache mit Derrick hatte das Regiment schärfere Maßnahmen ergriffen und es gab deutlich höhere Sicherheitsstandards für die Palastwachen: Die Schichten waren kürzer, Wachposten, die zuvor nur mit einem Mann besetzt gewesen waren, waren jetzt immer mit zweien bekleidet, und aus der Kronarmee hatte man zusätzliche Magier hinzugezogen, für die einige einfache Soldaten hatten weichen müssen, wodurch es jetzt genauso viele Kampfmagier gab wie Ritter.

Keiner der neuen Rekruten hatte weniger als zehn Dienstjahre in den wichtigsten Häfen und Städten Jerars vorzuweisen, und jedes einzelne Mitglied des reformierten Palastregiments war Jahrgangsbester.

Diese Neuerungen wären der Stolz jedes Kommandanten gewesen. Das Schloss glich einem Bollwerk. Nach Derricks Tod hatte ich dem keinerlei Beachtung geschenkt, aber jetzt merkte ich, dass Darren und Mira alles andere als untätig gewesen waren, während ich mich in meinem Selbstmitleid und meiner Trauer gesuhlt hatte, und mir wurde schlagartig bewusst, was für ein Glück die Rebellen hatten, dass ich schließlich doch noch die Wahrheit erkannt hatte, denn nun war es ein Ding der Unmöglichkeit, sich noch Zutritt zum Schloss zu verschaffen.

Nicht ohne den totalen Krieg. Und auch wenn die Zahl der Rebellen deutlich größer war, als alle glaubten, wären es trotzdem nicht genug. Dank der Festung und einiger

Soldaten, die in den Grenzorten stationiert waren, hatten wir im Norden um die dreitausend Leute und dann noch ein paar Hundert, die sich im Süden zwischen den wichtigsten Außenposten versteckt hielten. Selbst mit der sechstausend Mann starken Armee der Caltothen im Rücken waren wir zahlenmäßig den zwanzigtausend Mann der Kronarmee, den fünfzehnhundert des königlichen Regiments und all den Regimentern der großen Städte weit unterlegen. Die Rebellenarmee setzte sich vor allem aus Soldaten niederer Herkunft zusammen, was bedeutete, dass sie ganz im Gegensatz zur Krone bei Weitem nicht über genug Magier und Ritter verfügte.

Ich muss einfach nur Beweise ranschaffen.

Doch unter keinem der Steine, die ich umdrehte, fand sich etwas. Als sich die erste Woche dem Ende entgegenneigte, wurde ich langsam panisch. In nur sechs Tagen würden wir nach Port Langli aufbrechen, um die pythischen Kriegsschiffe in Empfang zu nehmen, und bis dahin brauchte ich irgendetwas Handfestes.

Während mir die Zeit zwischen den Fingern zerrann, spukten mir immerzu Nyx' Worte im Kopf herum: »*Vielleicht ist es für die Pythier gar nicht so wichtig, wer im Recht ist. Versprecht ihnen, was immer sie wollen.*«

Was konnte ich anbieten, das Blayne nicht konnte? Das Einzige, was mir dazu einfiel, war der Beweis für seinen Betrug, und die Chancen, den aufzutreiben, schwanden mit jedem Tag.

Das war jedoch nicht meine einzige Sorge.

Jeden Moment konnte Darren mit seinen Befragungen fertig werden, und dann hätte mich Mira wieder im Visier, und ich würde mir wieder Stunde um Stunde zusammen mit einem anderen Magier oder Ritter vor der Ratskammer die Beine in den Bauch stehen, wo es sofort auffallen würde, wenn ich einmal nicht am Platz war. Und vor allem würde es ausgerechnet der Person gemeldet werden, die mit Freuden die Gelegenheit beim Schopf ergreifen würde, mich derselben Verbrechen zu bezichtigen wie meinen Bruder.

Meine Suche wurde immer fieberhafter. Inzwischen verschwendete ich keinen Gedanken mehr daran, welche Erklärung ich abgeben würde, wenn jemand mich fragte, was ich da trieb. Noch war ich die oberste Magierin des Palastregiments und diese Machtposition würde ich weidlich ausnutzen. In der Kron- und der Ratskammer hatte ich alles auf den Kopf gestellt, jede Schriftrolle inspiziert, jedes Kissen umgedreht. Selbst in den Vorratskammern des Schlosses hatte ich jeden Winkel durchsucht.

Am zehnten Tag hatte ich bis auf die königlichen Gemächer und die Palastbaracken alles durchkämmt, wobei sich in Letzteren immer jemand herumtrieb, sodass man dort nicht unbemerkt herumschnüffeln konnte, und für den Zutritt zu Ersteren hätte ich eine wirklich gute Erklärung benötigt.

Am Ende jedes langen Tages landete ich immer wieder im Vorraum zu den königlichen Gemächern. Tief in mir drin hatte ich geahnt, dass es so kommen würde. Dass sich das, was ich suchte, in den Privatgemächern des Königs befinden würde. Ich bezweifelte, dass Blayne so dumm war, belastendes Material irgendwo zu verstecken, wo auch andere ein- und ausgingen.

»Der König und der Kronprinz sind noch unterwegs.«

Ohne mit der Wimper zu zucken, sah ich Conrad an, einen der vier Wachmänner, die genau vor dem Flügel Wache hielten, den ich so dringend inspizieren musste. Es war völlig aussichtslos, unbemerkt die falsche Kammer zu betreten. Wenn es nur der alte Mann gewesen wäre, dann vielleicht, aber alle vier Wachen zählten zu Miras besten Leuten, und wie ich Mira kannte, hatte sie ihnen vermutlich aufgetragen, ganz besonders auf die »Schwester des Rebellen« achtzugeben, Prinzessin hin oder her.

»Danke, ich dachte, sie wären vielleicht schon da.« Zwecklos, so zu tun, als müsste ich in die Kammer, die ich mir mit dem Prinzen teilte.

»Mira hat nach Euch gesucht.« Der oberste Wachmann kratzte sich am Bart. Sein Gesicht war freundlicher als das der anderen. Vermutlich hatte er Mitleid mit dem Mädchen niederer Herkunft, auf das sich die oberste Magierin so eingeschossen hatte. Wir hatten uns gut verstanden, ehe Mira ihre Stelle im Palast angetreten hatte. »Sie bat mich, Euch auszurichten, dass die Befragungen abgeschlossen sind und Ihr morgen früh Euren regulären Wachdienst vor der Ratskammer antreten sollt.«

Bei seinen Worten krampfte sich mir das Herz zusammen. Meine Zeit war abgelaufen. Zehn Tage und ich hatte trotz all meiner Anstrengungen absolut nichts vorzuweisen. Im Pläneschmieden war ich eine Meisterin, aber eine Versagerin, wenn es um deren Umsetzung ging. »Sagt ihr, es ist mir eine Ehre, meine Fähigkeiten dazu zu nutzen, ein leeres Zimmer zu bewachen.«

Einer der anderen kicherte und überspielte es hastig mit einem Hüsteln.

»Der Prinz ist mit dem König auf dem Trainingsplatz.«

»Mit dem *König*?« Ich musste mich verhört haben.

»Seine Majestät verfügt vielleicht nicht über das magische Talent seines Bruders, aber mit dem Schwert ist er gar nicht mal so übel.«

»Er trainiert?«

»Zwar nicht so oft wie das Regiment, aber hin und wieder schließt er sich uns an.« Der Mann strich gedankenverloren über seinen Waffenrock. »Er hat damit angefangen, nachdem der Prinz an die Akademie gegangen war. *Meine* Jungs geraten sich immer in die Haare, wenn sie länger als eine Stunde zusammenstecken, aber bei den beiden ist das nicht so.«

Ich wünschte, es wäre anders. Es gefiel mir nicht, dass Blayne fechten konnte, und noch weniger, dass er damit angefangen hatte, um Darren zu beeindrucken. Je mehr Zeit die beiden miteinander verbrachten, desto stärker die Bindung … und desto schwerer würde es werden, Darren davon zu überzeugen, dass sein Bruder ein kaltblütiger Tyrann war, wenn die Zeit dafür reif war.

»Wie …« Es brannte auf meiner Zunge. »Wie rührend.«

»Wollt Ihr nicht auch mitmachen?«, fragte einer der Wachmänner eifrig. »Unsere Schicht ist fast vorbei. Man bekommt nicht oft die ganze königliche Familie beim Schwertkampf zu sehen.«

Warte nur, dann kriegst du vielleicht mehr Gelegenheit dazu, als dir lieb ist. Ich schüttelte den Kopf und behielt meine Gedanken für mich.

»Wie es Euch beliebt, Euer Hoheit.« Der ältere Ritter nickte mir zum Abschied zu.

Ich war schon im Gehen, blieb dann aber noch einmal stehen. »Conrad?«

»Ja?« Der alte Wachmann starrte mich überrascht an – augenscheinlich hatte er nicht damit gerechnet, dass ich mich an seinen Namen erinnerte.

»Ihr müsst mich nicht mit ›Hoheit‹ ansprechen, sagt bitte einfach nur ›Ryiah‹.«

»Wie Ihr wünscht, Euer – äh, Ryiah.«

»Danke.«

Ich rammte den Schlüssel ins Schloss meiner Kammer.

Ich war Magierin und ein ganz normales, einfaches Mädchen – mehr nicht. Alles andere war eine Lüge.

»Hoch mit dem Schild, Mylady, er sollte die Verlängerung Eures Arms sein.«

Ich funkelte meine Leibwächterin an, während wir einander umkreisten. So ging das schon seit einer Stunde. Um mich von meiner eineinhalbwöchigen ergebnislosen Durchsuchung des Palasts abzulenken, hatte ich Paige ein kleines Duell vorgeschlagen, was ich inzwischen aber bitter bereute, denn sie ging härter mit mir ins Gericht als alle meine vorigen Lehrmeister.

Ich hatte auf einen schnellen Sieg gehofft, doch sie schenkte mir nichts.

Fast einen Monat hatte ich mein Training vernachlässigt, und das merkte man für meinen Geschmack ein bisschen zu deutlich, wenn man ohne Magie gegen einen Ritter antrat.

»Du kannst keine Normalsterbliche sein.« Mit zusammengebissenen Zähnen bemühte ich mich, den Schild auf Höhe meiner Brust zu halten. »Die Dinger wiegen locker das Doppelte von einem Standardschild.«

»Kronangelegenheiten hin oder her …« Mühelos wehrte Paige meinen Schwerthieb ab und wich mir aus, »… das ist kein Grund, sein Training schleifen zu lassen.«

»Tue ich gar nicht.« Ich machte einen Ausfallschritt nach vorne und stieß mit dem Schwert zu.

Paige parierte meine Attacke, und Metall klirrte aufeinander, ehe wir uns beide wieder zurückzogen. »Doch. Ihr drückt Euch um das Krafttraining.«

»Wir haben nicht alle einen Körperbau wie ein verdammter Ochse«, keuchte ich und versuchte, linkerhand einen Hieb zu landen. »Und nur damit du's weißt, ich gebe mein Bestes, um –«

»Normalerweise nimmt sie immer ihre Magie zu Hilfe, um den Schild zu halten«, schallte Darrens Stimme über den Außenplatz der Palastbaracken, und sein Lachen war nicht zu überhören, als durch das Schneetreiben eine hoch aufgeschossene dunkle Gestalt auf uns zukam. »Tut mir leid, Liebes.«

»Verräter!« Wütend funkelte ich meine Leibwächterin und meinen Mann an, während sie sich angrinsten. »Beide.«

Ich brauchte so dringend einen Sieg und stattdessen bekam ich eine Lektion erteilt. Es war zum Heulen.

Zum hundertsten Mal an diesem Nachmittag tänzelten Paige und ich umeinander herum, und ich spürte, wie die Magie direkt unter meiner Haut pulsierte, ignorierte es jedoch, so gut es ging. Natürlich hatten die zwei recht. Ich hatte es mir beim Training zu leicht gemacht und mich immer mehr auf meine Magie verlassen, um meine mangelnde Kraft zu kompensieren.

Seit der Kandidatur war ich mit dem Training in Rückstand geraten. Zuerst aus Neid, dann weil ich in Trauer war, und in letzter Zeit in erster Linie aus Nachlässigkeit. Darren war der Schwarze Magier und ich nur das Mädchen, das immer einen Schritt hinter ihm war. Was machte es da für einen Unterschied, ob ich noch die Zweitbeste war oder nicht?

Was hatte mir all die Schinderei gebracht?

Tief drin nagte die Wahrheit an mir, aber ich war noch nicht bereit, mich ihr zu stellen. Stattdessen stürzte ich mich mit Feuereifer in das Duell, verdrängte meine Gefühle, atmete das Adrenalin und spürte, wie die Hitze mir durch die Adern schoss, als meine schmerzenden Muskeln in Schwung kamen.

Paige war eine exzellente Schwertkämpferin, doch ich hatte mein Training auch nicht ausschließlich mit Zaubern verbracht. Nicht umsonst wurden Magier als Elitekämpfer betrachtet, sogar dann, wenn sie keine Magie zum Einsatz brachten. Jahrelange Übung hatte mich in die Lage versetzt, den Schmerz zu überwinden und meine Grenzen zu überschreiten, wo andere längst aufgegeben hätten.

Weitere fünf Minuten vergingen.

Dann wagte ich einen erneuten Vorstoß.

Unsere Schwerter bebten unter der Wucht des Aufpralls, Metall blitzte in einem silbernen Tanz, als wir uns beide wegduckten und zu Boden gingen. Ehe ich michs versah, hatte Paige mich mit ihren muskulösen Armen gepackt und wir wälzten uns im Schnee.

Trotz meines Waffenrocks und des Wamses kroch mir im Handumdrehen die Kälte in die Knochen und alles war nass und glitschig. Ich schlotterte am ganzen Leib und spürte schon das altbekannte Zittern in meinen Armen. Noch eine Minute, dann würde ich unter der Macht ihres Gewichts einknicken. Ich hasste diese Hilflosigkeit. Und ich hasste es, zu verlieren.

»Ergebt Ihr Euch?«

Einen Moment lang sah ich nicht mehr meine Freundin vor mir, sondern Blaynes Hände, die mich zu Boden rangen. Ein grausames Lächeln umspielte seine bleichen Lippen, als er meinen Kopf zur Seite riss und mich zwang zuzusehen, wie Derrick mit seinem Freund über den dunklen Gang des Palasts humpelte.

Plötzlich taucht Mira auf und wirft lachend den Kopf in den Nacken. Ein weißer Lichtblitz blendet mich.

Ich winde mich wie ein Aal im Griff des Königs, bis mein Fuß an einer kleinen Fuge im Marmorboden Halt findet. Mit aller Kraft werfe ich mich herum, rolle mich zur Seite und schlage hart auf die Fliesen. In meiner rechten Schulter explodieren höllische Schmerzen, die bis in meinen Arm ausstrahlen.

Doch plötzlich ist der Schmerz wie weggeblasen und der Druck auf mir ebenfalls.

Blayne wird herumgeschleudert, sodass sein Kopf auf den Boden knallt und schlaff zur Seite fällt. Vor meinen

Augen tropft ein dünnes scharlachrotes Rinnsal auf den Marmor.

»Ryiah!« Zwei Hände zerrten mich nach hinten, und die stechende Kälte kam zurück, als ich in etwas Feuchtes, Eisiges fiel.

Ich zwinkerte benommen, während der König vor meinen Augen verschwamm und stattdessen wieder Paige seinen Platz einnahm.

Ich war nicht im Palast.

Ich war draußen auf dem Trainingsplatz bei den Baracken und lag auf dem Rücken im Schnee, während Darren neben Paige kniete und nach Hilfe schrie. Ihre Augen waren geschlossen, ihre Brust hob und senkte sich hektisch unter dem Wams und unter ihrem honigblonden Zopf quoll Blut hervor.

»Paige …« Mir versagte die Stimme. »Ist sie … wird sie …?«

Ich blinzelte und plötzlich knieten zwei Heiler neben dem Prinzen und tasteten meine Leibwächterin behutsam ab, um herauszufinden, wo sie verwundet war. Hellgrüne Funken stoben auf, und Paige stöhnte, als die Magie unter ihre Haut schlüpfte.

Darren trat einen Schritt zurück und kam zu mir. Die dunklen Haare fielen ihm ins Gesicht und verdeckten seine Augen. »Sie wird schon wieder. Aber du musst vorsichtiger sein, Ryiah.«

Während die Heiler ihren Zauber wirkten, starrte ich die ganze Zeit entgeistert auf den rostroten Fleck im Schnee unter Paiges Kopf, der sich immer dunkler färbte.

Ich konnte nicht fassen, was ich getan hatte. Was passiert wäre, wenn Darren mich nicht aufgehalten hätte.

»I-ich wollte nicht, dass …« Ich versuchte, mich aufzusetzen, doch ein stechender Schmerz durchzuckte mich und ich sank zurück in den eisigen Schnee.

Darren legte mir die Hand auf den Arm und bedeutete mir, liegen zu bleiben. »Du hast dir die Schulter ausgerenkt. Warte, bis ein Heiler kommt.« Er senkte die Stimme zu einem Flüstern. »Was war denn los, Ryiah? Im einen Augenblick war noch alles in Ordnung, und im nächsten …« Sein Atem ging schwer. »Es war, als wärst du plötzlich nicht mehr du selbst.«

Ich konnte ihm nicht die Wahrheit sagen. »Ich wollte unbedingt gewinnen.«

Darren stieß ein frustriertes Stöhnen aus.

Lieber sollte er mich für unbesonnen oder rücksichtslos halten als für hasserfüllt. In meiner Hilflosigkeit und Wut hatte mir meine Fantasie statt meiner Freundin plötzlich ein Bild seines Bruders vorgegaukelt und ich war bereit gewesen zu töten.

Ich *hätte* getötet, wenn er mich nicht gebremst hätte.

Eine Hand drückte sich in mein Kreuz und ich biss die Zähne zusammen. Es war, als hätte mir jemand eine Kette um den Brustkorb gelegt und würde sie immer fester zuziehen, bis ich keine Luft mehr bekam. Wie aus weiter Ferne hörte ich, wie der Prinz dem Heiler dankte, als er mir die Hände auflegte und seinen Zauber wirkte.

»*Deine Augen –*«, setzte Darren an, unterbrach sich dann jedoch. Ich wusste genau, was er sagen wollte, aber nicht über die Lippen bekam. Drei Monate trug ich diese schreckliche Gewissheit nun schon mit mir herum. Es war wie ein Gift, das mich von innen auffraß. Es machte mich so hilflos und wütend und unberechenbar und verzweifelt.

Es machte einen anderen Menschen aus mir.

An diesem Abend ging ich zum Hundezwinger.

Paige ging es schon besser, aber sie lag noch auf der Krankenstation, um sich auszuruhen. Ich hatte versucht, mich bei ihr zu entschuldigen, doch davon wollte sie nichts hören.

»*Warum sollte es Euch leidtun?*«, fragte sie. »*Ich habe diesen Schlag nicht gut abgewehrt. Ihr seid Kriegerin, nicht Heilerin, also hört auf, mich zu beglucken.*« Dann hatte sie noch etwas gemurmelt, von wegen ich solle mit der »Mitleidsnummer« aufhören, und mich rausgeworfen.

Wie konnte ich ihr begreiflich machen, dass ich sie umgebracht hätte. Dass man mir nicht trauen durfte. Ich war verlogen und schwach, und allem Anschein nach brauchte es nur einen einzigen kurzen Moment, in dem ich mich machtlos fühlte, damit es mit mir durchging und ich, ohne nachzudenken, jemanden ernsthaft verletzte, der mir doch am Herzen lag.

»Hallo, meine Süßen«, begrüßte ich die Palasthunde, ohne mich darum zu kümmern, ob sie meinen Umhang mit Sabber und Fellhaaren verdreckten. Wolf war ganz vorne in der Meute, über und über voll mit Matsch und dürrem Unkraut, und bellte überglücklich, als ich mich auf den Boden kniete.

Wie ich so inmitten der Hunde saß und überschwänglich empfangen wurde, konnte ich mir fast vormachen, ich wäre woanders. Hier musste ich meine Gefühle nicht verbergen. Ich konnte trauern und elend sein und keiner würde etwas davon erfahren. Es tat nichts zur Sache, dass ich die Nerven verloren hatte und in meinem unbändigen Zorn beinahe eine Freundin getötet hätte. Den Hunden war es egal, ob ich ein schlechter Mensch war und die ganze Welt belog. Für sie zählte nur, dass ich da war, Essensreste aus der Küche mitgebracht hatte und ihnen den Kopf kraulte.

Vor ein paar Jahren hatte ich noch Angst vor ihnen gehabt. Ha! Was würde ich dafür geben, wenn ich die Zeit zurückdrehen könnte. Jetzt hatte ich ganz andere Sorgen.

»Was soll ich nur machen?«

Wolf stieß ein schrilles Kläffen aus und schlug mit dem Schwanz so fest in den Dreck, dass Staub aufwirbelte und ich husten musste.

»Soll ich weiter den Palast durchsuchen? Früher oder später erwischen sie mich. Jetzt, da Mira wieder das Kommando übernommen und mir Wachdienst aufgebrummt hat –«

Ein scharfes Bellen, mit dem ein Jagdhund meine Aufmerksamkeit forderte, ließ mich verstummen.

»Du hast natürlich recht.« Ich kraulte ihn unter den Ohren, die er zur Seite gedreht hatte, und kicherte irre. »Im nächsten Leben werde ich Hund.«

Zehn Tage und ich hatte nichts vorzuweisen. Der pythische Gesandte würde mir ins Gesicht lachen.

Als Wolf winselte und mir mit der Pfote ans Handgelenk tippte, ließ ich von dem Jagdhund ab und wandte mich wieder der zottigen Promenadenmischung zu. Darren hatte eine entsetzliche Kindheit gehabt, doch ich erinnerte mich noch genau an den Tag, an dem er mir seinen Hund gezeigt hatte. Wolf sah mich treuherzig an, ganz ähnlich wie damals auch sein Herrchen.

Und da wusste ich es endlich. Nicht zu fassen, dass ich so lange dafür gebraucht hatte.

Das ist Zeitverschwendung.

Nyx hatte es mir auf der Festung nahegelegt. Die Pythier waren skrupellos. Wer im Recht war oder nicht, war ihnen egal. Für sie zählte nur eines: *gewinnen.*

So viel Zeit hatte ich investiert, um einen Beweis zu finden, der vielleicht gar nicht existierte. Wäre jemand wie Blayne wirklich so dumm, belastendes Material irgendwo herumliegen zu lassen, damit jemand es entdeckte? Oder auch nur gut versteckt in seinen Privatgemächern? Oder Beweismittel, die gar nicht auf den ersten Blick als solche zu erkennen waren? Die nur jemand wie ich, jemand, der bereits von seinen üblen Machenschaften wusste, als solche identifizieren konnte?

Die Antwort war definitiv Nein.

Du weißt genau, warum du immer noch nach Beweisen suchst.

Es war nicht wegen der Pythier. Die wollten Macht und sonst nichts, das hatte ich gewusst, sobald Nyx es ausgesprochen hatte: *»Jeder Herrscher ist besser als Blayne.«* Jerar würde es unter Jorens Regentschaft besser gehen als unter der unseres eigenen Königs. Die Pythier mochten vielleicht gierig sein, doch sie würden niemals kriegerische Überfälle auf ihr eigenes Volk inszenieren.

Tief in mir drin hatte ich die ganze Zeit gewusst, womit ich sie auf unsere Seite ziehen konnte.

Die letzten zehn Tage, die Nachforschungen, das hatte ich für *ihn* getan.

Dummes Mädchen! Ich hatte gedacht, wenn ich nur intensiv genug suchte, würde ich schon auf irgendetwas stoßen, die eine Sache ausfindig machen, die meine Vorwürfe unanfechtbar machen würde, etwas, das Darren nicht in Zweifel ziehen könnte. Etwas Handfestes, Unwiderlegbares musste es sein, um so viele Menschenleben aufs Spiel zu setzen, aber ich hatte dennoch geglaubt, dass es wirklich existierte.

Sogar jetzt will ich ihm noch die Wahrheit sagen. Tränen stiegen mir in die Augen, und ich hasste mich dafür, dass ich so schwach war. Ich hatte gedacht, die Schuldgefühle würden irgendwann nachlassen. Obwohl ich es besser wusste, wollte ein Teil von mir einfach nicht loslassen.

Vermutlich derselbe, der auch in der Ausbildung sogar nach seinem »Verrat« noch immer nicht von Darren losgekommen war. Das verliebte Mädchen in mir entzog sich komplett meinem Verstand. Sie stellte Darren über alles andere. Und sie glaubte fest daran, dass alles gut werden konnte, auch wenn es völlig unrealistisch erschien. Sie konnte sich den Jungen in ihrer Geschichte nun mal nicht aussuchen, und sich selbst auch nicht.

Ich hasste dieses Mädchen. Ich wollte egoistisch sein.

Wolf stupste mich mit der Schnauze am Knie an und ich schlang meine Arme um ihn und drückte mein Gesicht in sein Fell. Keine Ahnung, wie ich darauf kam, aber ich hatte das Gefühl, er wusste Bescheid.

Ob er wohl dachte, dass ich einen schweren Fehler beging? Denn in diesem Moment hätte ich ihm nicht widersprechen können.

»Was würdest *du* machen?«, flüsterte ich.

Wolf winselte leise und legte den Kopf in meine Hände. Das war seine Art von Unterstützung.

ACHT

Ich war nicht nervös, auch wenn ich es in Anbetracht der Lage hätte sein sollen. Herzog Cassius und die Pythier waren ein skrupelloses Pack. Ich hatte keine Ahnung, wo ich an sie herantreten sollte, in welche Worte ich meinen Verrat kleiden sollte, geschweige denn wie ihre Reaktion darauf ausfallen würde. Genau genommen wusste ich überhaupt nichts. Doch statt mich schlaflos hin und her zu wälzen, empfand ich unseren einwöchigen Ritt nach Port Langli eher wie einen Urlaub oder als Befreiung.

»Da sieht aber jemand heute Morgen ein bisschen zu vergnügt aus.« Paige musterte mich über ihren morgendlichen Tee hinweg. »Henry, sieh mal. Irgendwas stimmt nicht mit Lady Ryiah.«

»Was denn?«

»Sie lächelt in einer Tour.«

»Und?«

»Sie lächelt sonst nie vor ein Uhr mittags.« Paige schnitt eine Grimasse. »Oder hast du vergessen, wie vorwurfsvoll sie uns sonst immer anfunkelt, wenn wir sie aus den Federn holen? Erinnerst du dich an das eine Mal, als sie dir mit ihrer Magie fast die Augenbrauen weggesengt hat?«

Fairerweise muss man dazu sagen, dass sie es als geeignete Weckmaßnahme betrachtet hatten, das Zelt über mir zusammenbrechen zu lassen, während ich noch darin lag.

Ich gähnte nur laut zu Paiges Worten. »Vielleicht habe ich einfach einen guten Tag. Schon mal daran gedacht?«

»Vielleicht habt Ihr ja endlich was daraus gelernt.«

»Das würde dir gefallen, stimmt's?«, konterte ich. »Wenn ich schön gefügig wäre.«

»Meine schöne Frau? Gefügig?« Von dem Baum aus, an dem unsere Pferde festgebunden waren, ließ Darren ein Schnauben ertönen. Heute war er damit an der Reihe, sich um die Beladung der Tiere zu kümmern. »Den Tag streiche ich mir rot im Kalender an.«

Ich verdrehte demonstrativ die Augen. »Sind wir jetzt damit fertig, meine Laune zu kommentieren? Wir haben nämlich Wichtigeres zu tun, zum Beispiel ein paar Pythier in Empfang nehmen.«

Meine Worte lösten allgemeines Stöhnen aus.

»Ich weiß gar nicht, auf wen ich mich mehr freue«, befand Darren trocken. »Priscilla, ihren Vater oder Herzog Cassius.«

Schweigend beendeten wir unser Frühstück und machten uns ein paar Minuten später auf den Weg. Weit war es nicht mehr, wie die salzige Seeluft und das platte, grasbedeckte Land verrieten. Hier würde es Ella tausendmal besser gefallen als auf der Festung, dachte ich, während ich den Blick über die Weiten schweifen ließ. Schließlich hasste sie die Kälte wie die Pest. Vielleicht konnten sie und

Alex sich ja irgendwo an der Küste niederlassen, wenn das alles vorüber war. Am Meer waren die Winter deutlich milder.

Bei Sonnenuntergang trabten wir endlich über das Kopfsteinpflaster von Jerars größter Hafenstadt, deren Geschicke der nach dem König zweitreichste Mann des Landes lenkte: Baron Langli. Port Langli war eine wunderschöne Stadt. Monatelang war ich in der Ausbildung hier am Strand spazieren gegangen – wenn ich nicht gerade fix und fertig in den Baracken lag und schlief.

Fackeln säumten die Straße, die auf den Familienstammsitz meiner alten Widersacherin zuführte, der zwar kleiner als der Palast in Devon war, aber kein bisschen weniger einschüchternd.

Auf einer gewaltigen Klippe direkt vor den Toren der Stadt ragte der weiße Kalksteinbau auf, dessen grazile goldene Türmchen sich hoch in den Himmel reckten. Auf einer Flagge, die aus einem Fenster weit oben auf der linken Seite flatterte, konnte ich das stolze Wappen des Barons erkennen: ein weißer Hirsch auf indigoblauem Grund. Während der Königspalast kalt und abweisend und die Akademie wuchtig war, bestach dieses Schloss durch seine verschwenderische Schönheit.

Natürlich hatte ich es schon oft aus der Ferne gesehen, aber da die Baracken am anderen Ende der Stadt lagen, noch nie aus nächster Nähe.

Als ich das Vermächtnis der Langlis auf mich wirken ließ, wurde mir erst so richtig bewusst, was Darren für mich aufgegeben hatte. *Entweder das Mädchen, das du liebst, oder das, mit dessen Reichtum du Hunderte*

Menschleben retten kannst – entscheide dich. Wie eine Last legte sich die Erkenntnis auf meine Schultern und vervielfachte meine Schuldgefühle noch, als die blau gekleideten Wachen uns einließen und unsere Pferde übernahmen, um uns dann ins Schlosses zu geleiten.

Allein die Pracht des Eingangssaals verschlug mir den Atem. Die Wände waren mit Abertausenden von Muschelschalen besetzt, deren schillerndes Perlmutt das Licht reflektierte, das zu den hohen Fenstern hereinfiel und alles im Sonnenschein funkeln ließ. Das ganze Zimmer war in Grün und Amethystblau getaucht und glitzerte wie das Meer selbst.

»Euer Hoheit. Stets zur rechten Zeit am rechten Ort.« Ein Mann mit scharfen Augen und streng zurückgekämmten weißen Wellen kam mit großen Schritten auf uns zu. Er war in edle Stoffe gekleidet, die locker um seine schlanke Gestalt fielen. Seine Haltung war voller Anmut und seine Haut so makellos wie sein Schloss.

»Wie recht Ihr habt, Alain.«

Während Darren dem Mann ein erzwungenes Lächeln schenkte, ließ ich den Blick über das übrige Empfangskomitee wandern – einen Jungen, der nur wenig jünger war als ich und dessen mürrische Miene mich an Jahre unbändigen Hasses erinnerten, sowie ein unglaublich schönes Mädchen, aus dem ich trotz all der langen Zeit, die wir uns nun schon kannten, bis heute nicht so recht schlau geworden war.

Da anscheinend keiner von uns auf irgendwelche Begrüßungsfloskeln Lust hatte, übernahm der Baron das Zepter und fuhr gewandt fort. »Meine Familie kennt Ihr ja bereits: meine Tochter Priscilla und mein Neffe Merrick, der mir versicherte, er hätte auch schon das Vergnügen gehabt.« Es entstand eine winzige Pause und seine Stimme wirkte etwas gepresst, nur eine minimale Veränderung im Tonfall. »Ich gehe davon aus, dass das Eure … Gemahlin ist?«

»Sind die Pythier bereits angekommen?« Darren wechselte das Thema, um die angespannte Atmosphäre zu überspielen.

»Nur eine gute Stunde vor Euch.« Baron Langli schien sich von dem unerwarteten Schweigen erholt zu haben. »Herzog Cassius und sein Gefolge haben in den Räumlichkeiten im Ostflügel Quartier bezogen. Nach zwei Wochen auf hoher See wollten sie sich erst einmal frisch machen.«

»Sollen wir dann die Gemächer im Westflügel nehmen?«

»Ihr kennt Euch gut bei uns aus.«

»Warum auch nicht?« Priscillas Augen blitzten. »Es ist ja noch nicht allzu lange her, dass er während der Ausbildung hier an Festen teilgenommen hat, während er hinter meinem Rücken schon der da schöne Augen gemacht hat.«

»Priscilla.« Der Ton ihres Vaters war warnend.

»Sie hat recht«, meinte Darren neben mir und wurde ein klein wenig bleich um die Nasenspitze. Ich versuchte, nichts hineinzuinterpretieren. »Ich denke, wir kommen klar, ohne dass uns jemand begleitet. Vielen Dank für Eure Gastfreundschaft.«

Das Mädchen verschränkte die Arme und betrachtete

uns mit zusammengekniffenen Augen. »Uns blieb keine andere Wahl.«

»Priscilla!«, fuhr der Baron sie an und sein Gesicht wurde rot vor Wut. »Es reicht!«

»Mir reicht's schon lange.« Ohne eine Erwiderung ihres Vaters abzuwarten, rauschte sie bereits mit einem irren Lachen aus dem Saal. »Es ist ein bisschen spät dafür, sich darüber den Kopf zu zerbrechen, ob man vor der Krone und allen voran vor deinem Lieblingsprinzlein einen guten Eindruck macht oder nicht, Vater. Und selbst wenn er sich mit unserer Familie anlegen wollte, muss er sich erst einmal mit den Caltothen herumschlagen.«

Merricks Grinsen verriet mir, dass dies nicht ihr erster Streit war.

»Bitte vergebt ihr.« Der elegante Lord klang gereizt, als er sich an den Prinzen wandte. »Das alles ist nicht spurlos an ihr vorübergegangen, das müsst Ihr verstehen. Sie hat ein ziemliches Temperament.«

»Ihr müsst Euch nicht entschuldigen.«

»Wenn Ihr Euch eingerichtet habt, werden die Pythier mit Sicherheit ebenfalls so weit sein.«

»Gewiss.«

Als wir Darren durch den langen, verwinkelten Korridor folgten, konnte ich mir ein Grinsen nicht verkneifen. *Priscilla.* Ob man sie nun mochte oder nicht – sie wusste jedenfalls, wie man einen bleibenden Eindruck hinterließ.

Viel später am Abend saß ich an einer langen, rustikalen Tafel mit Blick auf die Klippen. Von meinem Platz aus konnte ich das dunkle Meer und die pythischen Schiffe sehen, die wie kleine Farbtupfer auf den tintenblauen Wellen auf und ab wogten. *Vierzig Schiffe mit je hundert Mann.*

Lustlos stocherte ich in meinem Essen herum und versuchte, mich auf die Unterhaltung zu konzentrieren. Jetzt war es an der Zeit für mich, aktiv zu werden, die Dinge in die Hand zu nehmen. Ich bemerkte, wie der große, massige Herzog mit den maisgelben Zöpfen mich in den Gesprächspausen immer wieder argwöhnisch beäugte. Er erwartete die alte Ryiah. Die, die anderen den Krieg erklärte.

Doch jetzt, mit dem Knoten im Magen, konnte ich überhaupt nichts erklären. Nicht mal ein Wort herausbringen.

Wenn du wüsstest, was ich dir heute Nacht erzählen werde.

Stumm hörte ich zu, wie Darren die Pläne der Krone darlegte, und prägte mir die Strategie ein, die Kommandant Audric für die Kronarmee ausgearbeitet hatte, und wohin der König die pythischen Schiffe schicken wollte.

Baron Langli blieb ebenfalls die meiste Zeit über still. Offenkundig interessierte er sich mehr für Kunst und Kultur und der Rahmen wie auch das Thema waren unter seiner Würde. Von Zeit zu Zeit warf Merrick etwas ein, doch seine Bemerkungen wurden von Cassius' Leuten meist mit schallendem Gelächter quittiert. Der Pythier hatte fünf seiner besten Kämpfer in seinem Gefolge, die ebenso scharfzüngig waren wie der Herzog selbst.

Als das Mahl vorüber war, war mir auch das letzte bisschen Appetit vergangen. Stattdessen verursachte mir die steigende Anspannung rasende Kopfschmerzen, und der kleine Zettel, der im Ärmel meines Waffenrocks versteckt war, brannte mir ein Loch in die Haut. So unauffällig wie möglich wischte ich mir immer wieder die schwitzigen Hände an meiner Reithose ab, aber nach dem fünften Mal ertappte ich Paige dabei, wie sie mich mit hochgezogenen Augenbrauen anstarrte.

Ihre scharfe Beobachtungsgabe war zum Kotzen.

Sie deutete auf meine Stirn. Als ich mir mit der Hand darüberfuhr, merkte ich, dass sie ganz feucht war, und sah mich hastig nach einem Tuch um. Paige schob mir ihre Serviette zu.

»Danke«, murmelte ich und schenkte ihr ein schwaches Lächeln.

»Wir haben alle Angst.«

Mein Blick huschte hinüber zu den anderen, doch sie waren zu sehr ins Gespräch vertieft, um etwas mitzubekommen – bis auf Priscilla, die schon beim dritten Glas Wein angelangt war und insofern auch nicht viel mitbekam.

»Sogar du?«

Paiges Lachen war bitter. »Und wie.«

»Das merkt man dir aber nicht an.«

»Ich kann mich nur besser verstellen als die anderen.« Sie sah mich lange und eindringlich an und mir wurde mulmig zumute. Irgendetwas Unausgesprochenes stand zwischen uns. *Hegte sie einen Verdacht?*

Zwei weitere Flaschen Wein wurden herumgereicht und ich ergriff die Gelegenheit und nahm mir ein Vorbild an meiner alten Erzfeindin. Der Zweck heiligte die Mittel – auch wenn sie noch so peinlich waren. Demonstrativ genüsslich leerte ich meinen Kelch in einem Zug und wartete noch zehn Minuten, ehe ich aufstand und beim Gehen absichtlich wankte. Paige sprang auf und kam mir hinterher. *Unverbrüchlich loyal.*

»Mylady –«

»Da ist sie ja, die zweitbeste Magierin von Jerar.« Cassius schmunzelte, als ich mich dem oberen Tischende näherte. »Wollt Ihr sichergehen, dass ich mich auch ja an mein Versprechen halte?«

»Ssssonss brennen wir eure Ffffeller nnnnieder …«, lallte ich künstlich, tat, als würde ich stolpern, und hielt mich gerade noch am Arm des Gesandten fest. Ein winziger Papierfitzel fiel in seinen Schoß, und ich lachte etwas zu schrill, als sein scharfer Blick blitzartig zu meiner Hand zuckte. *Er weiß Bescheid.* »Schhhhullligung!«

Paige nahm mich an den Schultern und Darren räusperte sich verlegen. »Verzeiht, Euer Durchlaucht. Es war ein ziemlich langer Tag.«

»So?« Der durchdringende Blick des Herzogs ruhte wieder auf mir.

Darren wandte sich an Paige. »Könntest du …?«

»Natürlich.« Sie nickte und dirigierte mich aus dem Saal, während ich ein verwirrtes Lächeln simulierte.

Gelobt sei der Wein.

»Ich bin enttäuscht.«

Mit einem langsamen Blinzeln sah ich zu Paige hinauf.

»Wisst Ihr, anfangs wollte ich nicht Eure Leibwächterin werden. Ihr wart unvernünftig und stur und habt geredet, ohne vorher nachzudenken. Viel lieber wäre ich im Palast geblieben, um dem König zu dienen, und stattdessen fühlte ich mich in meine Jugend zurückversetzt und musste mit einem angehenden Prinzesschen im Wald campieren.« Sie hielt kurz inne. »Aber dann seid Ihr immer wieder für andere eingestanden, und mir ist aufgegangen, dass Ihr anders seid, als ich dachte. Der Titel ist Euch nicht zu Kopf gestiegen. An diesem Tag, an dem ich Euch draußen bei den Baracken fand, wart Ihr so verzweifelt, weil Ihr nicht wusstet, wie Ihr Jerar retten konntet. Und doch habt Ihr es am Ende geschafft, die Pythier mit ihren eigenen Waffen zu schlagen und auf unsere Seite zu ziehen. Ihr habt bei der Kandidatur den zweiten Platz errungen, Euch bei dem Anschlag gegen die caltoth'schen Attentäter zur Wehr gesetzt und versucht, Prinzessin Wrendolyn zu retten. Ihr habt immer mutig bis zuletzt gekämpft …«

Meine Schuldgefühle wuchsen ins Unermessliche und das Schlucken tat mir weh. *Du darfst es ihr nicht erzählen. Es geht nicht.*

»Ihr habt Euch niemals von Euren Ängsten unterkriegen lassen, aber seit dem Tod Eures Bruders seid Ihr nur noch ein Schatten Eurer selbst.« Sie holte tief Luft. »Ich hoffe immer noch, dass Ihr irgendwann wieder die Alte werdet, aber …« Sie seufzte. »… es ist, als hättet Ihr aufgegeben.«

Ich schwieg, weil ich fürchtete, sonst mehr zu sagen, als mir lieb war.

Paige brachte mich zu meiner Kammer. Vor der Tür blieb sie noch einmal stehen. »Ihr habt Euch in Eurer Trauer verloren, und ich weiß, dass es mir nicht zusteht, das zu sagen, aber ich bitte Euch: Seid nicht die, für die ich Euch anfänglich gehalten habe, sondern die, die mich eines Besseren belehrt hat.«

Wie soll ich ihr klarmachen, dass ich immer noch dieselbe bin?

Ich wartete, bis der Prinz sich nicht mehr hin und her warf und sein Atem ruhiger ging. Als er endlich in einen tiefen Schlaf gefallen war und seine Brust sich sanft hob und senkte, stand ich behutsam auf und verließ das Zimmer.

Auf Zehenspitzen schlich ich den dunklen Gang entlang, huschte hastig an Stellen vorüber, die vom Mondlicht beschienen waren, duckte mich hinter Säulen und verbarg mich in finsteren Ecken, bis ich den Ostflügel erreichte.

»Gut gemacht.« Demonstrativ Beifall klatschend trat der Herzog aus den Schatten. »Einen Augenblick lang hatte ich doch tatsächlich gedacht, Ihr hättet Euch geändert. Dass das kleine Mädchen sein Feuer verloren hätte.«

Ich verschränkte die Arme vor der Brust.

»Ich frage mich«, fuhr er fort, »was so wichtig ist, dass wir uns mitten in der Nacht ohne Euren heiß geliebten Prinzen und die anderen treffen müssen. Man könnte fast meinen, Ihr wollt Jerar in den Rücken fallen.«

»Ich möchte Euch einen Vorschlag unterbreiten.«

Interessiert lehnte sich der pythische Gesandte an eine Säule. »Wohlan.«

»Stimmt Euren Bruder um. Bringt ihn dazu, sich aus der Neuen Allianz zurückzuziehen, und schlagt Euch stattdessen auf die Seite der Caltothen. Verbündet Euch mit dem Geheimbund der Rebellen von Jerar und helft mir, den König vom Thron zu stoßen.« Das Herz schlug mir bis zum Hals. »Im Gegenzug unterwerfen wir uns der pythischen Herrschaft und Euer Bruder wird statt einem über *zwei* Königreiche gebieten.«

Es folgte Schweigen. Nur das Rauschen des Meeres weit unter uns war zu hören. Meine Hände zitterten und ich versteckte sie rasch hinter meinem Rücken.

Der riesige Kerl hätte ebenso gut aus Stein gemeißelt sein können. Nicht einmal ein Atmen war zu vernehmen.

Dann verengte er die Augen zu Schlitzen. »Wie wäre es mit einer Erklärung?«

Ich befeuchtete meine Lippen. »Tut das etwas zur Sache?«

»Nein. Wir Pythier lassen uns bei unseren Entscheidungen nicht von Gefühlen leiten, sondern tun das, was uns den größten Nutzen bringt.« Er verstummte, und ich konnte beinahe hören, wie es in seinem Kopf ratterte, als er versuchte, den Sinn und Zweck meines Vorschlags zu ergründen. »Trotzdem. Wir sind allein und ich bin neugierig. Jemand wie Ihr braucht doch einen triftigen Grund, um so eine Kehrtwende hinzulegen. Vor nur einem Jahr hättet Ihr für die Krone noch Euer Leben gegeben.«

»Die Zeiten ändern sich.«

Cassius sah mich erwartungsvoll an.

Also sagte ich es ihm. Ich erzählte ihm von Lucius' Betrug am eigenen Volke und wie sein Ältester dieses Vermächtnis aus Mord und Intrigen auch nach seinem Tode fortgeführt hatte. Einen Moment lang zögerte ich, ihn in das mit den Rebellen einzuweihen, doch an dieser Stelle gab es keinen Grund mehr, Informationen zurückzuhalten. Also legte ich die Karten offen auf den Tisch. Sollte Cassius sich gegen mich entscheiden, machte es ohnehin keinen Unterschied mehr. Ich musste jetzt alles in die Waagschale werfen, das war unsere einzige Chance.

Als ich geendet hatte, strich sich der Herzog mit seinen dicken Fingern demonstrativ langsam über das breite Kinn. »Und was wird aus dem König und seinem Schwarzen Magier? Ihr verlangt, dass wir sie verschonen – zwei junge Männer, hinter denen sich das Volk zusammenscharen wird, wenn es um den Thron geht. Denn vermutlich sehen die Leute immer noch lieber einen der ihren auf dem Thron als einen Pythier.«

»Wir werfen sie in den Kerker.« Das Schlucken tat mir weh. »Blayne kann von mir aus dort verrotten, aber wenn Darren erst mal …« Ich rang um die Worte. »… wenn er erst einmal zur Vernunft kommt, dann wird er von sich aus auf den Thron verzichten.«

»Ihr glaubt ernsthaft, dass ein Prinz freiwillig seinen Herrschaftsanspruch aufgibt?«

»Darren ist von seinem Vater nie dazu erzogen worden, König zu werden, sondern …« Ich verstummte, als ich die Miene des Herzogs sah.

»Seinen Bruder um jeden Preis zu beschützen? Er ist der mächtigste Magier im ganzen Königreich.«

»Ihr könnt Darren so lange im Kerker lassen, wie Ihr es für richtig haltet.« Ich spie die Worte aus und hasste mich selbst dafür. Aber was blieb mir anderes übrig? »Und sobald er die bittere Wahrheit erkannt hat, könnt Ihr den König töten.« Ich war noch viel kaltblütiger als der Herzog, doch Derricks Tod hatte mich in dieser Hinsicht hart gemacht. »Allerdings werde ich Euch nur helfen, wenn Ihr mir hoch und heilig versprecht, sie erst einmal beide am Leben zu lassen.«

»Und wenn nicht?«

»Wird niemals ein Pythier auf dem Thron von Jerar sitzen.«

»Und was ist mit Euch? Wo ist Euer Platz in dieser strahlenden Zukunft, die Ihr mir da ausmalt?«

»Magierin im Dienste des pythischen Königs.«

»Nicht der Titel einer Königin? Kommt schon, Ihr habt so weit vorausgeplant. Soll ich Euch ernsthaft abnehmen, dass Ihr keine Gegenleistung für Euch selbst fordert? Zwei Länder durch eine Ehe miteinander zu vereinen, ist nichts Ungewöhnliches, und Ihr seid bereits Prinzessin.«

»*Nein!*« Ich funkelte ihn im Dunkeln an.

»Ah«, meinte er in wissendem Ton. »Euer Gemahl. Ihr glaubt, er wird Euch vergeben.«

»Selbst wenn nicht«, erwiderte ich bestimmt, »will ich nichts mit dem Thron zu tun haben. Das überlasse ich mit Freuden anderen. Es gibt massenhaft adlige Mädchen, die mit Sicherheit gern einspringen.«

»Nun ja ...« Cassius schwieg einen Moment lang. »Ich muss zugeben, dass selbst mich diese Wendung überrascht.«

»Heißt das, Ihr schließt Euch unserer Sache an?«

Seine Augen glühten in der Finsternis. »Ihr legt mir die Welt zu Füßen. Aber die Frage ist: Lohnt sich dieses Wagnis für uns auch wirklich?«

Mir blieb die Luft weg.

»Nach dem Tod meiner Nichte sieht sich Pythus Jerar

gegenüber nicht in der Pflicht, denn sie war das Einzige, wodurch wir uns an die Neue Allianz gebunden fühlten.«

»Ihr hattet doch vor, Euren vertraglichen Verpflichtungen nachzukommen und Jerar zu unterstützen, oder nicht?«

»Aber nur, weil wir mit Blayne auf der Siegerseite stehen, nicht aus Gründen der Bündnistreue oder einem fehlgeleiteten Gefühl, es Jerar schuldig zu sein.«

»Aber was habt Ihr dann –«

»Meine Liebe«, unterbrach mich der Herzog, »Ihr bietet mir den Thron an, doch diese zugegebenermaßen hübsche Aussicht ist nicht viel wert, wenn das Risiko, dass wir verlieren, zu hoch ist. Euch als kluges Mädchen muss das doch einleuchten.«

Ich schluckte.

»Sagt mir«, meinte er, »wie Ihr unsere Siegeschancen erhöhen wollt. Wie sieht Eure Strategie aus, damit wir am Ende des Tages wirklich den Sieg davontragen?«

»Ich …« Mein Herz hämmerte mir gegen die Rippen und meine Knie fühlten sich auf einmal ganz weich an. Mit Widerstand hatte ich nicht gerechnet. Ich machte ihm ein Angebot, das Blayne niemals ausstechen konnte, und mir war im Traum nicht in den Sinn gekommen, dass der Pythier es ausschlagen könnte. »Unsere Chancen stehen weitaus besser. Bei gleicher Truppenstärke hätten wir zusätzlich das Überraschungsmoment auf unserer Seite.« Dreitausend aus dem Norden, sechstausend caltoth'sche Kämpfer, wenn die Zahlen von König Horrace korrekt waren, und die viertausend von Herzog Cassius.

»Das Überraschungsmoment allein reicht nicht aus.

Was Ihr anstrebt, ist eine feindliche Übernahme auf eigenem Boden. Jerar verfügt über die größte Armee und Eure Krieger sind ganz andere Kaliber als unsere.« Der Mann ließ die Fingerknöchel knacken. »Die Pythier sind Händler und Seefahrer. Die Caltothen erfreuen sich an schönen Dingen und haben einen schier unersättlichen Hunger nach kostbaren Edelsteinen. Die Boreaner interessieren sich in erster Linie für die Wissenschaft und wissen kaum, wie man ein Schwer hält.«

Mit jedem seiner Worte wurde ich mutloser.

»Ihr müsst mir irgendwelche Garantien bieten.« Der Herzog seufzte, und im Dunkeln war es schwer zu sagen, aber irgendwie kam er mir enttäuscht vor. »Liebend gern würde ich auf Euren Vorschlag eingehen, Ryiah. Ihr bietet mir weit mehr, als es der Junge auf dem Thron je könnte.«

»Dann helft uns«, flehte ich. »Ich werde alles in meiner Macht Stehende tun, um –«

»Ich habe Euch schon einmal gesagt, dass Ihr nicht betteln sollt.« Seine Rüge war nicht so böse gemeint, wie sie klang. »Wir Pythier spielen immer auf Sieg. Wenn es hier nur um mich ginge, würde ich mich Eurer Sache sofort anschließen, schon allein um meiner Nichte willen. Ich weiß, dass Ihr bei dem Anschlag versucht habt, sie zu retten. Wren war nicht für eine Welt wie diese gemacht …« Seine Stimme wurde brüchig. »Aber mein Bruder ist der Herrscher über Pythus und ich kann nicht aufgrund persönlicher Sentimentalitäten unser Land in Gefahr bringen.«

»Sagt *Ihr* mir, wie.« Ich war verzweifelt. »Wie können wir sichergehen, dass wir gewinnen?«

Der Herzog tippte sich nachdenklich gegen sein Handgelenk. »Wenn es stimmt, was Ihr sagt, besteht der Norden in erster Linie aus Rebellen. Bleiben also noch die zentralen Ebenen und die Wüste im Süden. Wie viele Soldaten stehen dann noch loyal zur Krone?«

»Um die vierzehntausend.« Dasselbe wie der Norden. Vielleicht noch ein paar Tausend hin oder her, wenn Blayne die Regimenter der kleineren Orte hinzuzog.

»Wie viele allein in der Wüste?«

»Viertausend? Am Außenposten Ishir und in einigen Handelshäfen.«

»Das erhöht unsere Chancen zwar, aber die Armee der Krone ist und bleibt zu groß. Und man muss bedenken, das sind die Besten der Besten.«

»Sie hält sich allerdings nicht immer in der Hauptstadt auf.« Meine Gedanken rasten. »Kommandant Audrics Regiment wird immer dorthin abkommandiert, wo es gerade nötig ist. Die Krone entsendet die Armee nie komplett, aber –«

»Ich würde ja meine Kriegsschiffe für ein Ablenkungsmanöver zur Verfügung stellen, um die Kronarmee wegzulotsen«, meinte der Herzog trocken, »ich bezweifle jedoch, dass die sich nicht unverzüglich auf den Rückweg machen würde, wenn Rebellen und caltoth'sche Soldaten auf den Palast marschieren.«

»Wenn wir ein bisschen Zeit gewinnen würden –«

»Das genügt mir nicht. Ich brauche mehr Sicherheit.«

Ich wusste nicht, was ich darauf sagen sollte. Einen Moment lang … einen wunderbaren Moment lang hatte ich geglaubt, er würde uns helfen.

»Ich mache Euch einen Vorschlag.« Cassius räusperte

sich. »Ich bin nicht bereit, mich festzulegen. Noch nicht. Ihr habt mich schon einmal sehr beeindruckt, und ich werde Euch Gelegenheit geben, das zu wiederholen.«

Meine Augen wurden feucht, aber ich unterdrückte die Tränen, denn das Letzte, was ich jetzt brauchte, war, dass der Gesandte mich weinen sah.

»Wir haben zwei Tage zum Ausruhen, ehe wir in den Krieg ziehen. Der Prinz sagt, die Armee der Krone stünde in Devon abmarschbereit, um sich auf den Weg nach Norden zu machen.«

Ich nickte, weil ich das alles schon wusste.

»Euer König hat so lange auf die pythischen Schiffe gewartet, wer sagt denn, dass er nicht noch etwas länger warten kann?«

»Wie meint Ihr das?«

»Ich werde darauf bestehen, erst noch persönlich mit Blayne zu sprechen.« Cassius beugte sich vor. »Ich werde behaupten, König Horrace hätte uns ein besseres Angebot unterbreitet, und darauf dringen, die Konditionen neu zu verhandeln. Blayne wird außer sich sein vor Wut, doch am Ende wird er auf meine Forderungen eingehen. Ich verschaffe Euch zwei Monate Zeit und keine Stunde mehr.«

Meine Knie waren wackelig, als ich ihm dankte, und ich war heilfroh, dass die Finsternis die Verzweiflung auf meinem Gesicht verbarg.

»Das bedeutet, Ihr habt genau zwei Monate, um mir eine Lösung unseres Problems zu präsentieren.« Seine Warnung war deutlich. »Ich brauche die Garantie, dass wir gute Siegeschancen haben und ich nicht die pythische Königsfamilie für Eure Sache in Gefahr bringe. Sollte es

Euch nicht gelingen, werde ich nicht zögern, Euer kleines Geheimnis zu lüften, denn Pythus muss auf der Gewinnerseite stehen.«

»Verstehe«, sprudelte ich hastig hervor. »Danke für Eure –«

»Es ist noch zu früh, sich zu bedanken.« Mit ernster Miene löste sich der Mann von der Säule. »Ich bin mir ziemlich sicher, dass Ihr Euch zu viel vorgenommen habt.«

NEUN

»Wir haben unsere Trümpfe zu schnell ausgespielt!«

Holz splitterte und Teile der Einrichtung flogen durch die Kammer. Ich sah zu, wie Darren in seinem Zorn wie ein Wahnsinniger einen weiteren Stuhl durch die Gegend schleuderte. Der Gesandte hatte gleich am Morgen seine Verlautbarung gemacht und der Prinz hatte es nicht sonderlich gut aufgenommen.

»Darren –«

»Nein!« Seine Augen blitzten granatrot. »Wage es ja nicht, mir zu sagen, ich soll mich beruhigen, wenn dieser verdammte Kerl mit uns Katz und Maus spielt und uns erst seine Schiffe vorführt, um dann Nachverhandlungen zu fordern.«

»Hatte ich gar nicht vor.« Ich wollte ihm die Hand auf die Schulter legen und verdrängte die Schuldgefühle, die auf mich einstürmten, wenn ich ihn so sah. »He, ich bin bei dir.«

»Was ist das für ein Mensch?«, schäumte er.

Die Sorte Mensch, die immer das Optimum für sich rausholen will. Ich biss mir auf die Zunge. Wenigstens war Darren erst am Morgen mit der schlechten Nachricht konfrontiert worden. Ich hatte schon in der Nacht zuvor mein Fett wegbekommen, als ich eigentlich alles hätte festmachen sollen. Der finale, entscheidende Schlag, um all unsere Probleme zu lösen – ein Bündnis, das Blayne dazu zwingen sollte, die Waffen zu strecken, und mir Zeit verschaffen, Darren die harte Wahrheit beizubringen.

Ich hätte wissen müssen, dass ich zu viel Hoffnung darauf gesetzt hatte. Jetzt konnte ich nur beten, dass sich die »Chance« bezahlt machte. Das Ganze entbehrte nicht einer gewissen Ironie, denn ich war mir sicher, Darren hätte an meiner Stelle gewusst, was zu tun wäre. Was strategische Planung und Führungskompetenz anging, war er mir immer mehrere Schritte voraus gewesen. Ich konnte nichts dafür. Leute aus dem einfachen Volk und Magier waren weder dafür prädestiniert noch ausgebildet – im Gegensatz zu Prinzen, die darauf vorbereitet worden waren, als Ritter ganze Heere zu befehligen.

Als wir alles geregelt hatten, herrschte im Schloss der Langlis eine äußerst angespannte Stimmung. Was seine Truppen anbelangte, hatte Cassius bereits alles besprochen und für die Zeit seiner Abwesenheit einen Stellvertreter auserkoren.

Baron Langli verschlug es die Sprache angesichts der Menge an Leuten, um deren Versorgung er sich kümmern sollte. Wie Darren war auch er davon ausgegangen, dass die Schiffe nach spätestens einer Woche wieder Segel setzen und gemäß der ursprünglichen Absprache die caltoth'sche Küste angreifen würden. »Ihr erwartet allen Ernstes, dass ich viertausend hungrige Mäuler stopfe?«

»Genau das«, wies Darren ihn brüsk zurecht, »und zwar ohne Murren.« Wenn er schon den Gesandten zu einem erzürnten König eskortieren müsse, dann könne der Baron ja wohl wenigstens sein Gejammer für sich behalten.

»Warte, Ryiah!«

Die Hände voller Reiseproviant hatte ich gerade meine Kammer verlassen, als Priscilla mich rückwärts wieder hineinschob, mit einer geschickten Bewegung den Schlüssel im Schloss drehte und mich drinnen in eine Ecke trieb.

Draußen tobte Paige. »Wenn Ihr nicht augenblicklich meine Herrin freigebt«, schrie sie, »trete ich die Tür ein!«

»Schenk mir einen Moment deiner kostbaren Zeit«, fauchte Priscilla mich an, während hinter uns gnadenlos gegen die Tür gehämmert wurde. *Bumm, bumm, bumm!* »Wenn du auch nur einen Funken Respekt mir gegenüber hast, dann sei so gut und gib mir zwei Minuten.«

»Zehn, neun ...« Paige fluchte lautstark. »Zur Hölle damit: eins!«

»Paige ... warte!«

Das Wummern hörte auf und ich sah Priscilla mit verschränkten Armen an.

»Ich will, dass du mich mitnimmst.«

Ich schnaubte. »Sehr witzig.«

»Das ist mein Ernst.«

»Nehme ich dir nicht ab.«

»Doch.« Ihre Augen verengten sich. »Es steht dir nicht zu, meine Worte infrage zu stellen, du unverschämtes Bauernmädchen.«

»Für dich immer noch *Prinzessin.*«

»Was eigentlich *ich* gewesen wäre.« Sie presste die Lippen zusammen. »Und dann wäre ich frei gewesen. Aber nein, ich war so freundlich, das Feld für dich zu räumen.«

»Du hast überhaupt nicht das Feld geräumt!« Ich funkelte sie an. »Vielmehr hast du versucht, *mich* aus dem Weg zu räumen.«

»Siehst du?« Priscilla rückte mir noch näher auf die Pelle. »Du bist nicht so unschuldig, wie du tust.«

Ich verdrehte die Augen. »Hast du den Bottich Schweineblut in unserem ersten Jahr vergessen? Oder wie du mich mal im Training an einen Baum gefesselt hast? Oder –«

»Du hast es überlebt.« Sie winkte gelangweilt ab. »Mir doch egal, was früher mal war, Ryiah. Ich muss hier raus. Jetzt. Darren hat mir nach unserer Vermählung eine Stelle in der königlichen Armee versprochen.«

Ich biss mir auf die Unterlippe.

»Und daran wird er sich gebunden fühlen«, schob sie noch hinterher.

»Du bist aber nicht mit ihm verheiratet.« Mein Ton war kalt. »Also muss er sich an gar nichts halten.«

»Nach der geplatzten Verlobung will mein Vater mich nicht weglassen.« Sie sprach abgehackt. »Seiner Meinung nach besteht die einzige Möglichkeit, Schande von unserer Familie abzuwenden, darin, mich jetzt schleunigst unter die Haube zu bringen. Er will mich mehr oder minder an den Höchstbietenden verschachern.« Ihre Stimme klang bitter. »Bei Darren hätte ich wenigstens in einem Regiment dienen können. Und auch wenn diese Ehe vielleicht nicht sonderlich glücklich gewesen wäre, so wusste ich doch, was ich bekommen würde. Jedenfalls nicht irgendeinen hässlichen alten Lord, der mich wie seine Leibeigene behandelt.«

Innerlich wand ich mich, doch nach außen gab ich mich unbeeindruckt.

»Ich habe Vater gesagt, wenn ich so ein Schandfleck bin, dann soll er mir doch eine Stelle in unserem Stadtregiment geben, damit ich der Familie auf diese Weise alle Ehre machen kann … Weißt du, was er gesagt hat? Er meinte, diese Rolle hätte schon Merrick übernommen.«

Tu's nicht. Wage es ja nicht, mit Priscilla *Mitleid zu haben.* Aber war ich wirklich gänzlich unschuldig an ihrer Lage? Wie es aussah, hatte sie gar nicht so sehr um Darren gekämpft, sondern um die Freiheit, die ihr durch die Vermählung mit ihm winkte. Wenn ich das damals schon gewusst hätte …

»Geht das nicht in deinen Dickschädel rein?« Priscillas Gesicht war nur wenige Zentimeter von meinem entfernt. »Ich wollte immer sein wie du – na ja, zumindest so, wie du mal *warst*. So wie du ausgesehen und gerochen hast, wärst du zwar eher als Schafhirte durchgegangen –«

»Stimmt gar nicht.«

»Aber wenigstens konntest du machen, was du wolltest.« Sie schloss leicht theatralisch die Augen. »Nicht alle Mädchen aus dem Adel hatten eine Wahl wie deine Ella. Die meisten Familien behaupten zwar, uns stünden dieselben Möglichkeiten offen wie unseren Brüdern und Vettern, aber in Wahrheit sind die Älteren, die Traditionalisten wie mein Vater, sehr geneigt, ihre Töchter ins Kloster zu stecken, wenn es mit dem Heiraten nicht auf Anhieb klappt.«

Priscilla öffnete die Augen wieder und ihr Ton war missmutig. »Mein Vater hat mir an dem Tag ein Schwert in die Hand gedrückt, als ihm klar wurde, dass Blayne sich bald vermählen würde, um eine gute Partie zu machen. Paradoxerweise habe ich mich da zum ersten Mal frei gefühlt.«

Bei den Göttern, nein! Ich biss die Zähne zusammen. *Du hast Mitleid mit Priscilla.* Das Mädchen, das an der Akademie so extrem kreativ gewesen war und keine Mühen gescheut hatte, wenn es darum ging, mich zu schikanieren. *Sie hat versucht, sich eine bestimmte Stellung zu sichern.* Sie war grausam. *Ja, manchmal, aber Darren auch und ihm hast du verziehen.* Er hat an dich geglaubt. *Sie auch, oder hast du schon vergessen, wer bei der Kandidatur auf dich gesetzt hat?*

Wenn Priscilla in die Kronarmee eintrat, hätte ich dort eine Feindin.

Ich sah ihr in die Augen. »Willst du das wirklich?«

»Ich war in unserem Jahrgang nicht unter den Besten und konnte den Prinzen also nicht mit meinen Fähigkeiten beeindrucken.« Sie schnaubte. »Meinem Vater war es völlig egal, ob ich die Aufnahmeprüfung bestehe. Als er mich an diese Schule geschickt hat, stand er bereits in Verhandlungen mit Lucius zwecks unserer Verlobung. Ich habe die Ausbildung gemacht, weil ich *Spaß* daran hatte. Kämpfen und zaubern, das war das Einzige, was mir jemals Freude bereitet hat.«

Da haben wir es. Damit hatte sie meine Verteidigung komplett ausgehebelt. Jetzt konnte ich ihr ihre Bitte nicht mehr abschlagen. »Darren wird den Befehl ergehen lassen, dass du mit uns nach Devon reist, um in die Kronarmee einzutreten. Von dort aus findest du selbst den Weg zum Hauptquartier.«

Das Mädchen trat mit einem selbstgefälligen Grinsen zurück und schloss die Tür auf. »Eine gute Entscheidung, Ryiah.«

Ich nickte abwesend, während Paige mit finsterer Miene hereinmarschierte.

»Wir reisen am Nachmittag ab«, rief ich der schwarzhaarigen Schönheit hinterher. »Du hast zwei Stunden, um deine Sachen zu packen!«

Priscilla machte sich nicht die Mühe, sich umzudrehen. »Meine Diener haben bereits alles in die Stallungen gebracht.«

Sie hatte gewusst, dass ich Ja sagen würde.

Als wir in Devon eintrafen, brach ein wildes Durcheinander aus. Den König als wenig aufgeschlossen den neuen Forderungen des Herzogs gegenüber zu bezeichnen, wäre stark untertrieben gewesen.

Priscilla hielt Wort – so wie auch Darren sein altes Versprechen – und machte sich umgehend auf den Weg zum Hauptquartier der königlichen Armee. Diesmal beneidete *ich sie* um ihre Freiheit. Sie konnte sich voller Enthusiasmus in ihre neue Aufgabe stürzen, während ich im Palast festsaß und nach einer Lösung für das Rätsel suchte, das der pythische Gesandte mir aufgegeben hatte. Irgendwie hatte die Adlige es geschafft, das zu kriegen, was *ich* mir immer gewünscht hatte, während das Mädchen niederer Geburt sich nun mit einem Netz höfischer Intrigen und

Politik herumschlagen musste. Wenn Priscilla das gewusst hätte, hätte sie mir vermutlich ins Gesicht gelacht.

Statt den Palast nach einem Beweis abzusuchen, suchte ich jetzt nach einer Idee. Das machte es zwar leichter, keinen Verdacht zu erregen, weil ich nicht an Orten herumschnüffelte, an denen ich nichts verloren hatte, aber ansonsten hätte es genauso gut dasselbe sein können. Mir stand nicht der Sinn nach groß angelegten Manövern.

Wegen Cassius' Forderungen verbrachten wir den ganzen Tag in Verhandlungen statt in Strategiegesprächen, insofern hatte ich wenig Hoffnung, im Kriegsrat zufällig auf eine Lösung für mein Problem zu stoßen. Rundheraus danach zu fragen, so nach dem Motto: *Äh, wie hält man sich eigentlich die Kronarmee vom Leib?*, wäre viel zu auffällig gewesen, und das Letzte, was ich brauchte, war, dass Mira wieder Verrat witterte. Derartige Fragen ließen sich schwer rechtfertigen, egal, wie kreativ die Begründung dafür auch war.

Eines konnte ich wenigstens tun, nämlich mit einem langen Brief, der im Futter meines Stiefels versteckt war, einen Ausflug zum Waffenschmied unternehmen.

Natürlich begleitete Paige mich, aber da sie Saba kannte, bewunderte sie ganz entspannt im vorderen Teil des Ladens die neuesten Waffen und sah dem Schmied bei der Arbeit über die Schulter, statt der stummen Verständigung zwischen ihrer Schutzbefohlenen und der Spionin der Rebellen beizuwohnen.

Natürlich wäre Nyx über die neuesten Entwicklungen nicht erfreut, doch es hätte auch weitaus schlimmer kommen können, zum Beispiel, wenn Cassius meinem Vorschlag an Ort und Stelle eine Absage erteilt hätte. Die Kommandantin würde König Horrace und die Rebellen darüber in Kenntnis setzen, dass immerhin Hoffnung bestand, und wer, wenn nicht Nyx, sollte in der Lage sein, eine Lösung zu finden, die dem Gesandten zusagte? Ritter waren schließlich geschulte Strategen und die Kommandantin gehörte der Elite an. Wenn sie nicht wusste, was zu tun war, dann …

Daran wollte ich nicht denken.

Drei Wochen darauf erhielt ich in aller Frühe die Nachricht, dass ich zum Schmied kommen solle: Mein neues *Schwert* sei fertig. Ein Bote war mit der Antwort der Kommandantin unermüdlich geritten.

In der Einsamkeit meines Privatgemachs leerte ich die Schwertscheide aus. Nyx hatte mir fünf verschiedene Lösungsvorschläge unterbreitet, jeder komplexer als der vorige.

Mir wurde warm ums Herz. Das war die Lösung! Nachdem ich mir einen Monat lang das Hirn zermartert, unzählige Schriftrollen über Kriegsführung durchgearbeitet hatte und wie benebelt durch den Palast geschlichen war, hatte Nyx mir etwas geliefert, womit ich etwas anfangen konnte. Womit ich die Pythier auf unsere Seite ziehen konnte.

»Das klingt schon mal nicht schlecht«, sagte der Gesandte am Abend desselben Tages, *»aber es reicht mir nicht.«*

Die Kommandantin von Jerars zweitgrößtem Regiment hatte keine zufriedenstellende Lösung zustande gebracht.

»Einen Monat habt Ihr noch«, fügte Cassius hinzu. »Das ist besser als nichts.«

Wieder machte ich mich auf den Weg zum Waffenschmied und begab mich danach auf den Innentrainingsplatz. Ich sah nur noch rot.

Krrrrracks!

Meine dritte magische Druckwelle knallte gegen die Barriere, gefolgt von einem fürchterlichen Quietschen, als würden Nägel über Glas kratzen, schrill und durchdringend. Die gläserne Wand erbebte und weiße Risse liefen darüber wie ein Spinnennetz.

Es reichte noch nicht.

Ich hatte es satt, mich zusammenzureißen.

Wieder und wieder beschwor ich meine Magie herauf.

Für einen kurzen Moment war ich eine allmächtige Göttin, die die Welt um sich herum mit einem kleinen Fingerschnipsen in Schutt und Asche legen konnte. Es fühlte sich gut an, sich frei von den Problemen der Normalsterblichen zu fühlen.

Mir juckte es in der Handfläche, und ich fuhr mit dem Dolch einmal quer darüber und sah zu, wie scharlachrote Tropfen neben meinen Stiefeln auf den Boden fielen.

Ich brauchte nichts. Ich wollte nichts. Ich quoll schier über vor grenzenloser Magie. Sie schoss wie eine Fontäne aus mir heraus und in mir brodelte es wie in einem Hexenkessel.

Mit dem siebten Anlauf zerbrach die magische Scheibe. Silberne Splitter flogen durch die Luft, doch hinter meinem Schutzschild konnten sie mir nichts anhaben, und ich vernahm nur das leise Klirren und Klackern, als Abertausende winziger Dolche dagegenprasselten, um dann harmlos zu Boden zu fallen.

Ich wartete, bis auch der letzte Splitter abgeprallt war, ehe ich meinen Schild herabließ und beobachtete, wie der violette Schimmer sich in Luft auflöste.

Ich hatte es satt, mich wie eine Schachfigur zu fühlen.

Plötzlich erhellte hinter mir ein orangefarbenes Flackern den Raum, als jemand einen Wandleuchter anzündete.

»Was dagegen, wenn ich mitmache?«

Darrens Stiefel knirschten über die Splitter, als er die Zuschauerbänke verließ und sich zu mir gesellte. Die Strapazen der letzten Wochen hatten Spuren in seinem Gesicht hinterlassen. Seine Augen waren wie meine blutunterlaufen, und er hatte die Fäuste so fest geballt, dass sie ganz weiß wirkten. Er trug feine Gewänder, die ebenso wenig zum Kämpfen taugten wie mein Kleid.

Wir nahmen nebeneinander Aufstellung und das Trainingsprogramm unserer Lehrmeister hallte in uns wider wie das unablässige Branden des Meeres. Doch heute stand uns nicht der Sinn nach einem gewöhnlichen Duell, heute war es an der Zeit für mehr.

Ich zuckte kurz mit dem Handgelenk, und die Schatten wuchsen, während die Flammen der Wandleuchter zu einem schwächlichen, durchscheinenden Blau zusammenschrumpften, bis wir nur noch Umrisse in der Dunkelheit waren.

Ich holte tief Luft und neben mir atmete Darren leise aus. Dann legten wir los. Ein scharfes Sirren ertönte, als Metall den Weg in unsere Hände fand und schmerzhaft zustach, sodass Blut floss.

Direkt vor Darren und mir nahm unser Zauber Gestalt an, ein unsichtbarer Gegner, der uns besser kannte als jeder andere.

Ein gebogenes Sichelschwert für mich, zwei Faustkeile für den Prinzen.

Damals bei der ersten Wintersonnwendfeier an der Akademie hatte Darren mir gezeigt, wie man gegen sich selbst kämpfte, und nun sann mein imaginärer, namenloser Widersacher auf Rache. Wir kämpften gegen unseren Frust, gegen die Wut und gegen unsichtbare Feinde. Schmerzmagie gegen sich selbst zu richten, war die höchste Weihe – und der ultimative Test.

Bei jeder Wunde, die wir uns selbst zufügten, tat es einen Donnerschlag wie bei einem Unwetter.

Obwohl wir kaum etwas sahen, konnte ich am Zischen der Klinge erkennen, wann und von wo sie auf mich zukam. Links, rechts, oben, unten, ein blitzartiges Zustechen oder ein langer Schwung. Kurzes Durchatmen. Neue Attacke.

Es war ein mörderischer Kampf.

Ich tänzelte und drehte mich in einem komplizierten Schrittmuster.

Dann machte ich einen Ausfallschritt und ging zum Angriff über. Wieder und wieder.

So ging es lange Zeit hin und her. Zwei Magier, die bis auf das laute Scheppern von Metall und das scharfe Pfeifen der Klingen, wenn wir ins Leere schlugen, stumm gegen ihre Dämonen kämpften.

Als ich den Platz wechselte, trafen sich unsere Blicke.

Darrens Brustkorb hob und senkte sich heftig. Sein Körper erinnerte an eine Raubkatze, die zum Sprung ansetzte. Dann entlud sich die Energie, und er schlug los, um gleich darauf den Gegenangriff zweier feindlicher Äxte abzublocken, die direkt vor ihm schwebten. Doch egal, wie geschickt er sich auch bewegte und auswich, sein unsichtbarer Feind setzte unablässig nach. Ich konnte es an der Anspannung seiner Muskeln sehen, an der Art, wie er herumwirbelte und sich wegduckte, daran, wie ihm der Schweiß über die Brust lief.

Schließlich brach Darren das Schweigen. »Der Gesandte«, keuchte er zwischen zwei Attacken, »hat unser neuestes Angebot ebenfalls ausgeschlagen.« Nachvollziehbar, warum er sich auf dem Trainingsplatz eingefunden hatte.

Plötzlich fühlte ich mich wieder ein paar Stunden zurückversetzt, als mir der Herzog ins Gesicht gelacht und gesagt hatte: »Das reicht mir nicht.« Warum war nie mal irgendetwas gut genug, was ich machte?

Ich bin nicht in der Lage, ein Königreich vor dem Untergang zu bewahren. Meine Klinge wehrte das zweite Phantomschwert ab und die Wucht des Schlages ging mir durch Mark und Bein.

Ich habe es nicht geschafft, meinen kleinen Bruder zu retten. Die nächste Erschütterung war so heftig, dass ich den Geschmack von heißem, metallischem Blut im Mund hatte.

Obwohl ich versuchte, im letzten Moment noch auszuweichen, brachte mir mein Gegenüber eine Schnittwunde bei.

Alles, was ich kann, ist, den Jungen, den ich doch liebe, nach Strich und Faden belügen.

Ich rief meine Magie zurück und die Waffen lösten sich in Luft auf. Mit unbändiger Wut im Bauch stand ich da und fühlte mich schwindelig von dem Blutverlust.

Einen Moment stellte auch Darren das Kämpfen ein. Sein Atem ging so schwer, dass ich sehen konnte, wie der Hämatitstein sich auf seiner Brust hob und senkte.

»Du hast dich verbessert.«

Nicht genug. Ich presste die Lippen zusammen und schwieg beharrlich, weil ich mir nicht traute. Weil ich Angst hatte, dass ich in meinem Zorn möglicherweise irgendetwas herausposaunen könnte.

»Da.« Darren riss den Ärmel seiner Jacke ab und wickelte mir den dicken Brokat fest ums Handgelenk, um das beständige Blutrinnsal zu stoppen, das mir über die Hand lief. Während er behutsam und sorgfältig arbeitete, beobachtete ich, wie der Puls in der Kuhle seines Halsansatzes pochte.

Als er fertig war und mir aus nächster Nähe in die Augen sah, machte es in meinem Kopf *Klick*, und auf einmal waren mir die anderen egal. Stattdessen packte ich Darren am Handgelenk und platzte heraus: »Lass uns abhauen.«

Seine Hand erstarrte mitten in der Bewegung.

»Nur du und ich.« Die Worte sprudelten aus mir heraus, ohne dass ich es wollte, und offenbarten, was für ein Feigling ich war. »Wir lassen einfach alles hinter uns.«

»Ryiah …« Er schluckte mühsam. »Hast du irgendeine Vorstellung davon, was du da von mir verlangst?«

Meine Nägel gruben sich in seine Arme. Ich wusste, dass ich ihm wehtat, aber ich hatte Angst, ihn loszulassen. »Du hast mir gesagt, dass du dieses Leben eigentlich nie wolltest. Das ist deine Chance. Du kannst jemand anders sein. Wir suchen uns ein Schiff und … und um den Rest sollen sich die anderen kümmern.«

»So kurz vor dem Krieg kann ich meinen Bruder nicht im Stich lassen«, erwiderte er schroff. »Wir sind Kampfmagier, Ryiah. Wir stehen unserem Land gegenüber in der Pflicht.«

»Und was ist mit uns? Haben wir *uns* gegenüber nicht auch eine Verpflichtung?« Tränen liefen mir übers Gesicht, doch das war mir egal. »Willst du denn nicht, dass wir zusammen alt werden? Eine Familie gründen? Was ist, wenn –«

»Ryiah.« Darren sog scharf die Luft ein. »Ich weiß, dass der Verlust deines Bruders dich hart getroffen hat und dass du Angst hast, noch mehr geliebte Menschen zu verlieren, aber wegrennen ist keine Lösung. Wir müssen bleiben und kämpfen.«

»Aber –«

»Irgendwann wird der Gesandte einlenken. Und selbst wenn nicht, verspreche ich dir, dass wir nicht verlieren werden.« Seine Stimme wurde sanft, und er hob mein Kinn mit seinen blutigen Fingern an, sodass er mir in die Augen sehen konnte. »Ich lasse dich nicht allein, Liebes.«

Doch, das wirst du. Ich schluckte mein ersticktes Schluchzen hinunter, als die Realität mich wieder einholte und mir klar wurde, dass ich mich von Hysterie und schierer Verzweiflung hatte mitreißen lassen.

Bei den Göttern, im Märchen war nie von Helden die Rede, die sich falsch entschieden. Ich hatte mich so sehr in mein Selbstmitleid und meinen Egoismus hineingesteigert, dass ich bereitwillig mit dem Prinzen durchgebrannt wäre, selbst wenn das bedeutet hätte, dass das Böse siegte. Selbst wenn ich damit alle anderen im Stich ließ.

Darren würde niemals nur an sich denken. Und trotzdem hätte ich die Rebellen, meine Familie und Freunde hängen lassen, und alles nur, weil es jetzt hart auf hart kam und ich wollte, dass wir am Ende noch zusammen waren.

Darren hatte etwas Besseres verdient als mich. Und die anderen auch. Sie hätten ihr Schicksal nicht in die Hände eines derart schwachen Mädchens legen sollen.

Als ich an diesem Abend einschlief, verabscheute ich mich selbst.

Als ich am nächsten Morgen erwachte, saß Darren schon fertig angezogen auf der Bettkante – allerdings war er eher für einen Ausritt gekleidet als für ein weiteres endloses Tauziehen in der Kronkammer mit Cassius und dem König.

Mit einem verwirrten Blick stemmte ich mich von der Matratze hoch und er warf mir ein schiefes Lächeln zu.

»Ich habe eine Überraschung für dich.«

Ein Teil von mir rebellierte dagegen. Nach meiner Aktion vom Vortag hatte ich nichts Schönes verdient. An seiner Stelle würde ich mit einem Duckmäuser wie mir nicht einmal im selben Zimmer sein wollen.

Darren bemerkte mein Zögern. »Diese Verhandlungen treiben uns noch beide zum Wahnsinn. Gestern ist mir klar geworden, dass wir hier rausmüssen. Allerdings kann ich dir nicht versprechen, dass es für immer ist.« Sein Lächeln erlosch und in seinen Augen flackerte Bedauern auf. »Aber es ist wenigstens ein Anfang.«

Erschrocken sog ich die Luft ein und schüttelte den Kopf. Ich wollte nicht einen ganzen Tag mit ihm allein sein. Ich musste doch Abstand von ihm halten, so gut es nur ging. Musste in meinem eigenen Saft und der Scham schmoren und den Tag in der Bibliothek verbringen, um über weiteren Handschriften zum Thema Kriegsführung zu brüten und mich auf Cassius' abschlägige Antwort vorzubereiten.

»Du hast keine Wahl.« Darren zog mich hoch. »Die Dienerschaft hat strenge Anweisung, dich nicht in die Ratskammer einzulassen. Insbesondere Mira war darüber hocherfreut.«

Meine Lippen verzogen sich. »Wohin geht es?«

»Wirst du schon sehen.« Darren war bereits auf dem Weg zur Tür. »Und zieh das Kleid an. Das gelbe.«

»Das Hochzeitskleid?«

»Zehn Minuten, Liebes.« Mit einem unverschämten Blitzen in den Augen drehte er sich noch einmal um. »Dann brechen wir auf, auch falls du noch halb nackt sein solltest.«

Wenig später galoppierten wir durch den Wald und knorrige Äste rissen an meinem Kleid.

»Im Ernst?« Hinter mir hörte ich Darrens unterdrücktes Lachen, was alles andere als unangenehm war. »Du hättest mir was anderes zum Anziehen aussuchen sollen.«

»Ich bin ein Prinz.« Darren sprang aus dem Sattel, half mir dann ebenfalls abzusitzen und betrachtete meinen

Zustand mit einem breiten Grinsen. Das Kleid hatte einen skandalösen Riss, der mir fast bis zur Taille hinaufreichte, und meine Haare hatten sich aus der Frisur gelöst, sodass meine scharlachroten Locken mir wild ums Gesicht wogten. Es würde meine Kammerzofen bestimmt mehrere Stunden kosten, sie wenigstens wieder halbwegs zu entwirren. »Ich kriege immer, was ich will.«

»Und das wäre …?«

»Dich.« Damit nahm er mich an der Hand und zog mich über einen Pfad mit sich. Unsere Pferde hatte er neben einem Bach angebunden, wo sie nun sich selbst überlassen waren, während wir den Rest des Wegs zu Fuß zurücklegten. Wir befanden uns irgendwo drei Stunden südöstlich von Devon auf einer schmalen, verwaisten Straße, von der ich in meiner ganzen Zeit am Hofe noch nie gehört hatte.

»Wo sind wir hier?«

»Du stellst zu viele Fragen.« Sein neckender Tonfall war unüberhörbar. »Eigentlich hätte ich dich den ganzen Ritt über fesseln und knebeln sollen.«

»Du könntest es mir auch einfach sagen.« Ohne dass ich es wollte, stahl sich ein Lächeln auf meine Lippen und wollte einfach nicht mehr weggehen. »Darren!«, kreischte ich dann auf, als er mich durch ein ausladendes Gestrüpp zerrte und sich noch mehr Zweige in meinem Kleid verfingen. »Darren, hör auf!«

»Wir sind fast da.«

»Ich sollte dich in Flammen aufgehen lassen«, knurrte ich.

»Hast du doch schon versucht.« Er gab sich Mühe, sich ein Lachen zu verkneifen. »Viele, *viele* Male, Liebes.«

Wir zwängten uns durch dichtes Laubwerk und standen plötzlich auf einer Lichtung.

Mir blieb das Herz stehen.

Vor uns lag eine Wiese, kaum mehr als ein kleiner grüner Hügel mit vielleicht gerade einmal zwanzig Metern Durchmesser. Der Bachlauf, dem wir gefolgt waren, bildete am anderen Ende einen kleinen Teich, und direkt darüber rauschte ein schmaler Wasserfall zwischen zwei Felsen hindurch.

Durch die Baumkronen der Kiefern und die kahlen Zweige der Laubbäume regnete Sonnenlicht herab wie winzige Goldsplitter.

Mit den weichen grauen Wolken darüber und dem bernsteinfarbenen Nebel, dem sanften Murmeln des Wassers, das sich in Kaskaden über Steinbrocken ergoss, und dem leisen Zwitschern der Vögel, die sich langsam daranmachten, ihre Nester zu bauen, kam es mir vor wie einem Märchenbuch entsprungen.

Das Herz schlug mir bis zum Hals, und ich musste erst schlucken, um Luft zu bekommen.

Darren räusperte sich und hielt mir grinsend seine Hand hin. Dunkle Strähnen fielen ihm in die Augen. »Darf ich bitten, Mylady?«

Es war genau wie damals in der Ausbildung. Ich war das törichte Mädchen, das Ja sagen wollte, und er der Junge, dem ich nichts abschlagen konnte.

Seine Finger berührten meine, und ich wusste, jeder Widerstand war zwecklos.

Du spinnst. Du wirst alles nur noch schlimmer machen.

Ich ließ mich von Darren in die Mitte der Lichtung führen und die Seide meines Kleids raschelte über das taufeuchte Gras.

Er stellte sich vor mich, ließ eine Hand in meine Taille gleiten und nahm mit der anderen meine rechte, während ich ihm meine kalte linke Hand auf die Schulter legte. Dann machte er einen Schritt nach vorne.

Keine Ahnung, wie lange wir so miteinander tanzten. Ganz langsam erst. Überdeutlich spürte ich meinen rasenden Puls, als er mir tief in die Augen sah. Unter unseren Füßen spritzte der Matsch, als Darren mich stumm über die Tanzfläche dirigierte, und ich hörte das leise Summen der Insekten, die den ersten Frühlingstag begrüßten. Dabei sollte es doch nicht romantisch sein. Ich durfte mir nicht das Gefühl zugestehen, als wollte mir das Herz nur eines einzigen Tanzes wegen zerspringen.

»Was ist das hier für ein Ort?«, flüsterte ich.

»Ein Ort fernab vom Rest der Welt.«

Ich schluckte und ließ mich von Darren drehen, während ich krampfhaft versuchte, meine Gefühle im Zaum zu halten. Doch sie waren wie ein gewaltiger Strom, der mich mit sich fortriss, eine Naturgewalt, der ich nichts entgegenzusetzen hatte.

Einen Moment lang war ich wie erstarrt.

»Ryiah …«

Als Darren mir mit dem Daumen übers Handgelenk strich, spürte ich, wie meine Entschlossenheit schwand. Es war so unendlich schwer, sich seinem Zauber zu entziehen – und es wäre so leicht gewesen, ihm zu erliegen.

»Liebes …« Seine Worte waren sanft. »Bitte sieh mich an.«

»Ich kann nicht.« Meine Stimme brach, und ich wusste, dass Darren die Tränen sah, die mir über die Wangen liefen. Und mit Sicherheit war ihm auch nicht verborgen geblieben, dass ich am ganzen Leib bebte.

Er hob mein Kinn an. »Warum nicht?«

»Weil …« Ich konnte mich nicht an den Grund erinnern, nicht, wenn Darren mich *so* ansah, nicht, wenn ich ihn so ansah, als wäre er das Einzige auf der Welt, was zählte.

Seine Lippen strichen über meine Haare. »Es ist doch nur ein Tanz.«

War es nicht und das wusste er auch. Darren versuchte, das verzweifelte Mädchen in seinen Armen zu retten. Er versuchte, mich zu retten, und ich setzte mich mit aller Kraft dagegen zur Wehr.

»Ich will doch nur mit meiner Frau tanzen.« Seine Stimme war ruhig. Ich spürte, wie ich darin ertrank. Befand mich im freien Fall. Tiefer. Tiefer. Immer tiefer. »Ist das etwa zu viel verlangt?«

War es das? War es das wirklich? Ehe er meinen Namen verfluchen und mich als Verräterin brandmarken würde? Als das Mädchen, das dem Prinzen in den Rücken gefallen war?

»Ja. Ist es.«

Meine Antwort war wie ein Stich ins Herz. Daran, wie Darren zurückzuckte, erkannte ich, wie sehr ich ihn verletzt hatte. »Du machst alles kaputt.« Er ballte die Hände zu Fäusten. »Und ich verstehe nicht mal, warum.«

Dieser Schmerz in seinem Gesicht, seiner Stimme war mein Untergang. Mit brachialer Gewalt durchbrach er meinen Schutzwall, den ich mit so viel Mühe um mich herum errichtet hatte.

Ich wollte Darren nicht wehtun. Ich liebte ihn doch mehr als mein Leben.

Voller Verzweiflung packte ich ihn an den Schultern, presste meinen Mund auf seinen und ließ meinen Gefühlen freien Lauf. Es war wie ein Dammbruch.

Ich brauchte ihn, und ich hatte es so unendlich satt, ihn auf Abstand zu halten.

Darrens Brustkorb hob und senkte sich heftig. Einen Moment lang rührte er sich nicht. Dann wanderten seine Hände über meinen Rücken zu meinem Nacken hinauf und er nahm mein Gesicht in beide Hände und erwiderte meinen Kuss.

Ich hätte den Rest meines Lebens damit zubringen können, mich so von ihm küssen zu lassen, aber ich wollte es nicht zärtlich und langsam.

Über die Konsequenzen machte ich mir keine Gedanken mehr. *Nicht mehr.*

Ich wünschte mir mehr, wollte nicht, dass Darren so zögerlich war. Also drängte ich mich gegen ihn und neckte seine Zunge mit meiner, bis er sich ergab und mich mit einer Art Knurren ruckartig an sich zog.

Er küsste mich, als wollte er mich preisen und unterwerfen zugleich. Sein Kuss war stürmisch. Wütend. Strafend. Er erzählte von zu vielen Nächten, die ich ihn allein gelassen hatte. Von allem, was er zurückgehalten hatte.

Dann tauschten wir die Rollen, ich drückte ihm meinen Mund auf den Hals, und er erschauderte, was wiederum mir durch und durch ging. Wie von allein gruben sich meine Fingernägel in seine Schultern.

Ich hatte die Kontrolle verloren, und jetzt wollte ich, dass er sie ebenfalls verlor.

Darren packte mich fester um die Taille und arbeitete sich mit seinen Zähnen meinen Hals entlang.

Bei den Göttern!

Atemlos legte ich den Kopf in den Nacken und ließ all diese ungekannten Gefühle auf mich einstürmen.

Zusammen stolperten wir über die Wiese, rissen an unseren Kleidern, und seine Hände brannten heiß auf meiner Haut.

Wie von selbst schlangen sich meine Beine um seine Taille, als er mich hochhob. Und als er mich dann auch noch gegen einen Baumstamm presste, meine Arme festhielt und über meinem Kopf gegen die Rinde drückte, vergaß ich alles andere.

Auf einmal rückte er ein kleines Stück von mir ab, damit er mir in die Augen sehen konnte.

»Sag mir, dass ich aufhören soll«, flüsterte er.

Ich sagte nichts dergleichen. Konnte ich einfach nicht.

Ich wollte das. Ich wollte ihn.

Ich war es leid, meine Gefühle zu verleugnen.

Also zog ich Darren an mich und drückte meine Lippen auf seine. Das war Antwort genug.

Und dann machten sich Darrens Hände über mein Mieder her, und orangefarbene Perlen stoben in alle Richtungen, während ich mich in sein Hemd krallte.

Darren küsste mich so leidenschaftlich, dass ich kaum mehr wusste, wie ich hieß. Mein Mieder fiel zu Boden und seine Finger wanderten über meine Rippen hinauf zu meinen Brüsten. Mein lautes Keuchen erstaunte mich selbst.

Einen Moment lang genügte uns das. Dann beugte er seinen Kopf hinunter, und seine Lippen hinterließen eine Spur flüssigen Feuers auf meiner Haut, die mir den Atem raubte. Wieder und wieder rief ich mit rauer Stimme seinen Namen und spürte auf meiner Haut, wie Darren lächelte.

Dann griff er unter mein eines Knie und hob mein Bein an, wodurch wir uns noch näher waren. Es zog mir bis in die Magengrube, und ich hatte nur noch den einen Gedanken, dass ich mehr wollte.

Ich verging danach, ohne zu wissen, wonach genau.

Meine Fingernägel kratzten über seine Arme, Schultern und Brust und folgten den Wölbungen und Vertiefungen seiner Muskeln. Ich versuchte stillzuhalten und mir seinen Körper einzuprägen, doch ich bewegte mich ganz automatisch. Wie sollte ich auch nur ansatzweise ruhig bleiben, wenn doch alle meine Sinne schrien?

Meine Welt war in Zimt und Nelken gehüllt. Ich wollte ihn überall berühren, jeden Zentimeter von ihm, und selbst das war noch nicht genug.

Darrens Mund arbeitete sich zu meinem Halsansatz vor, und ich stieß einen kleinen Schrei aus, als seine Hand erst hinabglitt und dann wieder aufwärts wanderte.

Die Zeit blieb stehen. In meiner Magengrube glühte nicht länger ein einsames Stück Kohle, sondern dort wütete ein flammendes Inferno, und in Darrens halb geschlossenen Augen züngelten Flammen.

Er ließ mich langsam am Baumstamm hinabgleiten und

kniete sich vor mich. Und dann verging mir Hören und Sehen und mein Atem kam stoßweise.

Darren stützte sich auf, nahm mein Gesicht in seine Hände und küsste mich hart. Ein langer, verzweifelter Kuss, der mir alles und noch viel mehr versprach, ehe er mich zu Boden zog.

Ich zog ihn zu mir und löste mit zitternden Fingern die Kordel in seiner Taille, wobei mich Verzweiflung und Verlangen durchzuckten.

Er sah mir in die Augen. Es gab nur noch uns beide.

»Ich liebe dich, Ryiah.« Nur *einmal* flüsterte er die Worte und ich war verloren. Vor Liebe. Vor Lust. Mein Verstand war wie ausgeschaltet und ich gab mich ihm mit meinem Körper und meiner Seele hin.

Stundenlang waren wir nicht mehr Ryiah und Darren. Nicht mehr der Schwarze Magier und die Verräterin, die so viel Leid über ihn bringen würde.

Wir waren der Junge und das Mädchen.

Es war wie im Märchen. Wir tanzten durch den Wald.

Wir waren alles und nichts, und das war alles, was wir wollten.

ZEHN

Erst am nächsten Morgen kehrten wir zurück. Am Fuße des rauschenden Wasserfalls sah ich mir den Sonnenaufgang in seinen Armen an und dieser Moment war einfach perfekt. Wunderschön wie der ganze letzte Tag und die Nacht.

Langsam, als müsse der neue Tag erst Luft holen, erschien ein blasses Licht über dem Bach und verwandelte das dunkle Wasser in flüssiges Silber. Ich hätte ewig so am Ufer stehen können, und Darrens Körpersprache verriet mir, dass es ihm genauso ging.

Eine Stunde liefen wir durch den Wald, und er ließ meine Hand kein einziges Mal los, während ich den Atem anhielt und mich weigerte, mir den Tag von irgendetwas verderben zu lassen, solange es ging.

Schweigend ritten wir zum Palast zurück, wo uns unsere Leibwächter mit grimmigen Mienen empfingen, jedoch nichts sagten. Überhaupt sagte keiner ein Wort. Blayne grinste zwar, und Cassius zog eine Augenbraue hoch, doch der übrige Hofstaat verhielt sich auf wundersame Weise ungewohnt zurückhaltend.

Nicht einmal über den Zustand unserer Gewänder machte jemand eine Bemerkung, dabei sah ich grauenhaft aus und der Prinz hatte allerlei Schrammen und an seinem matschbraunen Hemd fehlten Knöpfe.

Darren stieg ab und hob mich aus dem Sattel, um mich wortlos in unsere Kammer zu geleiten, wo er mich mit einem Grinsen um die Taille packte und die Tür hinter uns zuschlug.

Und dann nahm er mich gleich noch einmal.

Als er schließlich ging, waren die Laken voller Dreck und Grashalme und ich atemlos und wund. Meine Wangen glühten, wenn ich daran dachte, wie mein Name aus seinem Mund geklungen hatte.

Wie er ihn letzte Nacht gerufen hatte.

Und wie ich seinen geschrien hatte.

Ich konnte es kaum erwarten, dass es wieder geschah.

Danach nahm ich ein Bad und verbrachte mehrere Stunden damit, mir eigenhändig die Knoten aus den Haaren zu kämmen, weil ich noch nicht für die neugierigen Fragen meiner Kammerfrauen bereit war, die unser Auftritt hier unweigerlich nach sich ziehen würde.

Als ich unsere Gemächer schließlich verließ, hatte ich das Gefühl zu schweben, und ausnahmsweise einmal wirbelten in meinem Kopf die Gedanken nicht wild durcheinander, sondern es herrschte eine wunderbare Stille.

»Na, da hat aber jemand gute Laune.« Mit einem frechen Grinsen im Gesicht lehnte Paige vor der Tür meiner Kammer.

Ich schlug mir die Hände vors Gesicht, weil ich wusste,

dass ich feuerrot wurde. Dann lächelte ich die Ritterin verlegen an und beschloss, einfach gar nichts zu sagen.

»Nicht mal Geplapper. Der Prinz weiß anscheinend, was er mit seinen Händen zu tun hat oder ist es sein –«

»Paige!«, quiekte ich.

Sie krümmte sich vor Lachen.

»Das gehört sich nicht.«

»Ich wette, er war gut.«

»Noch *ein* Wort, dann …«, drohte ich ihr.

Sie hob unschuldig die Hände. »Mich interessiert eigentlich nur eines«, meinte sie. »Sagt mir nur, ob Ihr glücklicher seid als noch gestern früh.«

Sie kannte mich einfach zu gut. Aber wie auch nicht? Schließlich hatte sie Darren in dieser schrecklichen Nacht auf dem Innentrainingsplatz geholfen, einen Heiler für mich aufzutreiben.

Ich biss mir kräftig von innen auf die Wange.

Daran wollte ich nicht erinnert werden. Wenn ich an die Vergangenheit dachte, würde meine Glücksblase jäh zerplatzen, und ich müsste Darren wieder aus dem Weg gehen, wozu ich momentan einfach nicht bereit war.

Mir blieb noch ein Monat. Nyx würde einen weiteren Brief schicken. Diesmal würde sie uns einen Vorschlag unterbreiten, der den Herzog zufriedenstellte, sodass er sich auf die Seite der Rebellen schlagen würde.

Dann erst, und keine Sekunde früher, würde ich mich wieder von Darren zurückziehen.

Ich musste einfach damit aufhören, mir das Gehirn über Dinge zu zermartern, die ich nicht lösen konnte. Wenn ich die Antwort nicht in einem ganzen Berg von

Schriftrollen fand, wovon im Grunde auszugehen war, waren mir die Hände gebunden. Es war an der Zeit, auf andere zu vertrauen, und Nyx war nun mal die Strategin von uns beiden. Sie war die eigentliche Heldin unserer Geschichte, während ich mich in dieser Rolle mehr schlecht als recht geschlagen hatte.

Was sprach also dagegen, nur für eine kleine Weile mein Glück zu genießen und die Schatten ziehen zu lassen, die mich sonst auf Schritt und Tritt verfolgten?

»Wisst Ihr was?«, meinte Paige schmunzelnd. »Mira ist der festen Überzeugung, dass Ihr es auf ihren Posten abgesehen habt.«

Wir bogen in Richtung Küche ab, weil ich Hunger hatte wie ein Bär und davon ausging, dass Benny mir da sicherlich weiterhelfen konnte. »Wie kommt sie darauf?« Nicht, dass es mir nicht gefiel, dass ich der obersten Magierin Kopfzerbrechen bereitete. Schließlich machte sie mir das Leben schwer, wo sie nur konnte, und insofern zahlte ich es ihr natürlich mit Freuden heim.

»Sie erzählt überall rum, dass Ihr den lieben langen Tag in der Bibliothek Schriftrollen studiert, nur um Euch damit beim König einzuschmeicheln.« Paige stieß ein lautes Schnauben aus. »Sie hat sogar versucht, sich bei ihm darüber zu beschweren, aber er hat sie abgekanzelt und erklärt, Ihr würdet eben nach einer Möglichkeit suchen, Cassius zu überzeugen, und dass Ihr zusammen mit Darren sein bestes Pferd im Stall wärt und er Euch auf ihren Posten setzen würde, wenn sie ihm weiterhin damit auf die Nerven geht.«

Sein bestes Pferd im Stall? Eine Möglichkeit, Cassius

zu überzeugen? Das war wirklich die Ironie schlechthin. Ich schenkte Paige ein breites Lächeln. »Wenn ich eine Beförderung bekommen sollte, ist das nur eine Dreingabe. Allein schon, um sie zu ärgern, werde ich mich daran machen, an ihrem Stuhl zu sägen.«

»So gefallt Ihr mir gleich viel besser.« In einer seltenen Gefühlsanwandlung drückte meine Leibwächterin mir die Schulter. »Ich bin froh, dass Ihr mal rausgekommen seid.«

Tief in mir drin regte sich das schlechte Gewissen, doch ich ignorierte es. Ich wollte nicht, dass das schon wieder anfing. »Die Pythier *werden* für Jerar kämpfen.« *Nur etwas anders, als du denkst.* »Dafür werde ich schon sorgen.«

»Wenn jemand es schaffen kann, den Herzog auf unsere Seite zu ziehen, dann Ihr.« Sie grinste mich so breit an, dass etwas Zahnfleisch sichtbar wurde. »Ich hoffe nur, dass ich zur Stelle bin, um Miras Gesicht zu sehen, wenn es so weit ist.«

»Hört, hört.« Fast hätte ich gelacht, als ich mir vorstellte, wie es wohl wäre, wenn die Pythier sich gegen den tyrannischen König und die Magierin stellen würden, die für Derricks Tod verantwortlich zeichneten. Das wäre ein großer Tag.

Eine weitere Woche verstrich und die Krone hatte wieder keine Erfolge vorzuweisen. Vor den Palasttoren versammelten sich Bürger und verlangten nach dem König. Sie wollten wissen, warum die Allianz gescheitert war, warum wir nicht auf direktem Wege nach Caltoth marschierten.

Darren sah sich gezwungen, Audric und einige seiner Leute aus dem Hauptquartier der Kronarmee herbeizubeordern, um den wütenden Mob im Zaum zu halten, und Mira ließ die Anzahl der Palastwachen verdoppeln.

Die Einwohner Devons wurden langsam ungeduldig. Wie versprochen verzögerte Cassius die Verhandlungen weiterhin mit lächerlichen Forderungen, und immer wenn Blayne bereit schien, ihm entgegenzukommen, legte er noch eine Schippe drauf. Die Berater, die das Spielchen inzwischen durchschaut hatten, riefen den König auf, weitere Zugeständnisse zu verweigern, und die Lage wurde immer angespannter.

Drei Wochen hatte mir der Herzog noch zugesichert. Er schien Gefallen an dem Ganzen zu finden, denn egal, wie es ausging, sein Bruder hätte definitiv bessere Konditionen als zuvor.

Ich trieb mich weiterhin gut sichtbar für alle in der Bibliothek herum. Dank Blaynes Bemerkung über mich schien auf einmal der halbe Palast seine Hoffnungen auf mich zu setzen. Es wurde nicht einmal von mir erwartet, dass ich meinen Wachdienst ableistete. Jedes Mal, wenn ich die Bibliothek betrat, fand ich dort einen neuen Stapel Bücher vor, und Paige hatte sogar begonnen, mir die Texte auf dem Trainingsplatz laut vorzulesen, damit keine Zeit vergeudet wurde.

Die Glaswand war noch immer nicht ersetzt worden, und so drang die Stimme meiner Leibwächterin gut hörbar zu mir über das Podest, während ich zauberte und kämpfte.

Bis spät in die Nacht brütete ich über den Schriftrollen

und versuchte, irgendwelche komplizierten Truppenformationen zu verstehen. Noch immer blieben zwei Wochen bis zu Nyx' Rückantwort, oder auch drei, falls sie länger als einen Tag benötigen sollte oder der Bote durch irgendetwas aufgehalten wurde. Nun, da die Kommandantin genauer wusste, was Cassius erwartete, würde sie sicherlich eine Lösung zustande bringen, die ihm auch zusagte.

Zwei Finger zogen das Pergament aus meinen Händen und warme Lippen drückten mir einen Kuss in den Nacken. Ich drehte mich nicht einmal um. Seine Hitze legte sich um mich wie eine zweite Haut, eine warme Aura aus Gewürznelken.

»Zeit, ins Bett zu gehen.«

Ich sah von meinem Papierstapel auf und fragte mich, ob Darren nicht recht hatte. Die Turmglocke hatte schon lange Mitternacht geschlagen, vermutlich bereits vor ein oder zwei Stunden.

Nur zu gern hätte ich mich ihm angeschlossen, doch mit jedem Tag, der ins Land zog, schrumpfte meine Begeisterung für meinen Plan ein wenig, und zugleich wuchs meine Angst, dass Nyx versagen würde.

»Aber ich kann auch hierbleiben.« Er grinste mich unverschämt an. »Wenn dir das lieber ist?«

»Darren ...« Jeglicher Protest war sinnlos. Der Schwarze Magier war genauso unruhig wie ich und versuchte, seine Sorgen und Zweifel in eine Richtung zu kanalisieren, wo er nicht zur Untätigkeit verdammt war. Und dabei wandte er sich an den einen Menschen, von dem er dachte, dass er ihm vertrauen könne.

»Sag mal, Ryiah«, meinte er, »hast du dich je gefragt, wie es wohl in dem Zimmer wäre, in dem alles angefangen hat?«

Ein Lächeln spielte um meine Mundwinkel. »Die Palastbibliothek ist nicht die der Akademie.«

»Eigentlich ist sie noch besser.« Seine Augen loderten, zwei glühende Kohlen in einem Meer aus endloser Schwärze. »Bei uns gibt es noch mehr Tische. Und *Stühle.*«

Stunden später fielen wir ins Bett, atemlos und erhitzt. Erst da fiel mir der neue Anhänger neben seinem Hämatitstein auf.

»Was ist das?« Meine Finger schlossen sich um den Gegenstand und ich zuckte zusammen. Schweres Messing, kein Amulett. Fast wie ein –

»Das ist ein Schlüssel.«

Ich gab mir Mühe, nicht allzu neugierig zu wirken. »Den hattest du aber vorher noch nicht.«

»Blayne.« Mit einem Stöhnen schloss Darren die Augen. »Er will, dass ich ihn immer bei mir trage … vertraut dem Gesandten nicht … glaubt, dass er die Verhandlungen absichtlich … in die Länge zieht.«

»Warum? Wofür ist der?«

Der Prinz antwortete nicht. Er war schon am Einschlafen.

»Darren?«

Einen Moment lang lag ich da und wägte meine Chancen ab. Dann schüttelte ich ihn an den Schultern, weil ich es unbedingt wissen musste. Weil ich nach jedem Strohhalm greifen musste. Weil mir irgendetwas sagte, dass dieser Schlüssel wichtig war. Warum sonst hätte Blayne ihn auf einmal in die Obhut des Schwarzen Magiers geben sollen? Das war vielleicht die Antwort, die ich brauchte.

Darren blinzelte mehrmals, ehe er mich richtig wahrnahm. »Liebes?«

»Ich habe mich gerade gefragt …« Ich biss mir auf die Unterlippe und zwang mich, den Satz zu Ende zu bringen. »Dieser Schlüssel, wofür ist der? Meinst du nicht, dass ich das wissen sollte, für den Fall, dass irgendetwas passiert?«

Darren streckte die Hand aus und nahm meine Finger, mit denen ich unbewusst auf die Bettdecke getrommelt hatte.

»Das ist der Schlüssel zum bestgehüteten Geheimnis der Krone.« Seine Mundwinkel zuckten leicht nach oben, ehe ihm die Augen wieder zufielen.

»Bestgehütetes Geheimnis?« Warum erfuhr ich erst jetzt davon?

»Eigentlich müsste es dir klar sein. Aber vielleicht warst du nicht ganz bei der Sache.« Er lächelte in sich hinein. »In Kommandantin Amas Unterricht warst du nämlich immer sehr damit beschäftigt, mich anzustarren.«

»Vielleicht habe ich mir darüber Gedanken gemacht, wie man am elegantesten einen arroganten Prinzen loswird.«

»Tja, jetzt verrate ich es dir leider nicht mehr …« Darren gähnte. »Weil du mich beleidigt hast.«

Und so schlummerte er friedlich ein, während ich mich neben ihm hin und her wälzte. *Kommandantin Ama? Die Wüste?*

Worum war es in ihrem Unterricht gleich wieder gegangen? Um Streitwagen und Sichelschwerter und darum, wie man am besten eine Verteidigungslinie durchbrach. Nicht gerade ein Buch mit sieben Siegeln für unsere Krieger.

Denk nach, Ryiah, denk nach.

Ich wusste, dass ich irgendetwas Wichtiges übersehen hatte. Darren hätte diese Bemerkung nicht gemacht, wenn er nicht der Meinung wäre, dass ich die Antwort längst kannte.

Das bestgehütete Geheimnis der Krone … Die Kommandantin des Außenpostens Ishir wusste also darüber Bescheid und natürlich auch die ursprünglichen Mitglieder des Königshauses: Lucius, Blayne und Darren.

Vielleicht will er auch gar nicht, dass ich das Geheimnis erfahre. Vielleicht stellt er sich deshalb so an.

Ich biss die Zähne zusammen. Das machte es nicht einfacher, das Rätsel zu lösen, und ich hatte Rätsel so was von satt. Cassius hatte mich schon am Wickel, und mit jedem Tag erhöhte sich der Druck, eine Lösung für das alles zu finden.

Wäre es zu viel verlangt, dass die Götter mir wenigstens *ab und zu* einen Fingerzeig gaben?

Ich stellte mir vor, wie sie sich da droben über mich kaputtlachten. *Kleines dummes Menschlein,* sagten sie vermutlich, *du hast den Schlüssel doch gesehen. Wir haben dir schon mehr Glück zuteilwerden lassen, als du verdient hast. Wenn du jetzt nicht selbst die Puzzleteile zusammenfügen kannst, dann können wir dir auch nicht helfen.*

Diese bösen, allmächtigen Tyrannen, die zu viel Zeit hatten.

Ich beschwichtigte mich damit, dass ich die Antwort bestimmt am nächsten Morgen finden würde.

Doch so war es nicht.

»Paige …« Ich hielt bei meiner spätnachmittäglichen Übungseinheit inne und sah zu meiner Leibwächterin hinüber. Obwohl sie heute ihren freien Tag hatte, verbrachte sie ihn lieber nach meiner Schicht in der Bibliothek mit mir auf den Trainingsplätzen, statt sich einen schönen Tag in Devon zu machen und um das neue Kettenhemd zu feilschen, um das sie schon seit Wochen herumscharwenzelte. Anscheinend hatte sie diese Anschaffung vorerst hintangestellt – momentan wollte sowieso niemand gern in die Stadt.

»Ja?«

»Habt ihr als Knappen eigentlich genauso wie wir Magier-Lehrlinge einen Teil eurer Ausbildung bei verschiedenen Regimentern verbracht?«

»Die schönsten Jahre meines Lebens.« Ihre Antwort fiel wenig enthusiastisch aus, was jedoch vermutlich daran lag, dass sie zu sehr damit beschäftigt war, eine große Hantel zu stemmen.

Voller Neid sah ich zu, wie ihre Muskeln sich anspannten, und war erneut von ihren definierten, kräftigen Armen beeindruckt, mit denen sie den meisten Männern Paroli bieten konnte.

»Warst du auch in Ishir?«

»Ja.« Sie setzte ihre Gewichte ab und dehnte sich ausführlich. »Warum?«

»Kommandantin Amas Lieblingsthema war doch strategische Kriegsführung … Ich überlege gerade, ob in ihrem Unterricht von irgendetwas Wichtigem die Rede war, das uns jetzt vielleicht weiterhelfen würde.«

Paige sah mich mit zusammengekniffenen Augen an und wechselte das Gewicht in die andere Hand. »Es ist wegen dem Herzog, oder? Ihr hofft noch immer auf ein Wunder beziehungsweise versucht, Euch irgendetwas einfallen zu lassen, wie man ihn dazu bringen könnte, doch wieder an unserer Seite zu kämpfen.«

Es war kein Schaden, sie in dem Glauben zu lassen, dass ich mir wegen Cassius Gedanken machte – wenn auch nicht aus demselben Grund wie alle anderen. Ich nickte.

»Na ja, es ging vor allem um die Wüste.« Sie schnitt eine Grimasse. »Wobei ich nie verstanden habe, was an Sand und Sand und noch mal Sand so toll sein soll.«

»Und warum ist das so wichtig?«

»Alle, die in diesem Regiment dienen, haben einen Schatten.«

»Sehr hilfreich.«

Sie grinste. »Immer wieder gern.«

»Sonst noch was?«

»Diese Wüste bietet den besten Schutz vor Angriffen, den Jerar sich wünschen kann. Eigentlich eine Schande, dass wir im Norden nicht auch was Vergleichbares haben.«

»Äh … wieso?« Mein gesunder Menschenverstand ließ mich im Stich. »Ferren's Keep ist doch unser größtes Stadtregiment.«

»Ihr vergesst das Rote Tor. Jeder, der die Hauptstadt

von Süden aus angreifen will, muss über diesen schmalen Pass.« Paige kniete sich auf den Boden und fing mit ihrer nächsten Übung an. »Wenn wir im Norden auch so einen Schutzwall mit nur *einem* Durchgang hätten, würden wir die Pythier gar nicht brauchen, um den Krieg zu gewinnen … Wir würden unsere Armee einfach schön in Reih und Glied dort in Position bringen und seelenruhig darauf warten, dass der Feind kommt, und zwar hübsch einer nach dem anderen.«

Die nördliche Grenze bestand aus einem ausgedehnten Waldgebiet. Diese Strategie konnte man dort also nicht fahren … doch die Rote Wüste war nach Norden hin von einem fast senkrecht aufragenden Gebirgskamm begrenzt, der eine natürliche Barriere bildete. Das Rote Tor stellte die einzige Passage dar.

Und plötzlich ergaben Paiges Worte Sinn.

Sie hatte mir zwar nicht die Antwort auf meine ursprüngliche Frage gegeben, aber dafür etwas viel Besseres.

Cassius verlangte, dass ich ihm eine Möglichkeit präsentierte, wie man sich die Kronarmee vom Leib halten konnte.

Was, wenn seine Schiffe einen Scheinangriff auf einen der Häfen am Rande der Wüste inszenierten?

Was, wenn Blayne seine halbe Armee aussandte, um Jerars kostbarstes Handelsgut zu verteidigen? Schließlich war Salz der Grundpfeiler unseres Wohlstands, wie man mir in meinem Jahr in der Wüste beigebracht hatte.

Und dann würden die Rebellen und die caltoth'schen Streitkräfte die Hauptstadt angreifen und ein paar Einheiten abstellen, um das Rote Tor zu verbarrikadieren. Die

Armee der Krone war zwar größer, doch durch die Blockade des Passes hätten wir die Oberhand.

Wir hätten genug Zeit, um einen Pythier zu inthronisieren, und ich könnte mir etwas ausdenken, womit ich Darren ablenkte, während die anderen Blayne gefangen nahmen. Niemals würde der Schwarze Magier auf die Idee kommen, dass seine eigene Frau in den Betrug verstrickt war. Das Blutvergießen würde sich in Grenzen halten, und wir hätten den Krieg gewonnen, ehe er richtig losgegangen war.

Das war die Lösung des Rätsels!

»Du hast recht, Paige.« Ich sah sie an und gab mir alle Mühe, meinen Enthusiasmus zu verbergen. »Wirklich ein Jammer, dass wir so was nicht auch im Norden haben.« Ich begann, meine Sachen zusammenzusuchen.

»Ihr hört auf? Jetzt schon?« Paige hob eine Augenbraue. »Sonst trainiert Ihr doch immer drei Stunden. Und jetzt ist gerade mal *eine* um.«

»Ich will in die Bibliothek und schauen, ob ich mehr Informationen auftreiben kann.« In Wahrheit musste ich schleunigst zu Cassius. Jetzt gleich, während alle anderen beschäftigt waren. Es war schon fast Abendessenszeit und davor machte der Gesandte mit schöner Regelmäßigkeit einen Spaziergang im Park. Das war die beste Zeit, um sich zu treffen, denn im Palast hatten selbst die Wände Ohren, und wenn ich mich beeilte, konnte ich ihn noch abpassen, ehe er in seine Gemächer zurückkehrte.

»Wir haben viel zu viel Zeit damit verschwendet, den Pythiern Zugeständnisse zu machen.« Paige sah wütend aus. »Ich traue diesem Cassius nicht über den Weg. Wenn

Ihr mich fragt, sollten wir einfach ohne sie in den Krieg ziehen, denn es kann durchaus passieren, dass sie noch mal eine Kehrtwendung hinlegen und noch etwas ganz anderes fordern.«

Wie recht sie doch hatte.

Ich fing Cassius gerade noch rechtzeitig hinter den Stallungen ab und versuchte, nicht daran zu denken, wie ich damals Derrick hier zur Rede gestellt hatte. Ach, wenn mich mein kleiner Bruder doch nur jetzt hätte sehen können! Wenn er sehen könnte, dass ich mich seiner Sache angeschlossen hatte.

Der Herzog zog eine Augenbraue hoch. »Mit einem so baldigen Wiedersehen hatte ich gar nicht gerechnet.«

»Ich habe die Lösung für unser Problem.«

»Da bin ich aber gespannt.« Er verschränkte die Arme. »Na, dann hoffen wir mal, dass Ihr mich diesmal zufriedenstellen könnt.«

»Das Rote Tor. Es ist der einzige Zu- und Ausgang der Roten Wüste im Süden unseres Landes. Wenn Eure Schiffe mit genug Leuten die Häfen dort unten angreifen, wird Blayne die Kronarmee zur Unterstützung abkommandieren. Und wenn sie erst mal durch das Tor ist, können wir der Armee den Rückweg abschneiden. Das Gebirge dort ist ganz anders als das im Norden. Die Steilhänge sind unpassierbar –«

»Eine interessante Theorie, aber Ihr habt da eine Kleinigkeit übersehen, oder sollte ich lieber sagen, eine der bedeutendsten geografischen Besonderheiten Eures Lands?«

»Was denn?« Mir wurde heiß und mein Puls ging

schneller. »Was passt Euch an diesem Plan nun wieder nicht? Lasst mich doch erst einmal ausreden.«

»Die Roten Tunnel, meine Liebe. Oder ist Euch etwa entfallen, dass sich zahllose Tunnel am Fuße der berüchtigten Gebirgskette verbergen, die nur Euer König und ein paar Eingeweihte kennen?«

»Ich …« Wie konnte ich nur so dumm sein? Deswegen hießen sie ja auch so. Die Rote Wüste. Das Rote Tor. Die Roten Tunnel. »Das habe ich … nicht bedacht.«

»Tja, ein Pythier vergisst eben nicht den größten Trumpf im Ärmel seines Feindes. Der Vater Eures jungen Königs hat dafür gesorgt, dass jeder von ihrer Existenz weiß. Für den Fall, dass wir jemals in Betracht ziehen sollten, im Süden seines Landes einzufallen.«

Den Rest seiner Ausführungen bekam ich kaum noch mit, weil die Verzweiflung mit aller Wucht über mich hereinbrach, mich niederschmetterte und mit jeder Sekunde noch übermächtiger wurde. Ich hatte gedacht, diesmal wäre es anders. Als wir uns zuletzt gesprochen hatten, war ich so außer mir gewesen vor Wut, dass ich eine Glaswand in Trümmer gelegt hatte, die eigentlich als unzerbrechlich galt. Schließlich war der Innentrainingsplatz mit den besten Elixieren gesichert, die die Alchemisten auf Lager hatten.

Dann hatte ich versucht, Darren zu überreden, mit mir durchzubrennen und alles hinter uns zu lassen.

»… natürlich hatten unsere Händler schon davon gehört, lange bevor Lucius es überall herumposaunt hat. Tolles Geheimnis, wo wir doch in allen Häfen Spione haben …«

Was sollte ich tun, wenn Nyx keine Lösung fand? Wenn –

»Noch drei Wochen.« Cassius legte mir seine fleischige Hand auf die Schulter. »Ich würde Euch gern helfen, wirklich, aber mir sind die Hände gebunden.«

»Wir könnten trotzdem gewinnen. Darren ist der wichtigste Beschützer des Königs, aber auf *dem* Auge ist er blind. Wir könnten –«

»Was habe ich Euch übers Betteln gesagt, Ryiah?« Mit einem scharfen Blick ließ der Herzog mich los. »Die Unterhaltung ist hiermit beendet.«

»Wartet!«

Er drehte sich um und musterte mich von Kopf bis Fuß. »Was?«

Sag was. Irgendwas. »Darren hat einen Schlüssel.« Ich holte tief Luft. »Der ist neu. Sein Bruder hat ihn gebeten, ihn an sich zu nehmen, weil er Euch das mit den immer neuen Forderungen nicht mehr abnimmt. Blayne wird langsam misstrauisch.«

»Aha. Aber das bringt uns auch nicht weiter.«

»Darren meinte, es wäre der Schlüssel zum bestgehüteten Geheimnis der Krone.«

»Und was für ein Geheimnis soll das sein?« Der Herzog sah mich noch immer unverwandt an. Unbeeindruckt. »Wie soll uns das weiterhelfen?«

»Ich …« Ich hatte keine –

Geheimnis. Geheimnis. Best. Gehütetes. Geheimnis.

Plötzlich ging mir ein Licht auf. All die Unterrichtsstunden bei Kommandantin Ama. Die Wüste. Alles mit »rot«. Das Absurde daran war, dass der Herzog mir die

Lösung des Rätsels höchstpersönlich auf dem Präsentierteller serviert hatte.

Als Lehrlinge hatten wir den ganzen Sommer in der Wüste über kein anderes Thema gehabt als diese Tunnel. Die Geheimniskrämerei um ihre genaue Lage war sogar unter den Magiern zur Zielscheibe des Spotts geworden. Es kursierten sogar Gerüchte, die den plötzlichen vorzeitigen Tod des früheren Kommandanten von Ishir nur drei Jahre nach Amtsantritt damit in Verbindung brachten.

Keiner weiß, wo sie sich befinden. Weder die Barone und Lords, noch das Regiment. Nur der aktuelle Kommandant und die Krone.

Natürlich hatte Darren gedacht, mir wäre klar, wozu der Schlüssel diente, weil es auf der Hand lag – bei den Göttern, sogar Cassius hatte das Geheimnis laut ausgesprochen.

Geheimnis.

Das bestgehütete Geheimnis der Krone.

»Der Schlüssel führt zu einer Karte mit den Roten Tunneln, dem bestgehüteten Geheimnis der Krone.«

Der Gesichtsausdruck des Herzogs änderte sich schlagartig. »Warum habt Ihr –«

»Bis eben war es mir selbst nicht klar.« Mein Herz raste so sehr, dass ich Angst hatte, es würde jeden Moment zerspringen. »Aber bei unserem Gespräch, da … i-ich bin mir sicher! Die Kommandantin des Wüstenregiments hat immer betont, dass nur sie und die Krone wissen, wo die Tunnel sich befinden. Die Leute, die sie dereinst gegraben haben, sind längst tot, und die Kommandantin lässt Späher patrouillieren, um sicherzustellen, dass sich niemand dort unbefugt herumtreibt und ihre genaue Lage auskundschaftet.«

»Die Späher wissen aber sicherlich Bescheid?«

»Nein, sie kontrollieren lediglich ein bestimmtes Gebiet, auf dem sich die Tunnel irgendwo befinden müssen. Ihre genaue Position darf nur im Kriegsfall verraten werden. Wenn wir also im Voraus wüssten –«

»Könnten wir dort Truppen postieren wie beim Roten Tor.«

»Und die Kronarmee damit völlig überrumpeln.«

»Die Passagen sind sehr eng. Wir würden nicht viele Leute benötigen, um sie abzuriegeln. Wir müssten nur in Erfahrung bringen, wo sie sind.«

»Mhm.« Cassius fuhr sich mit der Hand über den gelblichen Bart. »Sieht ganz so aus, als hättet Ihr tatsächlich eine akzeptable Lösung für unser Problem gefunden … fehlt uns nur noch die Karte.«

»Ich habe drei Wochen.« Nichts und niemand könnte mich jetzt noch aufhalten. Wir hatten einen Plan. Darren hatte den Schlüssel. Wir hatten Zeit. »Ich werde Euch diese Karte besorgen.«

»Wisst Ihr, wo Ihr danach suchen müsst?«

Nein, aber ich wusste, an wen ich mich halten musste.

»Das bestgehütete Geheimnis der Krone«, spottete ich, als der Prinz und ich später an diesem Abend in unser Schlafgemach zurückkehrten. »Wohl eher das offenste Geheimnis der Welt. Eine Karte der Roten Tunnel, was?«

Darren grinste wölfisch. »Und trotzdem hast du einen ganzen Tag gebraucht.«

»Na ja, ich gehöre ja jetzt der Krone an …« Ich zupfte am Ärmel meines Unterkleids und gab mir Mühe, meine nächste Frage so zu formulieren, dass sie beiläufig klang. »Sollte ich da nicht das Privileg haben zu wissen, wo sie sich befindet? Also für den Fall, dass was passiert?«

»Was?« Ein Grinsen stahl sich auf seine Lippen. »So wenig Vertrauen in die Fähigkeiten deines Mannes?«

»Du bist auch nicht unfehlbar«, meinte ich leichthin. »Sogar der Schwarze Magier stößt irgendwann an seine Grenzen.«

Darren lehnte sich an die Wand und ließ den Blick langsam über mich wandern. »Meinst du, Liebes?«

Ich wurde feuerrot. *Das* hatte ich nicht gemeint.

»Oder soll ich dir beweisen …« Er griff mit der Hand um meine Hüften und drängte mich zurück. »… wer von uns beiden mehr *Potenzial* hat?«

Das letzte Wort gab mir den Rest.

War es plötzlich Sommer geworden oder lag das nur an mir? »Wenn ich gewinne …« Ich schluckte und versuchte mich daran zu erinnern, wie man überhaupt atmete. Wie kam es, dass Darren jedes Mal diese Wirkung auf mich hatte? Noch immer, sogar nach all den Jahren? »… sagst du mir, wo die Karte steckt.«

»Hast du vor, die Seiten zu wechseln?«

Wenn du wüsstest. »Durchschaut.« Ich schenkte ihm ein verführerisches Lächeln. »Ich will pythische Königin werden.«

Um seinen Mund zuckte es. »Ein Jammer, dass König Joren schon siebzig ist.«

»Was sind schon ein paar Jahre Altersunterschied angesichts seines unermesslichen Reichtums?«

»Hätte ich geahnt, dass du so scharf auf Krongeheimnisse bist, hätte ich sie dir schon längst freiwillig geflüstert.«

»Ach?«

Seine granatroten Augen glühten. »Dennoch ist es eine Schande, dass du verlieren wirst.«

»Das werden wir ja s-sehen«, stieß ich atemlos hervor, weil Darren mich gegen die Tür drückte und mein Verstand aussetzte, wenn er seine Hände auf diese Weise benutzte.

»Und wenn *ich* gewinne?« Er grinste mich unverschämt an. »Was kriege ich dann?«

Durch meine Wimpern sah ich ihn von unten herauf an und versuchte, mich daran zu erinnern, warum es so wichtig war, ihn zu besiegen, aber mein Gehirn war auf einmal wie leer gefegt. »Ich bin mir ziemlich sicher, dass dir was einfällt.«

Darren lächelte. »Ja, da bin ich mir sogar sehr sicher.«

Ich gewann. Zum ersten Mal überhaupt hatte ich den Prinzen in irgendetwas geschlagen.

Um fair zu sein, muss ich dazu sagen, dass er bei einer bewusst langsamen Massage eingedöst war, aber ich fand, das zählte trotzdem.

»Du hast geschummelt.«

»Wenn es dir nicht gefallen hätte, wärst du nicht eingeschlafen.«

Darren sah mich finster an. »Das werde ich mir merken, wenn wir das nächste Mal um etwas wetten.«

»Dein Einsatz bitte?«

»Du bist echt ein harter Brocken.« Mit einem Stöhnen stützte er sich auf die Unterarme. »Na schön, dann geh und heirate deinen pythischen König. Die Karte befindet sich hinter dem Wandbehang im Thronsaal.«

Ich atmete auf. *Ein Glück, dass er nicht gesagt hat, sie sei in den Privatgemächern seines Bruders.* Es hätte den Göttern ähnlich gesehen, die Karte an dem einen Ort zu platzieren, der für mich absolut unerreichbar war.

Darren verwechselte mein Schweigen fälschlicherweise mit Besorgnis. »Das ist das perfekte Versteck, Liebes. Alle würden zuerst in den königlichen Gemächern oder der Ratskammer suchen.«

Ha, dachte ich und rang mir ein schwaches Lächeln ab.

»Aber auf den Thronsaal kommt keiner. Brillant, oder? Da sind oft Hunderte von Leuten drin und niemand ahnt etwas.« Der Prinz schmunzelte. »Und nur die Krone hat unbeaufsichtigt Zutritt.«

Ich wartete, bis er wieder eingeschlummert war. Lange dauerte es nicht, denn wir waren beide so erschöpft, dass auch ich nur mit Mühe die Augen offen halten konnte. Dann hakte ich behutsam, *sehr* behutsam in Darrens Nacken den Verschluss der Kette auf.

Einen Augenblick saß ich einfach nur so da und lauschte dem Holpern meines Herzens. Vier Monate lang hatte ich Pläne geschmiedet und fieberhaft gesucht und war vor Angst zu versagen wie paralysiert gewesen, und jetzt hatte ich endlich die Lösung.

Der Schlüssel lag in meiner Hand.

Der ganze Palast schlief tief und fest … na ja, bis auf

die Wachen. Aber die Einzige, wegen der ich mir wirklich Sorgen machte, war damit beschäftigt, die Gemächer des Gesandten zu bewachen. Mira konnte mich nicht leiden, aber dem Herzog misstraute sie noch viel mehr.

Es gab also keinen Grund zu warten.

Zeit, die Dinge in die Hand zu nehmen.

»Euer Hoheit, zu so früher Stunde schon auf den Beinen?«

Ich gab den beiden Wachleuten die gleiche Antwort wie auch den anderen zuvor. Es war schon erstaunlich, wie wenig sie die Worte einer Kronprinzessin hinterfragten.

»Der Prinz hat …« Ich zog meinen Umhang enger um mich und tat, als wäre es mir etwas unangenehm. Meine Haare hatte ich absichtlich zerzaust gelassen und ich gab mir Mühe zu erröten. »Äh, er hat noch ein bisschen Hunger bekommen, und ich habe gehofft, in der Küche irgendetwas Essbares auftreiben zu können.«

»Ahhh.« Sie stießen sich mit dem Ellbogen an und grinsten. »Jung müsste man noch mal sein, was?«

Während ich schon weiterging, hingen sie ihren Erinnerungen nach und bekamen gar nicht mit, dass ich statt in den Ostflügel auf den Flur Richtung Westen abbog.

Einer der beiden Männer, die dort Wache hielten, war ein Ritter, mit dem ich schon mehrmals zuvor zusammen Dienst gehabt hatte, der andere ein recht umgänglicher Magier, der den Prinzen wie einen Helden verehrte.

Ich brachte eine ziemlich schwache Ausrede vor, von wegen ich hätte im Saal etwas liegen lassen, und marschierte dann forschen Schrittes hinein. Hier stand ich also, bereit, die Krone aufs Übelste zu hintergehen, und keiner zuckte mit der Wimper.

Der Thronsaal war wunderschön. Als ich ihn durchquerte, fielen die ersten Lichtstrahlen durch die Buntglasfenster und ließen ihn in unwirklichem Licht erstrahlen. Wie gern hätte ich dem Schauspiel zugesehen, doch nun zählte jede Sekunde. In zehn Minuten würden die Turmglocken den Tagesanbruch verkünden und der Palast zum Leben erwachen.

Ich beschleunigte meine Schritte. Das einzige Geräusch im Raum waren das leise Trippeln meiner Pantoffeln und mein flacher Atem.

Bald hätten all das Pläneschmieden und die Angst ein Ende. Ich hob eine Ecke des schweren Gobelins an und versuchte, die handgewebte Krone mit ihren goldenen Zacken und schwarzen Hämatitsteinen zu ignorieren – das Insigne der Familie, an der ich Verrat beging. Darüber durfte ich mir jetzt keine Gedanken machen.

Entschlossen riss ich den Blick davon los, schob meine zweite Hand unter den Wandbehang und tastete nach einer Unebenheit in der Wand. Meine Nägel kratzten über Granit und der raue Stein scheuerte mir unangenehm an den Fingerspitzen. Doch das war mir egal. Ich arbeitete mich schneller mit den Händen voran, und als meine Finger gegen eine leicht vorspringende Ecke stießen, durchzuckte mich eine Mischung aus Aufregung und Freude.

Ich ertastete den rechteckigen Umriss eines Ziegelsteins, tauchte unter den Wandteppich und zerrte mit beiden Händen, um ihn zu lösen.

Einen Moment lang saß der Stein noch fest, dann gab

er nach einer letzten Kraftanstrengung von mir nach, und eine kleine Staubwolke stob über meine Arme und meinen Hals. Ich unterdrückte ein Hüsteln und starrte auf einen schmalen Spalt, nicht breiter als eine Faust.

In der Vertiefung steckte eine flache Schatulle mit einem Schloss. Nichts Besonderes, einfach eine kleine graue Box.

Und ich besaß den Schlüssel dazu.

Mit bebenden Fingern schloss ich sie auf. Dieser Moment war so bedeutend und prosaisch zugleich, dass es mir richtig irreal erschien, als es schließlich so weit war und eine in ein schlichtes Seidentuch gewickelte vergilbte Schriftrolle zum Vorschein kam, die an den Rändern schon ein wenig brüchig war.

Ich schnappte mir die Karte, schloss das Kästchen, schob es zurück in den Zwischenraum und dann den Ziegel hinterher. Triumphierend trat ich hinter dem Wandteppich hervor.

Siehst du, Derrick? Ich werde uns retten. Na, was sagst du jetzt?

Ich rollte die Karte auseinander und sog scharf die Luft ein. Hatte ich es doch gewusst! Eine Karte, die die Roten Berge und die daran angrenzenden Bereiche der Wüste und der zentralen Ebenen zeigte. Die Gebirgskette war von kleinen schwarzen Kreuzen übersät, die allesamt durchnummeriert und mit präzisen Abmessungen versehen waren. Das Rote Tor trug die Ziffer eins.

Die Roten Tunnel. Der Schlüssel zum Sieg.

Ich rollte das Schriftstück um den Messingschlüssel zusammen und steckte es gerade in die leere Dolchscheide an meinem Oberschenkel, als hinter mir die Türen aufflogen und mit solcher Wucht gegen die Wand knallten, dass es durch den Raum hallte wie Donner.

Ich ließ meine Röcke fallen und mir wurde eiskalt.

»Sieh an, sieh an«, schnarrte eine vertraute Stimme in ihrem nasalen Tonfall. »Wen haben wir denn da?«

Ich wirbelte herum.

Mit dem König an ihrer Seite blockierte Mira den Eingang. Hinter ihnen standen die beiden Wachen, die mich eingelassen hatten, mit einer Handvoll weiterer Leute.

»Warum sagt Ihr uns nicht, was Ihr Euch geholt habt?«

Mein Blick huschte von der Magierin zu Blayne, und ich merkte, wie meine Finger feucht wurden. Sie konnten es nicht wissen. *Unmöglich* konnten sie es wissen.

»I-ich weiß nicht, wovon Ihr sprecht.« Das Blut schoss mir in den Kopf.

»Oh, ich glaube doch.« Mit einem bösen kleinen Lachen machte die oberste Magierin von Blaynes Regiment einen Schritt auf mich zu. »Ich habe nur nicht gedacht, dass Ihr so dumm wärt, Eure Karten so früh auf den Tisch zu legen.«

»Ich habe nichts genommen!« Ich verschränkte die Arme und reckte das Kinn vor. »Ihr seid verrückt. Ihr habt mich schon immer gehasst –«

»Genau das haben alle gedacht.« Miras Augen blitzten im Licht der Morgensonne. »Alle haben geglaubt, dass ich mich irre. Ist es nicht so, Euer Majestät?«

Mein Blick zuckte zu Blayne.

»Bitte erklärt Euch, Ryiah.« Der junge König sah mich alles andere als freundlich an.

»Ich bin nur hier, weil ich nach meinem Armband suche.« Ich gab mir Mühe, verwirrt zu klingen. »Keine Ahnung, worauf sie hinauswill.«

»Um diese Uhrzeit?«, schnaubte Mira. »Sie lügt, Blayne. Ich habe es Euch doch schon immer gesagt.«

»Wenn Ihr nichts zu verbergen habt«, sagte er kühl, »dann seid Ihr gewiss mit einer Durchsuchung einverstanden.«

»Nur zu. Gern.« So empört wie möglich spie ich die Worte aus, doch mein Herz raste.

Mira trat vor, riss mir meinen Umhang vom Leib und untersuchte ihn penibel, ehe sie ihn mit einem frustrierten Kreischen auf den Boden schleuderte.

»Seht Ihr?« Meine Stimme war zittrig, während ich mein Nachthemd eng um mich zog. »Ich habe nichts. Wonach auch immer Ihr sucht.«

»Ich bin noch nicht fertig.« Die Magierin packte mich am Handgelenk und rief zwei Wachen herbei, die ordentlich zupackten.

»Das ziemt sich nicht!« Ich versuchte mich ihrem Griff zu entwinden. »Das könnt Ihr nicht machen!«

Einen Moment lang war es mucksmäuschenstill. Dann: »Durchsucht sie.«

Die Frau kam drohend einen weiteren Schritt auf mich zu und die Wachen hielten mich noch fester.

»Lasst mich los!« Meine Magie brodelte hoch wie eine überschäumende Fontäne, die darum rang, *kämpfte,* sich zu befreien. »Lasst. Mich. Los!«

»Finger weg von meiner Frau!«

Darren. Mir stockte der Atem, als er sich an den Wachen

vorbeidrängte und vor seinem Bruder aufbaute. »Was soll das?«

»Ich habe dich rufen lassen, weil sich hier etwas abspielt, das du sehen solltest. Etwas, das mit deiner Frau zu tun hat.«

Darren lachte. Er warf den Kopf in den Nacken und lachte so laut, dass es durch den Saal schallte, als würde ein halber Chor mit ihm lachen. »Nicht schon wieder die alte Leier.«

»Ich wollte es auch nicht glauben.«

»Weil es nicht stimmt!« Ich wand mich im Griff der beiden Männer. »Sie lügt!«

Darren fixierte meine Wachen und seine Hände ballten sich zu Fäusten. »Ihr habt zwei Sekunden, von meiner Frau abzulassen«, knurrte er, »sonst schlitze ich euch die Kehle auf.«

Ich wurde losgelassen und rang zittrig nach Luft. *Atmen. Ruhig bleiben. Noch kannst du den Kopf aus der Schlinge ziehen.*

Mit großen Schritten durchmaß der Prinz den Saal und ich holte abgehackt Luft.

»Darren –«

»Ryiah.« Mit einem vehementen Kopfschütteln zog er mich in seine Arme. »Du musst mir nichts erklären.«

»Sie hatte es von Anfang an auf mich abgesehen.« Ich klammerte mich an ihn und hasste mich dafür. »Du weißt doch, wie sie ist!«

»Allerdings.« Vor kaum verhohlenem Zorn bebend, drehte Darren sich zu seinem Bruder um. »Ich habe jetzt lange genug zugesehen, Blayne. Nimm dieser Frau die

Robe ab und lass sie in den Kerker werfen. Ich bin es leid, dass sie meine Frau verleumdet.«

»Bruder –«

»Nein!« Darren erhob die Stimme. »Hast du überhaupt eine Vorstellung, was Ryiah durchgemacht hat? Wie würdest *du* dich fühlen, wenn *ich* an Derricks Stelle gewesen wäre? Miras Verhalten ist vollkommen inakzeptabel.«

»Darren.« Die kalten Augen des Königs blitzten. »Weißt du, von wem der Vorschlag kam, dir den Schlüssel zur Karte mit den Roten Tunneln zu geben?«

Ich spürte, wie Darren sich versteifte.

Nein.

»Von Mira.« Blayne schwieg kurz, während mir ein Licht aufging. »Und wo befinden wir uns?«

Darrens Herz raste genauso wie meines. Dann geriet es ins Stocken.

»Ich gehe mal nicht davon aus, dass du ihr von der Karte erzählt hast?«

»Du hast mir den Schlüssel gegeben«, Darrens Stimme klang belegt, »um Ryiah auf die Probe zu stellen.«

Und ich habe es für einen Fingerzeig der Götter gehalten. Was war ich doch naiv.

»Eure Frau schnüffelt seit Monaten im Palast herum«, näselte Mira. »Keiner hat mir das abgenommen. Aber dann ist Euch der Rebell entwischt und der pythische Gesandte schindet Zeit ...« Ihre Augen glänzten. »Und das alles *rein zufällig* zur selben Zeit. Auch wenn der liebende Ehemann die Zusammenhänge natürlich nicht sehen will.«

»Sogar *du* hast zugegeben, dass da irgendwas faul ist.«

Blayne fixierte seinen Bruder. »Ich wollte Mira auch nicht glauben, aber mir blieb keine andere Wahl.«

Der Prinz hielt mich so fest, dass es fast wehtat. »Ryiah würde uns niemals hintergehen.«

»Es gab nie einen Schlüssel zu der Karte, Bruder.« Der König schüttelte den Kopf. »Das ist noch nicht mal die echte Karte. Die befindet sich in meinen Gemächern.«

Es war eine Falle. Alles nur eine Falle.

»Durchsucht sie.« Blaynes Befehl war barsch. »Bringt zu Ende, was Mira begonnen hat, und sollte Ryiah tatsächlich unschuldig sein, werde ich Mira persönlich enthaupten.«

Die oberste Magierin keuchte entrüstet auf, während ich nur wie benommen dastand und das Gefühl hatte, mich von außen zu betrachten, von weit weg dieser grauenhaften Szene zuzusehen, in dem Wissen, dass ich verloren war.

Darren rührte sich nicht.

»Was meinst *du* denn, Darren, warum Joren erst vierzig Schiffe schickt, und nachdem ihr zwei in Langli eingetroffen seid, will er auf einmal nachverhandeln?« Blaynes Tonfall war scharf.

Es folgte Stille und ich hielt den Atem an. Ich konnte weder fliehen noch meine Magie zum Einsatz bringen. Zum einen würde ich gegen so viele Leute kaum ankommen, zum anderen brachte ich das vor Darrens Augen nicht übers Herz. Natürlich hätte ich es wenigstens versuchen sollen, aber ich war wie gelähmt.

»Ich habe ihm so ziemlich *alles* angeboten. Weitaus mehr, als unser Vater ihm jemals zugestanden hätte.«

Der Blick des Königs ruhte auf mir. »Joren muss von den Rebellen eine bessere Offerte erhalten haben. Das Einzige, was ich ihm niemals geben könnte. Nämlich meinen Thron.«

Ich spürte, wie sich Darrens Schultern verkrampften, als ihm unsere Unterhaltung wieder in den Sinn kam. Wie wir über Pythus gewitzelt hatten. Über mich als *pythische Königin*. Es waren harmlose Scherze gewesen, aber jetzt … Sein Puls ging unregelmäßig. Als hätte er sich an mir verbrannt, ließ er mich los und wich einen Schritt zurück. In seinem Gesicht ging eine Veränderung vor sich.

»Sag mir, dass das nicht stimmt, Ryiah.«

Also log ich. Ich sah der Liebe meines Lebens in die Augen und log.

Zögernd kam er wieder einen Schritt näher und dann noch einen. Er streckte die Hand nach mir aus und ich nahm sie. Sein Adamsapfel ging auf und ab.

»Ich glaube dir.«

»Bruder!« Blaynes Brüllen erschütterte das Zimmer. »Was soll das? Durchsuch sie!«

»Nicht nötig.« Darren drückte mir seine Lippen auf die Stirn und ich entspannte mich ein wenig. Er hatte sich auf *meine* Seite gestellt. Es war vorbei. Mira hatte das Nachsehen. Ich konnte wieder atmen. Ich konnte wieder denken. Ich konnte –

Plötzlich griff Darren mit der anderen Hand unter meinen Rock und tastete nach der Dolchscheide an meinem Oberschenkel.

Ich versuchte, sein Handgelenk festzuhalten, doch da

hatte er bereits die Schriftrolle und den Schlüssel, der von seinem seidenen Band baumelte, gefunden.

»Immer gut vorbereitet, Liebes?«

Darren blickte mir in die Augen, und was ich da sah, zerriss mir das Herz.

Ich sah uns. Und unseren Untergang.

»Das Problem«, sagte der Schwarze Magier bitter, »ist, dass ich mir selbst nicht traue.«

ELF

Ich hatte zugesehen, wie mein kleiner Bruder im Kerker litt. Dahinsiechte. Da war es vermutlich nur folgerichtig, dass es mir am Ende genauso erging.

Hätte ich ihm damals schon geglaubt, hätte es für Derrick womöglich noch Rettung gegeben.

Für ihn.

Vielleicht sogar für uns alle.

»Es bereitet mir geradezu körperliche Qualen, dich in dieser Zelle dahinvegetieren zu sehen.«

»So?« Ich blickte unverwandt durch die Gitterstäbe.

Blayne musterte mich gerunzelter Stirn. Er wollte wissen, warum ich die Krone verraten hatte.

Und ich wollte wissen, warum er sein eigenes Volk verriet.

»Ryiah«, meinte er kurz angebunden. »Dir ist schon klar, dass es dir in Anbetracht der Lage noch vergleichsweise gut geht, oder?«

Ich erwiderte nichts darauf. Wir wussten beide, dass ich das einzig und allein Darren zu verdanken hatte. Blayne selbst war ich ein Dorn im Auge, der Makel, der seine ansonsten perfekten Pläne verunzierte, und natürlich wollte er in Erfahrung bringen, wie viel ich wusste.

»Du hattest mehr Macht als jede andere Frau in diesem Land.«

Stille.

»Ist es das?« Er trat einen Schritt näher. »Du wolltest noch mehr? Hat König Joren dir versprochen, dich zur pythischen Königin zu machen? Oder war es etwas anderes?«

Ich atmete flach. Es stank nicht mehr ganz so extrem nach Urin und Blut wie zuletzt. Aber andererseits war auch kein Gefangener im Verlies gewesen, seit Derrick gestorben war.

Er war nicht einfach nur *gestorben*.

Er war *ermordet* worden.

Der Gestank war vielleicht nicht mehr ganz so präsent, doch die Tat sehr wohl.

Ich hob den Kopf und sah dem Tyrannen in die Augen. »Ihr wollt eine Antwort?« Ich spie ihm die Worte ins Gesicht. »Gebt ihn mir zurück.«

Blaynes Gesicht verzog sich zu einem Grinsen. »*Deinen* kleinen Bruder oder meinen?«

Meine Finger krallten sich in den rauen Stein, was Blayne nicht entging. Er wusste genau, dass er nur deshalb nicht tot war, weil hinter ihm eine ganze Armada von Kampfmagiern stand. Mit Mira an der Spitze.

Darren hatte zugesehen, wie sie mich abgeführt hatten. Nicht *eine* Sekunde hatte ich gehabt, um es ihm zu erklären, ehe die Wachen mich gepackt, zu Boden geworfen und an Händen und Beinen gefesselt hatten. Nach Atem ringend hatte ich versucht, ihm etwas zuzurufen, doch da zerrten sie mich schon weg.

Zur Wehr gesetzt hatte ich mich nicht. Hätte ich zwar sollen, auch wenn es vergeblich gewesen wäre, aber ich konnte nicht. Nicht, ehe ich nicht die Gelegenheit gehabt hatte, ihm meine Sicht der Dinge zu schildern.

»Weißt du«, sagte Blayne, »du hast meinem kleinen Bruder das Herz gebrochen.«

Das hatte ich gesehen. In dem Moment, als Darren die Karte entdeckt hatte. Ich hatte den verzweifelten Jungen an der Felskante im Stich gelassen oder ihm vielmehr den finalen Stoß versetzt.

»Es würde unser beider Intelligenz beleidigen, so zu tun, als wüssten wir nicht Bescheid.« Blayne räusperte sich erwartungsvoll. »Du gehörst den Rebellen an.«

Ich machte mir nicht die Mühe, es zu leugnen. Wieso auch? »Eine Kampfmagierin niederer Herkunft, der die Macht zu Kopf gestiegen ist und die den Tod ihres kleinen Bruders rächen will.« Sein Tonfall war trocken. »Ich wundere mich über mich selbst, dass ich das nicht früher durchschaut habe.«

Schweigen.

»Das Problem«, sagte er, »ist, dass du meinen Bruder liebst. Was immer er auch behaupten mag, ich glaube nicht, dass Pythus dir eine Krone versprochen hat, weil du sie meiner Meinung nach gar nicht annehmen würdest.«

Ich versteifte mich.

»Würde ich meinen Bruder nicht so gut kennen, könnte ich glatt denken, dass du versucht hast, ihn auf den Thron zu hieven.« Blaynes schallendes Gelächter tat mir in den

Ohren weh. »Doch seinem Blick im Thronsaal nach zu urteilen, bezweifle ich stark, dass das der Fall ist.«

Einen Moment lang schwieg er nachdenklich. »Also warum dann, Ryiah? Was hat dich dazu gebracht, den Mann zu hintergehen, den du liebst? Aus Rache, oder steckt da etwas anderes dahinter?«

Ich starrte den König nur an.

»Er ist dir immer noch nicht egal.« Sein Schnauben klang ungläubig. »Deshalb willst du auch, dass er herkommt. Um ihm deine Beweggründe zu erklären.« Er machte eine Pause. »Wenn du mir eine Antwort gibst, die mich zufriedenstellt, hole ich Darren wieder herein.«

»Fünf Minuten. Mit ihm allein.«

Der König lächelte, und ich schlang mir die Arme um den Oberkörper und versuchte, das plötzliche Frösteln zu ignorieren, das mich erfasste.

»Ryiah, Ryiah.« Blayne sagte meinen Namen mit einem Seufzen. »Du verrätst mir, warum du das getan hast, du sagst mir, wer die anderen sind, du legst jeden noch so kleinen, albernen Plan vor mir offen … und dann lasse ich dich *vielleicht* am Leben.«

»Dann müsst Ihr mich wohl umbringen.« Ich pokerte hoch, aber wenn Blayne sich noch an meinen Bruder erinnern konnte – und das tat er ganz sicher –, wusste er, dass Derrick nichts preisgegeben hatte. Er war bereit gewesen, für seine Überzeugung zu sterben, ja, er hatte es sogar mit einkalkuliert.

Blaynes Augen blitzten in der Dunkelheit. Obwohl es im Verlies kein natürliches Licht, sondern lediglich ein paar rostige Wandleuchter gab, von denen Wachs tropfte, konnte ich sehen, wie sein Hals immer röter wurde, während er die Fäuste ballte.

Wieder war es einen Moment lang still. Dann stieß Blayne hervor: »Mira! Holt meinen Bruder!«

»Aber –«

»Sagt ihm, dass das ein Befehl ist!«

Stiefel klapperten über den Boden und eine Tür fiel lautstark ins Schloss.

Der König wandte sich wieder an mich. »Ich weiß genau, was du vorhast.«

Ich hielt den Atem an.

»Dein kleiner Bruder hat bei meinen Leuten genau dieselbe Masche versucht. Dachte wohl, er könne sie irgendwie auf die Seite der Rebellen ziehen, aber sieh dich um.« Der König wies mit dem Daumen über seine Schulter, und mein Blick wanderte unweigerlich zu den Magiern, die hinter ihm standen. »Sie sind keine Narren – genauso wenig wie Darren. Solltest du irgendetwas in der Richtung versuchen, tja, dann …« Ein grausames Lächeln umspielte seine Lippen. »Dann tut er mir vielleicht den Gefallen und tötet dich. Bei deinem Bruder hat er das natürlich nicht getan, aber für dich macht er möglicherweise eine Ausnahme. *Ich* würde das an seiner Stelle definitiv.«

Lass dich nicht von ihm verrückt machen.«

Die nächsten zehn Minuten waren die längsten meines Lebens.

Als draußen auf dem Gang schließlich wütende Stimmen laut wurden, richtete ich mich hastig auf.

Mit einem grässlichen Quietschen glitten zwei Riegel zurück, dann schwang die Tür auf und brachte eine strahlende Mira, die zwei Wachen vor der Kerkerpforte und Darren zum Vorschein.

Ohne mich auch nur eines Blickes zu würdigen, marschierte der Prinz geradewegs zu seinem Bruder.

»Ich mache das nicht.« Seine Stimme war tonlos. »Damit überspannst du den Bogen.«

»Bruder«, sagte der König barsch. »Hier geht es nicht um dein verletztes kleines Herz. Du musst nicht mal mit ihr reden, wenn du nicht willst, sondern nur ein bisschen hier rumstehen und gut aussehen, damit sie kooperiert.«

Ich zitterte am ganzen Leib, als Darrens Blick mich streifte – gleichgültig und kalt.

»Sie wird uns alles sagen«, meinte der König.

»Wird sie das?« Darrens Erwiderung klang, als hätte er den Mund voller Glassplitter. Er sprach mit seinem Bruder, doch er sah *mich* an.

Ich sagte mir, dass mir das alles nichts anhaben konnte, doch seine Blicke brannten mir Löcher ins Herz.

Der Prinz machte ein paar Schritte auf meine Zelle zu. Nur wenige Meter von mir entfernt blieb er stehen. »Die Verräterin will uns also einen Grund geben, sie nicht an den Dachsparren aufzuknüpfen wie ihren Bruder?«

Die Verräterin.

Seine Worte trafen mich wie ein Peitschenhieb. Das hatte ich nicht erwartet. Nicht von ihm. Nicht so schnell. Und vor allem nicht, ehe ich die Chance gehabt hatte, ihm alles zu erklären. Ich spürte, wie mein Widerstand bröckelte, und zum ersten Mal wurde mir klar, dass es durchaus möglich war, dass er mir nicht glauben würde – niemals.

Ich hatte gewusst, dass das passieren konnte, doch bis

zu diesem Moment hatte ich mich an die Hoffnung geklammert, dass es nicht hart auf hart kommen würde.

Doch dann kochte Wut in mir hoch und ich hob trotzig den Kopf.

»Dein Bruder ist nicht der, für den du ihn hältst!« Ich packte die Gitterstäbe, um ihm so nahe wie möglich zu sein, doch Darren war bereits einen Schritt zurückgewichen und schüttelte den Kopf, während der König in ein kehliges Gelächter ausbrach. »Blayne belügt uns alle von vorne bis hinten!«

»Oh, Ryiah.« Der König grinste geziert. »Du machst es uns wirklich leicht.«

»Darren, sieh mich an!«

Mit geballten Fäusten drehte der Schwarze Magier sich zu mir um. »Mein Bruder ist nicht der, für den ich ihn halte? – Und wie sieht es da mit meiner Frau aus?«

»Hör mir doch zu!« Ich umklammerte die Stäbe so fest, dass mir das rostige Metall in die Handflächen schnitt. »Bitte hör mir einfach nur zu! Blayne und dein Vater haben den ganzen Krieg inszeniert. Sie haben absichtlich darauf hingearbeitet.« Blayne hörte auf zu lachen, und ich erhob die Stimme, weil ich wusste, was gleich käme. Bis zu diesem Moment hatte der König keine Ahnung gehabt, wie viel ich wusste. »Und das schon seit Jahren –«

Blaynes Befehl schnitt mir das Wort ab und zehn magische Druckwellen schlugen mir entgegen.

Instinktiv beschwor ich einen Schild herauf, doch er war zu schwach. Wie sollte ich mich auch gegen die besten Leute des Königs verteidigen, wenn ich in einer Zelle eingeschlossen war?

Mein Schutzschirm zerbarst, und ich wurde mit voller Wucht gegen die Wand geschleudert, dass mir Hören und Sehen verging und ich keine Luft mehr bekam. Gar keine Luft …

Und dann folgte ein Schrei und es hörte auf.

Ich sackte zusammen. Alles, was ich hören konnte, war das Blut, das mir in den Ohren rauschte, während der Schmerz in meiner Brust wütend um sich biss.

»Du hast drei Sekunden, Bruder, um dieses Ding von mir wegzunehmen.«

Mit flatternden Lidern schlug ich die Augen auf.

Darren hatte Blayne gegen die Wand am Eingang gedrückt und hielt ihm eine Klinge an den Hals, während alle Magier ihn in seinem Rücken umzingelt hatten, bereit zuzuschlagen.

Trotz der grauenhaften Schmerzen, die mich bei lebendigem Leibe verschlangen, regte sich etwas in mir, und ich stemmte mich mit zittrigen Händen vom Boden hoch und kam auf die Knie.

Darrens Waffe löste sich in Luft auf, und er stolperte zurück und starrte auf seine Hände, als würden sie nicht zu ihm gehören.

»I-ich wollte nicht …« Sein Blick huschte von seinem Bruder zu mir, und einen Augenblick lang gab sein Gesicht seine wahren Gefühle preis, den Schmerz, die Wut, die Trauer.

Dann wurde seine Miene wieder hart und er sah weg.

Der König legte ihm eine Hand auf die Schulter. »Keine Sorge«, sagte er, »ich werde sie noch nicht töten lassen.«

Darren erwiderte nichts darauf.

Nein! Ich rappelte mich hoch.

»Nun, Ryiah«, sagte der junge König, »Du hattest deine Chance, aber wie es aussieht, bist du nicht gewillt zu kooperieren –«

»Nein.« Darrens Stimme war ausdruckslos. »Wir werden ihr die Möglichkeit geben, sich zu erklären.«

Blayne biss die Zähne zusammen. »Ich dachte, wir –«

»Sie wird reden.« Der Prinz wich meinem Blick aus, aber das war mir egal. Er war bereit, mir eine Chance zu geben. Er würde mich anhören. »Lass sie ausreden.« Seine Stimme war rau. »Auch wenn es nichts als Lügen sind.«

»Sie ist eine Rebellin und eine Verräterin. Wie kannst du nur –«

»Ich habe sie geliebt!« Darrens Stimme hallte von den Kerkerwänden wider und eine andere Art von Schmerz stach mir ins Herz. Der Prinz zitterte und seine Augen waren rot gerändert. *»Sie ist meine Frau, Blayne!«*

»Nun denn.« Der König ließ seine kalten Augen auf mir ruhen, und ich konnte darin lesen, was mich erwarten würde, sobald Darren den Raum verlassen hätte. »Dann hören wir uns ihre Lügengeschichten eben an. Es macht so oder so keinen Unterschied.«

Ich versuchte noch immer, auf die Beine zu kommen, doch meine Hände glitten immer wieder an den Gitterstäben ab. Allzu große Hoffnungen hatte ich mir nicht gemacht, aber Darrens Bitte zu hören, machte es noch schlimmer. *Sag es ihm.*

»C-Caltoth war nie unser Feind.« Ich holte mühsam Atem, während der Prinz auf eine Stelle an der Wand hinter mir starrte. *Sieh mich an.* »Das war alles inszeniert,

Darren. All die Jahre. Dein Vater neidete Horrace seinen Reichtum, wusste jedoch, dass er die Unterstützung der Pythier und der Boreaner brauchte, um einen Krieg gegen Caltoth zu gewinnen.«

»Willst du damit sagen«, meinte Darren gedehnt, »dass die ganzen Angriffe auf unsere Grenze nur ein … ein großes Missverständnis waren?«

»Ja, ich meine, nein!« Ich sah seine ungläubige Miene. »Diese Männer waren caltoth'sche Söldner, die dein Vater bezahlt hat. Auch die Attacke auf Ferren's Keep im vierten Jahr unserer Ausbildung war eine List, um sich die Hilfe der anderen Nationen endgültig zu sichern.«

»Was für eine rege Fantasie du doch hast.«

Meine Stimme nahm einen flehenden Ton an. Ich wusste selbst, dass sich das verrückt anhörte, schließlich hatte ich es Derrick auch erst nicht geglaubt, als er es mir damals erzählt hatte. »Erinnerst du dich an Dastan Cove, Darren? Diese Mission fand nicht auf das Geheiß deines Vaters hin statt, sondern auf das deines Bruders –«

»Du dreckige kleine Lügnerin!«

»Mira.« Die Rüge des Königs war scharf. »Wir wissen alle, dass Ryiah nicht die Wahrheit sagt. Kein Grund, sich einzumischen.«

Jetzt spielte Blayne wieder den gnädigen, gütigen König, damit sein Bruder mir meine Anschuldigungen nicht abnahm.

»Wir hatten den Auftrag, eine Mutter und ihr Kind zu entführen, weißt du noch?« Meine Stimme wurde schrill. »Hast du dich nie gefragt, warum eigentlich?«

Darren holte rasselnd Luft.

»Bei der Kandidatur habe ich die Kleine auf der Tribüne entdeckt. Dein Bruder hat sie benutzt, um den caltoth'schen Gesandten zu erpressen. Lord Tyrus war ihr Vater, was auch erklärt, warum er seinem Land dermaßen in den Rücken gefallen ist –«

Darren wandte sich ab.

»Ich weiß, das klingt verrückt, aber es ist die Wahrheit. *Blayne* hat deinen Vater auf dem Gewissen, nicht die Caltothen!«

»Ich habe genug gehört.« Sein Seufzen war kaum vernehmbar.

»Darren, bitte!« Ich klammerte mich an die Stäbe und legte mein Herz und mein Schicksal in seine Hände. »Hör mich an!«

Der Schwarze Magier wirbelte herum und marschierte mit lodernden Augen auf meine Zelle zu. »Du willst also mit mir reden?«, brüllte er. »Wenn das wirklich so wäre, dann hättest du früher was gesagt, Ryiah, und würdest mir nicht all diese Lügen auftischen, nachdem du erwischt worden bist!«

»Es ging nicht!« Tränen brannten in meinen Augen. »Ich wollte ja, aber ich konnte nicht riskieren, dass du mir nicht glaubst.«

»Tue ich auch nicht.« Seine Stimme war tonlos. »Ich glaube kein einziges Wort mehr, das du jemals gesagt hast.«

»Du kennst mich.« Ich streckte die Hand aus, um ihn am Handgelenk zu berühren, aber er zuckte zurück, sodass er außerhalb meiner Reichweite war, und seine granatroten Augen glühten vor Zorn.

»Darren«, flüsterte ich, »bitte, ich … ich habe versucht,

das Richtige zu tun. Ich wollte doch nur, dass alles gut wird –«

»Indem du wegen einer Landkarte mit mir ins Bett gehst?«

Er glaubte mir nicht. »Nein, das war nicht –«

»Sag mir, Liebes«, meinte er mit bitterer Stimme, »wieso ist jedes Wort aus deinem Mund so eine süße Lüge?«

Nein. Nein. *Nein!*

»Ich frage mich«, fügte er leise hinzu, »ob du mich überhaupt jemals geliebt hast.«

»Das habe ich, Darren. Und tue es immer noch!« Durch den Tränenschleier hindurch konnte ich nichts erkennen, aber ich hörte, wie er davonging.

»Falls es dir irgendwie hilft …« Blayne räusperte sich. »Ich denke wohl, dass sie dich einmal geliebt hat.«

Die Schritte hielten inne und Darren sog scharf die Luft ein.

»Geh nicht!« Mein Schrei war heiser. *»B-bitte, Darren!«*

»Aber die Rebellen haben dir das Mädchen weggenommen, das du kanntest.« Die Stimme des Königs war widerlich süß. »Sie haben ihr so lange Lügen eingetrichtert, bis sie es selbst geglaubt hat.«

»Darren!« Ich hämmerte gegen die Stäbe und brüllte seinen Namen. *»Darren!«*

»Ich habe genug gehört.« Der Prinz marschierte zur Tür und rempelte eine Wache an, die nicht schnell genug aus dem Weg ging.

»Verstehe.« Blayne nickte. »Um den Rest wird sich Mira kümmern.«

Meine Zunge klebte mir am Gaumen, sodass ich kaum ein Wort herausbekam. »*D-Darren* –«

Die Hand schon am Türgriff, zögerte der Schwarze Magier und drehte sich mit lodernden Augen um.

»Ich weiß nicht, wer du bist«, sagte er unheilvoll leise, »aber bestimmt nicht das Mädchen, das ich liebe. Diese Ryiah gibt es nicht mehr.« Den letzten Satz spie er regelrecht aus, ehe er die Tür hinter sich zuschlug: »Du bist nur eine Fremde mit ihrem Gesicht.«

Sobald Darren den Raum verlassen hatte, wandte der König sich an den Rest seiner Magier.

»Kümmert Euch um sie. Sie darf nicht mehr in der Lage sein zu zaubern. Wenn Ihr mit ihr fertig seid, würde ich sie gern sehen, ehe das Verhör beginnt.«

Anscheinend wollte er mich nicht vor versammelter Mannschaft zur Rede stellen, also sorgte er dafür, dass ich ihm nichts entgegenzusetzen hatte, wenn wir unter vier Augen waren.

Ich zitterte so sehr, dass das Gitter schepperte, und schloss die Hände fester um die Stäbe.

»Keine Sorge, Euer Hoheit.« Mira ließ ihre Fingerknöchel knacken. »Ich werde mich persönlich um diesen Abschaum niederer Geburt kümmern.«

Blayne warf mir von oben herab einen letzten Blick zu. »Sorgt dafür, dass sie noch reden kann.«

Sie kriegten mich nicht klein.

Mira und die gesichtslose Masse ihrer Leute brachen mir fast jeden Knochen im Leib.

Aber *mich* konnten sie nicht brechen.

Ich lag in meinem Blut und war nicht einmal fähig, den Kopf zu heben.

Undeutlich hörte ich laute Stimmen durch den Kerker dröhnen, doch meine Schmerzen waren zu stark, als dass ich verstanden hätte, was gesagt wurde. Selbst das Atmen war die reinste Qual.

Keine Ahnung, wie lange ich so dalag. Das Nachdenken tat ebenfalls weh.

Alles brannte. Wenn mir jetzt jemand direkt ins Fleisch geschnitten hätte, hätte ich es vermutlich nicht einmal gemerkt. Manche Körperteile fühlten sich irgendwie … falsch an. Wenn ich die Augen aufgemacht hätte, hätte ich sehen können, welche, aber selbst dazu fehlte mir die Kraft.

Falls tatsächlich noch ein Hauch von Magie in mir schlummerte, so wäre ich in diesem Zustand doch nie und nimmer in der Lage gewesen, sie heraufzubeschwören. Das meiste hatte ich ohnehin schon verbraucht, als sie begannen.

Dabei hatte ich mir geschworen, mich nicht zur Wehr zu setzen. Mir meine Magie bis zum bitteren Ende aufzusparen, damit ich etwas in der Hand hatte, wenn das richtige Verhör losging … und dennoch knickte ich nach der ersten Stunde ein und konnte nicht mehr an mich halten.

Jedes Mal, wenn ich meine Magie heraufbeschwor, um mich zu verteidigen, machten zwanzig Magier meinen Schutzschild zunichte. Mit fünfen hätte ich es vielleicht gerade noch aufnehmen können, aber ich war in einer Zelle gefangen und hatte es zudem mit handverlesenen Kriegern des königlichen Regiments zu tun. Blayne hatte die Besten der Besten ausgewählt und ich war ihnen ausgeliefert wie eine Puppe, die sie nach Gutdünken zerfetzten.

Messer bohrten sich in mein Fleisch, Stiefel und Fäuste prasselten auf mich ein.

Jemand drückte meinen Kopf unter Wasser, während ich wie wild um mich schlug. Meine Nägel krallten sich in das Holz des Zubers, bis ich keine Luft mehr bekam und mir Eis die Lunge zerriss. Irgendwann waren die Schmerzen plötzlich weg und einen Moment lang herrschte himmlischer Frieden … Bis jemand mich hinten an den Haaren packte und mich wieder hochriss, um danach noch viele andere schreckliche Dinge mit mir anzustellen.

Am Ende tat es nichts zur Sache, was genau. Ich war das Opfer. Ihr Opfer. Nur noch ein Schatten meiner selbst, ein windelweich geprügeltes, blutüberströmtes Bündel, das zusammengesackt auf dem Boden des Kerkers lag.

Wie viel Zeit wohl verstrichen war? Ich hatte keine Ahnung. Spätestens als jemand mir ein heißes Eisen auf die Haut gepresst und das Zeichen der Krone aufs Handgelenk gebrannt hatte, hatte ich den Überblick verloren. Dafür konnte ich noch immer das versengte Fleisch riechen.

Es hieß, dass diejenigen, die der Schmerzmagie mächtig waren, mehr aushielten als andere, weil wir gelernt hatten, unter Bedingungen, bei denen andere längst durchgedreht wären, nicht den Verstand zu verlieren.

Aber auf das hier war ich nicht gefasst gewesen.

Ich war nicht einmal fähig, die Augen aufzuschlagen.

Es war ihnen nicht gelungen, mich zu brechen, doch ein Teil von mir wünschte, es wäre anders, damit es vorbei wäre.

Dabei hatte es gerade erst begonnen.

Jemand riss mich an den Haaren zurück und mein Kopf schlug gegen die Stäbe meiner Zelle. Irgendjemand sagte etwas, schüttelte mich und dann traf mich eine eiserne Faust mitten im Gesicht. Sie wollten, dass ich sie ansah.

»Mach die Augen auf, du Stück Dreck!«

Ein weiterer Schlag in die Rippen und ein schreckliches Knirschen, als etwas brach.

Unter unsäglichen Schmerzen öffnete ich die Augen, denn ich war mir nicht sicher, ob ich einen weiteren Schlag überleben würde.

»Da ist sie ja. Sieht gar nicht mehr aus wie ein hübsches kleines Prinzesschen, was?«

Ehe Miras Gesicht zwischen lauter roten Punkten vor meinen Augen tanzte, erkannte ich schon die Stimme.

»Nein. Ganz bestimmt nicht.«

Ein zweites Gesicht schob sich in mein Sichtfeld, und ich zuckte unwillkürlich zurück und stieß mit dem Rücken gegen die Wand, woraufhin mir eine neuerliche Woge des Schmerzes durch die Wirbelsäule schoss und ein leises Wimmern entfuhr, für das ich mich hasste.

»Ihr habt Wort gehalten …« Blayne sah mit einem höhnischen Grinsen auf mich herab. »Ich glaube, ihr Mund ist das Einzige, was Ihr ihr nicht gebrochen habt. Und sie kann ganz sicher nicht zaubern?«

Die Frau schnalzte mit der Zunge. »Alles aufgebraucht. Bis zum letzten Tropfen. Es wird Tage dauern, bis sie ihr Potenzial zurückerlangt.«

»Und Ihr habt die anderen weggeschickt?«

»Ja. Soll ich draußen vor der Tür auf Euch warten?«

»Nein.« Der König ließ mich nicht aus den Augen. »Ich traue ihr nicht. Es wäre mir lieber, wenn Ihr dableibt.«

Blayne ging in die Hocke, sodass er mir durch die Gitterstäbe direkt in die Augen sehen konnte, während die oberste Magierin sich an der Wand postierte, um auf den kleinsten Wink hin sofort zuschlagen zu können.

Dabei war ich nicht einmal in der Lage, die Arme zu heben, und selbst das Atmen tat schrecklich weh.

»Also, Ryiah.«

Alles in mir verkrampfte sich.

»Ich dachte schon, *ich* wäre ein guter Schauspieler, aber du …« Blayne schnalzte mit der Zunge. »… du hast mich wirklich überrascht.«

Das Herz schlug mir bis zum Hals, und ich hatte das Gefühl, als würde die Luft zu zäh zum Atmen.

»Anfangs habe ich dich gehasst. Zuzusehen, wie mein Bruder so verdammt hart um dich – ein Mädchen niederer Geburt – kämpft … So hat er sich für mich nie ins Zeug gelegt.« Etwas wie Eifersucht huschte über das Gesicht des jungen Königs. »Aber nach der Sache mit den Pythiern habe ich erkannt, wie wertvoll du für mich bist. Bei der Kandidatur hast du den zweiten Platz belegt und bei dem Anschlag auf meinen Vater hast du dein Leben riskiert … Du warst genau, was ich brauchte. Keiner würde es wagen, einen König anzufechten, der die zwei mächtigsten Magier der Welt an seiner Seite hat.« Plötzlich wurde sein Tonfall hart. »War es wegen deinem Bruder? Hat sich da das Blatt gewendet?« Er machte sich nicht die Mühe, eine Antwort abzuwarten. »Vermutlich ja. Das ist die einzige Erklärung. Aber diese Dinge, die du gesagt hast, die gehen mir nicht aus dem Kopf. Das war neu. Nicht einmal bei Derrick war die Rede von dem caltoth'schen Mädchen und meiner Rolle bei der Entführung und dem Attentat … was mich zu der Annahme bringt, dass du die Wahrheit erst nach seinem Tod erkannt hast.«

Es war, als hätte ich den Mund voller Sand. Ich konnte nicht schlucken.

»In allererster Linie interessiert mich aber, was du vorhattest.« Blayne stand auf und begann, vor meiner Zelle auf und ab zu laufen. »Du hattest es auf die Karte abgesehen. Es war zwar nur ein Test, ein Köder, dem ein Rebell auf keinen Fall widerstehen könnte, aber jetzt bin ich doch neugierig, was du damit anfangen wolltest. Wollen die Rebellen die Wüste erobern? War es das, was du dem Herzog versprochen hast? Ein bisschen mehr Land?«

Er blieb stehen. »Die Pythier sind leicht zu durchschauen: skrupellos und stets auf ihren eigenen Vorteil bedacht.« Blayne stieß ein bellendes Lachen aus. »Cassius wird sich wundern, wo du plötzlich abgeblieben bist.«

Meine Hand zuckte.

»Ach ja.« Blayne blieb nichts verborgen. »Eure *Krankheit*. Ich dachte, es wäre am besten, wenn der Hof noch nichts vom Hochverrat der Prinzessin erfährt. Zu gegebener Zeit werde ich es der Welt enthüllen, aber fürs Erste habe ich beschlossen, die Füße stillzuhalten und abzuwarten. Ich will ja nicht, dass deine Rebellenfreunde *schon wieder* einen Fluchtversuch auf die Beine stellen müssen.«

Ich weigerte mich zu antworten, weigerte mich, überhaupt darauf zu reagieren.

»Ich schätze, du könntest mir jetzt alles erzählen.«

Blayne grinste mich wissend an. »Aber irgendetwas sagt mir, dass du nicht kampflos mit der Sprache herausrücken wirst. Sie haben dich anscheinend noch nicht so weit.«

»Werdet ihr mich auch niemals kriegen.« Die Worte brannten in meinem Hals. »Lieber sterbe ich.«

Der junge König lachte. Er lachte und lachte, als er die Tür der Zelle aufschloss und mich am Kinn packte, sodass ich gezwungen war, ihm in die Augen zu sehen.

»So ein stures Ding«, zischte er. »Du hast Kampfgeist. Viel mehr als diese Freundin von dir. Wie hieß sie gleich wieder? Ella?«

Ich spuckte ihm ins Gesicht.

Blayne zuckte nicht mit der Wimper, sondern hielt mich nur weiter fest gepackt, und seine Fingernägel bohrten sich in meine Haut und hinterließen neue Rinnsale heißen, kupferfarbenen Blutes. »Es wird mir ein ganz besonderes Vergnügen sein, dich hängen zu sehen.« In seinen Augen tanzte der Wahnsinn. »Genau wie bei deinem Bruder.«

Was hätte ich jetzt darum gegeben, dass mir meine Muskeln gehorcht hätten, doch ich hatte einfach kein bisschen Kraft.

Lachend erhob er sich und zerrte mich am Kragen hoch, während ich vor Schmerzen schrie und mir schwindelig wurde. Nicht einmal den Arm konnte ich zu meiner Verteidigung heben, als er mir mit der Faust ins Gesicht schlug, sondern taumelte nur halb blind gegen die Zellenwand zurück.

Dann umfing mich Schwärze.

ZWÖLF

Am nächsten Morgen verstand ich, warum die Rebellen sich lieber selbst das Leben nahmen, bevor die Kronarmee sie befragen konnte, und mir wurde klar, dass es besser wäre aufzugeben, als sich an der Hoffnung und am Leben festzuklammern.

Ich bekam am eigenen Leib zu spüren, was Derrick erlitten hatte, während ich mich im Palast wie eine Irre aufgeführt und ihn stattdessen angefleht hatte, seinen Widerstand aufzugeben.

Und ich lernte, was es bedeutete, wirklich zu bluten.

Es war ein einziger wahr gewordener Albtraum. Sie stopften mich mit Halluzinogenen voll und ließen mich ein ums andere Mal mit ansehen, wie alles und alle, die ich kannte, vernichtet wurden. Sie unterzogen mich diversen Foltermethoden und brachten Gerätschaften zum Einsatz, von deren Existenz ich bis dahin noch nicht einmal gewusst hatte.

»N-niemals.« Das war das letzte Wort, ehe mich Finsternis überspülte. Schon wieder.

Diese kurzen Momente, in denen alles zum Stillstand

kam … danach sehnte ich mich mehr als nach allem anderen, aber das wusste Mira anscheinend.

Meine Welt bestand nur noch aus Schmerz.

Aus nichts als Qual.

Ich ertrank und wollte nur noch, dass es aufhörte.

Jetzt endlich wurde mir bewusst, dass der Tod eine Erlösung war.

Meine Lippen waren aufgesprungen und ich schmeckte ständig mein eigenes Blut. Das bisschen Wasser, das sie mir gaben, war abgestanden und schal und das Brot schimmelig.

Der Kerker stank beißend nach eitrigen Wunden und Kübeln voll Unrat. Wenn ich mich in meinen Fesseln bewegte oder im Schlaf die Position änderte, öffneten sich sofort meine alten Wunden wieder, und mein Nachthemd hing nur noch in Fetzen an mir.

Bestimmte Körperteile konnte ich nicht mehr bewegen, manche waren taub, und wieder andere pochten und brannten, und ich hatte das Gefühl, heiße Nadeln stächen auf mich ein, wenn ich sie berührte.

Auch meine Wahrnehmung war stark eingeschränkt. Die Welt war ein Wirrwarr aus Geräuschen, schrillen und leisen, die mit meinem donnernden Pulsschlag kollidierten, und damit ich etwas mitbekam, musste man mir direkt ins Gesicht schreien.

Wenn es zu schlecht um mich stand, riefen sie einen Heiler – nur, um dann wieder von vorne anzufangen.

Fragen. Schweigen. Schmerzen.

Wieder und wieder, Minuten und Stunden verschmolzen zu einem zähen Brei und ich verlor jegliches Zeitgefühl.

Als ich erwachte, herrschte Aufregung. Ich konnte nichts sehen, weil meine Augenlider mir nicht gehorchten, doch auf einmal war ich wieder in der Lage zu hören. Während ich halb ohnmächtig gewesen war, musste ein Heiler gekommen sein.

»Sie weigert sich noch immer zu kooperieren.«

»Wir sollten sie einfach *jetzt* umbringen.«

Blayne und Mira waren irgendwo hier drin.

»Nein.«

Mein Herz setzte aus. Ich kannte die Stimme. Kannte sie so gut, und doch hatte ich sie in all den Stunden oder Tagen, die vergangen waren, fast vergessen.

Darren.

»Sie ist meine Frau, Blayne!«

»Bruder.« Der König senkte mitfühlend die Stimme. »Warum willst du sie am Leben lassen? Sieh sie dir doch an. Sie hat dich hintergangen. Sie hat uns alle nach Strich und Faden belogen und betrogen.«

Stille.

»Also wenn du sie *dafür* willst – am Hofe gibt es reichlich Damen, die überglücklich wären, dein Bett zu wärmen.«

»Darum geht es nicht.«

»Sag bloß nicht, dass du noch immer etwas für diese Verräterin empfindest.«

»Ich empfinde überhaupt nichts.« Darrens Knurren wurde von den Wänden zurückgeworfen.

»Dann ist doch alles klar – Mira!«

Jemand zerrte an meinen Fesseln und zog mich vom Boden hoch. Meine Augenlider flatterten, als Mira mich mit einer Hand um die Kehle packte und gegen die Wand stieß, während sich in ihrer anderen ein Schwert materialisierte.

Keine Ahnung, ob ich schrie. Ihre Klinge bohrte sich in meinen Hals, und etwas Feuchtes lief mir über die Schultern, während ich am ganzen Leib schlotterte.

»Wenn du sowieso nichts fühlst«, sagte der König laut, »dann lass es Mira zu Ende bringen. Damit wir ein für alle Mal mit dieser Verräterin abschließen können.«

Stille. Wieder. Nicht dass mir das richtig bewusst gewesen wäre, während mir eine Klinge in den Hals schnitt und ein dumpfer, pochender Schmerz direkt über meiner Brust explodierte. So fühlt es sich also an zu sterben: als würde einem jemand den Puls aus dem Hals schneiden. Als würde jemand –

»Gib mir eine Woche.«

»Darren –«

»Ich werde sie vernehmen. *Bitte*, wenn sie uns keine Informationen liefert …« Es entstand eine kurze Pause. »Dann exekutiere ich sie persönlich.«

Die Klinge zog sich von meinem Hals zurück, und ich wünschte, es wäre anders gewesen.

Bis zu diesem Moment hatte ich den Jungen mit den granatroten Augen ganz vergessen.

Doch seine Stimme zu hören … brachte alle Gefühle wieder zurück.

Als ich das nächste Mal die Augen aufschlug, konnte ich atmen, ohne dass es mir fast die Lunge zerfetzte. Langsam, ganz langsam streckte ich die Arme aus, erst den einen, dann den anderen, und als ich nicht vor Schmerzen aufschreien musste, kamen die Beine an die Reihe, und ich rappelte mich auf die Knie hoch und war schließlich sogar in der Lage aufzustehen, indem ich mich an den Stäben hochzog.

Mit zitternden Armen und Beinen holte ich behutsam Luft und sah mich um. In den Schatten stand eine schemenhafte Gestalt, die mich beobachtete.

»Ich habe deine schlimmsten Verletzungen von einem Heiler behandeln lassen«, sagte er. »Aber wenn du auf dumme Gedanken kommst, wirst du es bitter bereuen, das verspreche ich dir.« Der Schwarze Magier trat aus der Dunkelheit, sodass ich im Licht der flackernden Fackeln sein Gesicht erkennen konnte. »*Sehr* bitter.«

Ich schluckte und holte angestrengt Luft.

»Sag nichts!« Sein Befehl ließ mich verstummen, ehe ich auch nur einen Ton herausgebracht hatte. »Außer du wirst gefragt. Und nur, wenn es eine direkte Antwort auf meine Fragen ist.«

Ich verschränkte die Arme, bereute es jedoch augenblicklich, weil mir bei der Bewegung ein stechender Schmerz seitlich in die Rippen fuhr.

»Wo sind die Rebellen?«

Ich starrte den Prinzen an und fragte mich, ob er ernsthaft eine Antwort von mir erwartete.

»Zwing mich nicht dazu, das zu tun, Ryiah.« Seine Stimme war tonlos. »Zwing mich nicht, dieselben Methoden anzuwenden wie Mira.«

Darauf erwiderte ich nichts. Es war schließlich keine Frage.

Er fixierte mich. »Ich gebe dir noch *eine* Chance, mir zu sagen, wo sie sich versteckt halten.«

»Sie sind nicht der Feind –«

Ehe ich den Satz zu Ende bringen konnte, traf mich Darrens Magie mit voller Wucht – oder hätte es zumindest, wenn ich nicht rechtzeitig reagiert hätte.

Mein Schutzschild lenkte die Druckwelle nach links ab und Steinbrocken rieselten zu Boden.

Darren sah mich ohne eine Spur des Erstaunens an. Vermutlich hatte er es nach der Behandlung durch den Heiler nicht anders erwartet.

»Wer sind die Rebellen?«

»Dein Bruder ist ein Lügner –«

Diesmal versuchte er es mit zwei Dolchen.

Ich war nicht schnell genug, doch das machte nichts, denn statt mich zu treffen, flackerten die Klingen kurz vor mir schwächlich auf und fielen zu Boden. Ganz von allein.

Darren stieß einen Fluch aus.

Ich hob den Kopf und sah ihn an. »Darren –«

Diesmal traf sein Dolch ins Ziel. Ich biss mir auf die Innenseite meiner Wange, um nicht aufzuschreien, als die scharfe Klinge sich in meine Schulter bohrte, und brachte meine Schmerzmagie zum Einsatz, damit das Messer sich in Luft auflöste.

Dann riss ich am Saum meines Kleids, das kaum mehr als ein dreckiger Fetzen war, doch ich brauchte etwas, um die Blutung zu stoppen, weil meine Magie nicht ausreichte, um länger einen Zauber aufrechtzuerhalten.

Es entging mir nicht, dass Darren wartete, bis ich damit fertig war.

»Wir können das endlos so machen. Ich werde dir jeden Knochen im Leib brechen. Ist es das, was du willst?«

»Nein.«

Seine Augen waren unergründlich. »Dann sag mir die Wahrheit, statt mir irgendwelche Lügen aufzutischen.«

Ich machte den Mund auf und klappte ihn wieder zu, während sich eine andere Art von Schmerz meiner bemächtigte. *Sag was.* »Das tue ich doch.«

Am anderen Ende des Raums stand Darren abgesehen vom Heben und Senken seines Brustkorbs da wie erstarrt.

Dann drehte er sich um, klopfte an die Tür und rief nach den Wachen.

»Setzt sie auf den Stuhl.«

Nein.

Mein Blick huschte zu dem eisernen Stuhl in der Mitte des Raums, dem ich bis jetzt keine weitere Beachtung geschenkt hatte, denn Mira bevorzugte Hände und Klingen aller Art. Oder Brenneisen. Oder Wasserbottiche. Oder Nachtschatten.

»Den Befragungsstuhl, Euer Hoheit?«

»Das habe ich gesagt, oder nicht?«

Die zwei Magier eilten herbei, schlossen meine Zelle auf und lösten meine Handfesseln. Ohne mich zu wehren, ließ ich mich von ihnen an den Achseln vorwärtsschleifen und stolperte mit, wobei ich Darren die ganze Zeit ansah.

Als wir schließlich vor dem Stuhl stehen blieben, riskierte ich einen Blick auf das berüchtigte Folterinstrument. Dunkle Blut- und Rostflecken besudelten die Reihen um Reihen von eisernen Dornen darauf, von der Kopfstütze bis hinunter zu den Stuhlbeinen. Überall waren Riemen angebracht, um den Gefangenen bei der Befragung damit festzugurten, und ich bemerkte kleine Schnallen, mit denen man die Riemen enger ziehen konnte.

»Setzt sie darauf.«

Mein Blick zuckte zu Darren, doch er wich mir aus.

Die Wachen drehten mich so, dass ich in die andere Richtung sah.

Ich ließ es geschehen.

Gegen jeglichen Instinkt.

Ich wusste, warum Darren jemand anderem befohlen hatte, mich dort festzuschnallen, statt es selbst zu tun.

Ich wusste, warum er sich gegen seine Magie und für den Stuhl entschieden hatte.

Ich wusste, warum er nur dastand und die Hände zu Fäusten ballte.

Die Männer beförderten mich grob auf das Folterinstrument und mich durchzuckte tausendfacher Schmerz. Mit einem unterdrückten Aufschrei brachte ich all meine Willenskraft auf, um mich nicht zu winden oder an die stachelbewehrten Armlehnen zu krallen. In Sekundenschnelle färbte sich mein Nachthemd – oder vielmehr das, was noch davon übrig war – tiefrot, und Blut floss mir über Beine und Handgelenke und bildete eine Lache auf dem Boden. Weil ich versuchte, die Luft anzuhalten, um nicht tiefer in den Stuhl zu sinken, hatte ich binnen kürzester Zeit das Gefühl, es zerrisse mir die Lunge.

Unbarmherzig drückten die Wachen mich gegen die Dornen und schnallten mich fest.

Je mehr ich mich krümmte, desto mehr Blut, desto stärker die Schmerzen. Ein kleines, unwillkürliches Zucken versetzte meinen Körper in Panik. Nach vierzig Sekunden konnte ich die Luft nicht länger anhalten und das starke Ausatmen machte es nur noch schlimmer. Mein Rücken ruckte gegen die Lehne.

Viel kräftiger als nötig stießen die zwei Magier mich nach hinten und mir liefen die Tränen übers Gesicht. Ich war mir nicht sicher, wie lange ich meinen Schrei noch zurückhalten konnte.

»Das hört sofort auf, wenn du mir sagst, wo sie sich aufhalten.«

»Die Rebellen …« Ich versuchte, möglichst flach zu atmen, mich nicht zu bewegen, nicht einmal meinen Brustkorb, »… sind nicht der Feind.«

Nun, da ich festgegurtet war, konnte ich Darren, der sich irgendwo zu meiner Rechten befand, nicht mehr sehen, doch dem Klang seiner Stimme nach zu urteilen, konnte ich mir den kalten Zorn auf seinem Gesicht vorstellen. »Zieht die Riemen enger.«

Die Wachen traten auf mich zu.

»Warum tust du es nicht selbst?«

Einen Augenblick lang rührte sich keiner.

Tropf, tropf.

Dann schnelle Schritte, und die Wachleute stolperten zurück, während der Kronprinz sich nur wenige Zentimeter vor meinem Gesicht befand.

Ich werde nicht einknicken.

»Du denkst wohl, ich schaffe das nicht?«, knurrte er.

»W-wenn ich schon vom Schwarzen Magier v-verhört werde …« Alles war wund und die Schmerzen wurden immer unerträglicher. Komplett. Unerträglich. »… dann würde ich doch erwarten, dass er seinen Pflichten auch p-persönlich nachkommt.«

»Na gut.« Sein Lachen war hart und mitleidslos. »Wenn es das ist, was du willst.«

Seine Faust traf mich seitlich am Kinn, sodass eiserne Nadeln mir in die Wange drangen, und einen Moment lang konnte ich nur noch schreien.

Doch noch schlimmer als die Schmerzen war sein Verrat.

Salzige Tränen vermischten sich mit Blut, und als ich schließlich den Mut aufbrachte und mein Gesicht mit einem rauen Aufkeuchen von den Stacheln löste, stand ich in Flammen.

Ich hatte nicht gedacht, dass er es wirklich übers Herz brächte.

Er hatte sich extra ferngehalten. Sich distanziert. Andere zu Hilfe gerufen …

Aber ich musste zu ihm durchdringen. Wenn er noch *irgendetwas* für mich fühlte …

Ich schlug die Augen auf.

»D-da m-musst du schon ein b-bisschen mehr Einsatz zeigen.«

Wieder hob Darren die Hand.

Ich hielt still und sah ihn an, während mir das Blut seitlich in Strömen übers Gesicht lief.

»Mach doch.« Tränen brannten in meinen Augen. »Schlag z-zu. G-genau wie dein Vater.«

Plötzlich arbeitete es in seinem Gesicht, etwas ließ ihn zögern, im nächsten Moment war es jedoch wieder verschwunden. Ohne mich eines Blickes zu würdigen, ließ er die Faust sinken und trat einen Schritt zurück.

»Das reicht für heute.«

»Euer Hoheit?«

»Nehmt die Gefangene aus dem Stuhl und bringt sie zurück in ihre Zelle!«

Mein Atem ging rasselnd. »D-Darren –«

»Vermutlich wird sie sowieso verbluten.« Seine kalten Augen streiften mich, und alles, was ich gesehen oder zu sehen geglaubt hatte, war wie weggeblasen. »Morgen komme ich wieder. Wenn sie dann überhaupt noch lebt.«

Ein paar Stunden später hörte ich das vertraute Quietschen von Metall. Zum zweiten Mal an diesem Tag wurde die Kerkertür aufgestoßen.

Meine Fesseln waren verschwunden, doch meine Schmerzen waren zu stark, um es zu wagen, auf die Knie zu kommen und nachzusehen, wer da war.

Vermutlich brachten sie mir dasselbe zum Essen wie das letzte Mal: verdorbenes Fleisch, das man nicht einmal den Hunden zum Fraß vorwerfen würde.

Ich hob schwach den Kopf, als ich die Gitterstäbe zuschnappen hörte. Eine Hand stellte einen groben Sack und irgendein Fläschchen gerade außerhalb meiner Reichweite ab.

Ich konnte nur darauf starren.

»Das ist eine Salbe.«

Ich zuckte mit dem Kopf hoch und erblickte einen von Miras handverlesenen Magiern, der finster auf mich herabstarrte.

»Eine Salbe?« Meine Lippen rissen wieder auf, als ich es ungläubig wiederholte.

»Um die Wunden zu behandeln.« Das Gesicht des Mannes kam näher. »Er meinte, du könntest es selbst auftragen.«

»E-er?«

Zu spät. Der Magier hatte mir bereits den Rücken zugekehrt.

Eine Weile starrte ich die beiden Dinge einfach nur an. Erst als der Mann den Kerker wieder verlassen hatte, robbte ich allen Schmerzen zum Trotz, die wie eine Welle über mir zusammenschlugen, ein Stück vorwärts, um zu sehen, worum genau es sich handelte.

Für den halben Meter brauchte ich geschlagene fünf Minuten.

Der braune Sack entpuppte sich als Wolldecke, nicht weich, sondern kratzig, dafür aber dick und schwer, um mich vor der Eiseskälte hier unten zu schützen. Wenn ich mich fest darin einwickelte, könnte es sogar meinen Blutverlust stoppen.

In der Flasche befand sich eine trübe graue Substanz, die sich kühl und glatt und ein wenig schleimig anfühlte, als ich versuchsweise den Finger hineintauchte, und mich an die Salben erinnerte, die mein Bruder auf der Krankenstation benutzte.

Etwas weniger verzagt und zittrig als zuvor trug ich einen Tropfen auf meine Wange auf. Im ersten Moment brannten mir die Augen davon wie verrückt, und ich keuchte auf, doch gleich darauf ließ das Brennen nach und wich einem kühlen Taubheitsgefühl.

Hastig verteilte ich die Substanz auf den tiefen Wunden an meinen Oberschenkeln und Armen. Es brannte so heftig, dass mir schwarz vor Augen wurde und mein Magen sich so sehr aufbäumte, dass ich mich übergeben musste, doch kurz darauf begann das Blut zu gerinnen und an die Stelle der rasenden Schmerzen trat ein dumpfes Pulsieren.

Die Salbe war ein alchemistisches Elixier – ein sehr teures noch dazu.

Darren?

Meine Gedanken rasten, ohne zu einem Ergebnis zu kommen. Die Schmerzen waren einfach zu stark und ich zu schwach. Und falls die Sachen wirklich von ihm waren, wusste ich sowieso nicht so recht, was ich davon halten sollte.

Statt weiterzugrübeln, trug ich die Salbe ungeduldig auf meine restlichen Wunden auf, zuerst auf die tieferen, und als diese zu heilen begannen, nahm ich die oberflächlicheren in Angriff. Ich brauchte fast die ganze Nacht dafür – zumindest glaubte ich, dass es Nacht war –, aber am Schluss hatte ich alle Stellen behandelt und das Schlimmste schien überstanden.

Erst jetzt konnte ich mich erleichtern. Ich war dehydriert, und in meinem Magen wütete der Hunger noch heftiger als zuvor, nun da ich das Wenige, das ich in den ersten beiden Tagen der Vernehmung hinuntergewürgt hatte, wieder von mir gegeben hatte. Doch zum ersten Mal war ich sogar irgendwie froh, dass ich zu wenig und nicht zu viel im Bauch hatte. Bislang hatte ich es immer geschafft, meine Notdurft in die Kübel zu verrichten, an deren üblen Gestank ich mich inzwischen gewöhnt hatte, aber ich hatte Angst, dass es nur eine Frage der Zeit war, bis ich nicht mehr dazu in der Lage war. So wie mein Bruder am Ende.

Zu schwach, um sich zu rühren, hatte er an diesem letzten Tag in seinen eigenen Exkrementen gelegen …

Die derbe Decke eng um mich geschlungen, legte ich mich schließlich ein wenig hin, fand jedoch keine Ruhe, weil mich die Erinnerung an Derrick verfolgte und ich ständig daran denken musste, wie es ihm in diesen letzten Tagen im Verlies ergangen war. Ein Schicksal, das ich mit ihm teilen würde, wie es aussah.

Schmerzhaft schnürte sich mir die Kehle zu. Es war nicht die Art von Schmerz, der sich mit einer Salbe mildern ließ. Davor gab es kein Entrinnen.

Mein kleiner Bruder war so allein gewesen. Mira und ihre Leute hatten schreckliche Dinge mit ihm angestellt, die gleichen Foltermethoden angewandt wie bei mir. Es zerriss mir das Herz, dass ich sogar zur gleichen Zeit innerhalb der Palastmauern gewesen war und ihn doch nicht hatte retten können, nicht einmal ganz am Schluss.

Wie von selbst ging meine Hand zu dem Lederbändel mit Derricks Ring, der schwer in meiner Hand lag. Mehr war mir nicht von ihm geblieben.

Und genau deshalb durfte ich niemals aufgeben.

Derrick hatte dem Tod wie ein Held in die Augen gesehen, sie hatten ihn nicht gebrochen, auch wenn sie ihm sonst alles gebrochen hatten.

Was auch immer für Ängste mich plagten, so war es doch nichts im Vergleich zu der schrecklichen Gewissheit, dass ich mich niemals von meinen Eltern verabschieden konnte, genauso wenig wie von Alex und Ella …

Ich durfte das Böse nicht über mich triumphieren lassen, selbst wenn das bedeutete, als Verräterin durch Darrens Hand zu sterben.

Am nächsten Tag erschien Darren allein. Ohne die beiden Wachen.

»Gut. Wie ich sehe, hast du sie verwendet.«

Also war er es doch gewesen.

Blinzelnd kam ich auf alle viere. Es fiel mir noch immer schwer, aber verglichen mit den ersten drei Tagen war ich das blühende Leben, und durch meinen besseren körperlichen Zustand keimte, sosehr ich mich auch dagegen sträubte, meine Hoffnung wieder auf. Egal, wie oft ich mir sagte, dass es gar nichts bedeutete, dass er mir diese Salbe hatte zukommen lassen. Schließlich war Darren Kriegsmagier, genau wie ich, und wusste, wie man am besten ein Geständnis aus jemandem herauskitzelte. Den Gefangenen erst aufbauen und ihn dann wieder fertigmachen – das war eine unserer ersten Lektionen in der Ausbildung gewesen.

Oder aber …

Er hat versprochen, dich in einer Woche eigenhändig zu töten.

Das Erste, was mir auffiel, war seine rechte Hand.

»Was ist passiert?«

Die Muskeln an Darrens Kiefer arbeiteten, doch er sagte nichts. Um sein Handgelenk war nachlässig eine derbe Binde geschlungen, die nur ansatzweise die geschwollenen

Fingerknöchel und den fast schwarzen Bluterguss darunter verbarg. Er hatte sich alle Finger gebrochen. Und sie sahen auch immer noch so aus.

Warum hatte er keinen Heiler aufgesucht?

»Wenn du damit fertig bist, mich anzustarren«, sagte er laut, »ist es an der Zeit, dass wir uns unterhalten.«

»Ein Verhör würde ich nicht als Unterhaltung bezeichnen.«

Seine Augen blitzten. »Du kannst das Ende wohl kaum noch erwarten?«

»Ginge es dir an meiner Stelle nicht so?«

Darren kam zu meiner Zelle und fixierte mich, und mir wurde klar, wie unglaublich wütend er war. Er hatte eben doch Gefühle – wenn es auch Hass war –, aber immerhin fühlte er etwas.

Ich musterte ihn. Seine Augen sprühten nicht nur vor Zorn, sie waren auch blutunterlaufen, und darunter lagen tiefe, dunkle Schatten. Und bildete ich mir das nur ein oder wirkte sein Gesicht schmaler als zuvor, fast schon ausgezehrt? Seine Kleider waren nicht frisch, sondern völlig zerknittert. Das war nicht der Darren, den ich kannte.

Der hatte immer alles unter Kontrolle gehabt. Auch sich selbst.

»Ich hab's mir anders überlegt.« Er steckte einen Schlüssel ins Schloss meiner Zelle und riss die Tür auf. »Ich will doch nicht, dass du was *sagst.*« Das letzte Wort spie er regelrecht aus, als er sich am ganzen Leib vor Wut bebend vor mir aufbaute. »Du wirst *zuhören.*«

Ich rappelte mich hoch. »Darren –«

Er stieß mich gegen die Wand und drückte mit den Händen meine Arme gegen den Stein, was ihm höllisch an der verletzten Hand wehtun musste. Dann kam er mit seinem Mund ganz nah an mein Ohr. »Ich fand dich immer wunderschön«, wisperte er, »aber jetzt finde ich dich nur noch hässlich.«

Mir lag schon eine Erwiderung auf der Zunge, doch als ich den unbändigen Zorn in seinen Augen lodern sah, verschlug es mir die Sprache.

»Du hast mich benutzt.« Sein Atem war heiß auf meiner Haut. »Ich war der Prinz, der Wunderknabe. Und du ein Nichts. Nur ein Mädchen niederer Herkunft. Nur ein kleines Mädchen. Nichts Besonderes.« Das Nächste sagte er mit unverhohlenem Hass. »Und *trotzdem* habe ich mich in dich verliebt.«

Als er meine Wange berührte, hielt ich den Atem an.

»Ich dachte sogar, *du* wärst zu gut für mich.« Er lachte bitter. »Ich war der Wolf, der das Lamm gewarnt hat, sich lieber von ihm fernzuhalten, während das kleine Lämmchen die ganze Zeit nur darauf gewartet hat, mir in den Rücken zu fallen.«

Ich zuckte zusammen und suchte seinen Blick. »Es ist nicht so, wie du denkst. Ich wollte nie –«

»Sogar jetzt wirkst du immer noch so unschuldig.« Er schüttelte den Kopf. »Obwohl du mir mitten ins Gesicht lügst.«

»Ich lüge nicht!«

Er fixierte mich und einen Moment lang standen wir reglos da.

»Du hast gesagt, du hättest nach Beweisen gesucht.«

Sein Mund war ein schmaler Strich. »Und? Hast du welche gefunden?«

Ich machte mir nicht die Mühe, den Kopf zu schütteln – Darren kannte die Antwort bereits.

»Also gibt es keine.« Seine Finger gruben sich in meine Schultern, bis es wehtat. *Fügt er sich auch selbst Schmerzen zu?* »Und trotzdem soll ich dir abnehmen, dass mein Bruder ein Verräter ist? Dem Mädchen, das mich angelogen und die Krone bestohlen hat?« Seine Hände bebten und er wurde laut. »*Das eine zumindest vermeintlich wichtige Karte entwendet hat, die es an Pythus verkaufen wollte, um sein Vaterland zu verraten und alles, woran wir immer geglaubt haben. Oder zumindest ich.*«

Das Schlimmste daran war, dass jedes Wort der Wahrheit entsprach.

»Ich weiß, wie das aussehen muss.« Ich zitterte. »Ja, ich habe den Schlüssel und die Karte genommen, und ja, ich wollte damit den Rebellen helfen, aber Darren, du musst mir glauben: Blayne ist nicht der, für den er sich ausgibt –«

Der Prinz ließ mich angewidert los und wich einen Schritt zurück.

»Er und Lucius haben das alles inszeniert! Caltoth war nie unser Feind, die Rebellen –«

»Du bist nie über den Tod deines Bruders hinweggekommen, also verschließt du die Augen vor der Wahrheit und stilisierst ihn stattdessen zum Helden hoch.«

»Ich verschließe nicht die Augen vor der Wahrheit –«

»Und ich hätte Derrick sogar entkommen lassen«, stöhnte Darren. »Dir zuliebe. Obwohl ich wusste, dass er ein gottverdammter Rebell war, habe ich meinen Bruder für *dich* hintergangen.«

Ich griff nach seinem Handgelenk. »Darren, bitte –«

Mit angewidertem Gesichtsausdruck packte er meine Hand.

»Du wirst als Verräterin sterben. Ist es das, was du willst, Ryiah?«

»Wenn es sein muss.«

Er bekam rote Flecken im Gesicht. »Lieber willst du also sterben, als dich von ihnen zu distanzieren!«

»Du erwartest, dass ich diejenigen verrate, die alles tun, um Jerar zu retten?«, gab ich zurück. »Warum wendest *du* dich nicht von deinem Bruder ab? Er ist der wahre Verräter.«

»Ich erwarte, dass du dich von diesem irregeleiteten Pack lossagst.« Darren hielt mein Handgelenk wie im Schraubstock fest. »Tu's für *mich*.«

Ich geriet ins Wanken. *Was?*

»Gib. Mir. Einen. Grund. Dich. Am. Leben. Zu. Lassen.« Darrens Augen brannten sich in meine.

Ich bekam kein Wort heraus. Nicht einmal blinzeln konnte ich.

Er stand vor mir und sein Atem ging flach und stoßweise. Ich wusste, er würde sich jeden Moment umdrehen und die Flucht ergreifen.

Aber ich war schneller.

Ich rannte los, knallte die Zellentür zu und warf mich mit dem Rücken dagegen, sodass er nicht wegkonnte. Jetzt waren es nur noch wir beide in einem Käfig aus rostigen Stäben. Um zu entkommen, musste er erst einmal an mir vorbei, und irgendetwas sagte mir, dass dem Schwarzen Magier nicht der Sinn nach einem Kampf stand. Nicht heute.

»Geh von der Tür weg.«

»Nein.« Ich verschränkte die Arme. Auch wenn er mir doch wehtäte – worauf es vermutlich hinausliefe –, würde ich ihn wenigstens dazu zwingen, es hier und jetzt zu tun.

»Meinst du, ich würde es nicht über mich bringen, die Verräterin zu töten, die sich mir in den Weg stellt?«

Ich hielt die Luft an, während er auf mich zuging wie ein Raubtier auf seine Beute.

Ruhig bleiben.

Seine Finger waren nur wenige Zentimeter von mir entfernt, und ein Dolch zeigte mit der Spitze auf meine Brust, als er sich zu mir vorbeugte.

Ich sah zu ihm auf und hielt seinem wütenden Blick stand, wie auch dem stechenden Schmerz der Klinge, die mir gegen die Rippen gedrückt wurde. Im Vergleich zu dem, was er und die anderen mir zuvor angetan hatten, war das gar nichts. Er würde zu sehr viel drastischeren Maßnahmen greifen müssen, und das wussten wir beide.

Während er den Druck erhöhte, starrten wir uns in die Augen und trugen ein stummes Blickduell aus.

»Du bist wirklich bereit, dafür zu sterben.« Seine Augen verengten sich zu Schlitzen. »Gleich hier und jetzt, richtig?«

»Ja.« Das Schlucken fiel mir schwer.

»Für sie.«

»Für Jerar.«

Irgendetwas in ihm zerbrach und die Klinge löste sich in Luft auf.

»Hast du mich überhaupt jemals geliebt, Ryiah? Oder war das alles nur ein abgekartetes Spiel für dich?«

»Ich –«

»Nein, *nicht*.« Darren stieß ein irres Lachen aus. »In fünf Tagen wirst du sowieso sterben. Es ist also egal.«

Ich packte ihn mit der Hand am Hals. Er versuchte sich mir zu entwinden, aber diesmal hielt *ich* ihn fest.

»Ich habe dich immer geliebt.«

Er sog langsam, stockend die Luft ein.

»Und ich habe nie damit aufgehört, Darren.« Meine Finger verkrampften sich, als die Verzweiflung mich wieder überkam. *Bitte.* »Ich liebe dich noch immer.«

Ich spürte, wie er bebte, und für einen Moment, für einen kurzen Moment, dachte ich, ich wäre zu ihm durchgedrungen.

Dann riss er sich ruckartig von mir los und schubste mich zur Seite, und ich war zu überrascht, um es zu verhindern.

Im nächsten Augenblick knallte Darren die Zellentür zu und rammte den Schlüssel ins Schloss.

»Darren –«

»Du bist wirklich die beste Lügnerin, die mir je untergekommen ist.« Seine Stimme war kalt wie Eis. »Beinahe wäre ich schon wieder auf dich hereingefallen.«

»Ich lüge nicht!« Schreiend umklammerte ich die Stäbe.

Doch er gab mir keine Antwort, sondern ließ mich einfach stehen.

Am nächsten Morgen ließ sich Darren nicht blicken. Dafür kam Mira mit ihrem Trupp. Das passte. Der Schwarze Magier hatte aufgegeben. Abermals durchlebte ich im Wachzustand den reinsten Albtraum, der es mir noch Stunden später unmöglich machte, wenigstens ansatzweise Ruhe zu finden – ganz zu schweigen von den körperlichen Qualen.

Tags darauf ertönte wieder ein lautes, tiefes Knarzen. Jemand hatte die Kerkertür geöffnet.

Ich holte rasselnd Luft und betete, dass es schnell vorübergehen möge – was immer Mira sich jetzt wieder für mich hatte einfallen lassen.

Doch es war nicht Mira, die ich entdeckte.

Es war Darren.

Ich habe gedacht, er kommt nicht mehr zurück.

Der Prinz sagte kein Wort.

Er sah mich kein einziges Mal an. Sprach nicht mit mir. Tat überhaupt nichts.

Ich starrte ihn durch das Gitter an.

Eine Stunde später ging er wieder.

Am nächsten Tag kam überhaupt niemand.

DREIZEHN

Es ist nicht deine Entscheidung, wann du stirbst.«

Alles tat mir weh, doch beim Klang seiner Stimme wurde ich schlagartig aus meinem Dämmerzustand gerissen.

Ich schlug die Augen auf. Darren war in meiner Zelle und betrachtete mich an die Gitterstäbe gelehnt. Er sah besser aus als zuletzt. Jemand musste ihm nahegelegt haben, ein Bad zu nehmen, und er hatte auch wieder mehr Farbe. Ich war mir nicht sicher, ob ich mich darüber freuen oder eher traurig sein sollte.

Es war der Tag vor meiner Hinrichtung, und dem Jungen, den ich liebte, ging es anscheinend ganz gut.

»Du bist meine Frau«, wiederholte er. »Damit hast du dich für die Krone entschieden. Für *uns*. Das lässt sich nicht einfach so zurücknehmen.«

»Du weißt …« Mein Hals war wund und das Sprechen tat mir weh. » … wo ich stehe.« Ich hatte nicht damit gerechnet, ihn noch einmal zu Gesicht zu bekommen, und jetzt, wo er da war, wusste ich nicht, was ich sagen sollte. Seinem Gesichtsausdruck nach zu urteilen, stand mir heute die schlimmste Befragung überhaupt bevor. Irgendwie setzte mir seine Unnachgiebigkeit noch härter zu als sein Zorn oder sein Schweigen oder Miras Besuche.

Ich wollte ihn nicht immer und immer wieder aufs Neue verletzen – und auch selbst nicht mehr verletzt werden.

Darren kniete sich vor mich hin und holte angespannt Luft. Selbst wenn ich es gewollt hätte, konnte ich nichts tun, denn ich lag in Ketten.

»Vielleicht ist dir *dein* Leben nicht Grund genug.«

Entgeistert starrte ich zu ihm hinauf und mein Herz setzte aus.

»Muss ich dich erst daran erinnern, dass auch die Familienangehörigen von Rebellen zur Rechenschaft gezogen werden können?«

Nein.

»Ja.« Mit undurchdringlicher Miene sah er zu, wie pure Panik in meinem Gesicht aufflackerte. »Deine Eltern. Alex. Ella. Dein Freund Ian … Kann ja sein, dass du bereit bist, dich zu opfern, aber wie steht es um *sie*?«

Ungeachtet der stechenden Schmerzen meiner noch nicht verheilten Wunden, begann ich, wie von Sinnen an den Ketten zu reißen.

»Sie sind keine Rebellen, Darren!« Drei davon natürlich sehr wohl, aber das wusste er ja nicht. *»Du kannst sie doch nicht für meine Taten bestrafen!«*

Seine Augen waren granatrote Sterne in einem Meer aus Schwärze. »Würde ich aber, wenn dich das zur Vernunft bringt.«

Ich strampelte und wand mich noch immer. »Ich gebe so oder so nichts preis!«

»Gut. Dann unterschreibst du damit eben ihr Todesurteil.«

Nein. Nein. So war Darren nicht. So etwas würde er niemals tun.

»Deine Entscheidung, Ryiah.« Er stand auf.

»Das stimmt nicht. Es ist *deine*!« Ich zerrte an den Fesseln. »Darren –«

»Nein.« Seine Worte waren wie Faustschläge in den Magen. »Ihr Schicksal liegt ganz allein in deinen Händen. Nicht in meinen. Du kannst sie retten, Ryiah. Du musst mir nur die Rebellen liefern.« Er fuhr sich mit der Hand übers Gesicht. »Glaubst du ernsthaft, wir finden sie nicht? Meinst du, ich habe nicht gemerkt, dass da irgendwas faul ist in Ferren? Dass ich nicht jedes Wort infrage stelle, das du jemals von dir gegeben hast?«

»Darren.« Ich rappelte mich so weit auf, wie meine Fesseln es erlaubten. Meine Stimme brach. »Ich k-kann nicht.«

Eine ganze Weile sah er mich schweigend an, dann sagte er: »Du könntest sehr wohl, aber du willst nicht.«

Das Blut rauschte mir in den Ohren. »Aber sie *sind* keine Rebellen!«

»Ist mir egal.« Sein Lachen war kalt, herzlos. »Dir allerdings sollte es nicht egal sein.«

Ich gab keine Antwort darauf. Es ging einfach nicht – ich konnte nicht all jene verraten, die für diesen Kampf ihr Leben riskierten oder gar gegeben hatten. Nicht einmal, wenn ich gewollt hätte.

Er musste es in meinen Augen gesehen haben, denn im nächsten Moment packte er mich an den Schultern, schüttelte mich und brüllte mich an.

»Ich habe dir gerade angeboten, deine Familie zu verschonen, und du gibst den Rebellen den Vorzug?«

»Darren –«

»Bei den Göttern, du würdest wirklich *alles und jeden* dafür opfern, oder?« Er durchbohrte mich mit Blicken. Außer sich vor Zorn. Wie im Wahn. »Wie haben sie es geschafft, dich auf ihre Seite zu ziehen? *Was haben sie dir versprochen?«*

»Ich habe dir doch schon alles g-gesagt.« Hitze stieg mir ins Gesicht. »Aber du hörst mir ja nicht zu.«

»Macht? Ist es das?« Darrens Finger gruben sich in meine Haut. »Der Kronprinz ist dir nicht gut genug? Du strebst selbst den Thron an?«

»Ich wollte *nie* Königin werden!« Ich spie ihm die Worte ins Gesicht. »Es geht hier nicht um Macht, sondern um die *Wahrheit*!«

»Die Wahrheit?«, schrie er zurück. »Dein Ernst, Ryiah? *Du* willst mir was von Wahrheit und Ehrlichkeit erzählen?« Seine Hände zitterten vor Empörung. »Derrick war ein Rebell und ein Verräter, und du bist durch deine Trauer so verblendet, dass du beschlossen hast, anstelle von deinem *meinen* Bruder zum Bösewicht zu machen!«

Verblendet? Ich? »Ich bin nicht diejenige, die hier blind ist!« Warum wollte er mir einfach nicht zuhören? Was musste ich denn noch tun, damit er mir glaubte? »Blayne spielt dir und allen anderen nur etwas vor. Er hat euren Vater auf dem Gewissen. Er hat ganz gezielt einen *Krieg* angezettelt, aber du siehst das einfach nicht, weil du immer sein Beschützer warst und nicht in der Lage bist, in ihm das Monster zu erkennen, das er in Wirklichkeit ist!«

»Wo ist dein Beweis, Ryiah, *wo*?«

»Darren –«

»Derrick hat dir etwas vorgemacht!« In seinen Worten lag eine Mischung aus Abscheu und Verzweiflung. »Du hast seinen Tod nicht verkraftet, und statt damit zu leben und die bittere Wahrheit zu akzeptieren, willst du lieber für seine Sache sterben.«

Mir krampfte sich das Herz zusammen. Egal, was ich sagte, er glaubte mir einfach nicht, das las ich in seinem Gesicht. Er hielt mich für eine Lügnerin, was ich ihm nicht einmal verübeln konnte, weil ich ja tatsächlich sein Vertrauen missbraucht hatte.

Und das Schlimmste war, dass ich keinerlei Beweise hatte.

»Bedeute ich dir irgendetwas?« Darren schlug so fest über meinem Kopf mit der Faust gegen die Wand, dass seine Fingerknöchel bluteten. »Wenigstens ein bisschen was, Ryiah?«

»N-natürlich.« Tränen schossen mir in die Augen.

»Dann beweise es mir.« Er senkte die Stimme. Mit Brüllen und Drohen war er nicht weitergekommen. »Entscheide dich für die Krone. Fürs Leben.« Aus seinen Worten sprach pure Verzweiflung. »*Entscheide dich für das, was wir zusammen hatten.*«

Am ganzen Leib zitternd schüttelte ich den Kopf. Ich konnte ihm nicht in die Augen sehen.

Mit einem derben Fluch ließ er mich los und rempelte mich an.

Einen Augenblick lang herrschte Stille.

»Du hast mich mal gebeten, mit dir durchzubrennen …« Seine Stimme brach.

Ich sah ihn an und Darren hielt meinen Blick fest. In seinen Augen lag kein Hass, nur unendliche Trauer, und das war noch tausendmal schlimmer.

»Es gab also einmal eine Zeit, da hättest du für uns alles andere hinter dir gelassen.«

Dafür war es zu spät. Ich konnte die anderen nicht einfach ihrem Schicksal überlassen. »Es tut mir leid.« Mein Flüstern war heiser.

Damals war ich dumm und egoistisch gewesen, aber jetzt musste ich stark, *sehr* stark sein, denn mit Wunschdenken würde ich keinen Einzigen retten, und ich durfte nicht für Darren den Rest der Welt im Stich lassen.

Der Schwarze Magier erhob sich und lehnte sich gegen die Gitterstäbe, die Hände noch immer auf dem Schloss. »Nicht so leid wie mir.«

Plötzlich war ich wie versteinert, unfähig mich zu rühren.

»Im Morgengrauen werden sie dich hinrichten.«

Atmen, Ryiah.

»Ich werde nicht kommen.« Darrens Gesichtsausdruck war derselbe wie damals, als ich ihn an der Felskante gefunden hatte. Irgendwo weit jenseits »gewöhnlicher« Trauer, falls es so etwas überhaupt gab. Ihn so zu sehen, tat mir in der Seele weh, auch wenn ich gerade selbst völlig am Ende war. »Ich kann das nicht mit ansehen«, flüsterte er. »Ganz egal, was du getan hast. Ich halte das nicht aus.«

Die Tränen liefen mir in Strömen übers Gesicht, aber

ich verbot mir, etwas zu sagen – sonst wäre ich doch noch schwach geworden und hätte alles gestanden, was er wissen wollte, und meine Seele verkauft. Ich traute mir selbst nicht über den Weg, denn ich hätte alles darum gegeben, *alles*, um ihm das Leid zu ersparen.

Stattdessen ließ ich ihn stumm ziehen.

In dem Wissen, dass dies ein Abschied für immer war, ließ ich zu, dass der Junge, den ich liebte, sich umdrehte und ging.

Noch eine Nacht.

Warum fühlt es sich dann schon wie das Ende an?

Mit einem dumpfen Geräusch knallte etwas gegen die Tür und riss mich aus meinem Elend. In dem verzweifelten Bemühen, meinem baldigen Schicksal wenigstens gedanklich zu entfliehen und ihm ein paar letzte Stunden abzutrotzen, hatte ich versucht, mich tief im Nichts zu vergraben und jeden quälenden Gedanken beiseitezuschieben, was allerdings nur in Ansätzen funktioniert hatte.

Dann folgten ein gedämpfter Schrei und ein zweiter Schlag, der sich nicht so leicht wieder ignorieren ließ.

Widerwillig öffnete ich die Augenlider und erkannte schemenhaft die nasskalte Zelle mit den rostigen Eisenstäben und die vertrauten Flecken alten Blutes auf dem Steinboden. Um mich herum waren nichts als Schatten und Wände. Wenn die Wachen weg waren, brannte kein Licht. Wozu auch?

Der faulige Gestank von Fäkalien waberte zäh durch die Luft, weil die Wachleute sich nie darum gekümmert hatten, die Eimer wegzubringen. Ich atmete unregelmäßig und flach und alles tat mir weh. Die Schmerzen kannten kein Erbarmen.

Da waren die körperlichen Qualen der tagelangen Misshandlungen.

Die entsetzliche Furcht vor dem, was noch käme.

Darrens letzte Worte, die mich tiefer getroffen hatten als jede Verletzung, die Mira mir jemals zufügen konnte.

Nicht so leid wie mir.

Und nicht zu vergessen, meine Angst angesichts Darrens Drohung, die sich wie eine Hand um meine Kehle legte und zudrückte und fast um den Verstand brachte. Vor meinem inneren Auge sah ich Soldaten, die auf Demsh'aa marschierten und dann weiter zur Festung. Meine Eltern. Alex. Ella.

So sehr ich mich auch bemüht hatte, dem ganz großen Grauen zu entkommen und mich in meiner kleinen Grube aus Verzweiflung davor zu verstecken – der Albtraum war zurück.

Mein Dorf steht in Flammen. Schwarzer Qualm wälzt sich über den Himmel, als Derrick zu Boden geht. Noch einmal.

Alex mit einer Klinge an der Brust. Ella umzingelt. Und meine Eltern, die dem Zorn der Soldaten zum Opfer fallen.

Darren neben seinem Bruder, der mit seiner glitzernden Hämatitkrone auf dem Thron sitzt, während sie in die endlose Nacht hinaus lachen und lachen.

Und ich bin hinter einer unsichtbaren Glaswand gefangen und trommle verzweifelt dagegen, bis meine Fäuste violett und wund sind. Trommle mit voller Wucht, bis meine Knochen brechen, doch meine Schreie verhallen ungehört im Wind.

Wer brauchte Halluzinogene, wo doch Träume ebenso grausam sein konnten?

»Ryiah?«

Erst dachte ich, ich wäre schon wieder im nächsten Albtraum gefangen.

Schwer atmend taucht Paige mit einem Schwert in der Hand auf. Im Dämmerlicht, das von der Treppe hinter ihr hereinfällt, sehe ich, wie ihre Brust sich hebt und senkt.

Sie kneift die Augen zusammen und versucht, in der Finsternis etwas zu erkennen, dann stößt sie einen Fluch aus und kehrt um, jedoch nur, um gleich darauf mit einer Fackel zurückzukommen.

»O Mann«, murmelt sie, »das hätte er sich echt ein bisschen früher überlegen können.«

Hinter ihr liegen zwei reglose Männer.

»Wir haben nicht viel Zeit …« Hastig wirft sie einen Blick zurück auf den Gang und rennt zu meiner Zelle. »Bald ist Wachablösung.« Sie wühlt in ihrer Brusttasche, zieht einen Schlüssel aus ihrem Wams und schließt meine Zelle auf.

Ich hatte nicht damit gerechnet, dass ich mir in meinen letzten Stunden einbilden würde, Paige zu sehen, aber da war sie. Dankbar für jegliche – wenn auch übellaunige – Gesellschaft, starrte ich zu dem Phantom hinauf.

»Ryiah?« Sie schüttelt mich. »Ryiah!«

Ein harter Schlag ins Gesicht brachte die Schmerzen heftiger denn je zurück.

Ich blinzelte.

Sie war immer noch da. Mir schwirrte der Schädel, und meine Wange brannte, doch meine Leibwächterin war noch immer hier. »Paige?«

Sie verdrehte die Augen. »Wer soll es denn sonst sein? *Mira?*«

Wieder blinzelte ich.

Immer noch da.

Paige stieß ein ungeduldiges Schnauben aus und schloss die Handfesseln auf, mit denen ich angekettet war. »Tagelang habe ich an mir gezweifelt, nachdem uns dieser Rebell entwischt war.« Kopfschüttelnd zog sie meine lädierten Handgelenke aus den Eisenschellen. »Ich wusste, dass da irgendwas faul dran war, so wie Ihr Euch nach dem Tod Eures Bruders habt hängen lassen.«

Von ferne schlug die Turmglocke zwölfmal. Mitternacht. Sechs Stunden vor dem Ende.

»Mir ist schon klar, warum Ihr mich nicht ins Vertrauen gezogen habt.« Paige schlang mir einen Arm um die Taille und duckte sich mit einem Ächzen unter meine Achsel. »Deshalb finde ich es noch lange nicht in Ordnung, aber nachdem Ihr es nicht mal Eurem heiß geliebten Prinzen erzählt habt, habe ich damit meinen Frieden gemacht.«

»Paige?« Ich ließ mich von ihr auf die Füße ziehen und versuchte, das Zittern meiner Gliedmaßen zu ignorieren. Manche meiner Verletzungen waren noch nicht verheilt und würden es wohl auch nur mithilfe einer ganzen Menge Magie. »Verhilfst du mir g-gerade zur Flucht?«

»Seit die Nachricht die Runde gemacht hat, beobachtet Mira mich mit Argusaugen. Ich hatte ja gehofft, dass Eure Rebellenfreunde eine Befreiungsaktion für Euch starten würden, so wie für Euren Bruder, aber wie es aussieht, fällt *mir* die Rolle der Retterin zu.« Ihre Lippen wurden zu einem dünnen Strich. »Typisch, dass Euer Liebster bis zur letzten Sekunde damit warten muss, um mir die Gelegenheit dazu zu geben.«

»Darren?« Meine Gedanken rasten und mir wurde schwummrig. Glaubte er mir jetzt doch? Hatte er Paige dabei geholfen, meine Flucht zu planen?

Während wir den Kerker durchquerten, zog sie etwas aus der Tasche ihres Waffenrocks – Darrens Hämatitkette. »Ihr beide seid echt kompliziert. Man könnte auch sagen bescheuert …

Wie auch immer, jedenfalls hat Darren eine späte Besprechung mit Mira einberufen. Der König ist schon im Bett. Das hier sollte uns durch die Tore bringen.« Sie ließ die Kette in ihrer Hand hin- und herbaumeln. »Niemand außer Blayne oder der obersten Magierin würde die Befehle des Kronprinzen in Zweifel ziehen.«

In meinem Kopf wirbelten so viele Fragen durcheinander, dass ich gar nicht wusste, wo ich anfangen sollte.

»Hier.« Paige kniete sich hin, und ich sah erschrocken zu, wie sie begann, einen der ohnmächtigen Wachmänner am Fuße der Treppe zu entkleiden. »Ihr braucht etwas

Anständiges zum Anziehen, sonst sieht jeder auf den ersten Blick, dass da irgendwas nicht stimmt. Vielleicht benötigen wir auch sein Schwert.«

»Wie k-konntest du …?« Als ich erkannte, dass es sich bei den beiden um Magier handelte, die Mira bei meinem Verhör eingesetzt hatte, hielt ich inne. Schlagartig war jegliches Mitleid mit ihnen verflogen, denn sie hatten Spaß daran gehabt, mich zu quälen.

Paige deutete meinen Gesichtsausdruck richtig und grinste mich breit an. »Die habe ich echt kalt erwischt. Den hier habe ich mir als Ersten vorgeknöpft. Im Gegensatz zu Euch verfügt er nicht über Schmerzmagie. Ging ruckzuck.«

Typisch Paige, auf der Flucht auch noch großspurig daherzureden. Ich stützte mich mit der Hand an der Wand ab und sah mich um.

Sekunden später riss ich mir die Reste meines Nachthemds vom Leib und biss die Zähne zusammen, während Paige um Wunden herumschnitt, auf denen sich ein Grind gebildet hatte. Dann zog ich mir den grauen Waffenrock des Magiers über und legte einen Umhang um, den zuvor Paige getragen hatte.

Sie griff in meine verfilzten, blutverklebten Haare. »Ich hoffe, Ihr hängt nicht allzu sehr daran.«

»Wa–«

Ihr Messer blitzte auf, und alles, was mir über die Schultern ging, fiel zu Boden. Hastig sammelte sie die abgeschnittenen Haare ein und stopfte sie in die kleine Tasche an ihrer Taille. »Die Wachen dürfen nicht die Ryiah sehen, die sie erwarten«, erklärte sie, »und Eure Mähne war einfach zu auffällig.« Sie hielt mir eine durchsichtige goldgelbe Phiole hin. »Massiert das ein.«

Ich zog es vor, keine Diskussion anzufangen. Ich kannte das Zeug aus dem Laden meiner Eltern. Der Geruch war abscheulich, doch innerhalb von Sekunden hatte der Schwefel meine Haare dunkelbraun gefärbt, und das getrocknete Blut ging als Dreck durch.

Mit meinen neuen Kleidern und den kurzen Locken konnte man mich direkt für einen schmächtigen Kerl halten.

»Zieht Euch die Kapuze ins Gesicht.«

Paige ging die Treppe hoch und ich stolperte an ihren Arm geklammert hinter ihr her. Inzwischen war ich nicht mehr ganz so wackelig auf den Beinen, aber ich zitterte noch immer. »Warte.«

»Ja?« Irritiert sah sie mich an.

»Warum tust du das? Warum hilfst du mir? Du bist kein Rebell –«

»Dafür haben wir jetzt wirklich keine Zeit.« Sie schnaubte und verlangsamte ihr Tempo, um mir die Stufen hinaufzuhelfen. »Ich habe meine Entscheidung getroffen und damit basta. Ob es die richtige war, wissen nur die Götter, aber in dem Moment, als der Prinz mir die Gelegenheit auf dem Präsentierteller serviert hat, habe ich sie beim Schopf ergriffen. Zum Ausgleich für ein Leben auf der Flucht hat er mir die Kette versprochen, aber«, sie hievte mich die letzte Stufe hinauf, »da galt meine Loyalität schon gar nicht mehr der Krone, und zwar seit sie mir gesagt haben, dass Ihr eine Verräterin seid.«

Ihre Worte zogen mir bis ins Herz. Hastig schluckte ich die Tränen hinunter, die in mir hochstiegen.

»Ich weiß zwar nicht, wie es dazu kam«, murmelte sie, »aber ich kenne Euch. Wenn Ihr Euch auf die Seite der Rebellen geschlagen habt, wird es einen triftigen Grund dafür geben. So, wir haben jetzt genau dreißig Minuten, um zu den Stallungen zu kommen, ehe am Verlies die nächste Schicht eintrifft. Darren hat sich darum gekümmert, dass bereits eine Stute mit Vorräten für uns bereitsteht, die für eine Reise bis zur Küste ausreichen.« Sie hielt kurz inne. »Ihr sollt als Matrose auf einem Schiff zu den Boreanischen Inseln anheuern. Er hat extra Papiere für Euch ausstellen lassen, aber ich gehe davon aus, dass Ihr zu den Rebellen wollt. Also reiten wir nach Norden? Zur Festung?«

Unfähig, etwas zu sagen, nickte ich. Damit hatte sie meine unausgesprochene Frage beantwortet. Darren glaubte mir nicht, sonst hätte er Paige nicht angewiesen, mich aus Jerar fortzubringen.

Es liegt ihm immer noch viel an dir, sonst würde er dir erst gar nicht zur Flucht verhelfen. Er will nicht, dass du hingerichtet wirst, auch wenn er damit gedroht hat, sogar deine Familie zur Rechenschaft zu ziehen.

»Dachte ich mir.« Paige ließ meinen Arm los und gab mir ein Zeichen, mich dicht bei ihr zu halten. »Also, seht niemanden an und lauft, so schnell Ihr könnt. Bleibt auf keinen Fall stehen. Wenn die Glocken läuten, dann *rennt*.« Sie stieß ein zynisches Lachen aus. »O Götter, steht mir bei«, murmelte sie, »jetzt gibt es kein Zurück mehr.«

So zügig wie möglich gingen wir den dunklen Gang entlang und bemühten uns, nicht bei jedem Schatten oder Geräusch zusammenzuzucken. Schon nach kürzester Zeit spürte ich jeden Muskel. Ich hatte ganz vergessen, wie viele Wendeltreppen und verwinkelte Korridore man überwinden musste, um vom Kerker zum Erdgeschoss des Palasts hinaufzugelangen.

Die ersten zehn Minuten kamen wir gut und vor allem unbehelligt voran, bis wir auf die ersten zwei Wachleute trafen. Paige marschierte mit vorgerecktem Kinn weiter, und ich schlurfte neben ihr her und versuchte, mich möglichst unauffällig zu verhalten.

»He, ihr da! Halt!«

Bei dem scharfen Befehl sträubten sich mir die Nackenhaare.

»Wer seid Ihr und wohin wollt Ihr?«

»Ist das dein Ernst, Pasha?« Paige lachte künstlich und wies mit dem Daumen auf mich. »Erinnerst du dich nicht an Gallaghen? In der ersten Woche in der Stadt war er mit uns beim Würfelspiel.«

Ich atmete tief durch, gab mir Mühe, mich halbwegs aufrechtzuhalten, und betete, dass ihnen die violett-blauen Blutergüsse unter meinem Kinn nicht auffielen. Dass die Wachen nur einen dünnen Jungen mit eingezogenen Schultern sahen, dem die Haare ungewaschen ins Gesicht hingen. Auch hier war es dunkel, und außerdem war es mitten in der Nacht, wo die Leute eher dazu neigten, Fehler zu machen.

»Na schön«, meinte der eine Wachmann mit einem flüchtigen Blick auf mich. »Und wo wollt ihr hin?«

»Ein bisschen allein sein.« Paige legte einen Arm um mich und zwinkerte den Männern frech zu. »Der Bursche hier war ziemlich hartnäckig. Hat sich am Ende ausgezahlt.«

Die beiden Wachen starrten sie an. »Du? Verliebt?«

»Hm, ist der für deinen Geschmack nicht ein bisschen zu mickrig?«

Meine Leibwächterin verdrehte die Augen und stupste mich mit dem Ellbogen voran. »Nacht, Leute.«

Wir passierten zwei weitere Wachen und diesmal stellte uns niemand Fragen. Auch an den dritten kamen wir gut vorbei, doch die nächsten beiden kamen mir bekannt vor, und zwar von den Verhören. Ich griff nach Paiges Arm. »Da können wir nicht langgehen.«

Mit zusammengezogenen Augenbrauen wägte sie unsere Optionen ab: Entweder nahmen wir den Weg durch die Haupthalle – angesichts von zwanzig Wachen in der Nähe des Eingangs ein Ding der Unmöglichkeit – oder den Hinterausgang zu den Gärten, der von diesen beiden bewacht wurde.

»Wir müssen einfach beten, dass sie Euch nicht erke–«

In diesem Moment schlug irgendwo über uns eine Glocke Alarm.

Wir pressten uns an die Wand.

»Eigentlich hätten wir mehr Zeit haben sollen!« Paige fluchte. »Die Wachablösung muss früher gekommen sein. Wir können nicht warten.«

»Nein!« Ich deutete auf die Küche. »Dort gibt es einen Dienstboteneingang, der direkt zum Zwinger führt.«

»Gut!«, keuchte sie, »das klingt wenigstens halbwegs nach einer Chance.«

»Auf drei: eins, zwei, los!«

Wir sprinteten über den Flur, was nun aber nicht mehr weiter auffiel, weil plötzlich *alle* rannten. Mir war klar, dass binnen Kürze das halbe Palastregiment an den Eingangstoren versammelt wäre, während die andere Hälfte zum König eilte.

Mit eingezogenen Köpfen schafften wir es gerade noch rechtzeitig in die Küche, wo Benny, statt sich um die dreckigen Arbeitsplatten zu kümmern, ein langes Fleischmesser in der Hand hielt, während er sich mit der anderen das Abwehrzeichen gegen das Böse über die Brust schlug.

»Sankt'ra Dien.« *Die Götter mögen uns schützen* in der alten Sprache.

Ich zog mir die Kapuze vom Kopf und ging langsam auf ihn zu. »Benny, ich bin's nur.«

Mit weit aufgerissenen Augen starrte er mich an. »Prinzessin, aber Ihr seid doch –«

»Eine Rebellin.« Meine Hand ertastete die kleine Arretierung, die Darren mir damals in der Ausbildung gezeigt hatte. »Bitte verrate keinem, dass wir hier waren.«

»Wie schlimm ist es?« Bennys Blick huschte zu Paige hinüber, die kampfbereit die Hand am Heft ihres Schwertes hatte.

»Ich werde nicht zurückkommen.« Ich erwiderte den Blick des Kochs, der mich zögerlich betrachtete, und betete, dass er nicht nach den Wachen rief. Ich war immer davon ausgegangen, dass wir Freunde waren, aber er hatte keinen Grund, einer Verräterin zu trauen.

Seufzend ließ er sein Messer sinken. »Ihr wart mir die Liebste von allen. Versprecht mir einfach, dass das kein Fehler ist.«

»Danke.«

Direkt vor der Tür brüllte jemand: *»He, ihr da, überprüft die Küche!«*

Mit einem letzten Blick auf Benny bog ich die Paneele der Vertäfelung zurück und sprang durch den entstanden Spalt. Paige folgte mir auf den Fersen.

Wir hatten die Tür kaum zugedrückt, als schon aufgeregte Stimmen laut wurden, die wissen wollten, ob Benny eine flüchtige Gefangene gesehen hätte.

Ich hoffte inständig, dass der Koch Wort hielt. Mit ein bisschen Glück würden die Wachen denken, dass wir es nicht nach draußen geschafft hatten, sondern uns noch im Palast versteckt hielten.

Jetzt hieß es, keine Zeit zu verlieren.

So schnell wir konnten, tasteten wir uns durch die Dunkelheit, vorbei an irgendwelchen Dingen, die irgendjemand dort abgestellt hatte, und mussten wegen all des Staubs hier immer wieder husten. Mehr als einmal geriet ich ins Straucheln, weil mir meine Muskeln nicht so recht gehorchen wollten oder ich über lose Platten stolperte, und schlug hin, um mich dann hektisch wieder hochzurappeln.

Es kam mir wie eine halbe Ewigkeit vor, bis wir am Ende des Durchgangs eine Spur von Licht durch eine Ritze sickern sahen.

Keuchend zogen wir die zweite Geheimtür auf und spähten in den Zwinger, der direkt daran anschloss.

Alles war düster, doch die gedämpften Rufe, die vom Palast herüberdrangen, trieben uns weiter.

Wir hatten uns kaum durch die schmale Pforte gezwängt, als etwas Schweres gegen meine Beine prallte, gefolgt von einer feuchten Zunge.

»Na, alter Junge?«

Paige stöhnte, während ich mich zu Wolf hinunterkniete, um ihn zu streicheln. Dabei hatte sie nichts gegen Hunde – sie war nur in irgendwas Ekliges getreten.

Vom Zwinger aus hörte ich, wie weitere Soldaten auf den Hof gerannt kamen. Die Zeit spielte gegen uns. Wir mussten weiter. Bedauernd sah ich Wolf an. In meiner Kindheit und Jugend hatte ich viel zu viel Zeit damit vergeudet, mich vor Hunden zu fürchten, wo die echte Gefahr doch von meiner eigenen Spezies ausging. »Ich werde dich vermissen«, flüsterte ich und schlang noch einmal die Arme um seinen struppigen Hals, dann stand ich auf und versuchte, den Kloß in meinem Hals zu ignorieren. »Pass gut auf dein Herrchen auf.«

Eine Hand drückte meine Schulter. »Braucht Ihr noch einen Moment?«

Ich schüttelte den Kopf und setzte mich wieder in Bewegung. Wenn ich erst einmal anfinge, darüber nachzugrübeln, was ich alles zurückließ, würden wir hier nie wegkommen.

Am Ausgang des Zwingers drehte sich Paige zu mir um, drückte mir ihre Tasche in die Hand und schob mich zurück ins Gebäude.

»Ihr wartet hier, während ich das Pferd hole. Wenn Euch irgendetwas komisch vorkommt, dann lauft um Euer Leben. Es macht keinen Sinn, dass wir beide den Kopf riskieren. Momentan suchen sie nur nach Euch, aber wer weiß, wie lange das so bleibt.«

Über uns donnerte und grollte der Himmel, und ich sah Paige noch einen Moment nach, wie sie durch die dichten Regenschlieren verschwand, ehe ich mich in den Unterschlupf zurückzog.

Die nächsten neunzehn Minuten waren die längsten meines Lebens. Die Turmglocke hatte gerade ein Uhr geschlagen, als ich endlich ihre Schritte vor der Tür vernahm.

Eine Sekunde zu spät wurde mir klar, dass das Hufgetrappel fehlte.

»Sieh an, und ich hatte schon gedacht, du wärst uns entwischt.«

Mit einem Schwert in der Hand stand der König klitschnass vor mir, die Spitze direkt auf meine Brust gerichtet.

Blayne.

Verzweifelt versuchte ich, die Tür zuzuschlagen, doch er brachte gerade noch rechtzeitig den Fuß dazwischen und stieß sie wieder auf, indem er sich mit seinem ganzen Gewicht dagegenwarf, gegen das ich nach zehn Tagen im Verlies nicht ankam.

Ich stolperte zurück und tastete hektisch nach dem Griff meines Schwertes, während der König gemessenen Schrittes hereinschlenderte.

Ich schaffe das. Ohne seine Waffe aus den Augen zu lassen, wich ich zurück und zog meine eigene Klinge. *Er ist kein Magier, nicht mal ein Ritter.*

Aber warum hatte ich dann Angst?

»Ich würde dich ja fragen, wie du überhaupt bis hierhin gekommen bist, aber ich ahne, dass mein Bruderherz da seine Finger im Spiel hat.« Blaynes Blick wanderte zu dem dunklen Durchgang, der zum Zwinger führte, und seine Lippen verzogen sich zu einem hämischen Grinsen. »Sobald mir zu Ohren gekommen ist, dass er Mira unter irgendeinem lächerlichen Vorwand zu einem Treffen einbestellt hat, habe ich es *gewusst* – und sofort Wachen losgeschickt, um im Kerker nach dem Rechten zu sehen.«

Also hatte Paige recht gehabt und das Alarmsignal war tatsächlich zu früh losgegangen.

»Danach musste ich nur noch nach dem Ausschlussverfahren vorgehen.«

Blayne machte einen weiteren Schritt auf mich zu und ich einen zurück. Das Schwert zitterte in meiner Hand. Es war ziemlich leicht und schmal, wie mir erst jetzt auffiel – ein Degen, wo ich doch eigentlich ein Breitschwert gebraucht hätte.

»Ich dachte, ich versuch's mal beim Zwinger«, fuhr er fort. »Schließlich haben Darren und ich uns schon als kleine Jungen hier versteckt. Und dieser Geheimgang, tja, der ist mir gleich als Allererstes in den Sinn gekommen.«

Ich biss mir innen auf die Wange und versuchte, mich nicht weiter von ihm in die Enge treiben zu lassen. »Du musst nicht in die Fußstapfen deines Vater treten, Blayne, du musst nicht so werden wie er.«

Er unterbrach mich mit einem Lachen. »Ich bin nicht wie mein Vater, Ryiah. Ich bin viel *besser.*«

Ich stand mit dem Rücken am Holzzaun. Hier ging es nicht mehr weiter, und mich umzudrehen und zu klettern, wäre eine Einladung für ihn gewesen, mir seine Klinge in den Rücken zu rammen.

Doch Blayne ließ mir ohnehin keine Wahl und machte einen Satz auf mich zu.

Ich wich nach links aus und parierte mit der Rechten, sodass unsere Klingen aufeinanderkrachten und ein schrilles Klirren durch die Luft hallte.

Mein Schwert war dem des Königs nicht ebenbürtig.

Ich machte einen Schritt nach hinten, duckte mich und entging mit knapper Not einem Hieb, der mich vom Nabel bis zur Brust aufgeschlitzt hätte, um gleich darauf seinem nächsten Vorstoß auszuweichen, der auf meinen Kopf zielte.

Schon nach wenigen Minuten brannten meine Muskeln und machten mir deutlich, dass ich seine Schwerthiebe nicht ewig abwehren konnte, genau genommen gingen meine Kräfte jetzt schon zur Neige. Natürlich konnte ich meine Magie herbeirufen – zumindest das bisschen, das in den zwei Tagen zurückgekehrt war, an denen mir nicht Miras freundliche Fürsorge zuteil geworden war, aber lange würde ich Blayne damit nicht in Schach halten.

Ein erneuter Vorstoß, den ich abermals in letzter Sekunde abblockte.

Ich erwischte mit einem tief angesetzten Schwung sein Bein, parierte dann jedoch schlampig, und die Wucht des Aufpralls fuhr mir voll in die Knochen.

Grundsätzlich war natürlich ich der geschicktere Schwertkämpfer von uns beiden, aber in meinem momentanen Zustand … und dann hatte er auch noch das bessere Schwert.

Blayne fuhr eine Attacke nach der anderen und ließ mir keine Zeit zum Durchschnaufen, ja nicht mal zum

Nachdenken. Es ging Schlag auf Schlag und hatte nur *ein* Ziel: töten.

Mit jedem Konter schwanden meine Kräfte. Der Schweiß stand mir auf der Stirn und mir war heiß – viel zu heiß. Mein Herz schlug wie eine Trommel gegen meine Rippen, und ich zählte die Minuten – vermutlich die letzten meines Lebens –, die mir wie Sand durch die Finger rannen.

Ausfallschritt. Hieb. Parieren. Umkreisen.

Mit dem nächsten Angriff brachte er mir eine tiefe Schnittwunde am Arm bei. Ich biss die Zähne zusammen und wechselte das Schwert in die andere Hand. Jetzt musste ich auch noch mit links kämpfen. Ich durfte mir jetzt keinen Fehler mehr erlauben, dabei war die Linke meine schwache Seite.

Blayne witterte seine Chance, und seine Stiefel wirbelten eine Wolke aus Staub und Stroh auf, als er sich auf mich stürzte und mich zwischen der Wand und dem Zaun in die Enge trieb.

Wieder ließ er sein Schwert durch die Luft sausen und diesmal blieb mir keine andere Wahl – ich reagierte einfach zu langsam mit dem Degen.

Meine Magie peitschte los und in letzter Sekunde stellte sich eine Phantomklinge der des Königs in den Weg. *Purer Instinkt.* Einen Moment später brachte ich endlich mein echtes Schwert in Position, genau in der Sekunde, als das magische sich in Luft auflöste.

Blayne stemmte sich gegen mich.

Mein Degen zitterte und ich bebte am ganzen Leib unter dem Druck, dem meine Kräfte kaum gewachsen waren – und viel Magie war mir auch nicht mehr geblieben …

Währenddessen stemmte Blayne die Fersen in den Boden, legte all sein Gewicht und seine Kraft in die Vorwärtsbewegung und versuchte, meine Verteidigung zu durchbrechen.

Nein! Ich durfte ihn nicht gewinnen lassen, dafür hatte ich zu viel durchlitten, um so zu enden.

Ich mobilisierte meine letzten Kraftreserven und stieß ihn von mir weg. Tatsächlich: Blayne stolperte zurück und ich rückte sofort nach.

Ein tiefer Hieb links, dann ein hoher. Unten. Rechts. Halbe Drehung. Ein kurzer Stich, der auf seine Körpermitte zielte. Parieren, ausweichen. Noch mal abblocken und zuschlagen. Treffer.

Blut, Blut und noch mehr Blut.

O ja, ich würde den Kerl bluten lassen.

Den Blick fest auf ihn gerichtet, setzte ich nach, während er Meter für Meter zurückwich. Er duckte sich und geriet ins Straucheln, und ich rückte wie entfesselt immer weiter vor, und mein Hass setzte ungeahnte Kräfte in mir frei. Wie konnte dieses Monster es wagen, alles zu zerstören, was mir am Herzen lag? Wieso sollte ich seine Taten ungesühnt lassen?

Jemand musste die Rolle des Helden übernehmen, und ich war mir zwar nicht sicher, ob dieser Jemand *ich* war, aber versuchen würde ich es allemal. Darren zuliebe hatte ich mich zurückgehalten, doch das tat jetzt nichts mehr zur Sache.

Wen kümmerte es, ob Blayne früher einmal ein verängstigter, todunglücklicher kleiner Junge gewesen war, dem sein eigener Vater das Leben zur Hölle gemacht hatte? *Jetzt* war er ein Schurke.

Vage spürte ich, wie meine Kräfte mit jedem weiteren Schritt schwanden, doch darüber machte ich mir keine Gedanken mehr. Wenn ich mit ihm starb, dann war es eben so, jedenfalls würde ich dafür sorgen, dass Blayne hier nicht lebend rauskam.

Verflixt, mein Schlag ging ins Leere. Ein falscher Schritt, weil ich zu viel mit der rechten Hand statt mit der linken trainiert hatte, ein Anfängerfehler im Eifer des Gefechts, statt ruhig und überlegt vorzugehen.

Der Konter erwischte mich an der linken Schulter, als Blayne sein Schwert von oben herabsausen ließ, und mein Degen fiel scheppernd zu Boden.

Der König hielt mir sein Schwert an die Kehle.

In mir brodelte meine Magie hoch.

Und hinter mir ertönte ein zorniges Bellen.

Wolf.

Blayne erstarrte, als ein Schatten über die Absperrung sprang. Mit zwei Angreifern gleichzeitig konnte er es nicht aufnehmen. Sein kurzes Zögern blieb nicht folgenlos, schon grub der Hund seine Zähne in sein Bein.

Blayne fluchte, als Wolf seinem Fußtritt entging und knurrend neben mir eine drohende Haltung einnahm, während ich mich bückte und auf dem Boden nach meinem Schwert tastete.

Ein weiteres Bellen und meine Finger schlossen sich um das Heft. Bereit zum Angriff sprang ich auf – und sah gerade noch, wie der König von Jerar Wolf sein Schwert in die Brust rammte. »Hätte dem Köter schon längst den Garaus machen sollen«, schnarrte er.

Als der Hund auf dem Boden zusammenbrach, schrie ich.

Wolf.

Ich sah nur noch rot.

Wie von Sinnen hieb ich mit meinem Schwert auf Blayne ein, wieder und immer wieder.

Zu meinen Füßen jaulte der Hund und durch meine Adern jagte eiskalter Hass. Wolf starb und der böse König war noch am Leben.

Ich merkte gar nicht, dass ich weinte, bis mir alles vor Augen verschwamm. Hastig hob ich den Arm, um die Tränen wegzuwischen, und diesen Moment nutzte Blayne und machte einen Satz auf mich zu.

Diesmal bekam ich den Degen nicht rechtzeitig hoch, oder vielleicht war auch Blaynes Hieb schneller, *besser*, von seinem Sieg über Wolf beflügelt – jedenfalls prallten unsere Klingen gegeneinander und dann folgte ein grässliches Klirren und mein Schwert ging entzwei.

Entsetzt starrte ich auf die abgebrochene Klinge und rief japsend meine Magie herbei, um Blaynes Attacke abzuwehren, doch auch die konnte der brachialen Wucht des Angriffs kaum standhalten.

In meinem Hinterkopf machte sich ein seltsames Kribbeln bemerkbar – die einzige Warnung, ehe mein Zauber zusammenbrach.

Ich ließ mich zu Boden fallen und rollte mich zu einer Kugel zusammen, und Blaynes Schwert krachte genau an der Stelle gegen die Wand, wo sich nur Sekunden zuvor noch mein Kopf befunden hatte. Jetzt hatte ich weder Magie noch eine Waffe, meine Schulter schmerzte höllisch und mir war ein wenig schwarz vor Augen. Aber der Kampf war noch nicht vorbei.

Entschlossen stieß ich mir die abgebrochene Klinge meines Degens mitten in die Handfläche und biss die Zähne zusammen, um nicht laut aufzuschreien, als der Schmerz durch meine Glieder fuhr wie Feuer und Eis zugleich. Mit Nachdruck drehte ich die Klinge, die Schmerzmagie durchzuckte mich wie ein Pfeil, und mit einem dumpfen Schlag wurde der König an die gegenüberliegende Wand geschleudert.

Sein Schwert fiel in den Dreck, und ich rannte schnell hinüber und versetzte dem Ding einen Tritt, um es aus seiner Reichweite zu befördern. Dann drückte ich Blayne die Reste meines Degens so fest an die Kehle, dass das abgebrochene Ende einen dünnen roten Striemen auf seine blasse Haut malte.

Bleich wie ein Stubenhocker, hatte ich früher immer gedacht. Ein Junge, der in den Schatten lebte, wo er doch eigentlich das Licht sein sollte.

Meine Hand bebte und das scharfe Metall biss in seinen Hals. Ich hörte den Regen, der über unseren Köpfen schwer auf das Dach prasselte, und das noch lautere Hämmern seines Pulses, sah, wie seine Brust sich heftig hob und senkte.

Tu es. Tu es jetzt. Es gab so viele Gründe, seinem Leben ein Ende zu setzen. Derrick. Wolf. All die anderen, die einem sinnlosen Krieg zum Opfer fallen würden …

Doch ich sah in Blaynes Gesicht dieselbe schreckliche

Vergangenheit, dasselbe Grauen wie sein Bruder. Der junge König mochte zwar Lucius' Augen haben, aber es war Darrens Herz, das bluten würde.

Und dann kam mir wieder jener Tag in den Sinn, als Derrick floh und Darren mich auf dem Gang gefunden hatte. *Bitte.* Der Schwarze Magier hatte mir zuliebe meinen Bruder verschont – obwohl er nicht einmal die Wahrheit kannte, hatte er sich für mich entschieden.

Und jetzt musste ich mich für Darren entscheiden.

Ich kann das nicht.

Gerade wollte ich die Klinge zurückziehen, als mich ein unerwarteter Schlag gegen die Brust traf und mich quer durch den Raum schleuderte. Mit dem Rücken krachte ich gegen die Wand, mir wurde schwarz vor Augen, und ehe ich michs versah, wurde ich hochgehoben und hing in der Luft. Panisch griff ich mir mit den Fingern an den Hals, um an einem unsichtbaren Strick zu zerren, und versuchte hustend und röchelnd zu erkennen, wer sich da außer Blayne noch in den Schatten verbarg.

Ohne Eile rappelte sich der König vom Boden hoch, wischte sich die schmutzigen Hände an seiner Weste ab und sah mit einem Grinsen auf den Lippen zu, wie ich zappelte und mich wand. Außer uns beiden war niemand hier.

Warum war ich nicht früher darauf gekommen? Weil Blayne als Thronfolger geboren war?

Der König besaß Magie!

»Kein Vergleich mit meinem Brüderchen natürlich.« Er zupfte seine Ärmel zurecht. »Andererseits hatte ich auch nie vor, Magier zu werden.«

Ich gab einen erstickten Laut von mir, als sich die Schlinge immer enger um meinen Hals zog.

Jedenfalls reichte Blaynes Magie aus, um mich zu erdrosseln, so schwach der Zauber auch war, so würde es in meinem gegenwärtigen Zustand nicht viel brauchen, um mich ins Jenseits zu befördern.

Auf meine Magie konnte ich jedenfalls nicht zählen, denn der Druck, den er ausübte, war einfach zu stark, und während ich hilflos mit den Beinen in die Luft trat, konnte ich nicht genug Konzentration aufbringen, um meine Magie heraufzubeschwören.

»Die Roten Tunnel sind übrigens gar nicht das bestgehütete Geheimnis der Krone.« Er lachte. »Darauf kannst du dir was einbilden, liebe Schwägerin. Nur ganz wenige kennen die Wahrheit, nicht mal Darren. Nur Vater, und der ist ja bekanntlich leider tot. Tja.« Wieder sein gemeines Lachen. »Und *du* wirst ihm bald Gesellschaft leisten.«

Ich konnte nichts mehr sehen, nur noch die Schlinge um meinen Hals spüren und darauf warten, dass mir unter dem beständig wachsenden Druck das Genick brach wie ein Holzscheit, der unter der Axt zersplittert.

»Wirklich ein Jammer, dass du zu den Rebellen übergelaufen bist.« Blaynes Stimme drang nur noch wie aus weiter Ferne zu mir. Jede Sekunde würde es mir komplett die Luft abschnüren.

Meine Lider flatterten.

Komm schon, Ryiah, gib nicht auf!

Mit aller Macht versuchte meine Magie, sich zu befreien, doch die Schmerzen waren einfach übermächtig.

So darf meine Geschichte nicht enden.

Und dann ließ der Druck plötzlich nach und mit einem Aufschrei des Königs verschwand der Strick.

Unfähig, mich auf den Beinen zu halten, sackte ich zu Boden und rang nach Atem, litt solche Qualen, dass ich mich kaum rühren konnte.

»Du!« Blaynes Zischen riss mich aus meiner Benommenheit und ich blinzelte.

In der Finsternis machte ich den König aus, der eine Hand auf eine stark blutende Wunde presste, während er eine schemenhafte Gestalt vor sich anfunkelte. »Du sollst *für* die Krone kämpfen!«

Die Schattengestalt machte einen Satz nach vorn und Blayne wich fluchend ein paar Schritte zurück.

Als durch die Finsternis Paiges Stimme erklang, stockte mir der Atem. »Meine Loyalität gilt Jerar.«

Damit hob sie ihr Schwert und ging auf Blayne los, der geschickt auswich und zum Gegenangriff überging, den Paige jedoch rechtzeitig parierte.

Ihre Klingen krachten aufeinander, wieder und wieder. Meine Lunge brannte wie Feuer, doch ich hatte keine Zeit, mich zu erholen, sondern versuchte verzweifelt auf die Beine zu kommen.

Paige war auf dem Vormarsch, trieb den König immer mehr in die Enge und schlug ihm das Schwert aus der Faust. Technisch war sie ihm weit überlegen und er noch von unserem Duell erschöpft.

Im nächsten Moment hielt sie ihm die Schwertspitze an den Hals. »Wenn Ihr Euch ergebt, lasse ich Euch am Leben. Ich sage es nur *einmal.*«

Ich sah das Blitzen in seinen Augen, sah, wie sie zu Eis wurden.

»Paige«, keuchte ich, während ich mit wackeligen Knien hochkam. »Er hat –«

Zu spät.

Blitzartig erhob sich das Schwert, das er hatte fallen lassen, vom Boden und überrumpelte sie. Sie schrie auf, als es durch die Luft sauste, so schnell einen Bogen beschrieb, dass ihr keine Zeit blieb zu reagieren, und ihr eine klaffende Wunde beibrachte.

Ich konnte mich noch immer kaum auf den Beinen halten, geschweige denn rennen, als Paige in die Knie ging. Beim Anblick von ihrem Blut hatte ich das Gefühl, als würde jemand einen Schalter in mir umlegen, und in mir brodelte heiß die Magie hoch und schoss mir wie ein Schrei durch die Adern.

Und dann brüllte der König auf, als sie aus mir herausbrach und ihn gegen die Wand schleuderte. Er brüllte auf, als ich die andere Hälfte meines Degens durch die Luft zischen ließ und die zerbrochene Klinge sich in seine Rippen bohrte, woraufhin ich meine vorgestreckte Hand drehte und die Klinge sich mit ihr.

Blayne glitt an der Wand hinunter zu Boden.

Mit aschfahlem Gesicht umklammerte er die abgebrochene Schwertspitze, um sie herauszuziehen, und seine Lippen öffneten und schlossen sich immer wieder in einem lautlosen Schrei.

Ich wartete einen Moment lang ab und wappnete mich für einen Gegenangriff, wobei Magie über meiner Hand flimmerte. Doch falls Blayne die Fähigkeit zur Schmerzmagie besaß, hatte er nicht gelernt, über sie zu gebieten, und sollte er noch über normale Magie verfügen, so wusste er sie nicht zu kontrollieren – nicht unter solchen Qualen.

In diesem Zustand konnte er uns jedenfalls nicht mehr aufhalten.

Darren.

Irgendetwas verursachte mir ein flaues Gefühl im Magen und ich schluckte und sah schnell weg. Ich durfte jetzt nicht an ihn denken.

Dann stolperte ich keuchend zu Paige.

Meine Kehle brannte wie Feuer, und mein Herzschlag stampfte so laut, dass ich nichts anderes hören konnte.

Als ich mir zu ihr kniete, war ihr Gesicht kalkweiß, und ihre Zähne schlugen aufeinander. »Lauft, M-Mylady.«

»Nein!« Tränen schossen mir in die Augen und ich schüttelte den Kopf. Das durfte nicht sein. Nicht schon wieder. Erst Derrick, dann Wolf und jetzt …

Dabei war Paige nicht einmal eine Rebellin, ihr einziges Vergehen bestand darin, dass sie mir mehr vertraute als der Krone.

Dieses Opfer war zu groß.

»G-geht …« Paiges Gesicht war schmerzverzerrt, und ihre Lippen glänzten feucht und rot, als sie Blut hustete, während ihre Haut mit jeder Sekunde bleicher wurde. »B-bitte, Ryiah …«

Sie hatte mich noch nie zuvor bei meinem Namen genannt.

»D-du wirst w-wieder.« Meine Stimme brach. *Ich* brach.

Die Ritterin schüttelte den Kopf und ihr Gesicht verzerrte sich vor Anstrengung, ihr Rücken war feucht und heiß und ihr Puls raste unter meinen Händen.

Etwas schwelte in meiner Brust. »Ich lasse dich nicht im Stich.«

Paige antwortete nicht. Sie war nicht dazu in der Lage. Mit glasigen Augen hob sie zitternd ihre Hand, strich mir über die Wange, und ein trauriges Lächeln huschte über ihr Gesicht.

Meine Finger ballten sich zu Fäusten und ich drückte Paige an mich und schluckte mühsam. Jeden Augenblick würden die Wachen da sein, jede Sekunde konnte mich die Freiheit, ja sogar das Leben kosten, wenn sie mich erwischten, aber ich konnte sie nicht zurücklassen – auch wenn das bedeutete abzuwarten, bis es vorbei war.

Ich würde bis zum Ende bei ihr bleiben.

Schon wurde sie von den ersten Zuckungen erfasst, die immer stärker und stärker wurden, je länger ich sie hielt, ehe sie dann nach und nach wieder abklangen.

Ihr Kopf kippte zur Seite und ihre Finger streiften meinen Arm. Anfangs verstand ich nicht, was sie da machte, als sie mir immer wieder mit dem Zeigefinger dasselbe Muster auf die Haut zeichnete – jedes Mal mit ein bisschen weniger Druck –, bis mir klar wurde, dass sie versuchte, mir Buchstaben auf die Haut zu schreiben, um mir auf diese Weise mitzuteilen, was sie nicht mehr sagen konnte.

C-H-I-C-H-G-L-A-U-B-E-A-N-D-I

Ein Schluchzen blieb mir im Halse stecken.

Ich glaube an dich.

Dann hörte sie damit auf, und ihre Hand lag reglos auf

meiner Haut, während ihr Atem abgehackt und mühsam ging.

Hinter uns konnte ich Blaynes angestrengtes Keuchen hören, doch ich biss die Zähne zusammen und blendete es aus. Er hatte mein Mitleid nicht verdient.

Da er nichts hatte, um den Blutfluss zu stoppen, würde der Tod schnell eintreten, wenn ihm niemand zu Hilfe kam.

Ich legte meine Hand auf die von Paige und hielt meine Freundin fest, bis sie den letzten Atemzug tat und ihr Körper in meinen Armen erschlaffte.

Im selben Moment erklangen von draußen Schritte.

Das königliche Regiment. Ich zog Paige den halben Degen aus dem Rücken und blinzelte die Tränen weg, als ich sie sanft ablegte und ihr mit bebenden Fingern die Augen schloss. Dann stand ich auf und verbarg mich in den Schatten, bereit zur Flucht.

Ihr Opfer sollte nicht umsonst gewesen sein.

Die Schritte kamen näher.

»Paige?« Ein Klopfen an der Tür. »Ich habe das Pferd gesehen. Ich weiß, dass du da bist.«

Am liebsten wäre ich vor Erleichterung zusammengebrochen. *Darren.* Es war Darren.

Und dann fiel mir wieder ein, wer sich noch mit mir im Zwinger befand. Ich hatte dieses Szenario schon einmal miterlebt, wusste, wem Darren glauben würde.

Am anderen Ende des Raumes stöhnte Blayne, doch er war weit jenseits des Punktes, an dem er nach seinem Bruder hätte rufen können.

Mir rauschte das Blut in den Ohren. Auch ich konnte

nicht nach Darren rufen, denn ich durfte nicht zulassen, dass er mich so vorfand.

Er wird es so oder so erfahren.

Ich biss mir auf die Zunge. Blaynes gedämpftes Ächzen wurde leiser … vielleicht würde Darren es ja nicht hören, vielleicht würde er weggehen.

Mit einem leisen Knarzen ging die Tür auf und jemand flüsterte: »In ein paar Minuten wird Mira hier sein.« Hinter Darrens schemenhaften Umrissen türmten sich Gewitterwolken am Himmel. »Ich habe es geschafft, sie abzuhängen, aber …«

Er verstummte.

Mein Waffenrock war voller Blut und die Haare klebten mir kurz und braun im Gesicht und im Nacken. Ich sah mir kein bisschen mehr ähnlich und trotzdem erkannte er mich auf den ersten Blick.

»Ryiah?«

Ich sagte nichts. Stand nur da und sah zu, wie sich Entsetzen auf seinem Gesicht abzeichnete.

»Paige! W-warum ist sie –«

Als Nächstes fiel sein Blick auf Wolf, und er griff er nach dem Türrahmen, ehe er mit einem erstickten Laut losstürmte.

Dann erst entdeckte er seinen Bruder.

Ich stand da wie gelähmt.

Darren ließ sich neben Blayne auf den Boden fallen und brüllte so laut er konnte nach einem Heiler, während er sich mit zitternden Händen einen Streifen Stoff vom Ärmel abriss und ihn verzweifelt auf die Wunde presste.

Ich wusste, ich hätte rennen sollen. Wusste, wie es aussah. Wusste, was das bedeutete. Wusste, dass die Wachen jeden Moment hier sein würden.

Doch ich konnte mich immer noch nicht vom Fleck rühren.

Darrens Welt lag in Trümmern, und ich konnte nichts tun, außer dastehen und zusehen, wie er seinen schwer verletzten Bruder im Arm hielt, während Blayne röchelte und an seinem eigenen Blut zu ersticken drohte.

»D-Darren …« Meine Kehle war ausgedörrt und meine Zunge fühlte sich an wie Sand.

Renn, Ryiah.

Meine Füße waren wie angewurzelt. Ich musste es ihm erklären – und war doch nicht dazu in der Lage.

»*Wie konntest du nur?*« Darrens Stimme war heiser, und als ich ihn anblickte, sah ich in seinen Augen nichts als Schmerz.

So viel Schmerz, dass ich das Gefühl hatte, darin zu ertrinken.

»Es ist n-nicht so, wie d-du d-denkst«, stotterte ich und las in seinem Gesicht, dass er sich verraten fühlte.

Seine Schultern bebten, als er seinen Bruder an sich drückte. »Warum fliehen«, krächzte er, »wenn du stattdessen den König töten kannst, hm?«

Erst jetzt merkte ich, dass ich noch immer den zerbrochenen Degen in der Hand hielt, der vor Blut troff. »I-ich –«

»Und Paige hat versucht, dich davon abzuhalten.« Er krampfte die Fäuste in das Hemd seines Bruders. »Also musste sie ebenfalls sterben.«

»*Nein!*« Meine Kehle war wund. »D-dein Bruder hat *m-mich* angegriffen!«

Doch Darren hörte mir nicht zu. »Und dann auch noch Wolf.« Ihm versagte die Stimme, als sein Blick auf seinen Hund fiel – die einzig schöne Erinnerung aus einer schrecklichen Kindheit. »Du hast mir ... *alles* genommen.«

Ich hörte schnelle Schritte, aber ich brachte es nicht über mich, wegzurennen, mein Blick war noch immer auf Darren gerichtet, als die Tür zum Zwinger aufgerissen wurde.

»Wachen!« Miras Schrei holte mich endlich aus meiner Schockstarre und machte mir klar, dass man mich entdeckt hatte. »Hier ist die Rebellin! Ergreift sie.«

Darren starrte mich noch immer mit ausdrucksloser, leerer Miene an und machte keinerlei Anstalten, den Befehl der obersten Magierin zu korrigieren.

Lauf!

Mir blieb keine Zeit zum Nachdenken. Ich riss den Blick von ihm los, duckte mich, als ein Speer über meinen Kopf hinwegsauste, zog mit zitternden Fingern die Hämatitkette aus der Tasche von Paiges Reithose und schnappte mir mit der anderen Hand den kaputten Degen, während schon ein weiteres Messer an mir vorüberzischte und nur knapp meine Rippen verfehlte.

Ich rollte mich über meine verletzte Schulter ab, verbiss mir einen Aufschrei und rammte mir die geborstene Klinge in die Haut, tiefer und tiefer, bis sie auf Knochen stieß. Der Schmerz war so unerträglich, dass meine Knie fast nachgaben.

Es gab einen lauten Knall und eine Explosion, die alle mit der Wucht einer gewaltigen Sturmböe gegen die Wand schleuderte.

Einen Moment hörte man nur den prasselnden Regen.

Ich sah Darren kein einziges Mal an. Es ging nicht. Sonst hätte ich es nicht mehr geschafft, es durchzuziehen.

Und dann floh ich. Ich rannte nach draußen, sprang in den Sattel der Stute, kappte den Führstrick, drückte ihr die Fersen in die Flanken und lehnte mich weit nach vorn, als sie über den Schlosshof losgaloppierte.

Direkt hinter mir wurden Rufe laut, und ich riss das Pferd nach rechts, als ein Pfeil um Haaresbreite an meinem Hals vorbeisirrte. Ohne einen Blick zurück ritt ich weiter und weiter, während die Schreie im Tosen des Unwetters untergingen.

Miras Leute mussten die Verfolgung zu Fuß aufnehmen, mein Vorsprung betrug allerdings nur wenige Sekunden.

Als ich das schwere Eisentor erreichte, hielten dort zwei Soldaten mit gekreuzten Hellebarden Wache.

Ich warf dem Mann, der näher bei mir stand, die Kette des Prinzen vor die Füße in den Matsch, doch ihre Form und Farbe waren unverkennbar.

»Befehl der Krone!« Mir schlug das Herz bis zum Hals, und mit jeder Sekunde, die ich länger keuchend auf dem Pferderücken saß, spülte der Regen das braune Färbemittel mehr heraus. »Lasst mich passieren!«

Durch seine triefnassen Haare und den Regen sah der Soldat mit zusammengekniffenen Augen zu mir hoch. Es stand ihm nicht zu, Befehle zu hinterfragen, und diese

Kette kannte jeder. Wenn er nicht riskieren wollte, mächtig Ärger zu bekommen oder im schlimmsten Fall sogar einen Kopf kürzer gemacht zu werden, durfte er mit dem Fremden vor ihm keine Diskussion anfangen.

Der Mann nickte seinem Kameraden zu und die beiden schoben die quietschenden Riegel zurück.

Sobald das Tor einen Spalt offen war, trieb ich mein Pferd an.

»Haltet sie auf!«, schrie Mira, so laut sie konnte, doch es war zu spät.

Ich war nurmehr ein Schatten, der über das Kopfsteinpflaster der Gassen von Devon davonstob. Eine Sternschnuppe, die der Regen erwischt hatte. Die eine Spur aus Verrat und Vernichtung hinter sich herzog. Die alles verbrannte, was mit ihrem todbringenden Funkenschweif in Berührung kam.

Mit jedem Donnergrollen schrie ich meinen Schmerz heraus. Mit jedem Blitz, der durch die rabenschwarze Nacht zuckte, blutete mir das Herz. Doch ich hielt nicht inne.

Ich hatte die Krone verraten.

Und diesmal gab es kein Zurück.

VIERZEHN

In den ersten beiden Nächten schlief ich nicht, sondern ritt so lange und schnell ich konnte und suchte nur dann in Scheunen Schutz, wenn das Unwetter, das einfach nicht nachlassen wollte, ein Vorankommen unmöglich machte. Das Pferd war erschöpft, aber wenigstens konnte es sich in den kurzen Pausen ausruhen.

Ich selbst bekam kein Auge zu. Bei jedem Rascheln im Stroh, jedem Hufschlag und jedem Zweig, der draußen im Wind abknickte, dachte ich, jetzt stünden die Soldaten der Kronarmee vor der Tür.

Ich lebte von den Vorräten, die sich in meinem Bündel befanden – einer Wochenration für zwei Leute –, und versuchte, nicht daran zu denken, für wen es ursprünglich gedacht war. Wenn ich erst einmal damit anfinge, über jene letzte Nacht im Palast zu grübeln, wäre ich nicht mehr in der Lage, die Empfindungen zu verdrängen. Mir war klar, dass ich die Trauer über den Verlust nicht ewig ausblenden konnte, doch wenn ich dem jetzt nachgab, würde mich das Regiment finden und dann wäre Paige völlig umsonst gestorben.

Mein Herz blutete mir mit jeder Meile, die ich ritt, doch gelegentlich ebbte der Schmerz auch ab. Noch immer spürte ich meine gebrochene Rippe und die Folgen der Folter, aber die Trauer drang nur noch wie aus weiter Ferne zu mir durch, und mit jeder Stunde, die verging, vernarbte mein Herz mehr. Ein Feuer brannte alles heraus und hinterließ nichts als einen verkohlten Rest.

Nach allem, was ich im letzten Jahr durchgemacht hatte, hatte ich keine Tränen mehr. Ich war ein Stein, und alles, was Blayne und die anderen getan hatten, alles, was *ich* getan hatte, wurde zu Asche.

Obwohl der Krieg noch nicht einmal begonnen hatte, forderte er bereits seinen Tribut. Zwei Tage war ich nun schon unterwegs und noch keiner einzigen Patrouille begegnet, dabei ließ Mira ihre Leute mit Sicherheit jeden Quadratzentimeter des Landes durchkämmen, und sobald Blayne sich erholt hatte, würde er Kopfgeldjäger auf mich ansetzen. Welche Rolle Darren dabei spielte, wollte ich gar nicht wissen, und ich weigerte mich auch, darüber nachzudenken.

Es gab jetzt Wichtigeres.

Ich musste vor den Soldaten des Regiments bei meinen Eltern in Demsh'aa sein und dann weiter zu meinem Bruder auf die Festung, um dafür zu sorgen, dass die Krone nicht die, die ich liebte, für meinen Verrat bluten ließ. Sobald meine Familie in Sicherheit war, irgendwo, wo der König und sein Schwarzer Magier sie nicht finden konnten, würde ich mich um alles andere kümmern.

Am vierten Morgen konnte die Stute nicht mehr, denn die wenigen und knapp bemessenen Ruhepausen, die ich ihr zugestanden hatte, reichten angesichts unseres Tempos bei der langen Wegstrecke nicht aus.

Mir blieb nichts übrig, als das Risiko einzugehen, mich in den Stall eines Gasthauses nahe der King's Road zu schleichen und dort mein eigenes Pferd gegen das eines Gastes auszutauschen. Jetzt konnte ich meiner länger werdenden Liste von Vergehen auch noch Diebstahl hinzufügen, aber die Stute hatte ohnehin zu viele Blicke auf sich gezogen – schließlich besaßen nicht viele Leute einen Vollblüter, der mehr kostete als sein Futter für ein ganzes Jahr –, und außerdem brauchte ich ein Tier, das bei Kräften war, vorzugsweise eine unempfindliche braune Stute, die weder die Aufmerksamkeit von Banditen noch von Regimentsmagiern auf mich lenken würde.

Am sechsten Tag war mir das Glück hold, und ich entdeckte zufällig eine kleine Hütte abseits der Straße, vor der draußen über einem Beet mit Wurzelgemüse Wäsche zum Trocknen hing. Es gelang mir, zwei Männerreithosen und ein frisches Hemd zu ergattern und sogar noch schnell ein paar Karotten und Pastinaken zu stibitzen, ehe ein großer, breitschultriger Mann mich mit wütendem Gebrüll davonjagte.

Später am Nachmittag schrubbte ich mich an einem Bach ab, der so kalt war, dass meine Zähne klapperten und meine wund gerubbelte Haut wie Feuer brannte, doch ich ruhte nicht eher, bis ich auch den letzten Rest Blut von mir gewaschen hatte und wie Phönix aus der Asche statt dem Mädchen von einst ein rothaariger Junge emporstieg.

Je näher ich dem Dorf kam, desto vertrauter fühlte sich die Landschaft an: Im eisigen Wind aus den Ebenen raschelten leise Gewürznelkenbäume und die Äcker und Felder wurden nach und nach von hügeligerem, steinigerem Gelände abgelöst. Ich erkannte die Felsen, auf denen ich als Kind herumgekraxelt war, nur graubraune Farbtupfer in der Ferne, doch so unendlich vertraut.

Da passte es irgendwie, dass ich am siebten Tag an einem Holzpfosten einen Anschlag fand, auf dem mein Gesicht abgebildet war. Als ich mich umsah, entdeckte ich in westlicher Richtung noch viele weitere Steckbriefe, mit denen die King's Road regelrecht gepflastert war.

GESUCHT!
RYIAH VON DEMSH'AA, EHEMALIGE
PRINZESSIN VON JERAR, WEGEN
HOCHVERRATS UND VERSUCHTEN
KÖNIGSMORDES
VORSICHT, DIE GESUCHTE HAT MAGIE UND
IST HOCHGEFÄHRLICH!
ALS LOHN FÜR INFORMATIONEN, DIE ZU
IHRER ERGREIFUNG FÜHREN, WINKEN EIN
TITEL UND LAND.
WIR WOLLEN SIE LEBEND!

Meine Fingerknöchel wurden weiß, so fest umklammerte ich die Zügel. Das Regiment war schneller gewesen als ich.

Meine Eltern!

Der gesunde Menschenverstand sagte mir, dass ich mich schleunigst nach Ferren's Keep zu Alex und Ella aufmachen sollte. Vielleicht war es für sie noch nicht zu spät.

Doch noch während ich das dachte, trieb ich mein Pferd

schon an und lenkte es nach Westen, weil ich hier nicht wegkonnte, ehe ich nicht wusste, was mit meinen Eltern war. Vielleicht hatten sie es ja geschafft, sich rechtzeitig abzusetzen.

Oder aber sie waren in der Gewalt des Regiments, und wenn das der Fall war …

Direkt hinter den Bäumen, die die Hauptstraße säumten, zweigte ein alter Pfad ab, der in einem weiten Bogen von hinten nach Demsh'aa führte. Da er an mehreren Stellen im Nichts verlief und für Reisende zu Ross auch nicht gut genug befestigt war, wurde er nur selten genutzt, doch ich kannte ihn wie meine Westentasche. Unzählige Male hatten meine Eltern Alex, Derrick und mich losgeschickt, um Pflanzen zu sammeln, die hier am Wegesrand wuchsen.

Die nächsten drei Stunden verbrachte ich damit, durch das einsame Hügelland zu reiten und mein Pferd vorsichtig über einen steilen Pass zu führen, der sich von der Rückseite an mein Dorf heranschlängelte.

Kein einziges Mal sah ich einen Soldaten oder einen Dörfler. Der Weg war komplett verwaist, was nicht weiter verwunderlich war, denn die letzten Überbleibsel des Winters hatten das Land noch im Griff, und alles Essbare lag im Erdreich verborgen, das jedoch noch immer mit Raureif bedeckt war. Außerdem wurde es schon langsam dämmrig, und niemand würde jetzt noch losziehen, um irgendetwas zu sammeln.

Als die Sonne bereits untergegangen war, stand ich endlich vor dem Gasthaus in Demsh'aa und lauschte dem Stimmengewirr und dem Klirren von Gläsern, das herausdrang. Das hörte sich nicht so an, als wäre das Dorf von einem Regiment überrannt worden, das nur auf die Rückkehr einer berüchtigten Verbrecherin wartete, sondern eher danach, als würde man den Tag gemütlich ausklingen lassen.

Dennoch – nur weil ich sie weder sehen noch hören konnte, bedeutete das noch lange nicht, dass sich hier keine Patrouille herumtrieb. Ich durfte kein Risiko eingehen.

Leise band ich meine Stute am Zaun fest und schlich dann gebückt durch die schmalen Hintergassen des Dorfs, wobei ich immer wieder hinter Hausecken und in den Schatten in Deckung ging. Ich kam problemlos voran. Die meisten Leute waren schon in ihren Häusern. Warmes Kerzenlicht fiel durch die schweren Vorhänge und der altbekannte Duft nach Eintopf und Rosmarin stieg mir in die Nase.

Das Einzige, was sich draußen regte, war das beständige Schaben von Zweigen an den Hauswänden und das Scharren der Hühner nach Nahrung. Ab und an hörte ich, wie jemand zum Brunnen ging, doch der befand sich in der Dorfmitte, während ich mich durch kleine Seitenstraßen anpirschte.

Als ich um die letzte Kurve bog, erstarrte ich.

In der Apotheke brannte noch Licht und sogar über die Entfernung trug der Wind Stimmen zu mir herüber. Drinnen bewegten sich schemenhafte Gestalten und jemand lachte – ein helles Lachen wie das meiner Mutter.

Niemand würde lachen, wenn Wachen da wären.

Im nächsten Moment warf ich jegliche Vorsicht über

Bord und rannte über die Straße. Da drin waren meine Eltern und arbeiteten bis spät in die Nacht Bestellungen ab wie eh und je.

Die Hand schon an der Türklinke, hielt ich inne.

Da war noch eine andere Frauenstimme, eine jüngere. Und jetzt, aus der Nähe, fiel mir auf, dass das Lachen der ersten ein wenig zu hoch klang, und ein Mann schien auch nicht dabei zu sein. Das waren nicht meine Eltern, sondern die zwei Lehrlinge, die den Laden nun führten.

Was tue ich da?

Aber ich brachte es nicht übers Herz, einfach kehrtzumachen. Ich musste es wissen. Ich war nicht so weit gekommen, um dann einfach davonzurennen. Ich musste die Wahrheit in Erfahrung bringen, das schuldete ich allein schon Alex.

Weil ich nicht länger darüber spekulieren wollte, ob meinen Eltern nun die Flucht geglückt war oder nicht, klopfte ich hastig an. Je schneller ich von der Straße verschwand, desto besser.

Gleich darauf ging die Tür auf, und vor mir stand Teegan, der es bei meinem Anblick offensichtlich die Sprache verschlug, während sich das ältere Mädchen an ihr vorbeischob.

»Ryiah?« Ihre Hand lag auf dem Türrahmen.

Statt mich mit dem Austausch von Höflichkeiten aufzuhalten, schob ich mich an ihnen vorbei, schlug die Tür hinter uns zu und blickte die beiden an.

»Wo sind meine Eltern?«

Die Erste starrte mich noch immer an, während die Ältere, Cassidy, ein Messer umklammerte, das sie sich geschnappt haben musste, während ich ihr den Rücken zugewandt hatte, und ich konnte das Misstrauen in ihren Augen sehen.

»Du hast versucht, den König zu ermorden.«

»Ich habe eine ganze Menge versucht.« Ich beschwor ein Schwert herauf und machte drohend einen Schritt auf die beiden zu, um sie daran zu erinnern, wer ich war und wozu ich fähig war, denn für Erklärungen hatte ich keine Zeit. »Aber deshalb bin ich nicht hier. Sagt mir lieber –«

»Sie sind g-geflohen«, krächzte Teegan mit zitternder Unterlippe, als die Schwertspitze auf den Hals ihrer großen Schwester zeigte. »Vor zwei Tagen. Sie haben ihre Sachen gepackt und … und jetzt führen wir den Laden an ihrer Stelle.«

»Wann sind die Patrouillen eingetroffen?«

»Gest–«

»Die Soldaten haben Steckbriefe aufgehängt«, schnitt Cassidy ihrer Schwester das Wort ab. »Sie haben uns gesagt, was du getan hast, Ryiah. Dass du versucht hast, den König zu ermorden.« Trotz der Klinge funkelte sie mich an. Sie hatte Mumm, das musste man ihr lassen. »Sind deine Eltern deshalb abgehauen? Sind sie auch Rebellen?«

Die zwei sahen mich gespannt an.

»Sie trifft keine Schuld.« Ich ließ das Schwert sinken. Es gab keinen Grund, noch länger zu bleiben. Meine Eltern waren in Sicherheit, und wer wusste, wo sich die Patrouille jetzt aufhielt – vielleicht im Wirtshaus oder auf einem Kontrollgang in den umliegenden Bergen.

»Warum hast du das gemacht?«

Ich sah Cassidy mit zusammengekniffenen Augen an.

Interessiert es sie wirklich oder ist das nur eine Verzögerungstaktik?

»Die Krone spielt mit dem Leben ihrer Untertanen.«

Das Mädchen sah mich prüfend an und ich erwiderte ihren Blick. Kein Wunder, dass meine Mutter sie als Lehrling eingestellt hatte, sie erinnerte mich irgendwie an mich selbst – eine jüngere Version, die sich im Gegensatz zu mir dazu entschieden hatte, zu Hause zu bleiben, statt an der Akademie ihren Träumen nachzujagen.

»Du bist bestimmt hungrig.« Cassidy bedeutete dem jüngeren Mädchen, einen Korb mit Brot zu holen. »Teegan wird dir ein bisschen Proviant zurechtmachen. Möchtest du einen Happen essen?«

Einen Moment lang erwog ich, ihr Angebot anzunehmen, weil ich tatsächlich neue Vorräte benötigte. Mein Magen rumorte schon bei der bloßen Erwähnung von etwas Essbarem und die eine oder andere Arznei wäre ebenfalls kein Schaden, aber das lief alles ein bisschen zu glatt.

Ich wollte gerade dankend ablehnen, als sich unsere Blicke trafen. Cassidys Kehlkopf ging auf und ab und ihre Augen huschten kurz zum Vorhang und dann wieder zurück zu mir. »Bleib doch noch ein bisschen«, meinte sie leichthin, doch ihr Gesichtsausdruck strafte ihre Worte Lügen. »Ich koche dir eine Tasse Tee.«

»Hm, jetzt, wo du es sagst …« Ich drückte die Türklinke hinunter, und das Quietschen der Angeln reichte aus, um denjenigen zu alarmieren, der sich hinter den beiden Vorhängen zu meiner Linken versteckt hielt. Die Mädchen stoben auseinander.

Meine Magie barst hervor, als der Magier eine Sekunde

zu spät dahinter heraussprang, und schleuderte ihn mit voller Wucht gegen die Wand.

Im nächsten Moment war ich schon durch die Tür und suchte das Weite, während Cassidy hinter mir kreischte: *»Die Rebellin ist hier!«*

So viel zum Thema Loyalität.

Aber gerechterweise musste gesagt werden, dass sie dachte, ich sei der Feind. An ihrer Stelle hätte ich es vielleicht genauso gemacht.

Ich hatte kaum meinen Schutzschild heraufbeschworen, da kam auch schon der erste Einschlag, und eine violette Welle lief über meine magische Hülle. Für Heimlichtuerei war es jetzt zu spät, also rannte ich die Hauptstraße entlang, während von allen Seiten Schreie und magische Geschosse auf mich einprasselten.

Fünf Minuten später durchtrennte ich den Führstrick, trieb mein Pferd an und preschte mit ihm einen felsigen Anstieg hinauf Richtung Norden.

Kein einziges Mal hielt ich an. Eine Stunde lang hörte ich noch die fernen Rufe der zwei oder drei Regimentsmagier, die den Boden absuchten, während die Soldaten sich langsam vorantasteten und sie durch die Dunkelheit lotsten, aber sie hatten keine Chance.

Im Gegensatz zu ihnen war ich in diesen Wäldern aufgewachsen. Einige der Soldaten mochten zwar nach ihrem Jahr in der Kavallerie in Demsh'aa stationiert worden sein, doch sie waren nicht Sommer lang hier auf Bäume geklettert und über verschlungene Pfade gerannt wie die Dorfkinder. Schon möglich, dass sie eine vage Vorstellung davon hatten, wo ich war, aber bis sie am nächsten Morgen wieder mehr sehen konnten, wäre ich längst über alle Berge.

Es war eine mühsame Kletterpartie ins Gebirge. Da der Mond sich hinter dichten Wolken versteckte, kam ich nur langsam voran und musste immer wieder absitzen und ein Stück zu Fuß weitergehen, wenn der Weg zu steil und steinig wurde. Als viele, viele Stunden später die Sonne aufging, atmete ich erleichtert durch.

Meine Eltern waren in Sicherheit, und solange ich, die Rebellin, für deren Ergreifung sogar ein Adelstitel und Grundbesitz winkten, auf freiem Fuß war, würde kein Kopfgeldjäger sich die Mühe machen, nach ihnen zu suchen.

Jetzt musste ich nur noch schleunigst zu meinem Bruder, denn wenn die Krone Soldaten nach Demsh'aa geschickt hatte, wäre die Festung als Nächstes an der Reihe.

Ich rannte die Straße entlang, so schnell meine Beine mich trugen.

Rufe wurden laut, als drei Männer um die Kurve bogen. Mir blieben ungefähr zwei Minuten, ehe sie hier sein und mich bei den Marktständen der Bäcker entdecken würden.

Ich wischte mir den Schweiß aus den Augen, während ich mich in den schmalen Gassen zwischen den Buden hektisch nach einem Versteck umsah.

»Haltet den Dieb!«

Anscheinend waren sie schneller, als ich dachte.

Mit eingezogenem Kopf rannte ich nach links und drückte mich in eine Nische zwischen den Ständen. Mein

Pferd hatte ich eine Meile außerhalb der Stadt in der Nähe eines Gebirgsbaches an einem Baum festgebunden, wo ich im Freien campiert hatte, aber ich durfte jetzt nicht einen ganzen Tross Stadtwachen dorthin führen, sondern musste die Männer irgendwie abschütteln, ehe noch mehr Leute zusammenliefen.

Ein Händler, der noch nichts von der Aufregung mitbekommen hatte, stand mir gedankenverloren im Weg.

»Entschuldigung, mein Herr.« Ich versuchte, mich an ihm vorbeizuschieben, doch er legte mir eine große Hand auf die Schulter und hielt mich fest.

»Du kommst mir irgendwie bekannt vor«, meinte er und betrachtete mich mit zusammengekniffenen Augen.

»Ja, so was höre ich öfter.« Ich senkte den Kopf noch tiefer. Das fehlte gerade noch, dass mich jetzt auch noch jemand erkannte. Es war Mittagszeit, und auf dem Markt herrschte reges Treiben, sodass ich mich in der Menschenmenge halbwegs unauffällig bewegen konnte, andererseits hing der vermaledeite Steckbrief an jedem Pfosten und jedem Geschäft, und wenn ich Aufmerksamkeit erregte, würde sich bestimmt jemand an das Bild von mir erinnern. Nach elf Tagen auf der Flucht hatte sich auch der letzte Rest des braunen Haarfärbemittels verflüchtigt.

Ich riss mich von dem Händler los, ehe er mein Gesicht einordnen konnte, und schlug einen Haken nach links.

Und das alles wegen zwei Zimtschnecken und einem Ring Wurst, die jemand unvorsichtigerweise auf ein Fenstersims gelegt hat.

Drei Tage war es nun her, dass meine Vorräte zur Neige gegangen waren. Wenn ich meine Satteltaschen besser festgegurtet hätte, ehe ich im Wald einem patrouillierenden Magier und einem Kopfgeldjäger in die Arme gelaufen war, wäre ich gar nicht erst in diese Lage geraten. Der Magier hatte mein Pferd mit einem Zauber dermaßen verängstigt, dass es gestiegen und durchgegangen war, wodurch mir auf der wilden Flucht meine letzten zwei Tagesrationen und der Trinkschlauch abhandengekommen waren. Nur aus diesem Grund hatte ich heute meinen Hals riskiert und war in das Dorf gekommen.

Zur Festung war es noch zu weit – um genau zu sein, fünf Tagesritte –, um ohne Vorräte auszukommen.

Ich quetschte mich an einer drallen Frau und drei Kindern vorbei und bog in eine Seitengasse, in der etwas weniger Trubel herrschte. Vielleicht konnte ich mich dort verstecken, bis meine Verfolger an mir vorbei waren.

»Halt. Wer seid Ihr?«

Ich fluchte leise, als ich zwei Stadtwachen entdeckte, die mir vom anderen Ende der Straße entgegenkamen.

Binnen Sekunden musste ich eine Entscheidung treffen, denn ich sah, wie im Gesicht der Frau die Erkenntnis aufblitzte.

Ich dankte den Göttern, dass die beiden keine Magier waren, und hatte mich schon in Bewegung gesetzt, um einen Berg morscher Kisten an der Hauswand neben mir hinaufzuklettern, noch ehe die Soldatin den Mund aufmachen konnte. Es war eine wackelige Angelegenheit und ich fing mir mehrere Splitter dabei ein.

Während die schweren Schritte der Wachen immer näher kamen, richtete ich mich vorsichtig auf der obersten Kiste auf und sprang hoch. Ein schmerzhafter Ruck ging durch meine Armgelenke, als ich einen Holzbalken zu fassen bekam und mich mit aller Kraft auf das Dach des Gebäudes hinaufzog.

Ich rappelte mich auf, ging wie auf rohen Eiern über das Dach und versuchte, nicht daran zu denken, was passieren würde, wenn ich abrutschte oder – Götter, steht mir bei! – auf eine morsche Stelle trat. Das Gebälk ächzte und knirschte, und unter mir wurden Stimmen laut, weil sich die Leute wunderten, wer ihnen da auf dem Kopf herumtrampelte.

Einen Augenblick später zischte ein Dolch durch die Luft. Die Soldaten waren schneller, als ich gedacht hatte. Einen Schutzschild konnte ich nicht heraufbeschwören, weil ich meine ganze Konzentration dafür benötigte, über das instabile Dach zu rennen.

Die Klinge traf mich hinten am Oberschenkel.

Zum Nachdenken blieb mir keine Zeit. Mit einem Dolch im Bein konnte ich nicht weiterlaufen – sonst würde die Verletzung bei jedem Schritt noch schlimmer werden –, also blieb ich doch stehen, rief einen Schutzschirm herbei und zog das Messer heraus. Dann riss ich mir ein Stück Stoff vom Ärmel und bandagierte die Wunde mehr schlecht als recht, denn nur weil ich einen magischen Schutzschirm hatte, bedeutete das noch lange nicht, dass die anderen mich nicht einholen konnten. Das Blut pulsierte heiß durch mein Bein, als ich vorsichtig ein paar Schritte machte.

Am Rand des Dachs zögerte ich. Ich hätte auf das nächste Haus hinüberspringen können, aber das traute ich mir mit meiner Verwundung nicht zu.

Es ging etwa fünf, sechs Meter in die Tiefe und gab weder irgendwelche Stiegen noch Kisten, die man hinunterklettern konnte, doch dafür war die Gasse darunter menschenleer, und keiner würde etwas mitbekommen. Der Aufprall wäre mit Sicherheit die Hölle mit meinem Bein, dennoch erschien es mir machbar, sofern man die Fallhöhe etwas verringerte.

Ich duckte mich instinktiv, als ein weiteres Wurfmesser an meinem Schutzschirm abprallte, dann ging ich in die Hocke, klammerte mich mit den Händen an den Balken fest und ließ mich behutsam über den Dachüberstand gleiten, sodass ich in der Luft baumelte.

Dann ließ ich los, zog die Knie an und wappnete mich gegen den Aufprall.

Ich landete auf den Fußballen, rollte mich nach rechts ab und knallte mit voller Wucht gegen die Hauswand. Das Schlimmste fing ich mit dem Arm ab, was mich vor einem gebrochenen Rückgrat bewahrte, doch dem Schmerz nach zu urteilen, der mir durchs Handgelenk schoss, war es gut möglich, dass ich es mir bei dem Sturz gebrochen hatte, und meine Beine taten ebenfalls höllisch weh.

Aber jetzt musste ich zusehen, dass ich wegkam.

Die Wachen hatten sich offenbar dagegen entschieden, mir hinterherzuspringen, sondern rannten zurück zu der Hausseite mit den Kisten und riefen über den belebten Marktplatz hinweg nach Verstärkung.

Ich humpelte ein Stück zurück und sah mich in der Menge nach den drei Männern von vorhin um, konnte sie jedoch nirgends entdecken.

Gut so.

Zeit, mich in den Wald abzusetzen.

Doch als ich keine drei Meter mehr von der King's Road entfernt war, die den Platz in westlicher Richtung begrenzte, hallte ein Schrei durch die Menge.

»Die Rebellin!«

Jemand hatte mich erkannt.

»Sie ist es!«

Und dann schrie einer der Männer von zuvor: »Haltet den Dieb!«

Was blieb mir übrig? Sie wussten sowieso, wer ich war, also gab es keinen Grund mehr, meine Magie nicht zu nutzen. Ich beschwor hastig einen Schild herauf und rannte los, wobei mir ein stechender Schmerz durch den Oberschenkel schoss.

Hinter mir brach Tumult aus und Steine knallten gegen meinen Schutzschirm.

Komm schon, Ryiah, renn!

Aber mein Hinken wurde immer schlimmer und die Meute holte auf.

»Mörderin!«

»Königsmörderin!«

Obwohl ich mein Bestes gab, war ich nicht schnell genug. Innerhalb von Sekunden war ich von einer Horde wütender Dörfler umzingelt, mit den Wachleuten an vorderster Front.

Kann ich mir mit meiner Magie genug Zeit verschaffen, um zu entkommen? Das war die einzige Frage, die sich mir hätte stellen sollen, doch eine andere spukte mir noch lauter im Kopf herum: *Königsmörderin?*

Jemand stach mit einer Klinge auf meinen Schutzschirm ein, und ich zuckte unwillkürlich zusammen, wodurch sich meine Bandage löste und mir seitlich am Bein warmes Blut hinunterlief.

Der Mob drängte sich immer enger um mich und die Leute machten ihrem Zorn mit Fäusten und Waffen Luft. Im Moment war ich sicher, mein Schild hielt. Doch wie lange noch? Sie skandierten wütende Parolen, immer mehr Steine prallten gegen meine Barriere, und es war kein Ende in Sicht.

Panik stieg in mir auf. Es waren an die dreißig Leute. Natürlich konnte ich ihnen mit einem Zauber beikommen, aber zu welchem Preis? Durfte ich das Leben so vieler Menschen aufs Spiel setzen, deren einziges Vergehen darin bestand, dass sie fälschlicherweise der Krone vertrauten?

»Schnell, holt Fesseln und schickt einen Boten nach Devon. Die Belohnung ist so hoch, da kann sich das ganze Dorf ein gutes Leben davon machen.«

Nein, ich konnte die Leute nicht angreifen. Sie taten nur, was sie für richtig hielten.

Plötzlich bebte der Boden, und noch ehe ich michs versah, riss es mich von den Füßen.

Was …?

Als ich aufblickte, sah ich nichts als Qualm. Der Schutzschirm hielt den Rauch ab, doch jenseits meines Kraftfelds konnte ich nichts erkennen. Nur Schreie hören.

Ein Mensch prallte gegen meinen Schild.

Und noch einer.

Entsetzt sah ich zu, wie ein weiterer Mann seitlich an meinem Schild hinabglitt und zu den anderen auf den Boden sackte, die dort schon blutüberströmt lagen.

Ich hatte keine Ahnung, was geschehen war, wusste nur, dass es alle traf – alle außer mir.

Das Gebrüll war ohrenbetäubend.

Ich hätte etwas dagegen tun, irgendeinen Zauber wirken sollen, um die Leute zu schützen, aber ich war wie betäubt. Ohne genau zu wissen, wer es war und was derjenige da trieb, hatte ich nur den einen Gedanken, nämlich dass *er* mich eingeholt hatte – Darren. Ich war mir nicht sicher, ob ich in der Lage wäre, zu kämpfen, und ob ich es überhaupt sollte.

Schließlich ebbten die Schreie ab und das schrille Lachen einer Frau übertönte den Lärm. Der Qualm hatte sich immer noch nicht ganz verzogen, doch soweit ich sehen konnte …

Vor Entsetzen blieb mir das Herz stehen und mein Schutzschild flackerte schwächlich.

Zu meinen Füßen lagen überall tote Dorfbewohner, das Kopfsteinpflaster war ganz rot von ihrem Blut.

Direkt vor meiner Kehle schwebte ein Schwert.

»Da ist sie ja. Gesucht. *Lebendig.*« Eine vertraute Stimme spie das letzte Wort regelrecht aus. *Mira.* Blaynes rechte Hand. »Der König entsendet fünfzig jämmerliche Soldaten und degradiert mich zu einer einfachen Wache.« Sie schnaubte. »Und schau, wer von uns seine kleine flüchtige Rebellin schließlich geschnappt hat.«

Ich brachte noch immer keinen Ton heraus – nicht meinetwegen, sondern wegen der dreißig anderen, die in ihrem Blute lagen.

»Das«, fügte Mira hinzu, »sollte ihm auf die Sprünge helfen, seine Meinung noch einmal zu überdenken.«

»Hat Blayne stattdessen Euren Bruder zum obersten Magier ernannt?« Meine Retourkutsche war schwach. Ich versuchte, Zeit zu schinden, um nachdenken zu können. Darren war nicht hier. Nur *sie*. »Marius war Euch immer haushoch überlegen.« Die Klinge zuckte, und ich schluckte, als sie mir ein wenig die Haut aufritzte. »Anscheinend hat Blayne das auch endlich kapiert.«

Jeder wusste, dass Marius König Lucius' erklärter Liebling gewesen war – Miras wunder Punkt, ein Dorn im Auge der neidischen Schwester, die sich mit dem Thronfolger des Königs hatte zusammentun müssen, um endlich Anerkennung zu finden.

Die Magierin reagierte nicht, wie ich es erhofft hatte. »Du hast es noch gar nicht mitbekommen.« Ihre Lippen verzogen sich zu einem unbarmherzigen Grinsen. »Na, wenn das mal kein besonderes Vergnügen ist.«

Mir rauschte das Blut in den Ohren.

»Blayne«, erklärte sie und studierte meine Miene, »ist tot. Die Palastheiler sind allesamt Stümper. Er ist noch vor Sonnenaufgang am Tag deiner Flucht von uns gegangen.«

Aber das bedeutet ja … Mir wurde flau im Magen. Ich war eine Königsmörderin und es gab trotzdem einen König.

Blayne hatte einen Nachfolger.

Der eine Mensch, der eigentlich niemals die Krone tragen sollte.

»Es war der *neue* König, der das Kopfgeld auf dich ausgesetzt hat«, fuhr Mira fort. »Um an dir ein Exempel zu statuieren.«

Ich bekam keine Luft mehr. Mein Herz hämmerte wie

verrückt, und meine Brust hob und senkte sich, doch nichts kam. Ich war wie versteinert.

Darren war König.

Nicht einmal im Traum war es mir eingefallen, mir eine Zukunft *ohne* seinen Bruder vorzustellen, so überzeugt war ich gewesen, dass Blayne überleben würde.

Und jetzt?

Ich erinnerte mich an Darrens Worte in jener Nacht: *»Du hast mir … alles genommen.«*

»Und nach dem Krieg wird er die restlichen Rebellen zur Strecke bringen. Verlass dich drauf.«

Ich hatte Schwierigkeiten, ihr zu folgen. »*Nach dem Krieg?* Aber –«

»Was? Hast du gedacht, er würde nicht genau da weitermachen, wo sein Bruder aufgehört hat?« Mit einem Hohnlächeln kam Mira näher. »Dein Liebster hat kein Wort von dem geglaubt, was du gesagt hast. Keine zwei Tage nach seiner Krönung hat er der Kronarmee den Marschbefehl nach Caltoth erteilt.«

Das durfte nicht wahr sein. Darren war nicht der Feind. Der Feind war tot.

Aber er glaubt noch immer an Blaynes Version.

»Ich möchte wetten, sie stehen inzwischen kurz vor der Grenze. Sie sollten Caltoth jeden Tag erreichen.«

»Aber ich …« Tagelang hatte ich mich in den Wäldern versteckt gehalten und war nur langsam Richtung Norden vorangekommen, weil ich einen weiten Bogen um die Hauptstraße gemacht hatte. Bis auf heute. Es war also durchaus möglich.

Nein.

Das würde Darren niemals tun. »Ihr lügt.« Es konnte nicht anders sein. Die Alternative war einfach zu schrecklich.

»Meinst du?«, kicherte Mira. »Na ja, du wirst es früh genug sehen.«

Die Schwertspitze drückte mir so sehr gegen die Kehle, dass sie durch die Haut stach und mir kleine glitschig-warme Rinnsale den Hals hinunterliefen. Es tat furchtbar weh, doch im Vergleich zu der Panik in mir drin war das gar nichts.

War Darren an der Festung vorbeigezogen, wenn er tatsächlich kurz vor der Grenze stand? Hatte er Alex und Ella ausfindig gemacht? Hatte er herausbekommen, wer die Rebellen waren?

Tausend Fragen wirbelten mir durch den Kopf und die schlimmste von allen zerriss mir das Herz und ließ sich mit dem Verstand gar nicht richtig erfassen:

Was habe ich nur getan?

Miras Augen verengten sich zu Schlitzen, während sie mit Eisenschellen in der Hand auf mich zutrat. »Wenn du Widerstand leistet«, drohte sie mir, »breche ich dir beide Beine. Der König will dich zwar lebend, aber das ist ein dehnbarer Begriff.«

Noch ein Schritt. Und noch einer. Ich wartete, bis sie nur noch fünf, sechs Meter von mir entfernt war.

Anscheinend war ihr entfallen, wie schwer es gewesen war, mich in die Knie zu zwingen, bis wirklich mein ganzes Potenzial ausgeschöpft gewesen war, das ich mir über die Jahre so hart erarbeitet hatte. Dass sie im Kerker mit zehn Regimentsmagiern an ihrer Seite immer am längeren Hebel gesessen hatte, war ihr wohl zu Kopf gestiegen.

Aber jetzt waren es nur wir beide. Und auch wenn ich angeschlagen und am ganzen Leib von blauen Flecken übersät war, hatte ich schon weit Schlimmeres überstanden – auch wenn sie mir ein Schwert an die Kehle hielt.

Also entspannte ich die Muskeln und ließ mich minimal zusammensacken.

Ich beobachtete, wie Miras Schultern sich ebenfalls ein wenig entspannten und ihr magisches Schwert einen winzigen Moment lang ins Wanken geriet. Sie dachte wohl, ich würde mich tatsächlich nicht zur Wehr setzen, wie ich es ihr suggeriert hatte, und spiegelte unbewusst die Körperhaltung ihres Gegenübers wider.

Du warst deinem Bruder immer deutlich unterlegen. Ein derartiger Fehler würde Marius niemals unterlaufen.

Meine rechte Hand schoss vor, packte das Heft ihres Schwertes und stieß es weg. Mit zitterndem Arm hielt ich die Klinge auf Abstand, aber es funktionierte, weil ich meine physische Schwäche mittels Magie kompensieren konnte. Und zwar so gut, dass es mir gelang, ihr Schwert zu Boden zu schleudern, sodass es über das Pflaster davonschlitterte. In Miras Augen flackerte blanke Panik auf.

Nur einer ist besser als ich. Du hattest niemals eine Chance.

Und mit diesem Gedanken brach meine Magie wie entfesselt los.

Es gab eine ohrenbetäubende Explosion, dann fuhr ein Blitz vom wolkenlosen Himmel herab, so grell, dass der komplette Marktplatz nichts als weiß war, und traf Mira mitten ins Herz.

Genauso, wie sie es mit meinem Bruder gemacht hatte.

Ich sah zu, wie sie zu Boden ging.

Ihr Schwert löste sich in Luft auf, während ich einen weiteren Stofffetzen von meinem Hemd abriss, um meinen Hals zu bandagieren.

Ich sollte etwas fühlen.

Nach Luft ringend lag die Frau gekrümmt da und hustete Blut. Ihr Brustkorb hob und senkte sich, doch sie war unfähig zu sprechen. Sie *starb*.

Sie hatte Derrick auf dem Gewissen. Sie war Blaynes rechte Hand gewesen. Sie war mit verantwortlich dafür, dass Hunderte und Tausende in diesem sinnlosen Krieg ihr Leben lassen würden. Seit Monaten hatte ich von diesem Augenblick geträumt: Wenn ich sie im Palast beobachtet hatte, als ich im Verlies unter ihr gelitten hatte, hatte ich mir immer ausgemalt, ihr die Hände um den Hals zu legen und zuzudrücken.

Ich wartete darauf, dass sich eine gewisse Euphorie einstellte, ein Gefühl von ausgleichender Gerechtigkeit, irgendetwas, das diesen Moment *bedeutsam* machte, ihm Gewicht verlieh.

Zuckend schlossen sich ihre Augenlider und ihr Atem versiegte.

Die Mörderin meines Bruders war tot. Zum ersten Mal hatte ich *vorsätzlich* jemanden getötet, und was brachte mir das jetzt?

Mir schnürte sich die Kehle zu, als würde sich eine dornige Ranke darumschlingen, und Splitter bohrten sich in mein Herz. Es ergab keinen Sinn. Ich verstand nicht, warum ich so benommen war, warum ich nichts fühlte.

Hatte ich zu viel durchlitten, um überhaupt noch einer Empfindung fähig zu sein, oder überdeckte der Glanz der Rache eben doch nicht die bittere Wahrheit, dass einem nichts das zurückbringen konnte, was man verloren hat? Dass Rache nur ein klitzekleiner Stich an einer Wunde war, die nie verheilen würde.

Schwach stolperte ich nach vorne und blieb mit dem Stiefel am Arm eines Dörflers hängen.

Das hatte ich ganz vergessen.

Auch ihnen hatte Mira alles genommen.

Ich kniete mich hin und schluckte die Schuld und die Galle hinunter, die mir hochkommen wollten, als ich den Arm behutsam zur Seite schob.

Hitze wallte mir in der Brust hoch und in meinen Ohren dröhnte es.

Also fühlst du doch etwas.

Ich hätte Mira aufhalten können. Diese Leute hatten nur die Befehle der Krone befolgt.

Aber du hast gedacht, es wäre er.

Ich war so von der Vorstellung paralysiert gewesen, dass es möglicherweise Darren war, dass ich keinen Finger zu meiner – und ihrer – Verteidigung gerührt hatte. Stattdessen hatte ich zugelassen, dass diese Frau ein halbes Dorf niedermetzelte, nur weil ich geglaubt hatte, dass Darren gekommen wäre, um mich zu holen.

Dreißig Tote auf einen Schlag.

Dreißig weitere, die ich auf dem Gewissen hatte. Etwas, das sich nie wiedergutmachen ließe.

Du darfst nicht noch einmal zögern.

Ich biss mir innen auf die Wange, bis ich Blut schmeckte. Nach zwei Wochen auf der Flucht hatte mich meine schlimmste Befürchtung wieder eingeholt. Ich musste der Wahrheit ins Gesicht sehen, ehe es noch mehr unschuldige Menschen das Leben kostete.

Das hier war nicht mehr meine Geschichte. Es war die eines ganzen Volkes.

Humpelnd bahnte ich mir einen Weg durch die Leichen und schob mit einer Hellebarde, die jemand hatte fallen lassen, Arme und Beine beiseite. Gern hätte ich einen Scheiterhaufen entzündet, doch dafür blieb mir keine Zeit, und außerdem würde das mehr Aufmerksamkeit erregen, als ich mir leisten konnte.

Vergebt mir. Tief ein- und ausatmend ließ ich den Blick ein letztes Mal über ihre Gesichter schweifen. Das war nicht die Art von Entschuldigung, die sie verdient hatten, aber mehr konnte ich ihnen nicht geben.

Ich würde den gleichen Fehler nicht zweimal machen.

In den nächsten beiden Tagen verschlechterte sich mein Zustand zusehends. Mein Handgelenk war zwar nicht gebrochen, sondern – den Göttern sei Dank – nur verstaucht, aber durch die eiternde Wunde an meinem Bein, die ohne die richtige Behandlung immer schlimmer wurde, und den quälenden Hunger kam ich nur langsam voran.

Am fünften Morgen erwachte ich mit hohem Fieber und schaffte es nicht einmal, mich in den Sattel zu ziehen. Am selben Tag erreichte ich auch das Räubernest, das wir damals in meiner Zeit in Ferren ausgehoben hatten.

Einen Moment lang glomm Hoffnung in mir auf – *Vorräte, Essen, Menschen.*

Doch das Lager war verlassen. Nicht mal ein Brotkrumen war zurückgeblieben. Insgeheim hatte ich gehofft, Nyx hätte ein paar Leute dorthin abkommandiert. Es war ein gutes Versteck, und wenn der König diverse Patrouillen ausgesandt hatte und die Kronarmee sich auf dem Weg zur Grenze befand, würde es Sinn ergeben.

Doch es war niemand da.

Ich wollte nicht darüber nachdenken, was das für die Rebellen wohl bedeutete.

Ich war mir so sicher gewesen, dass sie hier wären. Bei unserem Gespräch damals hatte Nyx mir versprochen, meinen Bruder und Ella um jeden Preis in Sicherheit zu bringen, und ich war fest davon ausgegangen, dass sie sie weggeschickt hatte, sobald ihre Spionin sie über die Geschehnisse in Devon informiert hatte, oder spätestens als sie über Blaynes Tod unterrichtet wurde und erfuhr, dass die Kronarmee auf dem Weg nach Caltoth war und Jagd auf die Rebellen machte.

Wäre ich mir nicht so sicher gewesen, sie hier zu finden, hätte ich die Hauptstraße genommen.

Es hatte mich zwei Tage gekostet, hierherzugelangen.

Und jetzt? Ich erbrach das wenige, was ich mir mit viel Mühe einverleibt hatte, und krümmte mich bis spät in der Nacht auf einer Strohmatratze. Alles umsonst. Und ich war zu schwach zum Reiten. Nicht einmal mehr laufen konnte ich.

Ich musste einfach darauf hoffen, dass irgendjemand auftauchen würde.

Nach zwei weiteren Tagen spürte ich jede einzelne Rippe. Ich fantasierte und konnte nicht mehr als die paar Meter aus meinem Verschlag hinken, um mich zu erleichtern.

Jeder Versuch, es in diesem Zustand bis zur Festung zu schaffen, war von vorneherein zum Scheitern verurteilt.

So weit hatte ich es geschafft und nun sollte es so enden. Ich würde niemals erfahren, wie es den anderen ergangen war, sondern verhungern oder vom Fieber dahingerafft werden – je nachdem, was das Rennen machte.

Gegen Ersteres setzte ich mich so gut es ging zur Wehr, indem ich das unbehandelte Leder der Zügel in einem zurückgelassenen Topf auskochte, bis es weich genug war, um es zu kauen, aber das reichte natürlich nicht aus.

Schließlich ließ ich die Stute frei, ehe die Versuchung noch größer wurde … Denn ich würde so oder so sterben, und der Gedanke, ein Pferd abzuschlachten, widerstrebte mir zutiefst. Vielleicht war das unvernünftig, aber so weit wollte ich es nicht kommen lassen.

Die Stunden zogen sich zäh dahin, während mein Hunger immer quälender wurde. Ich stellte mir vor, einen deftigen Wildeintopf zu verschlingen, doch gemäß den Grundprinzipien der Magie konnte ich den Zauber natürlich nicht ewig aufrechterhalten, und sobald mein Potenzial ausgeschöpft war, kehrten die Bauchschmerzen zurück und plagten mich noch schlimmer als zuvor, weil es sich mit vollem Magen so schön angefühlt hatte.

Da war es schon besser, die Magie dafür zu nutzen, während der Nacht den Ofen warmzuhalten und das bisschen Brunnenwasser zu kochen, das ich mit letzter Kraft herangeschleppt hatte. Die Wirkung dieser beiden Zauber war zumindest real.

Nach einer weiteren Nacht war ich nicht mehr in der Lage zu unterscheiden, wo die Wand anfing und die Decke aufhörte, geschweige denn der Boden. Aus jeder Pore quoll mir der Schweiß, durchtränkte meine Kleider und klebte an mir wie eine zweite Haut. Die schwärende Wunde an meinem Oberschenkel brannte wie flüssiges Feuer und hielt mich bis spät in die Nacht wach.

Ich konnte nicht mehr aufstehen und nicht mehr schlafen. Es war, als würde ich ein zweites Mal die Grauen des Kerkers durchleben, nur dass es diesmal noch viel schlimmer war.

Blayne war tot. Darren war König.

Der Herrscher, der auf Caltoth marschierte, war der verzweifelte Junge am Abgrund.

Alles meine Schuld. Ich hatte Darren im Stich gelassen, als er mich am nötigsten gebraucht hatte, weil ich davon ausgegangen war, dass sein Bruder überleben würde … *Was sonst?* Schließlich hatten sie im Palast die besten Heiler des Landes.

Damals war es mir wichtiger erschienen zu überleben, um meine Familie zu retten und die Rebellen zu warnen. Aber jetzt …

Es war nicht Blaynes Armee an der Grenze. Es war Darrens.

Damit schuf er Tatsachen, die er nie wieder ungeschehen machen konnte, lud eine Schuld auf sich, die er nie wieder sühnen konnte, und wenn die Wahrheit ans Licht kam – falls das jemals geschehen würde –, dann wären es *seine* Befehle gewesen, die unser Land grundlos zerrissen hatten. *Seine* Worte, die unschuldige Männer und Frauen in den Tod geschickt hatten.

Ganz auf sich allein gestellt hatte Darren mit ansehen müssen, wie der einzige Mensch starb, den er liebte. Statt ihm in seiner dunkelsten Stunde beizustehen, hatte ich ihn einsam seiner Verzweiflung überlassen und ihn damit nur noch näher an den Abgrund des Krieges getrieben.

»Manchmal habe ich Angst davor, was meine Liebe zu dir aus mir machen könnte.«

Jetzt wusste er es.

Hätte es einen Unterschied gemacht, wenn ich geblieben wäre? Oder wäre der Schwarze Magier der Erste gewesen, der die Königsmörderin verurteilte, so wie der Rest?

Warum wollte Darren mich lebend? Um mich in einer Zelle verrotten zu lassen? Oder noch schlimmer?

Die Erkenntnis traf mich wie ein Stich ins Herz.

Jemand musste ihn aufhalten.

Aber ich konnte es nicht. Nicht mehr.

Meine Tage waren gezählt.

Es musste sich jemand anders aufschwingen.

Um Jerar zu retten.

Um diesen Jungen vor sich selbst zu retten.

Ehe er die Welt in Schutt und Asche legte.

FÜNFZEHN

Als ich zu mir kam, befand ich mich im Totenreich, und die Götter hatten mich von meiner irdischen Drangsal befreit. Stattdessen erfüllte mich eine Freude, die davon herrührte, dass mich kein physischer Leib mehr an Hunger, Durst oder Schmerzen erinnerte.

Und dann spürte ich, wie mir etwas Kühles auf die Stirn gedrückt wurde.

Eigentlich sollte ich nichts an der Stirn spüren. Und auch keine Stirn an sich.

Das Gefühl war so vertraut, dass ich die Augen aufschlagen musste, um herauszufinden, warum mir das so unheimlich bekannt vorkam. Ich starrte in zwei blaue Augen, die mir so vertraut waren wie meine eigenen. Die mich schon vom Tag meiner Geburt an begleiteten.

Fluchend ließ Alex sich auf seinem Stuhl zurücksinken. *»Den Göttern sei Dank!«*

Mit dem Handgelenk fuhr er sich über die verschwitzte Stirn und atmete keuchend. So ging es ein oder zwei Minuten, während ich ein paarmal schluckte und keinen klaren Gedanken fassen konnte. Schließlich hatte er sich so weit gefasst, um zu rufen: »Sie ist aufgewacht, Ella!«

Von draußen ertönten Schritte, dann schwang quietschend eine Tür auf und meine beste Freundin stürmte herein, die genauso erschöpft wirkte wie Alex.

»Ryiah!«

Ich blinzelte zu den beiden hinauf, doch meine Kehle war ein Reibeisen, und ich brachte nichts als ein trockenes Husten zustande, als ich versuchte, mich von meinem Lager hochzustemmen.

Mein Bruder beugte sich vor, um mich zu stützen, während meine Freundin mit ein paar schnellen Schritten bei mir war und mir eine Flasche an die Lippen hielt. »Trink das«, befahl sie. »Es schmeckt zum Kotzen, aber deinem Hals wird es guttun.«

Zögerlich nahm ich einen Schluck und dann noch einen. Sie hatte recht. Das Zeug schmeckte grauenhaft, aber gleich darauf stellte sich eine angenehme Kühle ein.

»W-wie …?«, keuchte ich. So viel zum Thema Totenreich. Die Schmerzen hatten mich wieder. Allein schon das Sprechen tat mir so weh, als hätte ich Kieselsteine verschluckt. »W-wie habt ihr zwei … m-mich gefunden?«

Die beiden Menschen, nach denen ich gesucht hatte. Sie waren nicht nur in Sicherheit und wohlauf, sondern hatten auch noch *mich* gefunden – und vor dem sicheren Tod bewahrt.

Mein Zwillingsbruder fuhr sich mit der Hand über den Hals. Seine Haut war fast schon durchscheinend, so fahl war er, und ich fragte mich, wie viele Stunden er wohl gebraucht hatte, um das Fieber und die Infektion an meinem

Bein in den Griff zu bekommen. Meine Haut begann zu kribbeln und zu jucken – der Teil der Behandlung, den ich am wenigsten leiden konnte. »Wir hatten keine Ahnung, dass du noch am Leben bist, Ry«, sagte er.

Ich nippte noch einmal an der widerlichen Flüssigkeit, dann reichte Alex mir einen Trinkschlauch mit Wasser, aber ich brachte nur ein paar Schlucke hinunter. Mein Magen krampfte nach all den Tagen, in denen ich nichts zu mir genommen hatte, und mir wurde übel.

»Als unsere Informantin in Devon herausgefunden hatte, dass man dich erwischt hatte, hat sie sofort einen Boten losgeschickt.« Ella räusperte sich. »Aber als die Nachricht auf der Festung eintraf, lag das schon wieder zwei Wochen zurück.«

»Wir dachten, du wärst tot, Ry.« Alex' Stimme klang belegt. »Nyx hat angeordnet, dass sich alle für den Abmarsch nach Caltoth bereit machen, aber Ella und ich … wir konnten nicht. Nicht, ohne es mit eigenen Augen gesehen zu haben.«

»Es tut mir so leid.« Zittrig streckte ich die Hand aus und er nahm sie und drückte sie.

»Das muss es nicht.« Alex' Griff verstärkte sich. »Ich hätte dich nicht allein in die Hauptstadt zurückkehren lassen sollen.« Seine Augen glühten. »Wenn ich nur daran denke, was sie dir im Kerker angetan haben müssen …«

»Nyx hat die Beine in die Hand genommen?«, unterbrach ich ihn, weil ich nicht darüber reden wollte, was sich dort tief unter dem Palast abgespielt hatte. Das musste er nicht wissen und außerdem würde es ihn nur an Derrick erinnern. Wenigstens einem von uns konnte ich diese Bilder ersparen. »Alle sind in Caltoth?«

»Das gesamte Regiment von Ferren und viele aus den nördlichen Ortschaften.« Alex senkte den Blick. »Nyx wusste, dass wir ohne dich keine Chance hätten, Pythus zum Umschwenken zu bewegen. Sie hat das Regiment losgeschickt, um alle Dorfbewohner zusammenzutrommeln, die bereit waren, sich uns anzuschließen, und um alles an Vieh und Vorräten mitzunehmen, was ging. Sie wusste zwar, dass der König dadurch noch schneller herausfinden würde, was Sache war, aber zu diesem Zeitpunkt war es sowieso schon egal.«

Alex umklammerte noch immer meine Hand und schluckte. »Ella und ich waren schon auf halbem Wege nach Demsh'aa, als wir die Steckbriefe entdeckt haben. Bis dahin hatten wir nicht gewusst, dass du es geschafft hattest, zu entkommen.«

Ella reichte mir eine Schüssel mit lauwarmer Brühe, in der fettige Fleischstücke schwammen. »Bitte versuch, wenigstens ein bisschen was davon runterzubekommen«, sagte sie, und ich nickte stumm und nahm einen Löffel, während Ella an Alex' Stelle weitersprach.

»Es waren Gerüchte im Umlauf, dass das Rebellenmädchen in Demsh'aa gesehen worden und auf der Flucht nach Norden sei. Da war uns sofort klar, dass du auf dem Weg zur Festung bist. Tagelang haben wir den Wald durchkämmt, aber erst als es in diesem Dorf zu einer schrecklichen Bluttat kam und Miras Leiche auf dem Marktplatz gefunden wurde, konnten wir deine Spur aufnehmen. Das warst nicht du … oder?«

Ich schüttelte den Kopf. »Nur Mira. Die anderen Leute … d-das war sie.«

»Jedenfalls sind wir am nächsten Tag den anderen in die Arme gelaufen.«

»Welchen anderen?«

»Die Nachricht hatte Nyx erreicht.« Ella streichelte mir über die Schulter. »Sobald zu ihr durchgedrungen war, dass du noch am Leben bist, hat sie einen Trupp losgeschickt, um dir zu helfen.«

Alex sah mir in die Augen. Er wusste, was ich dachte. »Das würde sie sonst für niemanden tun, Ry, aber du bist eben extrem wichtig für unsere Sache. Als Magierin und …« Seine Augen blitzten. »… wegen deiner Beziehung zum neuen König. Sobald sie es erfahren hat, war sie sofort bereit, zehn unserer besten Leute abzustellen, obwohl die Kronarmee Richtung Caltoth marschiert. Als wir die zehn getroffen haben, hat Lief diesen Ort hier ins Spiel gebracht. Keiner hatte dich irgendwo auf der Hauptstraße gesehen, und er dachte, du würdest dich vielleicht noch daran erinnern. Ella und ich wären gar nicht darauf gekommen.«

Während ich mir einen großen Brocken Fleisch hineinzwängte und versuchte, nicht das Gesicht zu verziehen, spürte ich ihrer beider Augen auf mir. Aber ich hatte keine Lust auf die Fragen, die als Nächstes kommen würden, sondern wollte einfach nur schlafen.

»Wie bist du entkommen, Ry?«

»Alex.« Ella stieß ihm den Ellbogen in die Rippen. »Vermutlich will sie nicht –«

»Schon in Ordnung.« Ich schluckte. »Ist doch klar, dass ihr euch das fragt. Ich w-werde es euch erzählen.«

Einen Moment lang sagte keiner ein Wort, dann holte ich tief Luft. »In der Nacht vor meiner Hinrichtung hat Darren Paige geschickt, damit sie mir zur Flucht verhilft.«

»Aber der Krieg, er –«

»Er hat mir kein einziges Wort geglaubt. Wie auch?« Die Luft erschien mir plötzlich unerträglich heiß, und ich spürte, wie sie in meiner Lunge brannte. »Hättest du Ella geglaubt, wenn ihr an unserer Stelle gewesen wärt?«

»Äh –«

»Hättest du nicht.« Ich sah Alex in die Augen. »Er hat veranlasst, dass ein Pferd mit Proviant bereitsteht, und Papiere für ein Schiff Richtung Osten besorgt, weil er die Vorstellung nicht ertrug, dass ich hingerichtet werde. Nur deshalb konnte ich fliehen.«

Stille.

»Und wo ist Paige jetzt?«, stieß mein Bruder mit zusammengebissenen Zähnen hervor. »Hat sie sich für die Krone entschieden?«

Ich biss mir auf die Unterlippe. »Sie hat es nicht geschafft. Wir waren auf halbem Weg zu den Toren, als uns Blayne beim Zwinger gestellt hat.«

Die Erinnerungen überrollten mich wie eine Woge. Ich hatte so lange darum gekämpft, meine Gefühle zu verdrängen, doch jetzt überkam mich wieder der alte Hass, und mit jedem Wort verschwamm das Zimmer um mich herum mehr. »Ich habe ihn verschont. Wegen Darren.« Ich atmete scharf ein und meine Hände ballten sich zu Fäusten. »Aber er hatte Magie –«

»Was?« Ella sah genauso erschrocken aus wie mein Bruder.

»Nicht so viel wie wir, aber trotzdem ... Ich habe mit knapper Not überlebt.« *Atmen.* »Und dann hat er Paige ein Messer in den Rücken gerammt, als sie mir helfen wollte zu entkommen.« Vor Wut bohrte ich mir die Nägel so tief ins Fleisch, dass meine Fingerspitzen von meinem eigenen Blut nass wurden. »Und ich war mir so sicher, dass er es überleben würde. Er atmete immer noch, als Darren –«

»Darren hat dich gesehen?«

Ich lachte bitter und vor meinen Augen tanzten schwarze Punkte. Das war der Teil, der mich schier in den Wahnsinn trieb. »Er hatte unser Pferd gesehen. Als er in den Zwinger kam, fand er mich mit einem Degen in der Hand und die beiden anderen auf dem Boden – Blayne halb verblutet und Paige ... tot.« Ich schluckte. »Wäre nicht im selben Moment Mira aufgetaucht, hätte ich es ihm erklären können ...« Meine Stimme brach und ich biss mir auf die Innenseite meiner Wange. »Sie schrie sofort nach Verstärkung und er sagte nichts und da wusste ich es.« Ich erinnerte mich noch gut daran, wie Darren mich angesehen hatte, als er seinen schwer verwundeten Bruder in den Armen hielt und dachte, ich hätte ihn hintergangen. »Blayne hätte mich sofort exekutieren lassen, sobald er sich auch nur ansatzweise erholt hätte. Ich hätte keine Chance gehabt zu erklären, was tatsächlich passiert war.«

Was auch immer in diesem Fläschchen gewesen war, es machte mich unglaublich müde. Ella legte mir den Arm um die Schultern, um mir wieder hinab auf mein Lager zu helfen.

Dann erzählte ich ihnen den Teil, der mich wohl mein Leben lang verfolgen würde – es sogar jetzt tat, da ich kaum Leben in mir hatte. »Hätte ich geahnt, dass Blayne stirbt, wäre ich geblieben.« Meine Stimme verschwamm und ich schloss die Augen. »Irgendwie hätte ich es geschafft, Darren von der Wahrheit zu überzeugen.« *Das ist alles meine Schuld.*

»Das weißt du doch gar nicht.« Alex' Stimme war sanft und beruhigend. »Darren dachte, du hättest seinen Bruder ermordet, Ryiah. Keiner kann sagen, wie er reagiert hätte.«

Ellas Stimme war leise, nur ein Flügelflattern an meinem Ohr. »Zusammen mit uns kannst du wenigstens mithelfen, den Krieg noch irgendwie abzuwenden.«

Ihre Argumentation war so simpel. Vielleicht hätte ich es sogar glauben können, wenn ich jemand anders gewesen wäre.

An diesem Abend erwachte ich ein paar Stunden nach der Rückkehr der anderen, die in den letzten drei Tagen die Straßen in der näheren Umgebung ausgekundschaftet hatten, während Alex und Ella hiergeblieben waren, um sich um mich zu kümmern. Dann stellte mir mein Bruder die besten Kampfmagier der Rebellenarmee vor.

Die Gesichter kamen mir alle mehr oder weniger bekannt vor, aber drei stachen mir sofort ins Auge.

Lief.

Ray.

Und Ian.

Niemand stellte mir Fragen über meine Flucht. Ich vermutete, dass Alex oder Ella sie ins Bild gesetzt hatten, während ich mich ausgeruht hatte, aber das hielt sie nicht davon ab, mich anzustarren. Die unausgesprochenen Fragen gärten direkt unter der Oberfläche.

Liefs Augen waren rot gerändert und er ballte die ganze Zeit im Wechsel die Fäuste und ließ sie wieder locker.

Ich war nicht die Einzige, die jemanden verloren hatte. Dass Paige nicht da war, traf ihn hart. Was immer die beiden verbunden hatte, es war Geschichte. Wahrscheinlich hatte er gedacht, sie würde in der Kronarmee kämpfen, was zwar bedeutet hätte, dass sie auf Seiten der Feinde war, aber wenigstens am Leben.

Jetzt kannte er die Wahrheit.

Der Magieranführer meiner alten Einheit sagte kein Wort, sondern hielt den Blick nur stumm auf die Wand gerichtet, während die anderen redeten.

Meine Schuld lastete schwer auf mir.

Verzweifelt versuchte ich, mich auf meine zweite Schüssel Fleischbrühe zu konzentrieren. Rein körperlich ging es aufwärts mit mir, doch meine Gedanken fuhren Karussell.

»Ryiah ist deutlich auf dem Wege der Besserung. Noch vier oder fünf Tage, dann wird sie wieder auf dem Damm sein.«

»So lange haben nicht, Alex.« Eine ältere Frau, der eine Narbe quer übers Gesicht lief, verschränkte die Arme vor der Brust. Mit schätzungsweise fünfunddreißig Jahren war sie die Älteste unserer Truppe, doch ihr Durchhaltevermögen übertraf das der meisten anderen. »Du kannst sie unterwegs weiterbehandeln.«

Mein Bruder schüttelte den Kopf. »Ry war mehr tot als lebendig, als sie aus dem Kerker entkam, und dann noch die zwei Wochen auf der Flucht … sie braucht jetzt –«

»Wir dürfen keine Zeit mehr verlieren, nun, da sie aufgewacht ist«, pflichtete ihr unser Anführer, ein großer stämmiger Mann namens Quinn, mit einem entschuldigenden Blick in meine Richtung bei. »Wir müssen los. Gleich.«

»Die Kronarmee hat vor zwei Tagen die Grenze erreicht«, meinte ein junger Magier. »Nur die Götter wissen, wie groß unsere Verluste bereits sind.«

»Wie ist das Kräfteverhältnis?«

»Ungefähr vier zu eins. Es hätte besser für uns ausgesehen, wenn nicht –«

»Die Hälfte der caltoth'schen Streitkräfte wurde abkommandiert, um sich den pythischen Kriegsschiffen entgegenzustellen, die ihre Häfen im Norden angegriffen haben. Aber so haben die Truppen an der Grenze keine Chance. Die Armee der Caltothen ist lange nicht so gut ausgebildet wie die von Jerar. Unsere schlechtesten Soldaten können es immer noch mit deren Rittern aufnehmen und das Potenzial ihrer Magier reicht nicht mal annähernd an unseres heran.«

»Glaubt mir …« In Quinns Stimme schwang Bedauern mit, als er wieder das Wort ergriff. »… wenn wir eine andere Wahl hätten …«

»Aber jeden Tag, den wir länger hierbleiben, sterben Hunderte.« Es war eine Tatsache.

Er nickte. Ich konnte verstehen, warum Nyx den Hühnen zu unserem Anführer ernannt hatte. Er war ruhig und direkt und schien jede Entscheidung erst einmal in Ruhe abzuwägen, ehe er sich äußerte.

»Ich habe es bis hierher geschafft, den Rest kriege ich auch noch hin.«

Neben mir gab mein Zwillingsbruder einen missmutigen Laut von sich, protestierte jedoch nicht.

Die Ersten verließen bereits das Zimmer. »In zwei Stunden brechen wir auf. Alex, da du für Ryiahs Heilung zuständig bist, wird sie mit dir zusammen reiten.«

»War das alles oder wie?«

Alle Köpfe – eingeschlossen meinem – drehten sich zu Ian um, der mit verschränkten Armen in einer Ecke des Raums stand und unseren Anführer wütend anfunkelte. »Willst du ihr nicht sagen, warum es gar nicht unbedingt nötig ist, dass sie sich vollständig erholt, oder soll ich das tun?«

»Es ist bereits alles besprochen. Alex kann sich unterwegs weiter um sie kümmern.«

»Das ist nicht der einzige Grund und das weißt du auch.«

»Ian?« Mein Puls raste.

»Weißt du, worin unsere Mission besteht?« Er sah mich eindringlich mit seinen grünen Augen an. »Ihn aufzuhalten.«

Ich nickte. Davon war ich ausgegangen. Warum sonst sollte Nyx mitten im Krieg auf ihre besten Leute verzichten und sie losschicken, um sich auf die Suche nach mir zu machen? »Ihr wollt, dass ich verhandle. Dass ich mit Darren rede.« Weil ich die Einzige war, auf die er – vielleicht – hören würde.

»Keiner glaubt, dass er zuhören würde.« Ian kam näher. »Und es kümmert auch keinen, Ryiah.«

»Was willst du damit –«

»Du sollst als Lockvogel dienen, um den König von seinen Leibwächtern wegzulotsen.« Seine Augen blitzten. »Auf den Steckbriefen stand, dass sie dich lebend wollen. Darren hat also immer noch Gefühle für dich, wobei natürlich nicht sicher ist, ob er dich nicht einfach selbst töten …«

Ich machte den Mund auf, brachte jedoch keinen Ton heraus.

»… oder dich lieber in den Kerker werfen will. Für unsere Sache macht es keinen Unterschied. Er will dich. Er hat einen Teil seines Regiments damit beauftragt, Jagd auf dich zu machen, und eine so hohe Belohnung auf deine Ergreifung ausgesetzt, dass sogar deine Freunde ins Grübeln kommen könnten, ob sie zu Kopfgeldjägern mutieren sollen. Er hat sich verrannt, Ryiah. *Er hat einen Fehler begangen.*«

Ian trat noch näher, bis er direkt vor mir stand, und keiner versuchte, ihn aufzuhalten. Er holte tief Luft, während mein Blick zu Quinn und den anderen hinüberhuschte. Nicht einmal Ray konnte mir in die Augen sehen. Nur Alex und Ella starrten mich an und waren offenbar genauso verwirrt wie ich.

»Unsere Aufgabe besteht nicht darin, mit dem König zu verhandeln, Ryiah«, sagte Ian leise, »wir sollen ihn töten.«

Mir blieb das Herz stehen. »Aber Nyx hat versprochen –«

»Sie hat uns selbst den Befehl dazu erteilt.«

»Nein.« Kalter Schweiß brach mir aus und das Zittern kam zurück. »Das hat sie nicht getan. Das hat sie nicht –«

»Als du damals mit ihr gesprochen hast, war noch Darrens Bruder König.«

»Aber das macht doch keinen Unterschied.«

»Und ob. Das ändert alles.« Quinn wagte es, mich anzusehen. »Egal, was sie dir zugesagt hat, Ryiah, du musst doch einsehen, dass die Situation sich nun komplett anders darstellt. Zuvor hat Darren auf Anweisung seines Bruders gehandelt, aber jetzt …«

»Jetzt gehen die Gefallenen auf sein Konto.« Ians Stimme klang düster. »Es tut mir leid, Ryiah, aber ich fand, du solltest die Wahrheit wissen.«

Ella nahm meine Hand. Ihre war genauso feucht und kalt wie meine. »Und wenn er die Waffen niederlegen würde, würde es dann nicht reichen, wenn man ihn ins Verlies wirft? Ich will damit nicht sagen, dass man ihm seine Taten einfach so vergeben soll, aber –«

Quinn schüttelte den Kopf. »Darren ist viel zu mächtig. Solange seine Blutlinie existiert, wird Jerar niemals vor ihnen sicher sein.«

»Aber …« Meine Hände bebten. »… wenn er sich ergeben und alle Ansprüche auf den Thron abtreten würde?«

»Das reicht nicht. Seine reine Existenz bedroht alle künftigen Herrscher. Solange er am Leben ist, würde es immer Dissidenten geben, die nach dem alten Königshaus rufen, ganz zu schweigen von den Aufständen für einen Mann, der Tausende Menschenleben auf dem Gewissen hat –«

»Aber er kann doch nichts dafür!«

Im Zimmer wurde es so still, dass man eine Stecknadel hätte fallen hören können. Keiner rührte sich, bis auf Alex, der sich neben Ella stellte und mir beschützend einen Arm um die Schultern legte.

»Ryiah –«

»Nein! Jetzt werdet *ihr* mal *mir* zuhören!« Trotz meiner butterweichen Knie straffte ich die Schultern und schob Alex und Ella beiseite, um unserem Anführer ins Gesicht zu sehen. »Darrens einziges Vergehen besteht darin, dass er die Lügen glaubt, die sein Bruder ihm aufgetischt hat. Er *ist nicht* wie Blayne. Blayne kannte die Wahrheit und hat den Krieg aus reiner Gier angezettelt.«

»Die Umstände –«

»Kann sein, dass Darren jetzt König ist«, fuhr ich Quinn über den Mund, »doch es ist der Krieg seines Bruders. Nicht seiner. *Die. Opfer. Gehen. Nicht. Auf. Sein. Konto.* Oder habt ihr etwa auch vor, jeden Soldaten in der Kronarmee zu bestrafen? Alle zehntausend Männer und Frauen, die ebenfalls auf diese Lüge hereingefallen sind?«

»Das ist nicht dasselbe.«

»Es ist *genau* dasselbe!«, zischte ich und sah mich im Zimmer um. »Versteht ihr das nicht? Ihr könntet genauso an ihrer Stelle sein, der einzige Unterschied besteht darin, dass Nyx euch die Augen geöffnet hat. Man kann Darren nicht dafür verantwortlich machen!«

»Ryiah.« Quinns Tonfall war sanft, geradezu beschwichtigend. »Einen Anführer misst man mit anderen Maßstäben als seine Leute. Und dein Bruder hat uns erzählt, dass du bereits versucht hast, Darren von der Wahrheit zu überzeugen, er aber nicht auf dich hören wollte. Er hatte seine Chance. Er hat sie nicht genutzt.«

Mein Blick zuckte zu Alex. *Verräter!* Mein Zwillingsbruder sah aus, als wäre ihm schlecht.

»Quinn«, flehte Alex, »das wollte ich damit nicht –«

»Tut mir leid.« Und das nahm ich ihm auch ab. »Es tut mir aufrichtig leid, aber –«

»*Das ist mir scheißegal!*« Mein Schrei unterbrach ihn mitten im Satz. Alle starrten mich an, während ich nur noch rot sah. »Ich habe alles für diese Sache geopfert.« Ella versuchte, mir eine Hand auf die Schulter zu legen, doch ich schüttelte sie ab. »*Alles.* Viel mehr als ihr. Mehr als Nyx. Mehr als ihr alle zusammen. Ich habe meinen kleinen Bruder verloren. Ich habe meinen Mann hintergangen. Ich habe mit der Krone gebrochen und meinen Status als Prinzessin aufgegeben. Ich war sogar bereit, in diesem gottverdammten Kerker zu sterben, nur um euch zu schützen! Das Einzige, worum ich im Gegenzug gebeten habe, war, dass ihr Darren verschont!«

»Du musst nicht mit uns kommen.« Zwei goldgrün gesprenkelte Augen sahen in meine, dann wandte Ian sich an unseren Anführer. »Wir sind zwar hergekommen, um Ryiah mit ins Boot zu holen, aber wir kommen auch ohne sie klar.«

»Ian –«

»Lass ihr doch verdammt noch mal wenigstens die Wahl, Quinn.«

Der Mann verstummte.

Mein Freund sah mich ernst an. »Du hast wirklich mehr geopfert als wir anderen, Ry. Nyx hat uns einen

Befehl gegeben, und ich teile ihre Auffassung, aber ich finde, du hast die Chance verdient, selbst zu entscheiden, was du tust. Ich weiß, wie viel er dir bedeutet.«

Also hatte ich die Wahl, Darren in eine tödliche Falle zu locken oder die anderen im Stich zu lassen und damit zum Tode zu verurteilen.

Es hätte nie so weit kommen dürfen. Ich schlug mit der Faust an die Wand, dass Holz splitterte und Blut floss.

Doch ich fühlte nichts. Zumindest nicht physisch.

Die anderen waren gegangen. Sie hatten mir zwei Stunden gegeben, um mich zu entscheiden – eben so lange, wie es dauern würde, bis sie alles zusammengepackt hatten. Nur Alex und Ella waren bei mir geblieben.

»Das wussten wir nicht, Ry.« Ellas Stimme bebte. »Ich schwöre. Diesen Teil haben sie ausgespart, als sie uns von Nyx' Befehlen in Kenntnis gesetzt haben.«

Ich sagte nichts. Ich hatte ihren Gesichtsausdruck gesehen, als Ian uns reinen Wein eingeschenkt hatte. Und Alex war zwar nie so recht mit Darren warmgeworden, aber sogar ihn hatte das kalt erwischt.

»Was soll ich denn jetzt machen?« Meine Stimme war rau.

»Egal, wie du dich entscheidest, wir stehen hinter dir, Ry.« Alex schluckte. »Ian hat recht. Du hast so viel geopfert, du musst das nicht auch noch machen.«

»Und dann? Bin ich dadurch indirekt für den Tod Tausender Soldaten verantwortlich.« Ich starrte auf meine Hand und betrachtete die purpurroten Tropfen an meinen Fingerknöcheln. »Das lässt sich nicht wegreden, Alex.

Das Morden hat ja schon angefangen. Und mit jedem Tag, den der Krieg länger dauert, steigt die Zahl der Opfer.«

Alex antwortete mir nicht.

»Ich … ich bin ja nicht blöd.« Ich holte tief Luft. »Ich wusste, dass es so k-kommen könnte – er oder wir.« *Wirklich? Oder lüge ich mir da in die eigene Tasche?* »Mir war klar, dass wir vielleicht gezwungen wären …« Ich bekam es nicht über die Lippen. Es laut auszusprechen, hätte es so real gemacht. »Aber ich habe einfach gedacht … ich dachte, wenn er kapituliert, würde Nyx Gnade walten lassen. Natürlich habe ich gemerkt, dass sie nicht sonderlich glücklich über meine Bedingung war, und ja, als wir die Vereinbarung getroffen haben, war noch sein Bruder König, aber ich …«

Tief in mir hatte ich wirklich geglaubt, dass sie sich an unsere Abmachung halten würde, sofern Darren die Waffen strecken würde.

Meine Nägel gruben sich in die Wunden meiner Handfläche. Es war naiv gewesen, sich vorzumachen, wir würden noch immer an einem Strang ziehen. Die Dinge lagen inzwischen komplett anders. »Vermutlich will er mich umbringen … Er hat ja schon gehört, was ich zu sagen hatte.«

»Ryiah –«

»Nein, Ella.« Ich schüttelte so energisch den Kopf, dass mir meine Locken ums Gesicht flogen. »Quinn hat recht. Darren hatte bereits seine Chance.« Vor Scham schoss mir das Blut heiß in die Wangen. »Hier geht es nicht darum, was *ich* möchte, sondern um das große Ganze.« Auch wenn das ihm gegenüber nicht fair war.

»Ryiah.« Alex packte mein Handgelenk und zwang mich, meine Faust zu lösen. »Hast du Derrick geglaubt, als er dir das erste Mal damit kam?«

»N-nein.«

»Warum sollte man es dann von Darren erwarten? Du hattest keinerlei Beweise. Er stand zwischen seinem Bruder und seiner Frau. Lucius und Blayne haben ihn jahrelang nach Strich und Faden belogen und ihm ihre Version der Dinge eingetrichtert, und du hattest nur eineinhalb Wochen, um ihn vom Gegenteil zu überzeugen.«

Meine Hand kribbelte, als Alex' Heilzauber zu wirken begann.

»Nyx ist auch nicht unfehlbar.« Seine Stimme war kaum mehr als ein Wispern, als er sich ganz nah zu mir beugte. »Sie will das Beste für unser Land, keine Frage, aber sie denkt ausschließlich strategisch und sachlich, eben wie eine militärische Anführerin und nicht wie ein *fühlender Mensch.*« Er und Ella wechselten einen bedeutungsvollen Blick. »Nyx' Entscheidung mag für die anderen richtig sein. Vielleicht ist es sogar die beste Entscheidung, die sie treffen kann. Möglicherweise bin ich sogar mit ihr einer Meinung, aber das heißt noch lange nicht, dass du das auch so sehen musst.«

»Ich kann die anderen nicht abhängen. Nicht in diesem Zustand.« Ich starrte auf meine Fingerknöchel, an denen sich die Haut über den Wunden schloss – ein unangenehmes Gefühl. »Oder was meinst du, Alex?«

»Ich meine, dass du drei Möglichkeiten hast, nicht zwei. Und wenn du willst, würden Ella und ich dir helfen, die dritte in die Tat umzusetzen.«

Die dritte?

»Wenn unser Trupp Darren ausfindig macht, würden wir dir einen Vorsprung verschaffen. Eine Stunde, maximal zwei.« Er schritt auf und ab. »Falls der Plan aufgeht – was ich natürlich nicht versprechen kann –, kannst du versuchen, Darren dazu zu bringen, seine Leute zurückzurufen und Jerar zu verlassen. Aber viel Zeit bliebe dir, wie gesagt, natürlich nicht, irgendwann würden sie dich einholen.«

Als mir klar wurde, was Alex meinte, schluckte ich.

»Lüg sie an.« Ella sah mir in die Augen. »Sag ihnen, dass du kooperierst, und wir kümmern uns um den Rest.«

Alex tastete nach Ellas Hand und sein Adamsapfel bewegte sich auf und ab. »Ist dir bewusst, warum sie dich als Köder wollen, Ryiah?«, fragte er.

Es hätte mir schwerfallen sollen, es laut auszusprechen, doch ich fühlte nichts. »Sie denken, dass ich die Einzige aus dem ganzen Regiment bin, die Darren höchstpersönlich aus dem Weg schaffen will.«

»Seine Gefühle sind Darrens einzige Schwachstelle.« Ella senkte den Blick. »Wenn er dir gegenübersteht, wird seine Verteidigung nicht so perfekt sein wie normalerweise, aber deine natürlich ebenso wenig …«

»Es kann gut sein, dass er dich töten wird, Ryiah. Ich weiß, dass du an das Gute glauben willst …« Mein Bruder reckte das Kinn vor und stieß die nächsten Worte hervor, als würde er Glas schlucken. »Aber wenn es um Ella ginge, würde ich auch *nichts* unversucht lassen. Und ich würde wollen, dass du mir die Entscheidung überlässt, selbst wenn es vollkommen verrückt ist.«

SECHZEHN

Ich stellte eine letzte Forderung. Natürlich war es nur zum Schein.

»Ohne mich habt ihr keine Chance, diesen Krieg zu gewinnen.« Alex war derjenige, der mich auf die Idee gebracht hatte. »Ich bin der beste Köder, den ihr kriegen könnt, und eure einzige Chance, Darren auf dem falschen Fuß zu erwischen. Ohne mich steht ihr auf verlorenem Posten. Wollt ihr, dass das Blutvergießen aufhört? Wollt ihr diesen Krieg wenn möglich beenden?«

Schweigen. Ich hatte ihre Aufmerksamkeit.

»Dann vergesst Nyx' Befehle und hört mir zu. Sicherlich will sie das Beste für unser Volk, aber *ohne mich* wird da nichts draus. Wenn Darren sich tatsächlich ergibt und seine Armee zurückpfeift, dann schaut ihr weg und lasst ihn entkommen. Er wird niemals nach Jerar zurückkehren und nach der Macht greifen, aber er wird *leben*.«

Quinn runzelte die Stirn, wies meine Forderung jedoch nicht umgehend zurück. Sie brauchten mich, um näher an Darren heranzukommen. Das wussten wir beide, und er war nicht so dumm, es zu leugnen. Vermutlich hatte er gedacht, ich würde mich ohne Murren in mein Schicksal fügen, so wie ich mich bislang engagiert hatte.

»Und wenn er sich weigert, die Waffen niederzulegen? Was dann?«

»Dann befolgt ihr Nyx' Anweisungen.«

»Und du legst uns keine Steine in den Weg?«

Mein Lachen war zynisch. »Das würde doch sowieso nichts mehr zur Sache tun, oder? Wir wissen beide, dass ich in diesem Fall vor allen anderen tot wäre.«

Einen Moment lang schwieg Quinn und sah mich nachdenklich an. Dann wandte er sich an den Rest. Aus dem Augenwinkel konnte ich in ihren Gesichtern lesen, dass sie eigentlich nicht damit einverstanden waren.

»Sie ist unser einziger Trumpf.«

»Aber wir würden uns Nyx' Befehlen widersetzen!«, wandte die ältere Frau ein. »Und alles nur für irgendein Mädchen, das vor Liebe blind ist?«

»Ryiah ist nicht *irgendein* Mädchen.« Ray drängte sich nach vorne. »Sie ist die beste Magierin in diesem Raum *und die zweitbeste im ganzen Königreich*!«

»Unser Ziel besteht darin, das Blutvergießen zu beenden.« Lief mied noch immer meinen Blick. »Ob wir nun einer Meinung mit ihr sind oder nicht – es haben schon viel zu viele Menschen für diese Sache ihr Leben verloren. Wenn wir dem ein Ende bereiten können, stellt sich dann überhaupt die Frage, ob wir damit die Befehle von irgendjemandem missachten?«

»Klaus? Jeremiah?« Quinn räusperte sich. »Sonst noch jemand?« Das Grüppchen hatte aufgehört zu diskutieren. »Ian, willst du vielleicht noch was dazu sagen?«

Ian schüttelte den Kopf, wobei er mich nicht aus den Augen ließ. Unter der Oberfläche braute sich etwas zusammen, aber was immer auch in ihm vorging, er wollte es offenbar nicht vor den anderen bereden.

Quinn nickte. »In Ordnung, Ryiah, wir akzeptieren deine Bedingungen.«

Ich atmete auf und hörte, wie Alex und Ella neben mir ebenfalls die Luft ausließen. Sie hatten es uns abgenommen.

Andererseits logen sie uns wahrscheinlich genauso ins Gesicht wie wir ihnen, denn ich ging nicht davon aus, dass sie Wort halten würden. Im Grunde war für sie nur wichtig, dass ich überhaupt dabei war. Wenn es erst einmal so weit war, hätte ich keinerlei Einfluss darauf, was sie taten.

Doch das war ohnehin egal.

Ehe sie eine Chance hatten loszuschlagen, würden Alex und Ella sie irgendwie außer Gefecht setzen, vielleicht mit einem Schlaftrunk oder dergleichen. Ich würde Darren jedenfalls nicht vor ihnen warnen. Für den Fall, dass ich scheiterte, hätte unsere restliche Truppe immer noch den Vorteil, den sie sich durch mich versprach.

»Das hättest du nicht tun sollen.« Ian schälte sich hinter mir aus dem Gestrüpp. »Quinn zu Zugeständnissen zu zwingen, war ein Fehler.«

Ich tat, als wäre ich vollauf damit beschäftigt, einen Trinkschlauch am Bach aufzufüllen. Wir hatten für die Nacht unser Lager aufgeschlagen, und die anderen hatten mich mit der leichtesten Aufgabe betraut, weil ich noch immer nicht ganz bei Kräften war. »Nyx hat mir keine andere Wahl gelassen.«

»Er ist der König.« Ian steckte die Hände in die Hosentaschen. »Was hast du denn erwartet, Ryiah? Während wir hier miteinander reden, überschreitet die Kronarmee auf *seinen* Befehl hin die Grenze. Da kannst du doch nicht einfach die Augen davor verschließen und erwarten, dass alle ihm seine Taten vergeben.«

Ich schoss ihm einen finsteren Blick zurück. »Ich dachte, du wärst auf meiner Seite.«

»Ich finde, dass du das Recht hast, dich aus der Mission auszuklinken.« Er verschränkte die Arme vor der Brust. »Aber du hast nicht das Recht, den Rest von uns in Gefahr zu bringen. Hier geht es nicht um deine Liebesgeschichte, Ryiah, sondern um ein Verbrechen gegen eine ganze Nation.«

Ich legte den Kopf schief. »Und was soll ich deiner Meinung nach tun? Mich vom Acker machen, während ihr loszieht und euch abschlachten lasst, oder wie?«

»Nyx hat dir mehr zugemutet als allen anderen.« Seine Kiefermuskulatur zuckte. »Und du hast der Sache große Dienste erwiesen. Du musst nicht auch noch seinen Tod auf dein Gewissen laden. Das würde dich kaputt machen. Überlass das jemand anderem.«

»Was macht dich so sicher, dass Darren nicht auf mich hören wird?«, fuhr ich ihn an.

»Es steht inzwischen einfach zu viel zwischen euch.« Immerhin war Ian so anständig, mich dabei nicht anzusehen. »Beim Thema Darren warst du schon immer wie vernagelt, Ryiah. Er ist nicht wie wir. Vielleicht ist es das, was dich ursprünglich zu ihm hingezogen hat, aber es wird dich vernichten, wenn du wirklich diesen Weg beschreitest.«

»Du täuschst dich.«

»Wenn es nicht du wärst, würde ich sagen, nur zu, aber ich fühle mich für dich verantwortlich, Ryiah.«

»Verantwortlich?« Ich funkelte ihn an. »Meinst du, ich bin ihm nicht gewachsen? Dass ich keine Chance gegen den *Schwarzen Magier* habe? Ich bin hier jedenfalls mit Abstand die Beste.«

»Ich weiß, was du draufhast. Das war noch nie das Problem.« Ian biss die Zähne zusammen. »Das Problem ist, dass du nicht zurückschlagen wirst.«

»Würde ich wohl, wenn ich –«

»Lügnerin. Du glaubst immer noch, dass du ihn retten kannst.«

Einen Moment lang war nur das leise Murmeln des Bachs zu hören, der über Felsbrocken plätscherte.

»Wenn er versucht, dich zu töten, Ryiah, wirst du dich dann entsprechend zur Wehr setzen? Wenn Darren dir keine andere Wahl lässt, würdest du ihn dann töten, um deine eigene Haut zu retten? Um Jerar zu retten?«

»Dazu wird es nicht kommen.«

»Ist es schon.«

Ich konnte keine Sekunde länger hier stehen. Hysterie stieg in mir hoch und nahm mir die Luft. Am liebsten wäre ich davongerannt – vor Ian und Nyx, vor all diesen Entscheidungen, die das Schicksal mir aufbürdete und denen ich mich nicht gewachsen fühlte.

»Sieh mich an und sag mir, dass du nicht *dir* die Schuld

daran gibst, was aus ihm geworden ist. Dass du nicht versuchen wirst, ihn zu retten, auch wenn das bedeutet, allen anderen in den Rücken zu fallen.«

Plötzlich sah ich wieder Darren und mich an jenem Tag auf dem Innentrainingsplatz vor mir und ich spürte die Verzweiflung, die mich in diesem Moment mit sich in die Tiefe gerissen hatte. *»Lass uns durchbrennen.«* Damals wäre ich dazu bereit gewesen.

Nein.

Ich hatte keine Lust mehr, diesem doppelzüngigen Verräter zuzuhören, den ich früher einmal als Freund bezeichnet hatte. Er kannte mich nicht und Darren auch nicht.

»Du irrst dich.«

Ian hatte nicht den verzweifelten Prinzen an der Felskante gesehen. Er wusste nichts von dem kleinen Jungen und seinem grausamen Vater oder von den Nächten nach Derricks Tod und wie mein Mann mich im Arm gehalten hatte, damit ich nicht durchdrehte.

Ian sah nur einen unbelehrbaren König, der in die Fußstapfen seines Bruders trat.

»Darren *wird* sich ergeben«, zischte ich, »und ich werde alle retten. *Jeden. Verdammten. Einzelnen.*«

Kopfschüttelnd sah er mich an. »Du belügst nicht nur mich, Ryiah, du belügst dich selbst.«

»Ein Jammer, dass es Quinns Entscheidung ist und nicht deine«, gab ich zurück.

»Ich werde ihn umstimmen.«

Versuch's nur.

»Du kannst für oder gegen mich sein, Ian.« Meine Worte waren kalt. »Aber du wirst mich nicht aufhalten.«

Ohne sich noch einmal umzusehen, marschierte er zurück zum Lager.

»Nyx hat dem Rest des Regiments die Wahl gelassen. Auch denjenigen, die nicht Bescheid wussten.« Alex' Stimme dröhnte in meinen Ohren, während sich sein Pferd vorsichtig einen Weg zwischen den Felsbrocken hindurchbahnte.

Seit vier Tagen waren wir jetzt unterwegs.

Da die King's Road tabu war, wenn wir die Armee der Krone überrumpeln wollten, führte unser Weg über schmale, steile Gebirgspfade im Herzen der Iron Mountains. Bei uns allen lagen die Nerven blank, und es wurde nicht besser, je weiter wir nach Norden vordrangen, denn keiner war gegen die Angst vor den Gefahren gefeit, die vor uns lagen. Sobald wir die Grenze erreicht hätten, befänden wir uns in einem Kampf auf Leben und Tod.

Nur Alex – der liebe, süße, selbstvergessene Alex – schien davon keine Notiz zu nehmen, sondern konzentrierte sich voll und ganz darauf, mich komplett gesund zu pflegen und mir unterwegs meine vielen Fragen zu beantworten, während alle anderen schweigend dahinritten. Vielleicht war es auch in gewisser Hinsicht eine Art von Weisheit, denn Furcht machte einen nur anfällig für Fehler.

»Diejenigen, die nicht eingeweiht waren, waren so klug, sich nicht mit uns anzulegen.« Ella gesellte sich auf ihrer Stute zu uns, und ihre Stimme hallte von den Felswänden der schmalen Schlucht wider, durch die wir ritten. »Die meisten haben sich unserer Sache angeschlossen, und die paar, die lieber die Flucht ergriffen haben … na ja, wir wussten sowieso, dass es nur noch eine Frage der Zeit war, bis die Krone alles herausgefunden hätte. Alex und ich sind noch am selben Tag aufgebrochen.«

Fast alle Dörfer nordwestlich der Festung waren verwaist.

Die wenigen, an denen wir vorüberkamen, lagen da wie die abgestreiften Hülsen einer Schote. Die Gebäude und Höfe standen leer und sogar das Vieh war verschwunden. »Sie haben alles zusammengerafft, was sie konnten, und sich uns angeschlossen. Fast jeder hier hatte Freunde und Familienmitglieder auf der Festung. Nyx hat Boten ausgeschickt, um auch die anderen zu warnen und sie vor dieselbe Wahl zu stellen.« Alex deutete auf die Straße, die nach Osten führte. »Je näher man Montfort kommt, desto loyaler stehen die Leute zur Krone. Ich bin mir sicher, dass sie sich entschieden haben zu bleiben.«

»Ist so«, warf Jeremiah leise von rechts ein. Im Gegensatz zu Ian redeten die anderen noch mit mir. »Wir haben ein paar von unseren Leuten verloren, die die Nachricht überbrachten. Der dortige Befehlshaber hat Ritter abkommandiert, um sie im Namen der Krone zur Strecke zu bringen. Nur die Hälfte unserer Boten ist zurückgekehrt.«

Mein Magen krampfte sich zusammen. Ich wollte nichts mehr davon hören.

Sogar jetzt, zu Frühlingsanfang, waren die Berge des Nordens noch in weiten Teilen von Schnee und Eis bedeckt und der Weg war rutschig und glatt. Dürre Zweige knackten unter den Hufen unserer Rösser, je höher wir hinaufkamen, und der schneidende Wind riss uns die Worte von den Lippen.

Am sechsten Tag befand ich mich näher an der Grenze, als ich es jemals mit dem Regiment von Ferren's Keep auf Patrouille gewesen war. Es war kalt. Eiskalt.

Da die Rebellen nicht in unmittelbarer Gefahr geschwebt hatten, hatten sie Zeit gehabt, sorgfältig zu packen. Alex und Ella dagegen hatten sich unverzüglich auf den Weg in die Hauptstadt gemacht, und ihre Ausrüstung ähnelte meiner eigenen, was bedeutete, dass wir alle drei nicht gegen die Kälte, die uns erwartete, gewappnet waren. Jede Nacht wechselten wir uns damit ab, unser Zelt mittels Magie warmzuhalten, und schlugen es stets im Schutz großer Felsbrocken oder Steilwände auf, die den kalten Nordwind wenigstens ein wenig abhielten. Die anderen liehen uns einige Felle und dicke Wollsachen, die sie halbwegs entbehren konnten, aber es reichte einfach nicht.

Am Ende der Woche stand ich kurz vor dem Zusammenbruch. Mein Fieber war weg, doch die alten Leiden waren durch neue ersetzt worden, und ich fürchtete, mir Erfrierungen einzufangen, ja fragte mich, wie ich die Torturen überhaupt überleben sollte.

Sich hier im hohen Norden durch Schnee und Eis zu kämpfen, war ganz anders als in den Bergen zu Hause. Immer wieder geriet ich unter meinen neuen Pelzschichten ins Schwitzen und zog ständig welche aus, nur um sie sofort wieder überzustreifen, wenn mich unerwartet der nächste eisige Windstoß traf.

Wir mussten zu Fuß gehen, weil wir nicht riskieren konnten, dass sich die Pferde ein Bein brachen oder mitsamt Reiter über einen vereisten Abhang in die Tiefe stürzten. Außerdem brauchten die erschöpften Tiere ein wenig Schonung. Wie uns fiel auch ihnen unter diesen Bedingungen das Vorankommen extrem schwer, und hinterher dauerte es manchmal Stunden, bis der kalte Schweiß auf ihrem Fell getrocknet war. Die Pferde trugen unsere Vorräte und das musste reichen.

Schließlich erreichten wir eine schneebedeckte Hochebene, die nur am Rande von ein paar kleinen grünen Tupfern gesprenkelt war. Direkt unterhalb mäanderte ein breiter, reißender Fluss, dessen Wasser ganz schwarz war. Allein schon sein Rauschen und Tosen machte deutlich, dass niemand, der da hineinfiel, lebend wieder herauskam.

Mit einem mulmigen Gefühl starrte ich in die Schlucht hinab, die die Grenze zwischen Jerar und Caltoth markierte.

Dahinter ragte eine komplett schneebedeckte Gebirgskette auf, die mir dreimal so hoch erschien wie die Gipfel auf unserer Seite und wie ein Riese unter Ameisen.

Während wir vier Jahreszeiten hatten, gab es zumindest in diesem Teil von Caltoth nur eine.

Nach einem einzigen Blick verdrehte Ella die Augen. »War ja klar«, murmelte sie. »Uns bleibt echt nichts erspart.«

»So wild ist es nun auch wieder nicht.« Alex ließ ein freches Grinsen aufblitzen. Ella und Ray hatten noch größere Probleme, mit der Witterung zurechtzukommen, als wir anderen. »Jetzt zelten wir schon seit über einer Woche im Schnee. Ihr wusstet doch, dass es in Caltoth noch etwas kälter werden würde.«

Rays Antwort folgte prompt. »*Etwas kälter* ist die Untertreibung des Jahrhunderts.« Der Magier rang die Hände.

Ella funkelte ihren Mann an. »Mit so was bestraft der Schattengott die übelsten Schurken und lässt sie in alle Ewigkeit für ihre Sünden büßen.«

Alex und ich warfen uns ein verstohlenes Lächeln zu. Uns gefiel der Anblick der schneebedeckten Steingiganten ebenso wenig, aber Ellas und Rays Theatralik reichte aus, um unsere Stimmung ein wenig zu heben.

Wir saßen ab und näherten uns behutsam zu Fuß der Abbruchkante.

»Und wo ist jetzt die Armee?«, fragte ich. »Ich sehe nichts als Berge.« Dass die höchsten Gipfel ausgerechnet nordöstlich von uns aufragten, war nicht gerade hilfreich, denn sie versperrten uns den Blick. Mir wurde flau im Magen.

Einen Moment später bestätigte Quinn meine schlimmsten Befürchtungen. »Direkt dahinter. Deshalb nehmen wir auch den Gletscherpass. Er ist zwar gefährlich, aber das wird sich letztlich als Vorteil erweisen.« Mit einer großen, vergilbten Schriftrolle in der Hand trat unser Anführer zu uns. »Vor unserem Aufbruch hat König Horrace uns eine Landkarte zukommen lassen. Nyx wusste, dass Darren der Hauptstraße den Vorzug geben würde, weil das der einfachste Weg für eine Truppe von der Größenordnung der Kronarmee ist. Aber wenn wir den Pass nehmen …«, sein Blick glitt zu der bedrohlichen Wand zu unserer Rechten hinüber, »... haben wir das Überraschungsmoment auf unserer Seite. Die Kronarmee wird nie und nimmer mit einem Angriff von Westen rechnen. Direkt hinter dem Pass befindet sich ein Aussichtspunkt, von dem aus man alles im Blick hat, was zwar an sich für uns nicht unbedingt von Interesse ist, aber diverse Quellen legen nahe, dass Kommandant Audric seine Kommandozentrale dort einrichten wollte, weil man dort einen guten Überblick über das Kampfgeschehen hat. Und es ist davon auszugehen, dass Darren als Anführer der Magier nicht weit davon entfernt sein Quartier aufgeschlagen hat.«

»Und wenn nicht?«

Quinn massierte sich mit einem Stöhnen die Schulter. Der endlose Marsch ging an keinem spurlos vorüber. »Wenn nicht, dann wird uns Audric früher oder später zum Versteck des Königs führen. Es ist wie bei einem Drachen. Man muss nur den Hals des Untiers finden und der Rest ergibt sich dann ganz von allein.«

Wage es ja nicht. Ich zwang mich, ruhig zu atmen und mir nichts anmerken zu lassen. So lange schon hielt ich dem Druck irgendwie stand, und das sollte auch so bleiben, nun, da ich die letzte Etappe unserer Reise vor mir sah.

»Ryiah?« Ella beugte sich zu mir und ich wich einen Schritt zurück. Ich konnte nicht darüber sprechen. Ich musste mich auf das Hier und Jetzt konzentrieren.

Alex sprang mir bei und fragte schnell: »Wie kriegen wir die Pferde da drüber?«

»Gar nicht. Wir lassen sie frei und zaubern uns hinüber.

Das letzte Stück des Wegs legen wir zu Fuß zurück.« Quinn deutete auf unsere Bündel. »Teilt die letzten Vorräte auf und schnallt euch die Satteltaschen auf den Rücken. Nehmt nichts mit, was fürs Überleben nicht unabdingbar ist.«

Die Gruppe machte sich bereits daran, alles zu verteilen. Waffen wurden herumgereicht, Feuerstein und Stahl, dicke Wollsachen, ein paar Phiolen, Salben und Bandagen, ein kleiner metallener Topf, in dem wir Essen kochen und Wasser erhitzen konnten, sowie getrocknete Nahrungsmittel wie boreanischer Reis und Knochenstücke für Brühe. Eine halbe Stunde später waren wir zum Aufbruch bereit.

Ich trat an der Felskante unbehaglich von einem Bein aufs andere. Obwohl die Bündel leicht waren, hatten wir alle noch zusätzlich zwei Eispickel und ein Paar Schneeschuhe aus Wildleder, die mit Riemen an unseren Taschen befestigt waren, nicht zu vergessen die Gurte, Seile und Stoffbahnen für unsere Zelte, Waffen, Essensrationen und die schweren, fest verschnürten Schlafsäcke, die wir nicht zurücklassen konnten. Außerdem hatte man im tiefen Schnee immer das Gefühl, alles würde noch viel mehr wiegen. Was hätte ich jetzt darum gegeben, stattdessen durch Wüstensand zu kriechen.

»Sobald wir die Baumgrenze überschreiten, müssen wir uns darauf einstellen, dass die Schneedecke mehrere Meter hoch ist und die Temperaturen noch mal deutlich fallen – spätestens wenn wir den Gletscher betreten. Für den Rest des Aufstiegs brauchen wir dann die Schneeschuhe.«

Ella und ich warfen uns panische Blicke zu. Wir hatten die Dinger im letzten Jahr unserer Ausbildung einmal benutzt – und gehofft und gebetet, sie uns nie wieder unter die Füße schnallen zu müssen. Normalerweise trugen sie nur Pelzjäger in den unzugänglichsten Regionen Jerars. Wir hatten damit nie richtig laufen können und alles dauerte damit dreimal so lang und kostete fünfmal so viel Kraft. Was für eine Ironie des Schicksals, dass uns die Teile ausgerechnet in unseren vielleicht letzten Tagen wieder einholten.

»Sag mal, Ry?«, meinte Alex, während die anderen beklommen auf den reißenden Strom in der Schlucht unter uns hinabstarrten. »Hast du auch gerade ein Déjà-vu?«

Einen Moment lang war ich zurück an der Akademie. Alex und ich rannten einen Gebirgspfad entlang, bis Darren mit einem hinterhältigen Grinsen im Gesicht auftauchte und den Fels direkt vor uns zum Bersten brachte, um uns den Weg abzuschneiden oder uns zumindest dazu zu zwingen, unsere Magie zu Hilfe zu nehmen, um den gewaltigen schluchtartigen Riss zu überwinden.

Ehe ich michs versah, versetzte es mir einen Stich ins Herz.

Was war nur aus uns geworden?

Ich schlang die Arme um meinen Oberkörper, starrte auf die andere Seite hinüber und hielt nach dem besten Weg durch die calthoth'sche Wildnis Ausschau.

Fünfzehn Minuten später überschritt unsere Gruppe die Grenze. Die Klamm war tief, doch nicht mehr als etwa neun Meter breit – für zwölf Kampfmagier und einen Heiler keine allzu große Herausforderung.

Ella und ich nahmen meinen Bruder zwischen uns und

schwebten hinüber. Abgesehen davon, dass wir uns bei Nacht mittels unserer Magie warmhielten, waren wir sparsam mit unseren Zauberkräften umgegangen, sodass wir mit der Grenzüberquerung keinen Raubbau an unserem Durchhaltevermögen trieben.

Sobald wir auf der anderen Seite waren, ging die Temperatur schlagartig in den Keller.

Einen markierten Weg gab es nicht, also mussten wir uns ab hier mit einem Kompass und König Horrace' Karte orientieren. So weit das Auge reichte, zogen sich meilenweit Kiefern die steilen Hänge hinauf, die sich unter den Schneemassen bogen – ein Meer aus Weiß mit ein paar dunkelgrünen Tupfern, wunderschön und todbringend gleichermaßen.

Je mehr wir uns dem Steilhang näherten, desto dunkler wurde es. Bald schon tauchte die rote Sonne hinter dem zerklüfteten Gebirgskamm unter, und wir waren gezwungen, am Fuße der caltoth'schen Bergkette unser Lager aufzuschlagen. Wenn man den Kopf in den Nacken legte, überkam einen das Gefühl, als ginge es hinauf und hinauf und hinauf – und kein Ende in Sicht.

Laut Quinn würden wir vier Tage benötigen, um den Grat zu erreichen. Der Aussichtspunkt lag von Gletschern eingekeilt irgendwo dahinter und bot einen weiten Blick nach Osten, wo sich weit unterhalb das Schlachtfeld befinden musste.

Zitternd gesellte sich Alex mit einer dampfenden Tasse in den Händen zu mir. »Die Götter mögen uns beistehen, dieses Monstrum lebend zu erklimmen.«

»Schiss?«, fragte ich grinsend, weil ich wusste, dass er

unter Höhenangst litt. In den Iron Mountains hatte er sich wacker geschlagen, doch im Vergleich zu Caltoth waren unsere Berge nur unbedeutende Hügel.

»Was meinst du, wofür wir die Eispickel dabeihaben?« Seine Haut wirkte fahl, fast grün. »Erwarten die allen Ernstes von uns, dass wir irgendwelche senkrechten Eisplatten raufklettern?«

Ella zog ihren Umhang enger um sich, blies sich in die Handflächen und schüttelte lächelnd den Kopf. »Oh, Alex.«

»Was ist, wenn wir abstürzen?« Mit großen Augen starrte er in den Abgrund. »Das überlebt keiner. Ich meine, ist euch klar, dass wir sterben könnten?«

»Könnten wir, aber nicht *hier*.« Ella verschränkte ihre Finger mit seinen. »Ich passe schon auf dich auf, Alex.«

Sie sahen sich tief in die Augen und plötzlich fühlte ich mich wie das fünfte Rad am Wagen. Als mein Bruder Ellas Gesicht in seine schwieligen Hände nahm und sie mit einem Blick küsste, der ihr *alles* versprach, verzog ich mich und half stattdessen bei der Zubereitung des Abendessens.

Wir kochten Knochen aus und gaben ein wenig getrocknete Kräuter dazu. Unser Vorrat an geräuchertem Fleisch war am Abend zuvor zur Neige gegangen und nun mussten wir uns mit einer kleinen Ration boreanischem Reis und Brühe begnügen. Ich verteilte die letzte Portion, kümmerte mich um das Feuer und sah in die Flammen.

Meine Hände waren ganz rissig und blutig von der Kälte, aber für solche Lappalien sollte Alex seine Heilkräfte nicht vergeuden – die brauchten wir für härtere

Fälle. Anschließend hielt ich zusammen mit einer jungen Frau Wache, die ich noch kaum kannte, und wir hielten mithilfe unserer Magie das Feuer am Leben, damit die anderen in ihren Zelten aus ungegerbtem Leder nicht allzu sehr froren. Es war eine gute Kombination aus Nützlichem und Schönem, den es gefiel mir, die Sterne zu betrachten, die mir von dieser Seite der Grenze aus viel größer vorkamen.

Es war, als wäre man hier den Göttern ganz nahe. Und sie uns.

So elend ich auch war, so berührte mich doch Caltoths eisige Schönheit und die Stille, die darin lag.

Und dann, als der Himmel gerade langsam heller wurde, sah ich sie: tanzende Lichter. Violettorangefarbene und grünblaue Wirbel zuckten über den Himmel – ein Regenbogen aus Licht. Das Spektakel dauerte zehn, zwanzig Minuten, dann war es vorüber.

Als die Farben verblassten, kletterte schon fast die Sonne über die Gipfel, und mit ihr der neue Tag.

Zum ersten Mal seit Wochen verspürte ich so etwas wie Hoffnung.

SIEBZEHN

Der Pass hätte genauso gut eine Armee sein können, die uns aus dem Hinterhalt überfiel. Drei Tage lang stiegen wir höher und höher auf, bis die Luft so dünn war, dass man fast nicht mehr atmen konnte und es sich anfühlte, als bekäme man nie genug.

Zwei unserer Leute hatten die Höhenkrankheit. Sie gaben ihr Bestes und schleppten sich voran, doch angesichts ihrer Übelkeitsattacken und der rasenden Kopfschmerzen der restlichen Truppe fiel es uns immer schwerer, die Höhe zu ignorieren. Ella und einige andere klagten über Schwindel. Es war lebensgefährlich. Wir befanden uns auf instabilem Untergrund und es bedurfte nur eines einzigen falschen Schrittes, *eines* Ausrutschers …

Mehr als einmal mussten wir umkehren und uns einen anderen Weg suchen. Quinn behauptete zwar, es wäre genau wie erwartet, aber das machte es auch nicht besser.

Mit den Schneeschuhen unter unseren Stiefeln kamen wir quälend langsam voran und mussten alle drei Schritte eine kurze Verschnaufpause einlegen. Meine Lunge und mein Herz pumpten wie verrückt, damit ich wenigstens halbwegs Luft bekam. Dank der Schneemassen litten wir nicht an Wasserknappheit, doch satt machte die Brühe nicht und der boreanische Reis war nach dem zweiten Abend aufgebraucht. Eines war sicher: Diesen Weg konnten wir nicht zurückgehen. Der Pass nach Osten war unsere einzige Chance, lebend hier runterzukommen.

Am dritten Nachmittag schleppten wir uns alle nur noch schweigsam dahin. Als wir an diesem Abend den ersten Vorgipfel erreichten, lagen Euphorie und Verzweiflung eng beisammen, denn vor uns ragte eine Wand aus Eis auf, bei deren Anblick es uns die Sprache verschlug.

Zeit, die Eispickel herauszuholen.

Wir teilten uns eine weitere Ration Brühe und machten uns vor lauter Erschöpfung nicht einmal die Mühe, den seltsamen Schaum abzuschöpfen, der sich darauf bildete.

Als ich am nächsten Morgen erwachte, fühlte ich mich kein bisschen erholt. Das einzig Gute war, dass wir die Schneeschuhe zurückließen, denn mit den tapsigen Dingern an den Füßen konnte man nicht klettern.

Killian, dessen Arme so dick waren wie meine Beine und der im Herzen der Iron Mountains aufgewachsen war, demonstrierte uns, wie man eine Steilwand erklomm.

»Füße parallel.«

Ella und ich warfen uns einen Blick zu, als wir uns hinter den anderen anstellten, um in die Wand einzusteigen. Alex, der sich nach Kräften bemühte, sich seine Angst nicht anmerken zu lassen, kletterte vor uns. Für den Fall, dass er abrutschte, wollten wir direkt hinter ihm sein, um ihn mithilfe unserer Magie aufzufangen. Auf diese Weise wurde jeder noch von zwei weiteren Leuten gesichert.

»Hüften nach vorne. Linke Schulter zurück, Schwung holen.«

Wir ahmten die Bewegung mit unseren Eispickeln in der Hand nach.

»Dann bringt ihr die Hüften ein wenig nach hinten und steigt nach oben … parallel.« Er hielt kurz inne. »Achtet immer darauf, dass ihr mit dem Körper direkt unterhalb des Eispickels seid«, erklärte er weiter. »Dann wieder ausholen.«

In meiner Kindheit war ich ständig auf Felsen herumgeturnt, und in der Ausbildung hatten wir ein- oder zweimal eine Steilwand erklommen – Klettern lag mir –, aber so eine Eiswand war etwas ganz anderes. Unsere Stiefel fanden nur schwer Halt und wir mussten eine Menge Magie aufwenden, um nicht ständig abzurutschen.

Immer wieder legte ich zu viel Kraft in meine Ausholbewegung und war dann auf Gedeih und Verderb den beiden ausgeliefert, die unter mir in der Wand hingen und mich zugleich im Blick behielten, denn nur sie trennten mich vom vorzeitigen Tod.

Killian bildete das Schlusslicht. Er war so sicher, dass er keine folgenschweren Fehler machte. Dennoch hielt ich den Atem an, bis auch er komplett über die Kante war und sich auf das Plateau hochgezogen hatte.

Wir hatten den Großteil des Tages benötigt, um hinaufzugelangen, und als auch der Letzte von uns sich so weit erholt hatte, um weitergehen zu können, war die Sonne untergegangen und die Temperatur so stark gesunken, dass es kaum auszuhalten war.

Uns blieb nichts anderes übrig, als ein letztes Mal unser Lager aufzuschlagen.

Zumindest mussten wir uns hier oben keine Sorgen machen, dass irgendwelche Späher unser Feuer in der Finsternis sehen könnten, denn das Gipfelplateau war der höchste Punkt des Gletscherpasses, und außerdem würden die Wachen der Krone niemals mit einer Bedrohung von Westen rechnen.

»Ruht euch ein bisschen aus, ehe wir uns bei Tagesanbruch wieder aufmachen.« In einem Zug leerte Quinn den Bodensatz seiner Schüssel und gab sich Mühe, nicht das Gesicht zu verziehen. Das Knochenmark war schon lange ausgekocht und das einzige bisschen Geschmack stammte von leicht bitteren Kräutern.

Er konnte ja nicht ahnen, dass es sich bei diesen »Kräutern« um zerriebene Baldrianwurzeln mit einer guten Prise Magie handelte. Zwei Tage nachdem wir unseren Plan geschmiedet hatten, hatte Alex die Heilpflanze entdeckt und sie für unsere letzte Nacht in Caltoth aufbewahrt. Das Pulver, so hatte er mir versichert, würde uns einen Vorsprung von etwa drei Stunden verschaffen, ehe die anderen wieder erwachten.

Eigentlich hatte er ihnen das Schlafmittel erst am Morgen verabreichen wollen, damit wir uns auch selbst ein wenig ausruhen konnten, doch ich hatte darauf bestanden, es gleich zu tun. Mit jeder Stunde, die verging, tobte irgendwo tief unter uns der Krieg.

Es war mir egal, dass mein Potenzial nicht ganz auf der

Höhe war, dass die Kälte mir das Atmen fast unmöglich machte und mir bis in die Knochen kroch.

Ich musste *jetzt* losziehen.

Mein Verstand sagte mir, dass es zu riskant war, zugleich aber auch meine einzige Chance.

Eine halbe Stunde später hatten Alex, Ella und ich die tief und fest schlummernden Magier in die Zelte geschleppt und sie gut in die Schlafsäcke eingewickelt. Da wir kein magisches Feuer am Leben erhalten konnten, steckten wir sie immer zu zweit in einen Schlafsack, damit sie sich gegenseitig wärmten. Wir hatten sogar extra Steine und Metalltöpfe erhitzt, die wir ihnen mit unter die Felle und Decken stopften, um sie vor Unterkühlung zu schützen.

Ohne Feuer hätten sie die Nacht nicht überlebt, doch die drei Stunden würden sie dank unserer Vorsichtsmaßnahmen überstehen.

»War es ein Fehler, Quinn nicht zu trauen?« Mit einem letzten Blick auf unseren Anführer schulterte ich mein Bündel und steckte meinen Schal in den Kragen meines Umhangs, während hinter uns ein eisiger Wind heulte, den meine pelzverbrämte Kapuze nur zum Teil abhalten konnte. Zehn Leute durch Eis und Schnee zu schleifen, hatte mich zwar ins Schwitzen gebracht, doch mir war klar, dass die wohlige Wärme nicht von langer Dauer wäre, und ich wollte gar nicht daran denken, was uns noch bevorstand.

»Dir blieb keine andere Wahl, Ry.«

Mein Blick fiel auf Ian, der tief und fest neben Ray schlummerte.

Ich hatte keine Wahl.

Meine Freunde würden mir das nie vergeben – falls wir überhaupt überlebten.

Ich stelle Darren nicht über Jerar. Meine Finger schlossen sich um die entwendete Landkarte. So weit würde ich es niemals kommen lassen. Hier ging es darum, ihm eine Chance zu geben.

Ella schnallte noch ihre Schwertscheide fest, dann stahlen wir uns davon.

Die Sterne leuchteten uns den Weg.

Zwei Meilen weit waren wir gekommen – um uns herum nichts als Gestein, das von glitzerndem, scharfkantigem Eis überzogen war. Mich erfasste ein Gefühl von Unwirklichkeit an diesem Ort, der zugleich so tödlich und von überirdischer Schönheit war.

Behutsam überquerten wir die Abbruchkante des Plateaus und machten uns an den Abstieg. Der Gletscherpass trug seinen Namen nicht umsonst: Hier oben gab es nichts als Schnee, der sich über die Jahre hinweg im ewigen Winter zu einer meterdicken soliden Eisschicht verdichtet hatte. Der Hang fiel schräg zu einem breiten Tal ab, in das sich mehrere Gletscherzungen hinabschoben.

Wohin wir auch sahen, waren wir von Eis und schneebedecktem Gestein umgeben. Wie leicht konnte man abrutschen und von einem spitzen Felsen aufgespießt werden oder – schlimmer noch – über einen Felsvorsprung in die Tiefe stürzen …

Von der höchsten Stelle des Passes aus ließ sich noch nichts erkennen, nur ein steiler Abhang, der zu einem zweiten, tiefergelegenen Bergrücken führte, hinter dem sich der Aussichtspunkt befinden musste. Vermutlich wären wir erst von dort aus in der Lage, endlich das Schlachtfeld zu sehen.

Nach zwei Stunden waren wir trotz der dicken Fellschicht auf der Innenseite unserer Umhänge und der ständigen Bewegung von der Taille abwärts wie taub. Die Temperaturen waren noch tiefer gesunken, und wir mussten eine kurze Pause einlegen, um uns wieder aufzuwärmen, damit wir uns keine Erfrierungen holten.

Da es am Gipfel und den darunterliegenden unbewaldeten Hängen keinerlei Holz gab, wechselten Ella und ich uns damit ab, Wärme herbeizuzaubern, während Alex mithilfe von Birkenblättern und den Resten des Baldrians aus seinem Bündel unsere Haut behandelte. Seine Magie sparte er sich noch auf. Zumindest fürs Erste.

Uns tat alles weh und wir waren hungrig und müde.

Nur Durst hatte ich dank der Unmengen von Schnee keinen.

Erneut teilten wir uns eine Mahlzeit, die aus heißem Wasser bestand, nur dass diesmal nicht einmal ein alter Knochen darin schwamm, um dem Ganzen wenigstens den Anschein von Brühe zu verleihen.

Mein Magen knurrte wie eine wütende Hundemeute und jeder Schritt fiel mir doppelt so schwer wie der vorige. Ich fragte mich, wie es wohl gewesen wäre, wenn ich der Versuchung erlegen wäre, mich über Nacht zu erholen.

»Wie weit ist es noch?« Ella hielt ihren Becher ganz dicht vor sich, um ihr Gesicht am Dampf zu wärmen.

Im Windschatten einiger zerklüfteter Felsen und Eisbrocken, hinter denen wir uns dicht zusammengedrängt hatten, warf ich einen Blick auf die Karte.

»Wenn das der Felsen ist, der hier eingezeichnet ist …« Ich deutete auf einen kleinen Punkt auf der Schriftrolle. »… dann sind wir höchstens noch eine halbe Meile vom Aussichtspunkt entfernt. Wir müssen gut aufpassen, dass –«

Plötzlich hörte ich Eis hinter mir splittern.

Ich wirbelte herum, und über meinen Handflächen erschienen zwei Feuerbälle, als ich dem Mann ins Gesicht sah, während Alex ein Breitschwert zog und Ella einen schimmernden Schild zu unserem Schutz heraufbeschwor. Zum Glück hatten wir uns schon vorab eine Strategie zurechtgelegt, wie wir im Falle eines Angriffs vorgehen würden.

Dann erkannte ich, wen ich da vor mir hatte.

»Ian?« Sofort erloschen meine Feuerbälle.

Unser Freund war weiß wie ein Geist, nur seine Lippen rot und aufgesprungen. Die Arme eng um den dick vermummten Oberkörper geschlungen, kam er näher.

»Das k-kannst du nicht m-machen.« Seine Zähne schlugen beim Sprechen aufeinander, doch seine Augen sprühten vor Wut.

Alex steckte seine Waffe weg und Ella ließ die Deckung herunter.

»Das ist meine Entscheidung.« Ich gab mir Mühe, ruhig zu bleiben. Dass Ian da war, stellte uns vor ein Problem. Wie schwerwiegend es war, konnte ich noch nicht einschätzen. Waren uns am Ende noch mehr Leute gefolgt? »Das hast du selbst zu mir gesagt, falls du dich erinnerst.«

»Damals dachte ich auch noch, dass du schlau genug wärst, dich aus der Angelegenheit rauszuhalten.« Seine Augen blitzten. »Es ist *eine* Sache, deine Hände nicht mit Darrens Blut zu besudeln, Ryiah, aber das gibt dir noch lange nicht das Recht, ihn davor zu bewahren. Diese Entscheidung wurde dir aus der Hand genommen, als er den Thron bestiegen hat. Du darfst die anderen nicht in Gefahr bringen.«

Alex musterte Ian. »Woher hast du es gewusst? Das mit der Brühe –«

»Ich habe Ryiah die ganze Woche beobachtet.« Ians Worte klangen verbittert. »Als sie ihre Portion weggeschüttet hat, war es zu spät. Ich war der Einzige, der gewartet hatte, bis sie isst.« Er zog die Augenbrauen zusammen. »An dem Tag, als wir die Grenze überschritten haben, habe ich versucht, Quinn zu warnen, aber er dachte, wir hätten die Situation schon im Griff.«

»Dann hatte er also *nicht* vor, sein Versprechen zu halten!«

»Genauso wenig wie du«, gab Ian zurück. »Ihr habt beide gesagt, was der andere hören wollte. Ich war wenigstens ehrlich zu dir.«

»Es tut mir leid.« Und das tat es auch – ein wenig jedenfalls. »Aber es ging nicht anders, Ian.«

»Sie werden über Nacht erfrieren. Schon mal einen Gedanken daran verschwendet?«

»Sie werden nur drei Stunden schlafen«, gab ich zurück. »Und wir haben alles getan, um sie warmzuhalten, aber das weißt du ja. Du warst ja dabei.«

»Soll ich mich jetzt dafür bedanken?« Ian sah mich

mit ungläubiger Miene an. »Bitte, Ryiah. Denk an all die anderen, denk dran, was passiert, wenn du es nicht schaffst.«

»Dann könnt ihr euren Auftrag erledigen.« Ich weigerte mich, darüber nachzudenken, was genau das bedeutete. »Ich muss es nur erst auf meine Weise probieren.«

»Ryiah –«

»Nein.« Meine Stimme wurde laut. »Du verstehst nicht, was du da von mir verlangst, Ian. Ich habe für diese Sache so viel geopfert. *Gib mir verdammt noch mal die Chance, ihn zu retten!*«

»Und wenn es dir nicht gelingt?«, fragte er leise.

»Er war auch mal dein Klassenkamerad.« Ich sah ihm fest in die Augen. »Sag mal, hast du wirklich kein Problem damit, den Jungen zum Tode zu verdammen, den du mal gekannt hast? Wenn Darren seine Leute zurückpfeift und jegliche Ansprüche auf den Thron abtritt … wenn er Jerar verlässt und für den Rest seines Lebens seine Taten bereut, würdest du seine Ermordung dann allen Ernstes rechtens finden?«

Ian starrte mich mit geballten Fäusten an, doch er schwieg.

»Ich will doch nur eine Chance«, sagte ich und erwiderte seinen Blick. »Entweder halten Alex und Ella dich hier fest oder aber du schließt dich uns an. Mir persönlich wäre es lieber, dich an meiner Seite zu wissen.«

»Ryiah wird Darren nichts von den anderen sagen.« Alex machte einen Schritt auf Ian zu und legte ihm die Hand auf die Schulter. »Wir drei halten währenddessen am Eingang der Höhle Wache. Das Überraschungsmoment haben wir trotzdem noch auf unserer Seite, denn Darren wird nicht erfahren, dass wir da sind – und auch nicht, dass noch mehr Rebellen im Anmarsch sind.«

»Wenn sie scheitert …« Ian sah meinem Bruder ins Gesicht. »Du weißt, was das bedeutet, Alex.«

»Ja.« Mein Zwillingsbruder versuchte, mich nicht anzusehen, und auch Ella mied meinen Blick. Sie unterstützten mich, dennoch hatten sie natürlich Angst. »Aber Ryiah wird schon wissen, was sie tut.«

»Drei Stunden.« Ian blickte zum Himmel auf. »Ich gebe dir drei Stunden, Ryiah, und keine Sekunde mehr. Wenn es dir nicht gelingt, ihn zu überzeugen, bis die anderen kommen, dann …«

Er brachte den Satz nicht zu Ende, aber wir wussten alle, was er meinte.

Einen Moment lang konnte ich mir vorgaukeln, das hier wäre die Ausbildung und wir wären nie weg gewesen. Dass lediglich ein Übungskampf vor Ian, Alex, Ella und mir lag, während wir den Berghang hinunterstiegen.

Nur dass diesmal der Junge der Feind war, mit dem ich die ganze Zeit konkurriert hatte. Der Zweitgeborene spielte den Bösewicht, und es lag an uns, ihn dingfest zu machen.

Damals, im ersten Jahr in der Wüste, hatte Darren mich benutzt, um Ian eine Falle zu stellen. Jetzt benutzten mich die Rebellen, um Darren dranzukriegen. Unsere Strategie hatte sich kein bisschen geändert – und erneut führte ich die Truppe an.

Ein zugefrorener Gebirgsbach schlängelte sich an

einem gewaltigen von Schnee und Eis bedeckten Granitblock vorbei.

»Da geht es lang.« Ich deutete auf die Karte. Wir waren gleich da. Die Höhle lag direkt dahinter – und damit auch der Aussichtspunkt.

Und wie bei all unseren Scheingefechten liefen wir auch diesmal Wachen in die Arme, ehe wir unser Ziel erreichten. Wir hatten sie nicht bemerkt, bis der Pfad steil in eine Senke abfiel, hinter der sie völlig unerwartet auftauchten.

Die acht Kampfmagier starrten uns genauso überrumpelt an wie wir sie. Gerade noch rechtzeitig beschworen Ian, Ella und ich mit vereinten Kräften einen Schutzschirm herauf.

Ich zitterte am ganzen Körper, so sehr strengte es mich an, die Barriere aufrecht zu erhalten, die unter der Wucht des Angriffs der acht flackerte und ächzte. Doch wir gaben nicht nach. Alex zog sein Schwert und sicherte uns von hinten, während die feindlichen Magier näher kamen und eine zweite Salve magischer Geschosse auf unseren Schild abfeuerten.

»Wir können uns nicht ewig dahinter verschanzen«, brüllte ich Ella und Ian zu, um die Attacken der anderen zu übertönen. »Wir müssen kämpfen.«

»Nein.« Ella legte mir die Hand auf den Arm. »*Wir* kämpfen. *Du* musst weiter, Ry, sonst verlierst du nur unnötig Zeit.«

Das stimmte zwar, aber ich konnte die Vorstellung nicht ertragen, sie alleinzulassen. Zwei Kampfmagier und ein Heiler gegen acht Männer aus dem königlichen Regiment … Das sah nicht gut für sie aus.

»Mit denen werden wir schon fertig.« Nur gedämpft vernahm ich Alex' Stimme, als unser Schutzwall abermals erbebte. Es ging Schlag auf Schlag. »Du hast uns gebeten, dir zu vertrauen, und das tun wir auch. Und jetzt vertrau du auch uns.«

»Aber …« Ich zögerte. *Mir zerrinnt die Zeit zwischen den Fingern.*

»Sollen wir von links anfangen?« Ella wies mit dem Kinn auf einen Magier, der deutlich älter war als die übrigen. »Seine Geschosse hinterlassen kaum eine Delle. Ian, du bist für Rys Schutzschild verantwortlich und ich blase sie alle weg.«

Ian nickte kaum merklich. »Klingt nach einem Plan.«

»Auf drei«, befahl Ella und sah mich auffordernd an. »Dann heißt es für dich rennen.«

Und Darren retten.

Wieder kam ich mir wie in meine Lehrzeit zurückversetzt vor.

»Eins. Zwei …«

Auf »Drei« stürmte ich los, so schnell ich konnte. Ians Schutzschirm hielt das Gros der gegnerischen Angriffe ab, konnte jedoch nicht verhindern, dass ich mit meinen Stiefeln auf dem eisigen Untergrund immer wieder ins Rutschen geriet.

Ich schlingerte gerade nach rechts, als Ellas gewaltige Druckwelle die Hälfte der Männer genau im richtigen Moment zu Boden warf.

Keine Sekunde später sauste ein Schwert auf meinen Kopf zu. Ich hielt mit aller Macht dagegen, und die wilde Entschlossenheit, gekoppelt mit meinem halsbrecherischen Tempo, ließ den Mann zurückstolpern. Dann blockte ich eine weitere Klinge ab, ehe sie mich an den Rippen erwischen konnte. Zwei andere Krieger ließen ihre Magie auf mich los, doch Ella schickte schon die nächste Druckwelle hinterher.

Tötet nur, wenn ihr keine andere Wahl habt.

Meine Freunde hielten sich an ihren Eid.

Die Krieger gingen schreiend zu Boden und Ians Magie gab mir Rückendeckung und ebnete mir damit den Weg. Am liebsten wäre ich umgekehrt, um ihnen beizustehen, doch dann wäre ihr Opfer umsonst gewesen.

Jetzt vertrau du auch uns.

Schlitternd rannte ich weiter, bis ich einen schmalen Felsgrat erreichte, der direkt zu einem mächtigen Gebilde aus Stein und verkarstetem Schnee führte.

Hoch ragte die Höhle vor mir auf – obwohl, eigentlich war das das falsche Wort dafür. Mehrere Schichten von massivem Eis und schwarzem Granit bildeten eine Art Eispalast wie aus Millionen Glasscherben, der von so gigantischem Ausmaß war, dass ich gar nicht erkennen konnte, wo er aufhörte. Der zugefrorene Gebirgsbach floss an seinem Eingang vorüber.

Vielleicht ist Darren gar nicht hier.

Doch tief in mir drin wusste ich, dass er da war. Wenn der Aussichtspunkt nur einen annähernd so guten Überblick gewährte, wie Quinn behauptet hatte, dann war der König nirgends sonst. Ich an seiner Stelle hätte jedenfalls genau diesen Ort gewählt.

Ich holte tief Luft und trat ein. Der Anblick war atemberaubend. Wohin ich auch sah, schimmerte alles in den verschiedensten Blau- und Türkistönen. Von der Decke hingen riesige Eiszapfen herab, Gebilde aus gefrorenem Regen von geradezu überirdischer Schönheit.

Es war, als befände ich mich auf dem Grunde eines zu Eis erstarrten, schillernden indigofarbenen Ozeans. Alles war so starr und zugleich so fragil. In meinem ganzen Leben hatte ich noch nie etwas so Schönes gesehen und es zog mir bis ins Herz.

Behutsam bahnte ich mir meinen Weg über den Boden, der von Bruchstücken aus Granit und Eis übersät war, und meine Schritte hallten durch den Tunnel, während der Wind um durchscheinende Säulen heulte, wo die Eiszapfen bis hinunter zum Boden gewachsen waren.

An manchen Stellen lugten durch Löcher in der Decke Bruchstücke des Nachthimmels – Splitter von Mondlicht und funkelnden Sternen –, während andere Teile der Höhle völlig im Dunkeln lagen, sodass ich mich mit den Händen an den eisigen Wänden entlangtasten musste.

Mehrmals verzweigte sich der Gang und ich ließ mich jedes Mal von meinem Orientierungssinn leiten. Das Einzige, was ich sicher wusste, war, dass der Aussichtspunkt nach Osten ging.

Schließlich kam ich in einen Abschnitt des Tunnelsystems, in dem es heller war als zuvor.

Das Herz schlug mir bis zum Hals.

Dort stand er in seiner schwarzen Robe und mit der im Mondlicht glitzernden Krone auf dem Kopf auf einem Felsvorsprung im Höhlenausgang und starrte hinaus über die Abbruchkante.

Er drehte sich nicht um.

Neben ihm prasselte ein Feuer, das ihm etwas Wärme spendete und die Eiszapfen am Höhlenausgang zum Schmelzen brachte.

Plitsch. Platsch. Bis zu mir herüber waren die Tropfen zu hören, die zu Boden klatschten. Ich machte einen Schritt auf Darren zu und das scharrende Geräusch meiner Lederstiefel auf dem steinigen Untergrund ließ mich zusammenzucken.

Noch immer drehte er sich nicht um, sog jedoch abrupt die Luft ein. Ich ahnte es mehr, als dass ich es hörte, weil mein Puls so laut pochte, dass es in meinen Ohren dröhnte.

»Ich hätte dir die Welt zu Füßen gelegt.« Darren hatte mir noch immer den Rücken zugewandt. »Und stattdessen hast du meine in Schutt und Asche gelegt.«

Seine Worte hallten von den Wänden wider und durchbohrten mein Herz mit Eissplittern.

»Sag mir, *Liebes* …«

Der Schwarze Magier und König drehte sich um und in seinen granatroten Augen loderte purer Hass.

»Sag mir, *meine Gemahlin,* warum sollte ich jetzt nicht auch deine zerstören?«

ACHTZEHN

Ich konnte nicht sprechen, nicht atmen, nur dastehen und ihn anstarren.

Darren hatte die ganze Zeit auf mich gewartet und ich war ihm direkt in die Falle gegangen.

»Du wolltest doch immer die Welt retten.« Er stieß ein raues Lachen aus und machte mir mit einer knappen Handbewegung ein Zeichen, näher zu treten. Die schwarze Hämatitkrone funkelte, als er sich von mir abwandte, um ins Tal hinunterzublicken. »Komm her und sieh dir an, was du angerichtet hast.«

Obwohl ich wusste, was mich erwartete, ging ich weiter. Meine Schritte hallten durch die Höhle, als ich mich dem kleinen Plateau näherte und über die Kante spähte.

Tief unten züngelten Hunderte von Flammen und Fackeln, zwischen denen schwarze Schemen hin und her wogten, nicht größer als Ameisen – Tausende Männer und Frauen in Waffenröcken, die die ganze Nacht hindurch kämpften. Ich konnte große Katapulte erkennen und hörte Schilde und Schwerter scheppern. Der Wind trug jeden Befehlsruf den Abhang herauf, und auch jeden

Schrei, wenn wieder einer mehr durch das Schwert eines Ritters der Kronarmee fiel.

»Nyx ist tot.« Ohne eine Antwort von mir abzuwarten, sprach Darren weiter. »Sie war eine der Ersten, als ich meiner Armee den Kampfbefehl erteilt habe.« Er lachte. »War nicht weiter schwer, sich einen Reim darauf zu machen, wer euer Anführer ist, nachdem wir die Festung verlassen vorgefunden haben.«

All die Gefühle, die ich so lange zurückgehalten hatte, überfielen mich mit voller Wucht, und meine Fingernägel gruben sich in mein Fleisch.

»Meine Leute haben Anweisung, sich als Nächstes deinen Bruder vorzunehmen. Sie haben ihn zwar noch nicht gefunden, aber es ist nur eine Frage der Zeit.«

»N-nicht.« Es war kaum mehr als ein ersticktes Flüstern.

»Wieso nicht?« Er sah mich an und seine Augen waren ein flammendes Inferno. »Du hast doch auch meinen umgebracht.«

Er machte einen Schritt auf mich zu und ich wich instinktiv zurück. »Obwohl ich Derrick hätte gehen lassen.«

»Darren –«

»Ich habe dir sogar zur Flucht verholfen.« Fassungslosigkeit und blanker Hass standen ihm ins Gesicht geschrieben. »Du hättest einfach abhauen und Blayne verschonen können. Um meinetwillen, Ryiah. Wenn du mich wirklich so geliebt hättest, wie du mir immer vorgemacht hast, hättest du mir wenigstens meinen Bruder lassen können. Selbst wenn du die Lügen der Rebellen glaubst.«

Das habe ich doch versucht. Ich machte den Mund auf,

um ihm das zu sagen, doch Darren ließ mich nicht zu Wort kommen, sondern steigerte sich mit jedem Wort mehr in seinen Zorn hinein.

»Ich habe den einen Menschen hintergangen, den ich hoch und heilig zu schützen geschworen habe – und wofür? Für den einen Menschen, der *mich* hintergangen hat.« Er kam wieder einen Schritt näher, und die Flammen erleuchteten zuckend seine eine Gesichtshälfte, während die andere im Schatten verborgen blieb.

»I-ich habe es dir nie erzählt, weil … weil ich nicht wollte, dass du zwischen den Stühlen sitzt und … und dich zwischen uns entscheiden musst.« Meine Stimme war heiser, und ich hörte die Verzweiflung, die aus meinen Worten sprach. »Ich habe versucht, dich zu schützen.«

»*Mich schützen?*« Darrens Lachen war kalt. »Die Einzige, vor der ich Schutz gebraucht hätte, warst *du*.«

Ohne es zu merken, hatte ich mich von ihm an die Abbruchkante drängen lassen und stand mit dem Rücken zum Abgrund. Ich schluckte und bemühte mich, ruhig zu bleiben.

Darren machte einen letzten Schritt, bis er nur noch wenige Zentimeter von meinem Gesicht entfernt war. Ich stemmte die Absätze meiner Stiefel in den glatten Granit und das Eis.

»Noch immer keine Waffe?« Seine Augen glühten im Dunkeln. »Du musst nicht so tun, als wärst du eine Heldin, Liebes. Wir beide wissen doch, dass das Mädchen, das sich meine Frau nennt, eine miese Verräterin ist.«

»Bitte, Darren, hör mir zu –«

»Nein, ich habe genug von deinen Lügen!«

Ich zuckte zurück. »Ich werde nicht gegen dich kämpfen.«

»Vielleicht ändert ja *das* deine Meinung.« Er hob seine Hand und ein Messer blitzte auf. Ehe ich michs versah, zog er es über sein Handgelenk, und Blut tropfte in den Schnee zu unseren Füßen.

Irgendwo Meilen unter uns gab es eine grelle Explosion.

Keuchend wirbelte ich herum, doch Darren packte mich am Arm und schleuderte mich zurück in die Höhle, wo ich mit einem lauten Schlag mit dem Rücken an die Wand knallte.

»Zeit, herauszufinden, wer wirklich der beste Magier ist.« In seinen Händen erschienen zwei Äxte, deren eiserne Kopfstücke pfiffen, als er sie am Schaft herumwirbeln ließ. »Du warst doch schon immer scharf auf meinen Titel.«

»D-Darren.« Ich rang nach Atem. »B-bitte, tu das nicht!«

»Die einzige Möglichkeit, es sicher zu wissen«, fuhr er unbeirrt fort, während ich an der eisigen Wand entlang Stück für Stück zurückwich, »ist ein Kampf auf Leben und Tod.«

Ich schüttelte den Kopf. »Vergiss es.«

Abermals lachte er und mir wurde flau im Magen. »Deine Entscheidung.«

Dann ging er zum Angriff über.

Ein Teil von mir weigerte sich zu glauben, dass da gerade wirklich das silbern funkelnde Blatt einer Streitaxt auf mich zuraste – doch nicht Darren, niemals der Junge, den ich liebte! Andererseits hatte ich jahrelang an meinem Überlebensinstinkt gefeilt und ihn so weit vervollkommnet, dass er nun automatisch das Ruder übernahm.

Wie von selbst erschien meine Verteidigung in Form eines durchscheinenden Schildes, so sehr war mir das Kämpfen in Fleisch und Blut übergegangen, doch schon im nächsten Moment wurde mein Schutzschirm von Darrens Axt zerschmettert und ich rannte.

Während ich über das Eis schlitterte und Haken schlug, schrie er mir nach: *»Du kannst nicht ewig davonlaufen, Ryiah!«* Seine Stimme wurde von den Wänden zurückgeworfen. *»Früher oder später wirst du dich mir stellen müssen.«*

Eine weitere Axt zischte nur um Haaresbreite an meinem Kopf vorbei und Eisbrocken polterten zu Boden.

Als Darren mit Eispfeilen auf mich zielte, wirbelte ich herum und beschwor einen Schild aus massivem Eisen herauf. *Wie passend.* Hastig verwandelte ich meinen Schild in eine Feuerwand, ehe ich mir Erfrierungen an den Händen einfing.

Zu meinen Füßen entstand eine Pfütze.

»Bitte …« Mir blieben die Worte im Hals stecken, und ich spürte, wie mich Panik überkam. Das waren doch nicht wir. »Darren, das bist doch nicht du!«

»Du kennst mich überhaupt nicht.« Er spie die Worte aus und über ihm materialisierten sich Dutzende Messer. »Hast du nie. Du hast in mir nur jemanden gesehen, der dir nützlich war.«

Ich warf die Hände empor und ein Steinwall fing seine Wurfdolche ab. Die Wucht seiner Attacke war so stark, dass mich von den Handgelenken ausgehend heftige Schmerzen durchzuckten. Darren hielt nichts zurück.

Mir rauschte das Blut in den Ohren.

»Hör mir doch mal zu!«, schrie ich im Rennen. Ich würde nicht zum Gegenangriff übergehen, das *konnte* ich einfach nicht. »Was ich über die Rebellen gesagt habe, war keine Lüge!« Ich umrundete ein mannshohes Eisgebilde, als keine fünf Zentimeter neben meinem Hals ein Feuerball einschlug, woraufhin es zischte und Funken sprühte und ein Rinnsal die Eissäule hinunterlief.

»Blayne hat diesen Krieg angezettelt! Du warst blind für seine Grausamkeit –«

Das komplette Hindernis zerbarst wie Glas und überall flogen spitze Splitter und Eisbrocken herum.

Ich schlug einen Haken und grub die Fersen in das Eis, um Halt zu finden, doch diesmal war ich nicht schnell genug.

Darrens Druckwelle erwischte mich von der Seite und schleuderte mich gegen einen anderen Eispfeiler. Der Aufprall war brutal und ließ mich kurzzeitig die Kontrolle über meine Magie verlieren, die auch merklich nachließ. Ich ging zu Boden, hustete Blut und versuchte, die plötzliche Übelkeit, die mich überkam, zu unterdrücken.

Darren machte keine Anstalten, nachzulegen, sondern musterte mich aus zwei Metern Entfernung und spielte an dem Stoffstreifen herum, mit dem er den schmalen Schnitt an seinem Handgelenk versorgt hatte.

»Eigentlich wollte ich mit dir weggehen. Wusstest du das?«

Sein Geständnis kam so unerwartet, dass ich einen Augenblick lang wie gelähmt war.

»Ich habe dir kein Wort geglaubt, aber meine Entscheidung stand fest. Paige sollte dich bis zur Küste bringen, und ich wollte nach dem Krieg nachkommen, obwohl ich wusste, dass es falsch war … aber irgendwie konnte ich mir ein Leben ohne dich einfach nicht vorstellen.«

»Darren.« Meine Stimme brach. Ich hatte keine Ahnung gehabt.

»Ich war bereit, Jerar aufzugeben. Meine Familie. Die Krone. Diese Robe. *Einfach alles,* um mit dir ins Exil zu gehen.« Unvermittelt blickte er mir in die Augen und ich sah das Feuer darin. »Eher wäre ich gestorben, als dass ich zugelassen hätte, dass mein Bruder dich hinrichtet. Trotz allem, was geschehen war, hätte ich alles in meiner Macht Stehende getan, um dich zu retten …« Seine Stimme war brüchig und seine Hände ballten sich zu Fäusten. »Und dann hast stattdessen *du ihn* ermordet.«

Ich brachte kaum mehr als ein Flüstern zustande. »I-ich wollte das nicht –«

»Meinst du, ich führe gern Krieg, Ryiah?«, schnitt er mir das Wort ab, und seine Stimme hallte so laut von den Wänden wider, dass es mir durch Mark und Bein ging. »Meinst du, es bereitet mir Freude, die Krone meines toten Bruders zu tragen?« Er sandte eine weitere Welle Magie aus, die die Höhle hinter uns erschütterte, und brüllte: *»Denkst du, ich habe mir das so vorgestellt?«*

»Dann ruf deine Armee zurück.« Ganz langsam rappelte ich mich hoch und zuckte vor Schmerzen zusammen. Ich konnte etwas in seinen Augen sehen. Es war da:

die Panik, der verzweifelte Junge am Abgrund. Ich musste nur irgendwie zu ihm durchdringen. »Du kannst dem immer noch Einhalt gebieten, Darren.« *Bitte, hör mir zu. Ich weiß, dass du noch da bist.* »Selbst wenn du den Rebellen nicht glaubst, ist es noch möglich, diesen Krieg zu beenden.« Meine Worte überschlugen sich nur so. »Du musst nicht König sein. Das wolltest du doch sowieso nie. Du kannst verzichten. Soll doch jemand anders die Krone tragen.«

Sein Gesicht verzerrte sich vor Wut, und was immer ich kurz zuvor erblickt hatte, war verschwunden. »Lieber sterbe ich, ehe dieses Verräterpack den Thron besteigt.«

»Sie sind keine Verräter«, sagte ich flehend. »Bitte, Darren, du siehst das völlig falsch. Sie haben mich geschickt, um –«

»Um mich abzulenken, damit sie den Anführer außer Gefecht setzen können.« Sein Knurren zischte durch die Luft wie ein Peitschenhieb. »Ich weiß, dass da draußen noch mehr sind, Ryiah. Was meinst du, wer dir diese Taktik ursprünglich mal beigebracht hat?«

»Das ist nicht der Grund, aus dem ich hier –«

»Lass mich raten.« Seine Lippen verzogen sich zu einem höhnischen Grinsen. »Nein, du bist natürlich nur *meinetwegen* hier.« Er kam ganz nahe und ich unternahm nichts dagegen. Mit blitzenden Augen baute Darren sich vor mir auf, griff nach einer Haarsträhne von mir und zwirbelte sie um seinen Finger. »Sie haben vor, den König zu töten, aber du wolltest erst mit ihm reden. *Bestimmt* würde er es verstehen, wenn du es ihm nur in Ruhe erklären kannst.«

»Das ist kein Trick!« Warum machte er es mir so

schwer? In seinen granatroten Augen konnte ich sehen, dass er mir nicht glaubte, und das machte mich schier wahnsinnig. »Die anderen denken vielleicht, dass man dir nicht vertrauen kann, Darren, aber ich weiß, dass sie sich irren. Ich lasse nicht zu, dass dir etwas pass-«

»Dass mir etwas passiert, nachdem ich meine Armee zurückgerufen habe.«

Flehentlich sah ich ihm in die Augen. »Ja!«

Darrens Faust schloss sich um meine Strähne, bis es wehtat. »So eine wunderschöne Lügnerin.«

»Darren, *b-bitte* ...« Obwohl ich wusste, dass es ein Fehler war, hob ich die Hand, um sein Gesicht zu berühren, doch er fing sie mit seiner ab und knallte mein Handgelenk über meinem Kopf gegen die Wand.

»Fass mich *nie* wieder an«, zischte er und sein Brustkorb hob und senkte sich schwer. »Mit solchen Spielchen bin ich durch, Ryiah. Du bist kein Opferlamm. Warst du nie.«

»Das ist kein Spiel!«

»Ich weiß, dass deine Freunde da draußen sind.« Auf seinem Gesicht spiegelte sich Verachtung. »Und ich weiß genau, warum du hier bist.«

»Ich bin nicht –«

Mein Protest ging in einem Schrei unter, als in Darrens freier Hand ein Dolch erschien.

»*Einmal* hast du mich reingelegt«, sagte er, »aber ein zweites Mal wird es nicht geben.«

Damit stieß er die Klinge mitten in meine erhobene Hand.

Einen Moment lang starrte ich ihn nur ungläubig an.

Es fühlte sich an wie ein Stich ins Herz. Ruckartig rang ich nach Atem und etwas zerbrach in mir. Etwas Kostbares, etwas wie Hoffnung.

Und *dann*.

Brannte.

Alles.

Lichterloh.

Es war unbeschreiblich. Der unvermittelte brutale Stich. Der grauenhafte Schmerz, als die Klinge meine Muskeln durchtrennte und auf den Knochen stieß. Und das Gefühl, verraten worden zu sein.

»Was muss denn noch alles passieren, damit du nachgibst?« Darren stieß den Dolch noch tiefer, während ich ein Aufschluchzen unterdrückte. Die Schmerzen brachten mich fast um den Verstand, und es kostete mich all meine Willenskraft, meine Magie im Zaum zu halten. »Du hast die Wahl, die Scharade jetzt aufzugeben und zu kämpfen …«

Ich holte zittrig Atem. »Das ist keine –«

Er nahm das Messer anders und mir blieb die Luft weg. Ich hatte den metallischen Geschmack von Blut auf der Zunge, weil ich mir auf die Innenseite meiner Wange biss, um nicht laut aufzuschreien.

»… oder ich mache weiter, bis dein Geschrei die anderen aus der Deckung lockt.« Darrens Lippen verzogen sich zu einem Grinsen. »Ich bekomme meinen Kampf so oder so, Ryiah.«

Ein Teil meiner Hand klebte taub am Eis, während der Rest so entsetzlich brannte, dass ich keinen klaren Gedanken zu fassen vermochte.

Setz dich endlich gegen ihn zur Wehr.

Nein.

Sonst stirbst du.

Ich atmete gegen eine immer höher anschwellende Woge des Schmerzes an, die mich zu verschlingen drohte. Ich würde nicht zurückschlagen, denn das hätte nur eine Eskalation zur Folge, die sich nicht zurückdrehen ließe.

Doch mit jeder Sekunde fiel es mir schwerer, mich im Griff zu behalten, und mir wurde angst und bange bei der Vorstellung, wie weit er wohl gehen würde.

Er denkt, du bist hier, um ihn in eine Falle zu locken. Wenn du kämpfst, machst du jegliche Chance zunichte, ihn zurückzuholen.

»Nein«, brachte ich mühsam hervor, dann ließ ich einen Aufschrei folgen, als Darren das Messer drehte.

Wie flüssiges Feuer raste der Schmerz meinen Arm hinauf, und meine Schreie wurden hundertfach von den Wänden zurückgeworfen, während ich darum kämpfte, meine Magie unter Kontrolle zu halten.

»Wehr dich!« Darren schubste mich grob gegen die Wand, und ich knallte mit dem Hinterkopf gegen den Stein und würgte. »Hör auf, mir etwas vorzumachen, und kämpf, Ryiah!«, brüllte er mich an, doch ich spürte, wie er am ganzen Leib zitterte.

Was auch immer in ihm vorging, das hier ließ ihn alles andere als kalt. Da steckte immer noch der Junge in ihm, den ich kannte.

Ich musste nur durchhalten, auch wenn der Schmerz mich innerlich verschlang.

»D-du willst, dass ich kämpfe …«, keuchte ich. Die unsäglichen Qualen machten mir das Sprechen fast unmöglich. »D-denn wenn ich es nicht tue … dann könnte das vielleicht b-bedeuten, dass nicht ich die Böse bin, sondern Blayne.«

»Lügnerin.« Darren durchbohrte mich mit eiskaltem Blick, doch seine Finger zitterten.

Die Schmerzen steigerten sich ins Unermessliche und in meinem Hinterkopf nistete sich ein fürchterliches Pochen ein. Mein Instinkt forderte lautstark, mich zu wehren, doch irgendetwas in mir schrie noch lauter, es nicht zu tun. Noch nicht.

»Nein.«

Darren umklammerte noch immer das Messer, während sich seine andere Hand in mein Schulterblatt grub, als er mich gegen die Wand presste, doch ich konnte seinen rasenden, holperigen Pulsschlag auf meiner Haut spüren. Er war kurz davor einzuknicken. »Du h-hast nur Angst vor der Wahrheit.«

»Ich kenne dich inzwischen.«

»Und ich *dich.*« Meine Stimme brach, und ich merkte, wie er ins Wanken geriet. »Egal, was du g-glaubst – du willst d-das hier nicht.« Ich sah ein winziges Aufflackern von Unsicherheit und das gab mir neue Kraft. »Du w-willst Jerar retten«, flüsterte ich, »und n-noch geht das.«

Ich hatte ihn. Nur eine Sekunde lang konnte ich die Unentschlossenheit in seinen Augen sehen.

Und dann drangen Rufe und das Trommeln schwerer Stiefel zu uns.

Darrens Schultern verkrampften sich und seine Augen wurden schwarz wie die Nacht.

»Und da sind sie schon, gerade zur rechten Zeit.« Mit einem Ruck zog Darren die Klinge zurück und mir entfuhr ein Schrei. »So viel zum Thema ›keine Falle‹.«

»Ryiah! *Ryiah!*«, hallten die Rufe der drei von den Wänden wider. Sie mussten meine Schreie gehört haben.

Bei den Göttern, nein! Darren dachte ...

Er legte den Kopf schief. »Wie es aussieht, muss ich gar nicht nach deinem Bruder suchen. Und sind das Ella und Ian, die ich da höre?«

»Haut ab!«, schrie ich, als Darren von mir abließ und einen Schritt zurücktrat, um meinen Freunden entgegenzusehen.

Aber natürlich beeilten sie sich dank meiner panischen Schreie nur noch mehr.

Mir blieben nur Sekundenbruchteile, um eine Entscheidung zu treffen, weil in Darrens Hand bereits Magie hochzüngelte.

Kämpfen oder tatenlos zusehen, wie der mächtigste Magier von Jerar auf meinen Bruder und meine zwei besten Freunde losging? Mit meinen Schreien hatte er sie aus der Reserve gelockt, genau wie er es prophezeit hatte.

Gegen Darren kämpfen oder zulassen, dass sie sterben?

Ich löste mich von der Wand, riss den Ärmel meines Umhangs ab und schlang ihn um meine Hand, so fest ich konnte. Binnen Sekunden war die Bandage zwar blutdurchtränkt, aber für mehr blieb mir keine Zeit, weil die Schritte näher kamen und der Schwarze Magier den Blick konzentriert auf den Gang gerichtet hielt.

»Ein bisschen zu spät, meine Liebe. Wir haben noch eine Rechnung offen.«

»Ryiah!« Mein Bruder bog als Erster um die Kurve, und ich stürmte mit vorgestreckten Händen auf ihn zu und schrie: »Alex, dreh um! Renn!«

Schon brach Darrens Magie los wie ein Sturm, und winzige Eissplitter ballten sich zu einem Wirbel zusammen, der sein Opfer regelrecht zermalmen würde. In der Ausbildung hatten uns ein paar ältere Magier einmal in der Wüste mit kleinen Sandkörnern etwas Ähnliches demonstriert.

Mein Bruder kam schlitternd zum Stehen, als ich mich ihm in den Weg warf. Mit einer gewaltigen Explosion befreite sich meine Magie, und ich presste mir die Hände auf die Ohren und hoffte, die anderen würden es mir gleichtun.

Es grollte wie Donner durch die Höhle und die Erschütterungen und das darauffolgende schrille Kreischen gingen mir durch und durch.

Meine Magie hatte Darrens Zauber zunichte gemacht.

Einen Moment lang hing dicker Eisstaub in der Luft, und alles, was ich hörte, war ein hoher Pfeifton in meinem Schädel.

Ich nahm gerade die Hände von den Ohren, als der erste Eiszapfen, so groß wie ein kleines Haus, zu Boden krachte.

Ein weiterer folgte. Immer mehr Eisbrocken brachen von den Wänden ab, lösten sich von der Decke und versperrten mir die Sicht auf Darren, der sich am anderen Ende des Gangs befand.

Die Höhle stürzte ein! Bei meiner überhasteten Rettungsaktion hatte ich völlig vergessen, wo wir uns befanden und was eine derartige Erschütterung in einem Prisma aus Eis wohl für Folgen hätte.

Wumm.

Ich machte einen Satz nach hinten und entging nur um Haaresbreite einem gewaltigen Brocken, der genau auf die Stelle stürzte, wo ich gerade noch gestanden hatte.

Krrrck. Rumms.

»Lauft!« Ich wirbelte herum und schubste meine drei Retter zurück. Darren konnte jeden Augenblick die nächste Attacke starten.

»Ella, bring meinen Bruder hier raus!«, kreischte ich hysterisch. Zum Diskutieren blieb keine Zeit, denn schon ließ ein Lichtblitz den Raum aufleuchten, und ich fuhr herum und rief meine Magie herbei.

Der Schutzwall entstand in letzter Sekunde, ehe Hunderte von Pfeilen auf uns einregneten, deren brennende Spitzen zischten und Funken schlugen, als sie gegen meinen Schild prallten und zu Asche zerfielen.

Ich machte mich bereit für den nächsten Angriff, doch plötzlich stürmte Ian auf Darren los, umrundete gewaltige Eisbrocken und sprang über die kleineren hinweg.

»Nicht, Ian!«

Darren hatte zwei Äxte in der Hand.

Ian warf einen Speer.

So schnell meine Beine mich trugen, rannte ich Ian hinterher.

Darren blockte den Speer mit einer wirbelnden Axt ab, sodass beide Waffen seitlich abgelenkt wurden und über den Boden davonschlitterten, und machte mit seiner zweiten Waffe in der Hand einen Satz nach vorne.

Schwer atmend standen sich die beiden gegenüber und Ians Blick zuckte auf der Suche nach einer Lücke in Darrens Verteidigung hin und her.

Als Darren gerade die zweite Axt schleuderte und Dutzende Dolche hinterherschickte, erreichte ich Ian und bündelte meine Magie mit seiner.

»Was für eine Überraschung«, knurrte Darren, als die Waffen mit unserem Schutzschirm kollidierten, »ihr zwei wiedervereint.«

»Geh.« Ich versuchte, Ian wegzuschieben, aber er machte sich an einer Schwertscheide an seiner Taille zu schaffen. »Ian«, nahm ich einen erneuten Anlauf, »überlass das mir.«

»Ich gehe nirgendwo hin.« Er zog das Schwert.

»Aber –«

Eine Explosion erschütterte unseren Schild und einen Moment lang sah ich nichts als einen Wirbel aus Rot. Es konnte sich nur noch um Minuten handeln, bis Darren unseren Schutzwall durchbrechen würde, und das Hämmern in meinem Hinterkopf nahm mit jeder Sekunde immer mehr zu. Allein durch die Anstrengung, einen Schild dieser Größenordnung so lange aufrechtzuerhalten, verbrauchte ich meine Reserven viel zu schnell.

Vor lauter Kopfweh konnte ich kaum blinzeln, geschweige denn denken.

»Er will uns töten, Ryiah.« Ians Atem ging stoßweise. Ihm ging es auch nicht besser. »Auch dich.« Er machte einen Schritt zurück, sodass er mit der gezogenen Waffe direkt neben mir stand. »Ihm ist alles zuzutrauen.«

Hinter dem Schild dröhnte Darrens Stimme. »Ihr zwei

müsst eine Menge Spaß gehabt haben, als ihr mich all die Jahre zum Narren gehalten habt.«

Wusch. Kracks. Unser Schild splitterte und ich verlor die Kontrolle darüber. Es folgte ein weiteres ohrenbetäubendes Kreischen, dann zerriss das magische Band, das Ian und ich geknüpft hatten.

Ich rollte mich zur Seite ab und riss mir an Fels und Eis die Knie und Hände auf, Ian jedoch brach zusammen. Er hatte nicht schnell genug reagiert und die volle Wucht von Darrens Attacke abbekommen.

»Ian!«

Ich hörte meinen Freund eher zu Boden sacken, als dass ich es sah, denn irgendetwas raste zwischen uns vorbei, sodass man kaum etwas erkennen konnte.

Erneut ein schriller Widerhall. Was immer Darren auch genau heraufbeschworen hatte – es war auf irgendetwas Massives getroffen.

Ich blinzelte. Die Schatten lichteten sich ein wenig und der Kopfschmerz ließ gerade so viel nach, dass ich scharf sehen konnte.

Ella.

Sie war gar nicht mit Alex geflohen, sondern hatte sich vor uns gestellt, während mein Bruder neben Ian kniete und grünliche Funken um seine Finger flackerten, als er seinen Heilzauber wirkte.

Ich versuchte aufzustehen, doch meine Arme – vor allem der mit der bandagierten Hand – waren zu zittrig, und einen Moment lang sah ich nur Sternchen.

Irgendwo tat es einen weiteren Knall, gefolgt von einem lauten Scheppern, als Stahl auf etwas Hartes traf.

»Du musst das nicht durchziehen, Darren«, hörte ich Ella rufen. »Hör damit auf. Ryiah zuliebe!«

Grelles Licht durchzuckte die Höhle, und ich verbiss mir einen Aufschrei, als ich noch einen verzweifelten Anlauf unternahm hochzukommen.

»Aber wenn … wenn du damit weitermachst …« Ella keuchte auf, als etwas in ihren Schutzschild einschlug, »… dann lässt du mir k-keine andere Wahl.«

Ein lautes, grelles Klirren zerfetzte mir fast das Trommelfell.

Als ich wieder etwas erkennen konnte, sah ich, wie meine beste Freundin sich duckte und in letzter Sekunde einem Dolch auswich, der auf ihre Rippen zielte. Über ihren Handflächen schwebten Pfeile, die im selben Moment loszischten, als Feuer in den Händen des Schwarzen Magiers aufflackerte.

Nein.

Vor lauter Panik war ich nicht mehr in der Lage, einen klaren Gedanken zu fassen, sondern reagierte nur noch.

Aus beiden Händen schoss mir gleichzeitig ein Schwall Magie und schleuderte die zwei gegen die Wand. Ella ging links von mir in die Knie, rechts von mir hörte ich Knochen knacken: Darren hielt sich nur mit Mühe auf den Beinen und ein dünnes Blutrinnsal lief ihm aus dem Mundwinkel.

»Das ist kein Kampf zwischen dir und ihnen«, schrie ich mit geballten Fäusten, und vor lauter Zorn rauschte mir das Blut in den Ohren.

Ella.

Ich konnte nicht zusehen, wie meine beste Freundin

einen Kampf ausfocht – und womöglich auch noch mit wehenden Fahnen unterging –, den ich nicht zu führen wagte. »Sondern zwischen dir und mir!«

Einen Moment lang starrte Darren mich nur reglos an, dann warf er den Kopf zurück und lachte. »*Endlich.*«

»Ryiah, nein –«

Ich drehte mich um und warf einen letzten Blick auf meinen Bruder und meine Freunde. Ian versuchte verzweifelt, sich aus Alex' Griff zu befreien, doch der hielt ihn wie im Schraubstock fest und sah mir in die Augen. Ich konnte die Entschlossenheit in seinem Gesicht erkennen – und die Angst. Er würde zu seinem Versprechen stehen, selbst wenn es mich das Leben kosten sollte.

Ella musterte mich resigniert und auf ihren Wangen zeichneten sich hektische Flecken ab.

Sie wusste, warum ich bei ihrem Duell dazwischengegangen war. Sie wusste, was ich wollte. Und sie wusste, dass ich ihnen nie vergeben könnte, wenn es jemand anders tat.

Sie wandte den Blick ab.

Meine Worte waren kaum mehr als ein Flüstern. »*Es tut mir leid.*«

Ich durfte nicht zulassen, dass sie durch die Hand des Menschen starben, den ich liebte. Von dem Moment an, als ich mich gegen die Krone gewendet hatte, war mein Schicksal besiegelt gewesen.

Ian zappelte und wand sich in der Umklammerung meines Bruders. »*Ryiah, wag es ja nicht –*«

Kurz entschlossen schickte ich eine magische Druckwelle zur Decke hinauf und rannte mit eingezogenem

Kopf los, als sich erste Gesteins- und Eisbrocken lösten und zu Boden rieselten.

Ich rannte und rannte, so schnell meine Beine mich trugen. Hinter mir hörte ich Ian brüllen. Meine Lunge brannte wie Feuer, doch es gelang mir, die Einsturzstelle gerade noch rechtzeitig zu passieren.

»Ryiah!«

Ians Schrei ging im Dröhnen der herabstürzenden Eis- und Schneemassen unter. Dann folgte eine gewaltige Gesteinslawine, als das Dach der Höhle einbrach.

Ich rannte noch immer.

Eissplitter bohrten sich durch meine Kleider und eine weiße Wolke hüllte mich ein. Ich schluckte Eisstaub und musste würgen und husten, als ich ihn in die Kehle und die Lunge bekam.

Der Boden bebte.

Dann war es vorbei.

Schwer atmend kamen Darren und ich in einem breiten Durchgang heraus, der sich zu einer gewölbeartigen Höhle hin öffnete, in der es etwas heller war. Zu unseren Füßen befand sich ein kleiner zugefrorener See, der im Sternenlicht glitzerte, das durch Löcher in der Decke hereinfiel.

Hinter uns türmte sich ein riesiger Schuttberg, und ich konnte Ians gedämpfte Rufe hören, als er versuchte, sich den Weg freizuzaubern. Doch er würde nicht zu uns durchkommen. Niemand würde durchkommen.

Für uns gab es nur einen einzigen Ausgang, und zwar den Aussichtspunkt, denn hinter uns versuchte ein Trupp von Magiern sich einen Weg durch das Geröll und Eis zu bahnen. Ob es nun Rebellen oder Kämpfer der Kronarmee waren, tat nichts zur Sache. Bis sie zu uns durchgedrungen waren, wäre nur noch einer von uns beiden am Leben.

Darren räusperte sich. »Du hättest uns umbringen können.«

Ich zog ein Breitschwert aus meinem Waffengürtel. »Wenn es nicht anders geht.«

Wir umkreisten uns und einen Moment lang fühlte ich mich wieder in die Waffenkammer der Akademie zurückversetzt: nur wir beide beim Wintersonnwendball. Ein Junge, der einem Mädchen das Fechten beibringt.

Hastig schluckte ich und verdrängte die Erinnerung, denn diesen Darren gab es nicht mehr. Stattdessen hatte ein grausamer Fremder seinen Platz eingenommen. Er war zwar nicht wie sein Bruder, doch er glaubte noch immer dessen Lügen – glaubte so fest daran, dass er bereit war, dafür zu töten.

Er hatte mir ja bereits anschaulich bewiesen, wozu er fähig war.

Ich durfte mich nicht länger an die Vergangenheit klammern, an unsere Liebe …

Sag es, schrie mein Verstand. *Gib zu, dass alles kaputt ist, was euch verbunden hat.*

Der König machte als Erster einen Vorstoß. Ich sah das metallische Glänzen einer Tigerkralle in seinen beiden Fäusten, deren Messingklauen mit einem Lederriemen an seinen Fingerknöcheln befestigt waren. Er schlug nach mir, erst mit der einen, dann mit der anderen Hand, und duckte sich weg, ehe ich einen Treffer landen konnte. Seine Bewegungen waren so geschmeidig wie die eines

Panthers, seine kurzen, messerscharfen Klingen wie Krallen.

Aber ich war nicht umsonst die zweitbeste Magierin des Landes.

Geschickt wirbelte ich herum, vollführte eine Drehung und ging zum Gegenangriff über. Mein Ausfallschritt und meine Stiche waren ein Spiegelbild von Darrens Attacke. Nach dem jahrelangen Training waren mir nicht nur die Bewegungsmuster in Fleisch und Blut übergegangen, sondern ich spürte auch instinktiv, was Darren als Nächstes tun würde, ehe ich mir dessen überhaupt bewusst war.

Und ihm ging es genauso.

Es waren nur wir beide, und unsere Herzen trommelten einen wilden Takt, während wir tänzelten und auswichen, vorrückten und parierten und uns in einem Kampf auf Leben und Tod umkreisten.

Doch wann immer ich einen Treffer hätte landen können, zog ich in letzter Sekunde zurück. Das wusste ich und er wusste es auch. Mein Herz steckte in einem tödlichen Zwiespalt und blockierte meinen Verstand ausgerechnet in dem Moment, wo ich ihn doch am dringendsten gebraucht hätte.

Komm schon, Ryiah. Kämpf!

Darren starrte mir in die Augen und sein Blick ging mir durch und durch.

Kämpf!

Ich führte das Schwert nicht mit der nötigen Entschlossenheit. Schmerz schoss mir den Arm hinauf, als eine von Darrens Krallen sich an meiner Klinge verhakte und sie zur Seite zwang, während sich die andere in meinen schnell heraufbeschworenen Schild schlug und mit einem grauenhaften Quietschen ihre Klauen übers Metall zog.

Meine Knie gaben nach und ich schrie innerlich unter dem zunehmenden Druck seiner Magie auf.

Kämpf doch endlich!

Verdammt noch mal, er hätte beinahe meine Freunde getötet!

Er war in den Krieg gezogen.

Was denn noch, Ryiah?

Bekämpfe ihn.

Eine eiserne Kette legte sich eng um mein Herz und eine neue Projektion nahm Gestalt an und ließ eine reale Eisenkette in meiner Hand entstehen. Ich ließ das Schwert fallen und rollte mich nach rechts ab, wobei ich mit dem Ende meiner Kette seine eine Tigerkralle erwischte und sie darumschlang, sodass ich im Handumdrehen seine Kralle im Griff hatte.

Ehe Darren reagieren konnte, zog ich ruckartig an und zerrte ihn zu mir, bis wir dicht an dicht standen, um ihn im nächsten Moment so fest wegzustoßen, dass er weit übers Eis schlitterte.

Als er auf dem Rücken landete und sein Kopf mit einem dumpfen Geräusch auf die Eisfläche schlug, kniff ich unwillkürlich die Augen zusammen.

Das ist nicht er, das ist nicht er, das ist nicht er. Doch ich konnte mir nichts vormachen, ich spürte, wie es mich innerlich zerriss.

Knackkkk.

Gerade noch rechtzeitig riss ich die Augen auf, um zu sehen, wie Darren die Hände aufs Eis presste.

Ich warf mich nach rechts, als ein Riss sich gleich tausend gierigen Zähnen über die Fläche fraß, und verfehlte mit dem Oberschenkel nur knapp einen messerscharfen Eisspieß.

Goldgelbe Funken stoben auf, als Darren sich auf die Knie schob. Ich wusste, was jetzt kam.

Mit einer Druckwelle gelang es mir, seinen gewaltigen Blitz so abzulenken, dass die Energie in einer Kugel direkt über meinem Kopf gefangen knisterte. Darrens Magie im Zaum zu halten, erforderte so unglaublich viel Kraft, dass ich das Gefühl hatte, als würde mir jemand die Arme und Beine ausreißen. Der Schmerz, der mir die Wirbelsäule hinaufjagte bis in den Kopf, schien mich von innen heraus zu verbrennen, die Luft in meiner Lunge zu versengen und meine Sinne zu betäuben.

Mir wurde schwarz vor Augen, während ich reglos dastand und versuchte, die Projektion irgendwie aufrechtzuerhalten – eine magische Blase, die jederzeit platzen konnte.

Schwer keuchend mobilisierte ich meine letzten Kräfte.

Durchhalten.

Ich stemmte die Fersen in den Boden, während mein Wille mit seinem rang.

Durchhalten!

Verschwommene rote Punkte mischten sich in das Schwarz, und ich fragte mich, was mir wohl den finalen Schlag versetzen würde – Darrens Blitz oder das Feuer, das sich durch meine Eingeweide fraß.

Und dann – wie Feuerstein gegen Stahl – gewann meine Magie die Oberhand und seine Projektion ging in Flammen auf. Der Druck ließ nach, mein Sehvermögen kehrte zurück, und mich durchströmte eine kühle Woge der Erleichterung.

Im nächsten Moment kam der Boden näher und ich sackte zusammen und spuckte Speichel und Blut.

»Du bist besser geworden.«

Durch meine Haare, die mir feucht im Gesicht klebten, blinzelte ich hoch. Die Hände auf die Knie gestützt, lehnte Darren mit verrutschter Krone schwer atmend an einer Eissäule.

Der massive Raubbau, den wir an unserem Potenzial getrieben hatten, war an uns beiden nicht spurlos vorübergegangen.

»Meine Schmerztoleranz ist besser geworden«, brachte ich hervor, »nach einer Woche im Kerker deines Bruders.«

Für den Bruchteil einer Sekunde huschte der Anflug eines schiefen Lächelns über sein Gesicht, doch es war so schnell verschwunden, wie es aufgeblitzt war. »Du hattest es nicht anders verdient.«

Ich rappelte mich hoch. »Damals hast du anders darüber gedacht.«

Langsam kam der Schwarze Magier auf mich zu und der Saum seiner Robe schleifte hinter ihm übers Eis.

»Damals habe ich dich noch mit anderen Augen gesehen.« Unsere Blicke trafen sich, und ich las nichts als Verbitterung und Kälte darin, eine Wüstenei aus Einsamkeit und Hass. »Mein Fehler.«

Ein Schweißtropfen lief mir den Nacken hinunter, als wir wieder unsere Kampfpositionen einnahmen, was uns ein wenig schwerer fiel als zuvor.

Fieberhaft überlegte ich, was ich als Nächstes heraufbeschwören sollte? Die rasenden Kopfschmerzen waren ein deutliches Zeichen, dass ich mein Potenzial gefährlich weit ausgeschöpft hatte. Knapp ein Drittel hatte ich für den Aufstieg auf den Berg verbraucht und Darren war kein gewöhnlicher Magier. Er ging immer aufs Ganze, jede einzelne Attacke war wie ein Schlag mit dem Rammbock gegen meinen Kopf.

Ich biss mir auf die Innenseite meiner Wange, als ich mir gegenüber Metall aufblitzen sah. Mein Schwert hatte ich zuvor fallen lassen und jetzt befand es sich außerhalb meiner Reichweite. An den Armen trug ich noch zwei Waffengurte mit Dolchen, was allerdings Nahkampf bedeutete, wenn ich keine Magie einsetzen wollte, denn auf die Entfernung würde Darren jeden Angriff damit problemlos abwehren.

Dann hieße es, endgültig Farbe zu bekennen.

Dabei war ich mir absolut nicht sicher, ob ich es tatsächlich übers Herz brachte, aus nächster Nähe das zu tun, was getan werden musste. All das viele Training hatte mich nicht darauf vorbereitet, bis zum bitteren Ende gegen jemanden zu kämpfen, den ich kannte.

Jemanden, den ich liebte.

Jemanden, den ich noch immer –

Schluss damit. Ich fischte den ersten Dolch aus dem Waffengurt und ging auf Darren zu.

Sein Lächeln war kalt. »Ist dir schon die Magie ausgegangen, Liebes?«

»Du hast gegen drei Magier gekämpft und ich nur gegen dich.« Ich schenkte ihm ein Grinsen. Es war zu gezwungen, und mir war klar, dass er es mir keine Sekunde abnehmen würde. »Die Chancen stehen also nicht schlecht für mich.«

»Hast du unser Duell in Langli vergessen?« Darren legte den Gürtel und die Schwertscheide um seine Taille ab. Dann griff er in seine Robe. Auch er trug Dolche an den Oberarmen. »Ich brauche keine Magie, um dich zu schlagen, Ryiah. Ich brauche noch nicht mal zwei Klingen.«

Er zog einen Dolch, schnippte den Griff mit einer kurzen Handbewegung hoch und ließ ihn durch die Luft wirbeln.

Und das war es jetzt? Sollte so unser letztes Duell aussehen?

Ohne den anderen aus den Augen zu lassen, umkreisten wir uns auf kurze Distanz. Mit rasendem Puls machte ich herausfordernd einen Schritt nach vorne, wobei ich den Dolch seitlich auf Höhe meiner Taille eng am Körper führte, während Darren seinen ganz traditionell weit vorgestreckt auf Brusthöhe hielt.

Mit meiner Kampfposition war ich schneller und wendiger, doch seine bot mehr Reichweite. Beweglichkeit hatte für ihn nicht so hohe Priorität, wenn er mich dafür mit jedem Ausfallschritt ausstechen konnte.

Wir mussten *beide* unsere Stärken ausspielen – das waghalsige Mädchen aus dem einfachen Volk seine Geschicklichkeit und der Junge, dem die Welt zu Füßen lag, seine physische Überlegenheit.

Der Ausgang war völlig offen, aber ich war fest entschlossen zu gewinnen.

Entgegen meiner üblichen Taktik war ich die Erste, die einen Vorstoß unternahm. Das ewige Abwarten und gegenseitige Belauern machte mich wahnsinnig, und ich wollte es beenden, ehe mir meine Gefühle in die Quere kamen.

Ich versuchte es mit einem kurz angesetzten Stich von links und zog den Dolch zur Seite durch, was Darren leichtfüßig parierte.

»Da musst du dir schon was Besseres einfallen lassen.«

Unsere Stiefel scharrten über den rutschigen Untergrund und wieder wagte ich mich vor. Diesmal täuschte ich hoch an, zielte dann jedoch auf seine Rippen.

Aber Darren fiel nicht darauf herein, sondern packte mich am Arm, drehte ihn mir um und drückte mich nieder, während er seinen Dolch herabsausen ließ.

Ich warf mich zu Boden und rollte mich seitlich ab, doch der heiße Biss des Metalls erwischte mich an der Schulter. Als ich zurückwich und sah, dass mir ein Rinnsal von der Schulter tropfte, verkniff ich mir einen Fluch. Die Wunde war zwar nur oberflächlich, aber es war kein gutes Omen, dass das erste Blut, das floss, meines war – und dann auch noch so schnell.

Darren machte einen Satz nach vorn, und ich wich seiner Attacke zur Seite aus und stach gleichzeitig schräg von unten zu.

Der Schwarze Magier blockte meinen Konter mit der Faust ab, doch diese Art der Abwehr hatte ihren Preis. Die gezackte Schneide meines Dolches grub sich in seine Haut, und es dampfte ein wenig, als sein Blut auf den Boden tropfte.

Wir umkreisten uns weiter, rückten vor und zogen uns wieder zurück. Ich versuchte nicht daran zu denken, wie das hier enden würde, was mir jedoch mit jeder Sekunde weniger gelang.

Wir atmeten beide schwer, um mit unserem hämmernden Pulsschlag mitzuhalten. Nach ein paar Minuten landete ich einen Treffer, einen Moment später zog er nach.

Es ging hin und her.

Ein blutiger Tanz.

Antäuschen. Zustechen. Rückzug. Nach kürzester Zeit bekam ich kaum mehr Luft, Schweiß brannte mir in den Augen und mit jedem neuerlichen Vorstoß wurde mir schwindeliger.

Wer von uns beiden würde wohl als Erster zusammenbrechen?

Hör auf, dir darüber den Kopf zu zerbrechen, wie es ausgehen wird, sondern konzentriere dich auf das Hier und Jetzt.

Immer verzweifelter stieß ich mit dem Dolch zu, immer häufiger glitt ich auf dem Eis weg.

Darrens Arm schoss vor.

Nur eine Sekunde lang verfingen sich unsere Handgelenke. Mein Atem ging schnell, und ich spürte, wie die Magie direkt unter meiner Haut pulsierte.

Nutze sie. Beende es. *Kämpfe!*

Ich hatte nie zugestimmt, keine Magie zum Einsatz zu bringen, und überhaupt: Wer wäre schon so blöd, sich an eine Abmachung mit dem Schurken zu halten? Es wäre so einfach, meine Magie zu Hilfe zu nehmen.

Der zweite Dolch glitt aus seiner Halterung an meinem Arm.

Darrens Blick zuckte zu der Klinge, die in der Luft schwebte.

»Los. Tu es.« Seine Stimme war hart, seine Augen zwei schwarze Löcher. »Töte mich.«

Der zweite Dolch tauchte ab und schwebte dann direkt vor seiner Brust. Ein kurzes Zustoßen, mehr bedurfte es nicht. *Tu es.*

Der Dolch zitterte in der Luft, während mir die Magie durch die Adern schoss.

Töte mich.

Es gab unzählige Gründe, dem Schwarzen Magier das Leben zu nehmen: meine Freunde, die Rebellen, Jerar.

Mir krampfte sich der Magen zusammen, als ich ihm in die Augen sah. Er war ein Monster, aber ich war kein bisschen besser. Und wenn ich das tat …

Ian war derjenige gewesen, der es ausgesprochen hatte: *»Schau mir in die Augen und sag mir, dass du dich nicht dafür verantwortlich hältst, was aus ihm geworden ist.«*

Mein Freund hatte recht. Ich gab mir tatsächlich die Schuld daran. Und wenn ich in unserem Duell mit gezinkten Karten spielte, dann war ich keinen Deut besser als die Verräterin, für die Darren mich hielt.

Ich konnte das nicht.

Bei den Göttern, ich wusste, was Darren alles getan hatte, was er noch tun *würde*, und trotzdem …

Nein.

Nicht so.

»Nur *eine* Waffe.« Mein Mund war trocken. »Keine Magie.«

Der zweite Dolch kehrte in seine Scheide zurück.

Darren würde mich töten. Ich sah es in seinen Augen, die mich fixierten. Hass loderte darin, so unendlich viel Hass.

Kämpf!

Es waren nur wir beide mit gezogenen Waffen und gekreuzten Armen.

Meine Finger umklammerten den Dolch zitternd, und mein Handgelenk brannte, wo seine Haut meine berührte. Ich spürte seinen rasenden Puls.

Tu es.

Ein ohrenbetäubender Lärm erfüllte die Luft, und einen Moment lang, nur einen kurzen Moment lang dachte ich, ich hätte einen Fehler begangen.

Doch dann donnerte es erneut.

Mein Blick ruhte noch immer auf Darren, als die Decke über uns ächzte und Risse bekam. Die Wände begannen zu beben, die Eisdecke auf dem See zerbarst mit einem Klirren, und wir gerieten ins Stolpern, als spinnennetzartig Risse darüberzuckten.

Darren sah auf den Gang hinter uns. »Deine oder meine?«

Ich hörte die verzweifelten Schreie meiner Freunde: »Nein!«, »Hör auf, Quinn!«

»Meine.«

Die Rebellen mussten den König nicht töten, es reichte auch, wenn sie ihn bei lebendigem Leibe begruben. Und wenn es ein Versehen war? Schließlich würde das ja bedeuten, auch mich bei lebendigem Leibe zu begraben … Andererseits: Man musste eben Opfer bringen.

Es tat einen weiteren Schlag und mir blieb fast das Herz stehen. Mir war klar, dass ich mich einfach in mein Schicksal fügen und damit meine bedingungslose Hingabe an Jerar unter Beweis stellen sollte. Helden fürchteten sich schließlich nicht vor dem Tod. Und bis zu diesem Moment war es auch so gewesen.

Aber bei den Göttern: Sollte es wirklich hier und jetzt enden? So? Nicht durch einen schnellen Stich mit der Klinge, sondern unter einem Berg aus Schutt und Eis begraben?

Ich selbst hatte uns den einzig möglichen Fluchtweg abgeschnitten, und meine Magie reichte nicht mehr aus, um uns den Rückweg freizuzaubern.

Es geht hier nicht darum, dass »ihr« entkommt, sondern um »dich«. Mach dir das Chaos zunutze und schlitz ihm den Hals auf.

Der Dolch lag schwer in meiner Hand. Darren war abgelenkt und sah seiner Krone nach, wie sie im dunklen Wasser unter uns versank. Sie musste bei seinem letzten Vorstoß hinuntergefallen sein.

Jetzt oder nie! Wenn ich jetzt zuschlug, würden es die Rebellen vielleicht irgendwie schaffen, mich noch rechtzeitig hier rauszuholen. Ich könnte überleben.

Wieder ein dumpfer Schlag und ich schrak zusammen. Zwei Meter neben mir schlug der erste Eisbrocken auf dem Boden ein und zerbarst, sodass mir Eissplitter um die Ohren flogen.

Sekunden später folgte der nächste.

Genau in dem Moment, als ein gewaltiger Brocken *direkt über unseren Köpfen* abbrach, zuckte mein Blick zur Decke.

Ich stand da wie paralysiert.

Ich bekam einen kräftigen Stoß in die Seite – Darren. Mehr Aufforderungen brauchte ich nicht.

Endlich setzte ich mich in Bewegung, während Darren bereits auf den dunklen Tunnel zustürmte, der Richtung Westen ging. Wohin er führte, wussten nur die Götter – eine Sackgasse oder die Rettung?

Aber es war sowieso egal.

Meine Aufgabe bestand darin, den König zu töten. Also folgte ich ihm. Egal, wohin.

Wir rannten und rannten, während um uns herum alles dröhnte und hallte. Wie gigantische Dolche stürzten große Eiszapfen zu Boden und bohrten sich ins Erdreich. Schnee und Gestein folgten und in den Wänden klafften Risse auf.

So schnell wie möglich schlitterten wir den Gang entlang, und unsere blutigen Knie und zerschundenen Hände machten uns das Vorankommen zur Qual, wenn wir in diesem Labyrinth aus Eis an niedrigen Engstellen ein Stück auf allen vieren kriechen mussten.

Nur die züngelnden Flammen aus unseren Handflächen spendeten uns ein wenig Licht, um uns den Weg zu weisen, doch ich sah ohnehin kaum etwas, weil mir die hämmernden Kopfschmerzen fast die Sicht raubten. Ein ums andere Mal musste ich meine Magie einsetzen, um von der Decke herabstürzenden Eisplatten eine Druckwelle entgegenzuschleudern, die mich sonst gnadenlos zerschmettert hätten, und das angestrengte Keuchen vor mir verriet, dass es Darren nicht viel besser erging.

Meine Muskeln brannten, und in meiner Lunge wütete ein Inferno, das mich innerlich versengte.

Die Rebellen hatten etwas in Gang gesetzt, und es war nur noch eine Frage der Zeit, bis ihr Werk sich von selbst vollenden würde.

Mancherorts war der Durchgang stockdunkel, und es gab Engstellen, an denen scharfkantige Eissplitter und -platten herausragten wie Zähne aus einem gewaltigen Kiefer. Ich blieb mit der Schulter hängen und riss mir die Haut auf, traute mich jedoch nicht, mein Tempo zu drosseln, sondern rannte mit ungebremster Geschwindigkeit und eng an den Körper gedrückten Armen weiter und zog eine Blutspur hinter mir her.

Und dann, *endlich*, als ich kurz vor dem Zusammenbruch stand, kamen wir in eine große Kaverne, durch die sich ein zugefrorenes Flussbett schlängelte, in dem als Vorboten des baldigen Einsturzes bereits überall Fels- und Eisbrocken verstreut lagen. Anders als bei dem zugefrorenen See war es hier nicht der Mondschein, der uns den Weg wies, sondern ein breiter Spalt in der Wand auf der anderen Seite des Flusses, durch den Licht hereinfiel.

Es gab ein Entrinnen!

Darren sprintete über das Flussbett und ich folgte ihm dicht auf den Fersen.

Hinter uns stürzte alles ein. Die Wände bebten, und Teile der Decke krachten zu Boden, während mir der Wind in den Ohren pfiff.

Noch immer rannte ich.

So nah.

Keine zweihundert Meter mehr …

Mit dem Absatz meines linken Stiefels blieb ich an einem Felsbrocken hängen.

Und verlor das Gleichgewicht.

Ich schlug der Länge nach hin, landete mit einem Aufschrei auf meiner bandagierten Hand und die ganze Welt versank in Rot.

Über mir gab die Decke ein tiefes Ächzen von sich.

Aufstehen! Mach schon. Renn. Meine Nägel gruben sich in das Eis, doch ich fand keinen Halt, und vor lauter Panik und Schmerzen hatte ich auch keinen Zugriff auf meine Magie.

Als ein riesiger Eisbrocken herabstürzte, verdrängte ich alles andere um mich herum. Alle meine Sinne schrien, aber bei den Göttern, wenn es schon mein Schicksal war, hier zu sterben, dann gefälligst nicht, weil ich es nicht auf die Reihe bekam, mich anständig zu konzentrieren.

Alles drehte sich vor meinen Augen, während ich meine Fühler ganz tief nach dem Mädchen ausstreckte, das sich unzählige Nächte in der Bibliothek mit Meditation um die Ohren geschlagen hatte, um die Magie ihrem Willen zu unterwerfen. Dem Mädchen, das um ein Haar die Kandidatur gewonnen hätte und Darrens Blitz frontal abgewehrt hatte. *Sie* hatte die Kontrolle. *Sie* würde mich jetzt nicht im Stich lassen. *Sie* würde den Schmerz und die Angst beherrschen.

Und dann zerbarst das gigantische Gletscherstück knapp über meinem Kopf. Geschafft!

Sekunden später war ich auf den Knien und hustete Blut.

Direkt hinter mir gab es eine zweite Explosion.

Ich fuhr herum und richtete mich auf. Darren war vornübergebeugt, die Faust noch immer hochgereckt. Dort war noch ein weiteres, mindestens doppelt so großes Stück der Decke heruntergekommen, und zwar nur ein, zwei Meter von der Stelle entfernt, wo ich hingefallen war.

Ich starrte den König an und mein Herz machte einen Satz. *Hatte er mir gerade das Leben gerettet?*

Darren drehte sich um und rannte wieder los und ich hinkte ihm hinterher. Die Höhle würde jeden Moment einstürzen.

Er war nur zehn Meter vor mir, als der Eispfeiler direkt neben uns wegbrach. Weil ich den Blick auf die Decke direkt vor uns gerichtet hatte, merkte ich es zu spät.

Darren musste es ebenfalls entgangen sein, denn als wir das laute Krachen hörten, war die Eissäule bereits von der Decke abgebrochen und fiel in sich zusammen.

Darren streckte die Hände vor, und ein violetter Funkenschwall schoss aus seinen Handflächen, doch im nächsten Moment flimmerte er und verlosch.

Warum …?

Mir blieb das Herz stehen. Er hatte keine Magie mehr!

Nur eine Sekunde später peitschte meine Magie los.

»Neiiiiiiin!« Nicht einmal meine Schreie nahm ich wahr.

Die Säule rammte Darren seitlich, und Eisbatzen und Gesteinsbrocken explodierten, als meine Druckwelle auf sie traf.

Doch es war zu spät.

Darren ging zu Boden.

Seine schwarze Robe flatterte gleich Flügeln, als er zusammensackte. Er versuchte nicht einmal aufzustehen.

Mein Puls hämmerte so laut, dass ich nicht mehr hören konnte, wie alles um mich einstürzte.

Ich sah nur noch den Jungen und die Spalte in der Wand, keine fünfzig Meter von mir entfernt.

Das war es. Der Schwarze Magier war gefallen und ich würde leben.

Nicht einmal eine Klinge brauchte ich, um seinem Leben ein Ende zu setzen.

Lauf.

Renn, Ryiah, renn!, schrie mein Verstand. Die Wände um mich herum erzitterten. *Sieh zu, dass du wegkommst.*

Tränen strömten mir über die Wangen, während ich reglos dastand, hin- und hergerissen zwischen dem Jungen, den ich liebte, und der Freiheit; zwischen meinem Leben und allem anderen.

Er ist ein Monster.

Du bist nicht dafür zuständig, ihn zu retten.

Er stirbt.

Allein schafft er es nie und nimmer nach draußen.

Renn.

Meine Lippen bewegten sich, doch es kam kein Ton heraus. Ich tat irgendetwas mit den Händen und stolperte vorwärts, doch nicht zur Wand.

Ein Lichtblitz erleuchtete die Höhle und über uns spannte sich ein amethystfarbener Schutzschirm auf, der zwar ein wenig flackerte, aber hielt.

Mit zitternden Händen sank ich neben Darren auf die Knie und mir verschwamm alles vor Augen.

»Jetzt h-hast du, w-was du w-wolltest.« Darrens Brust hob und senkte sich mühsam, als er die Worte mit blutverschmierten Lippen hervorstieß. »Dein Feind ist t-tot.«

»Aber –«

»Du Närrin.« Das Gesicht weiß wie Schnee, versuchte er fluchend sich aufzusetzen. An seiner Brust sickerte ein rotes Rinnsal durch sein Hemd und bildete eine kleine Blutlache darunter. »S-sieh zu, dass du hier r-rauskommst.«

»Du hast mich gerettet.« In meinem Kopf fraß ein greller Schmerz, und ich spürte jede Erschütterung, wenn wieder etwas gegen den Schutzschild knallte. Mit jeder Sekunde, die verrann, wurde meine Magie schwächer, mit jedem Stück der Decke, das herunterkam. Wie lange würde sie wohl noch reichen? »Warum?«

»H-hab dich nicht gerettet«, röchelte er.

Mein Herz krampfte sich zusammen. Dieser zweite Eisbrocken war Darren gar nicht im Weg gewesen, er hatte keinen Grund gehabt, seine Magie einzusetzen – außer er hatte versucht, mich davor zu bewahren.

»*Lügner!*«

Darrens Lachen war schwach, als er zu mir aufblickte. »Und w-wenn schon.«

Es war wie ein Schlag in die Magengrube. Ich bekam keine Luft.

Er schluckte.

»Du h-hast deine Antwort.« Er brachte die Worte nur unter Qualen heraus. »J-jetzt geh.«

Die Projektion zersplitterte in meinem Kopf, und ich

merkte, wie mir auch das letzte bisschen Magie unter den Fingern zerkrümelte. Meine Welt versank in Schmerz. Und Schwärze.

Du hast deine Antwort.

Hatte ich.

Doch ich konnte nicht gehen.

Ich griff nach dem zweiten Riemen an meinem Arm und spürte das kalte Metall, als ich die Klinge aus dem Waffengurt zog und sie in meine bandagierte Hand rammte.

Dann schrie ich.

Ich schrie, während der Schmerz mich komplett mit sich fortriss, tausend Nadeln auf mein Rückgrat einstachen und mein Verstand aufbrüllte. Ich schrie, bis ich heiser war.

Dann überschwemmte mich die Schmerzmagie wie eine tosende Woge und verlieh mir neue Macht, mit der ich die Decke stabilisieren konnte.

Den Dolch fest gepackt, schlug ich die Augen auf. Ich zitterte am ganzen Körper und wäre mit Sicherheit zusammengebrochen, wenn ich nicht sowieso schon am Boden gewesen wäre.

Fragte sich nur, wie viel Zeit uns meine Schmerzmagie wohl verschaffen würde.

»M-mach, dass du h-hier rauskommst … *b-bitte.*« Darrens Stimme war rau. Ich sah ihm in die Augen und entdeckte … Trauer.

Mit bebenden Fingern streichelte ich sein Handgelenk. »I-ich kann nicht.«

Zuckend schlossen sich seine Lider und einen Moment lang sagte keiner ein Wort.

»D-du stirbst sonst.« Sein Gesicht war noch bleicher als zuvor.

Meine Antwort war ein zynisches Lachen. »Ich war schon immer zu leichtsinnig.«

Der Schmerz wuchs in meinem Schädel wie eine Schneewehe, die sich immer höher auftürmt.

»Vielleicht finden sie d-dich … noch r-rechtzeitig.«

Sein Atem ging rasselnd.

Meine Finger gruben sich in seinen Ärmel. Ich wollte, dass er mich ansah. Ich kniete hier auf dem Boden und vergoss mein Blut, während das letzte bisschen meiner Magie mir zwischen den Fingern zerrann, genauso wie die letzten Minuten unseres Lebens. Das sollte er sehen, damit er es endlich verstand.

Wenn wir schon gemeinsam untergehen …

»Werden sie sowieso nicht.«

Seine granatroten Augen trafen meinen verschleierten Blick und er schluckte. »D-du hast mich immer g-geliebt … oder?«

Meine Kehle war wie zugeschnürt und ich nickte nur.

»Dann w-war es Blayne? Die g-ganze Zeit?«

Ich musste nicht fragen, was er meinte.

»Er hat dich geliebt, auf seine Weise, aber …« Eine neuerliche Welle des Schmerzes ließ mich aufkeuchen, »… aber er war nicht der, für den du ihn gehalten hast. D-dein Vater hat ihn emotional zum Krüppel gemacht.«

Darren drehte den Kopf von mir weg, und seine Schultern zuckten, während er einen erstickten Laut von sich gab, nun, da er die Wahrheit erkannte und die Dimension seiner Taten erfasste.

»Darren –«

»A-alles, was ich g-getan habe …« Er konnte mich nicht ansehen. »D-du solltest … mich einfach hier l-liegen und sterben l-lassen.«

Ich schüttelte energisch den Kopf, bis mir klar wurde, dass er das nicht sehen konnte. Tränen liefen mir übers Gesicht. »Nein.« Ich packte ihn am Handgelenk. »D-Darren … ich …« Hysterie stieg in mir hoch und machte mir das Sprechen fast unmöglich.

»B-bitte sieh mich an«, flehte ich.

Er biss die Zähne zusammen und ich konnte den Schmerz in seinem Gesicht lesen und das tat mir noch mehr weh als der in meinem Kopf. Ich sah einen gebrochenen König.

»Ich hätte dir v-vertrauen sollen«, wisperte ich. »Dann …« *Dann wäre es nicht so weit mit uns gekommen.*

Er legte seine zuckende Hand auf meine. Sie war eiskalt.

»K-konntest du nicht w-wissen.«

Mein Herz hämmerte so wild, als wollte es zerspringen. Nach allem, was geschehen war, konnte es das doch nicht gewesen sein. So durfte es nicht enden. Wut, Trauer, Schuldgefühle und Reue kamen in mir hoch, wuchsen ins Unermessliche, und ich wusste nicht, wohin damit.

»Das ist nicht fair!« Nein, so konnte unsere Geschichte nicht enden. Im Märchen rettete der Prinz das Mädchen. In meiner Geschichte zerstörte ihn die Prinzessin.

Meine Schultern zuckten unkontrolliert, und ich konnte nicht aufhören, immer dieselben Worte zu wiederholen. *»Das. Ist. Nicht. Fair.«*

»W-war es v-von Anfang an n-nicht.«

Bei seinen Worten zerbrach etwas in mir. Ich fühlte mich betrogen. Ich hatte so hart für uns gekämpft, und jetzt wäre unsere Geschichte zu Ende, bevor sie überhaupt richtig begonnen hatte.

»Ich …« Darrens Stimme brach, und er schloss mit schmerzverzerrtem Gesicht die Augen. »I-ich w-wünschte …«

Vergebens unterdrückte ich ein Schluchzen. Zwischen uns standen zu viele unausgesprochene Dinge.

Uns blieb nicht genug Zeit.

Er lag im Sterben und meine Schmerzmagie kam an ihre Grenzen. Der Schnee unter uns war rot gefärbt.

Irgendwo hinter uns gab die Höhle ein Ächzen von sich und es lief ein Beben hindurch.

Und dann stürzte auch der letzte Teil ein.

Eine Lawine aus Eis und Schnee.

Ich wurde nach hinten gerissen und verlor Darrens Hand, während die Magie in meinem Kopf brüllte und ich *alles* hautnah spüren konnte. Ich hielt den Himmel in den Händen und er brach über mir zusammen.

»… ich liebe d-dich …« Seine Stimme kam mir so unendlich weit weg vor.

Nicht einmal sehen konnte ich ihn – um mich herum war nichts als Weiß. Mit tauben Fingern umklammerte ich noch immer den Dolch in dem verzweifelten Versuch, meine Welt vor dem Einsturz zu bewahren. Doch so entsetzlich die Schmerzen auch waren, sie reichten einfach nicht aus.

Meine Magie stieß an ihre Grenze.

Doch dann …

Dann umfassten meine Hände den Messergriff fester, während ich hörte, wie Darren krampfhaft und abgehackt nach Atem rang.

Das ist nicht das Ende.

Ich holte tief Luft, als der Schutzschild über mir zusammenbrach.

Und dann stieß ich mir die Klinge in die Brust. Direkt ins Herz.

Ich gab alles, was ich hatte.

Verspürte unbeschreiblichen Schmerz, einen Schmerz, der einem die Seele raubte.

Ich schlug mein letztes Gefecht, setzte die Art von Magie ein, die man mit dem Leben bezahlte.

Ich schenkte mein Blut, meinen Leib und meine Magie den Göttern und wirkte den letzten Zauber meines Lebens.

Ich gab mich hin … für *ihn* und konnte nur hoffen, dass es mir gelang.

Ich war keine Heldin, doch in diesem Augenblick war ich so, wie ich immer sein wollte.

Ich konnte den Jungen retten. Und das tat ich.

Und als ich meinen letzten keuchenden Atemzug machte, der mich in einem Strudel aus Violett und Eis mit sich riss, verlor ich mich.

Und dann?

War ich frei.

NEUNZEHN

Letztes Gefecht (Substantiv): Akt höchster Selbstlosigkeit. Unterart der Schmerzmagie (siehe »Kategorien der Magie«) in ihrer extremsten Form. Der Magier fügt sich dabei derart starke Schmerzen zu, dass er zu Tode kommt.

Die Zauberkraft hinter dem letzten Gefecht ist nur so groß wie die Macht dessen, der sie heraufbeschwört, und hängt somit vom Potenzial des jeweiligen Magiers ab. Die Magie, welche beim letzten Gefecht freigesetzt wird, ist mit den Gesetzen der Logik kaum zu erfassen. Hat die betreffende Person jedoch zuvor eine hohe Schmerztoleranz entwickelt, ist die Chance größer, tatsächlich den gewünschten Effekt zu erzielen.

Die meisten dokumentierten Fälle wurden bei kriegerischen Auseinandersetzungen auf Befehl von Kommandanten ausgeführt. Da der Akt selbst von kurzer Dauer und endgültig ist, sind noch viele Fragen offen, und es ist durchaus möglich, dass wichtige Effekte und Fakten in dieser Kurzdarstellung nicht berücksichtigt sind.

Das war also der Tod.

Er fühlte sich anders an als erwartet. Allerdings hatte ich genau genommen nicht erwartet, überhaupt etwas zu fühlen. Den Geschichten nach zu schließen, die man sich über den Schattengott und sein Reich der einsamen Seelen erzählte, hatte ich niemals geglaubt, dann noch die Gabe des Denkens zu besitzen. Und ebenso wenig, dass es sich anfühlen würde, als wäre ich bei Bewusstsein und könnte etwas empfinden … was Fluch und Segen zugleich war.

Obwohl, vielleicht doch eher ein Fluch, denn die Dinge, die ich fühlte, waren alles andere als angenehm.

Wer auch immer behauptete, dass man nach dem Tod keine Schmerzen mehr spürte, tja, der war wohl noch nie gestorben. Ich spürte nämlich alles.

Mein ganzer Körper schien in Flammen zu stehen – allem voran meine Lunge –, ein heißer, stechender Schmerz durchzuckte meine Wirbelsäule, und im Mund hatte ich den Geschmack von Asche.

Und dann holte mich die Erinnerung ein.

Ich hatte immer gedacht, der Tod würde sie einem nehmen, und irgendwie wünschte ich mir auch, es wäre so, denn noch dringender als die Schmerzen wollte ich die Erinnerungen abschütteln.

Warum sollte man sich schließlich bis in alle Ewigkeit an alles erinnern wollen, was man verloren hatte?

Es war mir nicht einmal annähernd vergönnt gewesen, das glückliche Leben zu führen, das meine Eltern mir einst in Aussicht gestellt hatten – und jetzt nicht einmal hier meine Ruhe von all dem irdischen Leid zu haben, sondern den Rest der Ewigkeit damit zuzubringen, dem Leben hinterherzuweinen, das ich nie geführt hatte, machte mich unheimlich wütend.

Mühsam atmete ich ein und verfluchte die brennend heiße Luft, die mir die Lunge versengte.

Moment mal.

Ich kann atmen?

Was sonst noch?

Zögernd schlug ich die Augen auf und eine wahre Bilderflut stürmte auf mich ein. Farben und Gesichter blitzten vor mir auf. So viele Gesichter.

Das war der Moment, in dem ich auch plötzlich etwas hörte. Stimmen. Vertraut und aufgeregt. Sie riefen meinen Namen.

Sie waren weit, weit weg, aber dennoch da.

Waren sie real?

Mein Pulsschlag dröhnte mir in den Ohren und vor meinen Augen tanzten Punkte. Es war alles zu viel. Dieser Flut an Sinneswahrnehmungen, die alle gleichzeitig auf mich einströmten, war ich nicht gewachsen.

Die Zeit blieb stehen.

Als ich das nächste Mal zu mir kam, war es still im Zimmer, und es war niemand zu sehen. Mit der Dunkelheit und der Stille konnte ich viel besser umgehen als mit dem Durcheinander.

Ich brauchte fast eine Stunde, nur um zu verstehen, dass das die Realität war, wie ich sie kannte.

Eine Kammer. Kein Schattenreich. Vertraut und kalt. Grob behauener grauer Stein und ein einziges Fenster mit Gitterstäben davor.

Ich lag in einem Bett aus Kiefernholz, rechts von mir stand eine kleine Kommode mit allerlei Phiolen in verschiedenen Farben und Größen. Einige Etiketten konnte ich entziffern. Soweit ich es verstand, handelte es sich um Heiltränke.

War ich wirklich am Leben?

Ich bewegte die Finger und Zehen und bereute es augenblicklich, als ein neuerlicher stechender Schmerz gleich einem Orkan über den abklingenden von zuvor hinwegfegte. Eines war jedenfalls sicher: Die Schmerzen waren äußerst real, und auch die Bandagen, die ich um den Oberkörper und die Hand trug, legten die Vermutung nahe, dass ich doch nicht tot war.

Wie konnte das sein?

Irgendetwas stimmte nicht.

Ich hatte doch mein letztes Gefecht geschlagen. Mein Leben hatte dort in dieser Eishöhle geendet. Wenn ich am Leben war …

Hatte ich irgendetwas falsch gemacht?

Bei den Göttern!

War …? *Nein!*

Nein.

Damit könnte ich mich definitiv nicht abfinden.

Ich war für ihn gestorben. Wenn die Rebellen es irgendwie geschafft hatten, mich zu retten … wenn mein Zauber nicht gewirkt hatte, dann hatten sie doch bestimmt auch ihn gerettet. Alex und Ella hätten um sein Leben gekämpft. Mir zuliebe.

Warum also hatte ich so entsetzliche Angst?

Obwohl ich das Gefühl hatte, es würde mir jeden einzelnen Muskel zerfetzen, stemmte ich mich von der Pritsche hoch und schleppte mich ans Fenster.

Wie ich vermutet hatte: Unter mir erstreckte sich eine vertraute Landschaft, dazu flackernde Fackeln und dicke Festungsmauern. Dahinter die Überreste eines langsam wieder nachwachsenden Waldes.

Ich befand mich in Ferren's Keep. Und gemessen an der Zahl an Zelten und Soldaten dort unten, waren die Kronarmee und die Rebellentruppen ebenfalls nach Jerar zurückgekehrt.

Ob der Krieg vorüber war?

Ist Darren –

Ich wankte aus der Kammer und tastete mich an der rauen Granitwand entlang. Ich musste zu ihm. Musste irgendjemanden fragen, wo er war.

Weit musste ich nicht gehen. Nur wenige Meter von meiner Tür entfernt waren auf dem Gang zwei Wachen postiert, wofür ich den Göttern dankte, denn mich durchzuckten bereits stechende Schmerzen und es war klar, dass ich mich nicht mehr lange auf den Beinen halten konnte.

»Bitte …« Es fühlte sich an, als hätte ich den Mund voller Sand. »Sagt mir, wo ich …« Ich holte zittrig Luft, »… wo ich den K-König finde.«

»Den König?« Der ältere Wachmann warf seinem Kameraden einen Blick zu. »Ihr meint die *Königin*?«

»Sie meint den Gefangenen«, sagte der andere. »Sie ist gerade erst aufgewacht. Niemand hat es ihr gesagt.«

»Gefangener?« Das Blut schoss mir in den Kopf und ich sah überall schwarze Flecken. Darren war im Verlies? *Aber er lebt!* Und wer war dann die Königin?

Ich geriet ins Wanken und zwei kräftige Arme fingen mich auf, ehe ich fiel.

»Bring sie zurück in ihre Kammer«, murmelte der zweite Wachmann. »Ich schicke nach einem Heiler.«

»Mein …« Meine Zunge war so unendlich schwer. »Mein … Bruder …«

»Stimmt ja.« Die Stimme des Soldaten verschwamm. »Wir werden auch Alex holen. Er ist einer von ihnen.«

Und dann umfing mich abermals Schwärze.

»… werde sie nicht aufwecken. Sie braucht Ruhe!«

»Das wird Quinn nicht gefallen.«

»Ist mir egal, wer das angeordnet hat, Jace! Wenn der Kerl was wissen will, soll er selbst herkommen. Und zwar dann, wenn ich sage, dass sie so weit ist!«

Es folgte ein wütendes Murmeln, dann knallte eine Tür zu.

Eine Sekunde später schlug ich die Augen auf. Ich befand mich im selben Zimmer wie zuvor, nur dass diesmal Ella auf meiner Bettkante saß und mir die Haare aus der Stirn strich. Als ich blinzelte, erstarrte ihre Hand.

»Ich könnte den Kerl erwürgen.« Alex stand irgendwo an der Wand und fluchte vor sich hin. »Nach allem, was er –«

»Alex.« Ella räusperte sich. Wir starrten uns an und ich konnte nicht sprechen. In meinem Herzen wirbelten und pulsierten tausend Empfindungen durcheinander, und ich war mir nicht einmal sicher, ob das alles hier real war. »Sie ist wach.«

»Ry?« Alex fuhr herum.

Ich hatte gedacht, ich würde ihn nie wiedersehen. Es nahm mir fast den Atem. Mit den Lippen formte ich stumm seinen Namen.

Mit einem Aufschluchzen stürzte sich mein Zwillingsbruder auf mich und schloss mich – viel zu fest – in die Arme, doch ich brachte es nicht über mich, ihn wegzuschieben.

Er weinte in meine Haare. »*Ich hab gedacht, ich hätte dich verloren.*«

Ich schluckte den Kloß im Hals hinunter. Ich hatte gedacht, ich hätte sie *alle* verloren.

Eigentlich hätte ich nicht wieder aufwachen sollen.

Ella zupfte meinen Bruder am Ärmel. »Alex, du tust ihr weh.«

Beschämt ließ er mich los. »Tut mir leid, ich bin nur …«

Zittrig holte ich Luft und schüttelte mit einem Lächeln leicht den Kopf, weil ich noch immer keinen Ton herausbekam.

Ella schob mir ein paar Kissen in den Rücken, damit ich mich aufsetzen konnte, und streichelte mir übers Handgelenk, und ich sah ihr an, wie sehr sie sich beherrschen musste, um nicht loszuweinen.

Wir kämpften alle drei mit den Tränen.

Ella war die Erste, die mit glasigen Augen etwas sagte. »Eigentlich solltest du tot sein, Ry.«

»Quinn hat den Befehl gegeben, die Höhle zum Einsturz zu bringen …« Alex' Hand suchte nach meiner und drückte sie. »Wir haben versucht, die anderen aufzuhalten. Sogar Ian.«

Ich erinnerte mich an ihre Rufe und den Moment, als

mir klar wurde, warum sie so schrien, direkt bevor die Decke herunterkam.

»Sie waren uns einfach zahlenmäßig überlegen«, flüsterte Ella mit rauer Stimme.

»Und dann haben wir dich gefunden –«

»Du warst haushoch unter Schnee und Eis begraben.«

»Es grenzt an ein Wunder, dass du noch am Leben bist, Ry.«

Wieso bin ich nicht tot?

»Die Rebellen …«, stieß ich hervor, »haben die gar nicht versucht, mich zu retten?«

Das Gesicht meines Bruders war bleich. »Wir sind zu spät gekommen. Ich hab getan, was ich konnte, nach … Aber so was kann eigentlich keiner überleben.«

Ella zögerte. »In deiner Brust steckte ein Dolch, und in Darrens auch. So schwere Verwundungen und dann ist auch noch die Höhle über euch eingestürzt –«

Den Rest hörte ich nicht mehr. Da stimmte doch etwas nicht. »Er hatte einen D-Dolch in der B-Brust?«

»Erinnerst du dich nicht mehr daran?«

Wie sollte ich? »Ella, i-ich habe ihn nicht … Der Dolch, das war nicht ich.« Ich nahm noch einen Anlauf. »Hat vielleicht einer d-der Rebellen …?«

»Nein, genau so haben wir euch aufgefunden.« Alex zog die Augenbrauen zusammen. »Aber ich wünschte, ich wäre es gewesen. Ersticht der Dreckskerl doch tatsächlich seine eigene Frau …« Wütend schimpfte er weiter vor sich hin, doch irgendwie ergab das noch immer keinen Sinn.

Wie war der Dolch dorthin gekommen?

Hatte Darren versucht, seinem Leben ein Ende zu setzen, als er merkte, dass die Höhle einstürzte? Aber wie kam es dann, dass er noch am Leben war?

Wie kann es sein, dass wir beide überlebt haben?

Ich machte eine ruckartige Bewegung nach vorne, als mich plötzlich Panik durchzuckte. »Alex«, würgte ich hervor, »e-er lebt doch, oder? Die Wachen meinten –«

Alex und Ella wechselten einen Blick. »Ja, aber –«

Den Rest bekam ich nicht mehr mit. Ein Ja, mehr wollte ich nicht. Der Puls donnerte mir in den Ohren und ich bekam wieder Luft.

»Ryiah.« Alex sah mich eindringlich an. »Er hat dir einen Dolch mitten ins Herz gerammt.«

»Es ist nicht so, wie du –«

»Darren wollte dich töten!«, brach es aus ihm heraus, und sein Gesicht lief feuerrot an. »Wie kannst du ihn da noch in Schutz nehmen?«

»Alex.« Es tat mir weh, die Stimme zu erheben. »Ich habe mich selbst erstochen.«

Ella hielt meinen Bruder fest, ehe er sich auf mich stürzen konnte. »Warum im Namen der Götter solltest du so etwas tun?«

Ausatmen. Tief Luft holen.

»Es war mein letztes Gefecht.«

»*W-was?*«, stammelte Alex. Plötzlich schien alle Kraft aus ihm zu weichen und er taumelte zurück in Ellas Arme.

Ich gab ihm Zeit, es sacken zu lassen.

»Du hast versucht, ihn zu *retten*?« Mein Bruder starrte mich an wie eine Fremde. »Wieso? *Das kann nicht dein Ernst sein, Ryiah!*«

Ellas Hand ruhte noch immer an meiner Wange. »Darren hat dir endlich geglaubt, stimmt's?«

Mein Bruder wurde kreidebleich.

Ich konnte nichts sagen, sondern nickte nur, während Ella versuchte, die Puzzlestücke zusammenzusetzen. »Als ihr allein wart … bist du endlich zu ihm durchgedrungen.«

Alex' Hand quetschte mein Handgelenk so sehr, dass ich fürchtete, er würde es mir brechen.

Ich räusperte mich mühsam. »A-am Anfang nicht. Ich w-weiß nicht genau, was ihn schließlich überzeugt hat … Aber kurz vor dem Einsturz hat er m-mir das Leben gerettet.«

Der Griff meines Bruders lockerte sich nur minimal.

»Und da hast du dein letztes Gefecht geschlagen … um ihn zu retten?«

Ich nickte und Ella holte zittrig Luft.

»Ryiah, wenn *du* es nicht warst und die Rebellen auch nicht … dann bedeutet das, dass er es selbst gewesen sein muss.«

»Er?«

»Wir haben uns die ganze Zeit gefragt, wie ihr das *beide* überleben konntet.« Sie sah mir in die Augen. »Du hast dein letztes Gefecht geschlagen, was erklärt, warum Darren noch am Leben ist, aber nicht, warum *du* noch lebst …« Sie sog scharf den Atem ein. »Es gibt nur eine logische Erklärung dafür.«

Die Erkenntnis traf mich wie ein Blitz.

Warum war ich nicht selbst darauf gekommen? Der Dolch in seiner Brust.

»Er hat *auch* sein letztes Gefecht geschlagen.«

Darren hat ebenfalls alles gegeben, um mich zu retten.

»Auf diese Weise habt ihr beide überlebt.« Ella starrte mich mit großen Augen an.

»Ihr habt euch gegenseitig vor dem Tod bewahrt. Keiner musste den Preis dafür zahlen, dass er sein letztes Gefecht geschlagen hat.« Alex' Stimme klang rau. Es fiel ihm nicht leicht, diesen ultimativen Liebesbeweis mit seinem negativen Bild von Darren als absolutem Egomanen zusammenzubringen. »So etwas ist noch nie vorgekommen. Deshalb konnte sich auch keiner einen Reim darauf machen. Nicht einmal die Heiler …«

Eigentlich hätte es gar nicht funktionieren dürfen.

Hatte es aber.

Das letzte Gefecht war ein selbstloser Akt der Magie. Vielleicht war es auch gar nicht den Gesetzen menschlicher Logik unterworfen.

Ella räusperte sich, und ich fing ihren vorsichtigen Blick auf, den sie meinem Bruder zuwarf. »Wir müssen es ihr sagen.«

Ich starrte die beiden an und versuchte, aus ihren Andeutungen schlau zu werden. Dann kam mir wieder in den Sinn, was die Wachen gesagt hatten. *Der Gefangene.*

»Sie haben Darren in den Kerker geworfen, oder?«

Ella biss sich auf die Unterlippe und Alex wich meinem Blick aus.

»Das ist nicht alles.« Meine Freundin schluckte. »Als wir euch gefunden haben und du noch am Leben warst, haben sich die Heiler sofort um dich gekümmert, aber Darren … Wir wussten nicht, dass er endlich zur Einsicht gekommen war … Wie auch? Er war schließlich mehr tot als lebendig.«

Alex hob das Kinn. »Der Rest unserer Truppe packte mit an, um ihn zum Schlachtfeld hinunterzubefördern und die Befehle der Kronarmee zu widerrufen. Als das geschafft war und Darren wie durch ein Wunder immer noch am Leben, was, wie wir jetzt wissen, deiner Magie zuzuschreiben ist, herrschte ein ziemliches Durcheinander, und die Leute waren völlig überrumpelt von der neuen Situation.«

Mir schnürte sich die Kehle zu. »W-was willst du damit sagen?«

»Seine Exekution ist für heute in einer Woche anberaumt. Einen Tag nach der Krönung.«

Einen Moment lang war ich wie betäubt. In mir schrie alles, egal, wie sehr ich versuchte, einen kühlen Kopf zu bewahren. *Das ist nicht das Ende. Der neue Machthaber weiß einfach noch nicht Bescheid, aber ich kann ihm alles erklären. Das lässt sich schon wieder geraderücken.*

»Es wurde bereits öffentlich bekannt gegeben und die Kunde von Boten in alle Provinzen Jerars getragen. Die anderen Königreiche sind ebenfalls informiert.«

»Wer ist es?« Wer auch immer es war, ich würde sofort bei demjenigen vorsprechen, und wenn Alex und Ella mich hintragen mussten.

»Priscilla.«

Mir blieb der Mund offen stehen. *Sie?* Von allen potenziellen Nachfolgern ausgerechnet sie?

»Aber sie ist Magierin!«

»Darren auch. Und sie hat ihre Robe bereits zugunsten der Krone abgelegt.«

Alex mied meinen Blick, als er den Faden aufnahm und an Ellas Stelle fortfuhr. »Die Berater haben jemanden gebraucht, mit dem die Rebellenanführer ebenso einverstanden sind wie der Adel. Sie war die beste Wahl.«

Priscilla entstammte dem wohlhabendsten und einflussreichsten Adelsgeschlecht weit und breit, weshalb Darrens Vater ja auch vor vielen Jahren ein Verlöbnis zwischen seinem Zweitgeborenen und Priscilla arrangiert hatte.

»Aber warum haben die Rebellen sie nicht abgelehnt, wo sie doch in der Kronarmee gedient hat?«

»Eine Woche vor Kriegsausbruch ist überraschend Baron Langli verstorben, sodass Priscilla nicht an den Kampfhandlungen beteiligt war.« Ellas Miene war bitter. »Sie wäscht ihre Hände in Unschuld und hat keinen einzigen Rebellen auf dem Gewissen. Wir haben sonst keinen geeigneten Kandidaten bis auf dich …«

Und dem würden sie niemals zustimmen. Ja, ich hatte für die Rebellen gekämpft, aber am Ende hatte ich ihre Pläne durchkreuzt, und außerdem war ich Darrens Frau.

Und da war sie wieder: meine alte Erzfeindin. Das Mädchen, das schon immer die Krone gewollt hatte, würde schließlich doch noch nach der Macht greifen.

Damit hatte ich im Leben nicht gerechnet.

»Ich muss mit ihr sprechen. Jetzt gleich.« Entschlossen reckte ich das Kinn vor. Wenn Priscilla erst einmal die ganze Wahrheit kannte, würde sie Darren begnadigen. Dafür würde ich sorgen.

»Glaubst du echt, sie hört auf dich?« Ella biss sich auf die Unterlippe. »Sie hasst dich, Ryiah. Vielleicht sollten wir –«

»Sie ist nicht so, wie wir gedacht haben.« Ich sah meine Freundin zuversichtlich an. »Vertrau mir, Priscilla wird mir Gehör schenken.«

Sie war kein durch und durch schlechter Mensch wie Blayne und in gewisser Weise bewunderte ich sie sogar.

»Wenn du meinst …«

Mit einem Nicken stemmte ich mich hoch und versuchte, mir nichts anmerken zu lassen, als der Schmerz wie mit Messern auf mich einstach.

Alex gab ein Knurren von sich. »Du bist noch nicht so weit.«

»Das ist mir egal.«

»Wir haben noch eine ganze Woche –«

»Alex.« Mit einem missbilligenden Blick schnitt Ella ihm das Wort ab. »Würdest du dich auch in aller Ruhe auskurieren, wenn es um mich ginge?«

Mein Bruder zog ein langes Gesicht. Mir war klar, dass er sich um mich sorgte, aber *dem* hatte er nichts entgegenzusetzen. Also machten wir uns auf den Weg.

Wir fanden Priscilla auf der höchsten Zinne, von wo aus man einen Blick über die ganze Festung und das Umland hatte.

Irgendwie wirkte sie verändert – vielleicht so, wie es ihre eigentliche Bestimmung war.

Sie hielt sich sehr aufrecht und sah schon jetzt ganz und gar wie eine Königin aus mit ihrem blutroten Spitzenkleid und der Hochsteckfrisur, aus der ein paar ebenholzfarbene Locken herausgezupft waren, die sich in ihrem Nacken kringelten.

Eine Königin, in deren Hand Darrens Schicksal lag.

Sie war mit Quinn und zwei Beratern, an die ich mich dunkel aus meiner Zeit im Palast erinnerte, ins Gespräch vertieft.

Als Alex sich räusperte, sahen sie zur Treppe, wo ich mich links und rechts von meinem Bruder und Ella gestützt die letzten Stufen hinaufschleppte.

Quinn gab bei dem Anblick einen erstickten Laut von sich. »Ryiah –«

»Wage es ja nicht!«, fauchte Alex und funkelte ihn drohend an. »Lass meine Schwester einfach in Ruhe, nach allem, was du ihr angetan hast, und geh mir aus den Augen.«

»Quinn untersteht immer noch *meinem* Befehl«, ging Priscilla dazwischen. »Es steht dir nicht zu, ihn herumzukommandieren.«

Alex murmelte erbost vor sich hin, und ich bohrte ihm die Fingernägel in die Arme, damit er sich am Riemen riss. Ich wollte, dass Priscilla mir zuhörte, und wusste nicht so recht, woran ich bei ihr war.

Die künftige Königin sah mir ins Gesicht. »Ich hatte keine Ahnung, dass du aufgewacht bist.«

»Bitte.« Meine Stimme klang gepresst. Es hatte mich unglaublich angestrengt, den Turm zu erklimmen, und ich stand gefährlich kurz vor dem Kollaps. »Gewährst du uns eine Audienz? Allein?«

Priscilla zögerte keine Sekunde. Offenbar war ich nach meinem neuesten Abstecher auf die Krankenstation in ihrem Ansehen gestiegen. »Quinn«, sagte sie, »Ihr, Fletcher und Claudius könnt wegtreten.«

Zum ersten Mal behandelte Priscilla mich auf diese Weise – fast schon respektvoll.

Der Magier und die beiden älteren Männer machten ein finsteres Gesicht, als sie an uns vorübergingen, doch ich hielt den Blick fest auf die Königin gerichtet. Es wäre mir auch schwergefallen, Quinn zu grüßen, nachdem er die Order gegeben hatte, mich bei lebendigem Leib zu begraben. Auch wenn mir bewusst war, dass er die Entscheidung zum Wohle Jerars getroffen hatte, hatte sie Darren und mich beinahe das Leben gekostet.

Ich wartete, bis die Männer gegangen waren. »Danke.«

»Keine Ursache.« Lächelnd winkte Priscilla ab. »Also, warum seid ihr drei hier? Vermutlich nicht, um mir zu meiner bevorstehenden Krönung zu gratulieren, oder?«

»Wohl kaum.«

Priscilla sah Ella mit hochgezogenen Augenbrauen an. »Wie ich sehe, hast *du* dich kein bisschen verändert.«

»Du hast meiner besten Freundin jahrelang das Leben schwer gemacht.«

»Sie stellte eine Bedrohung für mich dar. Sie versteht es. Stimmt doch, oder, Ryiah?«

Ich stieß Ella mit dem Ellbogen an, die schon Luft holte, um etwas zurückzufeuern. »Lass gut sein.«

Zähneknirschend verkniff sie sich einen bissigen Kommentar.

»Du wirst also Königin«, wandte ich mich wieder an Priscilla.

Sie reckte das Kinn vor. »Meine Krone wirst du nicht bekommen.«

»Will ich auch gar nicht. Aber ich möchte, dass du Darren begnadigst.«

Zehn Sekunden verstrichen und niemand sprach ein Wort. Ihr Gesichtsausdruck jedoch sprach Bände und wechselte von Ungläubigkeit zu kompletter Fassungslosigkeit.

»Du machst Witze.«

»Es ist nicht so, wie es aus–«

»Du standest auf Seiten der Rebellen«, rief sie. »Du weißt, was er und seine Familie auf dem Kerbholz haben. Quinn hat mir alles erzählt … Bei den Göttern, Darren hatte ein *Kopfgeld* auf dich ausgesetzt, Ryiah. Ich weiß ja, dass sich bei dir schon immer der Verstand ausgeschaltet hat, wenn es um diesen Kerl ging, aber ich hätte gedacht, dass du inzwischen zumindest ein bisschen zur Vernunft gekommen wärst … Immerhin hat er versucht, dich zu töten.«

»Nein!« Meine Stimme wurde laut und Priscilla verstummte, für einen kurzen Augenblick perplex. »Ich meine, *ja,* das meiste davon stimmt, aber das ist eben nicht die ganze Wahrheit.«

Und dann erzählte ich ihr *alles.*

Man musste der zukünftigen Königin zugutehalten, dass sie mich kein einziges Mal unterbrach. Ab und zu schalteten sich Alex und Ella ein, um etwas beizusteuern, was ich selbst nicht mitbekommen hatte, oder wenn ich zu sehr außer Atem geriet, denn es war eine lange und komplizierte Geschichte.

Als wir schließlich geendet hatten, sahen wir Priscilla erwartungsvoll an.

Sie war blass geworden. »Ich weiß nicht, was ich sagen soll … Es ist zu spät.«

Meine Finger gruben sich in Alex' und Ellas Arme. *»Was soll das heißen, ›zu spät‹?«*

»Meine oberste Priorität besteht darin, den Frieden wiederherzustellen.« Priscilla sah zum Himmel hinauf. »Ich habe Horrace mein Wort gegeben.«

»Ja, aber was ist mit Darren?«

»Ryiah, du verstehst mich nicht.«

»Ich habe alles für Jerar getan!« Die Wut schmeckte in meinem Mund wie Asche. »Zählt das *nichts*?«

»Doch.« Sie wand sich. »Aber das liegt nicht in meiner Hand.«

»Du wirst Königin!« Ella verdrehte die Augen. »Also mach uns nicht weis, das stünde nicht in deiner Macht.«

»Du entstammst doch selbst dem Adel, Ella, du solltest es wirklich besser wissen«, gab Priscilla zurück. »Die anderen Herrscher sind ausnehmend schlecht auf uns zu sprechen und würden am liebsten halb Jerar einen Kopf kürzer machen! *Niemand ist sonderlich erpicht darauf, einen neuen Vertrag mit einem Land abzuschließen, das einen bereits einmal aufs Übelste belogen und betrogen hat.* Den Rebellen ist Horrace natürlich wohlgesinnt, allen anderen jedoch weniger.«

»Er ist aber *nicht* unser König. Außerdem haben *wir ihm* geholfen. Ohne mich und die anderen läge sein Land jetzt in Trümmern!«

Priscilla erwiderte meinen Blick. »Du hast keine Ahnung, was es bedeutet, Verantwortung für ein ganzes Volk zu tragen, Ryiah. Der Friede für unser Land hat für mich absoluten Vorrang. Das Letzte, was wir jetzt brauchen, sind die gierigen Pythier, die mit Freuden an sich reißen würden, was noch von uns übrig ist, nun, da Caltoth und die Boreanischen Inseln uns den Rücken gekehrt haben.« Sie verschränkte die Arme vor der Brust. »Um eine Brücke zu schlagen und eine neue Allianz zu schmieden, müssen wir auf Horrace' Bedingungen eingehen, wie immer sie auch aussehen. Und er fordert einzig und allein das Leben des Königs, der Caltoth in einen Krieg verwickelt hat, was wohlgemerkt vergleichsweise bescheiden ist, wenn man bedenkt, dass er genauso gut verlangen könnte, eine komplette Armee und all jene zu massakrieren, die, ohne es zu ahnen, auf der falschen Seite gekämpft haben.«

»A-aber Darren war doch nur ein paar Wochen lang König!« Meine Stimme brach und das Sprechen tat mir weh.

»Bitte, Priscilla –«

»Ryiah.« Die künftige Königin legte mir die Hand auf die Schulter und ich zuckte zusammen. »Ich weiß, dass wir früher nicht gerade die besten Freunde waren.« Ihr Tonfall war ernst. »Man könnte sogar sagen, wir waren Feinde … aber trotzdem würde ich dir helfen, wenn ich könnte, das schwöre ich.«

»Dann tu was!« Alex machte einen Satz nach vorne und nahm mich halb mit. »Verbanne Darren ins Exil. Es muss doch nicht unbedingt eine Hinrichtung sein!«

Priscilla schüttelte den Kopf. »Glaubst du nicht, ich

hätte nicht schon darüber nachgedacht? Aber mir sind die Hände gebunden. In Darrens Adern fließt das Blut des alten Herrschergeschlechts, und damit stellt er, solange er lebt, eine Bedrohung für Caltoth dar – so sieht das zumindest König Horrace. Selbst wenn Darren mir meinen Herrschaftsanspruch nie streitig machen würde – und davon gehe ich, nach allem, was ihr mir erzählt habt, aus – so könnten doch seine Kinder und Kindeskinder zurückkommen und den Thron für sich beanspruchen. Das Leben eines Einzigen für das Wohl einer ganzen Nation ist ein akzeptabler Preis. Ich darf diese Allianz und damit die Sicherheit unseres Volks nicht gefährden, egal, wie sehr ich auch wünschte, es wäre anders.«

»So siehst du das also?« Ich zitterte so sehr, dass meine Zähne aufeinanderschlugen. *»Du verurteilst einfach einen Unschuldigen zum Tode? Ihr beide wart mal Freunde, du wolltest ihn sogar heiraten –«*

Sie hielt meinem Blick stand. »Darren ist nicht unschuldig, Ryiah. Kann ja sein, dass er seine Taten bereut, aber das macht sie nicht ungeschehen.«

»Das war doch alles nur wegen seines Bruders!« Mein Herz hämmerte mir wild gegen die Rippen. »Und das *weißt* du auch!«

Priscilla sah Alex und Ella an. »Sie wird ihn bestimmt besuchen wollen. Ihr könnt Ryiah jederzeit hinbringen, allerdings müssen die Wachen immer dabeibleiben.«

»Ich habe nicht mein Leben für ihn geopfert, damit er am Ende doch stirbt!«

»Es tut mir leid«, unterbrach Priscilla barsch mein Geschrei. »Aber mehr kann ich nicht tun.« Irgendwo hinter uns klirrte ein Kettenhemd, als ihre Leibwache vortrat. »Alex, Ella, bringt sie bitte weg. Meine Leute werden im Verlies Bescheid sagen, dass man euch erwartet.«

»Priscilla!«

»Solange sie keine Unruhe stiftet oder die Wächter angreift, kann Ryiah bis zu seiner Exekution dort sein, sooft sie möchte.«

»Wenn du das tust, bist du kein bisschen besser als Blayne!«

Schließlich sah sie mich an. »Doch, bin ich. Ihr habt mich nur leider in eine ausweglose Situation gebracht.«

»Aber … es ist *Darren.*« Tränen liefen mir übers Gesicht.

»Ich weiß, und das tut mir auch unheimlich leid, Ryiah. Ehrlich.«

Vor dem Kerker wurden wir bereits von zehn finster dreinblickenden Magiern erwartet, die auch allesamt auf unserer Mission in Caltoth mit dabei gewesen waren.

Sie wirkten alles andere als erfreut darüber, mich wiederzusehen.

»Durchsucht sie nach Waffen!«, brüllte einer. »Alle drei!«

Schwer auf meinen Bruder gestützt, starrte ich sie herausfordernd an. Ich trug kaum mehr als ein dünnes weißes Nachthemd am Leib, unter dem sich eine breite Bandage um meinen Brustkorb abzeichnete. Selbst wenn ich gewollt hätte, hätte ich keine Waffe tragen können, geschweige denn halten.

Die Augen starr auf den Mann vor ihm gerichtet, warf

Alex seine Schwertscheide zu Boden. Er hatte den Rebellen noch immer nicht verziehen, dass sie versucht hatten, seine Schwester bei lebendigem Leibe zu begraben.

Als Nächstes löste auch Ella ihren Waffengurt mitsamt dem Schwert und legte zwei verborgene Messer ab, die sie an den Knöcheln trug, sowie ein weiteres Paar, das sie an den Oberarmen befestigt hatte, um dann mit den Fingern zu wackeln. »Ein Jammer, dass ihr mir nicht auch noch meine Magie abnehmen könnt, Jungs.«

»Wenn ihr irgendwelche Anstalten macht, dann –«

»Kriegt euch wieder ein.« Sie verdrehte die Augen. »Das war ein Witz.«

Doch ihre Mienen waren wie versteinert.

Es überraschte mich nicht, dass Priscilla ausschließlich Rebellen mit der Aufgabe betraut hatte, den ehemaligen König zu bewachen, und ich fragte mich unwillkürlich, ob sie im Stillen wünschten, ich wäre tot. Eine gefallene Heldin wäre jedenfalls weitaus praktischer als eine Quertreiberin, die der Krone nur das Leben schwer machte.

Ian befand sich nicht unter den Wachleuten – vermutlich trauten die Rebellen ihm auch nicht so hundertprozentig über den Weg.

Kenan, ein älterer Mann mit kurz geschorenem Haar und schmalen Augen, räusperte sich. »Die Königin hat euch ja bereits gewarnt, was passiert, wenn ihr euch nicht entsprechend benehmt, und ich versichere euch, wir werden nicht zögern, ihre Anweisungen durchzusetzen.«

Alex holte schon Luft, um etwas zu erwidern, doch Ella verpasste ihm einen Tritt gegens Schienbein. »Sollen wir?«

Ich hielt die Augen fest auf die Tür gerichtet, als zwei der Magier einen schweren Eisenriegel zurückschoben und aufschlossen.

Drinnen konnte ich nichts erkennen.

Es war stockdunkel.

Meine Knie wollten nachgeben, als ich den Gestank erkannte: alter Urin und Blut.

Auf einmal fühlte ich mich zurückversetzt ins Verlies von Devon und mir entfuhr ein Wimmern.

Darren.

Ella und Alex warteten nicht, bis ihre Augen sich an die Dunkelheit gewöhnt hatten, sondern hievten mich über die Schwelle, und bis auf einen schlossen sich uns alle anderen Magier an.

Als eine der Wachen auf halbem Wege eine Fackel entfachte, sah ich ihn.

Von blauen Flecken und Wunden übersät lag Darren in einer großen Blutlache. Seine Haut war weiß wie Schnee und seine Haare dreckig und verklebt. Einen Arm hielt er merkwürdig abgewinkelt, und am Bein klaffte eine Wunde, aus der Blut und gelber Eiter austraten. Sein Wams hing in Fetzen, seine Hose war zerrissen und hatte Blutflecken und die Stiefel fehlten gänzlich.

Als wir eintraten, kniff er die Augen zu.

Erst als er sie wieder aufriss und die Wachen anfingen zu brüllen, merkte ich, dass ich schrie.

»Wer hat das getan?«

Niemand antwortete mir.

»Wer von euch ist dafür verantwortlich?« Ich bekam keine Luft mehr, das Blut rauschte in meinen Ohren und

ich sah nur noch rot. »Oder habt ihr alle zusammengeholfen? So eine Art Gemeinschaftswerk?«

»Er hat es nicht anders verdient. Eigentlich geht es ihm noch viel zu gut –«

In blinder Wut riss ich mich von Alex und Ella los und stürzte mich auf den selbstgefälligen Kerl. Ich erwischte ihn mit der Faust, wir gingen zusammen zu Boden, und schon im nächsten Moment legte ich ihm die Hände um die Kehle.

»Ryiah!« Alex und Ella versuchten, mich wegzuziehen, doch ich ließ nicht von ihm ab. Ich konnte nicht, so heiß loderte der Zorn in mir.

Die schmutzigen Fingernägel des Magiers bohrten sich in meine Handgelenke, bis es blutete, aber ich drückte nur noch fester zu. Ich wollte diesem Schwein wehtun, genauso wie er Darren.

Und dann traf mich seine Magie.

Mit einem dumpfen Schlag knallte ich gegen die Wand, und mein ganzer Körper schrie auf vor glühend heißem Schmerz, als in meiner Brust etwas knackte, und ich würgte und spuckte Blut. Instinktiv streckte ich die Hände vor.

Dafür würde er bezahlen. Für jede Wunde und jeden Schlag.

Doch nichts geschah.

Irgendetwas stimmte nicht. Ich nahm noch einen Anlauf – und spürte … *nichts.*

Normalerweise war sie immer da, brodelte direkt unter der Oberfläche, allzeit bereit zuzuschlagen … aber diesmal nicht.

Diesmal war keine Magie da.

Alex' Kopf schob sich in mein Blickfeld, und sein Mund ging hektisch auf und zu, während er mir mit den Fingern über den Kopf fuhr.

Ein grüner Lichtblitz zuckte, dann hörte alles auf, und ich war wie betäubt. Nicht einmal mehr meine Arme konnte ich spüren. Eine warme Woge der Erleichterung durchströmte mich, dann schlossen sich meine Augenlider wie von selbst und alles um mich herum wurde schwarz.

Als ich das nächste Mal erwachte, war ich wieder in derselben Kammer wie zuvor. Mit nach vorne auf die Brust gesacktem Kopf kauerte Alex auf einer Truhe neben meinem Bett und hielt im Schlaf noch immer mein Handgelenk umklammert.

Mein Kopf pochte, als hätte jemand versucht, mir den Schädel zu spalten, und ich schlotterte so heftig am ganzen Körper, dass ich am liebsten gleich wieder eingedöst wäre. Doch dann überfielen mich die Erinnerungen und mein Herz begann wie wild zu hämmern.

»Darren!«, stieß ich hervor und fuhr hoch, um sofort wieder mit einem lauten Stöhnen auf mein Lager zurückzusinken.

Alex schreckte hoch und augenblicklich tanzten grüne Funken über mein Handgelenk.

»Ryiah!« Seine Stimme war streng. »So was darfst du nicht noch mal machen.«

Womit er bestimmt nicht das Aufsetzen meinte.

Meine Hände bebten unter dem Pulsieren seiner Magie. »Darren war nicht nur ihr Gefangener, Alex, er war ihr … Prügelknabe. Er hat ausgesehen wie –«

»Ich weiß.« Sein Adamsapfel ging auf und ab. »Aber wenn du noch einmal so durchdrehst, lässt Priscilla dich nicht mehr zu ihm.« Er schüttelte den Kopf. »Du hast einen Wachmann angegriffen, Ry.«

»Ich habe die Beherrschung verloren, tut mir leid.«

»Ella hat stundenlang auf Priscilla eingeredet, damit sie dir eine zweite Chance gibt. Wenn du nicht im letzten Moment deine Magie im Zaum gehalten hättest –«

Ich schluckte, als mir wieder einfiel, was geschehen war, ehe er mich in Tiefschlaf versetzt hatte. »Das war kein Rückzieher, Alex.«

Er runzelte die Stirn. »Wie meinst du das?«

»Meine Magie … hat mich im Stich gelassen.«

»Aber du hast über zwei Wochen geruht.« Seine Augen waren weit aufgerissen. »Vielleicht hast du nicht mehr so viel Potenzial wie zuvor, aber du solltest schon in der Lage sein, *irgendwas* zu zaubern.«

Ich hob meine Hand von der Decke und konzentrierte mich mit all meinen Sinnen auf die Projektion dessen, was ich heraufbeschwören wollte: ein winziges Flämmchen, wie es selbst ein absoluter Neuling mit Leichtigkeit zustande brächte.

Nichts geschah.

Alex schwieg, den Blick konzentriert auf meine Handfläche gerichtet, während ich die Augen zusammenkniff und einen erneuten Anlauf unternahm. Eine Schweißperle lief mir über die Stirn, aber das war auch schon alles.

Nach ein paar Minuten ließ ich die Hand sinken. Mir

tat der Kopf weh, doch es war nicht der grelle Schmerz, den ich sonst immer spürte, wenn ich versuchte, etwas heraufzubeschwören, obwohl mein Potenzial erschöpft war.

Keine Schmerzen. Keine Magie.

Sie war weg.

»Glaubst du, das liegt daran, dass du dein letztes Gefecht geschlagen hast?«

»Schon möglich.« Ich wusste es nicht. Ich hatte einen Knoten im Magen. »Ist es Darren genauso ergangen?«

»In dem schlechten Zustand, in dem er sich momentan befindet, lässt sich das nicht sagen.« Alex senkte die Stimme zu einem Flüstern. »Wenn ja, Ry, weißt du, was das bedeutet?«

Ich verkrampfte die Finger im Schoß.

Alex rückte näher. »Als ihr beide euer letztes Gefecht geschlagen habt, habt ihr den Tod des jeweils anderen aufgehoben, also musstet ihr diesen machtvollen Zauber mit etwas anderem bezahlen.«

»*Mit unserer Magie.*« Ich wusste, dass es so war, sobald ich es laut ausgesprochen hatte. Nur deshalb waren wir noch am Leben. Und deshalb fühlte ich nichts, wenn ich versuchte zu zaubern. Noch nicht einmal Schmerzen.

»Es gibt keine Aufzeichnungen in den Schriften darüber. Man kann es also nicht mit Sicherheit sagen«, meinte Alex mit gerunzelter Stirn. »Vielleicht dauert es auch einfach nur länger, bis dein Potenzial sich erholt.«

»Es sind jetzt zwei Wochen. Und es ist absolut nichts da, sonst würde ich es spüren.«

Einen Moment lang sprach keiner ein Wort, weil wir beide nicht wussten, was wir sagen sollten, aber ich war sowieso ganz woanders mit meinen Gedanken, um den Verlust meiner Magie zu betrauern.

»Was sollen wir jetzt machen?«

»Die Rebellen werden Darren in Frieden lassen. Priscilla hat Ella zugestanden, dass ich wenigstens seine schlimmsten Verletzungen behandeln darf, solange er kooperiert und sich nicht gegen Horrace' Forderung auflehnt.«

»Das reicht mir aber nicht.«

»Du darfst ihn weiterhin besuchen.« Alex sah mich traurig an. »Jetzt gleich, wenn du möchtest. Und wir werden jeden Tag wieder bei Priscilla vorsprechen und um eine Begnadigung für ihn bitten. Mehr können wir nicht tun.«

Das reicht nicht.

ZWANZIG

Diesmal brüllte ich nicht herum, als wir den Kerker von Ferren's Keep betraten, sondern riss mich am Riemen.

Die Wachen waren noch immer da und ließen mich nicht aus den Augen, während ich so tat, als wären sie Luft. Der Einzige, dem ich einen flüchtigen Blick zuwarf, war der Magier, den ich angegangen hatte und der eine blutige Lippe davongetragen hatte. Eine Sekunde lang verspürte ich trotz all meiner Verzweiflung einen Hauch Genugtuung, doch es war gleich wieder wie weggeblasen, als ich vor Darrens Zelle stand.

Fluchtgefahr bestand keine, denn er lag in dicken, schweren Ketten.

Man schloss mir die Gittertür auf, und ich versuchte, nicht auf die wunden Stellen an seinen Handgelenken und Knöcheln zu starren, wo er sich bei jeder Bewegung die Haut aufscheuerte. In der gegenüberliegenden Ecke stand ein Bottich – leer. Nach meinem ersten Besuch musste Priscilla angeordnet haben, dass er geleert wurde, doch der Gestank raubte mir noch immer den Atem.

Mit halb geschlossenen Augen kauerte Darren zusammengesunken an den Gitterstäben und seine Brust hob und senkte sich mühsam. Als er sich minimal aufrichtete, sah ich das Blut, das durch seine zerfetzten Kleider sickerte, und tief in mir drin stieg ein Schrei auf.

Darren!

Ich kniete mich neben den gefallenen König und verhedderte mich mit den Füßen im Saum meines langen Krankenhemds. Alex und Ella zogen es für mich zurecht, aber ich achtete gar nicht darauf, sondern hatte nur Augen für den Jungen vor mir, der langsam in seiner Zelle dahinsiechte.

Zitternd legte ich meine Hand auf seine und versuchte, ruhig zu atmen, auch wenn sich mir das Herz zusammenkrampfte.

»Ry…iah.« Darrens Stimme war heiser – vermutlich hatte er sie schon lange nicht mehr benutzt – und das Sprechen fiel ihm schwer.

»Ich bin da.« Ich wollte nicht, dass er meine Tränen sah. Ich musste jetzt stark sein.

Ella legte mir beruhigend eine Hand auf den Rücken. »Alex ist auch hier, um dir zu helfen, Darren. Er wird deine Verletzungen behandeln.«

Mein Bruder kniete sich neben mich. »Was tut dir denn am meisten weh?«

Darrens Lippen waren weiß, als er die Worte hervorstieß. »Nicht … nötig.«

Alex sah mich an, und ich grub die Nägel in meinen Oberschenkel, bis es brannte. »Darren«, krächzte ich, »*bitte*.«

Einen Moment lang sagte er nichts. Dann sog er scharf die Luft ein und schloss die Augen. »Mein … Brustkorb.«

Mit ausgespreizten Fingern legte Alex seine rechte Hand auf Darrens Rippen und das Gesicht des Königs wurde aschfahl. Mir schnürte sich die Kehle zu. Was auch immer die Wachen mit ihm angestellt hatten, es war noch weitaus schlimmer, als wir gedacht hatten – weitaus schlimmer, als Darren sich hatte anmerken lassen.

»Ich tue mein Bestes«, murmelte Alex. »Aber Priscilla hat mir nur erlaubt, die allerschwersten Verletzungen zu versorgen. Wenn ich mehr mache –«

»Ver…stehe.« Darrens Gesicht verzerrte sich, als der erste grüne Funke unter seine Haut schlüpfte, doch er hielt sich wacker.

Ich merkte gar nicht, dass ich am ganzen Leib bebte, bis mir ein schwieliger Daumen übers Handgelenk streichelte und Darren mich mit seinen aufgesprungenen Lippen anlächelte.

»Du … lebst.«

Mein Herz geriet ins Stolpern. »D-du hast für mich dein letztes Gefecht geschlagen?«

Darren sah mir in die Augen und ich las darin wie in einem Buch. Sein Blick beantwortete mir all die Fragen, die ich mir in den letzten Minuten in der Eishöhle gestellt hatte, und sagte all die unausgesprochenen Dinge.

Meine Finger schlossen sich um sein Handgelenk. »Und ich meines für dich.«

Sein Lächeln erlosch. »Hättest nicht … sollen.«

»In einer Woche …« Meine Stimme brach, und ich merkte, wie er die Zähne zusammenbiss. Er wusste Bescheid. »I-ich werde das nicht zulassen … Priscilla wird die neue Königin. Ich werde sie irgendwie ü-überzeugen.«

Darren erwiderte nichts darauf, sondern starrte nur an die Wand.

»Du glaubst mir nicht.«

»Ich bin kein …« Seine Kiefer malmten, als er noch einen Anlauf unternahm. »Ich bin … kein Held … Liebes.«

Lass mich sterben. Ich konnte es in seinen Augen lesen.

Es versetzte mir einen Stich ins Herz, als würde sich ein Dolch ganz tief hineinbohren. Ich wollte gerade etwas erwidern, als Darren auf einmal meine Hand losließ und am ganzen Leib so heftig von krampfartigen Zuckungen geschüttelt wurde, dass die Gitterstäbe der Zelle schepperten.

Ella zog mich ein kleines Stück weg, damit Alex mehr Platz hatte. Die Heilung ging nicht immer ohne Schmerzen ab, manchmal wurde es sogar erst schlimmer, ehe dann Besserung eintrat.

Nur Zentimeter neben Darrens Fingern scharrten meine über den Steinboden. Ich wollte so dringend seine Hand halten, dass es richtiggehend wehtat.

Als mein Bruder einige Minuten später von ihm abließ, sackte Darren gegen die Wand. Nicht einmal den Kopf konnte er heben.

Ich beugte mich näher zu ihm, doch er hatte die Augen vor Schmerzen fest zusammengekniffen. »Darren?« So hatte ich ihn noch nie gesehen, nicht einmal in der Höhle.

»Er braucht jetzt Ruhe.« Alex nahm mich am Arm. »Und du auch. Ella soll dir droben einen Heiler besorgen.«

»Nein.« Ich schüttelte den Kopf. »Ich gehe hier nicht weg.«

»Ryiah –«

»Ich habe Nein gesagt, Alex!«

Er ließ seine Hand sinken und warf Ella einen Hilfe suchenden Blick zu. »Meinst du, du könntest vielleicht schauen, ob du einen zweiten Heiler auftreibst?«

Sie nickte.

Eine halbe Stunde später klopfte es an der Tür, und einer der Wachmänner sah nach, wer da war. Es folgte leises Gemurmel, dann trat die Wache zur Seite.

Ella hatte gleich *zwei* Leute mitgebracht: eine Frau im traditionellen roten Heilergewand und Ian, der ein Bündel auf dem Arm trug.

Als sein Blick auf Darren fiel, keuchte er erschrocken auf, und ich sah, dass seine Augen blutunterlaufen waren.

»Die ganze Zeit habe ich gedacht, er hätte …«, krächzte er, »… ich dachte, er hätte … aber er hat gar nicht?«

»Nein.« Mehr brachte ich nicht heraus.

»Als Ella mir alles erzählt hat, wusste ich, du würdest hierbleiben wollen, deshalb dachte ich …« Er drückte mir die Decken in die Hand.

Mir schnürte sich die Kehle zu.

»Danke, Ian«, flüsterte ich.

»Kein Ding.«

Er warf noch einen Blick auf Darren, dann wieder auf mich, und nickte mir mit dem Kinn kaum merklich zu.

Damit drehte er sich um und ging, ohne sich noch einmal umzusehen. Ich breitete die Decke über Darrens und meine Beine. Die zweite Heilerin kniete sich neben mich und kümmerte sich um meine Verletzungen, doch ich nahm es kaum wahr.

Erst als ich schon am Einschlafen war, streifte ich mit

den Fingern ein Stück Pergament, das tief zwischen den Falten meiner Decke verborgen war. Das Letzte, woran ich dachte, war Ians Nicken, dann schloss ich die Finger fest um den Zettel und glitt hinüber in einen unruhigen Schlummer.

Ich weiß, dass du irgendwas vorhast. Was immer es auch ist, du kannst auf mich zählen.
Ian

Wieder und wieder las ich die Worte. Es war mitten in der Nacht, und die Wachen waren nachlässig geworden und unterhielten sich lieber, statt uns Stunde um Stunde im Auge zu behalten. Unsere Waffen hatten sie uns abgenommen, und es gab nur einen einzigen Zugang zum Verlies, insofern konnten sie unbesorgt sein.

Irgendwas vorhast … kannst auf mich zählen.

Neben mir wälzte sich Darren unruhig hin und her. Ein paar Stunden nach Alex' Behandlung hatte er Fieber bekommen. Mein Bruder, der sich noch immer um ihn kümmerte, versicherte mir ein ums andere Mal, dass das Fieber ein gutes Zeichen war. Dass Darrens Körper die Infektion jetzt selbst bekämpfen konnte. Inzwischen machte er nicht viel mehr als ein gewöhnlicher Hofarzt und ließ das Fieber seinen Lauf nehmen.

Darrens Seite der Decke war völlig nass geschwitzt, weil er abwechselnd Schüttelfrost hatte und hoch fieberte und dann seine Temperatur wieder sank. Mehrmals schrie er im Schlaf auf, was mir jedes Mal einen Dolchstoß ins Herz versetzte.

Nur dass ich ihn diesmal vor nichts bewahren konnte.

Ohne Magie.

Ich krampfte die Finger in die Decke. Noch nie im Leben hatte ich mich dermaßen hilflos gefühlt. Zittrig holte ich Luft, während ich im Stillen wieder einmal Ians Zeilen wiederholte.

Irgendwas vorhast … kannst auf mich zählen.

War es ein Test? Wollten Priscilla und die Rebellen mich auf die Probe stellen? Oder wollte mir Ian wirklich helfen? War das überhaupt noch wichtig?

Mir schlug das Herz bis zum Hals.

Ich wusste, was ich zu tun hatte.

Sieben Stunden später war ich so weit. Es fiel mir entsetzlich schwer, Darren allein zu lassen, aber es ging nicht anders. Einen Plan zu schmieden und Komplizen zu suchen, dazu bedurfte es mehr, als die halbe Nacht zu grübeln, während er schlief.

Schweigend brachten Alex und Ella mich zurück in meine Kammer. Ich wusste, dass sie sich Sorgen um mich machten, weil ich mich geweigert hatte, etwas zu mir zu nehmen, doch es gab Wichtigeres.

Was ich ihnen gleich sagen würde, durfte nicht den falschen Leuten zu Ohren kommen. Aber zuerst …

»Alex«, bat ich meinen Zwillingsbruder, sobald er die Tür hinter uns geschlossen hatte, »kannst du Ian holen?«

»Ich wusste es«, murmelte er. »Du heckst irgendwas aus, oder?«

»Bitte.«

»Traust du ihm?«

Mir blieb keine andere Wahl. Ich musste nach jedem Strohhalm greifen, denn es würde ohnehin einem Wunder gleichkommen, wenn mein Plan aufgehen sollte. Und Ian hatte aufrichtig bedauert, was geschehen war, und sich außerdem schon einmal für mich gegen die Rebellen gestellt. Das musste mir als Beweis genügen. »Ja.«

Zwanzig Minuten später kehrte mein Bruder mit ihm im Schlepptau zurück.

»Du hast mein Briefchen bekommen?«

Ich spürte einen Knoten im Magen, der einfach nicht weggehen wollte, und nickte stumm.

Ian lehnte sich neben Alex an die Tür. Mit einer knappen Handbewegung beschwor er eine Art Schutzwall gegen unerwünschte Zuhörer herauf, für den Fall, dass uns da draußen auf der anderen Seite jemand belauschte.

»Ich wollte euch etwas fragen ...« Meine Finger verknoteten sich in meinem Schoß. »Auch wenn ich eigentlich kein Recht dazu habe, denn es wäre Verrat, und ich kann nicht versprechen, dass wir nicht erwischt werden.«

Keiner sagte etwas.

»Ich will Darren zur Flucht verhelfen. Ihn aus Jerar rausholen und mit ihm zusammen weggehen.« Ich sah ihnen nacheinander in die Augen. »Wenn ihr lieber nicht mitmachen wollt, verstehe ich das. Für diesen Fall bitte ich euch nur darum, mich nicht zu verraten, damit ich wenigstens die Chance habe, es allein durchzuziehen.«

»Hast du dir das auch wirklich gut überlegt – ins Exil zu gehen und den Rest deines Lebens auf der Flucht zu sein?« Alex war sichtlich bemüht, eine neutrale Miene zu wahren, versagte jedoch kläglich. »Priscilla und Horrace werden euch ganze Horden von Soldaten und Spähern auf den Hals hetzen. Und wenn man euch schnappt ...« Er ballte die Hände zu Fäusten. »I-ich habe schon einmal gedacht, ich hätte dich verloren, Ry. Und nach der Sache mit Derrick ...«

Der Kloß in meinem Hals wurde noch dicker und ich biss mir kräftig auf die Innenseite meiner Wange. Mir war bewusst, dass es egoistisch war – schließlich war ich selbst fast an Derricks Tod zerbrochen. Wie konnte ich also Alex diese Todesangst um mich gleich zweimal zumuten?

Und dennoch musste ich es tun – für Darren.

»Aber was ist mit Jerar?«, fragte Ella leise. »Was geschieht, wenn König Horrace herausfindet, dass Darren entkommen ist? Kann ja sein, dass es Kaiser Liang und König Joren nicht so wichtig ist, aber Horrace schon. Der Friedensvertrag wäre hinfällig.«

Ich stieß die Luft aus. Sie hatte ja recht. Natürlich wollte ich nicht, dass Caltoth sich von einem möglichen Bündnis mit Jerar zurückzog ... Andererseits hatte Horrace jahrzehntelang für den Frieden eingestanden, und vielleicht würde das auch so bleiben und es hätte gar keine so gravierenden Konsequenzen, ob Darren nun tatsächlich hingerichtet wurde oder nicht.

»Horrace wird bei der Exekution zugegen sein.« Ian räusperte sich. »Planst du den Fluchtversuch dann?«

»Eine andere Möglichkeit sehe ich nicht.«

Ella wurde blass. »Aber dann weiß Horrace doch definitiv, dass Darren am Leben ist, Ry. Und dass Jerar seiner Forderung nicht nachgekommen ist.«

Ian wiegte den Kopf hin und her. »Ich könnte es mir

auch genau andersrum vorstellen: nämlich dass Horrace den Friedensvertrag trotzdem unterschreibt, wenn er sieht, dass Priscilla alles tut, um das Todesurteil zu vollstrecken.« Er sah mir fest in die Augen. »Als Repräsentant der Rebellen hat sich mein Vater in den vergangenen Jahren öfter mit ihm getroffen. Mit Horrace kann man vernünftig reden. Zudem stehen die Caltothen in unserer Schuld, weil wir Rebellen im Grunde ihre Schlacht geschlagen haben. Was nicht heißen soll, dass er nicht furchtbar erzürnt sein wird.«

Alex lachte trocken. »Schon möglich, dass Horrace den Vertrag so oder so unterzeichnet, ich habe eher die Sorge, dass er nicht eher ruhen wird, bis er die beiden ausfindig gemacht hat.«

»Das lass mal mein Problem sein«, meinte ich.

»Aber ihr habt keine Magie mehr!«, brauste Alex auf. »Wenn Horrace euch seine besten Magier auf den Hals hetzt, könnt ihr euch nicht mal zur Wehr setzen!«

»Wir können sehr wohl kämpfen.« Meine Augen blitzten. »Darren und ich haben an der Akademie schließlich nicht nur zaubern gelernt, Alex.«

Mein Bruder verschränkte die Arme, während Ian mit offenem Mund zwischen uns beiden hin und her sah. *»Warum sollten sie sich nicht verteidigen können?«*

»Ich habe meine Magie verloren, und wir gehen davon aus, dass es Darren genauso geht ... In Anwesenheit der Wachen wollte ich ihn nicht danach fragen.«

»Nur dadurch konnten sie beide überleben.« Ella rutschte unbehaglich auf der Bettkante hin und her. »Es war nicht nur eine glückliche Fügung, Ian. Sie haben ihr letztes Gefecht geschlagen, und weil sie sich dadurch gegenseitig das Leben gerettet haben, hat der Zauber eben einen anderen Preis gefordert und ihnen stattdessen ihre Magie genommen.«

Ian sah mich mit zusammengekniffenen Augen an. »Weiß sonst noch jemand davon?«

»Nein«, erwiderte ich bestimmt. »Und das soll auch so bleiben. Wir müssen jeden noch so winzigen Vorteil nutzen.«

Ian nickte langsam. »Was genau schlägst du also vor? Da kommen mit Sicherheit Tausende Schaulustige und es wird ein riesiges Aufgebot an Wachen geben.«

»Keine Ahnung, aber das ist unsere einzige Chance, Darren freizubekommen. Wenn wir es jetzt versuchen würden, müssten wir uns den Weg durch die komplette Festung bahnen, in der es vor Soldaten nur so wimmelt.« Ich schluckte. »Außerdem ist es meiner Meinung nach auch von Vorteil, wenn die anderen Könige es mit eigenen Augen sehen, damit sie wissen, dass die Krone keine Schuld daran trägt und Priscilla ihr Bestes getan hat, um Horrace' Bedingungen zu erfüllen.«

Ian begann zu lächeln. »In Ordnung, es geht also um nichts Geringeres als darum, in nur fünf Tagen die riskanteste Befreiungsaktion in der Geschichte Jerars zu planen? Warum überrascht es mich nicht, dass ihr drei da eure Finger im Spiel habt?«

»Wie gesagt, ich könnte es verstehen, wenn ihr lieber nicht mitmachen wollt.«

»Ryiah.« Ella verschränkte ihre Finger mit meinen. »So was darfst du nicht mal denken.«

»Es ist egoistisch.« Ich senkte den Blick und sah hinunter auf unsere Hände. »Vielleicht bringe ich unser Land dadurch in eine bedrohliche Lage.«

»Wir werden schon dafür sorgen, dass das nicht passiert.«

Ich klammerte mich verzweifelt an dieses Versprechen.

Ian räusperte sich. »Auf mich kannst du jedenfalls zählen. Darren hat sich einiges zuschulden kommen lassen, aber eine Hinrichtung hat er nicht verdient.«

»Alex?« Ich sah meinen Bruder an.

Er zog den Kopf ein. »Ich kann nur beten, dass die Götter uns beistehen.«

In den darauffolgenden Tagen war ich nur ein Schatten meiner selbst. Die ersten beiden war ich rastlos und konnte kaum einen klaren Gedanken fassen. Ich verbrachte meine Zeit bei Darren im Verlies und ließ die anderen machen, doch als der dritte Tag sich dem Ende entgegenneigte, war ich es leid, auf einen Geistesblitz zu warten. Uns blieben nur noch drei Tage, um etwas auf die Beine zu stellen, und einer davon war auch noch mit den Feierlichkeiten anlässlich der Thronbesteigung blockiert, die fast den kompletten sechsten Tag in Anspruch nehmen würden.

Jetzt, da unser Plan in – sehr – groben Zügen stand, war es Ians und Ellas Aufgabe, die benötigten Informationen zu beschaffen. Da es zu riskant war, ein erneutes Treffen anzuberaumen, gab Alex sie dann an mich weiter und diente auch als mein Sprachrohr, während ich weiterhin die Verzweifelte mimte.

Natürlich behielten die Rebellen mich im Auge, doch

solange ich nichts unternahm, hatten sie keine Handhabe gegen mich.

Am fünften Morgen war uns das Glück hold. Bis dahin hatten wir kaum Genaueres über den Ablauf der Hinrichtung in Erfahrung gebracht, aber nun hatten die Soldaten angefangen, einen Galgen zu errichten, und Ian war mit eingeteilt, seinen Bau zu beaufsichtigen.

Der König sollte also gehängt werden.

Einen Augenblick lang verschlug es mir die Sprache. Mein Gehirn war auf einmal wie leer gefegt, und alles, was ich wahrnahm, war das wilde Wummern meines Pulses.

Was hast du denn gedacht, wie sie einen König töten? Ein Gnadenzauber, oder was? Die Leute erwarten ein Spektakel. Du solltest den Göttern danken, dass es nicht die Guillotine ist.

Mit einem Strick lässt sich arbeiten. Das macht es leichter, ihn zu retten.

Und das willst du doch, oder?

Ja!

Dann reiß dich gefälligst zusammen und konzentriere dich auf die Fragen, die wirklich wichtig sind. Dir bleiben nur noch zwei Tage.

Ich wandte mich an meinen Bruder und mein Atem ging flach und schnell. »Was hat Ian noch gesagt?«

»Er meinte, er wolle sich ein Bild von der Zahl und Einteilung der Wachen machen. Angeblich arbeitet einer der Männer eine Liste für Quinn aus. Heute Nacht wird Ian versuchen, sich Zugang dazu zu verschaffen und einen Blick darauf zu werfen.«

»Und wenn es ihm nicht gelingt?«

»Dann zieht er weiterhin den anderen unauffällig Informationen aus der Nase. Die Wachen werden bald informiert, wer wo eingesetzt wird, und sobald wir wissen, wie alles ablaufen soll, können wir uns die passenden Waffen für den Tag beschaffen.«

Ich nickte mit rasendem Herzen. »Gibt es sonst noch was Neues?«

»Während du weg warst, kam eine weitere Vorladung. Priscilla hat vor dem Abendessen in Nyx' ehemaligen Räumlichkeiten eine Versammlung einberufen. Der Bote hat ausdrücklich betont, dass es sich nicht um eine Bitte, sondern einen Befehl handelt.«

»Wie soll ich ihr nur ins Gesicht sehen?«

Alex legte mir eine Hand auf die Schulter. »Das schaffst du schon. Keiner wird etwas ahnen.«

Stunden später wurde ich auf die Probe gestellt.

»Du bist zu spät«, begrüßte Quinn mich mit finsterer Miene, als ich die Kammer betrat.

Nyx' altes Besprechungszimmer sah noch genauso aus wie zu ihren Lebzeiten – kahl bis auf den dicken Läufer und den Besprechungstisch auf der linken Seite.

Alle anderen waren schon da.

An dem langen, grob zusammengezimmerten Tisch nahm ich meinen Platz ein. Priscilla thronte bereits zwischen Marius und Kommandant Audric. Weiter unten saßen Quinn und mehrere ehemalige Rebellenanführer. Außerdem war Merrick zugegen, Priscillas Vetter und bis vor Kurzem der Magier, der mir am meisten verhasst war.

Am Ende der Tafel kratzte ein Schreiber mit seinem Federkiel eifrig übers Papier.

»Ryiah.« Mit einem Lächeln sah Priscilla zu mir hoch und einen Moment lang erstarrte ich. Bei unserem letzten Zusammentreffen war sie schon nett zu mir gewesen, und dennoch brachte es mich aus dem Konzept, wo ich doch von ihr früher nur Spott und Häme gewohnt war.

Wo war das Mädchen von der Akademie geblieben?

»Ich habe dieses Treffen einberufen, um einige anstehende Änderungen auf höchster Ebene zu besprechen, die ich bei der Krönungszeremonie offiziell bekannt geben möchte.«

Ohne eine Reaktion unsererseits abzuwarten, sprach sie weiter, aber sie würde ja auch in Kürze Königin sein. »Um Horrace unseren guten Willen zu demonstrieren, werde ich einige Schlüsselpositionen in meinem Führungsstab neu besetzen.«

Ihr Blick ruhte auf dem mürrisch dreinblickenden Kommandanten zu ihrer Rechten. »Audric, beim Einmarsch in Caltoth wart Ihr Oberbefehlshaber der Kronarmee. Niemand in diesem Raum – und ganz bestimmt nicht ich – macht Euch zum Vorwurf, dass Ihr die Befehle Eures Königs ausgeführt habt, aber das ändert leider nichts daran, dass Ihr in diesem Krieg eine bedeutende Rolle gespielt habt, und deshalb führt kein Weg daran vorbei, dass Ihr Euer Amt niederlegt.«

Der Mann ballte die Hände zu Fäusten. »Jahrzehntelang habe ich der Krone loyal gedient.«

»Und ich werde Euch angemessen dafür entlohnen.«

Priscilla nickte dem Schreiber zu. »Ihr sollt den Titel und die Ländereien meines Vaters erhalten.«

»Was?« Merrick sprang auf. »Aber das steht *mir* zu!«

Priscilla schenkte ihrem Vetter ein Lächeln. »Du wirst enterbt und dein Titel wird dir aberkannt.«

»Das kannst du nicht machen!« Das Gesicht des Jungen lief puterrot an. »Ich bin dein eigen Fleisch und Blut!«

»Und ich die Königin.« Sie wandte sich an eine Wache an der Tür. »Bringt ihn fort.«

Fluchend und um sich tretend wurde der Magier abgeführt, und mir huschte eine Sekunde lang ein klitzekleines Lächeln übers Gesicht, während Priscilla sich erneut an Audric wandte. »Zudem ernenne ich Euch zum Kommandanten des Regiments von Port Langli. Es ist nicht die Kronarmee, ich weiß, aber mehr kann ich nicht für Euch tun.«

Audric sagte nichts. Die junge künftige Königin hatte gerade unumwunden zugegeben, dass er eigentlich etwas Besseres verdient hatte. Solche Worte hatte man nie zuvor von der Krone vernommen – ein beispielloser wie auch unerhörter Vorgang.

Schließlich räusperte sich Audric. »Ich akzeptiere. Aber mit der Hinrichtung will ich nichts zu tun haben.« Erst jetzt fielen mir die Schatten unter seinen Augen auf. »Darren … war wie ein Sohn für mich.«

»Gewiss. Ich werde Euch jeglicher Verpflichtungen in dieser Richtung entbinden.« Priscillas Blick fiel auf den ehemaligen Schwarzen Magier. »Marius, ich würde mich freuen, Euch in meinem Beraterstab begrüßen zu dürfen. Ihr habt Jerar große Dienste erwiesen, und Horrace wird

Eure neue Funktion nicht anfechten, da Ihr noch immer in der Wüste wart, als die Kronarmee Caltoth attackiert hat.«

Der Magier nickte und der goldene Ring an seiner Kette funkelte im flackernden Lichterschein. Eine Sekunde lang huschten seine Augen zu mir, und ich sah die stumme Niederlage darin, die stumme Resignation. Jemand musste ihm berichtet haben, welche Rolle seine Schwester bei dem Ganzen gespielt hatte – und welche wiederum ich bei ihrem Tod. Es lag kein Hass in seinem Blick, doch er wirkte gealtert. Die letzten Wochen hatten ihm schwer zugesetzt.

Ich versuchte, die Schuldgefühle zu unterdrücken, die mich bei seinem Anblick überkamen. Der Krieg hatte uns allen übel mitgespielt.

»Quinn, Ihr seid mit sofortiger Wirkung der oberste Magier des königlichen Regiments. Ich brauche jemanden, dem ich hundertprozentig vertrauen kann, aber noch mehr brauche ich einen Mann aus dem Volk als Leibwächter, den die Leute respektieren.«

»Ray, Klaus, Jeremiah, Tianna, Cade, Baxter, Silas und Ailith, Euch werden Schlüsselpositionen in den wichtigsten Regimentern der Kronarmee übertragen. Die ehemalige Führungsriege wird ihres Amtes enthoben und in die Stadtregimenter versetzt. Und zu guter Letzt …«, Priscilla wandte sich an mich, »… wünsche ich, dass du meine Schwarze Magierin wirst, Ryiah.«

Ich starrte sie fassungslos an. *Glaubt sie wirklich, dass ich das will? Jetzt, nach allem, was geschehen ist?*

»Du bist die Beste. Und du hast bis zum Ende auf der Seite der Rebellen gekämpft.«

Sie fragte mich allen Ernstes, ob ich Darrens Platz einnehmen wollte.

»Eine gute Königin würdest du nicht abgeben.« Priscilla hatte wenigstens so viel Anstand, kurz den Blick zu senken. »Es muss jemand auf den Thron, der die Intrigen am Hofe kennt und durchschaut, ganz besonders in diesen unsicheren Zeiten, in denen wir uns momentan befinden. Aber ich wäre bereit, dir ein Herzogtum zu übertragen und den höchsten adligen Rang direkt nach mir.«

Ich wartete, bis sie geendet hatte. Sie tat, was sie konnte, doch es war nicht das, was ich wirklich wollte, und das wusste sie auch.

»Ich nehme dein Angebot nicht an.«

Im Zimmer wurde es still.

»Ich gebe dir alles, was in meiner Macht steht«, meinte sie barsch.

»Ich bin nicht käuflich. Irgendwelche klangvollen Titel interessieren mich nicht«, stieß ich mit zusammengebissenen Zähnen hervor. »Wenn du meine Treue willst, dann widerrufe stattdessen Darrens Todesurteil.«

Alle Augen waren auf mich gerichtet. Ich hatte gerade die zukünftige Königin vor den Kopf gestoßen und auch die Robe zurückgewiesen, die ich mir doch immer so sehr gewünscht hatte.

Schon merkwürdig, dass man erst alles verlieren musste, um zu verstehen, was wirklich zählte.

»Du weißt, dass das nicht geht.«

Ich schnaubte. »Ihr zieht Darren doch nur zur Rechenschaft, weil ihr einen Sündenbock braucht.«

»Er war der König und der Schwarze Magier.« Priscillas

Tonfall war jetzt deutlich schärfer. »Und ob dir das passt oder nicht, er wird für seine Taten geradestehen. Wer die Königskrone trägt, muss auch die Konsequenzen seines Handelns tragen, das gehört nun mal dazu.«

»Und wie sieht es mit dir aus?« Ich schlug mit der Faust auf den Tisch. *Führ dich ruhig auf.* Priscilla erwartete ohnehin, dass ich Darrens Exekution nicht einfach klaglos hinnahm. »Du richtest den Mann hin, den du ursprünglich mal heiraten wolltest? Jemanden, den du bewundert und als deinen Freund bezeichnet hast?«

»Ich tue, was ich tun muss, Ryiah. Für Jerar.« Sie funkelte mich an. »Du wolltest schon immer mit dem Kopf durch die Wand. Mir ist klar, dass du das nicht verstehen kannst.«

»Oh, ich verstehe das ganz hervorragend.« Ich sprang so abrupt auf, dass mein Stuhl polternd umkippte.

»Ich bin noch nicht fertig –«

»Willst du einen Rat von mir?« An der Tür drehte ich mich noch einmal um. »Schaff die Kandidatur ab und auch die Einteilung in die verschiedenen Zweige an der Akademie. Erlaube den jungen Leuten, auf den Beruf und die Art von Magie hinzuarbeiten, die sie wollen. Wen wundert es, dass Darren sich für den Krieg entschieden hat, wenn wir unser ganzes Leben lang nichts anderes getan haben als kämpfen?«

Als ich schließlich die Tür hinter mir zuknallte und auf dem Gang stand, erwartete ich fast, dass sie mir ihre Wachleute auf den Hals hetzen würde. Doch nichts dergleichen geschah. Zum zweiten Mal schon hatte ich der künftigen Königin nicht den angemessenen Respekt entgegengebracht und sie hatte großzügig darüber hinweggesehen.

Sie ist nicht so wie Lucius oder Blayne. Sie wird ihre Sache gut machen.

Ich wollte einfach nur, dass sie ihn begnadigte.

Nicht jede Geschichte geht gut aus.

Stimmt, aber die von Darren schon. Dafür würde ich sorgen.

Nach dem Abendessen begab ich mich über schier endlose Wendeltreppen und durch lange, nasskalte Gänge direkt zum Kerker, wo mich die zwei diensthabenden Wachen mit einem genervten Seufzen einließen.

Darren kauerte an der Hinterwand seiner Zelle, den Kopf an den Stein gelehnt, neben ihm stand ein Holzfass mit Wasser zum Waschen und zu seinen Füßen lag ein Stapel zerknüllter Decken.

Als ich eintrat, öffnete er die Augen. »Du hättest nicht kommen sollen.«

»Ich habe dir doch gesagt, dass ich komme.«

»Ich hatte gehofft, du hättest dich eines Besseren besonnen.« Seine Stimme war ausdruckslos.

Darren wollte nicht, dass ich bei ihm war. Das hatte er mir schon an dem Tag unmissverständlich klargemacht, als das Fieber endlich heruntergegangen war.

Jetzt saß an seiner Stelle nur ein unterkühlter Fremder vor mir.

»Das kannst du hoffen, solange du willst.« Ich wartete, bis ein Wachmann die Zelle aufschloss. »Aber das wird mich nicht davon abhalten.«

Darren gab mir keine Antwort, sondern schloss nur die Augen und atmete aus.

Ich nutzte den Moment, um ihn eingehend zu betrachten. Inzwischen kannte ich jede Wunde und jeden Bluterguss an seinen Armen in- und auswendig. Ich konnte seine Rippen sehen und die ausgemergelten Gesichtszüge, sogar sein markantes Kinn, obwohl er den Kopf gesenkt hielt.

Mein Bruder hatte nicht sonderlich viel ausrichten können, denn nachdem er sich um die Stichwunde an Darrens Brust gekümmert hatte, hatten die Wachen ihn weggeschickt.

»Ich weiß, warum du hier bist.«

Seine raue Stimme tat mir im Herzen weh. »Du weißt überhaupt nichts.«

Er öffnete die Augen und lächelte und diesmal stand doch Trauer darin. »Du willst mich retten … aber das kannst du nicht.«

»Kann ich wohl.«

»Liebes.« Seine Worte waren resigniert, düster, kalt. »Ich will aber nicht gerettet werden.«

Mir war klar, was in ihm vorging. Ich konnte es in seinen Augen lesen, doch das war nicht allein seine Entscheidung.

Nach allem, was wir durchgemacht hatten, durfte Darren nicht aufgeben. Ich würde nicht zulassen, dass die Finsternis siegte.

In den Wochen nach Derricks Tod hatte er um mich gekämpft und mich ins Leben zurückgeholt, und jetzt war es an mir, um ihn zu kämpfen.

»Priscilla wird ihre Meinung schon noch ändern.«

Darren schüttelte den Kopf. »Nein. Und *ich* würde das auch nicht.« Sein Tonfall war nicht verbittert, eher ruhig. »Eine Königin hat … dringlichere Belange als das Leben eines Verräters. Und falls du es vergessen haben solltest …« Sein Lachen klang heiser. »Sie hasst uns.«

»Darren.« Es brachte mich fast um den Verstand, mein Geheimnis für mich zu behalten. Warum konnten die Wachen nicht einfach abhauen? Ich musste ihn einweihen, denn ich hatte Angst, was passieren könnte, wenn ich nicht da war.

»Ryiah.« Der gefallene König hob den Kopf, um mir in die Augen zu sehen, und seine Kiefergelenke arbeiteten. »Lass mich los.«

Ich fiel vor ihm auf die Knie. »Das willst du in Wirklichkeit doch gar nicht!«

Darren ging nicht darauf ein, sondern redete einfach weiter. »Du kannst … glücklich werden. Dein Leben liegt noch vor dir.«

Da irrte er sich. Ich grub die Nägel in meine Handflächen, um nicht sinnlos herumzubrüllen. Er durfte nicht einfach aufgeben, das würde ich nicht zulassen.

»Ich bin nicht der Einzige.« Darren lächelte, doch seine Augen waren leer, wie erloschen. »Ich weiß, dass du denkst, das hier wäre das Ende, Ryiah … aber das stimmt nicht. Ich bin es nicht wert. Wirf nicht …« Er ballte die Hände zu Fäusten und ich hörte ihn scharf ausatmen. »Wirf nicht dein Leben weg für ein Monstrum wie mich.«

Tränen raubten mir die Sicht und mein Herz raste wie verrückt. »Darren, das bist du nicht!«

»Bitte.« Seine Stimme brach und es zerriss mir das Herz. »Bitte«, flüsterte er noch einmal, »geh einfach.«

Ich wollte nicht weg.

Doch seit er aus dem Delirium aufgewacht war …

Was blieb mir für eine Wahl?

Der ehemalige König von Jerar, der Schwarze Magier, der arroganteste, souveränste, stolzeste Mann, den ich kannte, hatte aufgegeben.

Er wollte sterben. Und schlimmer noch: Er glaubte, er hätte es nicht anders verdient.

Der Zweitgeborene setzte sich nicht länger zur Wehr.

Ich rappelte mich vom Boden hoch und blinzelte die Tränen weg, die mir in den Augen brannten. »Morgen komme ich wieder.«

»Bitte nicht.«

Mir wurde so eng im Hals, dass ich kaum noch Luft bekam. Der Wachmann zog mit Schwung die Gittertür auf, und ich ging, ohne mich umzusehen.

Ich konnte das nicht. Ich musste jetzt für uns beide stark sein.

Mit wackeligen Knien verließ ich den Kerker.

Darren hatte vielleicht aufgegeben, aber ich nicht.

EINUNDZWANZIG

Der letzte Tag vor der Hinrichtung kam und ging. Priscilla wurde zur Königin von Jerar gekrönt, und alle wichtigen Herrscher des Westlichen Reichs – König Horrace, König Joren und Kaiser Liang – waren mitsamt ihrem Gefolge erschienen, um der Zeremonie mit gestrengem Blick beizuwohnen.

Ich für meinen Teil gab mein Bestes, um nicht laut zu schreien.

Nach der Krönung machte Cassius Anstalten, auf mich zuzukommen, doch als er meinen Gesichtsausdruck sah, überlegte er es sich anders. Ich hatte keine Lust mehr auf diese Leute, auf ihre Intrigen und Pakte, die sie hinter verschlossenen Türen schmiedeten. Und insbesondere Pythus stand nicht gerade weit oben auf meiner Freundesliste. Was hatte uns unsere Allianz gebracht? Frieden jedenfalls ganz bestimmt nicht, und außerdem hatte ich heute kein Königreich für ihn im Angebot.

Priscilla war die richtige Besetzung für den Thron. Das sah man schon allein daran, wie souverän sie sich unter all den hochrangigen Persönlichkeiten im Raum bewegte.

Während Darren und ich unser Leben für den Kriegsfall trainiert hatten, war die schwarzhaarige Schönheit von ihrem Vater darauf vorbereitet worden, an der Seite eines Prinzen dem Reich zu dienen. Sie war klug und raffiniert und kannte den Hof wie ihre Westentasche.

Es lag zwar nicht in ihrer Macht, den Jungen zu retten, den ich liebte, doch es würde ihr mit Sicherheit gelingen, die Caltothen nach unserer Flucht zu beschwichtigen.

Die Ankündigung, dass Jerar sein Heer verkleinern und das Studium der Magie nicht mehr nur den Besten der Besten vorbehalten sein würde, wurde mit einer Mischung aus Besorgnis und Respekt aufgenommen. Mithilfe ihres obersten Beraters Marius hatte Priscilla eine Abkehr von den drei streng getrennten magischen Ausbildungszweigen und von der Kandidatur in ihrer jetzigen Form beschlossen. Man konnte nun frei seine Magie entfalten und musste sich an der Akademie nicht länger auf eine Richtung beschränken. Nicht zuletzt dadurch lag der Fokus künftig nicht mehr in erster Linie auf dem Kämpfen.

Ich hatte nicht damit gerechnet, dass Priscilla meine Ideen aufgreifen würde, aber wie es aussah, gab sie viel auf meine Meinung.

Jerar würde ein ganz neues Land werden – eines, das ich niemals kennenlernen würde.

Hättest du dir jemals träumen lassen, dass dieses verabscheuungswürdige Mädchen von der Akademie eine passable, ja sogar respektable Königin abgeben könnte? Dass der Junge, den du schon damals geliebt hast, sein eigenes Land an den Abgrund führen könnte? Dass du gemeinsam mit deinen Freunden Verrat gegen die Krone begehen würdest?

Niemals. Und wenn ich es geahnt hätte …

Zum zweiten Mal an diesem Tag stand ich vor der Tür zum Verlies.

Darren blickte zu mir auf, als ich näher kam, stieß mich jedoch nicht weg.

Er musste denken, ich hätte versagt, und dies wäre unsere letzte Nacht.

Wie gern hätte ich ihm gesagt, dass es nicht so war. Dass ich ihn nicht im Stich lassen würde. Dass Ian Waffen zur Seite geschafft hatte und unsere Pläne für den nächsten Morgen standen. Dass wir genau wussten, wo welche Wachen postiert waren, und dass es uns gelingen würde, ihn zu befreien. Doch ständig waren Wachleute in Hörweite.

Zum ersten Mal seit Tagen sah Darren nicht weg und nahm sogar meine Hand, als ich mich in der hintersten Ecke seiner Zelle neben ihn setzte.

Eine Zeit lang lauschte ich einfach dem regelmäßigen Pochen seines Herzens, das unheimlich laut hämmerte. Vielleicht war es aber auch meines – das konnte ich nicht mit Sicherheit sagen. »Darren –«

»Bitte …« Er drückte meine Hand fester. »Sag … nichts.«

Er hatte sich in sein Schicksal gefügt.

Die Zeit verrann und die Schatten rückten näher. Die Minuten wurden zu Stunden und irgendwann verdrängte die Sonne die Sterne, wie ich von meinem Platz in der Zelle aus beobachtete.

Die ganze Zeit über ließ ich seine Hand nicht los.

Den Hinterkopf gegen die kalte Steinwand gelehnt, döste ich vor mich hin, als seine Lippen meine Haare streiften. Darren dachte wohl, ich würde tief und fest schlafen.

»Ich …« Seine Stimme war rau. »Ich werde dich so sehr vermissen.«

Nein. Ich schreckte aus meinem Dämmerzustand hoch und war schlagartig wieder wach. »Darren –«

Plötzlich näherten sich von draußen schwere Stiefel und die Gittertür quietschte.

Darren wandte den Blick nicht von mir ab, als der Wachmann den Schlüssel in das Schloss seiner Handfesseln steckte.

»Ich liebe dich«, flüsterte er.

Und dann zerrten sie ihn mit sich fort.

Erst an diesem Morgen sah ich den Galgen. Dadurch, dass wir die ganze Woche über Pläne geschmiedet hatten, war ich gar nicht dazu gekommen, auch nur einen Fuß vor die Tore der Festung zu setzen. Vielleicht war es aber auch eine bewusste Entscheidung gewesen.

Als ich jetzt hier stand und alles mit eigenen Augen sah, wurde mir klar, warum ich einen weiten Bogen um diesen Ort gemacht hatte.

Die Sonne strahlte vom Himmel, als wollte sie mich verhöhnen, und der Wind trug eine süß-herbe Mischung aus Pollen und Kieferngeruch über die Wiese heran, während sich knapp fünfzig Meter vor dem Burgtor eine riesige Menschenmenge versammelt hatte, wie Motten vom

Licht angelockt von dem hoch aufragenden Galgen und der Aussicht auf Blut.

So viele Gesichter – Jung und Alt, Adlige und einfache Leute, die sich alle auf dem Platz drängten.

Statt Trauer zu tragen, war der Hofstaat in fröhliche Farben gekleidet, und Gold und feinste boreanische Seide schimmerten in der Sonne um die Wette. Ein König sollte sterben und diese Leute leuchteten wie Regenbögen …

Die Meute grölte mit weit aufgerissenen Mündern, doch alles, was ich hörte, war mein Pulsschlag, während ich mich durch die Menge schob und hochkonzentriert jedes Detail um mich herum aufnahm. Es war ein schreckliches Gefühl, nicht weiter vorne zu stehen, aber der gesunde Menschenverstand sagte mir, dass ich mich im Hintergrund halten musste, um einen besseren Überblick zu haben. Überall standen ehemalige Rebellen Wache und behielten alles genau im Blick.

Ich durfte kein Risiko eingehen.

Unter dem zerlumpten grauen Umhang, den ich mir umgeworfen hatte, ging ich gebückt am Stock. Die Wachleute hatten Order, nach einem Mädchen Ausschau zu halten, das wie ein Soldat gekleidet war. Der hinkenden, pockennarbigen Alten, deren Arme und Gesicht von juckenden roten Pusteln bedeckt waren, schenkte dagegen niemand weiter Beachtung.

Direkt bevor ich hergekommen war, hatte ich eine große Portion Hammelbraten verdrückt und war zum ersten Mal dankbar dafür, dass ich schon von Kindesbeinen an mit heftigem Ausschlag auf Schafsfleisch reagierte. Das hatte meine Verwandlung jedenfalls deutlich vereinfacht.

Am Morgen hatte ich mit Ians Mutter in den Stallungen meine Kleider getauscht, und danach hatten wir jede eine Perücke aufgesetzt, um der jeweils anderen zum Verwechseln ähnlich zu sehen.

Dann hatte jemand lauthals verkündet, dass ich Jerar den Rücken kehren würde, während an meiner Stelle doch eigentlich Ians Mutter hoch zu Ross davonsprengte.

Und während unter den Wachen die Neuigkeit die Runde machte, dass ich weg war, hinkte eine alte Frau aus den Stallungen. In der Menge suchte ich den Boden nach der Stelle ab, die Ian für mich markiert hatte, was sich in dem Gewühl allerdings schwierig gestaltete. Während der Errichtung des Galgens hatte er hier ein Messer vergraben. Es war zwar kein Schwert, aber immer noch besser als die bloße Faust.

Fünf Schritte vom Rand des Platzes nach Westen. Achte auf den Wachmann mit dem roten Bart, der nicht weit rechts davon postiert ist. Du erkennst die Stelle an zwei kleinen Steinen und einer leichten Kuhle im Boden.

Als ich sie schließlich entdeckte, tat ich so, als wäre mir der Stock aus der Hand gerutscht. Dann kauerte ich mich mit eingezogenem Kopf hin und wühlte direkt unter meinem Umhang im Dreck.

Genau in dem Augenblick, als meine Finger etwas Hartes ertasteten, packte mich eine Hand unter der Achsel.

Ich erstarrte, als ich einem Wachmann ins Gesicht sah.

»Du hast was verloren.« Er hielt meinen Gehstock in der Hand.

Mein Herz, das kurz ausgesetzt hatte, begann wieder zu schlagen. Hastig stopfte ich das Messer in den Stiefelschaft und nahm dankbar meinen Stock entgegen. »V-vergelt's Gott.«

Der Wachmann entblößte seine Zähne zu einem breiten Lächeln und gab mir noch mit auf den Weg, dass ich gut auf mich aufpassen solle.

Ich nickte und hinkte weiter.

Meine Waffe hatte ich also, jetzt hieß es nur noch, sich möglichst unauffällig zu verhalten und darauf zu warten, dass die Wachen Darren herausbrachten.

Mich überkam ein merkwürdiges Gefühl der Ruhe.

Mit anzusehen, wie sie ihn im Morgengrauen abgeholt hatten, hatte mich auf eine harte Probe gestellt, doch ich hatte mir nicht erlaubt, Schwäche zu zeigen. Dafür stand zu viel auf dem Spiel. Stattdessen war ich in meine Kammer zurückgekehrt, hatte irgendwie die Zeit überbrückt und dann alles genau so gemacht wie abgesprochen.

Und nun, da die Sonne hoch am Himmel stand und die Stimme des Herolds ertönte, war ich bereit.

Bereit, alles zu verlieren oder zu gewinnen. Was immer die Götter auch mit mir vorhatten, ich würde mein Bestes geben, damit es gut ausging.

Rechts der Bühne befand sich eine separate Loge, deren Eingang von mehreren Magiern bewachte wurde, die aufseiten der Rebellen gekämpft hatten – unter ihnen auch Ian. Darüber befand sich ein Laubengestänge, das nicht mit Weinranken überwuchert, sondern mit schweren Stoffen drapiert war, um die hochrangigen Gäste vor der Sonne zu schützen. Ein paar Diener huschten zwischen den Stühlen herum und reichten kühle Getränke und Häppchen.

Ganz vorne in der Mitte, ziemlich nah am Galgen, stand Ella, die als einfache Bauersfrau verkleidet war, das Gesicht dreckverschmiert. Es war nicht sonderlich originell, doch da die anderen uns für unbewaffnet hielten und außerdem dachten, ich wäre in die Iron Mountains davongaloppiert, würde niemand sich groß darum kümmern, nach meinem Bruder und dessen Frau Ausschau zu halten.

Nur wenige Meter von mir entfernt wartete Alex, der ebenfalls als Bauer verkleidet war, mit einem Fläschchen, dessen Inhalt wie Bier roch. In Wahrheit befand sich jedoch ein Elixier darin, das dermaßen viel Qualm erzeugte, dass man auf dem gesamten Platz nicht mehr die Hand vor Augen sehen würde. Ella hatte die Phiole aus den Privatvorräten der Rebellen stibitzt – in der Hauptstadt würde man für so ein Fläschchen ein kleines Vermögen loswerden.

Plötzlich ging ein Raunen durch die Menge, und mein Blick zuckte nach vorne zur Bühne, wo zwei Wachen einen Gefangenen in Ketten ein paar Stufen seitlich des Podiums hinaufführten.

Darren.

Mir blieb ein Schrei im Halse stecken.

Er sah anders aus als noch am Morgen. An einer Augenbraue prangte eine Platzwunde und er hinkte.

Seine Hände waren gefesselt, und dort, wo die Handschellen an seinen Handgelenken rieben, war die Haut wund gescheuert und blutig. Unter den Haaren, die ihm ins Gesicht fielen, lief ihm der Schweiß über die Stirn, während er sich bemühte, mit den großen Schritten der

Männer mitzuhalten. An seinem Kinn leuchteten frische feuerrote Hämatome, wo sich das Blut gerade erst unter der Haut gesammelt hatte.

Sie hat doch versprochen, dass die Wachen ihn nicht mehr anrühren! Meine Faust umklammerte den Stock so fest, dass es wehtat. Anscheinend hatte Priscilla nur von den Tagen *vor* seiner Exekution gesprochen. Schließlich fand das alles hier im Namen des caltoth'schen Königs statt.

Mein Blick huschte zu dem Baldachin und den darunter verborgenen Herrschern hinüber. Was ging wohl in ihnen vor, als sie den gefallenen König von Jerar über die Bühne humpeln sahen?

Warum musste jemand den Frieden mit dem Leben bezahlen? Warum musste es überhaupt immer einen Preis für alles geben?

Als ein Wachmann Darren unsanft in die Mitte der Bühne zerrte, trat einer der Priester vor.

»Volk von Jerar«, rief er, »hiermit übergebe ich euch auf Geheiß eurer neuen Königin den ehemaligen König von Jerar.« Ein Wachmann riss ruckartig an der Kette, sodass Darren auf dem Podium fast das Gleichgewicht verlor. »Der heutige Tag ist der erste von Königin Priscillas Herrschaft und lässt das zarte Pflänzchen des Friedens zwischen zwei verfeindeten Nationen sprießen, und zwar zwischen Jerar und Caltoth.«

Die Menge brach in Jubel aus, und der Priester wartete, bis es wieder ruhig wurde. »Der Tod eines Vaterlandsverräters, des jungen Mannes hier vor uns, markiert den Beginn eines langen Prozesses, der nötig sein wird, um das alte Bündnis mit unseren Nachbarn wieder auferstehen zu lassen und einen dauerhaften Frieden zu garantieren.«

»Tötet den Verräter!«

»Nieder mit ihm!«

Gebrüll wurde laut, und die Menschenmenge drängte nach vorne und rief nach Blut, doch der Priester hob die Hand und brachte mit einem Kopfschütteln sein Missfallen zum Ausdruck. »Unsere Götter werden jene zu gegebener Zeit bestrafen, deren Zeit gekommen ist, doch haben sie uns Menschen auch das Mitgefühl verliehen. Lassen wir den jungen Mann also selbst zu Wort kommen.«

Die Menge verstummte.

»Junge.« Der Alte wandte sich an Darren. »Wenn du den Göttern oder dem Volk, über das du so viel Leid gebracht hast, etwas zu sagen hast, so sprich jetzt oder schweig für immer.«

Nervös blickte ich mich erneut nach Alex um. Jetzt. Jetzt war der richtige Moment.

Wo ist er denn?

»V-Volk von Jerar …« Als Darrens Stimme erklang, sah ich wieder nach vorne. »Ich habe versagt.«

Ein Schrei hallte über den Platz, dem sofort ein zweiter folgte.

»Ich habe einem anderen Land zu Unrecht den Krieg erklärt.« Darrens Adamsapfel ging sichtbar auf und ab, als eine der Wachen nach dem Strick griff, der links von ihm baumelte. »Ich war euch kein guter König. Ihr habt etwas Besseres verdient und deshalb … deshalb sollte ich …« Sein Blick wanderte unstet über die Menge.

Mein Herz wummerte mir gegen die Rippen.

Er suchte nach mir, doch ich war nicht da. Seine Augen glitten direkt über mein Gesicht hinweg.

»Ich sollte für dieses Verbrechen zur Verantwortung gezogen werden und darf nicht auf eure Vergebung hoffen … Ich kann nur b-beten, dass –«

Ein weiterer wütender Schrei schnitt ihm das Wort ab, und dann noch einer. Ich bekam einen Ellbogen in die Rippen, als die Meute nach vorne wogte, als wollte sie sich auf ihn stürzen.

Ich riss den Blick von Darren los und suchte wieder meinen Bruder in dem Durcheinander. Inzwischen hätte er das Elixier längst zum Einsatz bringen sollen. Irgendetwas stimmte nicht.

»… dass ihr niemals solche Fehler macht wie ich … dass ihr auf diejenigen hört und für die da seid … d-die ihr l-liebt …«

Bei Darrens plötzlichem Aufkeuchen zuckte mein Blick zurück zur Bühne. Blut lief ihm seitlich übers Gesicht.

Jemand hatte einen Stein auf ihn geworfen – auf einen Mann in Ketten.

Schon flog der nächste.

Und dann brachen alle Dämme. Schubsend bahnte ich mir meinen Weg nach vorne, als die Wachen Darren wieder hochrissen. Er redete immer noch weiter, während sie ihm die Schlinge über den Kopf zogen.

»Und dass ihr über euren Hass hinaus … die Wahrheit erkennt –«

Ich konnte ihn nicht mehr hören, sondern kämpfte mich zusammen mit all den anderen nach vorne. Es waren einfach zu viele. Eine wogende Wand aus Leibern.

Und alle drängten zur Bühne. Ich würde es niemals rechtzeitig schaffen. Mit der Faust schlug ich rechts vor mir jemanden nieder und rammte dem Nächsten meinen Stock in die Rippen.

Die Meute grölte und wollte Blut sehen.

Ein großer Mann trat mir mit dem Stiefel in die Hacken, während ich eine Frau am Zopf packte und zur Seite zerrte.

»Tötet das Schwein!«

»Frieden für Jerar!«

»Hängen soll der Verräter!«

So laut ich konnte, schrie ich Darrens Namen, doch meine Stimme ging im Tumult unter.

Ich rannte.

Versuchte, meine Magie heraufzubeschwören, die mich jedoch wieder einmal im Stich ließ.

Wie eine Irre rangelte und schubste ich, als einer der Wachmänner schon den Hebel links von Darren umlegte.

Die Falltür schwang auf. Die Bretter gaben nach.

Und Darren war in der Luft, seine Füße baumelten zwei Meter über dem Boden. Immer enger zurrte sich die Schlaufe um seinen Hals, während er an dem Strick hin- und herschwang.

»Neiiiiiiiiin!«

Alles war rot. Das Messer in der Hand, schrie ich wie verrückt. Ich streckte den Arm in Richtung Podium und zielte direkt über seinen Kopf.

Dann tat es einen gewaltigen Knall und im nächsten Moment waberte um uns herum zäher schwarzer Qualm, der wie Asche schmeckte.

Alex.

Unter den Leuten brach Panik aus und alle schrien und kreischten durcheinander. Statt sich weiterhin nach vorne zu drängeln, wollten auf einmal alle weg und kamen mir entgegen – eine Horde alles niederwalzender Schemen –, und ich war als Einzige in der anderen Richtung unterwegs.

Hustend bahnte ich mir den Weg zwischen ihnen hindurch und schirmte mit der Hand, mit der ich auch den Dolch umklammerte, mein Gesicht ab. In dem Durcheinander konnte ich nicht genau erkennen, wer nur Zuschauer war und wer zur Wachmannschaft gehörte, doch jedes Mal wenn eine Hand nach mir griff, schlug ich mit dem Messer danach – meinen Stock hatte ich längst verloren.

Den Blick fest auf die düsteren Umrisse des Galgens vor mir geheftet, stieß ich mit der einen Hand alle beiseite, die mir in die Quere kamen, während ich mich an der fliehenden Meute vorbeischob.

Darren!

Mein Herz raste, und das Blut rauschte mir in den Ohren, sodass alles andere darin unterging.

Zehn Sekunden später hatte sich der Rauch so weit gelichtet, dass ich den Strick erkennen konnte, der einsam hin- und herschwang.

Ich konnte nur starren.

Das Seil war durchtrennt worden. Von Darren fehlte jede Spur.

... unser Plan!

Hatte Ella es rechtzeitig geschafft?

Und dann bemerkte ich keine fünf Meter von der Bühne entfernt am Rande der Menschenmenge eine schemenhafte Gestalt, die eine andere durch den Qualm mit sich schleppte.

Quinns Stimme übertönte den allgemeinen Lärm. »Ergreift die Verräter!«

Und da wusste ich es. Ich wusste, dass sie es waren.

Mehrere Leute standen mir im Weg, und ich schrie sie mit erhobenem Messer an, Platz zu machen, und streckte die Langsamsten mit der Faust nieder. Meine Nerven waren bis zum Zerreißen angespannt – und meine Muskeln ebenfalls.

Ich hatte es fast geschafft, mich zu ihnen durchzuboxen, als noch mehr Gebrüll folgte und Lichtblitze zuckten, mit denen sich Magie über die Menschenmenge hinweg entlud. Ella brauchte Hilfe. Sie konnte es nicht allein mit einer ganzen Infanterie aufnehmen.

Ich machte einen Satz nach vorne und erwischte einen Soldaten kalt, indem ich ihm von hinten die Klinge meines Dolches gegen die Kehle drückte. Noch während er sein Schwert fallen ließ, holte ich aus und verpasste ihm einen kräftigen Handkantenschlag in den Nacken, sodass er taumelte und bewusstlos zusammenbrach.

Ja, ich mochte eine Verräterin sein, aber ich würde niemanden töten, der für mein Land einstand.

Stattdessen schnappte ich mir seine Waffen und bahnte mir den Weg durch den Rest der Menge. Um diesen Kampf zu gewinnen, brauchte ich keine Magie. In mir toste ein Sturm, und ich war wild entschlossen, heute auf keinen Fall zu scheitern.

Nur *ein* Wort hallte in mir wieder. *Ein* Name. Und für den würde ich über mich hinauswachsen.

Als ich mich endlich zum Rand der Menschenansammlung vorgearbeitet hatte, entdeckte ich Ella, die sich abmühte, Darren hinter einen Stapel Kisten zu zerren. Um sie herum wölbte sich ein amethystfarbener Schild, der sie vor den Wurfgeschossen der Wachen schützte, doch ihre Magie würde nicht ewig halten.

Mit ein paar schnellen Schritten war ich bei ihnen.

Und dann blieb mir das Herz stehen.

Darren!

Nur dadurch, dass Ella ihn unter den Achseln gepackt hielt, sackte er nicht zu Boden. Seine Augen waren geschlossen, und es ließ sich nicht sagen, ob er überhaupt atmete. Wie betäubt starrte ich auf den feuerroten Striemen an seinem Hals.

War er …?

Mir entfuhr ein Wimmern und Ella streckte schnell die Hand aus und packte mich am Arm.

»Sein Genick«, stieß sie mit zusammengebissenen Zähnen hervor, weil es ihr all ihre Kraft abverlangte, den Schutzschirm aufrechtzuerhalten, »ist nicht gebrochen … hab ihn noch rechtzeitig er…wischt.«

Ich fühlte alles und nichts zugleich. Ich schwebte wie auf Wolken und hing in der Luft.

Plötzlich vernahm ich hinter uns das Knirschen schwerer Stiefel auf Sand und Steinen.

Mit gezogenem Schwert wirbelte ich herum.

Und sah Alex vor mir. Auf seiner Wange prangte eine frische Schnittwunde und seine Lippen waren blutverschmiert. Beim Anblick von Darren in Ellas Armen wurde er bleich.

»Irgendjemand hat mir die Flasche aus der Hand geschlagen«, keuchte er. »Bin nicht schnell genug wieder rangekommen.«

»Er lebt.«

Mein Bruder atmete erleichtert auf.

»Meine Magie ist fast aufgebraucht«, unterbrach Ella uns mit gepresster Stimme. »Könnt ihr ihn den restlichen Weg tragen?«

Hastig sprangen Alex und ich ihr bei, nahmen Darren zwischen uns und legten uns jeder einen schlaffen Arm von ihm um die Schultern. Ella wischte sich mit dem Handrücken Dreck und Schweißperlen von der Stirn und japste: »Nichts wie … weg hier!«

Und dann rannten wir.

Ella hielt in unserem Rücken die magische Barriere aufrecht und uns damit das Regiment der Festung vom Leib, während der Qualm sich zusehends verzog und wir ein Waldstück ansteuerten, das direkt an den Platz angrenzte.

Aus Versehen rempelte ich mit der Schulter einen Adligen rechts von mir an, der empört herumfuhr und mich wüst beschimpfte.

Merrick, Priscillas Vetter.

Als die Erkenntnis in seinem Gesicht aufblitzte, hob er die Hand, um seine Magie herbeizurufen, doch ich rammte ihm meine Faust mitten ins Gesicht.

Mit einem einzigen Schlag schickte ich ihn zu Boden.

»D-da war mir schon lang d-danach«, keuchte ich und stürmte weiter.

Nach und nach wurden die Einschläge in unseren Schutzschirm spärlicher. Da Darren nur Lumpen am Leib trug und wir ebenfalls verkleidet waren, waren wir kaum vom einfachen Volk zu unterscheiden. Die Leute niederer Geburt waren alle mehr oder minder gleich gekleidet, nämlich mit einem Flickwerk aus Braun und Grau, während die Adligen in ihren kostbaren Gewändern wie farbenfrohe exotische Vögel aufgescheucht umherflatterten und die Wachen mit ihrem Geschrei durcheinanderbrachten.

Als wir zehn Minuten später unser Ziel erreichten und uns in einem kleinen Dickicht aus Bäumen und Gestrüpp am Rande der Festung zusammenkauerten, fehlte von Ian noch jede Spur.

Ella hielt in der Nähe Wache, während Alex und ich Darren behutsam auf dem Boden ablegten. Trotz all des Lärms um ihn herum hatte er die ganze Zeit über kein einziges Lebenszeichen von sich gegeben.

Mit pochendem Herzen sah ich zu, wie Alex sich neben ihn kniete und mit den Fingern seinen Puls fühlte, und biss mir auf die Zunge, um meine Befürchtung nicht laut auszusprechen.

Warum ist Darren immer noch nicht aufgewacht?

»Er liegt im Koma.« Mein Zwillingsbruder sah zu mir auf. »Das Seil … hat ihm schwer zugesetzt … Aber er … er sollte wieder aufwachen.«

Was allerdings nicht immer der Fall ist. Meine Nägel bohrten sich in meine Handflächen, bis es anfing zu bluten, aber ich konnte nicht damit aufhören. Von der Krankenstation des Palasts hatte ich zu viele derartige Geschichten gehört.

Alex stand auf und packte mich an den Armen. Sein Mund ging auf und zu, doch ich konnte nicht verstehen, was er sagte.

Dann schüttelte er mich. Kräftig.

Meine Lunge zog sich zusammen und mein Atem strömte aus.

»Darren wird überleben, Ry.« Alex blickte mir in die Augen. »Du hast so hart dafür gekämpft, gib ihm einfach ein bisschen Zeit.«

Ich zwang mich zu atmen. Darren würde aufwachen. Ich musste nur durchhalten. Geduld haben.

»Ian ist gleich da«, brach Ella unser Schweigen, als sie von ihrem Patrouillengang zurückkam. »Bist du bereit?«

Wäre ich das jemals? Ich würde alles hinter mir lassen, was ich kannte.

Aber auch auf Alex und Ella würde nach den Geschehnissen des heutigen Tages einiges zukommen, und das war mit Sicherheit kein Zuckerschlecken.

»Und seid ihr bereit …« Ich holte tief Luft. »… Priscilla dabei zu unterstützen, die Scherben unseres Landes wieder zusammenzuklauben?«

Ella grinste mich schief an. »Wird schon irgendwie werden.«

»Wir finden eine Lösung, ganz bestimmt«, meinte Alex und drückte ihr einen Kuss auf die Stirn, wobei seine Hand einen Moment zu lang auf ihrem Bauch verweilte.

Ich sog scharf die Luft ein. »B-bist du …?«

Mein Bruder wurde blass, als er merkte, was er da angerichtet hatte. »Wir wollten dir den Abschied nicht noch schwerer machen, Ry.«

»Wie lange wisst ihr es schon?« Schwere Ketten legten sich um meine Brust und schnürten mir die Luft ab.

»Erst seit ein paar Tagen.« Ella wurde rot. »Alex glaubt, dass es ein Junge wird.«

»Ein Junge?« Meine beste Freundin und mein Bruder bekamen ein Kind. Das waren tolle Neuigkeiten, die mir zugleich auf ungeahnte Weise wehtaten.

»Wenn Alex mit seiner Vermutung richtigliegt, werden wir ihn Derrick nennen.«

Hinten im Hals spürte ich ein Brennen. Mein Bruder zog mich in seine Arme, und ich drückte mein Gesicht an seine Brust und atmete mehrmals tief durch, um nicht lauthals loszuheulen.

In diesem Moment kam ein Reiter durchs Unterholz angetrabt und Ian sprang ganz rot im Gesicht aus dem Sattel. »O Mann, es war viel schwerer, sich davonzustehlen, als ich dachte.« Als ihm auffiel, wie fest mein Bruder und ich uns umarmten, erstarrte er. »Ist Darren …?«

»Er lebt«, sagte Ella, weil Alex und ich noch immer kein Wort herausbekamen. »Haben die Wachen auch sicher nichts gemerkt?«

»Bis die das in dem Chaos kapieren, bin ich längst wieder zurück auf meinem Posten.«

»Eines Tages …« Die Augen meines Bruders waren glasig, als er mir ins Gesicht sah. »… eines Tages wirst du zurückkehren, Ry. Oder wir kommen zu dir.«

»Und wenn nicht?«

Seine Umarmung fühlte sich an, als wäre ich im Schraubstock. »So was darfst du nicht mal denken.«

Wie durch ein Wunder schien unser Plan aufgegangen zu sein.

Es war an der Zeit, Abschied zu nehmen – egal, ob ich nun bereit war oder nicht, so war es eben.

»P-pass gut auf unsere Eltern und Ella auf«, flüsterte ich, »und auf den kleinen D-Derrick.«

»Versprochen.« Alex' Stimme klang rau. »Und du auf dich … und Darren.«

»Mache ich.« Mein Gesicht war tränenüberströmt.

Noch einmal drückte ich mich an ihn, ehe ich ihn losließ.

Dann kam Ella an die Reihe.

Wortlos fielen wir uns in die Arme. Mit dem heutigen Tag ließen wir die beiden Mädchen aus der Akademie endgültig hinter uns und machten uns ohne einander zu neuen Ufern auf. Allein schon ihren Duft einzuatmen, brach mir das Herz. Sie war meine allerbeste Freundin und ein Teil von ihr würde mit mir gehen, genauso wie auch sie einen Teil von mir mit *sich* nahm.

Ich wünschte ihr alles Glück der Welt.

Ian, der eigentlich jeden Grund gehabt hätte, mir in den Rücken zu fallen, trat als Letzter auf mich zu und schlang mir die Arme um die Taille.

»Ich werde …« Mehr brachte er nicht heraus, sondern schluckte nur ein ums andere Mal.

Statt einer Antwort umarmte ich ihn noch fester. »I-ich auch.« Dieses Gefühl würde nie vergehen, da war ich mir sicher, denn Freunde wie er waren etwas ganz Besonderes.

Ich fragte mich, wie sein Leben wohl aussehen würde, nun, da der Krieg vorbei war. Würde er in der Kronarmee dienen und ein Mädchen kennenlernen, das ihn so liebte, wie er es verdient hatte, oder würde er seinen Frieden damit machen, allein zu bleiben? Und hätte er immer noch dieses unverschämte Grinsen, wenn er alt und grau war?

Widerstrebend trat ich einen Schritt zurück und saß auf. Mit vereinten Kräften hievten die anderen Darren in den Sattel hinauf, und ich schlang einen Arm fest um meinen Mann, während ich mit der anderen Hand die Zügel aufnahm, und starrte in die Ferne, wo irgendwo hinter den Feldern und dem Wald meine Zukunft lag, mein neues Leben.

Auf einmal schälte sich eine Gestalt aus dem Dickicht, die ebenso wie wir wie eine einfache Bäuerin gekleidet war. Ian und Ella zogen ihre Schwerter, und Alex machte schützend einen Schritt auf mich zu.

»Wer ist da?«

Die Fremde hob das Kinn und die zerschlissene Kapuze rutschte ihr vom Kopf.

Violette Augen und Ringellocken, so glänzend und schwarz wie das Gefieder eines Raben.

»Priscilla?«

Die Königin warf mir ein Beutelchen zu, aus dessen Futteral etwas Schwarz-Goldenes rutschte, als ich es auffing.

Eine Hämatitkette. Davon gab es in ganz Jerar nur zwei Stück.

»Das ist eine der Kroninsignien«, bestätigte sie mir. »Damit könnt ihr die Schiffsüberfahrt in Port Langli bezahlen. Es gibt dort einen Händler, der euch an Bord nehmen wird, ohne Fragen zu stellen.«

»Wie hast du –«

»Ich bin Ian gefolgt.« Ein Lächeln stahl sich auf ihr Gesicht. »Ihr wart schon immer leicht zu durchschauen.«

»Warum hilfst du uns?« Mit zitternden Fingern umklammerte ich die Halskette. Ich wollte ihr Geschenk gern annehmen, war jedoch zugleich misstrauisch. War das eine Falle? Lagen ihre Wachen schon auf der Lauer?

»Weil ich eine Schwäche für Geschichten habe, die gut ausgehen. Zumindest nicht am Galgen.« Als keiner etwas sagte, fügte sie noch hinzu: »Ich bin nicht so herzlos, wie ihr vielleicht denkt. Meine Leute haben die Wachen schon die ganze Woche über ausführlich mit Informationen versorgt, damit alles zu Ian durchsickert.«

Mein Freund errötete. »Ich habe nicht …«

»Das mit der Exekution konnte ich nicht rückgängig machen, aber ich habe eine Überfahrt Richtung Osten für euch organisiert. Es gab mehr als einen Grund, die Besitztümer meiner Familie ausgerechnet an Audric abzutreten.«

Ich starrte sie an. Sie hatte uns die ganze Zeit indirekt geholfen. »Danke.« Worte kamen mir so mickrig und unangemessen vor, angesichts dessen, was sie für uns getan hatte.

»Ich bereue wirklich wenig.« Priscilla sah mir in die Augen. »Aber dass ich dir im ersten Jahr an der Akademie so das Leben schwer gemacht habe, bedauere ich aufrichtig, Ryiah. Ich glaube, unter anderen Voraussetzungen hätten wir Freunde werden können.«

Ich würde nie wieder an ihr zweifeln. Heftig blinzelnd

stopfte ich die Kette in meine Satteltasche und nahm die Zügel wieder auf.

Stumm sahen die vier zu mir hoch.

Es war an der Zeit. Wenn ich noch länger blieb, brachte ich sie damit nur unnötig in Gefahr, und sie hatten schon so viel für mich riskiert.

Ich legte meine Hand auf mein Herz und sah sie noch einmal der Reihe nach an, während ich zittrig Luft holte, und diese Geste sagte ihnen mehr als tausend Worte, das spürte ich und das spürten sie.

Es war ein Abschied von meinen Freunden. Meiner Familie. Von Jerar und dem Land, das es werden würde. All das sagte ich ihnen schweigend mit meiner Hand auf meinem Herzen, ehe ich mit der Zunge schnalzte und mein Pferd mit einem Schenkeldruck antrieb.

Folgsam lief die Stute los.

Und dann waren das Mädchen niederer Herkunft und der Zweitgeborene verschwunden. Hufe donnerten über den Boden und wir flogen nur so dahin.

Hinaus in die Sonne.

ZWEIUNDZWANZIG

Die folgenden zwei Wochen waren hart.

Anstrengende Tage und schlaflose Nächte wechselten einander ab. Manchmal sah ich wie zwanghaft alle paar Minuten über die Schulter, um nach Patrouillen Ausschau zu halten. Manchmal war ich unruhig und wurde von Zweifeln geplagt.

Manchmal hatte ich das Gefühl, nicht mehr zu können – vor allem dann, wenn ich meine Augen schloss und vor mir sah, was ich alles zurückließ.

Auf der anderen Seite war da auch Darren. Und er allein war Grund genug, nicht aufzugeben, immer weiterzukämpfen.

In der Nacht des fünfzehnten Tages erreichten wir Port Langli. Ich hatte unser Pferd bis zur völligen Erschöpfung geritten, doch irgendwie hatten wir es geschafft.

Wie versprochen war das Stadtregiment nicht in Alarmbereitschaft versetzt worden, stattdessen hatte Audric mit dem nichts ahnenden Kapitän eines Handelsschiffs eine Übereinkunft getroffen und alles für uns arrangiert.

Ich überreichte besagtem Kapitän die königliche Halskette, woraufhin uns der Mann kommentarlos an Bord seines Schiffs half. Die Besatzung, eine Horde zotteliger Kerle, schenkte den beiden Passagieren keinerlei Beachtung.

Wir wurden in der Kapitänskajüte einquartiert, dem einzigen Raum, den man nicht mit den anderen Seeleuten teilen musste, dann wurden die Segel gehisst und wir nahmen Kurs auf die Boreanischen Inseln.

Jetzt gab es kein Zurück mehr. Ich verließ Jerar. Nicht einmal auf den Boreanischen Inseln würden wir bleiben, sondern von dort aus mit einem anderen Schiff, das uns schon erwartete, noch weiter nach Osten segeln, wie der Kapitän mir mitteilte. Der Mann wusste nichts über die Länder jenseits der Ostgrenze des Westlichen Reichs, doch für Darren und mich bedeuteten sie Freiheit, und das musste genügen.

Später am Abend bat ich einen der Matrosen um eine Liste der Vorräte. Außerdem brachten sie uns auch noch zwei Teller, doch meinen rührte ich nicht an.

Stattdessen löffelte ich Darren Brühe und eine Flasche Wasser in den Mund und wartete geduldig, bis jeder Schluck drunten war, ehe ich den nächsten Löffel hinterherschob, wobei ich seinen Kopf anhob, damit die Flüssigkeit leichter hinunterging.

Ich versuchte, nicht daran zu denken, wie unglaublich er in den letzten zwei Wochen abgemagert war. Man konnte jede Rippe sehen und seine Wangen waren eingefallen. Honig und heiße Brühe reichten auf Dauer einfach nicht, aber bei fester Nahrung bestand die Gefahr, dass er erstickte.

Ich tauchte meinen Lappen in den Zuber mit Seifenwasser zu meinen Füßen und kniete mich neben unserer Bettstatt auf den Boden. Unser Nachtlager war kaum mehr als eine mit Stroh vollgestopfte Matratze und ein paar Wolldecken, aber verglichen mit den letzten Tagen war das purer Luxus.

Die Seeleute hatten uns außerdem einen Armvoll alter Hemden und Hosen gebracht, wofür ich dankbar war, weil unsere eigenen Sachen nach dem langen Ritt nur so vor Schmutz starrten.

Ich zog Darren aus und rubbelte ihn von Kopf bis Fuß mit dem Schwamm ab, wusch den Dreck unserer Reise und auch alles andere ab, ohne mit der Wimper zu zucken. Wir hatten so viel zusammen durchgemacht, dass es mir keine Sekunde lang in den Sinn kam, eine Grimasse zu ziehen.

Besonders viel Zeit nahm ich mir für sein Gesicht, zeichnete seine markanten Züge nach, kämmte ihm mit den Fingern die feuchten Haare aus der Stirn, sah auf den Mann hinab, den ich liebte, und sagte mir, dass das nicht das Ende war. Darren würde erwachen. Wenn ich es mir nur fest genug wünschte, würde er zurückkommen.

Mein Bruder hatte Schlimmeres gesehen. Die Heiler redeten in einer Tour über Wunderheilungen.

Er wird aufwachen. Du musst nur ganz fest daran glauben. Ich war so sehr in Gedanken versunken, dass ich auf Knien in den Schlaf hinüberglitt.

In meinen Träumen konnte ich mir etwas vormachen.

Dort gestand mir der Prinz seine Gefühle im Turm der Akademie. Überraschte mich mit einem Tanz im Ballsaal.

Forderte mich mit einem überheblichen Lächeln zu einem Duell heraus. Küsste mich, bis ich keine Luft mehr bekam, während er mich ins Bett zog.

Dort war er *mein* Darren.

Doch wenn ich erwachte, holte mich die Realität wieder ein, und mit ihr auch die Verzweiflung.

Die Tage zogen ins Land und ich wurde immer rastloser.

Auf dem Weg nach Langli hatte ich mich darauf konzentrieren müssen, Darren gut festzuhalten, gleichzeitig die Straße im Blick zu behalten und stets einen Fluchtweg parat zu haben, falls eine Patrouille auftauchen sollte.

Hier hatte ich nichts zu befürchten.

Dafür kamen Zweifel in mir hoch, die mich fast erdrückten, und ich war ihnen schutzlos ausgeliefert.

Ich wich keine Sekunde von Darrens Seite, verbrachte Tag für Tag mit endlosen Monologen und düsteren Gedanken.

Keine Ahnung, wie lang es mir noch gelingen würde, mich am letzten Fünkchen Hoffnung festzuklammern.

Ich sagte mir, dass ich jetzt stark sein müsse, dass ich nicht aufgeben dürfe.

Doch mit jeder Stunde fiel es mir schwerer.

Nach zwei weiteren Tagen schwand meine Entschlossenheit zusehends und mein Kampfgeist verließ mich immer mehr.

Und noch ein Tag, auf den eine unruhige, stürmische Nacht folgte, in der ich aus unserer Kajüte von unten hörte, wie die Besatzung an Deck mit dem schweren Seegang und den Segeln kämpfte.

Irgendwann konnte ich nicht mehr. Darren hatte noch immer keine Regung gezeigt. Und das seit drei Wochen!

Wenn er weiter an Gewicht verlor, würde er sterben – nach allem, was geschehen war, würde er bewusstlos im Schlaf verhungern.

Dabei hatte ich doch alles für ihn gegeben. So oft.

»Sterben ist was für Feiglinge!«, schrie ich ihn an und schüttelte ihn wieder und wieder an den Schultern. »Hörst du mich, Darren? *Du hast mal gesagt, du wärst der Beste. Dann beweis es mir jetzt auch, verdammt noch mal!*«

Es kam keine Reaktion darauf, nicht einmal ein Zucken mit den Augenlidern oder den Händen. Wahrscheinlich war es gut, dass ich keine Magie mehr besaß, sonst hätte ich ihn am Ende noch in Brand gesteckt.

Ich spürte, wie die Hysterie immer mehr von mir Besitz ergriff, und obwohl ich mit aller Macht versuchte, mich zusammenzureißen, war ich kurz vor dem Durchdrehen.

Er ist am Leben. Warum kannst du dich nicht damit zufriedengeben?

Meine Finger krallten sich in Darrens Hemd und ich zwang mich zu atmen.

Ein und wieder aus. Schön langsam. Ein. Aus. Ein. Aus.

Nach einer Weile beruhigte sich mein Puls etwas, doch das heftige Pochen blieb – wenn überhaupt, wurde es eher stärker. Zögernd presste ich mit angehaltenem Atem die Hand auf Darrens Brust.

Das war gar nicht ich!

Sein Herz schlug fester als zuvor.

Er musste auf meine Stimme oder den Druck meiner Hand reagiert haben.

Er hat eine Reaktion gezeigt.

Ich biss mir auf die Unterlippe und unterdrückte die Tränen.

Darren hatte beschlossen zu kämpfen.

Ab da mehrten sich mit jedem neuen Tag die Hinweise und das machte mich glücklich. Es war nicht wichtig, wie lange es dauerte, bis Darren die Augen aufschlug oder etwas sagte. Es reichte mir, zu wissen, dass er aufwachte.

Ich redete und redete, und auch wenn meine Stimme schon ganz heiser war, berichtete ich ihm alles, jedes noch so kleine Detail, das er versäumt hatte.

Ich erzählte ihm, wie schrecklich es für mich gewesen war, als ich am Tag unserer Vermählung die Wahrheit erkannt hatte. Wie unendlich leid es mir tat, wie alles mit seinem Bruder gekommen war, und was genau in der Nacht geschehen war, in der ich Paige verloren hatte.

Ich erzählte ihm, wie ich mich nach meiner Flucht aus dem Palast allein durchgeschlagen hatte, wie Mira unschuldige Dorfbewohner abgeschlachtet hatte und wie ich um ein Haar allein und verlassen im Wald gestorben wäre. Wie Quinn und die anderen mich gefunden hatten und natürlich auch von dem Handel, den wir geschlossen hatten.

Ich berichtete ihm, was in mir vorgegangen war, als ich ihn in dieser Eishöhle gefunden hatte. Und danach von dem Preis, den uns unser letztes Gefecht abverlangt hatte. Ich erzählte ihm von meinen Freunden und meinem Bruder und davon, wie Priscilla uns unerwartet zu Hilfe gekommen war.

Ich erzählte ihm alles.

Der Tag, an dem Darren schließlich – ganz kurz nur – die Augen aufschlug, war der schönste meines Lebens, und als er ein paar Tage später endlich meinen Namen flüsterte, zersprang mir fast das Herz vor Glück.

Ich schwebte wie auf Wolken.

Die Landung war umso härter.

»Du hättest mich sterben lassen sollen.«

Ich hockte auf den Holzplanken und musste mit ansehen, wie all meine Träume platzten.

»Nein.« Das war der Gefangene im Verlies der Festung, nicht der Junge, den ich gerettet hatte. Das war nicht der gute Ausgang, den ich mir so sehr für uns erhofft hatte. Und es war definitiv kein Ende, das ich einfach so hinnehmen würde.

Meine Hände zitterten und ich versteckte sie schnell in meinem Schoß. »D-das ist nicht dein Ernst.«

Darren schloss die Augen und ich sprach hastig weiter. »Erinnerst du dich an diesen ganz normalen Jungen und das Mädchen, von denen wir mal gesprochen haben? Das könnten wir immer noch werden. Wir sind auf dem Weg zu den Boreanischen Inseln. Wir können ein neues Leben anfangen –«

»Ryiah.« Darrens Stimme war rau. »Ich will kein neues Leben.«

Ich befand mich im freien Fall. Stürzte in ein Loch, und es gab nichts, woran ich mich festhalten konnte.

»Ich habe einen Krieg zu verantworten, der ... Hunderte von Menschen das Leben gekostet hat.« Es fiel ihm schwer, es auszusprechen. »Du musst mich zurückbringen.«

Tränen schossen mir in die Augen. »Ich kann nicht.«

»Könntest du sehr wohl.« Er öffnete die Augen und ich sah die abgrundtiefe Verzweiflung darin. »Aber du willst nicht.«

»Du hast damals gedacht, ich wäre dir in den Rücken gefallen!« Hysterie überkam mich und schnürte mir die Luft ab. Am liebsten hätte ich Darren gepackt und ihm ins Gesicht gebrüllt. »Du darfst dir nicht die Schuld daran geben, dass du auf die Lügen deines Bruders hereingefallen bist!«

Er verzog die Lippen. »In der Nacht, in der ich dir zur Flucht verholfen habe, war es mir egal, wer die Wahrheit sagt, Ryiah. Ich *wollte* gar nicht mehr wissen, wer von euch beiden der Lügner war.«

Meine Finger verkrampften sich in meinem Schoß.

»Dabei hätte ich nicht ruhen dürfen, bis ich die Wahrheit herausgefunden hatte.« Sein Lachen war bitter. »Aber ich war egoistisch. Ich wollte nur, dass ihr beide am Leben bleibt.«

»Du hast versucht, die Menschen zu retten, die du geliebt hast –«

»In diesem speziellen Fall hätten meine Gefühle keine Rolle spielen dürfen.« Darren konnte mich nicht einmal ansehen. »Und danach ging es mir nur noch um Rache.«

»Du hattest keine Zeit, um zu trauern.« Meine Stimme klang verzweifelt. »Du warst ganz allein und von heute auf morgen mit einer Rolle konfrontiert, die du niemals hättest innehaben sollen.«

»Als König kann man sich nicht einfach so aus seiner Verantwortung stehlen, Ryiah. Das geht so nicht.«

Es folgte eine längere Pause, in der ich fieberhaft nach den richtigen Worten suchte, nach irgendetwas, das ich sagen oder tun konnte, um ihm klarzumachen, dass er sich irrte. Dass er sehr wohl einen Neuanfang verdient hatte.

Ja, er hatte einen Fehler begangen. Einen schrecklichen Fehler, der ihn für den Rest seines Lebens verfolgen würde.

Aber er hatte auch vieles richtig gemacht.

Ich kannte Darren so gut. Er war der kleine Junge, der in der Finsternis gegen Monster kämpfte. Der arrogante Zweitgeborene, der einem Mädchen half, das sich im ersten Jahr an der Akademie unheimlich abstrampelte, obwohl er gelernt hatte, niemanden an sich heranzulassen. Er war der Mensch, der *noch vor mir selbst* an mich geglaubt hatte.

Er war der Zweitklässler, der sich in der Wüste todesmutig Feinden in den Weg gestellt hatte. Der Lehrling, der in Ferren's Keep für ein paar Soldaten sein Leben riskiert hatte. Der junge Mann, der ein Mädchen liebte und sich diese Liebe dennoch versagte, bis er mittels eines Vertrages dafür gesorgt hatte, dass seinem Land dadurch kein Nachteil entstand.

Er war ein Prinz, der um seinen Bruder kämpfte, ohne zu ahnen, dass dieser schon zu tief in die Dunkelheit abgeglitten war, jenseits jeglicher Rettung. Und dann, in einem Moment der Schwäche, war er als junger König vor lauter Schmerz durchgedreht.

Darren hatte etwas Schreckliches getan.

Aber ich auch. Und ich gab nicht auf, sondern floh.

Blayne … Wenn ich geahnt hätte, dass er tatsächlich sterben würde, wäre ich geblieben. Aber ich hatte es eben nicht geahnt und ich war auch nicht geblieben.

War es zu spät für uns beide? Hatte Darren recht?

Aber er bereute seine Fehler doch zutiefst – bedeutete das gar nichts?

Und was war mit all den guten Dingen, die wir gemacht hatten? Und was mit unseren Hoffnungen und Träumen? Was war mit Vergebung und Wiedergutmachung? Machten uns unsere Taten am Ende zu guten oder schlechten Menschen?

»Bitte.« Darrens Stimme war kaum mehr als ein Flüstern. »Bring mich zurück.«

Ich wusste, was er wollte. Wusste, dass er glaubte, nur so Frieden finden zu können. Aber ich konnte ihn nicht aufgeben.

Die Götter trieben ein grausames Spiel mit mir.

Zweimal hatten sie mir zugestanden, Darren vom Abgrund des Todes zurückzuholen, nur um jetzt neues Leid über uns zu bringen. Erst ließen sie den Jungen, den ich liebte, von einem Strick baumeln, und nun hing sein Leben schon wieder am seidenen Faden. Ich fragte mich, wie viel Kraft ich noch hatte, weiterzukämpfen. Ob es jemals aufhören würde. Ob uns die Schatten der Vergangenheit denn niemals loslassen würden.

Diese Nacht lief ich stundenlang an Deck des Schiffs auf und ab, starrte zum indigoblauen Himmel hinauf und ging tausend verschiedene Möglichkeiten durch, wie ich Darren davon überzeugen konnte, sich *für* das Leben zu entscheiden.

Aber jedes Szenario endete auf dieselbe Weise.

»*Es ist meine Entscheidung.*« Darren ballte die Fäuste. Noch immer war er zu schwach, um sich bis zur Tür der Kajüte zu schleppen, sonst hätte er schon selbst mit dem Kapitän geredet. »Bring mich zurück nach Jerar, damit ich für meine Taten büßen kann.«

»Priscilla wollte, dass du lebst.«

Seine Augen glühten dunkelrot. »Das war eine Fehlentscheidung.«

»Du kannst nicht einfach so aufgeben!« Ich schlug mit der flachen Hand gegen die Tür und der Schmerz verschaffte mir ein sonderbares Gefühl von Erleichterung. »Wenn du wirklich die Fehler aus deiner Vergangenheit wiedergutmachen willst, musst du dir was Besseres einfallen lassen. Eine Hinrichtung löst das Problem jedenfalls nicht. Das macht keinen wieder lebendig.« Noch einmal ließ ich die Hand gegen das Holz sausen, um durch den körperlichen Schmerz den seelischen ein wenig zu betäuben. »Du könntest anderen Menschen helfen. Du bist nur zu feige, es zu probieren!«

»Lass mich in Ruhe, Ryiah.«

»Nein.« In meiner Brust gähnte ein schwarzes Loch, und jedes Mal wenn er mich anflehte, ihn gehen zu lassen, brachte mich das noch näher an den Abgrund.

»Doch.«

Ich fiel vor ihm auf die Knie. »Bitte«, flehte ich und versuchte nicht einmal, die Tränen zurückzuhalten, die mir die Sicht raubten, sodass ich seine Miene nicht deuten konnte. »Ich will, dass du kämpfst.«

Seine Stimme war so leise, dass ich seine Antwort fast nicht gehört hätte. »Ich wünschte, es wäre nicht so.«

Als ich zwei Tage später das Abendessen für Darren und mich holen wollte, sagte man mir, der andere Passagier sei schon da gewesen.

Im ersten Moment war ich erleichtert. Darren hatte kaum genug Kraft gehabt, um zu gehen, aber wenn er sich auf eigene Faust zur Kombüse aufgemacht hatte, bedeutete das, dass er sich nicht mehr weigerte, etwas zu sich zu nehmen …

Doch dann fiel mein Blick auf die Messer, die neben den Tellern auf dem Tisch lagen.

Der Schiffskoch folgte meinem Blick. »Das gepökelte Schweinefleisch war ziemlich zäh. Ich habe ihm angeboten, es für ihn zu schneiden, weil ich gemerkt habe, dass er sich kaum auf den Beinen halten kann, aber er meinte, er käme schon zurecht.«

Mir wurde übel. Ich wusste augenblicklich, was los war.

Als ich ihm an diesem Morgen gesagt hatte, dass wir nie und nimmer nach Jerar zurückkehren würden, war er unglaublich zornig gewesen.

Ich hätte es wissen müssen.

Und dann rannte ich.

Ich stürmte über das Deck, durch die Luke und den schmalen Durchgang, riss die Tür fast aus den Angeln – und blieb wie angewurzelt stehen.

Darren war auf den Knien, die Hände vors Gesicht geschlagen, und sein Körper wurde von Krämpfen geschüttelt, so sehr schluchzte er.

Das Messer lag am Boden.

Unbefleckt.

Kein Blut.

Er hatte nicht …

Er war nicht …

Ohne ein Wort sank ich neben ihm auf die Planken, schlang die Arme um ihn und hielt ihn so fest, wie ich nur konnte. Ich spürte jeden Herzschlag von ihm.

Es pochte im Gleichklang mit meinem.

Die ganze Nacht über ließ ich ihn nicht los.

Und er mich auch nicht.

Am nächsten Morgen half ich ihm ins Bett zurück. Das unkontrollierte Zittern hatte aufgehört, doch seine Augen waren blutunterlaufen und seine Haut eiskalt.

Sorgfältig deckte ich ihn zu und zwang mich abzuwarten, weil ich mir nicht sicher war, was in ihm vorging und wie ich mich verhalten sollte.

Das Messer lag noch immer auf dem Boden.

Ich starrte es an und hasste dieses glänzende Ding mit einer Vehemenz, wie ich noch nie zuvor etwas gehasst hatte.

Am liebsten hätte ich es gepackt und zusammen mit allen anderen spitzen Gegenständen ins Meer geworfen. Aber letztlich musste ich es Darren überlassen. Nach der letzten Nacht musste er seine eigene Wahl treffen, egal, wie sehr ich mir wünschte, dass er sich dafür entschied weiterzumachen.

Schließlich nahm ich all meinen Mut zusammen und wies mit einem Nicken zu der glänzenden Klinge hinüber. »Willst du … es?«

Darren schluckte und sein Kehlkopf ging mehrmals auf und ab. »Nein … ich …« Er zwang sich, den Blick von dem Messer loszureißen. »Ich … ich will kämpfen.«

Ich spürte, wie mich Wärme durchströmte.

»I-ich kann nicht versprechen, dass …«

Ich griff nach seiner Hand und drückte sie, so fest es ging. Mir war bewusst, dass es ein langer und steiniger Weg werden würde, aber wenn er bereit war zu kämpfen, dann war ich bereit zu warten, ihm zur Seite zu stehen, in guten wie in schlechten Zeiten. Für immer.

»Zusammen schaffen wir das.«

Zwei Wochen später erreichten wir schließlich die Boreanischen Inseln.

Die Tage waren noch immer hart und die Nächte noch schlimmer. Manchmal schrie er so laut im Schlaf, dass es das Tosen des Meeres übertönte. Manchmal sah er mich hemmungslos weinen. Aber wir hatten etwas, wofür es sich zu kämpfen lohnte.

Und das konnte uns keiner nehmen.

Ich wusste, es konnte Monate, sogar Jahre dauern, bis der alte Darren wieder zum Vorschein käme.

Vielleicht wäre er auch jemand anders, wenn es so weit war. Und ich möglicherweise ebenfalls.

Das Meer war hier grün. Ich beugte mich über die Reling und atmete tief ein. Sogar die Luft roch anders, würzig und überwältigend süß. Von meinem Platz aus konnte ich die kleinen Farbtupfer der Händler ausmachen, die Waren über den Strand schleppten – Kisten mit Gewürzen und Flaschen voller Rum. Dahinter ragten, so weit das Auge reichte, hohe Bäume auf, zwischen die sich kleine Hütten duckten.

Ich hatte mich immer gefragt, wie es auf den Inseln wohl aussehen mochte. Die Beschreibungen in den Schriftrollen der Akademie wurden der Realität jedenfalls kaum gerecht, denn der Anblick war einfach atemberaubend.

Es knarzte leise, als sich jemand zu mir an die Reling gesellte. Obwohl es keinen Sinn ergab und wir Hunderte von Meilen von Jerar entfernt waren, roch er noch immer nach Zimt, Kiefern und Gewürznelken. Nach zu Hause.

Darrens glutrote Augen ruhten auf den Bäumen vor uns. »Die Boreanischen Inseln.«

»In zwei Tagen sticht schon unser nächstes Schiff in See.« Unsicher holte ich Luft. »Irgendwohin Richtung Osten.«

Das hier war sie also: unsere Chance, Wiedergutmachung zu leisten für unsere Fehler in der Vergangenheit. Unsere Chance, uns selbst neu zu erfinden, jenseits der Magie und des Stolzes, für die wir so teuer bezahlt hatten.

»Unser … Neuanfang.«

Ich drehte mich zu ihm und sah ihn an.

Er lächelte. Es war kein breites Lächeln. Kaum, dass die Mundwinkel nach oben gingen, aber dennoch war es da.

Es war so lange her, dass ich etwas anderes als Schmerz und Trauer in seinem Gesicht gesehen hatte, dass es mir einen Augenblick lang den Atem verschlug.

Dann tastete ich nach seiner Hand und drückte sie.

»Unser Neuanfang«, flüsterte ich.

Äußerlich zitterte ich.

Doch innerlich tanzte ich, denn in diesem Moment wusste ich, dass wir irgendwann darüber hinwegkommen würden.

Der Junge und das Mädchen konnten noch immer glücklich werden.

Es war noch nicht zu spät.

EPILOG

Acht Jahre später

Darren

Er stand ganz still da, wie erstarrt, und bekam kaum noch Luft. Das Blut toste ihm in den Ohren, und die Angst ergriff immer mehr von ihm Besitz, während er das Gemurmel der Stimmen auf der anderen Seite der Tür hörte.

Unwillkürlich kniff Darren die Augen zu, sogar jetzt, nach all der Zeit.

Acht Jahre war es nun her, doch die Schreie verfolgten ihn noch immer in seinen Träumen. Als wäre es erst gestern gewesen, spürte er wieder die eisernen Fesseln an seinen Handgelenken und den heftigen Ruck, der durch ihn gegangen war, als die Wachen den Hebel umgelegt hatten und der Boden unter ihm weggebrochen war. Eigentlich hätte es ihm das Genick brechen sollen. Er hatte unverschämtes Glück gehabt.

Einen kurzen Moment lang war er wie paralysiert, weil

alles wieder in ihm hochkam, allem voran die überwältigenden Schuldgefühle.

War es ein Fehler gewesen herzukommen? Er war so lange fort gewesen, dass er den gebrochenen Jungen von damals, der willens war, allem und allen – sogar *ihr* – zu entsagen, damit das Leiden endlich ein Ende hatte, beinahe vergessen hatte. Aber eben nur beinahe.

Und jetzt stand er hier mit einem Gefühl, als würde ihm jemand einen Dolch an die Kehle drücken, und seine Entschlossenheit und sein Mut bröckelten unter dem Biss der Klinge.

Es war definitiv ein Fehler.

Darren gehörte nicht hierher. Die Wände erdrückten ihn. Selbst nach all den Jahren noch spürte er vor allem hier, an diesem Ort, den leisen Schmerz in seinen Handflächen – ein Nachhall der Magie, die doch nie wieder zurückkehren würde. Als Kind hatte er die Finsternis mithilfe von Magie und seiner Fäuste in Schach gehalten, aber was würde geschehen, wenn die Schatten nicht weichen wollten?

Was, wenn das Monster, vor dem du weggerannt bist, du selbst bist?

Nein! Er ballte die Fäuste. Er würde dieses Zimmer betreten, koste es, was es wolle.

Darren war schon einmal ganz am Boden gewesen. Eigentlich hätte es das Ende sein sollen. War es aber nicht, weil sie ihn gezwungen hatte zu kämpfen. Es hatte jenes letzten Moments bedurft – als das Messer und damit die Entscheidung allein in seiner Hand lag, als er sich die Klinge auf die Schlagadern gepresst hatte, um es schließlich doch noch zu kapieren.

Wiedergutmachung leisten.

Es war ihr Flehen und ihr Versprechen gewesen, das ihn vom Abgrund weggelotst hatte: *Es wiedergutmachen.* Er hatte nicht nur der Welt Wiedergutmachung geschuldet, sondern auch ihr, und da, in diesem Augenblick, hatte er das Messer ein für alle Mal weggelegt.

Und diesen Schwur hatte er nie gebrochen …

Kuador war eine dicht bewaldete Insel. So weit das Auge reichte, erstreckte sich das grüne Dach der Baumkronen. Die Sonne stach vom Himmel, als das Schiff, auf das sie auf den Boreanischen Inseln umgestiegen waren, anlegte.

Ryiah und Darren gingen von Bord und tauchten in eine fremde Welt und einen feucht-heißen Dschungel voller wilder Kreaturen ein, die aus dem Unterholz heranrollten und sich wieder zurückzogen wie die Meeresbrandung. Es gab dort riesige Katzen, die wie Wölfe jagten, Schlangen, so lang wie ein Mensch, und Pflanzen, deren Namen sie nicht kannten.

Eine Woche später entdeckten sie am Rande eines ausgetretenen Pfads ein kleines Dorf, dessen Bewohner nicht ihre Sprache sprachen, sie jedoch freundlich aufnahmen. Darren und Ryiah packten kräftig mit an und erhielten im Gegenzug Unterkunft und Verpflegung, bis sie auf eigenen Beinen stehen konnten.

An den Abenden saß Darren oft bei den Stammesleuten und sah zu, wie die Ältesten Kranke behandelten, die erstaunlich schnell wieder gesundeten. Die meisten Krankheiten vergingen innerhalb weniger Tage und Wunden verheilten ebenso schnell.

Die Kuadori verfügten nicht über Magie, aber das war auch gar nicht nötig, denn so wie Darren es verstand, verliehen die Götter der Östlichen Völker diese Gabe direkt der Natur, sodass der Dschungel die Menschen mit allem versorgte, was sie brauchten, und ihnen neben Heilkräutern auch Nahrung im Überfluss schenkte.

Darren machte sich daran, diese Heilpflanzen zu zeichnen und zu dokumentieren, für welche Zwecke man sie verwendete. Anfangs war es nicht mehr als ein Zeitvertreib, eine Art Beschäftigungstherapie für seinen rastlosen Geist, doch einige Monate später brach ein Teil der Männer mit der Hälfte der Vorräte des Dorfes auf, um anschließend mit boreanischen Waren zurückzukehren, und das brachte ihn und Ryiah auf eine Idee.

Die beiden fanden heraus, was »Schiff« auf Kuadori hieß, und beschlossen, seine Aufzeichnungen zu Ryiahs Eltern in Jerar zu schicken.

Nachdem er seine halbe Kindheit bei den Heilern auf der Krankenstation des Palasts verbracht hatte, hatte Darren fast vergessen, dass sich nicht jeder Magie leisten konnte. Er war kein Heiler, aber wenn er sich vorstellte, er könnte vielleicht dafür sorgen, dass das einfache Volk weniger leiden müsste …

Es wiedergutmachen.

Das war die erste Nacht, in der er nicht im Traum von blutverschmierten Gesichtern und dem hoch aufragenden Galgen heimgesucht wurde. Außerdem war es die erste Nacht, in der er Ryiah in die Arme nahm und sich zugestand, etwas anderes zu fühlen als unendliche Trauer und Schuld. Er war endlich wieder in der Lage, seiner Frau das zu geben, was er so lange weggesperrt hatte, und sie liebten sich die ganze Nacht.

Danach ging alles ganz schnell. Sie trafen die nötigen Vorbereitungen, zogen die Stammesältesten zu Rate und brachten alles in Erfahrung, was diese noch über Heilkunst wussten. Die Kuadori erklärten ihnen, dass manche Heilpflanzen nur an bestimmten Orten wuchsen und es an der Küste der Insel zwölf Dörfer gab, die sich jeweils auf besondere Heiltränke und Salben spezialisiert hatten.

Schon im darauffolgenden Monat brachen Ryiah und Darren auf und blieben mehrere Monate in jedem Dorf, um sich das Wissen der dortigen Bewohner anzueignen. Während Ryiah arbeitete, um für ihren Lebensunterhalt aufzukommen, machte Darren sich Notizen und erwarb kleine Beutel mit Samen, die sie dann nach Jerar schickten.

Drei Jahre lang lebten sie auf diese Weise fast schon glücklich und zufrieden, im sechsten Dorf jedoch fühlte sich Ryiah plötzlich krank.

Alle Hoffnungen, die Darren gehegt hatte, schienen sich in Luft aufzulösen, und er stand schreckliche Ängste um sie aus. Die weise Frau brauchte fünf Anläufe, um ihn so weit zu beruhigen, dass sie es ihm erklären konnte.

Schwanger.

Einen Augenblick war Darren wie benommen.

Dann fiel er auf die Knie, nahm Ryiahs Gesicht in seine Hände und küsste sie und sagte immer wieder ihren Namen.

Dieser Moment war wunderbar.

Sie *war wunderbar. War es schon immer gewesen.*

Stur wie eh und je weigerte sich Ryiah, sich zu schonen, sondern schuftete unermüdlich, bis es wirklich nicht mehr ging.

An diesem Abend nahm sie seine Hand und ließ sie die ganze Nacht lang nicht mehr los. Die Hebamme kam, und Ryiah drückte Darrens Hand noch fester, als wollte sie sie ihm zerquetschen, bis sie im Morgengrauen schließlich ihr Kind gebar.

Bis dahin hatte Darren nie ganz verstanden, was man ihm vorenthalten hatte. König Lucius war ein Monster gewesen, ein gnadenloser Tyrann mit einem Eisklumpen anstelle eines Herzens. Doch in dem Moment, als Darren das kleine Mädchen auf dem Arm hielt, da spürte er es – diese bedingungslose Liebe, die ihn niemals wieder loslassen würde. Und die plötzliche Erkenntnis, dass er für diese Frau und dieses Kind alles *tun würde. Er war Vater.*

Sie nannten sie Eve.

Sogar jetzt noch schnürte es ihm die Kehle zu, wenn er daran zurückdachte.

Zwei weitere Jahre vergingen, in denen Darren und Ryiah weiterhin die Dörfer entlang der Küste bereisten und die Archivierung der Pflanzenwelt Kuadors abschlossen. Die kleine Eve wuchs heran und entwickelte ein unbeugsames Temperament. Nicht minder starrköpfig als ihre Eltern, brachte sie diese mit ihrem Trotz und ihrem ausgeprägten Willen an ihre Grenzen und sich ein ums andere Mal in Schwierigkeiten, sobald die beiden kurz einmal nicht hinsahen.

Und dann überbrachte ein boreanischer Händler die frohe Kunde: Nach all den Jahren, in denen sich das Verhältnis zwischen Jerar und Caltoth langsam, aber beständig immer mehr entspannt hatte, hatte man einen neuen Friedensvertrag unterzeichnet, der das Bündnis zwischen den beiden Ländern für alle Zeiten besiegelte.

Am Ende ihres siebten Jahrs überbrachte ein Schiff einen Brief mit einem Wachssiegel. Der Kapitän sagte, ein Bote der Krone hätte ihn fürstlich entlohnt, damit er ihn dem Absender der Briefe aus Kuador aushändigte. Mit zitternden Fingern rissen Ryiah und Darren den Umschlag auf:

»Hiermit gewähren Königin Priscilla von Jerar und König Horrace von Caltoth den Flüchtigen Ryiah von Demsh'aa und dem ehemaligen Prinz Darren eine Begnadigung und erlassen ihnen gemäß der zwischen den beiden Nationen geschlossenen Übereinkunft die Strafe für ihre früheren Vergehen. Nach einer offiziellen Verzichtserklärung auf alle Herrschaftsansprüche steht es ihnen frei, in ihre Heimat zurückzukehren.«

Darren fühlte sich eigentlich noch nicht dafür bereit, doch ein Blick auf seine Frau sagte ihm, dass er dieses Angebot nicht ausschlagen durfte.

Nicht nach allem, was sie für ihn aufgegeben hatte. Schließlich warteten in Jerar ihre Familie und ihre Freunde auf sie.

Ryiah hatte es verdient, endlich heimzukehren.

Und so kam es, dass sie nun im Palast zu Devon vor den großen Pforten des Thronsaals standen und darauf warteten, dass man sie einließ.

Ryiah räusperte sich nervös und atmete tief durch. Darren war so in Gedanken versunken gewesen, dass er fast vergessen hatte, dass sie auch noch da war.

»Ich weiß, du denkst, dass du nicht hierhergehörst.« Sie trat von der Wand weg und verschränkte ihre Finger mit seinen. »Aber das tust du.«

Ryiah war nicht dumm, sie konnte sein Schweigen sehr wohl deuten.

In diesen Gängen und Räumen spukten die Geister seiner Vergangenheit und Darren spürte ihre Blicke im Rücken.

Verräter. Mörder. Es lastete ihm wie ein Felsbrocken auf dem Herzen.

Ryiah reckte das Kinn vor und drückte seine Hand fester. Auch sie hätte so manches gern ungeschehen gemacht, was damals passiert war, doch man sah schon allein an ihrer Körperhaltung, dass sie fest entschlossen war, sich der Herausforderung zu stellen.

Was auch immer die Krone ihnen kundtäte, sie würde sich nicht unterkriegen lassen.

Darren schluckte mühsam, als ein Wachmann sie aufforderte einzutreten.

Jetzt gab es kein Zurück mehr.

Als der Herold ihre Namen verkündete, fielen er und Ryiah vor der Königin von Jerar auf die Knie. Sie entsagten jeglichem Anspruch auf den Thron sowohl für sich selbst als auch für ihre Nachkommen und schworen, den Rest ihres Lebens für ihre Vergehen Buße zu tun.

Priscilla räusperte sich und machte ihnen ein Zeichen, sich zu erheben. »Damit habt ihr bereits begonnen, wie mir zu Ohren gekommen ist.«

Und dann berichtete sie ihnen, was sich in den letzten paar Jahren zugetragen hatte. Auf der King's Road, so erklärte sie, herrschte inzwischen reger, florierender Handelsverkehr, was nicht zuletzt an den neuen Arzneien lag, die sich wie ein Lauffeuer übers Land verbreitet hatten und inzwischen sogar in Caltoth, Pythus und auf den Boreanischen Inseln Einzug hielten.

Nach Jahren erst war es den Beratern der Krone gelungen, den Ursprung der neuen Heiltränke und Salben zurückzuverfolgen, nämlich zu einer kleinen Apotheke in Demsh'aa und einem Stück Land, das vor exotischen, unbekannten Pflanzen schier überquoll. Und dann hatten sie die Briefe gefunden.

»Ich hätte es wissen müssen«, meinte Priscilla kopfschüttelnd. »Ihr zwei könnt nie Ruhe geben. Seit wir diese Aufzeichnungen aus Kuador haben, fordert hierzulande das Fieber weit weniger Opfer, und so etwas spricht sich natürlich bis zur höchsten Ebene herum. Nicht einmal Horrace kann das übergehen.«

Darren versteifte sich. »Was verlangst du von uns?«

Er konnte nicht in einem Regiment kämpfen. Nicht einmal für den Frieden. Falls Priscilla sie zurückgerufen hatte, damit sie in Jerars Armee dienten, wäre er gezwungen, wieder ins Exil zu gehen.

Er würde für die Freiheit nicht seine Seele verkaufen. Nicht noch einmal.

Ryiah, der offenbar ganz ähnliche Gedanken durch den Kopf gingen, räusperte sich. »Wir haben genug Blutvergießen gesehen.«

»Nun gut, wenn ihr es wirklich wissen wollt ...« Die

junge Königin betrachtete sie mit einem amüsierten Lächeln. »Seit die Ausbildung ihren Schwerpunkt nicht mehr so sehr auf Kriegsführung und Kämpfen setzt, hat sich die Zahl der Lehrlinge an der Akademie verdreifacht, und die Lehrmeister sind überlastet.«

Ryiah und Darren sogen scharf die Luft ein. »Aber wir haben keine Magie me–«

»Das stellt kein Problem dar, oder, Master Barclae?«

Fast schon schüchtern trat ein Mann in einem goldbestickten Umhang einen Schritt vor. Sein grau melierter Bart war schlohweiß und verriet sein hohes Alter. »Die meisten unserer Lehrkräfte haben die Blüte ihres Potenzials weit überschritten. Und zum Unterrichten braucht man keine Magie, sondern in erster Linie Erfahrung und Wissen. Und Disziplin.«

Ein weiterer Mann, dessen weiße Zähne in seinem dunklen Gesicht regelrecht leuchteten, ergriff das Wort. Darren erkannte in ihm Sir Peters, den Ritter, der sie beim Training körperlich immer an ihre Grenzen gebracht hatte. »Ihr beiden wart Ausnahmetalente. Wunderkinder.« Er grinste sie an. »Es wäre eine Schande, diese Reputation nicht zu nutzen.«

»Wir nehmen das Angebot an«, platzte Ryiah heraus, ohne lange nachzudenken, und warf Darren im nächsten Moment einen entschuldigenden Blick zu, was jedoch gar nicht nötig war, weil auch ihm die Vorstellung ausnehmend gut gefiel.

Es war weitaus mehr, als er verdient hatte, doch er konnte es nicht über sich bringen abzulehnen.

»Hervorragend.« Master Barclae wirkte äußerst

zufrieden. »Mit euch beiden und dem neuen Direktor der Akademie wird es uns schon gelingen, die Erstklässler zurechtzustutzen.«

Neuer Direktor?

Darren folgte dem Blick des Mannes und hätte fast laut aufgestöhnt, als er weiter hinten im Pulk der Höflinge plötzlich Ian entdeckte. Mit einer Robe angetan, wie sie sonst immer Master Barclae getragen hatte, grinste ihn der Magier mit den rotblonden Locken ungeniert an. »Das alte Trio wiedervereint.«

Da hatte er sich wohl zu früh gefreut.

»Seit sie nicht mehr untereinander im Wettbewerb um die Ausbildungsplätze stehen, nehmen die Erstklässler alles ein wenig zu sehr auf die leichte Schulter.« Master Barclae nickte Darren und Ryiah ernst zu. »Also gebt Euer Bestes, um ihnen was beizubringen.«

Es war, als wären sie nie weg gewesen.

Später am Abend stand Darren auf dem Balkon des Ballsaals und blickte stumm über das weite Tal, wo die letzten Sonnenstrahlen den Wald in einen warmen orangefarbenen Schein tauchten. Die meisten Leute machten noch immer einen weiten Bogen um ihn und warfen ihm misstrauische Blicke zu, andere ignorierten ihn völlig. Doch seit Priscilla seine Arbeit und sein Engagement in Kuador ausdrücklich gelobt hatte, hatte sich der Hass der Höflinge größtenteils verflüchtigt, und auch der nun bereits acht Jahre währende Frieden hatte das seine dazu beigetragen.

Der Krieg des Schwarzen Magiers war Geschichte – wie auch der damalige König.

Darren hatte sich immer gefragt, wie es wäre, von den Fesseln seiner königlichen Herkunft befreit zu sein. Wie es wohl wäre, anstelle eines Prinzen ein ganz normaler Junge zu sein. Dieses unerreichbare Mädchen zu heiraten und selbst eine Familie zu gründen …

Jetzt wusste er es.

Und das würde er gegen nichts in der Welt eintauschen.

Er hatte gesehen, wie Herzog Audrics Augen geglitzert hatten, als er ihm früher am Abend seine kleine Tochter vorgestellt hatte, und dieser Moment hatte viel dazu beigetragen, die Eisschicht zum Schmelzen zu bringen, die sich um sein Herz gelegt hatte.

Der ehemalige Kommandant der Kronarmee war für ihn immer viel mehr ein Vater gewesen als Lucius. Diese Erkenntnis traf Darren wie ein Blitz. Er hatte nicht gedacht, dass auch er etwas zurückgelassen hatte.

Lautlos tauchte Ryiah neben ihm auf und lächelte, als sie sah, wie ihr Bruder Eve über die Tanzfläche wirbelte.

Es wiedergutmachen. Diese Worte waren zu Darrens Herzschlag geworden. Es wummerte heftig, während sich seine Tochter wie eine Wilde durch den Saal drehte und ihre kurzen Beinchen fast unter dem Gewicht ihres Kleids nachgaben.

Seufzend legte Ryiah eine Hand aufs Geländer. »Sieh sie dir an. Eve ist hier glücklich.«

Und sie selbst war es auch. Sie strahlte, wie sie es in Kuador nie getan hatte. Er hatte es gesehen, als sie ihre Eltern, Ella, Alex und deren vier kleine Jungen in die Arme geschlossen hatte.

Darren riss den Blick von der Tanzfläche los, um seine

Frau zu betrachten. Nach all den Jahren war sie noch immer genauso schön wie an jenem Tag, an dem sie sich zum ersten Mal gesehen hatten. Ein Mädchen, das so hell brannte, dass er sich gegen seinen Willen auf den ersten Blick zu ihr hingezogen fühlte – auch wenn es ziemlich lange gedauert hatte, bis er die Zeichen richtig deuten konnte.

Ryiah machte ihn immer noch verrückt. Sie war noch immer dasselbe Mädchen, in das er sich vor so langer Zeit verliebt hatte. Dasselbe Mädchen, das er eigentlich gar nicht verdient hatte und das eine ständige Herausforderung für ihn darstellte.

Er war der Schwarze Magier und für kurze Zeit sogar König gewesen, doch sie war der stärkste Mensch, den er kannte. Und auch wenn die Leute niemals Balladen über das Mädchen niederer Geburt singen würden, das lieber mit einem Verräter ins Exil gegangen war, als sich in der Heimat als Heldin feiern zu lassen, so war sie für Darren doch genau das: seine ganz persönliche Heldin.

Sie war unvernünftig.

Sie war mutig.

Sie war einfach unglaublich.

Und sie hatte ihn vor sich selbst gerettet.

Wieder einmal fragte er sich, womit er sie überhaupt verdient hatte.

»An dem Tag, an dem wir uns zum ersten Mal begegnet sind«, murmelte er, »da hätte ich dich nach deinem Namen fragen sollen.«

»Meinem Namen?« Sie sah ihn verwundert an und lachte. »Ich glaube, dein finsterer Blick hat schon gereicht.«

»Wenn wir an die Akademie zurückkehren, versuche ich es einfach noch mal.« Darren schlang ihr einen Arm um die Taille, hob ihr Kinn an und zog sie an sich. »Dann mache ich alles richtig.«

Ryiah grinste. »Na gut, wenn wir auf Anfang zurückgehen, dann werde ich dir aber auch einen Tritt in die Weichteile verpassen für den Tag, an dem du –«

Schnell schnitt er ihr mit einem Kuss das Wort ab, und sobald sein Mund ihren fand, war er wieder ganz und gar im Hier und Jetzt.

Darren war ein Prinz, der einer hübschen Erstklässlerin das Kämpfen beibrachte, ein Junge, der sich in der Wüste bei einem Mädchen entschuldigte, ein Lehrling, der in seiner Eifersucht wild um sich schlug.

Und dann folgte er ihr die Stufen hinauf und küsste sie, weil er sie einfach nicht aus dem Kopf bekam. Weil er keine Luft mehr bekam. Weil er sich verliebt hatte, ohne überhaupt zu wissen, was Liebe war.

Doch er entschied sich für Jerar und zwang sich, ihr aus dem Weg zu gehen. Er verlor das Mädchen und tat so, als würde es ihm nichts ausmachen.

In einem Wald, der in Flammen stand, schrie er ihren Namen und rannte, so schnell er konnte.

Und dann öffnete er einen Brief, las Kaiser Liangs Zusage und machte auf einem Ball eine völlig überraschende Ankündigung, die so manchem das Fest verdarb.

Er duellierte sich mit dem Mädchen in der Arena.

Hielt sie in seinen Armen an jenem Tag, an dem sie fast zerbrach, und weigerte sich, von ihrer Seite zu weichen.

Er heiratete das Mädchen, tanzte mit ihr im Wald und rettete er ihr am Ende trotz allem, was in der Zwischenzeit geschehen war, das Leben.

Während dieses unvernünftige, wunderschöne Mädchen versuchte, auch ihn zu retten, rettete er sie, weil er sie liebte, weil er wusste, dass nur einer von ihnen es verdient hatte, weiterzuleben.

Er versank in Finsternis, und sie flehte ihn an, nicht aufzugeben.

Er ließ das Messer fallen … entschied sich fürs Leben. Dafür, seine Fehler wiedergutzumachen.

Und jetzt hielt er seine Frau im Arm, während ihre gemeinsame Tochter durch den Ballsaal tanzte.

Ohne es darauf angelegt zu haben, war Ryiah sein Ein und Alles geworden.

Darren nahm sie fester um die Taille und küsste sie, bis sein Herz in Flammen aufging und seinen Verstand gleich mit. Er würde alles geben, um sie glücklich zu machen. Als Vater und als Ehemann. Als der Junge, den das Mädchen sich immer gewünscht hatte.

Er würde sie für immer und ewig lieben.

»Ich werde dich für immer und ewig lieben«, flüsterte er.

Und dann gleich noch einmal.

DANKSAGUNG

IHR LIEBEN LESER! Nur durch euch hat dieses letzte Buch das Licht der Welt erblickt. Danke, dass ihr Ryiah und Darren die ganze Zeit die Treue gehalten habt. Ich hoffe, ihre Geschichte hat euch genauso tief berührt wie mich. Schon seit der Schule wollte ich diese Saga zu Papier bringen, und IHR habt es mir ermöglicht, es in die Tat umzusetzen. Danke für all eure lieben Nachrichten, Rezensionen und all die Unterstützung – das bedeutet mir unheimlich viel! Dies ist der Abschluss meiner ersten Reihe, und ich hoffe, dass noch viele weitere folgen werden.

Mein besonderer Dank geht an …

… SAKINA MADRAS, die wegen des straffen Terminplans selbstlos alles andere hat stehen und liegen lassen, um sich dieses Buch als Testleserin zu Gemüte zu führen und mir schnellstmöglich Rückmeldung zu geben. Danke für dein ausführliches Feedback und deine Tipps, welche Szenen ich mir noch einmal vornehmen muss. Und auch für deinen Rat, einen Epilog zu schreiben, denn du hattest total recht: Dadurch ist das Ganze erst schön rund geworden. Ich möchte wetten, dass dir auch meine Fans dankbar sind, denn eigentlich hatte ich ja hoch und heilig geschworen, dass es definitiv keinen Epilog geben würde. Von wegen …

… MEINE FREUNDINNEN ROTNA PENHEIRO, SHELLY BLALOCK, COURTNEY MORALES und SHANTEL KELLOGG, die vom ersten Tag an mein Fels in der Brandung waren. Ich kann gar nicht in Worte fassen, wie viel mir eure Ermutigungen und eure Unterstützung bedeutet haben, als ich beschlossen habe, das Schreiben zum Beruf zu machen. Ich habe echt die besten Freunde der Welt!

… MEINE FAMILIE, deren Beistand so unendlich wichtig für mich ist – vor allem der meines MANNES, der einiges erdulden musste und mich immer wieder aufgebaut hat, wenn ich kurz davor war, hinzuwerfen. Kleine Randbemerkung: Ich liebe dich, aber bitte hör auf, mir ständig zu erzählen, dass es jeden Plot, den ich mir ausdenke, schon in irgendeinem Zeichentrickfilm gibt. Das ist absolut inakzeptabel.

… MEINE AUTORENGEMEINSCHAFT (RACHEL VAN DYKEN, ALEX LIDELL, ELISE KOVA, SCARLETT DAWN und LAURA THALASSA), die mich bei allen Fragen rund um die Veröffentlichung unterstützt hat. Es gibt diverse Autoren, denen ich Dank schulde, aber ihr fünf habt jeder auf seine Weise eine Menge dazu beigetragen, dass ich nicht durchgedreht bin.

Außerdem danke ich meinem VERLAG (Hot Tree Editing) und meinem COVER-ILLUSTRATOR (Milo) noch einmal dafür, dass sie es mit mir und all meiner Pingeligkeit und meinen ambitionierten Terminvorstellungen für vier Bücher gleichzeitig ausgehalten haben, sowie meiner persönlichen Assistentin TIANA GRIFFIN, die mir ihre Hilfe bei der Veröffentlichung angeboten hat. Das war unheimlich großzügig (und erwähnte ich schon, dass du da zudem auch noch schwanger warst?).

Und zu guter Letzt ein besonders dickes Dankeschön an meine Korrekturleser, die keine Mühen gescheut haben, um meine irren Deadlines zu halten – und ab und zu auch mir die Hand –, und außerdem in ständigem Kontakt mit mir standen (»Wie konntest du nur?«, »Nicht zu fassen, du hast tatsächlich … gekillt«, »Ich hasse …«) und mir wunderbare Mails geschrieben haben. Ich danke also meinen Korrekturlesern ASHLEY (siehe oben), MIRANDA STEED (deren Adleraugen nicht der kleinste Fehler entgeht … Du bist echt übermenschlich!!!), SARAH KATHRINA SONG (für deine lieben Mails, akribischen Anmerkungen und natürlich unseren Chat inklusive Darren-Fan-Fiction!), MEGAN MCGORRY (die viel mehr ist als eine Korrekturleserin – ich denke da nur an unsere Gespräche über Tammy bis hin zu unserem gemeinsamen Faible für Fantasy und dem täglichen Kampf um jede Zeile. Ich kann es gar nicht erwarten, endlich *deine* Bücher zu lesen!), EMILY-ANN WALSH (die dazu noch eine großartige Rezensentin ist) und SANDRA DEEB (ebenfalls eine unglaubliche Leseratte und Rezensentin, die die gleichen Bücher liebt wie ich … hüstel, hüstel, Kelly Oram)!

Anna Banks

Blue Secrets – Der Kuss des Meeres

448 Seiten, ISBN 978-3-570-30879-0

Als Emma den süßen Galen zum ersten Mal sieht, fallen ihr sofort seine violetten Augen auf – denn ihre haben dieselbe Farbe. Und tatsächlich bergen sie ein Geheimnis: Galen ist nämlich ein Syrena, Prinz der Meere, und er spürt eine heftige Anziehung zu diesem Menschenmädchen, das mit den Fischen reden kann! Das kann nur eines bedeuten: Auch in ihren Adern fließt das Blut der Syrena. Doch falls sein Verdacht sich bestätigt, ist Emma eine Erbin Poseidons – und damit für einen anderen bestimmt ...

www.cbt-buecher.de

30128